大鱼
有爱的青春陪伴者

心动真理

Xindong Zhenli

八野真 · 著

四川文艺出版社

图书在版编目（CIP）数据

心动真理 / 八野真著 . -- 成都：四川文艺出版社，2023.6
ISBN 978-7-5411-6658-7

Ⅰ . ①心… Ⅱ . ①八… Ⅲ . ①长篇小说－中国－当代 Ⅳ . ① I247.5

中国国家版本馆 CIP 数据核字 (2023) 第 101299 号

XINDONGZHENLI

心动真理

八野真 著

出品人　谭清洁
责任编辑　邓　敏
特约编辑　雪　人
装帧设计　颜小曼　毛仙瑶
责任校对　段　敏

出版发行　四川文艺出版社（成都市锦江区三色路 238 号）
网　　址　www.scwys.com
电　　话　0731-89743446（发行部）　028-86361781（编辑部）

排　　版　长沙大鱼文化传媒有限公司
印　　刷　长沙鸿发印务实业有限公司
成品尺寸　145mm × 210mm　　开　本　32 开
印　　张　12　　字　数　460 千字
版　　次　2023 年 6 月第一版　　印　次　2023 年 6 月第一次印刷
书　　号　ISBN 978-7-5411-6658-7
定　　价　42.80 元

目录 contents

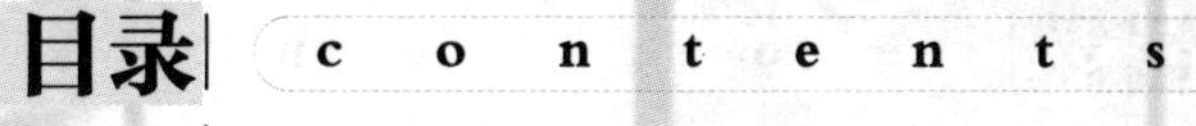

目录 contents

Chapter 01

·笃学唯真，明辨崇理·

宜城一高。

校门处的布告栏挂着喜气洋洋的红底条幅，上面印着“2012 级新生阳光分班结果”一行烫金大字。临近中午，夏末仍旧炙热的阳光穿透云层，在布告栏上留下几道金灿灿的影子。

宋唯真拉着夏鸯，挤过喧闹的人群，在一群大人中，踮着脚，费尽九牛二虎之力才在布告栏上贴着的公布单中的一列列表格里找到她们两个的名字。

“夏鸯，我们在同一个班！”宋唯真激动地抓住夏鸯的手。

一年级十七班的名单上，宋唯真在第二位，夏鸯在第八位。

“我们也太好命了吧，十七班是江海老师的班！”宋唯真低呼一声，神神秘秘地蹭到夏鸯耳边，“你梅阿姨说，江海是阳光分班前，最厉害的尖子班班主任。”

“现在她不用担心我的班主任是新手菜鸟了。”

夏鸯点点头，目光还在那张公布单上睃着，直到看见“池屿”两个字后，笑意才从嘴角漫上眼底。

她温温柔柔道：“池屿跟我们一个班。”

十七班的名单上，第五十位写着池屿的名字。

宋唯真依言看了过去：“行，居然不是倒数第一，‘池小岛’有进步。”

夏鸯认真地解释：“他是体育生，文化课不用那么高的分数。”

“啧，你和池小岛同学真是孽缘。小学是同桌，初中是同桌，高中又在同一个班。”宋唯真边感叹，边拉着夏鸯往人群外面走，“电视剧都不敢这么演。”

“冥冥之中自有天意。夏夏，我有预感，你和‘小破岛’又要做同桌了。”

“你对他也挺有好感的嘛。”宋唯真眨眨眼，躲开夏鸯挠痒痒的手，“小破岛虽然笨了点、傻了点、反应慢了点，还是有很多优点的……”

夏鸯笑着岔开话题：“班主任厉害有那么重要？”

“那当然。”宋唯真一双小手背在身后，老神在在地模仿梅清的语气，“江海是宜城一高最厉害的数学老师，我理科弱，梅女士还想我以后学理，四舍五入就是天上馅饼直接砸进我嘴里了。”

“不对。”宋唯真转过身，倒着走了几步，“这块馅饼本身就是我的。要不是今年阳光分班，以我全市第二的成绩，一定能进理科尖子班。”骄傲得像一只小公鸡。

夏鸯抿抿唇：“可你喜欢文科。”

宋唯真轻快的脚步顿了下，圆又亮的眼睛望向别处。

“梅女士的性格你还不清楚？我喜欢有什么用。”宋唯真认命般地撇撇嘴，继续倒着走，“老宋这么多年都斗不过她，我就不做那个大闹天宫的孙猴儿了。”

“你呢，以后准备学文还是学理？”宋唯真问，还戏谑地眨眨眼，“总不会要跟着小破岛选吧？”

夏鸯没说话，只是脸颊泛起两团红。

“文坛即将失去两位文学巨匠！”宋唯真怒其不争，仰天长叹，重重向后踏了一步。

忽地，运动鞋的边沿以一种奇怪的角度，压到一块滚过来的石子——宋唯真脚下一滑，身子控制不住地向后摔。

她认命地闭上眼睛前，看着视野里逐渐扩大的白色云层，心里默默地祈祷：可千万别把头撞坏了。

听说高中物理特别难，学理科这件事本就是强扭的瓜，要是人傻了就等着被梅清同志拎回家做人肉包子吧。

预料的疼痛感没有反射回大脑，宋唯真也没有和大地来个亲密接触。

但是……头顶好像还是撞到了硬邦邦的东西。

宋唯真颤颤巍巍地睁开眼睛，对上一双漆黑狭长的眸子。

冷淡的眉眼压在黑色帽檐下，干净流畅的下颌线条只吝啬地露出一小截，其余都被藏进竖起来的衣领里。

“不好意思哈同学，我马上……”宋唯真刚要抬头，就被一根修长手指按住。

“别动。”少年声音淡漠，“你的头发勾住我的扣子了。”

“……”

宋唯真轻轻动了下，头皮果然感受到一阵拉扯感。

那几根头发不知怎么回事，将那扣子缠得很紧，夏鸯一时半会儿解不开。三个人就这么尴尬地站着，尤其是宋唯真，依旧仰面朝上，腰身弯成了一座拱桥。

周围的学生家长越来越多，看过来的眼神也多了几分探究，再加上男生微垂的眉眼有股莫名的压迫感，让宋唯真如芒在背。

“夏夏你先别动。”她僵硬地举起右手，“我转个身。”

宋唯真站得背部有点僵。她一手握住自己的丸子头，一手按住头顶，缓慢而平衡地做了个原地一百八十度旋转。

尽管现在的姿势像给眼前这个看似很跩的帅哥鞠躬，又像用头顶人家的肚皮，但总算让她舒服不少。

夏鸯又开始研究她的头发。

宋唯真低头看着男生雪白的鞋尖，思绪飘得很远。

他的鞋好白，一定很爱干净吧。

好想踩一脚哦。

……

“鸯鸯。”

不远处传来的喊声，让除了宋唯真之外的两个人，都转过了头。

迎面跑来的男生满头大汗，结实的小麦色手臂环抱着篮球，带过来一阵热烘烘的风。他看见夏鸯后，马上笑得眼睛弯弯，露出一排白牙。

夏鸯眼睛亮了一瞬，手上的动作慢下来。

“鸯鸯，这个是我好哥们儿，季崇理。”池屿介绍完，歪头看向弓着身子、脑袋顶着季崇理腹部的宋唯真，调侃道，“不愧是你啊宋唯真，新学期新造型。”

“火星撞地球？”池屿轻轻撞了下季崇理。

“啊？”宋唯真思绪刚刚归位，眼神还落在对方的鞋尖上。

头顶上方响起被叫作季崇理的少年的声音。

“怕疼吗？”

“不怕。”

“嗯。”

宋唯真正等着下文，头皮忽然被轻轻扯动，神经末梢传来一阵并不强烈的疼痛感。

“好了。”

她再起身时，果然畅通无阻。

面前的高挑少年身材颀长，比池屿还要高上一点。他穿着一身黑色运动服，袖侧是浅米色底的英文串标。黑发上压了顶黑色鸭舌帽，大半张脸埋进高领卫衣，只露出一双冷清眉眼。

他从上衣口袋掏出一张湿巾，撕开包装擦拭手指。

“不用谢。”

“夏鸯，他刚刚在擦手？”宋唯真愣了下，旋即有些生气，“他为什么那么嫌弃？我昨晚洗的头发，用的新买的樱花味洗发水！”

“你小声点。”夏鸯笑吟吟地拉住她，和池屿挥手告别，“闻到啦，很香很香，完全不脏。”

“季崇理是今年的中考状元，全市第一。”夏鸯和她慢悠悠地往人群外走，“学神嘛，总有些与众不同的怪癖。”

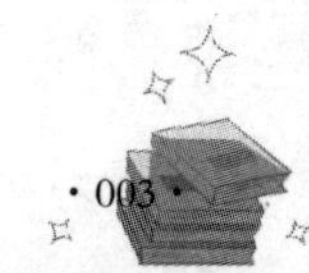

“……中考状元又怎么样，也只比我高几分而已。”宋唯真挥舞着拳头，边走边念叨，“他要是跟我一个班，姑奶奶务必让他见识一下人心的险恶、社会的复杂！”

夏鸯眨了眨眼：“他是跟我们一个班呀。”

宋唯真：“……”

夏鸯：“刚刚他的名字就在你的上面，你没看到？”

宋唯真：“……”

“好啦，别生气了，季崇理肯定不是故意的。”夏鸯捏了捏她皱成一团的小脸，“他很受欢迎，在一中时被称为建校以来最难摘的‘高岭之花’。就连我们五中的女生都四处打听他的联系方式，甚至有人找到我和池屿这里来。”

宋唯真好奇：“你和他认识？”

“唔……不是很熟，他是我妈妈这边的亲戚的孩子。”夏鸯说。

“哼！”宋唯真不服气地皱着鼻子，“就他还受人欢迎？穿一身黑，手指白得像吸血鬼。”

宋唯真鼓着腮帮子：“重点是，他很没有礼貌！”

夏鸯抬手揉揉她的头：“真真，以后都是一个班的同学，不要生气啦。”

“行吧，夏夏公主开口了，那我就大人有大量。”宋唯真拉着夏鸯往宋新文停车的方向走，“不过我还是不理解。”

夏鸯：“什么？”

宋唯真嗤了一声：“就他，‘高岭之花’？

“一张冷冰冰的脸。有看他的时间还不如做练习册。”

“对就是对，错就是错。会就是会，不会就是不会。练习册从来都不会欺骗你。”宋唯真悠悠叹道，“但男人会。”

夏鸯：你背着我到底看了什么鬼东西？

不远处，响起宋新文的车鸣笛的声音。

宋唯真和夏鸯道了别，约好明天一起骑车上学的时间，乖乖爬上自家汽车后座。

梅清坐在副驾驶座，喜气洋洋地打电话。

“对，对，没错，就是那个江海……哎呀，都是真真自己命好，学习也努力，我们当父母的没操多少心……”

“爸。”宋唯真夸张地比口型，“我妈她又在跟谁打电话？”

宋新文调低了后排的空调温度，把车子稳稳地驶出拥挤的学校门口。

“你夏阿姨。”宋新文冲着后视镜努了努嘴，“旁边座位上有水和冰激凌蛋糕。”

“哇，谢谢老宋！”

“不用客气，小宋。”宋新文笑道。

“嗯，是，明天就正式报到了……今晚？没问题呀，我们也好久没见了。”梅清比了个手势示意父女俩安静，“好，你问老宋去不去？”

宋新文摇摇头，指了指手表。

“不行，他们学校今天晚上系里有学术会议，系主任点名要他必须到场的。嗯，那好，晚上我带真真过去。”梅清挂了电话。

“妈，什么活动还需要带家属参加？”宋唯真小口小口地吃蛋糕，含含糊糊地问。

“你瑟如阿姨打电话问你的情况，晚上请我们吃饭，庆祝你分到江海的班里。”梅清眉梢上都带着笑，“这回分到江海的班里，理科我就不用担心了。他是有经验的优秀教师，有自己的节奏和打法，你跟着他好好学一定没问题。我都打听过了，虽说是阳光分班，但配给江海的各科教师都是一顶一的。”

梅清笑着回头道：“我们真真只要分文理的时候留下来，一只脚就迈进名牌大学了呀。”

宋唯真低头啃着冰激凌蛋糕上的草莓，闻声抬头，梅清疲惫眉眼中的笑意压过了她心头的逆反。

算了，理科就理科。

只要努力好好学，学什么都是一样的。

学文科……也不一定就能成为作家。

她挖了一大勺蛋糕喂进梅清嘴里，笑着问：“妈妈，甜不甜？”

“甜的哟。”梅清笑着摸摸她的头，“我们家民主又和谐，一家三口都向着美好未来努力！”

“嗯。”宋新文乐呵呵地捧场，“就像她小时候，小矮个站在我们中间，拉着我们的手往游乐园里面冲，胆小又爱玩。”

“小矮个，还记不记得你的至理名言？”

“当然记得！”宋唯真冲着车窗外大喊，“我们一家三口乐丑丑！”

梅清捂着嘴笑她过两年都成年了还这样傻，宋新文也跟着笑开了。

夏末的天气温热潮湿，他们心头那股热意，被飞快的车速兜成一阵阵舒适的风。

宋唯真按住额角的刘海，嘴角微微上扬。

希望梅女士和宋先生永远高兴。

永远一家三口乐丑丑。

下午，宋新文陪着母女俩逛商场。

在挑选衣服这方面，宋唯真和梅清的审美如出一辙。母女俩都喜欢色彩鲜亮的衣服，都以舒适度和抓人眼球的设计感为前提。

也就是说要一眼看中，不买回家整晚都睡不好的衣服，才在宋唯真和梅清的必买清单里。

离开商场已经是五点半，宋新文把她们送到夏瑟如发来的地址后，就开车去学校了。

“妈，晚上老宋吃饭问题怎么解决？”宋唯真问。

“不用担心，他们开会前统一安排吃饭。”

梅清向酒店前台报了餐厅包厢号码，又对女儿交代：“路上妈妈跟你说的记住了吗？要有礼貌，什么事都不要让瑟如阿姨动手……”

宋唯真比了个手势，止住梅清的絮絮叨叨。

“妈，你亲闺女你还不了解？全天下第一懂事协会的会长，就是在下。”

梅清在她额头上点了下：“我看你是贫嘴协会会长。”

服务员把她们带到夏瑟如订好的包厢。

桌上已经上了几道招牌凉菜，坐在沙发里的女人正小口地品茶。

宋唯真每次见到夏瑟如时，都会感到惊艳。

之前在书中读到“岁月不败美人”，以前宋唯真不理解这句话，后来见夏瑟如的机会多了，她就越发为夏瑟如的美貌折服。

就像现在，夏瑟如穿了条玫瑰红长裙，深棕色皮带勾勒出纤细腰身，显得整个人优雅又迷人。黑色波浪长发随意披散在肩头，脸上只淡淡上了层薄妆，尽管遮不住岁月留下的细纹，但眉目间的明艳风情依旧让人心动。

夏瑟如见梅清来了，连忙放下茶杯，欢喜地起身。

“小梅，我们好久不见。”夏瑟如热情地抱住梅清，银质耳坠藏在黑发间晃动着。

宋唯真羡慕地看着这对好姐妹，尽管选择截然不同的人生道路，现在依旧亲亲热热，无话不谈。

她和夏鸯也一定可以的！

“真真长这么高了。”夏瑟如亲昵地捏捏宋唯真的脸蛋，“听你妈妈说你考了全市第二名，还进了江海老师的班，真厉害！”

“没有瑟如阿姨厉害！我听妈妈说您刚开完巡回画展回来，还登上杂志了呢。”宋唯真乖巧地眨巴着眼睛，“瑟如阿姨漂亮又有才华，是我的榜样。”

夏瑟如捂嘴笑了：“你这丫头嘴甜又机灵，不如来当阿姨的女儿怎么样？”

宋唯真挽住梅清的手道：“那可不行，虽然您长得好看，但在我眼里比我妈还是逊色一筹。”

“而且我听妈妈说您有小宝贝啦。”宋唯真笑得眉眼弯弯，调皮地吐了下舌头，“我就不跟他争宠啦，他那么小，我争也争不过。”

梅清神色一动，抬眼看向夏瑟如，见她依旧是满脸笑意盈盈的样子，暗暗舒了口气。

夏瑟如记得宋唯真的口味和喜好，一桌菜大半都加了辣子，宋唯真吃得很高兴。梅清边吃边和夏瑟如谈些宋唯真不关心的话题，宋唯真吃得差不多了便和相谈甚欢的两人打声招呼，去外面透透气。

夜晚的宜城很漂亮，晚风和煦，星月如织，街道两侧灯火通明。

宋唯真慢腾腾地散步消食，她没有手机，也不敢走太远，只能在酒店附近打转。

不远处的小吃摊前挤满了人，烤串的香气使劲往她的鼻子里钻。宋唯真咽咽口水，转身往回走，快到酒店餐厅门口时，看见夏瑟如和一个高个子的黑衣男生面对面站着。

一向温柔和善的瑟如阿姨，此刻脸上的神情复杂，那双顾盼生辉的眼睛里也不如玫瑰般舒展，带着恳求和急切。

宋唯真加快脚步，想趁着两人交谈的工夫偷偷回到包厢。

撞见心情不好的大人谈事情，在她看来是非常尴尬的事情。

她看见夏瑟如拉住那男生的手腕，低头不知说了些什么。那男生猛地甩开手，夏瑟如穿着高跟鞋站不稳，身子摇晃起来。

宋唯真顾不得尴尬这回事，连忙跑过去扶住夏瑟如。

“瑟如阿姨，您没事吧？”见夏瑟如摇头表示自己没事，宋唯真凶巴巴地抬头，突然发现这人有点眼熟。

黑色运动服侧面的浅米色英文串标，在夜色里莹莹发光。

这次他没戴鸭舌帽，脸也没埋在衣领里。

少年肌肤冷白，五官清晰锐利，像她看的小说里的武林高手手中那出鞘的雪白刀刃，夺目迫人。那双眼睛黑而亮，宛如品质上乘的黑曜石，泠泠发光。

气压极低的眉眼，透着浓重的厌恶与疏离感。这副表情就如同被侵占了领地的野犬，露出利齿和尖爪，威慑所有试图靠近他的人。

他明明就站在离她一步远的地方，可传递过来的感觉，仿佛他们之间隔着一座终年不化的雪山。

宋唯真很不喜欢。

他讨厌谁呢？她还是瑟如阿姨？

他们今天第一次见面，总不至于这么厌恶她。

更不会是瑟如阿姨。瑟如阿姨是那么温柔美好，如玫瑰似的美人，怎么会有人不喜欢呢。

……一定是他脾气太差了，才对长辈发脾气。

“给瑟如阿姨道歉。”宋唯真瞪他。

季崇理冷冽的眼神越过她，在夏瑟如身上停留片刻，然后转身离开了。

她想追上去，手腕被夏瑟如倏地拉住。

宋唯真望着夏瑟如眼底的挣扎神色，停下脚步。

季崇理走出去不远后，停在原地，回望宋唯真。

少女粉白的脸颊因生气而泛起红，浅蓝色裙摆衬得小腿笔直修长，脸上神色带着天真的正义感，像个不谙世事的公主。

他垂眸，看着自己脚上溅上泥水的白球鞋，再度望向她。

他薄唇轻启：“没你的事。”

宋唯真答应帮夏瑟如保守秘密。

那个像玫瑰花一样的女人，也如同一朵盛放的花瞬间失去所有水分，干枯破败。

宋唯真不忍心拒绝她的请求。

她们说好分开回去。夏瑟如上去五分钟后，宋唯真才收拾好心情回到包房。

夏瑟如坐在那里，和梅清有一搭无一搭地说着话，面上带着浅笑，仿佛刚才的一切都没发生过。

而那个男生，早上在校门口遇见时，虽说性子有点冷，总归还不像晚上这般的差脾气。宋唯真想不通，瑟如阿姨怎么会和他有“深仇大怨”。

总不会是因为踩了他的白球鞋？

“怎么才回来？”梅清看了眼手表，埋怨道，“我和你瑟如阿姨都担心了。”

夏瑟如的目光落在她身上。

“在楼下遇到了只小黑猫，跟‘他’玩了一会儿。”宋唯真从思绪中挣脱，望着夏瑟如露出安慰的笑容。

“我不是跟你说过少碰那些流浪猫狗，身上有很多细菌的，多脏啊。”梅清边收拾东西边教育她。

夏瑟如向宋唯真感激地点头，率先出门结账。

“我没有碰‘他’。”宋唯真若有所思，“是‘他’先招惹我的。”

翌日，宋唯真早早起了床。

梅清起得比她更早，在厨房里忙活着。等宋唯真洗漱完毕换好衣服，餐桌上已经摆好刚出锅的包子，冒着腾腾热气。

“这个馅儿是我跟同事学的，胡萝卜、木耳、鸡蛋、小白菜和猪肉混在一起，加上特制的调味料，我尝过一次，觉得我们家真真一定会喜欢。”梅清笑眯眯地在她旁边坐下。

“妈，你又和面，又准备馅儿的，几点起的？”宋唯真夹起包子闻闻，蘸了点醋。

梅清：“不是很早，做这些东西很快的，没几分钟我就弄好了。”

宋唯真：“虽然我喜欢吃包子，但你也不用这么早起来，很耽误休息。”

梅清：“小孩子家家管那么多。外面卖的包子有自家家里做的干净卫生？哪家包子铺不给你放边角料，菜既不干净又没营养！哪家包子铺能像我这样给你专属定制馅料？”

宋唯真见梅清脸色不对，连忙咬了一大口，惊叹道：“哇！妈，这包子太好吃了，绝！你退休以后出去摆摊，肯定比他们赚得都多！”

“喜欢吃就好，以后妈天天给你包。”梅清脸色缓和下来，哼着歌往厨房走，“别人想吃还吃不到呢，你妈这双手在银行里，不知道有多值钱。”

宋唯真吃完就要出门，梅清叫住她：“真真，等一下。”

梅清把一个新款 iPhone4 塞进宋唯真手里。

“妈妈送给你的升学礼物，祝我闺女学习快乐。”梅清亲了下她的额头，半是威胁道，“电话卡已经装好了，如果因为有了手机耽误学习，妈妈会随时把手机收回来的。”

“放心吧，梅总司令，绝对不会影响学习的！”宋唯真笑嘻嘻地抱着梅清，在她脸上亲了一大口。

宋唯真和夏鸯约的时间比较早，两人慢悠悠地骑车到宜城一高。

她们到高一（17）班时，里面的座位差不多坐了一大半。

一群十五六岁的准高一生坐在一起，没几分钟就熟络起来。班主任江海还没来，屋里乱哄哄的，像菜市场一样。

“同学你好，我叫周寰宇。”站在门口的男生跟她们打招呼，“今天第一天，座位是按照成绩表排的，你们根据自己的入学名次去找座位就行。”

宋唯真听完，脸上的笑容渐渐凝固。

“夏夏，”她面无表情地看着夏鸯，“我现在转学还来得及吗？”

夏鸯憋着笑和周寰宇打了招呼，拍了拍她的肩膀：“自求多福吧。”

宋唯真走到桌子旁，见季崇理的位置还空着，顿时舒了口气。

她在自己的位置坐下，掏出手机跟梅清发了几条短信，把手机放进桌肚。

班里的同学越来越多，宋唯真无聊地翻着梅清提前买好的教辅书，把数学的前两章看完，旁边的位置还空着。

十七班的座位排序与众不同，成绩名次靠前的坐后面，成绩越差的越往前面坐。

宋唯真看着池屿在第一排找到他的位置，然后眼神绝望地看向后排的夏鸯和她，有气无力地招招手。

她和季崇理的位置在最后一排。

旁边的桌子干净整洁，左上角贴着一个印刷体的阿拉伯数字“1”。

宋唯真看了眼自己的，越看那个“2”越觉得别扭。

她从笔袋里翻出一支记号笔，在“1”上涂涂画画，终于画成了一根笔直的……

毛毛虫。

宋唯真端详着自己的画作，满意地点点头。

她又在毛毛虫的额头添了两根触角，悄咪咪地挪回自己的位置，听到身后响起冷淡的少年音：“幼稚。”

“……”

季崇理随手把黑色背包扔进桌肚，垂着眼皮拉开凳子，一脸倦怠地把头埋进臂弯。

宋唯真翻出一个本子，里面是她的小说思路和完整的大纲人设，甚至配角的名字和人物小传都写好了，就是还没想好男主角的名字。

她咬了咬笔帽，在主角名字后面用力地写上“季崇理”三个字。

打不过你，还不能在小说里虐你?

她构思的是玄幻修仙小说，男主角升级前总要被狠狠羞辱，被打个半死不活，发现金手指后才能触底反弹。

前期一定要狠狠虐他!

门口传来一阵响声，班级里的说话声瞬间停止。

是江海老师来了。

宋唯真叼着笔帽，满意地把本子收起来，戳了戳季崇理：“喂，老师来了。”

季崇理没动。

宋唯真继续说：“注意三八线，下次不要超了。”

然后，她小声威胁道：“你过线的东西就都归我。”

季崇理睡眼惺忪地坐直身子，冷白的皮肤上印出两道浅浅红痕。他掏出一支笔，慢悠悠在手指间转着，眼神不耐烦地扫过去。

“我过线了也归你？”

“……”

江海穿着件深色格子衬衣，鼻梁上架着副无框眼镜，看起来和蔼又不失威严。

“各位同学好，我是高一（17）班的班主任江海，将伴随大家度过高中三年的时光。”他笑呵呵地扶了下镜腿，“同时我也是大家的数学老师，希望我们彼此配合，大家都能考上心仪的大学。”

讲台下响起一阵雷鸣般的掌声。

“好了。”江海抬手示意大家安静，“教室黑板上方这八个字，是我万里挑一挑出来的，作为新生第一课送给大家。”

黑板上方的红旗两侧，印着八个暗红色大字：笃学唯真，明辨崇理。

周围的目光若有似无地看过来。

季崇理掀起眼皮，眉毛轻挑，黑色水笔“啪嗒”一声落在桌面。

“噗！”

江海扫向坐在第一排的池屿：“这位同学起立，跟大家讲一下你为什么笑，是觉得我这八个字选得不好？”

池屿挠挠头：“没有，江老师。我笑是因为我们班的前两名，一个叫季崇理，另一个叫宋唯真。”

他说完，全班同学才敢放肆地笑出声，江海也跟着乐了。

“是吗？还有这么巧的事。那我就不介绍了，咱们直接开始自我介绍吧。”江海拿起花名册看，“这两位同学先来打头阵，好好给大家解释下自己名字的由来。那就……宋唯真同学先上来。”

宋唯真脸颊微红，走到讲台边站定。

“大家好，我是宋唯真。名字是我爸爸起的。他希望我以后都遵从自己的本性，考多少分不重要，快乐最重要。”

台下一阵鼓掌声。

江海没听到自己想听的答案，尴尬地摸了摸鼻尖，说：“好。季崇理同学上来说说，你名字背后的意义。”

季崇理侧身让过宋唯真，起身离开座位。

“我的名字没什么含义。”季崇理站在讲台后，运动服拉链松垮地落在中间。他扫视一周，眼神落在刚回去的宋唯真身上，淡淡开口，“理性判断，永远比本性来得好。”

池屿在下面吹了声口哨，班上同学隐隐感觉出两人之间的火药味，跟着起哄。

江海：“……”

一个两个都唱反调。

季崇理回到座位上，江海推了下眼镜，说：“宋唯真和季崇理说得各有道理，但同学们要知道，这八个字是告诉大家，学习要求真务实，做人要辨是非讲道理……”

自我介绍的环节被迫推动下去。

除了他们两个之外，大家都是按照座位顺序自我介绍的。

“我是张白……”

“大家好，我是侯鸿飞……”

自我介绍进行过半，宋唯真表面听得极为认真，实际思绪已经乱糟糟地飘了很远。

她紧贴椅背，坐得很直，小腿在课桌和椅子下方的空间里来回荡。

这是她小学“发明”的“上课版荡秋千”，可以让老师以为她在认真听讲，实则她偷偷玩得不亦乐乎。

“挺羡慕你。”季崇理突然开口。

宋唯真警惕地瞟他一眼：“我感觉你没憋好屁。”

季崇理也靠着座椅靠背，却比宋唯真多了份懒散自在，长腿屈在课桌下，眼神扫向宋唯真荡来荡去的小腿。

他勾起唇角，似笑非笑：“腿短真好啊。”

“……”

坐在前面的男生身体抖了一下，憋笑转过来：“两位大神，我笑点很低，不好意思。”

宋唯真憋屈地开口：“你叫什么？”

“侯鸿飞，我同桌叫张白。”旁边的男生闻声转过来笑了一下。

宋唯真点点头，把他的名字加在了悲催的小说主角团中。

自我介绍的环节很快结束，宋唯真记忆力很好，转眼就把班级里的同学认识得差不多了。

在夏鸯前面坐着的女生是吴欣怡，现在已经开始看教辅书的是许昊然，还有前排那个坐得和夏鸯一样挺拔的漂亮女生，介绍了好几种才艺，叫梁晴……

宋唯真把人名大概在心里过了一遍，偏头看见季崇理正低头摆弄手机。

他垂着眼睛，浓密的睫毛像两把黑色的小扇子。干净修长的指节在屏幕上快速敲击着，毫不在意讲台上的人说了什么。

宋唯真看了看他的大手，又低头瞧着自己的小短手。

他的手比我大好多，手指也长好多。

腿也好长。

哎，人和人的差距。

宋唯真上小学时，个头就飞涨到一米六，是班级里最高的女生。她长得乖，成绩又好，同学老师都很喜欢她。即使有几个拽她小辫子的淘气男孩，也被她追打着满操场跑。后来上了初中，她慢悠悠地长了三厘米，身高便从此纹丝不动。

身边人给她取的外号也从“暴躁甜心”变成“可爱真真”。

她暴走的历史已经随着身高，消弭在风里。

宋唯真在心中叹口气，她现在打不过季崇理，也跑不过季崇理，只能打打嘴仗。

她神游的工夫，江海已经安排好分宿舍的事情，教室里一阵喧哗，大家纷纷收拾东西去宿舍楼整理。

夏鸢见她还坐着不动，走过来抬手在她眼前晃晃："想什么呢？"

宋唯真喃喃道："季崇理怎么哪里都那么长啊。"

夏鸢疑惑地歪头看向季崇理，被身后的池屿眼疾手快地捂住眼睛和耳朵。

池屿眼神复杂："真哥，你别带坏了鸢鸢。"

"噗——"

张白一口水刚喝进去，喷了侯鸿飞一脸，连眼镜片上都是张白喷出来的水。张白憋着笑，边用纸巾给侯鸿飞擦干净，边眼神复杂地看向季崇理。

"……"

季崇理看着从池屿手心挣脱出来的夏鸢，和前面两个手忙脚乱的同学，眼神最后落在一脸无辜的宋唯真身上，眉心不受控制地跳了跳。

直到池屿勾着他脖子回宿舍时，季崇理还有些心不在焉。

宜城一高的学生宿舍是四人间，除了他和池屿外，宿舍里还有侯鸿飞和张白。

因为刚才喷的那口水，张白已经和侯鸿飞混熟了。张白爬到上铺，掀开自己的床垫子指给侯鸿飞看。

"看见了吗？我爸妈沉甸甸的爱。"

侯鸿飞和池屿同时看过去。

张白手指抚摸着一大块黑色毛皮，语气沉重："祖传的狗皮褥子，你们喜欢可以拿去。"

张白哀号："我一个小伙子，初秋就垫狗皮褥子，人家还以为我肾不好！"

"我们对你肾的看法，不重要。"侯鸿飞轻飘飘地回了一句。

池屿的眼神在张白和侯鸿飞的行李上睃了一阵，转头看向季崇理。

"老季，我们 copy 哪一个？"

学校的宿舍提前一天向高一新生开放，方便学生和家长过来准备生活用品。如今 503 里的四张铁架床，靠窗那头的已经收拾得整整齐齐，换上了学校统一发放的蓝格床单。靠门这一侧的铁架床，光秃秃的床板上只铺了层学校配备的薄垫。

"季哥，屿哥，你们家里咋没给你们收拾好啊？"张白问。

两人没答话。

张白看了眼表："明天军训，你现在去网上下单也来不及了，要不今晚你们和我俩凑合凑合？"

侯鸿飞贴海报的手顿了一下，眼睛亮闪闪地看过来。

季崇理闻言看向张白手下那油光水滑的狗皮褥子，和侯鸿飞床边墙上快贴满的动漫海报，飞快地摇摇头。

“他的吧。”池屿指着侯鸿飞的床。

季崇理习惯性地从兜里掏出手机，准备给季决明打电话。

他走到阳台上，透过玻璃看着宿舍里面的场景。

池屿嘻嘻哈哈地跟侯鸿飞聊某部动漫的剧情，张白也从上铺爬下来加入聊天。三个人转眼就聊得热火朝天，如同相见恨晚的老友。

池屿走到哪里，都能跟所有人玩成一片，没人讨厌他。

池屿也总是尽力把身边的朋友，都介绍给季崇理。

成功率很低就是了。

季崇理略略看了眼侯鸿飞的床铺，心中大概有数，垂眸看向屏幕时，眼神顿住。

主屏幕上不是他自带的系统壁纸，而是夏日海滩上女生灿烂的笑脸。

女生穿着淡粉色分体泳衣，白嫩腰肢在阳光下透亮莹润，海藻一样的湿润长发飘在脑后，像刚上岸的人鱼公主。照片是抓拍的，少女浅棕色瞳仁里漾着惊讶和满足，笑容明快澄澈，整个人在碧海蓝天里闪着光。

她怀里抱着粉色独角兽游泳圈，脚下是柔软绵密的黄色沙滩，身后是湛蓝如洗的海水，更远处是蓝色稍浅却更纯净的天空。

世界上再严苛的摄影师，也会惊叹于这样的色彩构图。

季崇理垂眸看了会儿，敛了表情，按照记忆中的号码拨了过去。

有人天生好命，有爹疼妈爱，还有干妈护法，才能这样没心没肺地笑。而有些人都学不会怎么当妈，居然还去庆祝干女儿全市第二的好成绩。

一阵忙音后，对面传来实时转接的提示。季崇理等了几秒，听到助理小陈的声音响起：“你好，这里是季总的私人助理，有事请留言，稍后我会转达给季总。”

季崇理：“是我。”

“崇理？”小陈讶异，“你在哪里？手机掉了？这是谁的手机号码？需不需我现在过去接你？”

“我没事，手机没电了，这是……我朋友的手机。你一会儿送些床铺用品到我宿舍，具体位置发你短信，挂了。”

没等小陈说话，季崇理就挂了电话。

他望着天，心里空荡荡的。

季决明从来都联系不上，久而久之他也习惯了冷冰冰的机械女声，然后等着小陈助理的安排。

但今天季崇理格外烦躁，或许是因为张白家里对他沉甸甸的爱，或许是和两个舍友对比起来寒酸得不行的床板，又或许是……那小姑娘过分洋溢的笑脸。

自己的未来，浑浑噩噩，像抓也抓不住的风。

季崇理转过身，宿舍里还是热热闹闹的，他又垂眸看向手里的手机。

手机似乎是她新买的，桌面上只有一个 QQ，他点进去，看见一串滑不到底的好友列表。

季崇理点了“添加好友”按钮，输入自己的 QQ 号码，关了屏幕走回宿舍。

张白他们不知在争论些什么，见他进来，池屿随口问了句：“解决了？”

“嗯。”

他过分冷淡的声音，让宿舍顿时安静下来。

侯鸿飞壮着胆子问：“季哥，我听屿哥说你理科特好，以后我不会的题能问你吗？”

季崇理低头看手机，点点头。

池屿挑眉，一把搂住他的脖子：“我们老季只是看起来话少冷淡，其实性格贼好，尤其乐于助人。我能来宜城一高，都是他辅导的功劳。”

季崇理配合的态度让宿舍里的气温瞬间回升，几个男生闹成一片。

他看着池屿那副耀武扬威，拼命营销自己的模样，勾了勾嘴角。

“以后大家都是同学，放心来问我。”

季崇理靠着铁架床，懒洋洋地掀起眼皮。

“这傻子我都能教会，你们还能比他傻？”

“……”

回宿舍的路上，宋唯真才知道明天要早起军训的噩耗。

从小到大，她最怕的就是跟体育沾边的东西。

运动会、体测、大课间跑操……只要是活动胳膊腿的，就没有一样是宋唯真擅长的。

运动会她是场边加油给主席台写稿的，体测她是在老师的面子下才勉强通过的，初中大课间的跑操她一向能躲就躲，恨不得老师能天天叫她去帮忙批卷子。

她被夏鸯连拉带拽地爬了五层楼，累得气喘吁吁。

宋唯真扶着腰：“还好，军训完，我妈就让我走读了。不然，爬楼梯，就要累死了。”

夏鸯从小练跳舞，体能比宋唯真好太多，只是微微气喘：“这里，真真，我们在 512 舍。”

宿舍里已经到了两个女生，是同班的梁晴和吴欣怡。四个人的东西都提前一天过来收拾好，小小的四人宿舍安置得温馨妥帖，屋子里飘着清清淡淡的茉莉香。

女孩子之间的友谊很好搭建，尤其四个人的性格都很好，一会儿工夫就成

了热热闹闹的小姐妹。

梁晴正在阳台晾晒刚洗好的军训服，眼神不自在地往对面楼瞟。

宜城一高男女宿舍楼离得并不远，她们这栋楼对面就是男生宿舍。

“你们换衣服都小心些，对面就是男生宿舍，离得太近了。”梁晴从阳台走回来。

吴欣怡闻言走过去，仔细地看了会儿。

“哇，我都看见我们班男生了。”

“我去，周寰宇怎么大白天洗内裤啊！”吴欣怡捂着眼睛跑回来，“姐妹们，见面第一天我就瞎了。”

夏鸯温声细语地跟家里人打了电话，宿舍的信号不太好，断断续续地听不清楚。然后，她加了吴欣怡和梁晴的 QQ 号，给宿舍拉了个群。

“真真，我邀请你了，看下手机。”

“好。”宋唯真应了一声，拍拍吴欣怡的头，“爱卿，我去阳台会会他们。”

宋唯真趴在阳台的栏杆上，眯眼看对面的宿舍楼，恍惚看见正对面的宿舍站了一个高个子男生，怎么看怎么眼熟。

不会是季崇理吧？

宋唯真掏出手机，准备用相机放大看看。再抬头时，对面阳台上已经没人了。

她低头看手机，隐隐觉得不对。

好像没有那么新了？

都说手机更新换代快，也不至于一早上就迅速衰老吧。

宋唯真划拉开屏幕，看着冷硬的屏幕图案和好几个游戏 App，陷入沉思。

她的屏保是梅清设置的去年夏天出去玩的照片，而不是黑色背景里光秃秃的星球。

这好像，不是她的手机。

宋唯真点开一闪一闪的 QQ，号主头像是一团黑，昵称简洁是名字的缩写。

“JCL.”。

季崇理？？？

右上角跳跃着新好友提示，她点开，看见了自己的粉兔子头像。

【“一只可爱真”请求添加你为好友。】

【一只可爱真：我是季崇理。】

【一只可爱真：你拿错手机了。】

【JCL.：哦。】

【JCL.：为什么不是你拿错？】

【JCL.：我还说你图我新手机呢！】

【JCL.：没有调查就没有发言权。】

【一只可爱真：下来。】

【一只可爱真：在你楼下换手机。】

宋唯真气冲冲地从阳台走出来，穿着拖鞋就要往外跑。

吴欣怡连忙坐直："怎么了？"

宋唯真："看见周寰宇的大红裤衩，辣眼睛了。"

吴欣怡："啊……虽然但是，他裤衩不是黑色的吗？"

宋唯真："哦，我红黑色盲。"

宿舍门"砰"地关上。

夏脔温声安慰呆若木鸡的舍友："没事，真真就是这个性子，估计是有什么事情让她不痛快……"

梁晴眼睛亮晶晶："真的有红黑色盲吗？好稀有哦。"

吴欣怡拿起手机："我马上告诉我闺密，我有个红黑色盲舍友嘿嘿嘿！"

夏脔："……"

宋唯真看见季崇理站在榕树下，路过的女生面上矜持，眼神却带着黏黏糊糊的兴奋与羞涩。

要不是这人脸上过分冷淡疏离的神情，还真有几分言情小说里公子无双的味道。

呸，装什么大尾巴狼！

宋唯真迅速在心中酝酿了一个整蛊计划——跑过去，然后假装没站稳地撞向他，顺便踩踩他雪白的鞋尖。

她觊觎这人的白球鞋很久了！

……嗯，穿着拖鞋本就容易摔倒，想必他也不会因为一个小小的"意外"迁怒自己。

宋唯真闷头一路小跑，快到季崇理面前时，却因步频太快，脚穿过拖鞋帮面直接踩了出去。

冰凉的石子直接撞向她的脚心。

宋唯真吃痛地"嘶"了一声，在季崇理若有所思的眼神中，紧赶慢赶地表演了个张牙舞爪的急刹车，总算是站稳了。

她直接把手机扔给他，语气很冲："把手机还我。"

季崇理从裤袋掏出手机，递给她。屏幕不合时宜地亮起来，露出海滩上女孩的身影。

看着那粉粉白白的大腿，气得宋唯真眼前发黑。

早知道就该把妈妈设置的这张封面尽早换掉！

宋唯真脸颊一片绯红："你是不是都看到了？"

"我没注意，"季崇理一脸遗憾，"很好看？"

宋唯真：“！！！”

紧接着，男生的戏谑眼神落在她的右脚：“你的穿鞋癖好，很特殊。”

“用不着你管！”宋唯真转身欲走，愤愤地踏出一步，正好踩在榕树边光滑的鹅卵石上，又是一趔趄。

她的胳膊被人轻松握住。

然后，她像一只待宰的小肉鸡，被季崇理拎了过来。

“靠树站好。”

宋唯真不情不愿地“哦”了一声，靠在树边。

脸色淡漠的高挑少年，在她身前蹲下，让她的脚垫在他膝盖处。他眉头微皱，低头研究怎么把固定在她脚踝上的拖鞋拿下来。

宋唯真吸吸鼻子，有点感动。

季崇理虽然嘴巴不饶人，但人还是蛮好的。

她心里把他骂了八百遍，想使坏撞他，季崇理却帮她想办法，还把自己脏兮兮的脚底放在裤子上。

宋唯真垂眸看他头顶的黑色发旋，也不像刚才在课桌上趴着时那般跋扈。

然后，季崇理不知从哪里变出一把剪刀，按住宋唯真的腿，把拖鞋的带子剪断了。

剪、断、了。

【宋唯真收获：坏拖鞋 ×1，怒气值 ×100。】

季崇理把剪刀扔进提着的塑料袋里。

“还好池屿刚才叫我下来，帮他买东西。”他说。

季崇理不是故意气她，学校超市的这款女式拖鞋虽然外形漂亮，但非常不实用。帮带过软，鞋底过硬，宋唯真的小细腿卡在里面纹丝不动，除了剪断，没有任何方法。

他的同桌长着可爱的小圆脸，用最软的声调，说最嚣张的话。

而且，小姑娘的腿都卡红了。

不管他们之间有什么恩怨，他都不可能故意使坏，让一个小姑娘光脚走回去。

他从塑料袋里掏出刚买的男式拖鞋，正要递过去，耳边突然传来一声啜泣。

他抬眸，宋唯真迅速转过头，趴在树干上，光着一只脚，肩膀微微抖着。

他还是看见了小姑娘通红的眼角。

季崇理怔住，他不知道把女孩子惹哭了该怎么办。

于是他就在旁边静静站着等。

宋唯真哭声渐渐小了，转过身来，吓了一跳。

宋唯真：“你怎么还在这儿？”

季崇理：“哦，那我走。”

小姑娘可怜巴巴地看着他，听完他的话，眼看眼圈又红起来，季崇理把拖鞋放在她脚边："先穿这个。"

宋唯真手里拎着自己的粉色拖鞋，低头看了看脚边的深蓝色男式拖鞋，嘴角垮下来。

宋唯真："这上面没有小花。"

宋唯真："也不是粉色的。"

宋唯真："太丑了。"

季崇理："……"

季崇理："改天赔你双一样的。"

"好哦。"宋唯真一抹眼泪，嘻嘻一笑，穿上拖鞋飞快跑回去了。

"……"

季崇理回宿舍后，池屿从上铺跳下来，把塑料袋里的东西倒个底朝天，硬是没看见他购物清单上的拖鞋。

池屿："我的拖鞋呢？你忘买了？"

季崇理："……嗯。"

池屿："超市小票上有扫拖鞋的码，你是不是忘拿了？"

季崇理："我拿了。"

池屿："那拖鞋呢？"

季崇理："变成拖鞋精飞走了。"

池屿："……"

池屿看他心不在焉的样子，也问不出什么结果，于是跟要去超市买文具的侯鸿飞，一起出了门。

宿舍里只剩下季崇理和张白。

"季哥，刚才我们几个在宿舍里讨论谁是咱们年级最好看的女生。"张白自顾自地说，"池屿说是夏奞，说她从小练芭蕾，像只小天鹅似的。猴子说梁晴也很好看，多才多艺，声音也好听。但我还是觉得咱们级花陶桃最好看，那腿比我的都长。"

季崇理听他说着，心里不由自主地想起手机屏幕上小巧玲珑的女生。

肌肤莹白，笑容天真烂漫，纯净不谙世事的模样。

然后他又想起在榕树下，像颗小炮弹一样冲过来的人，细细的脚踝卡在拖鞋里时，眼底的狡黠笑意瞬间消失了，只剩懊恼和别扭。

季崇理无意识地收紧五指。

他以前从不知道，女生的腿可以那样细，一只手就能握住。

"要说咱们班的话，"张白翻身下床，铁架床"嘎吱嘎吱"响，"我觉得

你同桌还不错，人长得白净可爱，说话也有意思。这人啊，不能光看外表，有趣的灵魂更重要。”

张白瞄了眼端坐在桌前的季崇理。在来一高报到前，他听说过季崇理的威名——性子高冷，很少参加集体活动，除了池屿之外身边也没有来往的朋友，学习成绩一直在全市前一百名反复横跳——

第一名和第一百名，都属于这位的正常发挥。

心情好了背背古文，将作文格子写满，英语阅读不瞎选，第一名就是他的。反之，掉到一百名也不稀奇。

张白的妈妈是初中数学老师，不止一次地感叹过，宜城居然还有这么聪明的小孩。每次全市联考和大考理科基本都是满分，具体名次要取决于语文和英语发挥成什么样儿。张白揣着好奇心看过几次联考成绩单，季崇理的文科成绩难看到辣眼睛。

就像好好的绝世大帅哥，非要剃个“地中海”招摇过市。

不过中考时季崇理的文科发挥了正常水平，然后靠着近满分的理科分数成了全市第一名。

张白端着洗漱用品：“季哥，我先洗澡了。”

季崇理坐在桌边，不知在想什么，嘴角勾起一个很小的弧度。

颇有几分春风化雨的气势。

谁说季哥是冷面学神了，这不是会笑吗？张白关上浴室门，心道，季哥只是气质太高冷，话少了点，实际上也是个爱玩爱闹的高中生罢了。

季崇理“嗯”了声，宿舍里早没人回答，他也不在意。

怪不得夏瑟如会喜欢她，是个挺机灵的小姑娘。

桌上的手机响了两声。

【你的岛屿：老季，吃不吃雪糕？】

【JCL.：吃。】

【你的岛屿：出新口味了，麻辣鸡丁和香辣牛肉你吃哪个？】

【JCL.：……你确定看的不是泡面？】

【你的岛屿：哈哈哈哈，老规矩，榛子巧克力！】

【JCL.：。】

【你的岛屿：老季，不错啊，与时俱进了。】

【你的岛屿：终于会充会员了。】

【JCL.：？】

池屿没再回他。

季崇理退回界面，看见自己的昵称变成红色，后面的“VIP”彰显着尊贵的会员身份。粉兔子头上顶着红点，他点进去，翘起的嘴角抿成一条直线。

【我是你爹：不习惯白拿别人东西，拖鞋钱给你充会员了。】

【我是你爹：记得赔我一双一模一样的。】

【我是你爹：要有小花哦。】

【JCL.：……】

嘁，人不可貌相。

季崇理点开宋唯真的备注页面，面无表情地把“我是你爹”改成了“一枚核弹”。

然后，他皱着眉头点开书架里的著作《论持久战》，看了起来。

Chapter 02

·我们两不相欠了·

早上六点，军训起床的号子准时吹响。

学校领导怕学生们起不来，特意在每层楼安排一个老师，手里拎个扩音喇叭，挨个宿舍敲门，对着门上透气的小窗户循环播放《生日快乐歌》。

池屿骂骂咧咧地从床上爬起来，耷拉着眼皮穿上衣服，有气无力地敲了敲铁架床。

“老季，起了。”

“屿哥，季哥早就起了。”侯鸿飞正穿鞋，一脸崇拜，“咱宿舍第一个醒的。”

他话音刚落，季崇理从卫生间走出来，发梢还滴着水。

池屿揉揉脑袋上鸡窝一样的头发，见季崇理眼下一片青痕，瞬间清醒：“不是吧，你昨晚做贼去了？”

季崇理摇头：“睡不着，看了会儿书。”

昨晚那点有限的睡眠时间中，尽是望不到头的噩梦。

梦里是他不想见的人和铺天盖地的绝望，一切仿佛倒退回原点，他又回到小时候，变成那个体弱瘦小的男孩，把那些事情从头到尾经历一番。

一头冷汗惊醒，便再也睡不着。

侯鸿飞好奇：“季哥看什么书？是玄幻小说吗？最近有几本特别火，我超喜欢看！”

张白讳莫如深地看向他，摇了摇头：“他看的是《论持久战》。”

池屿：？

侯鸿飞：？？

四人并行去食堂吃饭的路上，侯鸿飞仍时不时地侧头看季崇理，小声跟张白说：“以后季哥是学理科吧？”

“他是理科之神，不会去学文吧？”

“那……他文科那么烂，看得懂《论持久战》？”

“当面议论人还不小声点。”池屿仗着身高，照着侯鸿飞后脑勺呼了一巴掌，“你们季哥脾气差，今天没睡醒，别惹他。”

侯鸿飞乖乖点头，拉着张白一溜烟地跑进食堂，给没睡饱的季大佬打饭。

“昨天夏聋跟我说，宋唯真那家伙穿了双男式拖鞋回宿舍，暴跳如雷地在宿舍里走了好几圈，我还不信。”池屿转过头来，眯起眼睛，“但是看你现在这样，我不得不信了。”

“怎么，你还真和宋唯真杠上了？”

别人不了解季崇理，池屿可知道他是什么德行。

这家伙仗着脑子好，长得人模人样的，就把老师家长，还有那些小姑娘都唬住了。

什么高冷校草、清俊学霸，前几年季崇理跟大院里的孩子打群架、学抽烟、一口一句脏话的时候，他们哪见识过？

现在瞅着挺冷清的，其实他耐性差，骨子里是个混不吝，恶劣又霸道，平时不爱和别人接触，这帮人都不知道罢了。

要不是两年前那件事，季崇理也不会彻底改邪归正，当个乖乖学习的三好学生。

但他对女生还是挺宽容的。原来那个和他一个班，叫陶桃的，成天散播谣言说自己摘下了季崇理这朵“高岭之花”，他不也懒得理？

他还真能和宋唯真计较？

然后池屿听见季崇理的声音凉凉地从旁边响起：“亡国论是不对的，速胜论也还是不对的。

“持久战中，要讲究主动性，计划性，灵活性；消耗战，游击战，阵地战。”

季崇理脸上郁结着没睡醒的阴云，冷淡眉眼沾上几分躁。他慢吞吞地跟在池屿身边，念叨了几句，步伐渐渐轻快起来。

“最后，是歼灭战。”

池屿：“……”

他一把揽住季崇理的脖子：“跟我你还装什么，宋唯真把你咋了？”

她？那个跟电视里飞天小女警差不多高的小核弹，能把他怎么样。

无非是爱管闲事，拦在那个女人前面自诩正义，每次遇见他都像刺猬一样，龇牙咧嘴，竖起满身的利刺。

人长得软乎乎，性子倒是爱逞强。

“你可别吓着她。”池屿警告他，“把你那个闷骚样给老子装好了，不然回头夏聋又要跟我生气。”

季崇理“唔”了声，满脑子都是怎么打赢这场攻坚战，然后让小刺猬乖乖地把刺收回去。他也想看看，让夏瑟如那么宝贝的人，到底是个什么样的人。

和小姑娘真杠上也不至于，他周遭那些糟心事，和她一点关系都没有，季崇理心里拎得清楚。

……就是她一开口便让人头疼。

“你记住了吗？”池屿捶了他一拳。

“我有分寸。”季崇理挑眉，拍掉后颈上勾着的手，冲不远处占好位置的侯鸿飞点点头，“你倒是听夏夤的。怎么在我耳边念叨好几年，都没追？”

池屿耳根瞬间红了：“瞎说什么！我和夏夏是纯洁的好朋友关系！比跟你还好！”

“啧。”季崇理意味深长地看他一眼，“中央空调。”

池屿：“……”

季崇理没睡好，胃口也差，看着包子、油条提不起兴致，最后考虑到军训要站一上午，他才在池屿的碎碎念中，堪堪喝了碗粥。

吃过饭后，他们往昨天安排好的“修炼”场地走。

橡胶跑道外侧的一圈空地被编了号，高一(17)班的位置正好在主席台下方。张白边走边号：“天要亡我，这地方太显眼了，活活要被晒死。”

侯鸿飞安慰他：“换个角度想，主席台那么宽的顶，没准儿能躲太阳。”

“没戏。”一个好听的女声突然从他们身后冒出来。

“主席台的顶虽然宽，但往届学长都说，除非太阳落山，否则主席台下面一直阳光普照。”

“你们好，我是陶桃。”女生梳着高马尾，明眸皓齿，眉眼弯弯，“是季崇理的……朋友。”

昨天谈论的级花突然出现在面前，几个人多少有点尴尬。只有张白脸色如常地打了招呼，然后看向季崇理。

谁让陶级花最后那两个字落得极轻，声音又甜，让人不得不往歪了想。

季崇理像没看见她似的，侧身走过，连片衣角都没沾上她。

女生也没在意，落落大方地说了几句话，眼神暧昧地落在季崇理的背影上，转身走了。

“你们看见了吗？陶桃的腿，有那么长。”张白夸张地展开双臂。

“那能有季哥的长？”侯鸿飞眨眨眼，“昨天宋唯真亲口说的，季哥哪里都长。”

两个人开了几句玩笑，脑后又挨了池屿两巴掌。

“以后别在老季面前提陶桃。”池屿快步往前走。

“要是提了呢？”侯鸿飞挠挠头。

“那你就，死于话多。”池屿睨他一眼。

“……”

军训教官姓胡，个子不高，皮肤黝黑，有一种虎虎生威的气势，只站在那儿，就如同风吹不倒、雨淋不垮的高塔。

队列是按身高由高到矮排，男生两排，女生两排。宋唯真站在队伍靠后的位置，踮起脚看了眼前面男生的黑色发旋，闷头踢脚下的石子。

吴欣怡站在她旁边，见这样子就知道，她是还在生气。

昨天宋唯真怒气冲冲地回来，脚上穿着宽大的男式拖鞋，手里拎着她之前向她们展示的碎花小粉鞋，在宿舍里踢踢踏踏地走了十几个来回。

吴欣怡拉拉她的袖子："别生气啦，军训完我们去吃好吃的。"

宋唯真勉强扯了扯嘴角，从兜里掏出两块水果糖，塞进吴欣怡手心。

她也不知道在跟谁生闷气。

她的脚卡在拖鞋里，季崇理确实帮她拿了出来。

他剪坏了她的拖鞋，又赔给她一双。

她嫌弃赔给她的拖鞋难看，他也说会赔双一样的小粉鞋给她。

拖鞋底那么硬，卡得小腿生疼，要是她自己回宿舍，最后也会选择把帮带剪断。

按理说，季崇理没做错什么，还帮了自己的忙，但宋唯真就怎么看他都觉得不痛快。

"集合！"

胡教官粗犷的喊声打断了她的思绪。

"从今天起，我们要进行为期一周的军训，目的是锻炼你们的身体，锤炼你们的意志，培养你们良好的习惯，以后才能更好地投入到学习中去！

"我是你们的教官，姓胡，在这里提出我的要求！

"既然成了我的兵，就要一切行动听指挥！凡事都要喊报告，教官没批准的事不能做！站有站相，坐有坐相，都拿出你们年轻人的精气神来给我看看，别让我这个老兵看不起你们这些青瓜蛋子！

"听明白了吗？"

男生们听得热血沸腾，大声回道："听明白了！"

"大点声！早上都没吃饭吗？"

"听明白了！！！"

刚开始同学们还以为胡教官是说的是官方套话，结果上午训练立正站姿时，他比周围所有教官都严格。眼看着太阳上来，附近几块地儿的学生都休息了，只有胡教官还瞪着鹰一样的眼睛，在他们当中睃着。

附近的欢声笑语让烈日下的同学们更难熬。

"眼睛往前看！"

"手指贴着裤线！不要动！"

吴欣怡用气声挤出句话："我要累死了。"

"我还能坚持，教官一会儿应该会让休息。"宋唯真顿了顿，"我妈说，

要么不做……”

“你！出列！”

胡教官站在宋唯真面前，黑脸晒得泛红，更显威严。她不敢说话，眼珠都不敢动，眼看着胡教官转身，顺着季崇理的方向，走了过去。

季崇理出列，单独被拎在阳光下，像被老鹰抓住的小羊羔。

宋唯真的心情顿时好了不少。

然后，胡教官缓缓转身，看向她：“还有你，出列！当我没听见！说话声大得站在学校外面都能听见！”

宋唯真迈着僵硬的步伐走出队列，站在季崇理旁边。

“你刚才跟谁说话？”胡教官盯着季崇理。

季崇理：“没谁。”

胡教官：“那你自言自语干什么？”

季崇理：“解闷。”

宋唯真哽住。

这人真是……皮啊。

“那你呢？你在跟谁说话？”胡教官看向宋唯真。

“啊？教官你不是听见了吗？”

宋唯真认真又诧异地答完，队列里发出一阵闷笑，附近几个练兵的教官也跟着笑了。季崇理余光瞥见表情认真的女生，也勾了勾唇。

胡教官被他们俩气得够呛：“是！但我要求你复述一遍！”

宋唯真轻咳一声，向前踏一步，保持着漂亮利落的军姿，开口道：“报告教官！我刚才在自言自语！”

队列又是一阵哄笑，胡教官的脸色更难看了：“你也给自己解闷？”

宋唯真：“我在激励自己。梅清同志说过，要么不做，要么就做到最好！”

“说得好。”胡教官没想到半大丫头也有这种觉悟，有些动容，“告诉大家，梅清同志是谁？”

宋唯真：“是我妈。”

胡教官气得手指哆嗦：“你们两个在这儿站着，什么时候不闷了，什么时候做到最好了，再给我休息！其他人解散！”

季崇理：“……”

宋唯真：“……”

胡教官在军营里待了半辈子，也没遇过这样的新兵。

周围的教官见他一张黑脸气得跟厨房里的锅底子似的，都上前来宽慰他，别跟这些刚上高中的半大孩子计较。胡教官心不在焉地点头，眼神落在不远处，别人说的话却是半分没听进去。

烈日下的橡胶跑道上，站着一高一矮两个影子。

高挑男生军姿规整，仿佛接受过专业训练。汗水滴答滑落，顺着他额角一路滑到下颌，连发梢都濡湿了，他却像感受不到高温暴晒，表情依然冷冽淡漠，像一柄沉默的刀锋。

旁边的女生站姿也极漂亮，腰身板直。虽然没有男生的标准，却有股巾帼不让须眉和不服输的韧劲，小脸晒得通红，目光依然倔强地看着前方。

宋唯真瞄了眼天上的太阳，恍恍惚惚像看见好几个似的。

越临近中午，阳光越烈，好几次汗水差点流进眼睛。宋唯真心里委屈得不行，却仍然没喊出那声“报告”。

季崇理在她不到半米的地方站着，汗水滴答在他面前的地上，洇出一小片痕迹。

他没投降，她自然不能先后退。

宋唯真热得快发疯，用余光偷偷打量季崇理的脸色，心中直犯嘀咕。刚才这人脸还很红，怎么现在看着红色褪了些，唇色却越发白。

一副极其不舒服的样子。

哎，年轻人还是太幼稚。不顾身体，只知道一味耍狠。

那今天就由她来做个好心人吧。

“报告！啊——”

女生清脆的喊声变成尖叫，随后是重物倒地的声音。

操场上所有人都看见，季崇理晒到晕倒，还把宋唯真撞倒在地。

胡教官一直留意着他们那边的情况，那个男孩子晕倒的瞬间，他像一支箭一样射了出去。

那男生晕倒前还拉了下女生的胳膊，仿佛在阻止她做什么事。下一秒他就直直地倒在地上，还把个子不高的小姑娘连带着摔个够呛。

周围的学生想围上来看热闹，都被各自的教官控制住，最后是胡教官背着被撞晕的宋唯真，池屿背着季崇理，跑向校医室。

宋唯真睁开眼睛，望着校医室的洁白墙壁出神。

发生了什么来着？

哦，她发现季崇理那家伙状态不对，想喊报告让胡教官过来，然后好像有什么人拉了她一下，再然后……

再然后她就偏头看见躺在另一张床上的季崇理。

是了，就是这家伙不分青红皂白砸过来，还握着她的手腕，让她躲都躲不开。

宋唯真想下床，刚一翻身，胳膊传来一阵刺痛，疼得她倒吸了口凉气。

女校医听见动静，从蓝色卫生帘后走出来：“你别动。我给你和这小伙子都开个假条，今天下午你们都休息，不用军训了。”

宋唯真：“医生姐姐，他是怎么回事？”

这声“姐姐”让女校医很受用，语气越发温柔：“他是睡眠不足，再加上吃得少，低血糖而已，没什么大问题。倒是你这胳膊，划了道血口子，肘部也摔青了，比他严重得多。”

小臂处被处理过的伤口包了层厚厚的纱布，仍旧隐隐渗着血，看起来十分恐怖。宋唯真连忙转开视线，跟校医聊天。

宋唯真长得乖嘴又甜，几句话的工夫，就把校医哄得开心得不得了。

“你先休息，你同学出去给你们买饭了。我出去吃个饭，回来给你带点教工食堂的水果。”

“谢谢姐姐。”宋唯真目送校医离开，关了门，才幽幽地转过头，“醒了怎么不说话？”

她们刚开始聊天的时候，季崇理就醒了。

他的头昏昏沉沉，额角也疼，出了一身冷汗，更难受的是胃里空得厉害，让他提不起精神。

宋唯真半靠在旁边的病床上，正精神百倍地跟校医聊天，瓷白泛红的脸漾着又甜又乖的笑容，季崇理烦躁地闭上眼。

更不舒服了。

季崇理听她问话，也只懒懒地掀起眼皮看了她一眼，没说话。

下一刻，面前摊开一只独属小姑娘的白净手心，里面泛着两道还没消的红痕，还放着两颗水果糖。

“草莓和杧果，你要哪个？”宋唯真语气硬邦邦，别开头，“晒久了有点黏，但还能吃。”

季崇理动了动唇，漆黑眸子定定地看她。

“你当你是皇上吗，我还能谋害你不成？不吃算了，我自己都吃掉……”宋唯真负气，把手撤回来，准备让他一个人在床上饿死。

“草莓。”

“啊？”

“我吃草莓味的。”

季崇理缓慢地抬起手，在她掌心点了点。

他指尖有点凉，戳在宋唯真手心里有种莫名的感觉。

两人隔空望了几秒，季崇理又缓缓开口：“剥开，我没力气。”

宋唯真看着他苍白的脸色，没再跟他抬杠。

她把草莓味的糖剥开，隔着糖纸把微微化掉的糖塞进他的嘴，然后把透着粉的玻璃糖纸，随手放在一旁的桌上。

她又剥开杧果味的糖，咬进嘴里，回到床上继续躺着。

翻身时不小心碰到左臂，宋唯真动作马上停了下来。

“怎么了？”季崇理问。

宋唯真自然不会放过这个机会，指着包了纱布的伤口给他看：“拜你所赐，自己晕倒不要紧，还让我跟着摔个狗吃屎。”

难得，那双漆黑的眼睛盯着她胳膊看了会儿，才缓缓闭上。

也没说什么让人生气的话。

室内重归安静，安静到宋唯真快睡着的时候，池屿和夏鸯推门走了进来。

“你们醒了。”夏鸯走到宋唯真床边，摸了摸她的额头，长舒一口气，“你晕倒的时候可把我吓了一大跳。”

池屿跟在夏鸯身后，把打包的饭菜放在桌上。

“我晕倒？”宋唯真诧异道。

“对啊。”池屿把饭盒打开，递到他们面前，“一个低血糖，一个晕血，差点把胡教官给吓死。”

宋唯真瞧着季崇理惨白的脸色，眼神还落在自己的伤口上，抿了抿唇，没说话。

一时间，室内只有两个人吃饭的声音。

季崇理吃饭又安静又快，宋唯真的速度也毫不逊色。初中时为了多点时间背书做题，她吃饭都是快速填几口，喂饱肚子就行。

他们吃完后，夏鸯帮着池屿收拾餐盒。

“真姐，”池屿弯弯唇，“要我说，我和夏夏这个组合的名字，就该送给你和老季。”

季崇理吃过饭后脸色渐渐好转，空落落的胃袋被填满，额角的疼痛渐渐缓下来，神情颇为惫懒。他看了眼宋唯真咬牙切齿的小模样，就知道这名字没什么好来历。

“我和夏夏初中时候是同桌，那时候我比较淘气，经常犯事儿，而且还常常连累她。”池屿向季崇理解释，“后来我们上语文课，学了个成语，叫作‘殃及池鱼’。大家就按照我们两个倒霉蛋的特质，引申成‘鸯及池屿’了。”

季崇理很浅地勾起唇角。

“这怎么能一样。”宋唯真不服气地反驳道，“你和夏夏的运气是连着的，一倒霉就是连坐关系。”

“我和他之间，我可是单方面受害者。”

“唉。”宋唯真瘫在床上，“我觉得他克我。”

“不是的。”一直沉默着的男生淡淡开口，眼神若有似无地落在宋唯真身上。

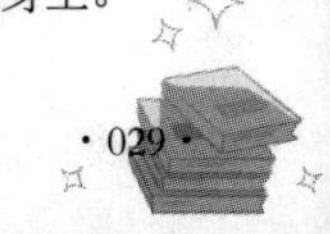

“以前我一直以为自己的运气是高低不平，在纵坐标轴上有正有负。”季崇理半合着眼，手指在白色床单上轻轻敲击。

“遇到她之后，我才知道运气的下限是负无穷。”

“……”

校医走到门口时，看到的就是两个学生像两只斗鸡似的，躺在病床上生气的场景。

尤其那个粉雕玉琢的可爱女生，气得腮帮鼓起来，每隔一会儿就要和旁边的男生吵上两句。面色很冷的小帅哥脸不红心不跳，神色从容地靠在那儿，嘴上却丝毫不饶人。

宋唯真：“你才是倒霉蛋，都怪你我才这样的！”

季崇理：“遇见你之前我没出过状况。”

宋唯真：“就是怪你！哪有人军训早上还不吃饭的！”

季崇理：“我啊。”

宋唯真：“……那你晕倒前拉我干什么？我好心好意帮你叫教官过来，你恩将仇报非把我也砸晕！”

季崇理：“地上硬。”

宋唯真：“……”

校医摇头失笑，这两个孩子哪像高中生。自己家幼儿园的宝贝和小班的小朋友吵架，分明和他们一样。

她走进屋里，把提着的塑料袋放在一边，两只小斗鸡见她回来，都闭了嘴。

“在食堂拿了些香蕉给你们吃。下午观察一下，如果没事就可以回宿舍休息了。”

宋唯真乖巧地一笑，道了谢，季崇理点点头。

下午校医要去开会，就把两个学生留在校医室，告诉他们离开前帮自己锁门。

宋唯真吵累了，上午军训的疲乏劲一股脑地涌来，没一会儿就睡着了。

初秋的风微凉也温柔，吹动女生额前细碎的刘海。季崇理盯着她熟睡的侧脸，表情淡漠地关好了窗。

窗外天很蓝，新生军训的喊声震天。

窗内，那只张牙舞爪的小刺猬，窝在床上，收起尖刺，瞧着柔软得很。

季崇理把桌上的玻璃糖纸放在掌心，又用指尖捏起。

他一向不喜欢这些颜色，粉色，嫩绿，鹅黄，反正那些艳丽的，看起来生机勃勃的色系，他都下意识地避开。

那些色彩，裹挟在噩梦里，像毒药一样腐蚀着他。

是艺术家难以名状的色块画作，是记忆里无休无止的背叛逃离，是女人们各式各样的纷飞裙摆，是巨大别墅里，荒诞黑暗，光怪陆离中苟延残喘的日子。

季崇理垂眸看向掌心，阳光透过粉色的玻璃糖纸，留下一团过滤后粉嘟嘟的光晕。

校医室里很安静，只有缕缕微风拂过，他抬头四处看看，若无其事地把玻璃糖纸握在掌心，收进口袋。

宋唯真这一觉睡得很踏实。

为了和季崇理较劲，她在太阳下活生生晒了一上午，整个人又累又困。校医走后不久，她就陷入了梦境。

在梦里，她是身负重任的族长女儿，为了拯救被疫病折磨的族人，跋山涉水去仙山求灵药。结果在高山密林中遇到个妖怪，惯会用风，那些冷风在他手中化成利刃，向她袭来。

她想躲开，身体周围却像出现隐形牢笼，把她死死禁锢在原地。

风刃就要落下。

忽地，从天而降一只精灵，化解了风刃的攻击，打跑了妖怪，还给她快被冷风冻僵的身体，施了层咒语。她身上亮起淡粉色的光，暖融融的，十分舒服。

精灵飘浮在空中，转过身来，乌黑眼睛对上她的。

啊啊啊啊啊！！！

这精灵怎么和季崇理长得一模一样！

他施施然开口：“喜欢吗？”

“浅粉色，还是小碎花的。”

她顺着他的视线低头，看见自己被套在一只巨大的粉色小花拖鞋里……

宋唯真猛地从床上坐起来。

窗外的天空漫上金红色，太阳已经慢吞吞地走到了天的边际。屋内也晕染着昏黄光线，目之所及似乎都裹上了一层甜酱蜂蜜。

呼，还好只是梦。

尽管做了噩梦，一觉醒来还是浑身舒爽。

“醒了？”

宋唯真伸了一半的懒腰停住。

季崇理站在窗边，夕阳温暖的光在他身形外镀了层光晕，少年身上过分冷淡疏离的气质被温柔的光中和掉，锋利冷清的眉眼也变得分外柔和。

像是一只野狼忽然变成了毛茸茸的柴犬。

“你怎么还在这里？”宋唯真问。

季崇理没答话，拿起办公桌上放的钥匙，往门外走。

“你等下！校医姐姐给的水果还没拿！”宋唯真动作麻利地翻下床，拿起

桌上的水果袋，忽然听到季崇理开口。

“站着别动。”

仅仅是听声音，宋唯真的脑海里都能想象出季崇理紧拧着眉毛的样子。

身后传来一阵窸窸窣窣的声音，紧接着，一件军训服盖在她头上。

“衣服穿好，外面冷。”他说。

“外面还有阳光呢。”宋唯真把衣服拉下来，“我有衣服，不要你的。”

季崇理面色淡淡：“你的摔脏了，夏鸯拿回去洗了。”

宋唯真：“……”

“那我也不冷！”宋唯真把外套塞进他手里，拎着水果往外走。

季崇理轻咳一声：“宜城实时温度：15℃。”

宋唯真僵在门口，摸着身上薄得透光的迷彩短袖，硬着头皮倒了回去。

季崇理站在原地挑眉看她，小姑娘脸蛋红红，扯过他的外套，语气硬邦邦地道了声谢。

“这个你拿回去吃。”宋唯真把那袋水果递到他面前，“没有刻意讨好你的意思，我香蕉过敏。”

“不用谢。”季崇理接过水果，轻飘飘地看了她一眼，“没有刻意关心你的意思，单纯怕你生病传染给我。”

宋唯真：“……”

宋唯真回到宿舍时，今日的军训已经结束了。

吴欣怡和梁晴趴在桌前休息，洗手间里传出夏鸯洗衣服的声音。

“还好你下午没来，胡教官真是太严格了，真把我们当新兵啊。”吴欣怡有气无力地说。

“夏鸯给你从食堂带了饭，还热着，你快吃吧。”梁晴疲倦地睁开眼睛，“她在给你洗军训服……”

宋唯真：“你们这么累怎么不上床躺着？”

吴欣怡摆摆手：“又脏又臭的一身汗，还是在这儿趴着吧。”

梁晴眼神狐疑，“噌”地坐直：“等一下，夏鸯在洗你的军训服，那你身上这件哪里来的？”

吴欣怡：“是啊，而且这件看起来大很多。”

宋唯真：“……”

宋唯真：“这么累了还是少动脑子。”

梁晴：“不会！八卦让人充满活力，我现在已经精神百倍了！”

吴欣怡跟着点点头。

“……是季崇理的。”宋唯真忽然肚子有点痛，边往厕所跑边喊，“你们别瞎想，我们俩不共戴天！”

宋唯真把夏鸯赶出洗手间，把季崇理的军训服脱在一边。

过了半晌。

“夏夏！我‘大姨妈’来了，借我卫生巾！”宋唯真喊道。

夏鸯从抽屉里翻出卫生巾，走进洗手间，看到坐在马桶上皱眉的宋唯真。

“肚子很痛？”夏鸯问。

“只有一点点……可血都流到裤子上了。我可真笨，自己的生理期都记不清。”宋唯真的唇瓣绷成一条直线，“不知道有没有弄到床上，校医姐姐那么好，我不想给她添麻烦。”

“应该不会。”夏鸯安慰道，“校医室床单是白色的。如果沾了血，你一定能发现的。而且季崇理不是也在，床单上有血他也能看见。”

宋唯真眼神复杂地落在那件军训服上。

总觉得……他已经发现了。

宋唯真拒绝了夏鸯帮她洗裤子的要求。

迷彩裤上沾了血本就不好洗，再说季崇理的军训服也要洗过再还给他，夏鸯那样好的脾气，一定会顺手洗掉。

他才配不上让夏夏洗衣服！

宋唯真揉搓着泡在浅绿色塑料盆里的军训服，听梁晴在外面追问夏鸯，她和季崇理到底是什么关系。

她甩掉手上的水珠，愤愤地想，还能有什么关系！

星盘不合，水火不容呗。

她费劲儿地把军训服拧干，拎到阳台去晾干。季崇理的军训服挂在她那件的旁边，宽宽大大，完全挡住了她的衣服。

他明明也很瘦的。

宋唯真回忆着和季崇理在校医室门口分别时，那人拎着香蕉大踏步离开的背影。

高高瘦瘦，姿态挺拔，迷彩服扎进裤腰，外面束着黑亮的腰带，更显得他宽肩窄胯，像个真正在军队里训练的教官。

她走回宿舍，吴欣怡和许晴把夏鸯闹了个大红脸。

“真真你快来。”梁晴眼睛一亮，“我和吴欣怡发现了个大秘密。”

“本来想问问你和季崇理的事，结果发现我们夏鸯的心思都丝丝绕绕在池屿身上。”吴欣怡嘻嘻一笑。

夏鸯红着脸垂眸。

“我们来给你表演一下。”

吴欣怡：“我们班帅哥还是很多的，大部分长得都清爽干净。来之前我还以为只有季崇理这一个‘人间绝色’，没想到旁边还开着不少‘小白花’。”

梁晴细声细气地模仿道：“我没觉得季崇理多好看。”

吴欣怡：“那你说谁好看？”

梁晴继续模仿：“我很喜欢那种朝气蓬勃的少年，爱打篮球，爱笑，脾气又好，看起来无忧无虑的。”

梁晴喝了口水：“满足以上这些条件，还能说了名字让夏鸯脸红的，只有池屿了。”

夏鸯求救似的看向宋唯真。

宋唯真清清喉咙，目光看向还站在那里模仿的两人，优哉游哉道：“我还以为什么秘密。”

“这还算是秘密？”宋唯真挑眉，“夏夏和小岛小学是同桌，初中是同桌，据我夜观天象，他们高中还会是同桌，何等缘分啊。”

夏鸯起身追着她打。

宋唯真往梁晴和吴欣怡身后钻，边跑边喊：“你们千万不要误会，夏夏和小岛就是纯洁的好朋友关系！没有任何其他关系了，千万千万，千千万万，不要想歪！”

四个女生笑成一团。

她们几个玩到很晚，第二天早上理所应当没能踩着起床号起床。匆匆忙忙在食堂吃过早饭，跑步最快的吴欣怡在前面领头，拖着那三个人往主席台跑。

宋唯真手里还拎着季崇理的军训服。她本来跑得就慢，再加上负重，更跟不上吴欣怡兔子般的速度。

跑着跑着，她松开了夏鸯的手腕。

宋唯真原地蹲下，冲夏鸯喊道：“你们先去，我鞋带开了，马上就到！”

等她歪歪扭扭系完鞋带，跑到集合地点时，班上的同学已经目不斜视地站好，胡教官跨立在队伍前，拧着眉头看着女生队尾那个空出来的位置。

“报告！”宋唯真跑到队伍前，立正。

胡教官：“为什么迟到？”

宋唯真：“报告教官，路上鞋带开了！”

胡教官：“系鞋带就让你迟到三分钟？”

宋唯真：“报告教官，我的鞋带质量不好，一路上系完左脚系右脚，系完右脚系左脚……”

胡教官：“……”

队伍里传来一阵阵闷笑。

胡教官气得够呛，猎鹰般的眼神扫向队伍：“笑什么笑！”

“男生第二排第二位，那个没穿军训服的，出列！”

宋唯真心道一声不好，眼见着季崇理面色淡淡地从队伍里走出来，站在她身边。

昨晚她翻来覆去没睡好，左思右想，季崇理肯定是看见她裤子上的血迹，才非让她穿上他的军训服。

她虽不是个以德报怨，以直报曲的人，但也是非分明。季崇理帮了她，她就不会让他平白无故挨训。

……而且宋唯真能想到，胡教官不管问什么，季崇理肯定都是噎死人不偿命的答法。

胡教官正在气头上，面前男生惫懒又冷淡的神色让他的火气“噌噌”往外冒。

现在高中生都这么跩？昨天晒了会儿太阳就晕菜了，小破身板有什么好跩的。

“报告教官！季崇理同学的衣服在我这里。”宋唯真举起手里的军训服。

胡教官一愣：“他的军训服为什么在你这儿？”

目不斜视的同学们纷纷投来八卦的目光。当事人之一季崇理，也好整以暇地侧眸看她，仿佛在等她给出一个合理的解释。

小姑娘扎着马尾辫，额前细碎刘海跟着风轻轻飘动，白净脸蛋上还有没褪去的红晕。

他轻嗅一下。

唔，这次是栀子花味。

“季同学昨天乐于助人，”宋唯真大脑飞速旋转，面不改色地编瞎话，“不对，乐于助猫。昨天我们俩发现有只受伤的小猫，他用军训服包着它送到校医室了。”

“他有事离开得早，忘了拿衣服。”

没等胡教官说话，宋唯真继续说：“报告教官，我们不能冤枉一个好同学。”

“也不能放过一个坏同学。”胡教官黑着脸，“你穿上衣服归队。你！去操场上跑五圈，有没有问题？”

宋唯真：“没有！”

季崇理：“……没有。”

她正气凛然地转身，把衣服塞进季崇理手中，擦肩而过时，笑盈盈地抬眸，挑衅般地看向他。

宋唯真：“年纪轻轻身体就这么虚，晒个太阳都能晕倒。”

宋唯真：“季同学，我们两不相欠了。”

季崇理：“……”

宋唯真刚踏上跑道就后悔了。

她逞什么英雄？季崇理又不会记她的好。

望着逐渐从云层里露出面容的太阳，宋唯真深吸一口气，提起精神开始她的两公里越野征程。

800 米体测她还能勉强支撑，真要在烈日下跑两公里，简直是要了她的小命。

不知道胡教官是不是故意的，今天训练时，所有同学的正面都对着跑道。每次宋唯真慢吞吞地经过时，都被一群人庄重肃穆地注视着。

尤其每每她几近放弃，想向胡教官求情时，总能和季崇理对上眼神。

那双漆黑的眼睛，隔着几十米都能感觉出一股凛冽来。

宋唯真登时觉得浑身充满力量。

不蒸馒头争口气！

于是，在季同学毫不知情的情况下，他激励着宋唯真艰难地完成了五圈罚跑。

见宋唯真头发凌乱，大口喘着粗气，还不忘礼貌地喊“报告”，胡教官心里舒服不少。他绷着黑脸让宋唯真归队后，解散队伍让大家原地休息。

主席台下方暴晒时间过长，胡教官虽然严厉，但也怕小孩子们没受过苦，被帽子闷得中暑，所以规定可以不戴军训帽，但不戴时要按照规定将帽子卡在肩章里。班上的同学都嫌日光太毒太晒，再热都会戴着。

宋唯真两腿打战，小脸晒得通红，宽大的军训服像一个巨大的蒸笼，热得她晕晕乎乎，摘下军帽努力制造一点凉风。

夏耷被池屿叫去超市买水，宋唯真累得没心情找吴欣怡和梁晴聊天，就近找了块阴凉地方，想坐下休息会儿。

她右手刚刚摸到冰凉的水泥地面，整个人就被非常没有尊严地，揪着肩章拎了起来。

季崇理垂着眼皮：“剧烈运动后不要坐地上。”

“……你管得真宽。”宋唯真顺势蹲在季崇理的影子下面，“我帮你证明清白，你还不谢谢我？”

季崇理：“谢谢。”

“光动嘴就行啦？”宋唯真仰头看他，见他只静静站着，没提反对意见，咧嘴笑了，“已经快到秋天了，太阳还这么大。季神你理科这么好，就把太阳的功率调小吧。”

小姑娘缩成一小团蹲在他的影子里，眼睛弯成两道月牙，嘴角的笑容狡黠又得意。

季崇理鬼使神差地蹲下，捡起地上她随手扔在旁边汗湿了的军帽，然后把自己肩章里的干净军帽解下，扣在她头上。

“太阳的功率是核聚变的事，但帽子可以让你的身体少做功，降低你的功率。

希望我的答案让你满意。”

宋唯真愣怔地看着季崇理拿着自己的帽子，修长手指在调节扣上拉扯几下。

季崇理直起身，语气平淡：“毕竟你现在太像大年了，我有点心疼。”

宋唯真：“大年是谁？”

季崇理：“我家的狗。”

宋唯真：“……”

宋唯真憋在丹田里的一口气险些没上来。

果然不能对这个人心存善念！

她愤愤地望着他的背影，忽然发现一众男生里只有季崇理没戴军训帽，汗液顺着头发流向那截裸露着的白皙脖颈，在太阳下反射着微光。

池屿和夏鸯一同回来了，夏鸯向她笑着招手，而宋唯真的全部注意力，都停留在季崇理的右手上。

他和池屿说了几句什么，而后自然地、毫不迟疑地，把她的那顶帽子戴在自己头上。

宋唯真的脸有些烫。

……喊，也没有那么爱干净嘛。

Chapter 03

·不是冤家不聚头·

胡教官有点心塞。

军训最后要汇报演出，每个班为一个方阵，每个方阵都要选出两个正步走得最好的一男一女两位同学，作为班级代表走在方阵的正前方。

下午训练时，恰逢胡教官的领导过来巡视。

领导笑呵呵地拍着他的肩膀说："你这个班带得不错嘛，那个小伙子，姿势很正，有股子军人气概。唔，那个小姑娘也不错，姿势标准、眼神坚定，你们班代表可以定下来了。"

胡教官顺着领导的手指看过去，目光定在成天跟他顶嘴的两个刺头身上。

胡教官轻咳："这女生个子有点矮了……"

领导："个子矮怕什么！电线杆子倒是高，它会走正步吗？"

胡教官连忙解释："领导，这两个人身高差得有点多，男生瞅着有一米八五，女生也就一米六的样子，看起来不是很整齐。"

领导在他肩头呼了一巴掌，笑骂道："老胡啊老胡，你倒是越活越回去了。咱们部队一直教你们不拘一格降人才，都让你就饭吃了？"

胡教官梗着脖子："我就不信我带的班里除了这两个小毛头，就没有其他走得好的。"

领导："那你看吧。"

胡教官黑着张脸喊了几个口号，越看心里越凉。整个班里，除了他们两个，还真就找不出个各方面都完美的来。

正步踢得好的，喜欢挤眉弄眼；军姿定得稳的，平衡感太差；各方面看起来都还不错的，身体素质不行。男生第二排尾巴的几个小伙子倒是瞧着不错，就是站久了身上一直抖，像在腰上装了个发动机似的。

领导站在他旁边幽幽开口："看见有更合适的了？"

胡教官摇头："……领导批评得对。"

领导咧嘴一笑，冲着还在太阳下站立的队伍吹了声哨子："十七班，听口令，原地坐下！"

"领导夸你们练得不错，咱们休息一会儿，做点小游戏。"胡教官把领导送走，转过身来，“他们那种拉歌我也不会，咱们就玩点我们部队里常玩的小游戏。”

“有没有现在还不累的，自告奋勇？我们要十个男生十个女生。”

宋唯真从兜里悄悄摸出把花生，分给周围的女同学，另一只手放在口袋里，小心翼翼地剥着花生壳。

军训这么久，人都要晒干巴了，谁还有精神参加游戏啊。

她低头吃了颗花生，再抬头时，正好看见季崇理干净利索地举了手，从地上站起来。

宋唯真迅速把剩下的花生都塞给吴欣怡和夏鸯，拍拍裤子上的土，高高举起了手。

二十个人很快凑齐了，胡教官把大家按照身高排了两列。

“游戏规则是这样的，一共分为十组，每组男生女生相对而坐，中间放一颗石子，听见哨声后就开始抢，抢到的人不用受罚。男生没抢到就做十个俯卧撑，女生没抢到就做十个蹲起，一直到坚持不下去就算输。坚持到最后的那组算是获胜者，可以获得奖品。”

胡教官说完，冲着女生队伍喊：“向后转！齐步走！”

宋唯真站在队伍最后，转个身就成了队伍第一。

得，白商量了。

她刚刚已经和队伍最后的那个男生达成一致，开始游戏时轮流抢不到，交替挨罚，这样他们一定能坚持到最后。这游戏除了考体能外，另外一个很重要的点就是团队协作。胡教官一定是认为他们这帮年轻人争强好胜，肯定不会互助。

宋唯真边想边走，心里越发不对味。

刚才，站在男生第一位的，好像是季崇理？

“立定！向右转！”胡教官吹了声哨子。

宋唯真抬头，撞上季崇理的清凉眉眼。

……真就，不是冤家不聚头。

跟他还搞什么和谐比赛，共同胜利啊！抢就对了！累死他！

宋唯真这么想的，也这么做了。

于是，在胡教官的第一声哨响后，宋唯真眼疾手快地抢到了面前的石子。她挑衅地看过去，却发现季崇理宛如个入定老僧，根本没动。

他轻飘飘地掀起眼皮，看她一眼，在身边男生的一片唉声叹气中，毫不拖泥带水地做完了十个俯卧撑。

是示威吧！

是讽刺吧！

第二声哨响后，宋唯真又一次飞快地抢到了石子。

坐在对面那人，这回只堪堪动了动手指，然后又做了十个俯卧撑。

宋唯真：“……”

一众男生原来还抱着谦让女孩子的小心思，结果两轮俯卧撑下来，大多数男生都在班里同学的嘘声中被激发了胜负欲，几队人马抢得热火朝天。

尤其是池屿那组，对面的梁晴做了好几组蹲起，累得直喘粗气。

只有宋唯真和季崇理这一组，局面冷静得像在北极，没有一丁点火药味。要说完全没有似乎也不对，胡教官瞅着他们，小姑娘前几轮都像斗鸡似的，动作飞快，圆眼睛里满是战斗欲。

他看向那个被领导表扬像军人的小伙子，做了几十个俯卧撑，丝毫不显疲态，眼睛反而越来越亮。

好丫头，好小子。

胡教官满意地去看其他组的情况，宋唯真那点挑衅劲头却偃旗息鼓了。

身边还留下的小组里，女生多多少少都做了几次蹲起，只有她像个定海神针似的坐在这儿，反倒显得季崇理气度谦让，她小家子气来。

又一声哨响后，宋唯真没动，双手抱臂定定地看向季崇理。

小姑娘被晒黑了点，浅棕色圆瞳明亮动人，看向他的时候多少带着气愤。

“故意让着我是不是？”宋唯真直勾勾地看他，故意呛他，“你这样很不尊重竞争对手。”

端坐在对面的少年，慢条斯理地摘下她的军训帽，然后把它固定在肩章处。他出了层薄汗，汗珠顺着额角一直流向脖颈。

场上除了他们只剩下一组，是池屿和梁晴。梁晴在做了七个蹲起后，终于坚持不住，喊了“报告”。

全场的目光都落在她和季崇理身上。

两人之间的那颗石子还安安稳稳地躺在那儿。

一只修长的手伸过来，手指稍稍用力，石子便顺着力道的方向，骨碌碌地滚到宋唯真脚下。

“你抢到了。”他淡淡道。

季崇理最后一个俯卧撑做完，队伍里爆发出一阵欢呼，男生直呼牛，女生眼神里多数是亮晶晶的崇拜和羞涩。

“季神牛！”

“十项全能我季哥！”

周围声音嘈杂，洋溢着少年人的蓬勃朝气，吸引了周围几块训练地的目光。胡教官笑骂着摇头，维持秩序。

没人注意两位当事人站起来后，体力强大的季哥走到宋唯真极近处扶了她一把。

人在太阳下晒久了总有点头晕，宋唯真怒气冲冲地起身，一时没站稳，身形趔趄，然后被季崇理握住了手腕。

季崇理：“年纪轻轻身体这么虚，晒个太阳都站不稳？”

宋唯真：“……”

这人怎么这么记仇，还用原话讽刺她！

宋唯真抬眸，蓦然对上季崇理忽然靠近的黑瞳。少年睫毛浓密，在眼下投出一片扇形阴影，晒了几天太阳的皮肤，还是一如既往的冷白。

他勾唇一笑，倏地贴近宋唯真的耳郭。

季崇理：“宋同学，这下知道我体力好不好了？”

宋唯真：“……”

宋唯真慌张地转过身，看向胡教官，语气僵硬道：“我们这组赢了，奖品是什么？”

胡教官咧嘴笑了，“奖品就是——获得十秒钟大家钦佩的掌声！”

宋唯真：“……”

第二天军训休息时，梁晴照例从军训服宽大的口袋里摸出一支防晒霜，偷偷地挤到夏鸯和吴欣怡手上。

她刚撤回手，面前忽地多出了一只颜色略深的细胳膊。

“我也要。”宋唯真说。

梁晴诧异：“你不是从来都不涂防晒？”

宋唯真确实不爱涂。防晒霜大多数黏腻，糊在脸上像戴了层不透气的面罩，很不舒服。可她今早起床照镜子时，发现自己好像……

是比以前黑了不少。

尤其是想起某人白玉似的小臂，宋唯真心中更是郁悒。

梁晴重新拧开盖子，随口说道：“其实应该去问问季崇理用什么牌子的防晒霜。你们不觉得，军训都好几天了，我们班只有他一个人没有变黑吗？”

吴欣怡和夏鸯闻声抬头，眼神在人群中睃着比较，然后赞同地点头。

“他那是白吗？”宋唯真撇撇嘴，“明明是气血不足。”

话音刚落，胡教官和江海并肩走来。

“集合！”胡教官吹了声哨子 。

所有人立刻起身，站进队伍。

“同学们，今天下午高一年级统一举行班会，大家中午吃过饭直接回班就行。”江海扶了扶鼻梁上的眼镜，“单独训练领队队形的同学可以不来。”

胡教官今天心情似乎还不错，又练了一会儿就放大家去吃饭。

侯鸿飞一听解散，拉着张白就往食堂跑，男生女生“呼啦啦”跑成一片，

就连一向温柔稳重的夏鸯都跟在吴欣怡身后小跑起来。

宋唯真刚要紧随大部队，就听胡教官在她身后笑了。

“你们两个，留一下。”

她侧头，正好对上季崇理凉凉的眼神。

“所以我们班方阵领队是你和季崇理？”吴欣怡惊呼，“天啊，真真，肯定有好多女生羡慕你！”

“羡慕我啥？”宋唯真苦着张脸，用勺子在米饭里来回戳，“羡慕我以后每天都要多训练一小时？羡慕我在太阳下晒成包青天？还是羡慕我要和两个大魔头一起待着？”

吴欣怡从盘子里夹了块排骨给她：“也是，小可怜多吃肉。”

“我舅妈是教导主任,她说下午的班会没什么大事。”梁晴放下筷子,小声道,“军训再过几天就结束了,应该是要安排摸底测试的事情,还有各班的班干部。”

“摸底测试？！”吴欣怡和宋唯真同时从座位上站起来。

“小点声！”梁晴把宋唯真拉回位置，“独家爆料，据说老江有按成绩排座位的习惯。”

“那没事了。”宋唯真心情忽地舒畅起来，舀了一大口饭，“我理科不好，最近也没做题练手感，估计排名会下滑。”

“好座位是好成绩的关键，”梁晴把另外三个女生拉近了，“要不要我去求求我舅妈，让她给咱们透透口风？”

吴欣怡摆摆手：“算了吧，我这个脑子，临阵磨枪都得把枪磨断了。”

宋唯真鼓着腮帮子：“我巴不得考不好，离那尊大佛远点。”

梁晴看向夏鸯。

“我觉得不太好，要是你舅妈告诉你妈妈，你不就完蛋了。”夏鸯说。

“你们还没吃完？”张白走到桌子跟前，笑嘻嘻地跟她们打招呼。

侯鸿飞挺腼腆地点点头，红着耳根先走了。跟他们错后几步的还有两个人，一个高大阳光，看见谁都笑着打招呼；另一个神色清冷，耳朵里塞着耳机，垂眸看着手机屏幕。

张白正跟她们聊天，池屿走过来，把他挤到一边。

“鸯鸯，饭卡给我，我帮你充去。”池屿说。

“哟，鸯鸯。”吴欣怡和梁晴拼命地挤眉弄眼。

宋唯真余光见着夏鸯递了张白色卡片给他，闷头吃饭：“都说了不要大惊小怪，常规操作，常规操作。”

那尊大佛步伐不紧不慢地走到她跟前，指节在桌面叩了三下。

还让不让人好好吃饭了！

宋唯真抬头瞪他。

少女圆溜溜的眼睛瞪得极大，脸颊也鼓得圆溜溜，像只屯粮的仓鼠。

“现在是午休时间，距离我们开始训练还有一个小时！”宋唯真咽下嘴里的米饭，眼睛一瞬不眨地瞪他，似乎在等个合理的解释。

“在跟我说话？”季崇理慢悠悠地摘下耳机，掀起眼皮，似笑非笑。

季崇理指了指池屿：“我在叫他。”

宋唯真：“……”

池屿拿着夏鸯的饭卡，紧跟着跑出来。

季崇理把手机上的耳机线拔下来，扔给他。

池屿嘟囔道：“我就说耳机坏了你不信，一点声音都没有吧。”

季崇理点头，嘴角微微勾起一个弧度。

宜城今年降温很快，明理路两旁种的银杏树，已经陆陆续续地飘起落叶。

“军训完你回大院住吗？还是……回你爸那边？”池屿问。

“大院。”季崇理脸上的笑意淡下来。

他话音刚落，明理路旁的车道上传来一阵鸣笛声。

一辆黑色宝马缓缓停在他们身后。

小陈助理开了车门，下车后神色尴尬地朝季崇理小跑过来。

“池屿，你先回去。”他抬眸，轻轻揉了下眉心。

季崇理眸色冷淡，静静地看着卧在路边的黑色巨兽。

小陈助理小心翼翼道：“崇理，季总让你上车跟他谈谈。”

“我不去。”季崇理眼神在车身上一扫而过，落在旁边的稠黄的落叶堆，“让他下来。”

小陈助理面露难色，在少年和车之间踌躇徘徊。最终，季崇理没让他为难，迈着步子不紧不慢地越过他，走到车后座的位置。

车窗自动摇下，露出一张与他有七成相像的脸。

男人穿着手工剪裁的深蓝色西服，暗红色条纹领带一丝不苟地系在领间。虽近中年，眼尾有些许细纹，但刀刻似的眉眼仍亮如寒星，眼角的纹路似乎只为他平添了成熟男人的韵味。

“回家吧。”男人疲惫地揉着额角。

“家。”季崇理淡淡道，“那不是我家。”

“你任何一个情人的地儿，都比那里更像家。季决明，你不必履行监护人的义务，我可以照顾好自己的生活。”季崇理逆着风，微凉的空气一口口灌进喉咙，他恍若未觉，把憋了很久的话统统说了出来。

“我不会继承你的公司。你那么多相好的，你又努力，肯定还会有个一儿半女。”季崇理嘴角扯起一丝冰冷讥诮的笑。

“上大学后，我不会再用你的钱。以前那些，我也还给你。”

“你千防万防怕人算计的财产，我分文不要。”

初秋的风颇为凛冽，少年额前的刘海被吹得摇摇晃晃，连带着面容也模糊不清。

季决明怒气直冲后脑，抬手就想给这逆子一下。

一阵风掀起少年的额角，露出块浅淡的疤痕，如果不仔细看，几乎看不到。

季决明扬起的手顿在空中。他努力平复情绪，脸上挤出一丝仓促笑容：“小理，过了国庆就是你生日，爸爸到时候要出差，提前给你买了生日礼物。”

他从车窗里费劲地递出一个纸盒子，上面印着巨大的品牌 LOGO，是一款全球限量版设计师联名的篮球鞋。

“喜欢吗？”季决明问。

“如果不是挨着它，应该挺喜欢的。”季崇理稍稍歪头，看向后座上牛皮纸袋里，露出的浅金色高跟鞋七厘米的鞋跟。

“但现在，我嫌脏。”他退后一步。

宋唯真哼着歌从超市里走出来，心情颇好。

她在食堂和夏鸯她们分手，吃过饭后，离和胡教官约定训练的时候也不远了，她索性四处走走，权当饭后消化。

然后碰巧走进超市，碰巧想吃雪糕，碰巧今天买一送一。

宋唯真开心地拎着两根雪糕走了出来。

今天太阳蛮大的，送一根给胡教官！

她走到明理路附近，听到一阵马达轰鸣声，紧接着一辆黑色宝马扬长而去，而路边站着一个她非常熟悉的身影。

看起来有点颓。

如果在游戏或者动画片里，那个代表季崇理的小人，脑袋上一定飘着好几朵乌云。

午休时间校园里人很少，再加上下午班会，大多数学生都在班级里。

空无人烟的明理路，少年身形颀长，落寞地站在一丛深黄色银杏树叶边。有一片银杏叶落在肩头，他轻轻取下，垂眸看了几秒，毫不留恋地扔进地上的落叶里。

然后，那道身影忽然转身，眼神不偏不倚落在她身上。

宋唯真对上那双黑眸，不觉怔然。

他哭了？？？

季崇理哭了！！！

他湿漉漉的眼神好像一只大金毛！

啊，大狗狗！

宋唯真在大金毛可怜巴巴的注视下，拎着两根雪糕，走了过去。

“草莓榛子巧克力和杧果慕斯奶油，你吃哪个？”她看向他。

少女踮起脚拍拍他的肩膀，双眼眨巴眨巴，毫不掩饰眼神里的安慰、怜爱和……兴奋。

满脸都是看好戏的样子。

季崇理没说话。

“好啦，知道你要吃草莓的。上次在校医室你就选了草莓味。”宋唯真小心地把包装袋撕开，递给他，“超市买一赠一哦。”

季崇理慢腾腾地抬手接过那根雪糕，边吃边和宋唯真往操场走。

“年轻人，生活不如意十之八九，以后的路还长，要看开点儿。”宋唯真老气横秋地感叹，假装不经意地说道，“有什么难处说出来排解排解就好了，也不至于哭嘛。”

季崇理：“我哭了？”

宋唯真：“你没哭？我在离你五米远的地方，就看见你流眼泪了。”

“哦，刚才啊。”季崇理咬了口巧克力脆皮，“打哈欠而已。”

宋唯真：“……”

“你把草莓味的还给我！我最喜欢吃草莓味的，让给你两次！！！”宋唯真愤怒地抬手打他。

季崇理飞快地躲开，往路的尽头跑去。

身后追着他跑的小姑娘气红了脸，边跑边护着自己的雪糕，瞧着委屈巴巴的。

他稍稍放慢脚步，让少女捉到了他的衣角。

就让她一次，看在她让了两次草莓味的份儿上。

脚下的银杏叶发出脆响，明理路的尽头是过了花期的海棠。

今天的风，格外温柔。

胡教官不知道自己今年走什么背字儿，分到给这两个瘟神当教官。

人家其他高一新生，哪个见了教官不是客气又礼貌，清脆的嗓子跟小百灵儿和小鹦鹉似的，乖乖地喊声“教官好”。

而他手底下这两个领队，虽然精气神和军姿都是一等一的好，脑子也灵光，就是脾气轴得堪比钢筋混凝土，还要再加两吨水泥。

在军营里，又拧又浑的新兵蛋子还能狠狠操练一顿，几天下来收拾得服服帖帖。胡教官望着那两个练习走正步的背影，心里涌起一股难以言喻的悲凉。

男生比他高了快两个头，先不说军队纪律，就是真打起来，还说不定谁挨揍呢。那小子看着就有股野狼崽子的味，眼神跟射出去的箭似的。

那小姑娘的性格他还是挺喜欢的，敢拼敢闯，不甘人后，这就是当兵的劲儿！小丫头人长得也水灵，就是别张嘴……说又说不过，打又不能打，胡教官真不知道该咋办。

“胡教官，你看他！正步走的时候，他跟我根本不在同一条水平线上！”宋唯真又走完一圈，气呼呼地跑过来告状，“我还喊一二一呢，他都到终点了。”

“腿长没办法。”季崇理面色淡淡地拧开瓶盖喝水。

宋唯真：“那你就不能等等我！”

季崇理：“你没让我等你。”

宋唯真：“你见过两个领队的走出一条斜线？就算你腿长你就不能走慢点？”

“你说得有道理。”季崇理看着小姑娘晒得通红的脸蛋，慢悠悠地提议，“教官，我们可以另辟蹊径。”

季崇理：“谁说领队一定要站横排？我们可以站竖排嘛。”

胡教官听着他们打嘴仗，一个头两个大。

“竖排就竖排，那我要站在前面！”宋唯真哼了一声。

“恐怕不行。”季崇理叹道，“你在我前面走，鞋跟得被我踩烂。”

“行了！”胡教官忍无可忍，“你们再去给我走正步！走不了横排就一直走！”

于是，512 和 503 两个宿舍的人班会结束，来找他们各自亲爱的舍友吃晚饭时，胡教官还背着手盯着那两个在操场上惨兮兮地走正步的人。

胡教官的脸色比夜色还要黑。

“走不好别吃饭！别班的领队早就练好了，你看你们两个！”胡教官背着手，气得够呛，“两张小嘴叭叭的，训练用嘴还是用腿！”

大概又练了半个小时，胡教官才哼了声，放他们回去休息。

池屿带头鼓掌：“我们真哥这正步走得英姿飒爽，巾帼不让须眉！”

张白附和道：“真姐确实走得漂亮。”

宋唯真累成一摊泥，半靠在夏鸯身上，懒洋洋地招招手：“谢谢各位抬爱。”

“季崇理，我能问问你用了什么牌子的防晒霜吗？”梁晴鼓足勇气，细声细气地说，“咱们班只有你没晒黑，我挺好奇你怎么防晒的。”

侯鸿飞疑惑地抬头：“季哥你还搽防晒？”

“没搽。”

季崇理的眼神落在哭唧唧地扒着夏鸯的手臂、噘嘴撒娇的女生身上。

“我不是很白。”他意有所指，“全靠同行衬托。”

宋唯真：“……”

“行啦。”夏鸯拉住宋唯真的小手，温温和和地解围，“我们过来是告诉你们班会结果的。”

“虽然回宿舍也能说，但就没有当面讲来得刺激。”池屿嘿嘿一笑。

下一秒，众人整齐划一地退后一步，把夏鸯留在宋唯真和季崇理面前。

“今天班会主要说了摸底测试的事情，我想这个对你们两个来讲不是很重要。”夏鸯娓娓道来，“江老师还定了班干部的人选。周寰宇是班长，体育委员是池屿，文艺委员是梁晴，我是学习委员，物理课代表是许昊然……”

“你们俩是英语课代表。”夏鸯说完，微微一笑，退后几步和大家站在一起。

六个人皆是看好戏的样子。

“什么？！”宋唯真一脸难以置信，“我和他……是英语课代表？”

她望向隔了几步远的人群，又看了眼身边无动于衷的某人，忽然感觉世态炎凉。

秋天，果真萧瑟。

“其实，是老江记性不太好，你们俩在外面训练，他安排班干部的时候就把你们给忘了。”张白摸摸鼻尖，忙着打圆场，“不然你们肯定一个班长，一个团支书的。”

“后来，老江最后安排英语课代表时候，一拍脑门说：‘我都忘了，咱班还有个中考英语满分的同学。’就把真哥给定了。”池屿憋笑，“然后老江看了眼紧挨着的老季的英语成绩，又说：‘咱班排名第一的英语居然倒数，那就让他好好锻炼锻炼。’就又把老季给定了。”

“各科课代表名单，江老师已经发给各科老师，没办法再修改。”梁晴提醒道。

宋唯真张了张嘴，一时不知道说什么好。

她侧头看季崇理，那人若无其事地站在一旁，仿佛这些事情与他无关似的。

季崇理表现得这么无所谓，自己要是情绪波动很大，倒是落了下风。于是她回忆着夏鸯的动作，矜持地点点头：“祝我们以后合作愉快。”

宋唯真一脸挑衅：“不过季同学的英语成绩可要好好提高一下，不然可没办法给大家做表率。”

季崇理颔首：“宋同学也要努力，要是下次荣誉榜上没有你的名字，还挺遗憾的。”

天色微暗，少年的黑瞳透着意气风发的亮。

“合作愉快。”他在她耳边轻声说。

于是，这位季同学刚回到宿舍，就在QQ上收到了中考英语满分的宋同学发来的文件。

【一枚核弹：［英语短语总结大全.pdf］】

【一枚核弹：本大大发慈悲地送给你，以免你英语成绩太难看，丢我们课

代表的脸。】

【JCL.：哦，谢谢。不过我没什么回赠给你的。】

【JCL.：我的理科知识都在脑子里。】

【一枚核弹：……嘁！那些公式定理我也都记得。】

【JCL.：只会背不会用？】

那边的女生没再回他，季崇理已经能想象出她气鼓鼓的样子。他随手点开文件，翻了几页，意外地发现居然整理得不错，有重点有批注，高频短语还加了星号提醒。

真是……爱管闲事。

季崇理无意识地弯起嘴角，把她的备注从“一枚核弹”改成了“飞天小女警”。

小个子，大眼睛，还挺合适。

“要摸底测试了，我可怎么办啊！”张白在上铺来回翻身，铁架床“吱呀吱呀”地响，“我英语奇差无比，从中考之后就再没碰过了。现在连英语的二十九个字母都背不下来。”

“友情提示，是二十六个字母。”侯鸿飞说。

“我完了！”张白哀号，在上铺来回扑腾，“你们怎么都不着急？摸底测试了！各位大哥！”

“急也没有用，每天军训完都累死了，打局游戏就熄灯，不然你去梦里背单词，效果可能更好。”池屿边和侯鸿飞打游戏，边宽慰张白，“老白，像我和猴子这样，心无杂念，你一定能考个好成绩。”

“我倒是无所谓，可我妈非常有所谓。”张白见这两人靠不住，又看向季崇理，“季哥，季神，你有没有什么考前突击英语的方法？别拒绝我，你一定有！诀窍也行，资料也行，卷子也行，你给兄弟指条明路吧！”

季崇理正在手机屏幕上划拉的手指忽地顿住。

资料他确实有，“小女警”刚给他发的，而且是英语满分大佬的资料，质量肯定杠杠地好。

他从不藏私，别人壮着胆子来请教问题，保证能得到圆满的答复。但这次，他有点不想把这份资料发给张白。

“小女警”没说可以转发给别人。

季崇理还没说话，就听池屿嗤了一声：“就他？你拿鞋底在答题卡上印一下，那准确率也没比老季的答案低多少。”

池屿：“你还不如考试前让真哥给你算一卦，渡你点真气。”

张白：“好！”

一周的军训时间过得飞快，宋唯真每天忙着和季崇理加训，两个人磨合得越来越好，正步踢起来像一对双胞胎似的。

某次训练完，池屿拎着水过来看他们，这样夸奖道。

“我的双胞胎妹妹，不可能只有一米六。”季崇理拍拍宋唯真的头顶。

“是一米六三！”宋唯真怒而踩他的鞋，踩了个空。

军训汇报演出后，就是教官们离开的日子。班里许多女生都哭了，男生们也有点舍不得，站在军绿色卡车旁边，跟教官们要了QQ号码，希望他们回部队也不要忘了他们。

宋唯真站在人群里，望着周寰宇郑重地把十七班集资买的礼物送到胡教官手里。胡教官黑红着脸不收，两个人一个在车上，一个在车下，就这么推推搡搡。

她挺不能理解的。

一个星期左右的时间，怎么会有这样深的感情呢。

不过是分别而已，如果是想见的人，一定想方设法能见到。

又不是生离死别。

但身边的人似乎都挺伤心的，吴欣怡和梁晴都红了眼眶，池屿小声地跟夏鸯说着话，边说边往胡教官那边瞟，似乎在转移夏鸯的注意力。

季崇理站在她旁边，脸上还是那副淡淡的神情，低头玩手机，与周围喧闹的人格格不入。

“你不难过吗？”宋唯真问。

“为什么难过？”季崇理抬眸，眼神落在不远处的银杏树上，“秋天到了，叶子就落了。期限到了，他们就该走了。”

“而且，”他忽地低头，看向她，“这种‘千万不要忘记我’‘保持联系’的承诺和愿望，都是假的。许愿的人会忘记自己的愿望，转而投向新生活。被寄托了愿望的人，也不会一直在那里等着，都是相交线罢了。”

他用手指在空中比画：“两条直线相交，有且永远只有一个交点。”

“噢。”宋唯真第一次和季崇理聊到这么深刻的话题，他的想法居然还很悲观。她不自在地咳了声，岔开话题，“没想到高冷的季神今天话挺多。”

季崇理悠悠叹道：“给笨蛋讲题的时候，需要细致些。”

宋唯真：“……”

果然江山易改本性难移，古人诚不欺我！

宋唯真扭过头跟梁晴说话，没听到季崇理声音极低地说了句话：

“等一次就够了。”

少年的喜怒哀愁来得快去得也快，那点因为教官离开的离愁别绪，被秋风一股脑吹走了。

送走教官后，江海把大家叫回班级填住宿表格。

表格传到宋唯真这里时，大部分的空白都填满了。班上的女生大部分都选择走读，把宿舍当成午休的地方。她也按照梅清的授意，在走读对应的方框内打了个钩。

宋唯真把表格递给季崇理，他只粗略地扫了一眼，就在同样的位置画了钩。

周寰宇一脸正气地走过来，收走了那张住宿表格。

“同学们可以收拾东西回家了，记得明天的摸底考试，就在咱们班考。”江海用直尺敲了敲黑板，又强调一遍，“上午考语文和数学，下午考外语和综合，都别迟到。”

宋唯真嘴上和她们说想考得差些，离季崇理远点，但还是想回去好好准备的。

摸底测试虽然算不上什么正经考试，可梅清同志仔细地记录着她每一次考试的成绩变化曲线。万一考砸了还真是挺要命的。

而且，她也不想输给季崇理。

宋唯真轻叹口气，背起书包，准备叫夏鸯一起回家。

早回家一分钟，就能早学一分钟，反正那些知识点，她熬个小夜就能复习得差不多。

书包带倏地被人拉住。

季崇理垂着眸子，修长手指在手机屏幕上滑动，另一只手拉住了她的书包带。

那只手骨肉匀称，指甲修得圆润好看，每个指甲根部都有一个小而浅的月牙。宽大的校服袖子从微微抬起的手腕滑落，露出腕上纯黑色的机械手表。

季崇理：“想逃？”

宋唯真：“什么？”

季崇理：“值日，是我们每个人的义务。”

宋唯真：“值日？”

班上的同学陆续都走了，江老师也不在。教室里除了他们，只剩下池屿、夏鸯和周寰宇。

季崇理站起身，高大身影在她身侧投下一道阴影。

“班长，”他懒散地倚着课桌，手指还勾着宋唯真的书包带不放，“有人想逃值日，被我抓个正着。”

周寰宇一脸严肃：“宋唯真同学，班级是我家，人人爱护它。”

池屿“扑哧”一声笑出来，夏鸯也跟着弯了弯唇。

[illegible]

手足无措的样子，解释道。

“不是吧，真哥，你是学霸你担心啥。”池屿拿着扫帚，像拿着丐帮的打狗棍一样耍得虎虎生风，“其实我们五个人都不用担心。你们四个都学习超好，我是体育生，早就跟老江谈过了，学习可以慢慢搞。”

“所以都别担心啦，一起快乐搞卫生吧！”池屿跳上讲台，笑嘻嘻地说道。

宋唯真的忧虑被这场嬉笑弄散了，她放下书包，发现季崇理还懒洋洋地靠在那儿，指尖挑着她的书包带。

“我不逃了，你松手。”宋唯真夺过周寰宇手里的扫帚，塞给季崇理，“好好干活。”

“哦，我忘了。”季崇理松手，任由蓝色带子从手中滑落，“我还以为牵着大年呢，手感很像。”

周寰宇眼神幽幽地在他们之间睃着，忽然开口：“你们让我想到了前两天看到的课外读物——

“她逃，他追，他们都插翅难飞。”

季崇理离开的背影很僵硬。

宋唯真看周寰宇的眼神像看神经病——班长你都在看些什么课外读物啊！

他们几个人都是行动派，加上刚开学不久，教室里还是整洁如新，本周第一次值日很快结束。

回家的路上，宋唯真和夏鸯慢悠悠地骑着自行车，商量要不要去买杯饮料喝。

这两辆精巧好看的自行车是她们一起买的。宋唯真的是白色，夏鸯的是淡紫色。梅清本来想给宋唯真买一辆同龄人都喜欢的山地车，但宋唯真瞧着旁边不甚实用的小轮车实在很喜欢。

没有车筐，是不好控制的平车把，速度不会太快，但它好看，而且还有一个小后座呢！

她们聊着天，旁边飞驰而过两辆山地车。

池屿那辆是奶气十足的淡蓝色，季崇理则骑着一辆通体纯黑的车。

池屿回头咧嘴一笑，冲她们挥手，转眼就被季崇理超过了。

今天的夕阳很美，远方地平线上落不下的黄昏，公路尽头快速旋转的黑色车轮，还有一个飞驰少年。

“真真，你的创作进行得怎么样了？”夏鸯问。

宋唯真的思绪被拉回来，小心地绕过前面的路障，说道：“大纲、人设我都想好了，困扰我好久的男主角名也定下来了。”

“嗯，真真，你还是决定要写那种‘龙傲九天’之类的玄幻文吗？”夏鸯问。

宋唯真喜欢看网文，尤其是那种男主角从弱鸡，一路修炼升级，最后站在武道巅峰，睥睨天下的玄幻小说。

她这个理科弱鸡，在梅清长老的逼迫下，踏上学理的征程。小说里的男主角每次坠崖、中毒、经脉寸断，甚至无法修炼的艰难体质，最后都能在金手指

和不断的自我突破中站在大陆之巅，她也一定可以的！

物理怎么也比洗筋伐髓容易接受吧。

她边想着，边笃定地点点头。

“好吧，祝我的真真早日成为大作家。”夏鸯弯弯唇，“那大作家能不能告诉我，你想破头皮的男主角名字，到底是什么呀？”

宋唯真：“季崇理。”

夏鸯：“什么？”

宋唯真：“我说男主角叫季崇理。”

宋唯真看着夏鸯费解的表情，解释道：“玄幻文的男主角，前期用一个‘惨’字完全可以概括。现实生活我拿他没辙，还不能在我的世界里，给他安排点大快人心的场面吗？”

夏鸯停在饮品店门口，捂嘴笑了：“那你可别让梅阿姨发现，否则她准以为你早恋了。”

“才不会。”宋唯真一脚撑地，一脚踩着水泥地面，眉眼弯弯，“妈妈最信任我了！”

宋唯真到家时，梅清已经做好了晚饭。

盐水虾、清炒西蓝花、浇汁开背鱼，还拌了宋唯真最爱吃的“妈妈牌拌菜”。

宋新文在书房看论文，听见门口的响声，摘下眼镜走进客厅，接过她的书包，说：“今天你妈妈做了一桌好菜，庆祝我们小真的高中学习生活正式开始。”

这顿饭宋唯真吃得并不尽兴。

从她在饭桌上提到明天的摸底考试后，梅清整个人肉眼可见地急躁起来。

“明天的摸底考试很重要，那是让老师们对每个学生的底有所了解，你得好好考，江老师才会重视你。”梅清往她碗里夹宋新文剥好的大虾和挑好刺的鱼肉，“宝贝大口吃，吃完好好复习一会儿。军训期间你都没有温习功课，以前的重点内容肯定忘得差不多了。”

宋唯真点点头，有些食不知味。

“高中这三年非常重要，理科也比初中时学的难多了，尤其是物理，你可千万不能掉队，不然后期很难跟上。”梅清又给她夹了几朵西蓝花。

“你别给小真那么大的压力，学文也挺好的，她也喜欢。”宋新文停下剥虾的动作，正色道。

“喜欢？喜欢能当饭吃？”梅清不满地睨了宋新文一眼，嗓门倏地拔高，“咱们宜城一高学文科的都是什么孩子？那都是对理科一窍不通才学的文科！我闺女这么聪明，中考全市第二，学文科都白费了聪明脑子。”

她又转向宋唯真，语气柔和下来：“别听你爸瞎说，学理科考大学才吃香呢，金融、会计，很多专业都不招文科生的。”

宋新文深知妻子的倔强性格，没再说什么，只是略带歉疚地看向宋唯真。

宋唯真安慰地看了爸爸一眼，轻轻摇了摇头。

这条路她选好了，无论如何都不会后悔。

宋唯真重新抬起头，朝着梅清灿烂一笑：“妈妈放心，你闺女绝对没问题。”

梅清满意地点头：“乖，宝贝再多吃点！”

夜深了，窗外的天空零星缀着几颗星星。

宋唯真疲倦地揉揉鼻梁，起身拉上窗帘，瘫倒在柔软的粉色大床上。

她点开 QQ，好友列表里的头像一片灰色。

摸底考试当天的凌晨一点半，哪还有人没睡呢。

只有季崇理的黑色头像看不出这人到底在不在线。宋唯真点开他的 QQ 空间，里面荒芜得都快长草了。

没有动态，没有照片，没有留言。

好像一个废弃的花园。

【给你踩踩。】

宋唯真写完留言就后悔了。

这简直是自己单方面的示好！

从小到大，她宋唯真在外面就没有先低头的时候！

她正欲删掉那条留言，手机上方突然弹出一条提示。

【JCL.：？】

【一只可爱真：你怎么这么晚还不睡？不会是在偷偷学习吧？】

【JCL.：以己度人。】

【一只可爱真：……我是光明正大地学习！】

【JCL.：哦，我是光明正大地失眠。】

还说自己身体硬朗，瞧瞧，不是低血糖就是失眠。

宋唯真在读书软件里翻翻找找，分享了本诗集给他。

【飞天小女警：看你可怜的份儿上，真姐分享给你一本催眠独家秘笈——现代诗歌。保证一首诗歌让你夜夜安眠。】

【飞天小女警：赶紧睡吧，不然季神考不过我，可是很丢人的。】

宋唯真发完这句话，粉兔子头像迅速暗了下去。

[illegible]隐隐约约能听见隔壁季英河的鼾声，夜色笼罩[illegible]一条柔软星河。

季崇理烦躁地半合着眼，无心欣赏窗外的月色。

他抽出被冷汗浸湿的枕巾，随手点开宋唯真推过来的那本诗集。不知过了多久，眼皮开始沉重，模糊间，他看见最后两行诗：

莫依偎我，我习于冷。志于成冰，莫依偎我。

别走近我，我正升焰。万木俱焚，别走近我。

Chapter 04

·秋日胜春朝·

“看来季哥还是回家睡得好，上礼拜军训在宿舍睡觉，那黑眼圈青得哟。”张白笑嘻嘻地随手把书包扔在桌上，悄悄冲几个人使眼色，“吃不吃蛋糕？”

牛皮纸袋装着的纸杯蛋糕，奶香浓郁，模样精巧别致，纸杯的杯壁上画着彩虹和糖果，蛋糕表面撒着蔓越莓干和坚果碎，甜蜜又诱人。

侯鸿飞擦擦口水：“老白，你这蛋糕哪里买的，也太香了。”

“我妈在家烤的，超级好吃。”张白特意从里面挑出个蔓越莓干最多的，递给宋唯真，“真姐吃这个，别的你们随便分。”

侯鸿飞鼓着腮帮子，眼睛在宋唯真和张白之间滴溜溜地转：“哟，我们真姐享受的还是特殊待遇呢。”

张白瞪他一眼，把纸杯蛋糕递给季崇理：“季哥，吃一个。”

“不吃。”季崇理靠着椅背，面无表情地掀起眼皮看了张白一眼，继续低头划拉着手机。

张白“哦”了一声，悻悻地转过去。

“好吃？”

宋唯真从香甜的小蛋糕上抬起头，亮晶晶的眼睛闪烁着对它的喜爱。季崇理漫不经心地看着她，黑瞳淡漠锐利，密实的睫毛像把墨色的扇子，轻轻翕动着。

她下意识地点头。

他没答话，长腿勾着桌腿，趴在桌子上闭目养神。

只一瞬间，宋唯真觉得季崇理的眼睛没有那么亮了，如同品质上乘的徽墨混了杂质，像晴空忽地蒙上雾罩罩的迷雾似的。

“那你昨天晚上睡得怎么样？”她小声问。

宋唯真耐心地等，吃着小蛋糕等，写着小说等，等到考试发卷子，也没等到季崇理的回答。

上午的数学题不算难，语文考试宋唯真更是得心应手。[illegible]瞥见季崇理左手轻敲着桌面，笔尖时停时动，快交卷时才皱着眉头，勉强凑够了八百字作文。

考完试后，班级内一片唉声叹气，喧闹得很。

宋唯真找夏鸯吃午饭，听见池屿在第一排喊季崇理等他，下意识地看向季崇理的位置。

两张紧挨的课桌前，季崇理应了声，懒散地倚着课桌，手里拿着瓶水小口喝着。

他也在看她。

他张嘴说了句什么，隔着人群宋唯真听不见，但她看清了季崇理故意放慢的口型。

“离、我、远、点。”

他说。

因为季崇理说的四个字，宋唯真气了一中午。

怎么会有女生喜欢这个人？爱抬杠，阴晴不定，每天板着张扑克脸不知道给谁看。她早上只是关心他一下，是出于同桌的人道主义关怀。

宋唯真不知道哪里惹到他，难道是她分享的诗集不好看，没有催眠效果？

下午准备考试前，张白转过来，正好看见宋唯真瞪着圆眼睛生闷气。

“真姐，看在早上好吃的纸杯蛋糕的份儿上，你能不能让我摸一下手？”张白话音刚落，视线从四面八方惊讶地聚过来，把他闹了个大红脸。

“不是你们想的那个样子！”张白手忙脚乱地解释，“要考英语了，我想沾点真姐的霸气，毕竟她中考英语满分啊！”

他说完，附近的同学眼睛都亮了。

“宋唯真，让我摸一下！”

“我也想摸，抓抓袖子就行。”

“真姐你能给我一句口头祝福吗？就说周欢一定能及格！”

……

场面一度失控。

宋唯真尴尬，有些手足无措，左右为难。

“吵不吵？”季崇理从臂弯里抬起头，眼眸里微微泛起戾气。

周围的声音一下全都消失了。

随即，他又趴下去，变成平时无波无澜的死火山。

“迷信不如背背题。同学们，还有半小时，咱们还是突击复习一下。”侯鸿飞打圆场道。

没人敢触季学神的霉头，纷纷低头复习。

张白叹口气，也转过身去。

“张白。”宋唯真小声喊他，“这是我平时考英语常用的笔，祝你好运。”

张白感激涕零地接过笔，朝宋唯真比了好几个大拇指。

宋唯真笑着回过头，正好对上季崇理的眼神。她也没理，而是转到另一面闭目养神，在脑子里过了几遍背诵的公式。

垂着的校服衣角忽然被人拉了拉。

宋唯真看向季崇理，发现他的脸还埋在臂弯里，学着她的样子，只留个黑色发旋对着她。

或许是风吧。

“我们真姐性格真好啊，软乎乎的，她把那支笔递过来的时候，我的心都化了。”张白感叹道，“不，我以后要叫她‘小真真’！小真真是真的有魔力，用她的笔考试简直如有神助，平时让我憋屈死的英语作文今天我也写得格外顺畅！”

侯鸿飞推着自行车，一脸揶揄：“真不知道是笔的力量，还是人的力量。”

“你瞎说什么，我对小真真顶多是同学间的呵护，以及心地善良的人彼此的惺惺相惜。”张白指着前面刚刚从他们身边经过，还朝他们挥手再见的陶桃，“你哥我喜欢这样的，腿长的大美女。”

季崇理和池屿落后一步，推着单车向校门口走。

“今天早上老白还真把我吓一跳，我还以为这家伙喜欢真哥呢。”池屿大大咧咧地挎着书包，完全没看到季崇理握住车把的手，隐隐露出用力过度的青筋。

“不过我还是劝你，不要总和真哥生气。她是鸯鸯的好朋友，你是我兄弟，夹在中间我很难做人……”池屿话还没说完，季崇理长腿一伸骑上单车。

少年淡淡的声音融进风里。

“和她不熟。”

“……”

季崇理和池屿推着单车进梧桐院，正好看到季英河拄着拐杖，坐在院子里的摇椅上，苦口婆心地跟大年讲道理。

“偷东西的狗不是好狗。大年啊，咱们做狗的要有狗德，你成天偷隔壁家的狗粮，让我这张老脸往哪儿放啊？”

“一点儿都不像你爹，早些年你爹在部队里的时候，可是一条让人闻风丧胆的好狗。”

汪汪

“你别叫，过来我给你讲讲你爹的故事。”

池屿一言难尽地望着季老爷子，低声说道：“老季，不然咱给他找个老太太吧？再不行就多吃点核桃，健健脑。”

“滚。”季崇理低头停车，“快回去吧，你家老爷子没准儿又把洗衣粉当精盐放锅里。”

“你这臭小子才回来，我都饿了！”季英河用拐杖杵着地，嗓门大到隔壁都能听见，“晚上吃点清淡的就行，但得给大年切块肉，省得它总去隔壁吃人家的。”

“它那是馋肉？”季崇理挽着袖子走进厨房，路过季英河时瞥了大年一眼，吓得大藏獒趴在老爷子脚边“嗷呜嗷呜”地叫，像只委屈的小京巴。

“明明是找人家小母狗去了。”

天色越来越暗，黄昏的最后一点余晖也隐在地平线下。季英河站起身，走到廊檐下，开了老屋外院的灯。

季崇理还在屋内炒菜，透过玻璃窗看见季老爷子往屋里探了探头，然后抡圆胳膊，给了山楂树结结实实一拐棍。

通红的山楂果掉了几个下来，老头嘿嘿一笑，弯腰捡起来，在身上擦了几下，正要放到嘴里。

“还没洗就吃。”季崇理撩起门帘。

季英河悻悻地把山楂果放进口袋，边往水池那边走边嚷嚷道：“这是我的梧桐院，吃个山楂还要人管着，真是没天理了。”

梧桐院本来不叫梧桐院，而是军区分配的大院。

之前这里也不止池延年和季英河两家，只不过后来日子过得好了，大家伙陆陆续续搬了出去。大院渐渐空下来，季英河跟池延年两个人在这里住出了感情，两个人一拍即合，用积蓄把院子盘下来，成了现在的梧桐院。

大院的名字是季英河起的。在那之前，他和池延年同几个老兵去南京旅游，看见街道两旁粗壮几乎参天的梧桐树，甚为震撼，回到宜城后就给院子起了名字，还定做了一块牌匾悬在门口，字体遒劲狂放，颇有几分季英河年轻时我行我素的气质。

日子久了，周围的居民也忘了老院子原来叫什么，门前那条没有名字的路，也因为这块牌子而被叫作梧桐路，街边后设立的公交站点都叫梧桐院站。

幕后功臣季英河，现在和周围的老头下棋唠嗑时，还要得意扬扬地讲上几遍。

院子里种着三棵山楂树、两棵枣树，还有一棵杏树，都是季英河刚搬过来时种的，现在每年秋季都开始结果了。他喜欢吃山楂，却懒得洗，年轻时候还无所谓，年纪大了却经不起细菌折腾，拉了好几次肚子。

于是，季崇理再也不让他果子一摘下来就吃了。

季英河乖乖地洗了手，走进来给季崇理展示：“洗干净了，还用了胰子。”

季崇理闻到他手上的皂角香，点点头。

“今天老池和小池来不来一起吃饭？”季英河站在一边吃山楂，眼神落在炒锅里。

"来。"季崇理把炖好的菠菜出锅，"池爷爷今天蒸了一大锅馒头花卷，说要带过来给你尝尝。"

"好好好。"季英河笑得眼睛眯成一条缝，"老池蒸馒头一绝，当年我推荐他去炊事班当班长，他还不乐意。"

季崇理点头应和着，把老爷子搀到门外。季英河坐在廊檐下的摇椅上，按开了收音机的开关。

屋外传来"咿咿呀呀"的京剧声，老生和青衣交错，季崇理虽然听得多，也听不出是哪出戏。他从冰箱里拿出昨天剩下的排骨，倒进热锅里，加了热水，又把切好的土豆倒进去。

透明锅盖闷着水蒸气，挂满了水珠。

他凝神看着，脑海中都是池屿絮絮叨叨说的，那些宋唯真的事情。

手机在口袋里"嗡嗡"振动着，屏幕亮着微弱荧光，季崇理看见"夏"的备注后，面无表情地挂断了。

池屿和池延年从院子另一头吵吵嚷嚷地走过来，池屿端着一口大蒸锅，跟在池延年身后，尽力保持着平衡。

池屿扯着嗓子喊："老季，今天我爷爷蒸的馒头贼香！"

池延年捋了把胡子："你这老头子，不洗手就吃饭，让你孙子看见还得说你。"

季英河用筷子戳了个花卷，睨他一眼："哼，我洗过了，倒是你这糟老头子，和面的时候没忘了洗手吧。"

季崇理无声地望着窗外热闹的三个人，无奈地摇摇头，嘴角勾起一抹极小的弧度。他掀开锅盖，把热气腾腾的土豆排骨倒进白瓷碗。

过去的都属于过去，和他没关系了。

季崇理端着瓷碗，放到小院的桌子上，招呼池屿去厨房拿碗筷。

还有那个天真又倔强的小姑娘。

……别，走近我。

摸底测试结束后不到一星期，就出了成绩。

周五生物课后是两节自习课，江海在第二节自习课时，用了半个小时大致

"我们班的第一名还是季崇理……唔，第二名是宋唯真，和他只差了十几分。"江海推了下眼镜，笑道，"你们两个各科的成绩要是混搭一下，京大清大任你们挑。"

每个人手里都有一份成绩单，宋唯真看着她和季崇理紧挨着的成绩，眼角微微抽搐。

怎么会有数学考 148 分的人……

第二大题的最后一问，江老师讲的时候不是画了五条辅助线？

季崇理居然会做？！

她顺着科目顺序看过去，季崇理的理科分数都极高，文理大综合的那一科，总分也过了 260 分。只有英语和语文的分数难看些，不过也不是太差。

而她的文科虽然比季崇理高了不少，可光是大综合就比他低了二十多分。

宋唯真的大脑飞速计算着，这次综合里面的理科题不算难，只有一两道是拔高题，她做起来已经有些吃力了。

以后也许会变得更难。

她超过季崇理变得更不容易。

宋唯真握着成绩单，一边思索，一边在成绩单上写写画画。

江海后面再说什么她没仔细听，满脑子都是制订的新学期学习计划，直到跟着大部队一起走出门外，站成一列队伍，她才后知后觉地小声问前面的侯鸿飞："现在是要干吗？"

"老江说要按成绩重新排座位，不过不是按名次的，是按照什么偏科互补安排座位。"侯鸿飞使劲向后抻脖子，"哎，估计我和老白会被分开了，因为我们偏的是同一科。"

江海站在教室门口，手里拿着摸底测试的成绩单，上面用红色油笔圈圈改改，做了许多标记。

"念到名字的两个同学坐一起。"

人群一阵骚动。

"周寰宇，吴欣怡。"

"许昊然，张白。"

"池屿，"江海看着笑得没心没肺的高大男生有点无奈，轻斥道，"别成天傻笑，体育生也得好好上课，才能考个好大学。夏鸯，你跟他坐一起，压压他的毛糙劲。"

宋唯真朝梁晴眨眨眼，两人相视一笑。

"鸯及池屿"的缘分嘛，都是上天的安排。

她嘴角的笑意还没收回来，就听江海点了她的名字。

"宋唯真，你和季崇理坐一起。"

宋唯真："啊？"

"啊什么啊。"江海低头用红笔在成绩单上"唰唰"写字，"你们两个互相学习，看看彼此的优势科目都是怎么学的，交流交流学习方法。"

宋唯真抿嘴点点头，却听到沉默许久的季崇理忽然开口："江老师，我想自己坐。"

周围一下安静下来，旁边的同学窃窃私语，班内坐好的同学听见外面的动静，纷纷抬头张望。

江海微微皱眉，没当众说什么：“你们两个去那边等一下。”

宋唯真拎着书包，跟在季崇理后面，心中有点委屈。

她从来没这么尴尬过。

即使她和季崇理之间有些不对付，但这也是两人之间的事情，而且都是些小事，完全可以私底下解决。哪怕让他打骂自己两句，也比在所有同学面前被嫌弃来得好。

……而且，她明明觉得，最近他们之间的关系缓和很多。

宋唯真把书包放在窗台上，眼圈渐渐红了。

“季崇理，我有得罪你吗？”宋唯真往窗边移了一步，吸了吸鼻子，“还是你因为讨厌我，才让我在大家面前下不来台？”

“与你无关。”季崇理垂眸，那双浅粉色运动鞋，小步小步地朝着窗台另一头挪动。

目光慢慢移到小姑娘脸上时，他平直的嘴角垮了下来。

那双明亮的眼睛红得让人跟着难过，细密睫毛跟着宋唯真轻轻颤动，像困在茧子里的蝶翼，脆弱极了。

眼泪在通红的眼眶里打转，始终没落下来。

宋唯真：“你军训时对我还不错，我以为我们是朋友，最少也是关系不错的同桌，看来是我会错意了。”

季崇理静静地听她说话，脸上神情依旧淡漠，只是眸色渐沉，身侧垂着的修长手指逐渐收紧，揪着白色裤线。

季崇理动了动唇，终究还是垂下眸子，机械地强调：“我们不是朋友。”

还不够。远些，再远些。

让他一个人过，总比把期待放在别人身上好。

走廊里嘈杂人声倏地飘得很远。

倏而，季崇理看见一滴水落在浅粉色鞋面上。

“[illegible]钱买套新校服吧。”江海关上教室前门，走过来，叹了口气，“你们两个怎么回事，[illegible]

宋唯真摇头。

江海：“季崇理，你的情况我了解过，和你的父母都通过电话……”

季崇理：“我没有父母。”

宋唯真还在因为季崇理刚才的话而难过，听到少年冷淡地吐出这句话时，红着眼眶抹了把脸，惊讶地看向他。

那双漆黑眸子越过江海，落在空白的水泥墙面。

生硬又淡漠。

她心里平白无故又添了一分难过情绪。

“我们不说这个。”江海叹口气，绕开这个话题，“你和宋唯真是班级里最好的两个苗子，我看好你们，也希望你们高中三年给自己学出个锦绣前程。但按照你们俩现在偏科的程度，三年下来，能考个‘985’我就谢天谢地了。”

“你们的水准应该更高。”江海推了下镜框，“我也相信，你们两个互相帮助，对彼此的弱势科目都会有极大的提升。”

“你们是同学，未来三年也有可能成为很好的朋友，所以无论眼下有什么矛盾，尽量解决，不要闹小孩子脾气。”江海声音温和，“如果是有非常重要的原因，可以私下跟我讲。”

半晌，宋唯真看见身侧的少年，背起书包，推门走进教室。

江海笑着拍拍她的肩膀，眼神充满鼓励：“笃学唯真，明辨崇理嘛。”

她推门而入，看到季崇理坐在他们原来的位置。

“好了，现在咱们班的座位已经重新排好，我来宣布咱们班的第一项课外实践。”江海用三角板敲敲桌子，示意大家安静，“座位是按照你们摸底测试后的偏科程度重新组合，以后每一桌的两个人，自动结为互助学习小组，共同进步。”

江海发了几张练习题，在放学前几分钟时离开了。

教室里瞬间热闹起来。

张白的新同桌许昊然，是个戴着金丝眼镜的斯文男生，理科很好，尤其喜欢物理，宋唯真记得他的QQ签名上写着：以后要见识天体的浪漫。

侯鸿飞换到了离他们稍远的位子，抬手和他们打招呼。池屿和夏鸯换到她的另一侧。

……

宋唯真现在无心关照周围座位的变化。

季崇理说不和她做朋友的委屈，已经完完全全被他没有父母这件事掩盖住。

宋唯真揉着眼睛想，人怎么会没有父母呢，难道他的父母在他很小的时候就过世了？还是说季崇理是个孤儿，从来没见过自己父母的样子？

还是……

宋唯真坐在位子上发呆，直到夏鸯递了块抹布给她：“真真，放学了。过来值日，不然周寰宇又要过来跟你谈心。”

“好。”她下意识地看向身边的位置，黑色书包还放在桌上，人却不知去向。

“宋唯真，出来一下。”江海出现在办公室门口，朝宋唯真招了招手。

“下午你妈妈给我打电话，我们两个就关于你的未来发展谈了下。她的意思是一定要你学理科。”江海额头上有层薄汗，手上拿着新打印好的成绩单，以及宋唯真的综合试卷，“但从试卷结果来看，你的文科更有优势。这次摸底大综合不分文理，理化生政史地六科混考，可你没花什么时间复习的文科，答得相当漂亮，这说明你非常有潜力。”

江海语重心长道：“做家长的都希望自己的孩子上个好大学，找份好工作，安安稳稳过一辈子。我们老师也是如此，但我更希望你去追求你喜欢的东西，而不是让你这样有天赋的孩子走错路。你不用担心别的问题。如果你选择文科，分班的时候我会推荐你去最好的文科班。”

“像季崇理也是天赋型学生，从他的成绩单来着，他偏科就更为严重，所以他是一定会留在理科班的，我也不会把他推荐到文科那边去。我会为你们每个人负责。”江海说，“你考虑一下。”

“而且你妈妈担心的就业问题……”

“江老师，不用考虑了。”宋唯真接过滚烫的成绩单叠了起来，她把每个边角都理得整整齐齐，平静地说，“我选理科。”

“谢谢您，但我想我妈妈的话有一定的道理，我理科思维差，多锻炼一下，对以后的发展也有好处。”宋唯真笑容灿烂，“我会好好努力的。”

江海一愣，了然笑笑，没再劝她，只让宋唯真学习中遇到任何问题，都可以跟他讲。接着他又走进教室催促值日生们快点打扫，早点回家，然后才离开。

宋唯真捏着成绩单，趴在窗台边，仰头望着被窗棂分成几块的蓝天。

麻雀从这个屋檐飞到那个屋檐，“叽叽喳喳”地叫几声，又引来几个同伴。

真自由啊。

她也想做一只小鸟，没有这么多长大的烦恼。

走廊尽头传来一阵脚步声。

季崇理拎着一只红色垃圾桶，从走廊那头走来。空荡的长廊尽是恍若实质的光线，阳光的影子在地上分成几块，少年雪白鞋尖从它们旁边路过，让影子们短暂地相逢、融合。

烟尘把他的身影映得模糊。

[illegible]

她哭了？

宋唯真抹了把脸，果真湿漉漉的。

刚刚的委屈不知怎么回事，明明隐藏得很好，见到季崇理的一刹那，却一股脑全冒出来，无论如何都控制不住，眼泪也愈加汹涌。

宋唯真不想在他面前丢脸。

她难得没有和季崇理抬杠，偏过头去继续看颜色变换的蓝天。

身边的少年沉默地站了许久，认命般地叹了口气，小声嘀咕了句什么，宋

唯真没听清。

紧接着，面前出现一只手掌，里面躺着颗水果糖，和军训时候她给季崇理吃的一模一样。

“别哭。”他俯身在她耳边，声音压得极低，冷淡的嗓音中透出几分温柔来，“草莓味的。”

她侧脸对上那双黑瞳，心尖轻轻颤了颤。

看在草莓味的水果糖的份儿上，宋唯真扭着玻璃糖纸，脸有些红。

原谅他一次。

重新排座位之后，宋唯真和季崇理之间形成了一种微妙的平衡。

季崇理的脸色一如既往的寡淡疏离，跟宋唯真讲话也总是杠得不行，但总归没再用那种冷漠的眼神看她，还会在自习课上她偷偷写小说时，给她打掩护，提醒她江海在教室后门的小窗户巡视。

他们两个坐在教室后方，一个理科学神，一个文科大佬，被张白戏称为宜城一高的文理双霸，十七班的镇班之宝。

宋唯真对待季崇理的心情是有些复杂的。

他说过不想做朋友这种话，她又阴错阳差地知道关于他父母的秘密。

季崇理虽然面上冷冰冰的，但宋唯真心中莫名觉得他是个温柔的人——毕竟他真的给自己买了双粉色的小花拖鞋。

但她心里的气一时半会儿消不了。

所以刚开始时，宋唯真尚不能接受不仅要和季崇理一起当英语课代表，还要一起组成学习互助小组。直到后来某次历史课上，历史老师提到“师夷长技以制夷”时，宋唯真的眼睛“唰”地亮了。

模仿他，超越他，打败他。

计划进行得不太顺利，因为宋唯真发现，她和季崇理的学习方法大相径庭。

她是典型的乖学生，把老师讲的重点知识背得滚瓜烂熟，就连延伸知识她都会熬到很晚地熟练背诵。她一直这样学习，也确实靠着超强记忆力取得了不错的成绩。

季崇理不是这样的。

宋唯真为了顺利推行“师夷长技以制夷”的计划，在物化生这三门课上观察过季崇理的状态。他的学习状态很散漫，不做课堂笔记，不认真听讲，偶尔还要在下面玩玩手机，甚至困了还要趴着睡一会儿。

课本大概被他翻过几次，在公式和例题那里有些标记，其他的地方空白一片。

更别说老师留的卷子和练习册，大片都是空白。季崇理动手做的题，也只有几步算式，跳跃得根本踩不到得分点，有的直接写了个结果了事，她根本看不懂。

连去英语组时，英语老师徐慧温和地点着他们开玩笑：“你们两个要是中和一下，可要把整个年级组的任课老师都笑坏了。”

十月份匆匆过了，宜城已经进入了深秋，宋唯真还没有找出季崇理学习的窍门，期中考试却要来了。

宋唯真也没想到，对于期中考试，池屿居然比她还着急。

“咋办啊，马上考试了，我脑子里还是空的。”池屿盘腿坐在学校的小花坛边，目光苦恼地盯着面前的两人，“鸯鸯肯定会答应的，主要还是你们两个，肯不肯帮兄弟这个忙了。”

“池小岛，临阵磨枪的前提是，你得是杆枪。”宋唯真逗他，“夏夏教你应该足够了，还要我，咳，我们干什么？”

“鸯鸯是全科均衡发展，你们两个是偏科拔高发展，这样的话要是有鸯鸯吃不准的题，你们两个一定会做。”

池屿一脸诚恳，目光直勾勾的：“而且你们的目标都是考清大，眼光要放得长远，不能只考虑眼前的期中考，应该深入学习对方的长处和学习方法，不要浪费了老江的一番苦心。”

前阵子江海在班级后面搞了个心愿墙，让所有同学都在上面写上自己的目标理想学校，以时时激励自己。大家还在思索的时候，宋唯真第一个上去写了。

她小时候被宋新文带着，去过一次清大。宋新文在里面开学术会议，她穿着红色呢子裙，坐在门口的台阶上，看路过的哥哥姐姐步履匆匆，每个人怀里都抱着大部头的书。在那之后，清大就成了她的梦想之一。

最后一笔还没落下，上方却多了只漂亮的手。

少年字迹清俊飘逸，洒脱地写下和她一样的学校。

“想什么呢，到底答不答应啊？期中我要是考了倒数，老池能把我脑袋拧下来当球踢。”池屿眼巴巴地望着他们。

季崇理：“随你。”

宋唯真：“那也只能[illegible]来的。”

池屿：“梅姨说得对！小姑娘一定要注意安全！这样，周末给我补课你和鸯鸯不用骑自行车过来，我和老季去接你们，车接车送，服务周到。”

季崇理：“？”

宋唯真：“不用了，你们怎么送？别说未成年没驾照，单车连个后座都没有。”

池屿：“焊！明天就去焊！”

季崇理：“？？？”

第二天一早，池屿“哐哐”拍着老屋的门，边拍边喊：“走啊老季，去焊单车后座！”

季崇理带着一脸还没睡醒的倦怠，眸子黑沉得吓人：“我什么时候答应你要去了？”

“我的后座可是给鸯鸯焊的，她喜欢粉色，我准备安个粉车座。”池屿自顾自地说，“那你就得接我真哥了。鸯鸯说了，真哥不来她就不来。”

池屿：“为了兄弟！”

季崇理：“……”

“啪”的一声，老屋的门被狠狠摔上。

季崇理臭着脸，跟池屿去改装了单车。

池屿把从网上找到的图片拿给师傅看，反复强调一定要个颜色一模一样的。另一位师傅年轻些，看着季崇理皱着眉头的样子，“嘿嘿”笑了：“跟小女朋友吵架了？”

“吵架了还过来安后座，感情不错嘛。”年轻的小师傅拍拍他的车把，“你这车挺帅的，审美好点儿，别和你朋友似的，蓝车配粉后座。”

季崇理瞟了眼池屿，他还蹲在那儿，认真地跟老师傅比画后座的颜色和款式。

“不是女朋友。”季崇理不自在地揉揉耳朵，随手指了个黑色款式的后座，“就它吧。”

小师傅笑着摆摆手，一脸“我都懂”的促狭。

“等等，”季崇理耳尖有点红，不自在地咳了一声，“再装个可拆卸的皮垫。”

小师傅：“行，挺会心疼人，比那个花里胡哨的小子强。”

季崇理：“……”

对于周末的四人学习小组，梅清特别赞成，知道池屿和季崇理还包接包送后，更是高兴得合不拢嘴。

“[illegible]互相帮助，那可比家教好沟通多了，还给家长省了一大笔补课费。”梅清给宋唯真拿了两百块钱，叮嘱道，“中午在外面吃饭不要小气，请大家吃饭沟通沟通感情。”

宋唯真无奈：“妈妈，我和夏鸯是好朋友，池屿你都认识好几年啦。”

梅清用食指点了下她的脑门：“不是还有季崇理吗？！他是全市第一名，理科又那么厉害，你该多跟他学习。多跟优秀的同学在一起，你也会变得更优秀。”

宋唯真：“那池屿学习也不好，你怎么不拦着我跟他玩？”

梅清瞥她一眼：“池屿那孩子学习成绩差些，但体育很厉害啊。全市那么多体育生，考进一高的有几个？术业有专攻，人人都有自己的闪光点，你不要戴有色眼镜看人，这样不好。”

所以，妈妈还是什么都了解的。

只是这些事情放在她的身上，妈妈就完全不能理解了。

宋唯真情绪有些低落，低头帮梅清收拾早餐后的碗碟。

“对了，你们去哪里学习？晚上什么时候回来？真的不用我和你爸爸接送？”梅清的兴奋劲儿缓下来，开始考虑女儿的人身安全。

宋唯真：“我们去梧桐院学习，池屿和季崇理都住在那里。”

梅清：“梧桐院啊……挺好的，离咱们宜城南街也不远。学太晚了就不要让人家两个小伙子送你们，坐公交车不过几站远的路，知道吗？”

宋唯真佯装生气地嗔道：“你对那两个人倒是比对我这个亲女儿还好。哼，大周末的放你女儿出去学习，也真不怕我跟帅哥早恋？”

梅清笑道：“怕你早恋？池屿那小子你们打架就打了好几年，要恋早就恋了。至于季崇理……你要能把人给拐回家，妈妈过年给你多发五百块压岁钱。”

梅清见她宝贝女儿小嘴噘得老高，连忙把人拥进怀里：“季崇理是顶尖的聪明孩子，脾气差点，眼高于顶都是正常的。我们真真以后要找的男朋友，一定要把你捧在手心里娇惯着，才不要那些高高在上的人。”

“所以呀，你和他在一起以及成为小说家，都是完全不可能的事，懂吗？”梅清意味深长地说。

一阵尴尬的沉默。

手机的振动声解救了窘迫的宋唯真。

【JCL.：到了。】

宋唯真匆忙和梅清告别，背着书包跑向楼下。

宜城南街的道路两侧种满银杏树。这个季节的落叶多到环卫工人根本扫不[illegible]索性等到银杏叶子落光了，再一起处理。

[illegible]跑下楼，看见季崇理黑色的山地车停在路边，他站在一堆落叶里，和一只[illegible]

宋唯真：“池小岛和夏夏呢？”

季崇理抬起头，言简意赅：“直接在梧桐院门口会合。”

她点点头，惊喜地在崭新的后座上拍了拍，十分满意。

宋唯真本来是想带个软垫的，单车后座很硌，天冷了又很凉，但想想季崇理没准儿会讽刺她娇气，便也没带了。

皮垫最好了，冬暖夏凉。

宋唯真表扬道：“不错嘛，还装个了皮垫。”

季崇理不自然地摸了摸后颈：“算错账硬送的。”

宋唯真了然点头：“怪不得。”

季崇理垂下眼睑：“上车。”

宋唯真端正地坐好，手不知道往哪里放。

单车骤然加速。

“抓紧，掉下去我可不管。”

季崇理的声音消散在风里。

宋唯真咬着下唇，手抓住季崇理腰侧的衣摆。

车速恍惚间慢了下来。

往常在宋新文汽车后座飞快闪过的街景，也渐渐慢下来。

稠黄的银杏叶在空气中转圈，街对面的奶茶店挂着奶乎乎的蓝色招牌，在搞秋日热饮的促销活动。一对老夫妇拉着手看小孙子踢皮球，年轻的小情侣依偎在一起羞涩地笑……

而她，闻着季崇理身上的皂角香，心里满足又平和。

她不知道梧桐院在哪里，也不知道黑色单车会驶向何方，但那些此刻似乎都不重要了。

宋唯真想起语文课上，老师讲刘禹锡《秋词》中的一句：

自古逢秋悲寂寥，我言秋日胜春朝。

她一向不喜欢秋天，穿不了夏季的漂亮衣服，冷空气来得又急又快，偏偏屋里还没有供暖，总之没有一样是她喜欢的。

但现在，在这个让她局促到不知道怎么相处的人的单车后座上，感觉秋天很好。

秋日胜春朝。

Chapter 05

·学习互助小组·

季英河今天特别高兴。

他的梧桐院里来了两个水灵的小姑娘，乖乖甜甜地叫他爷爷。

季英河这辈子最想要个闺女，结婚后心心念念地盼了许久。生产那天，慧兰在病房里疼了一天一夜，才生下了季决明。季英河在产房外看见被推出来的慧兰，脸色惨白，浑身冷汗，几乎没了大半条命，他就决定再也不让她生孩子了。

于是，这辈子他只有季决明一个儿子，偏偏……

又是个没良心的。

季英河拄着牛角木拐杖，笑呵呵地从客厅的立柜里摸出一盒点心，分给两个小姑娘。

季英河："这个是宜城老字号的秘制点心。全是用鸡蛋牛奶做的，不加水也没有添加剂，特别好吃，我平时都舍不得吃呢。"

池屿馋得不行，抬手就要拿："我来的时候，您怎么不拿给我吃？"

季英河拍掉他伸过来的"爪子"："哼，硬邦邦的臭小子吃什么点心。"

宋唯真道谢后，咬了一小口，眼睛瞬间亮了。

太好吃了！

口感香香糯糯，牛奶的香甜气息在口腔里蔓延开，味道甜而不腻，正对宋唯真的口味。她嘴里塞满软糯的点心，腮帮鼓鼓的，晶亮的圆眼眨巴着，向季英河竖起大拇指。

"味道真好。"夏鸯也忍不住感叹道。

季英河满意地瞧着两个小姑娘，笑着说："你们两个谁来给我当孙媳妇，点心管够。"

夏鸯的脸"唰"地红了，手里的点心吃了一半，不知道该不该继续吃。

池屿抢过她手里的点心，囫囵咽下："孙媳妇有性别限制不？要是没限制，我也来。"

季英河："……"

季老爷子骂骂咧咧地被季崇理拉去书房，池屿吐了下舌头，笑嘻嘻地站在石桌前，夏鸯的脸红得更厉害了。

宋唯真一门心思都在点心上，丝毫没注意周围发生了什么事。

嗯，她又拿起一块，点心真的好好吃。

书房里。

季英河早就知道，这两个臭小子要带同学一起回来复习功课，已经把书房腾出来。他练书法的檀木桌子旁摆着四把椅子，正适合学习。

老爷子看着季崇理折腾半天，从柜子里翻出两个软垫，放在两把椅子上。

季英河哼了声："你长这么大，我头一回看你学习这么积极。"

季崇理没抬头："我长这么大，也头一回吃老字号点心。"

季英河："……你别转移话题，那两个小姑娘你喜欢谁？"

季崇理瞥他一眼，没答话。

"你不说我也知道，肯定是大眼睛、性子活泼的那个。"季英河咧着嘴，皱纹里都泛着笑，"你跟我还害羞个什么劲儿！咱们爷孙眼光一样，慧兰年轻时候，长得比那小姑娘还机灵，乌溜溜的大眼睛，看我一眼，我半边身子都麻了。"

"追小姑娘要趁早，你这八棍子打不出声的闷葫芦，怎么追人家啊！别到头来我孙媳妇被别人抢走了。"

见季崇理还是闷头收拾，季英河故意道："你要是面子抹不开，爷爷去帮你问问，看看那小丫头对你有没有意思？哎，我年纪大了，这把老骨头一天不如一天，指不定哪天就找你奶奶去了，也不知道还能不能看见你娶媳妇……"说完，他拄着拐杖就要往外迈。

"别去。"季崇理耳垂通红，冷白的脖颈也漫上粉色，"那点心以后别再吃了。你血糖指数都破 10 了。"

他顿了顿："还有，我不喜欢她，你别乱说。"

"行，那点心都让我孙媳妇带走。"季英河拄着拐棍，兴冲冲地往外走，"你们学习，好好学习，天天向上。"

季崇理："……"

宋唯真第五次读题被池屿打断的时候，彻底怒了。

"你有问题能不能一次问完！这道物理题的题头我读了四遍都没看完！"宋唯真扯过池屿的英语卷子，"定语从句和虚拟语气这两个知识点我已经给你讲了三遍！这个要看先行词，这个要背固定搭配，你背完再来问我。"

宋唯真没好气地说："而且你叫我来的时候，信誓旦旦地说我和季崇理负责解决'疑难杂症'，夏夏负责教你学习，怎么现在你黏在我们两个这边不走了？"

池屿嘟嘟囔囔："鸯鸯还在做题嘛……"

宋唯真幽幽地看着他：“池小岛！”

“过来，池屿。”夏鸯轻轻喊了声。

池屿耷拉下来的眉毛又扬起来。

宋唯真低头继续看那行物理题。

劲度系数为k的弹簧，一端系质量为m的小球，另一端系在竖直放置的半径为R的环带上，不考虑环带的摩擦力和重量……

她规规矩矩地在草稿纸上了列满可能用到的机械能公式、力学公式，算了半天，也只排除了两个错误选项。

“选D。”季崇理扫了眼题，轻飘飘地说。

“？”宋唯真疑惑地翻开答案，一脸震惊，“你怎么知道的，你都没算！”

季崇理摇头叹道：“死脑筋。”

宋唯真：“那季老师有什么高见？”

季崇理：“小球在圆环上无摩擦力运动，机械能整体守恒，弹性势能增加的时候，小球的机械能随之减小，A、B选项错了。C选项是加了摩擦力做功的干扰项，这是排除法。”

他在纸上点了点：“而且你这里牛顿第二定律公式不是写得明明白白，不会算？”

宋唯真看着自己草稿纸上满满的公式，感觉智商被碾压了。

从她旁边推过来张英语卷子，上面空了一大片。

季崇理：“宋老师也教教我？”

他托着头，平时冷淡的脸上，居然露出点笑。

宋唯真：“这题选C，死脑筋。”

宋唯真：“老师上课讲的五个固定搭配不是清清楚楚，记不住？”

季崇理：“……”

池屿没再敢问宋唯真问题，巴巴地等着夏鸯和季崇理教他。季崇理做英语卷子做得很烦躁，给池屿讲题时眼神冷得厉害，池屿只能蔫蔫儿地等夏鸯做完作业。

一上午时间过得飞快，宋唯真按照季崇理的思路做了两套物理卷子，速度果然提升不少。倒是季崇理还在那张英语卷子上写写画画。她凑近了看，满篇的科普文章阅读下面，是一个扎着丸子头的Q版小人。

宋唯真：“你不做题，倒有空在卷子上画画。”

她又看了几眼，评价道：“英语一般，想象力不错。”

季崇理：“我这是写实派素描。”

宋唯真：“哦，你描的是谁？”

季崇理拎起笔迹未干的“大作”，向池屿和夏鸯展示他的黑色小人，然后

又把卷子放在宋唯真的脸颊旁。

“一比一还原。”季崇理的眼神若有似无地打量着她，“我们四个人里，只有你最适合 Q 版小人的头身比。”

“……”

季英河拄着拐杖刚进门，就看见他相中的未来孙媳妇，小脸蛋红扑扑的，又大又圆的眼睛含羞带怯地瞪着自己孙子。

旁边老池家那个小王八蛋，趴在桌上笑个没完，另一个女娃娃皱着眉头，手指轻叩小王八蛋面前的桌面。

“孩儿们，吃饭啦！”季英河笑道。

季崇理皱眉：“说过不用你做饭。”

季英河：“我和老池一起做的。快来，下午他还跟人约了钓鱼。”

宋唯真有点不好意思，开口道：“季爷爷，我们以后还要常来，这样不好。要不我们给您按月交伙食费吧。”

夏鸯跟着点头。

“一顿饭而已，你们两个丫头能吃几个钱？”季英河用拐杖杵着地，故意凶巴巴地说，“要是嫌弃我们两个老家伙，你们四个就走，爱去哪儿吃去哪儿吃。”说完，他转头走出书房。

宋唯真尴尬地站在原地，下意识地看向季崇理。

季爷爷不会生气了吧？她只是不想平白无故占人便宜，何况她和季崇理……只是关系稍稍好点的普通同学，碰巧又在同一个学习小组罢了。

“去吃饭。”季崇理的声音淡淡地响起，“爷爷有钱，不用给他省着。”

“快走，鸯鸯！老爷子做饭贼香，我好久没吃过了！”池屿拉着夏鸯跑了出去。

宋唯真正准备跟上，丸子头被身后的人轻轻拉动。

“等等。”季崇理从书桌下方拎起一个小袋子，递给她，“这是那家老字号的点心，爷爷他血糖太高不能吃，我不爱吃甜，你拿回家吧。”

少年鼻梁高挺，眉目冷清，嘴唇轻轻抿着。

宋唯真心里软软地塌下去一块。

季崇理虽然总跟她打嘴仗，大家也觉得他冷漠不好接近，但宋唯真觉得他还蛮温柔的。他说不想和她做朋友，可能是他不知道怎么跟人相处，才会把人往外推。

季崇理的手在空中悬了好一会儿，对面的女生都没接。

那双灵动的眼睛轻眨，不知在想什么。

“你不要，我一会儿喂大年吃。”说完，他作势要把纸袋扔出去。

“谁说我不要？”宋唯真踮脚去拿，被季崇理轻松躲开。

她又连着跳跃几次，都扑了空。

宋唯真涨红脸，他就是在逗自己玩，根本没想把点心给她吃。

她负气，转身坐下，也没了吃饭的心思。

书房里有面镜子，正对着宋唯真的方向。她看见镜中季崇理的距离越来越近，大手也从上方慢慢靠近，手指微屈，靠近她的头顶。

还敢弹我脑瓜崩！

宋唯真憋着气，“噌”地站起来，像颗炮弹似的直直往上冲，嘴唇恰好碰到季崇理的食指。

两人瞬间愣住，谁都没动。

宋唯真望着那双漆黑眼眸，心一横，恶从胆边生，张嘴咬住他的指尖，然后迅速抢过季崇理手中的点心塞进书包，牙齿一松，跑了出去。

一套连招行云流水，丝毫没给他反应的机会。

镜中，少年后知后觉地摩挲指腹上小小的齿痕，从脖颈到脸颊，都漫上剔透的红。

今天吃饭的人多，季英河和池延年特意把屋里那张老桌子抬出来。

圆桌上摆了六副碗筷，池延年在季英河旁边坐下，捋着胡子不住地往书房那边瞟，有点着急：“你孙子还来不来吃饭？我们五个人可等他一个呢。”

季英河瞧着宋唯真从屋里跑出来后脸蛋泛红，小脑袋埋得越发低，心情颇好，啐了池老爷子一口：“咱们两个老家伙急什么？孩子们都还不饿呢。”

池屿目光诚恳：“我饿了。”

季英河哼了声：“吃，现在就吃！”

他们动筷没多久，季崇理神色自然地从书房里出来，在池屿旁边坐下。

季英河看着孙子的脸色，心情越发愉悦。

自家孙子他还是了解的，面上正经得不得了，其实心里早就放鞭炮了。

瞧瞧那耳根子红得，比慧兰种的红辣椒都艳。

季英河美滋滋地夹了一筷子四季豆。

嗐，当爷爷的，看破不说破。

下午是宋唯真的复习时间。

平常她会花大部分时间复习理科，像学语文和英语那样，把公式和算法死记硬背下来，印在脑子里，保证自己像本“百科辞典”一样，随时可以应对抽查和听写，考试时也可以保证正确答案的准确输出。

但效果一直不太好。

季崇理上午懒洋洋的解题方法，给了她新思路。

理科的学习方法和文科本就有区别，她不能只靠死记硬背来解决问题。上高中后，题目难度和知识深度几何倍数地增加，她也没有太多时间用来背诵记忆。

光会背，不会用，那和书呆子有什么两样。

宋唯真决定晚上回去后，按照季崇理的快捷思路做几套题感受一下，然后再总结出适合自己的学习方法。

她把物理和化学辅导书放在一边，叹了口气，掏出生物课本。

生物还是要背的，这是生物老师的硬性要求。

孙青松是十七班的生物老师，年纪颇大，是个脾气古怪的老学究，看人时眼神里总有股阴沉刻板的意味。他要求所有人都要把知识点随堂背诵，期中考试后开始抽查，回答不上问题的人，就要被打手板。

他那根不离手的木板有两尺多长，看起来用了很久，木板两头已经不见原来的木色，像裹上了一层包浆，又黑又亮。

也不知道打过多少学生的手心。

宋唯真来回翻着书页，对照笔记默默背诵着知识点。生物和她天生不来电，她做过表格统计，每天背诵生物知识点的时间，要比别的学科多很多。

这不科学。

宋唯真又背了一个半小时，把知识点初步背诵完毕，在记作业的小本子上打了个星号。

回去还要研究下，记忆速度如何提高的问题。

她伸了个懒腰，望向窗外。外面阳光正好，光线穿过层层叠叠的树叶，在地上映出大小不一的斑点。

宋唯真转转脖子，再看向窗外时，季崇理站在玻璃后，向她比了个“出来”的手势。

夏鸯正压着声音给池屿补课，宋唯真没出声，轻手轻脚地走出书房。

季崇理：“背完了？”

宋唯真：“早背完了。”

季崇理不动声色地挑下眉毛，从身后拿出个竹筐，塞给她。

“背完书，就过来献爱心。”他抬手示意她看山楂树下，“我们老爷子早就准备好了。”

屋檐下的竹藤摇椅不知什么时候被搬到山楂树不远处，季英河躺在上面晒太阳，见宋唯真出来了，高兴地用拐杖戳了好几下地面。

树上挂满红艳艳的山楂果，但树颇高，长得也挺拔，没什么歪斜枝丫，反而让人束手束脚，尝不到树冠上晒足日光浴的通红果子。

宋唯真懂了季崇理的意思，颇为遗憾地摇头：“我不会爬树。”

季崇理：“哦，我也不会。”

季崇理：“但我会踹树。”

宋唯真：“？”

季崇理：“我踹，你捡。”

宋唯真在季英河殷切又慈祥的目光中，艰难地点了点头。

季崇理嘴上说要踹树，倒也真没那么粗暴。

他把竹筐交给宋唯真，又把自己头上的棒球帽扣在她头上，然后踩着板凳，轻轻一跃，手臂撑着树枝分叉处，身姿漂亮地翻了上去。

“喂，我不要戴帽子，现在不晒。”宋唯真喊道。

“不，你需要。”季崇理挑了她头顶上的这片枝干，“准备好了吗，宋老师。”

宋唯真意气风发地扬起小脸，一只手挎竹筐，另一只手向上挥舞：“开始吧，季同学。”

下一秒，山楂果噼里啪啦地砸下来，有的落在地上，有的落在宋唯真身上。旁边，季英河的收音机小声地唱着：

“穿——林——海——”

噼里啪啦。

“跨——雪——原——”

宋唯真抬头，一颗红果子正好砸向她的额头。

“季崇理！你故意的！”宋唯真从竹筐里摸出一颗山楂，朝他砸去。

树上的黑衣少年轻松接住她扔过来的红果，眼睛里划过一丝笑：“所以戴帽子很必要。”

他停止摇晃树枝，抬手从高处摘了颗红艳艳的山楂果：“把手张开。”然后做出了抛掷的姿势。

宋唯真搓搓掌心，两个手掌拼在一起，合成碗状，然后高高举起，生怕接不到季崇理抛下来的山楂果，丢了脸。

周围“咿咿呀呀”的唱戏声，过路的风声，山楂在地上滚落然后压到叶子的脆响，在宋唯真耳边渐渐消失了。

她的耳中只有自己渐轻的呼吸，眼中只有少年白净手心里躺着的红果。

像做最复杂的物理题那样专注。

树上的少年却没动，而是慢慢蹲下，朝她勾了勾手指。

宋唯真鬼使神差地听话，走过去时，手还保持着合在一起的姿势。

季崇理从树上翻身而下，动作干净漂亮，像只伶俐优雅的黑猫。

他把山楂果放在宋唯真手心：“这颗给你。”

“奖励。”季崇理说。

一颗又大又红的山楂躺在她掌心，比竹筐里任何一颗，都更红更大。

少女垂着头。

季崇理：“这是树上最……”

宋唯真：“所以，你会爬树。”

季崇理：“……唔。”

宋唯真：“那你为什么不直接摘下来，非要晃树？”

还是把小姑娘砸疼了。

季崇理正要道歉，就见宋唯真蹲在地上，心疼地指给他看：“这些山楂，都被你摔坏了。”

季崇理：“……”

他向前迈了一步，又撞上她幽幽的目光。

“你脚下还踩坏了一颗。”宋唯真把竹筐塞给季崇理，命令道，“你把这些洗干净，拿给季爷爷吃。”

说完，她转身往屋里走。

季崇理：“你去哪里？”

宋唯真：“我看到门口有扫帚，拿来给摔坏的山楂‘收尸’。”

季崇理：“……哦。”

身后响起的脚步声，慢慢和宋唯真的心跳重合。

她握着扫帚，迟迟没能出门。

夏鸯和池屿的交谈声，季崇理洗山楂果的流水声，季爷爷还在唱京剧的收音机，若有若无的风声，都重新在宋唯真的听觉范围内出现。

季崇理从树上翻下来时，眉眼是放松的，嘴角是上扬的。

宋唯真低头摩挲着被她单独揣在兜里的“奖励”，脑海里止不住地想着季崇理一跃而下的画面。

他在跳下来时，黑色卫衣随风扬起，露出一截劲瘦的腰线。

他的刘海轻轻飘起，像黑色蝴蝶扇动翅膀。

他的眼睛，有最最温柔干净的底色。

宋唯真轻轻呼气，安抚自己现在跳得有些超速的心。

那个脸上总是分外冷清的人，难得表现出这样轻松的时刻。

他说不是她的朋友，却又和她做与朋友做的事。

他总是离人群很远，但在班级里，也会不声不响地给大家帮忙。

他说话总是夹枪带棒，背地里又有温柔的一面。

宋唯真搞不清楚，十六岁的人，为什么会这么复杂。

复杂得让人，非常好奇。

晚上吃过饭，季英河才让季崇理和池屿把两个小姑娘送走。

宋唯真坐上单车后座，怀里抱着一小袋山楂果，感叹道：“季爷爷真好。”

季崇理骑着车，“嗯”了一声。

单车驶过上午曾经见过的街景，有的小店关门休息，有的店面依旧灯火通明。

回去时，季崇理骑得很慢，宋唯真晃荡着腿，闲来无事挑了颗山楂扔进嘴里。

山楂独特的酸味在口腔炸开，酸得宋唯真眼里漫出泪花，身子也不由自主地抖了个激灵。

季崇理：“怕酸就不要吃。”

宋唯真：“嘶，刚入口确实很酸，嚼着嚼着就变甜了。”

她吞咽下山楂果肉，在心里默默地想，就像你一样。

刚接触时像要把人冻僵的南极雪山，只要扛过最难挨的阶段，就能看到风雪掩盖下被藏起来的温柔。

夜风吹起她额前细碎刘海，宋唯真压下碎发，好奇地用指尖触摸初秋的晚风，完全没注意到骤然沉默的季崇理。

他白净修长的手指搭在车把刹车处，渐渐收紧。

“宋唯真，不要勉强自己。”季崇理忽地开口，“太酸就不要咽下去，也不要再吃下一颗。”

他很少叫她的全名。

吵闹时，会清清淡淡地望向她，起些无伤大雅的外号，小女警、小短腿、小炮弹什么的；做题时，会懒洋洋地叫她宋老师；真的生气时，也只会冷飕飕地瞥向她，回避掉称呼。

宋唯真感觉到他这句平淡回答中的情绪，心中不由得变得紧张而郑重。

他不开心。

“没有勉强。山楂很好吃，我很喜欢。”宋唯真拉着他的衣角，缓慢而郑重道，“酸的也没关系，咽下去后，口腔里的余味是清甜的。”

季崇理没答话，两人沉默着，黑色单车慢慢停在宜城南街的小区楼下。

他扬了扬手，右脚踩上单车踏板。

“等等。”宋唯真叫住他。

少女站在铁栅栏前，手里庄重地捧着那袋山楂，明亮圆瞳直视着他的眼睛。

“酸不是山楂的问题，”宋唯真从上衣口袋里掏出那颗“奖励”的红果，“红色和酸味都是它的特质，是山楂的构成要素。没有这些，就不是山楂。”

她一字一句道：

“季崇理，喜欢山楂的人，是不会嫌它酸的。”

宋唯真坐在书桌前，后知后觉地发现自己解释的语气过于郑重，不太像安慰人的话。

更像一句掷地有声的告白。

……她只是觉得，季崇理的语气过于落寞。

他没有父母，放学后还要照顾季爷爷，看着再清冷矜贵，他也只是个十六岁的少年。

应该像张白在周末和四五好友出去打球，像侯鸿飞捧着热血少年漫画，像池屿揣着点众人皆知的小心思。

而不是游离在人群之外，静静地望着他们。

在宋唯真的世界里，除了学习外，他们这个年纪的人没有什么需要苦恼。然而季崇理的生活让她明白，有些人在光鲜里泛着苦水。

就连朋友，也只有池屿一个。

宋唯真心中乱成一团麻，越发不好受。

她难得碰上这样一个人，优秀得足以成为她的……

对手。

于是，在昏黄的路灯下，在少年融于黑暗的身影中，宋唯真说出了她的山楂理论。

她怕他自弃，怕他再次把她划出生活圈，怕他不再能当她的对手。

可脱口而出的话，虽在心中咀嚼好几遍，仍是带了些其他莫名意味。宋唯真捂住泛红的脸，靠着椅背，心烦意乱中随手点开了 QQ 空间。

那个漆黑头像的拥有者，刚刚发了条动态。

没有文字，只是一张图片。

那是宜城南街的一隅,老樟树附近的一家开了多年的甜水铺。临近关门时间，许多甜品都打了折。照片的角落，宋唯真还看见了自己卧室暖色的灯光。

【池屿：你怎么还没回来，我都到家了。】

【池屿：大晚上当个屁文青，就问一句你喝的啥，给我买不。】

【JCL.：山楂果茶。不。】

【池屿：……是杨枝甘露不香，还是你下午山楂没吃够？酸死你。】

【JCL.：甜的。】

……

后面陆续还有几条张白和侯鸿飞的评论，大意都是感叹季哥居然发动态，简直是千古奇闻。再往下宋唯真没心思读下去，她关掉手机，从旁边抽出一本物理练习册做。

摩擦力受压力影响……

——山楂果茶。

不考虑重力影响的情况下……

——甜的。

宋唯真负气，把笔扔在一边。

最近心跳总是过速，可能是休息不太好，连带着脑子也乱了。

接下来的一周，高一新生本该开始的晚自习被学校取消了。

阳光分班只是教育体制改革的第一步，紧接着就是给学生减负，取消学校的晚自习，只有高三生和住校生可以在阶梯教室晚自习，不过也只比正常放学时间多出一个小时。

老师们没有办法，只能给学生多发些试卷回家做，千叮万嘱，回家后不要过于放松，要抓紧时间温习。

江海的手机差点被家长们打爆。

晚自习取消是件大事，都传闻宜城是教育改革试点城市，但高考是和全国的学生一起比拼，别人在上晚自习，自家孩子却背着书包晃晃悠悠回家，在家长们看来是彻底输在了起跑线上。

千军万马过独木桥，宜城一高的学生，仿佛是根本没资格上桥的小马。

凭什么全国那么多地方，别的孩子能上晚自习，自己的孩子却不行？

家长们成群结队地去教育局门口反映情况，但宜城教育局的领导们仍然坐在办公室稳如泰山。几天后，其他地区的教育局也陆续发布减负公告。这时大家才明白，原来不是试点，而是全国统一的政策。

大家都不多学，四舍五入差不多。

别的家长偃旗息鼓的时候，梅清却有了不同的想法。

“现在全国都在教改，校内停掉晚自习，校外不让开班补课，大家都比原来少学不少东西。”梅清边给宋唯真夹菜，边盘算着，“这个时候你要是比别人学得多，岂不是站在了起跑线的最前面？那就是领头羊了呀！”

宋新文轻咳：“小真已经很用功了，每天晚上都要学到十二点。”

“我们小真自然是努力的，”梅清睨他，话锋一转，“但自己在家的学习效率不高。你和夏聋不是有个周末学习小组？就是在梧桐院，和季崇理、池屿一起学习的那个。”

宋唯真闷头吃饭，点了点头。

梅清：“妈妈觉得，你们平时也可以自发组织晚自习。学习小组也不要只应付期中考试，你们的眼光要放长远，向高考努力。你和季崇理正好偏科互补，夏聋学习也好，遇到难题三个人还可以讨论，池屿跟着你们也能收收心，好好学习，这可是四全其美啊。”

宋唯真：“……”

梅清：“这三个孩子，妈妈都是很放心的，要是你不好意思，妈妈去和他们的家长沟通。大晚上也不用他们每天送你们回家，妈妈可以去接你回来。梧

桐院要是不方便，可以在外面租个小房子，或者来我们家学习，都是可以的……”

宋唯真一听要联系家长，连忙抬头：“妈妈，我去说！”

第二天大课间休息时，宋唯真说了这件事。

她没想到，这个计划被另外三个人全票通过。

池屿兴高采烈：“不愧是我梅姨，脑子太聪明了！以后我们就正式成立四人学习小组，直到高考结束！”

夏鸯点点头：“梅阿姨跟我妈妈说过了，我妈妈说一切看我的想法。我觉得和大家一起学习，效率很高，效果也很好。”

季崇理掀起眼皮：“我无所谓。”

“但是，”他懒洋洋地伸了个懒腰，“不用阿姨们过来接，我和池屿送你们。”

池屿赞同地竖起大拇指，然后小声道：“老季说得没错。还有，这件事是我们四个的秘密，我们要偷偷学习，三年后惊艳所有人！”

宋唯真叹了口气，拍拍池屿的肩膀：“小岛同学，我们之中，也只有你可以惊艳所有人。”

季崇理随口接道：“毕竟我们三个，已经在金字塔尖了。”

池屿：“……”

课外晚自习计划定了下来。

季英河知道后非常高兴，连带着池延年也跟着乐呵。

梧桐院让他们两个老家伙住了半辈子，没想到老年时候还能看见这么多孩子，热热闹闹地在大院里学习。

每天放学，宋唯真和夏鸯都会骑着单车跟在季崇理和池屿身后去梧桐院，然后和两个老爷子热热闹闹地吃一顿饭，再一起学习两个半小时。

梅清还来看望过季老爷子，再三表示自家女儿添了不少麻烦，不仅占着地方，还在人家家里蹭吃蹭喝，她临走时非要留下个红包，被季英河梗着脖子退回去。

“小真这丫头能吃几口饭？你不必客气，老头子我有钱，也喜欢小真这孩子。你放心，有我们爷俩吃的，绝对不会让小真饿着。”

季英河拄着拐杖，拒绝了梅清的红包。

梅清笑着告别时，心里还在寻思，这家人确实心地实诚，但老爷子的话，总感觉怪怪的。

不就是一起晚自习，怎么跟娶孙媳妇似的。

周五下午，最后一科综合考完。至此，期中考试结束了。

班里沉寂好久的气氛，一下子活跃起来。

梁晴在班里分发宣传资料，在讲台上喊：“明天，周六上午，学校各社团将会在明理路举行招新活动，也就是我们一高的传统‘百团大战’，感兴趣的话大家可以过来看一下。舞蹈社、数学社、天文社等等，可以根据自己的喜好参加，每人限参加一个社团。”

张白拿起宣传册，拍案而起：“就是这个！我要参加这个社团！”

一堆人凑过去看，小册子停在“伯乐相声社”的页面。

“我毕生的志愿就是成为相声演员，成为给人民群众灵魂做‘马杀鸡’的工程师。”张白夸张的表情，逗得同学们哈哈大笑。

“你呢？”张白推推旁边寡言的男生，“同桌，你想去哪个社团？”

许昊然没抬头，推了下眼镜框，继续翻着手里的书：“天文社。”

张白转过头：“猴子，你呢？”

侯鸿飞：“真実はいつも一つ（真相只有一个）！当然是动漫社！”

张白问了一大圈，乐颠颠地跑过来问：“真姐，你想参加什么社团？”

宋唯真正低头翻着那个宣传册，还没抬头，就听池屿在旁边阴阳怪气：“哟，老白，晚上不一起住，心也离我远了。怎么不问问我想报哪个？”

张白：“……那你想报哪个？”

池屿：“我哪个都不想报。”

张白：“……”

张白在一片起哄声中，咬牙切齿地和侯鸿飞一起勾住了池屿的脖颈。

季崇理的眼神从张白身上收回，指尖有意无意地拨弄着宣传册的页面。

季崇理抬手抽掉宋唯真手里的宣传册，在她头上轻拍一下。

“趴着休息会儿。”他说。

“你明天来不来看百团大战？”宋唯真依言趴在课桌上，眨巴着圆眼睛好奇地看向季崇理，“听说很有意思。”

她说完，心中下一秒已经有了答案。

谁不知道季崇理一向不喜欢人多的地方，更不会报名参加社团，怎么会牺牲周末的时间来学校。

问了也是白问。

宋唯真后知后觉地补了一句：“不来也没关系……”

“你想不想我来？”

少年撑着桌面的手一松，人懒洋洋地趴在课桌上，脸侧向她这边，任由夕阳余晖落在他黑色的发旋上。

周围仍是喧闹的，唯有他们两人趴在教室最后一排，和所有的声音隔绝开。

那双黑曜石般明亮的眸子，像神话里诱人沉沦的海妖塞壬，静静地看着她。

清亮干净，又略显淡漠的底色里，能看见她小小的影子。

宋唯真是心跳莫名其妙地加快，动作像被人蛊惑般，越发不受控制。

“……想。”

少年的淡色唇瓣微微勾起。

“我会来。”

Chapter 06

·喝一杯山楂果茶·

翌日中午。

宋唯真靠着校门口的砖石墙体，眼神扫向对面的六个人。

除了静静地站在那里的夏鸯，其余五个男生都格外碍眼。

侯鸿飞手里拿着最新一期的漫画杂志，池屿和张白嘻嘻哈哈地围在他身边看。三个人的衣服颜色像是十字路口的红绿灯，让人难以忽视。

许昊然在一旁看摊位分布图，时不时地推一下眼镜。

季崇理离她最近，今天骚包地穿了件白衬衫，吸引了无数女生的目光。

“夏夏是陪我来的，你们几位是？”她问。

池屿：“我陪她。”指了指夏鸯。

张白：“我陪屿哥。”

侯鸿飞：“我陪老白。”

许昊然抬头冲她笑笑，没说话。

季崇理微微挑眉，右手食指轻轻敲了下表盘，紧接着未出口的话被宋唯真一个手势阻止。

“OK，这些都没问题，但我们有必要七个人一起吗？”宋唯真看向门口三三两两的学生，以及保安屡屡望过来的异样眼光，颇为无奈，“尤其是你们几个男生，人高马大，显得我们像一群不良少年，勾肩搭背来砸场子。”

几个男生左右看看，又把无辜的目光投向她。

宋唯真：“……”

“分成两组走吧。”季崇理开口提议。

大家表示没意见，宋唯真也不好说，其实她觉得分成六组更好些。

她和夏夏在一起，其余人各玩各的。

或者七组也行，天高路远，就此别过。

然后，她被一个打扮时髦的阿姨拉住问路。等宋唯真向阿姨解释清楚，再抬头时，眼前只剩下季崇理和许昊然。

“其他人呢？”宋唯真问。

静默许久的许昊然解释道：“池屿要和夏鸯一组，张白又想和池屿一起，

所以最后剩下我们三个。”

季崇理闲闲地转着手机，瞥他一眼，把嘴边的话咽了回去。

许昊然顿了下，又补充道：“如果不方便，我可以单独走。我一个人没关系的。”

宋唯真不喜欢人多，但只剩下她和季崇理，还是算了。

简直是恐怖童话故事。

于是，在两票同意，一票弃权的条件下，三个人顺理成章地一起走向明理路。

道路两旁的银杏树树干，拴着各种颜色的宣传标语和装饰物，各个社团的学长学姐们奋力吆喝，甚至还有人穿着可爱的玩偶服，吸引过路学妹的目光，一副势必在步入高三前，给自己的社团找一群接班人的架势。

“话剧社招新！漂亮学姐带教！”

“烹饪社天天吃美食！”

“喜欢 cosplay 和汉服的，快来我们彩色硬糖动漫社！”

“来看看手工社！有手就行！”

“诗歌社广纳英才，我们为你读诗！”

“……”

宋唯真觉得哪里都新鲜，每到一个摊位，都要停下看看。

尽管季崇理冷着张脸，却还是被周围热情的学姐们团团围住。许昊然又是寡言性子，一路走下来，两人都没怎么跟她说话，宋唯真自己也乐得清静。

走了半圈后，宋唯真去超市买水，顺便给他们两个也带了水。

许昊然接过后，金丝眼镜后的眼睛弯了弯：“宋唯真，你还是和小时候一样善良。”

宋唯真：“？”

季崇理：“？”

许昊然摘下眼镜，把额前刘海撩起：“现在认出来了？我是胖蓝。”

眼前斯文秀气的脸庞，逐渐和儿时玩伴的脸重合。宋唯真惊喜道：“我想起来了！阿蓝！你是不是早就认出我了，怎么现在才跟我讲？”

许昊然抿唇一笑。

季崇理望着聊得热火朝天的两人，心情忽然有点烦闷。

脚边的银杏叶很烦。

天空太蓝没有云飘过很烦。

周末不睡觉过来参加什么“百团大战”烦上加烦。

眼前穿着粉色针织衫的少女，长发绾成丸子头，大眼睛亮晶晶地看着对面的人。面对她站着的男生，穿着淡蓝色连帽卫衣，表情温柔地听着小姑娘叽叽喳喳。

看着还挺……

“自古红蓝出 CP，彩色硬糖需要你！”旁边的动漫社学长喊道。

季崇理目光幽幽地看过去，动漫社学长缩缩脖子，选择“闭麦”。

般配个屁。

“小时候的事都过去十多年了，有什么好追忆的。”他走到两人中间，形状漂亮的眼睛微微垂着，声线微冷，“对吧，许同学。”

许昊然避开他的眼神，看向宋唯真，温和道：“我先去天文社报到，一会儿见。”

“还有，谢谢我们小真的水。”许昊然说。

季崇理盯着许昊然离开的背影，还有疑似发红的耳根，看了很久。

宋唯真还沉浸在和儿时朋友重逢的喜悦中，拉着季崇理的袖子讲个不停。

“许昊然要是不摘眼镜，我还真没认出来。他现在和小时候完全不一样！上幼儿园时又矮又胖，现在看着还挺帅。”

“上幼儿园时，我们班有个小朋友，说话有点大舌头，‘然’的音总是读成‘蓝’，索性我们就都叫他‘阿蓝’，偶尔也会有人欺负他胖，叫他‘胖蓝’。要不是他说，我根本认不出来……”

“你眼睛有问题？”季崇理口气不佳。

“……”

“我不想听这些事。”季崇理的脚步顿住，口气生硬地打断她，“要想回忆过去，明理路左拐去天文社。”

宋唯真颇不服气地回道：“谁还没有个童年时候的小伙伴，兴奋一下很正常嘛。”

“我没有。”季崇理的声音有点紧绷，“也不能理解。”

又要不欢而散。

宋唯真心里叹气，望向身侧的男生。

一分钟后，两个人还保持着原来的姿势，站在原地。

宋唯真：“你居然没走？”

季崇理：“我为什么要走。”

“之前我们每次拌嘴吵架，你都会冷着张脸离开，久而久之班里的同学们都习惯了。”宋唯真斟酌着字句，“他们说，要是看见季神下课时，独自一人去操场练单杠，那就是和宋学霸吵架了。”

“……”

“第一，我只是单纯锻炼而已。”季崇理掀起眼皮，“第二，我们没有吵架。

那都是基于不同学科理解下的，思维碰撞。”

宋唯真颇为无语时，旁边忽然闪出个人影。

高挑女生手里拿着一沓宣传单，乌黑长发披散着，水润的桃花眼分外动人。紧身束脚牛仔裤，把她的腿衬得又长又直。

“宋同学，英语广播社有没有兴趣参加？”女生笑容灿烂，“负责每天放学时的英文广播，你很适合哦。”

“你认识我？”宋唯真有点好奇，毕竟这样漂亮的女生，她见过绝对不会没印象的。

“你成绩那么好，我认识你也不奇怪嘛。”女生的眼神落在季崇理脸上，又飞快地闪开，“我叫陶桃，你们隔壁班的。”

陶桃姿态大方，人也热情开朗，一直跟在宋唯真身边讲加入英语广播社的好处，宋唯真也确实挺心动的。

每天下午，伴着夕阳余晖，读一些英文短诗给迫切归家的同学，她的声音飘荡在学校的每个角落。

很浪漫。

而且只是读读诗，也不会影响学习，还可以增加词汇量，妈妈也会同意。

“好呀，我愿意加入。”宋唯真顿了下，“不过，陶桃你怎么也在这里摆摊宣传？你也是高一生啊。”

“我呀，刚开学不久就被高年级的学长联系过啦，所以算是提前加入的。”说完，陶桃又看向季崇理，只不过那人的注意力分毫不在她身上。

季崇理望着宋唯真手上的传单，眉心微皱：“你真的要参加这个社团？”

宋唯真继续阅读着英语广播社的宣传资料，头也没抬：“对啊。”

“那你要不要参加呀？”陶桃的声音甜美而不突兀，尾音低低软软，撒娇一样。

不知为何，宋唯真心里有几分说不清道不明的情绪忽地冒出来。

陶桃是个很热情的女生，也很漂亮，没准儿她们以后会成为朋友。但此刻，她却希望季崇理离她未来的朋友再远一点。

还有，不要答应她来广播社。

千万不要答应她。

“可以。”

季崇理冷淡的嗓音倏地在宋唯真耳边响起。

宋唯真的心像漏了个小洞，四面八方都向里面涌着寒风。

阳光把三个人的影子映在脚下，身旁两个长长的影子夹着她的，格外难看。

她像是插在中间的人。

他们的影子，又像是游乐园中，带着孩子出游的一家三口。

宋唯真心里越发不痛快。她垂头离开："你们聊，我去找夏夏。"

她走了一步，又走了一步，身后还是静悄悄的。

没人理她。

什么冷漠寡淡的高冷学神，遇上漂亮妹妹，还不是曲意迎合的普通人。

宋唯真赌气走了。

季崇理望着小姑娘气呼呼离开的背影，眼底最后的一抹温柔消失殆尽。他转过头来，看向面前巧笑倩兮的陶桃，眼神里没有一丝温度。

周边的空气渐渐冷了。

没等陶桃说话，男生向后退了半步。

陶桃甜美的笑容僵了一瞬："季崇理，我们又在一起啦，你不开心吗？"

季崇理："我们之间的事，不要牵扯别人。"

陶桃声音委屈："我知道，最近宋唯真一直去梧桐院，好几次都是你用单车载她去的。你的单车后座，我还没坐过呢。"

季崇理眼神冷漠："我走了。"

陶桃："那你什么时候答应我的表白？"

季崇理："这辈子都不可能。"

他转身，脚下步子迈得稳而快——要去天文社的摊位看看，生气的小女警，是不是转身去找许昊然了。

陶桃转身喊道："你不怕我把你以前的事都说出来吗？那你高冷学神的形象可就全毁了！而且，那件事后，你说过会报答我！"

男生步伐依旧。

"还有宋唯真！你就不怕……"

陶桃话音未落，前面的身影倏地停下。

球鞋骤而落下激起许多尘土，白衬衫随着身体动作露出硬朗的褶皱。

他回眸的侧脸被阳光分成明暗两层，冰冷眼神中带着警告意味，宛若一尊煞神。

他淡色唇瓣轻启，吐出两个字：

"你敢。"

英语广播社的动作比宋唯真想象的快了很多。

周一上午，社里的学长就来通知宋唯真广播的时间。

她和另一个女生在一组，陶桃和季崇理在一组。

宋唯真心中不自在，但还是认真地跟学长表示记住了自己的广播时段。

学长刚走不久，周寰宇就抱着一沓 A4 纸走进教室。那沓纸被码得整整齐齐，

堆放在讲台上。

池屿好奇地伸长脖子，看到“成绩单”三个字后，大惊失色，跌坐回凳子上。

他一脸悲痛：“同志们，这是期中考试的成绩单啊！”

教室内一时哀鸿遍野。

张白：“这也太快了！我凉了，回去洗干净脖子等着挨砍吧。”

他看向许昊然，见那人还在不紧不慢地翻着书页，丝毫没有搭理他的意思，转过身喊道：“猴子，我俩真是太命苦了！”

侯鸿飞冲他摆摆手，慢条斯理道：“我考得还不错，你还是一个人苦吧。”

江海从门外走进来，教室里瞬间鸦雀无声。

他身后还跟着季崇理。

“同学们，本周三下午我们要召开家长会。没有特殊情况的，家长都必须到场。”江海随手把成绩单递给坐在讲台旁边的同学，示意他发下去，“我再说一遍，尽量不要请假。如果有问题，课下单独找我谈。”

宋唯真这次还是第二名。

第一名也还是她上课吊儿郎当的同桌。

两人总分差得不多，但偏科趋势还是很明显的。宋唯真的英语和语文分数高得不可思议，季崇理的数学和理综成绩在年级组一骑绝尘。

宋唯真不理解，为什么有人可以数学满分、物理满分。她真想把季崇理的脑袋撬开，看看里面装了什么非人类的东西。

宋唯真抿抿嘴，拿出笔在成绩单上圈圈点点，衡量比较两个人的差距。

季崇理回来后就在桌上趴着休息，冷淡的脸上难得出现惫态，颇像一只被打蔫的大型犬。

“宋唯真，你出来一下。”江海在门口喊道。

宋唯真起身时，倏地被人拉住校服衣角。

季崇理紧绷着脸色，眼神疲惫而空洞，指尖非常用力地拉住她的衣服。

“挺住。”说完，他的手腕垂了下去。

“……”

垂死病中惊坐起。

宋唯真心里闪过这样一句诗。

她跟着江海从三楼下到一楼，从教学楼走到办公楼，路过操场和小花坛，江海一路上都在给校领导打电话，愣是没告诉她叫她过来做什么。

直到宋唯真跟着江海上了办公楼的四层，拐弯到小会议室门口，江海才放下手机。

江海：“进去吧。”

宋唯真：“……好的，老师。”

江海除了是高一年级的班主任外，额外还兼任着学校的党委书记，有小会议室的使用权。偶尔她也和几个同学被差遣过来，拿些卷子回去。

她总感觉有哪里不太对。

宋唯真推开门，小会议室里坐着的人齐刷刷地看向她。

除了政史地这三科的老师外，理综和语数外的老师都在场，手里各拿着一份卷子。她瞥了眼位置最近的语文老师，试卷的姓名栏里笔迹工整地写着“宋唯真”三个字。

她忽然想起来，季崇理眼神混沌，仿佛被掏空了似的提醒她：“挺住。”

六位老师坐成一排，他们对面的那把椅子，明显是给她留的。

这是三堂会审吧？！

江海在她身后，“咔哒”一声，关了门。

没、退、路、了。

宋唯真在一众老师慈祥的目光中，镇定地坐下。

“你别紧张。”语文老师何瑜川语气温和，“我们和江海老师是老搭档，每届新高一生都要接受一次深入访谈。很轻松的，聊聊天而已。”

英语老师徐慧也眼含鼓励。

宋唯真乖巧地点头，小身板坐得笔直。

江海坐下后，率先开口：“时间有限，我们就正式开始谈。你已经决定好学理科，我们也不再劝你。今天老师们就是要跟你谈谈各科存在的问题，有助于你进一步提高。”

何瑜川抖了抖卷子：“她的作文是年级组最高分，语文试卷总分 141，我没什么好说的，保持住。”

徐慧笑了：“巧了，我的课代表英语总分 148，只有作文扣了 2 分，可是比另一位男课代表强了不少。”

“好，那我来说。”江海抽出宋唯真的数学试卷，“数学考了 130 分，看着还不错。但你拿分很有策略性，基础题全对，但是稍微拔高的后两个选择题，最后两道大题的第三小问，你都没做出来。虽然很讨巧地根据踩分点写了公式，但这些离我对你的要求还很远。目前学习的函数和集合都是比较简单的，以后还有很多难题和知识点出现，你要做好准备。”

宋唯真边点头，边从兜里掏出小笔记本，挑重点记下来。

化学老师韩凌是一高的资深老教师，因为教学优秀，退休后还被学校返聘回来。她推了推眼镜，面容和蔼：“你的问题小江已经跟我们讲过了，既然决定学理科，就得多下几分苦功夫。从平时上课的时候，我就能看出你的认真努力，比你旁边坐着的小子强百倍。你也要对自己有信心，目前来看化学你没有问题，

就是不知道学有机物的时候会不会有困难。没关系，我们到时候再说。”

“宋唯真，我对你就一个要求。”物理老师欧阳燕翻着她的卷子，语速飞快，“等到学电磁场和力场结合时，你别掉队。虽说你目前具备学习物理的基本素质，但从你平时做题情况以及考试成绩来看，未来还有很难的路要走。”

“没事和你邻座那个天才多学学，他有些剑走偏锋的路子挺有趣，没准儿能给你学习的新思路。”

生物老师孙青松没多说，把那根两尺多长的“戒尺”拍在桌上：“下次成绩要还是不够理想，我就得经常提问你了。”

随着木板“砰”的一声响，宋唯真吓得一激灵。

韩凌不满地开口：“老孙，你这教学方法不科学，什么年代了还靠打手板督促学生。”

欧阳燕：“韩老师说得对，但宋唯真，你确实得多上心，以后把学语文和英语的时间拿点出来，多做点物理题。”

徐慧挑眉：“我的课代表，你可不能偏心，要继续保持。”

孙青松又回了几句，三个女人齐心协力把目标对准了他，你一言我一语地说起来。

何瑜川倒是没什么反应，偏过头和江海说：“你倒是有主意，她和季崇理那小子，确实挺互补的，一起学习正好。”

六位老师似乎忘了宋唯真的存在，七嘴八舌地聊天，从谴责孙青松，到谴责突然颁布的、把他们打了个措手不及的教改制度，再到互相开着玩笑让彼此少留作业，给学生们多学点自己学科的时间。

……这是什么争宠现场。

宋唯真低头，尽力减少自己的存在感，用笔在小本子上胡乱涂画着。

画一个小房子，门前有两棵山楂树。

山楂树下有一个躺椅，有个人站在树下捡山楂果。

小人穿着黑色卫衣和浅灰色运动裤，额前有细碎刘海，一双眼睛又黑又亮。

画到眼睛时，宋唯真心里有些纠结，他的眼睛是什么形状来着？

眼神惯于冷淡，薄薄的双眼皮随着眼尾微微上扬，像是一双丹凤眼。

“宋唯真！”

“到！”

她“噌”地站起来。

江海笑道：“走神了吧。我让你回去上自习，你还在那儿坐着干什么呢。”

宋唯真摇头：“没干什么。”

江海：“周三的家长会，你和季崇理负责接待家长，然后再介绍介绍学习经验。”

宋唯真："好的，老师。"

她正要离开，就见何瑜川笑着指她的脸："看你们把宋唯真吓得，脸都红了。要是吓坏了，写不出模范作文，我可要找你们算账。"

宋唯真赧然："没有何老师，是太热了，我先回班。"

她鞠了个躬，转身就往外跑。

留下六位老师面面相觑。

徐慧："热？会议室热吗？"

欧阳燕："还没供暖，怎么会热。"

何瑜川："现在十一月了，也不至于热……"

韩凌起身拿起教案："小孩子火力旺，或者让老孙给你们讲讲人体的内部作用。"

几位老师看了眼桌上，孙青松没来得及收的木板，纷纷摇头，回各自的办公室备课。

宋唯真回到教室时，语文课代表正在台上朗读她的作文。

近满分的作文，字迹漂亮，语句铿锵，每个班都从打印室领了一沓，拿回去传阅学习。

"挫折是人生成功的垫脚石，它让我们回顾来时的每一步，找寻尚未补齐的短板，在不断的磨炼打击中浴火重生，成就自我，也走向成功……"

语文课代表的声音抑扬顿挫、清脆悦耳，一直念到自习下课。

宋唯真在她念完最后一个字时，长出一口气。

下次作文还是写短一点，太羞耻了。

池屿走到宋唯真旁边，感叹道："没想到啊，真哥，你居然是这么正能量的一个人。写起来还一套一套的，这么知性可真不像你。"

宋唯真起身欲打他，池屿追着侯鸿飞从教室后门跑掉了。

季崇理懒散地靠着椅背，似乎恢复了点精神。

那双漂亮的眼睛，正打量她。

还真是一双丹凤眼。

宋唯真清清喉咙："你看我干什么？"

季崇理挑眉："你不看我，就知道我看你？"

宋唯真哽住："我不跟你讲垃圾话。下周三家长会，老江让咱俩过来迎宾，还得说学习方法，你知道吧？"

季崇理点头。

"那我先跟你说好，我妈这人特别喜欢聊天。"宋唯真认真道，"季爷爷要是受不了她，我可以争取让我爸来开。"

“没关系。”季崇理声音淡淡的，没什么情绪，“他不来。”

“没人给我开家长会。”

周三上午最后一节课。

何瑜川正在讲古文，一套之乎者也下来，教室里居然反常地没人犯困。

每个人都盯着挂在大红色的“笃学唯真，明辨崇理”上方的挂钟。

三，二，一。

“丁零——”

下课铃声刚响，大家飞快地收拾好书包，匆匆往外跑。

宋唯真倒是不急，慢悠悠地记完何瑜川强调的最后一个通假字。

再抬头时，教室里除了值日生和布置黑板的同学，几乎走空了。

她收好书包起身。

“喂。”季崇理也还没走，闲闲地靠着椅背，桌上零散地放着黑色碳素笔和本子，黑笔在修长手指间转了一个笔花。

“你去哪里？”季崇理问。

“去吃饭啊。”宋唯真一脸莫名其妙，“你不去？下午要站好几个小时。”

“当然去。”他站起身，手腕稍稍用力，两根手指就轻松地勾下她肩上的书包背带，“你又走不掉，背着书包干什么？”

“……”宋唯真讪讪地放下书包。

确实是这个道理。

食堂今天做了红烧鸡翅。

这是宜城一高的食堂最受欢迎的菜，也是宋唯真最喜欢的。

不过很可惜，红烧鸡翅限量供应，也多亏今天下午的家长会，宋唯真来得这么迟，还是排到了一份。

她端着餐盘在季崇理对面坐下，先吃了几口青菜，才虔诚地把筷子伸向色泽诱人的鸡翅膀。

餐盘里忽然多出一对鸡翅。

宋唯真：“？”

她看向缓缓收回筷子的季崇理。

季崇理掀起眼皮：“筷子没用过。”

宋唯真疑惑：“你不吃？”

“不爱吃。”他低头吃饭，“嫌弃可以扔掉。”

当然不！

鸡翅膀是无罪的！

季崇理慢条斯理地嚼着青菜，眼神落在对面满足地啃着鸡翅，高兴得脸颊发红的女生身上。

他吃了块香菇，她在啃鸡翅。

他咽下两口米饭，她在啃鸡翅。

他喝掉半瓶水，她还在啃鸡翅。

“你在给鸡翅雕花？”季崇理问。

宋唯真难得羞赧，仍是据理力争：“上好的菜品，必须用最谦卑的态度品尝。”

“嗯，你品尝。”季崇理长腿一伸，懒散地靠着椅背，“我吃完了。”

“……”宋唯真悲愤地加快了吃饭的速度。

饭后，宋唯真和季崇理去教务处领学生代表的专用绶带。

宋唯真板板正正地戴好，下摆用曲别针仔细固定，而季崇理只是将绶带拎在手里，没有想戴上的意思。

“你怎么不戴？”

小姑娘叉着腰，长长的绶带从她肩膀处绕过，鲜红底色上印着金色大字：优秀学生代表。

季崇理忍了半天，才终于没说出“这绶带看上去很蠢”这种话，折中道：“我不会。”

“这还不简单，我帮你。”

宋唯真从他手中接过红绸一样的绶带，踮脚将绶带绕过他的肩膀，然后微微弯腰，用曲别针固定住。

扎着可爱丸子头的女生，弯腰给男生整理绶带。挺拔帅气的少年，微微垂头看向她，嘴角泛起点不易察觉的笑。

两人穿着深蓝色校服，站在纷落稠黄的银杏树叶下，身后是漆成暗红色的建筑，更远处是望不到边的蓝天。

路过的学生认出这对远近闻名的学霸，偷偷拿出手机拍照。还没按下快门键，就撞上男生抬起的眼睛。

淡漠中带着凉意的眼神扫过来，让他们下意识地放下手机，装作没看见他们两个。

开玩笑，八卦当然没有小命重要！

那可是季神！

宋唯真才不管周围发生了什么，她只关注——

终于有一件事情是季崇理不会做的了！

哈哈哈哈哈，等下一定要狠狠嘲笑他！

“你来干什么？”

她正急于抹平绶带上的最后一丝褶皱，然后忽然听到季崇理冷冰冰地开口。

宋唯真转身，看见他们正前方的夏瑟如。

她黑如墨的头发微微卷成波浪，脸上化了恰到好处的淡妆，连衣裙是剔透的水绿色，耳垂上挂着一对翡翠耳环，垂着的手拎着奶白色的精致小包。

优雅从容，盛装出席。

夏瑟如露出她熟悉的笑容。

“瑟如阿姨！”宋唯真惊喜地开口，抬脚就向夏瑟如那边走，却在下一秒硬生生停住。

她记得在那家餐馆门口，季崇理和夏瑟如之间的争执。

瑟如阿姨之前并未联系她，也没有和妈妈说，会在今天来学校找她。那阿姨应当是来找季崇理的。

于是，宋唯真把心中的兴奋压下去几分，礼貌地道别：“瑟如阿姨你们聊，我先走了。”

“不用走，我跟她没话说。”季崇理紧紧握着她的手腕，口气生硬地又强调了一遍，“我和她之间，没什么好说的。”

夏瑟如快步走到季崇理面前，低声说：“江海老师给我打电话，说今天是你的家长会。他联系不上季决明，所以才联系了我。”

“我们是你父母，”夏瑟如讨好的笑容撞上季崇理冷冰冰的眼神，逐渐僵硬在脸上，“应该……来给你开家长会。”

宋唯真愣在原地。

父母？

瑟如阿姨，是季崇理的妈妈？

可他不是说……

“父母？”季崇理眼睛里一片漠然，“自从记事起，我不知道自己还有妈妈。”

“你现在有新的家庭，有自己的孩子，我也有自己的生活。夏瑟如，我没要你养我，没要你尽责。”

“我也没兴趣，当你培养小孩的试验品。”季崇理瞳孔黝黑，声音冰冷，“你或许听说过，我以前是什么样的人。”

“别再来烦我。”

手腕上的指尖颤抖，越发用力，宋唯真生生被从思路中扯出来。

夏瑟如脸上没有宋唯真熟悉的笑容。画展上色彩世界的油画女王，此刻像个丢盔卸甲的败将。她的眼神复杂歉疚，脸色苍白得宛若水泥墙上灰白色的画。

“求求你，小理，是妈妈不好，那是我第一次当妈妈，我现在知道错了，我会补偿你……但你不要伤害他，他是你弟弟啊！”

说完，夏瑟如慌乱地转向宋唯真，像抓住根救命稻草似的，指尖的蓝色美甲紧紧箍着她的手腕，几乎陷进肉里。

“真真，你替干妈求求他，干妈一直都对你好，你也帮帮我好不好？”

宋唯真听明白了。

原来妈妈说，瑟如阿姨的小宝贝，不是她的第一个孩子。

她是小宝贝的妈妈，也是季崇理的妈妈，但她却从来没有关心过季崇理。

所以，季崇理才会住在梧桐院，一个人照顾季爷爷。

他才会每次提到家人时，都缄默不言。

他才会把自己包裹成密不透风的茧。

瑟如阿姨可以对小宝贝那样好，每天在朋友圈里发小宝贝学讲话的视频。她可以对自己那样好，给自己买最新款的衣服，请自己吃饭，让妈妈带着自己一起参观她的巡回画展。

那她，为什么不能对季崇理好一点？

为什么不能分给他一点爱呢？

他是她的孩子。

宋唯真吸了吸鼻子。

他明明，是很好很好的一个人。

……

银杏叶被秋风吹落，瑟瑟地在空中转了两道弯。

女孩的两只手腕分别被人握着，三个人在秋风里静默地僵持许久，饶是在不起眼的角落，也引起了别人的注意。

季崇理指尖冰凉，低垂着眼，看向宋唯真。

他不知道自己在期待些什么。

小女警平时吵吵闹闹，机灵古怪，可她心肠最软了。

会因为想给张白鼓励，主动递给他一支英语大神加持的笔；会为了成全池屿的小心思，同意去别人家里学习；会因为陌生人需要帮忙，一个人搬好几个班级的英语作业；会在批改英语试卷时，模仿徐慧老师的笔迹，在几份成绩不理想的卷面上，偷偷写上一句“加油”。

她善良果敢，赤诚明亮。

在宋唯真第一次看见他和夏瑟如出现争执时，就果断地选择保护她。

站在弱势那方，用身子尽全力遮住夏瑟如。

像一只小小的候鸟，张开翅膀，展现出最大的保护姿态。

那是她亲爱的瑟如阿姨，无论如何，她再次接受夏瑟如的请求，都再正常不过。

不过是……再次不被选择。

季崇理眼神渐暗，他看见小姑娘另一只手腕被夏瑟如抓出红痕，下意识地松开了手。

与此同时，身材小小的女孩，扭头安抚一笑，反手握住他落下的手腕，像曾经站在夏瑟如面前，竖起浑身尖刺时那样，挡在他面前。

“瑟如阿姨，如果您过去做了不好的事，应该向季崇理道歉。”宋唯真轻轻用力，挣脱夏瑟如的手心。

“他可以不接受您的道歉，可以过自己的生活，您不该强求他。”

宋唯真声音一顿，继续说道：“对不起，瑟如阿姨，我不能帮您。”

她礼貌地微微欠身，头也不回地拉着季崇理走向教学楼，没再管身后的夏瑟如。

世界上居然有这样的妈妈，对自己的孩子没有一点爱。刚刚说的一大堆话，也只是明里暗里地怕季崇理伤害她的小孩。

那他呢？季崇理又是伤害了谁，才收不到妈妈的爱，成了没人要的小孩？

一直走到教学楼下，宋唯真心中愤愤不平而起的火气才渐渐消了。

因为，她懊恼地发现——

自己不仅一时冲动拒绝了瑟如阿姨，还在两人面前自作主张，把季崇理带走了。

再怎么说人家也是母子，所有事情都属于“家庭内政”，是她逾越了。

“喂。”季崇理喊她，“你帮我拧一下瓶盖。”

宋唯真窘迫地抬头：“你不会自己拧？”

季崇理倾身，抬起两人还连在一起的手，一脸无辜：“本来是会的，但宋老师不放手，我怎么自己拧瓶盖？”

宋唯真顺着他的目光看过去，慌乱地松开了季崇理的手腕。

她居然牵着他走了一路！

这种尴尬和丢脸的感受，直到家长会结束，她跟着梅清回到家，还没有完全消除。

“闺女，帮妈妈打开。”

宋唯真看着眼前递过来的陈醋瓶子，下意识地抖了一下。

烦死了，拧瓶盖的条件反射。

家长会当天晚饭后，梅清例行组织了“家长会宜城南街盛世嘉园分区433室家庭会议”，与会代表宋新文和宋唯真均准时参会。

梅清和宋新文坐在客厅的大沙发上，宋唯真跑去自己屋里，搬出一个草莓红色的塑料小板凳，规规矩矩地坐在他们对面。

“好，咱们的家庭会议正式开始。”梅清喝了口水，从旁边的茶几上拿起一沓资料，“我们先来看成绩单。”

“首先，小真的总分还不错，在班级排名第二，年级组排名第三。语文和英语一如既往地拔尖，”梅清顿了顿，“现在我们就不谈优势了，来看看你现在的问题。”

宋唯真乖巧地点头。

“你的大综合总分看起来很高，没比季崇理低太多。但这是有原因的。”梅清用红笔把政治、历史和地理这三科圈出来，“文科成绩你高了很多，大综合中如果只算理科，你比季崇理低了将近40分。”

“闺女，我们不能寄托于一时的成败，靠着偷奸取巧得分数。”梅清语气严厉，“以后你要学理科，要靠理科考大学。就算你把文科背得滚瓜烂熟，有什么用？”

偷奸取巧？

妈妈一直觉得她的成绩，是这样得来的？

宋唯真吸吸鼻子，心中难免委屈：“妈妈，我没有浪费时间。只是老师在课堂上讲过，我记住了，答题的时候都写出来了而已。”

“那你告诉妈妈，如果不是不够用心，你理科综合的分数怎么会这么低？”梅清声音拔高，甩出一张A4纸，扔在他们爷俩面前，“这上面是年级组前三十名的理综成绩折线图，你自己说，你的名字在哪里。”

那张折线图时而波折，时而平缓，只有一个最高点，一个最低点。

最高点是季崇理，296分。

最低点是她，257分。

差了39分。

宋唯真鼻尖一酸，眼泪“滴答”落在纸上。

宋新文轻咳一声：“将近260分，不低了。”

“不低？小真初中的时候一直是年级第一，那时候她理科成绩，甩第二名八百条街！”

梅清疲惫地按着眉头，按捺住焦虑：“小真，妈妈没有批评你的意思，但你和季崇理的差距，就放在这里。你和年级组前三十名的差距，也摆在这里。我可以假装看不见，你可以假装不知道，但三年之后，你高考的那天，分数和排名都是最客观的。它们不会骗人。”

宋唯真握着成绩单，眼泪像断了线的珠子。

宋新文揽过梅清的肩：“小真她很努力，而且这个成绩已经非常优秀了。班里不是还有很多同学连200分都过不了？知足常乐，我们还是要多鼓励孩子。”

梅清“啪”的一声把手机拍在茶几上。

“我最不爱听你说这种话！人往高处走，水往低处流，你总让孩子和不如她的人比，她还能越来越优秀？我们做家长的不引导她，她明白分数的意

义吗？”

梅清情绪有些激动：“你就知道知足常乐，成天乐呵呵地搞你的学术。要是我知足，不跟支行里的人竞争，我能被提拔到分行？能有钱接济你的穷亲戚？

“你是大学教授，两袖清风，文人风骨。我就是市侩嘴脸，只知道钱、钱、钱。靠你的死工资，咱们家房贷再过一百年都还不完！到时候你还能知足？”

宋唯真听出梅清口中的怨气，拿着成绩单默默回房，从书包里拿出这次期中考试的理综卷子，坐在书桌前订正。

隔着门板，隐隐约约还能听见他们争吵的声音，梅清嗓门高，声音尖锐，声声刺进宋唯真的耳朵。停顿间歇，能听见宋新文耐着性子的回应。

泪水洇湿了笔记本上的黑色字迹。

宋唯真听见了堂哥的名字，是宋祁哥哥又出事了？

如果她再努力点，变得更听话、更优秀，妈妈是不是就不会和爸爸生气了？

宋唯真擦掉脸上的泪水，对着镜子露出个难看的笑容，然后在小本子写上自己的最新规划：

【学理科超过季崇理，考上清大，学金融，赚大钱给妈妈！】

本子前一页，用紫色水笔勾勒着花边的愿望，被她撕下来，揉成团，扔进垃圾桶。

还有那本断断续续写了好久的小说，被宋唯真锁进抽屉。

梦想也被黄色小锁困住了。

她现在只想爸爸和妈妈，幸福快乐，永远不要吵架。像小时候一样，一家三口乐丑丑。

扔在床上的手机“嗡嗡”振动，宋唯真擦掉眼角的泪水，接通电话。

“喂，你好。”

“你鼻音怎么这么重？”听筒里季崇理的声音微微收紧，“哭了？”

“关你什么事。”宋唯真吸吸鼻子，“你找我有事吗？”

“为什么哭？”他问。

宋唯真抿起唇角，听着门外仍不休止的争吵声，眼里又泛起雾气。

“听话。”季崇理轻轻叹了一声，“为什么哭？”

他的声音带着股温和的暖意，像股安抚的风。宋唯真收不住满心的委屈，抽噎着答了季崇理的话。

“我哭，是因为妈妈，妈妈觉得我，很差劲……

“因为我，理科比你低了 40 分，她，她觉得我，学习不用心……

“可我，我真的，真的很努力了。妈妈，她，她为什么，看不到呢……”

宋唯真蜷缩在床尾，抱着粉色小猪玩偶，断断续续地说了好久。

季崇理一直没怎么说话，只有偶尔的一声“嗯”，证明他还在。

“谢谢你。”宋唯真揉着发哑的喉咙，“我好多了。”

“没必要哭，我的文科比你差多了。”季崇理声音懒散，“不过我没人管，所以自由些喽。”

她哭哭啼啼，颠三倒四地跟季崇理说妈妈对她的严厉，忘了他根本没人照顾。

宋唯真心里又泛起了酸苦的滋味。

她沉默许久，开口道：“季崇理，你想考清大吗？”

男生没说话。

“我现在最大的梦想，就是考上清大。我们一起，好吗？”宋唯真手指用力地绞着衣摆，“我们互相鼓励，一起加油，你给我讲理综，我可以监督你背古文、背单词。”

“季崇理，我们一起去清大吧。”

手机那头的男生似乎轻笑一声：“好啊，那我全靠宋老师了。”

“一言为定！”

“嗯。”

外面吵架的声音渐渐小了，爸爸妈妈卧室的房门响了一声，紧接着，宋唯真的房门被敲响。

“小真，是爸爸。有被吓到吗？”宋新文的声音沙哑，听起来很疲惫。

“没有。爸爸我在学习，你快去休息吧，明天还要工作。”宋唯真答。

宋新文似乎在门口踌躇一阵，拖鞋走路声才“沙沙”地响起来。

“宋老师撒谎了。”

季崇理的声音略低，酥酥麻麻地从听筒传进她的耳道。

宋唯真不自然地缩了下脖颈，生硬地转移话题：“你找我什么事？”

“这周日是我爷爷和奶奶的结婚纪念日，老爷子希望你能过来。”季崇理说完，又补充道，“不能来也没关系。”

“当然要去！池屿和夏奪也会去吗？”

“嗯。”

“季崇理，我去梧桐院这么多次，都没见过奶奶。”宋唯真抿了抿唇，“奶奶她……”

“奶奶几年前去世了。老爷子和奶奶感情特别好，所以每年还是照旧给奶奶过生日，过他们的结婚纪念日。”

“对不起，我不是故意提起的。”

“嗯，早点睡。”

季崇理挂掉了电话。

宋唯真握着微微发烫的手机，给那串陌生号码端端正正备注上“季崇理”三个字。

她轻手轻脚地下了床，把卧室的门拉开一条缝。

客厅已经没人了。

宋唯真从冰箱里拿出一瓶牛奶，眼神一瞥，看见最上层放着一盆用保鲜膜封好的馅料。

还有一条宋新文刚刚处理好的鱼。

她眼眶又泛起酸。

妈妈真的很辛苦。“出得厅堂下得厨房”听起来是很厉害的一句话，但真正做到，需要一个女人失去自己的生活，为家庭付出全部的时间和精力。

爸爸也很辛苦，宋唯真见过他沉醉于学术的样子，在不受政策偏爱的文科领域，在许多人的不理解中做自己坚守的事，她也理解爸爸的难处。

要更努力才行。

要做家里的顶梁柱。

宋唯真从旁边拿出两瓶豆奶，红枣蜂蜜的给妈妈，黑豆薏仁的给爸爸。

她从茶几下面的抽屉里翻出一沓便利贴，写了他们一家三口的暗号：

【永远一家三口乐丑丑 (*^ ▽ ^*)】

宋唯真把这两瓶豆奶放在梅清和宋新文卧室门口，敲了两下房门，赶紧跑到自己屋里，只留一小道门缝，在暗中观察。

浅棕色的门开了。

宋新文拿起地上的两瓶豆奶，仔细看过后，摘下眼镜，擦了擦眼角。

然后他叫来了梅清，给她看他们女儿笨拙又诚恳的安慰。

然后爸爸喊妈妈的小名，抱住了她。

然后……

宋唯真小心地关上了房门。

今晚再做两套模拟卷，预习明天数学的新内容。

还要看看物理错题，最好有点新思路，明天和季崇理交流一下。

她边喝牛奶，边走到窗边，拉开窗帘。

月光倾泻而入。楼下的街边的树光秃秃的，叶子落了一地。

宜城南街住宅楼特别多，只有靠近地铁站附近有些小摊位。夜晚格外安静，只有路灯和月光交相辉映着。

她窗下对面那条街，停着一辆黑色山地车。

山地车旁站着一个黑衣男生，靠着路灯，垂着头，手里的手机屏幕亮着。

头顶的鸭舌帽压得很低，没等宋唯真看清他的样子，那人便长腿一伸，骑车离开了。

月亮碎了一地的光里，他的山地车后面，有一个不伦不类的黑色后座。

宋唯真心跳得很快，拨通季崇理的号码。

几秒“嘟嘟”声后，那人的声音从听筒里传来。

“喂。”

“你在哪里？”宋唯真的声音有点急。

“我啊，在骑车。”

听筒里有少年微微的喘息，和阵阵的夜风。

宋唯真反复咬着牛奶吸管，她的心脏上，像有一只毛茸茸的小兔子在跳舞。

“我看到你了，在我家楼下。”她说。

季崇理沉默一瞬，转而轻轻笑了。

“宋老师，我只是来买山楂果茶。”

他的声音中，有着慵懒的雀跃。

“它很甜。”

Chapter 07

·没有比他更好的花·

周日上午，季崇理来宜城南街接宋唯真。

单车后座上的风景与往日并没有不同，只是加上深秋的风，更冷更萧瑟了些。

宋唯真心不在焉地揽着他的衣角，另一只手轻轻摩挲着车座上的皮垫。

她这几天都在想，给季爷爷准备什么样的礼物好。手头的零花钱不多，又觉得潦草买下的礼物实在是没有心意。

宋唯真本想做个手工给季爷爷，最近流行编红绳手链，说是可以带来好运。可梅清最近管她特别严，她偷偷摸摸好几天，愣是半条手链都编不出来。

这种忐忑又尴尬的心情，一直到梧桐院，才渐渐稳定下来。

宋唯真望着院门顶部苍遒有力的大字，心中不免感叹。不知什么时候这梧桐院，成了让她如此安稳的地方。

梧桐院里与往日一样，只不过天渐渐冷下来，院子里的树叶纷纷落了，山楂树也只剩下枝丫。

“小真来啦！”季英河拄着拐杖，喜气洋洋地撩开门帘，“快进来，外面冷。”

宋唯真瞧着桌上的碗筷，小声问季崇理：“怎么只有四副碗筷？”

“池屿和池老爷子今天有事。池屿说，他不来，也不让夏鸯来了。”季崇理摸摸鼻尖，又强调一遍，“我没说谎，你能理解吧？”

“当然可以。”宋唯真了然地点点头，“夏鸯过来，难道要你送她回家？你长得太危险，池屿不信任你很正常。”

季崇理挑眉：“危险？”

“嗯，就是……”宋唯真努力措词，“比较勾人，到处拈花惹草。”

比如英语广播社的陶桃。

季崇理听后，俯下身来，眼神玩味：“那有勾到你吗？”

宋唯真：“？”

他的靠近带着股清新凛冽的皂角香，扑得宋唯真心尖突然有股痒痒的悸动，像是有些不受控的东西要冒出来。

宋唯真讷讷地摇头。

“那为什么呢？”季崇理退后一步，薄唇微扬，一脸遗憾，“你不是人？”

宋唯真脸还有些烫，迟钝地跟着点头。

是啊。

因为我不是人……

?

这人拐着弯骂我?

宋唯真活动手腕，银牙轻咬，愤愤地想，今天不给他点颜色看看，她就有愧于宋新文起早贪黑给她起的名字!

“呀，小真，怎么啦？”季英河从厨房端来最后一道菜，“手腕不舒服？”

“没有啦，季爷爷。”宋唯真连忙放下手，表情骤变，笑得又乖又甜，“只不过刚才季崇理推了我一下，撞到手腕啦。他一定不是故意的，我一点也不疼。”

季崇理：“……”

他把宋唯真推到镜子前，认真道：“看看你的脸。”

宋唯真：“怎么了？”

季崇理：“没看见鼻子已经变长了？”

宋唯真：“？”

季崇理：“小撒谎精。”

宋唯真：“……”

季英河笑着去捋胡子，只摸到光秃秃的下巴时才想起来，今天为了和慧兰过结婚纪念日，他特地把胡子刮干净了。

“你们快过来吃饭吧。”

桌上的菜肴异常丰盛。三个人吃饭，桌上足足摆了十道菜。

季英河身着靛蓝色中山装，一头银发梳理得板板正正，端坐在主位。

“小真，这是你慧兰奶奶老家那边的风俗，凡是重要场合，都要备上四大碗、六大件。”他给宋唯真夹了块粉蒸肉，“尝尝，这是她最爱吃的菜。”

宋唯真点头，小口咬着碗里的肉。

自从坐下来后，季崇理一直没说话，眸子也垂着，不知在想什么。

慧兰奶奶，应该是对他非常重要的人吧。

三个人沉默地吃了几口菜，季英河从桌下拿出一瓶白酒。

四个小酒盅一字排开，季英河挨个斟满。

季崇理的手挡在最后一个酒盅上方：“爷爷，她还没成年。”

“没关系的，我可以喝一小口。”宋唯真认真道，“以前过年的时候，我爸爸也给我尝过一点，不碍事。”

季英河眼睛亮了几分，给她的酒盅里倒了半盅酒。

“你还没成年。”季崇理看向她。

“你也没有。”宋唯真端起酒盅，眼睛弯成月牙，“而且，我真的可以喝。”

季崇理扫了她一眼，还是起身拿来了一瓶没什么度数的水果酒，并给她夹了块肉。

“喝这个就好，先垫垫肚子。”

季英河把一盅酒推到那副没人用的碗筷旁边，不再和他们两个说话，自己一盅接一盅地喝酒。

二两白酒下肚，季英河抑制不住心中浓郁的思念，红着眼眶，絮絮叨叨地给宋唯真讲他和慧兰奶奶的事情。

“她有双大眼睛，乌黑油亮的辫子长到腰间，是十里八村最好看的姑娘。我当兵回来，媒人撮合我俩相亲。第一次见面，我就喜欢慧兰了。”

“我这人憨直脾气倔，全仗慧兰包容我、照顾我，家里家外都被她安置得井井有条。”

季英河抬手抹抹眼睛：“你看我和你说话一套一套的，但我在慧兰面前，嘴笨得厉害。她喜欢浪漫，我面皮薄，一次都没让她体会过。就连送花，都是偷偷摸摸放在桌子上就走。”

“她这辈子，连句‘我爱你’都没听过。她走了之后，我每天晚上都要说一遍，可又有什么用呢。都回不来了。”

宋唯真听得一阵心酸，和季英河碰了个杯。

季崇理把喝醉了的、嘴里不停念叨着“慧兰”的老爷子扶进里屋，帮他把鞋袜脱掉，扶着他喝了半杯温水。盖好被子，季英河还含含混混地哼唧着。

季崇理垂着眼，掖好被角。

“爷爷，奶奶在看呢，你要乖一点。”

季英河费力地抬起眼皮，混浊的眼神着急地四处寻找：“慧兰在哪里呀？我看不见她，她在哪里呀？”

“闭上眼睛。你不听话，奶奶不会见你的。”

季英河听了，连忙闭上眼睛，乖乖地摆好睡觉的姿势。季崇理正要离开，季英河又睁开眼睛，慌张道：“小理，把我准备的玉兰花拿过来，慧兰最喜欢了。

“她见到我，我就要送花给她。”

季崇理把花束放在枕头另一侧，看着他睡熟了，才悄悄地走出去。

厅里的老式印花餐桌边，小姑娘挺直腰板，脸色酡红，手里握着筷子，在白瓷碗里来回戳。

“水果酒你也能喝醉，喝了多少？”季崇理皱眉道。

宋唯真晕乎乎的，反复理解季崇理问的话。

喝了多少……有点难算。

她垂着头仔细算了一遍，才眨巴着有点发红的眼睛，邀功似的仰起头：“喝了两杯半呢。”

眼前人的眉头皱得更深。

他不高兴了。

宋唯真沮丧地低下头，她好像把季爷爷的纪念日搞砸了。

季爷爷不见了，季崇理也不高兴。

她把滚烫的脸埋进和她脸一样大的白瓷碗里。

“对不起，我不该喝酒的。”宋唯真的声音闷闷地从碗里传出来，“我错了。”

一只冰凉手掌贴在她后颈处，轻轻捏了捏。

“抬头。”

宋唯真应声抬头，看见季崇理弯着腰，眉头紧皱着，两片薄薄的唇瓣张张合合。

“难受吗？”

宋唯真摇头。

“那我晚些送你回家，这样回去阿姨会骂你的。”

“没关系。妈妈今天去单位做年终决算，会加班到很晚。爸爸去外地开会了，也不在家。”宋唯真平视他的眼睛，笑容灿烂，“你什么时候送我回去都可以，只要你方便就好，不方便我也可以自己回家。”

季崇理挑眉：“喝了酒倒是客气。”

宋唯真脸上的笑容瞬间淡了。

“因为你今天不高兴。”宋唯真慢吞吞地回答，指尖试探地摩挲着白瓷碗的边缘。

“从我们开始吃饭，你就不高兴。你一直不说话，季爷爷喝酒开始掉眼泪，你也没有反应。

“但我知道，你很难过，你很想念慧兰奶奶。

“你一个人喝了好几杯酒，什么都没吃。”

往日里藏在心底的话，借着酒精的力量，争先恐后地跑出来。

宋唯真垂下头，眼泪扑簌簌地落在浅灰色的棉质运动裤上，洇下一串深色的墨点。

“军训结束的时候大家都在难过，你却告诉我，不要把自己的期盼放在别人身上。大家都是只有一个交点的相交线，那个时候我就很难过了。”

宋唯真哽咽着，语无伦次地说着自己的想法：“我不想跟你只有一个交点，我想跟你做好朋友，我想让你高兴，季崇理。”

她红着鼻尖，用袖口擦了擦眼尾，瓮声瓮气地说：“可我今天好像又把事情搞砸了。你不高兴，季爷爷也不高兴。梧桐院是这么好的地方，但今天被我搞得乱七八糟。”

"你没有。"季崇理声音温和，"今天你能来，爷爷很高兴，奶奶也会高兴的。"

"那你呢？"宋唯真眼眶通红，可怜巴巴地看向他。

"……我很高兴。"

季崇理顿了一瞬，补充道："因为你来，我很高兴。"

宋唯真破涕为笑，又变成往日里笑脸盈盈的模样。

刚才还一脸淡漠的季崇理，表情也柔和下来，抬手在女生的头顶揉了两下。

紧接着，他看见她放下手里的筷子，把白瓷碗捧到他面前，欢欣雀跃。

宋唯真："那我可以吃饭吗？"

季崇理："？"

宋唯真："妈妈说，空腹喝酒对胃不好，现在你高兴了，我可以吃饭吗？"

季崇理："……可以。"

宋唯真："要满满一大碗饭哦！"

季崇理："……好。"

季崇理把饭放在她面前，她却放下了筷子。

她从旁边抽出一个干净的勺子，又把季崇理的碗拿过来，把白瓷碗里一大半的饭，都拨进他的碗里。

"你也没吃饭，一起吃吧。"她学着季崇理在食堂的口气，摇头晃脑，"没用过，干净的。"

说完，宋唯真笑着，食指轻轻点在他皱起的眉头："你别皱眉。"

季崇理红着耳根，埋头吃了几大口米饭。

"……嗯。"

按照广播社的排班表，周一放学后的时间，是宋唯真第一次英文广播。

放学铃响后，宋唯真背着书包，急匆匆地跑到广播室门口，门却还没开。

上午学长过来给她送稿子的时候，告诉她晚上会有和她同一小组的人过来开门。她不记得同一组的人是高一哪个班级的学生，只恍惚记得是个男生的名字。

自然也没有联系方式。

宋唯真着急地看了好几次手表，十分钟后广播就应该开始，她不想第一天播送就出错。

夏鸯还说，要听完她的广播再回家呢。

距离播送还有五分钟时，有个不急不缓的脚步声从楼梯传来。

宋唯真趴到横栏上向下喊："同学，麻烦你快一点，我们就要迟到……"

"急什么。"

季崇理慢悠悠地踏上最后几级台阶："同学，我看好了时间，不会迟到。"

宋唯真："？"

昨天她被季崇理送回家，洗澡后酒劲逐渐退了，那些哭哭啼啼跟季崇理说话的样子都从脑子里冒出来。

就连宋唯真的梦里，都是她哭着拉季崇理袖子的模样。

还有一些，让人脸红心跳的事情。

于是，她今天躲了季崇理一天。

徐慧老师叫他们两个去英语组搬作业，她趁季崇理和池屿课间出去的时候，"吭哧吭哧"跑了两趟，一个人去办公室全搬回来。

语文课季崇理忘记带试卷，宋唯真严肃地把卷子的中折线与桌上的三八线对齐，然后板着脸目不斜视地记了一节课的古文注解。

自习课季崇理向她借笔，宋唯真从众多水性笔中，挑选了一支"作业神器：一支更比六支强"递给他，又匆匆开始做题。

……

人算不如天算。

宋唯真万万没想到，她的小组搭档是季崇理。

他一脸理所应当的表情，调试好设备，示意她开始朗读。

因为是英文朗读，所以每组的两个人要分工合作，一个人读中文，一个人读英文，确保大家都可以理解诗歌的意思。

宋唯真手里拿着英文稿，季崇理手里拿着中文稿。

季崇理没有解释为什么他会站在她旁边，顶替了那个原本和她一组的男生。

两个人共用广播室的固定话筒，距离靠得很近。

宋唯真又闻到那股清新凛冽的皂角味道了。

"开始了。"季崇理用手掌捂住麦克风，低声在她耳边说，"背景音乐已经停了，宋同学。"

书上说声音和味道最让人印象深刻，宋唯真揉揉酥麻得像是通了电的耳朵，翻开了钉在一起的 A4 纸。

这首英文诗的名字是 *But You didn't*，是一位美国妇人为在越南战争中罹难的丈夫而作。宋唯真第一次读的时候十分感动，把这首诗推荐给社长，没想到最后真的被批准用来朗诵。

……

"Do you remember the time I spilled strawberry pie all over your car rug？"

"记得那天，我在你的新地毯上吐了满地的草莓派。"

"I thought you'd hit me, but you didn't."

"我以为你一定会厌恶我的，但是你没有。"

……

季崇理的声音略低，有着少年独特的清澈干净。他的声音通过线路和电波的变化，好听得让宋唯真脸红。

“Yes, there were lots of things you didn’t do.”

“是的，有许多的事你都没有做。”

“But you put up with me, and loved me, and protected me.”

“而你容忍我、爱我、保护我。”

广播室里只有他们两人并肩站着，轮流在麦克风前说话。每次轮到宋唯真时，她总能闻到话筒前缭绕着的，季崇理身上的味道。

是梧桐院里结着红果的山楂树，是他身上的皂角香。

是跟他有关的一切，让她一次次心律失常。

少年好听的嗓音和好闻的味道，把她围绕其中。

“There were lots of things I wanted to make up to you when you returned from Vietnam.”

“有许多许多的事情我要回报你，等你从越南回来。”

“But you didn’t.”

“但是你没有。”

季崇理读完最后一句，宋唯真偷偷用袖口擦了擦眼尾。

她把自己代入了那位被丈夫宠爱包容，一直盼望他回家的妇人。

曾经一起疾驰在洛杉矶的日落大道，在夏日落雨的海岸奔跑，在小房子里烤饼干，在圣诞节烤火鸡，向上帝许愿能够永远在一起。

他包容了她的一切，她的马虎莽撞，她的粗心大意、倔强和坏脾气。

可她等了一辈子，他却没回来。因为战争，他永远留在了越南。

季崇理念完，关闭麦克风，果然看见宋唯真在书包里摸纸巾。

就知道她会哭。

季崇理把纸巾递过去：“哭什么？”

宋唯真窘迫地接过纸巾，抿着嘴，清了清喉咙。

宋唯真：“第一，我没哭。”

季崇理：“不矫情。”

宋唯真：“第二，是这首诗真的很感人。”

季崇理：“嗯，没关系。”

宋唯真：“第三……”

季崇理轻笑一声，抬手在她头上揉了一把。

“我还在呢。”

宋唯真在体育课上，把这件事绘声绘色地讲给夏鸯听的时候，还能感受到自己快半拍的心跳。

夏鸯坐在小花坛边，沉思良久：“所以，你跟我讲这件事的原因是……”

“以你和小破岛当了这么久‘闺密’的经验，”宋唯真捡起一片落叶，在手里绞着，“我是不是……”

“你不是说，‘有喜欢季崇理的工夫还不如做练习册’，还有‘男人靠得住，母猪能上树’‘练习册永远不会背叛你’？”

宋唯真张了张嘴，半晌才尴尬又理直气壮地说：“可他长得好看！

“人也温柔！

“他是行走的活体练习册！”

夏鸯温柔地扬起嘴角，捏了捏宋唯真的脸：“那你还来问我干吗？

“问出这个问题时，你心中已经有答案了，真真。”

夏鸯的话给予了宋唯真很大支持，似乎她这份没说出口的喜欢，也是被期待和祝福的。

她兴冲冲地扔掉草叶：“问你当然是因为我的夏夏有经验啦。”

“咳，真真，我们学校是不让早恋的。”夏鸯忍不住给她泼凉水，“而且梅阿姨知道了，会很生气。”

“我知道啊，我没想早恋，也没想和季崇理表白……他应该不喜欢我吧。”

宋唯真望着天，仔细盘算着：“嗯，不是现在向他表白。早恋不好，耽误学习，要是你梅阿姨知道了，非得拧掉我的脑袋。所以这份喜欢就先保存起来，最起码要等我成为一个大人，再来谈喜欢。”

“而且我只是现在喜欢他，没准儿以后不喜欢了呢。”宋唯真一脸轻松笑意，“世界这么大，谁会因为一朵花放弃一整片花园呀。”

夏鸯一脸不解：“那你高兴什么？”

“原来我没得心脏病啊。”

“？”

“最近我一直在在网上搜索，各种症状和心脏病都对得上，我以为我要英年早逝了……”

夏鸯笑倒在宋唯真身边，宋唯真恼羞地挠她痒痒，两人闹作一团。

宋唯真眼中的笑意渐渐淡了。

季崇理应该不会喜欢她。

他喜欢的，应该是高挑漂亮，温温柔柔，看向他时眼里有毫不掩饰的崇拜，从来不会和他吵架拌嘴的女生。

像陶桃一样的女生。

宋唯真和夏鸯坐在小花坛旁边的台阶上休息。

“夏夏，我已经告诉你我的秘密，你是不是也跟我说说你的秘密？”宋唯真戏谑地眨眨眼，“这么久了，你真的不喜欢小破岛？”

夏鸯没说话，反而望向远在操场中间踢球的池屿。

少年刚刚进了个漂亮的球，引来周边阵阵欢呼。

许多女生围在场边，他顺手接了旁边女生递过来的水，笑得灿烂。

“我没办法喜欢他。”夏鸯轻轻开口。

“真真，他对谁都很好。

“都是一样的好。”

宋唯真感觉到夏鸯的失落，连忙换了话题：“那你说，季崇理会喜欢我吗？”

“会吧。”夏鸯说，“他平时基本不和其他女生来往，也不怎么爱说话。但他对你还是挺特殊的。”

“嗯，每次搾我都要更用力些。”宋唯真无精打采地撑着下巴。

夏鸯笑着戳戳她的脸：“那你的小说怎么办？大作家可是准备给男主角安排很多凄惨桥段的。还有之前制订的那些‘师夷长技以制夷’的计划，又怎么办？”

“一码算一码，学习上我锱铢必较！至于那个小说……就给他删减些凄惨桥段吧，算作是男主角特权了。”宋唯真佯装勉为其难。

“小说他又看不见，而且他喜不喜欢我，我也不在乎嘛！走，我们去超市买零食吃。”宋唯真绕过体育老师，拉着夏鸯偷偷跑去超市。

地上的落叶被踩得“咯吱咯吱”响，宋唯真偏过头，看到季崇理在篮球场起跳。

白卫衣的衣袖挽起，露出一截白净小臂。他的手很大，手指也长，轻轻松松就能握住篮球，再抛出去。

篮球“砰”的一声入网，是个干净利落的三分球。

场外有很多女生拿着水等他，每个人的眼睛里都装着亮闪闪的期待。

季崇理和旁边的男生击掌，似有所觉地望过来。他们的视线穿过爬满藤条的铁丝网，撞在一起。

宋唯真假装正经地扭过头，拉着夏鸯转弯进了超市。

原来这就是喜欢一个人的感觉。

仅仅对视一眼，她的欢喜，就像日光乍起时的朝雾，无所遁形。

超市货架上新到了许多口味的糖果，宋唯真艰难地挑选着。她要一边控制四处蔓延的心动，一边筛选自己想要的口味。

草莓味的肯定要买，太妃糖看起来也很好吃。

新来的橘子夹心也要尝尝。

她抬手去拿橘子夹心软糖，一只手率先从高处拿下来，扔进她掌心。

“给你。”季崇理逆光站着，高挺鼻梁在脸上落下一小片阴影。

宋唯真细细望过去，他的下颌线条干净流畅，眉眼漆黑，身上带着股运动后的热浪，汗水的潮气和他身上的味道混杂在一处，让人移不开步子。

她想起在操场上和夏鸯说的话，忽然觉得自己说得不对。

若真是花，季崇理也是最艳丽浓稠的那一朵，是花园里的花王。

没有比他更好的花了。

宋唯真心里忽然冒出这种想法。

她眼见着季崇理抬手，从旁边货架拿了瓶矿泉水，放进她怀里。

“没带饭卡，帮我刷一下。”他身上散发着热乎乎的气，带着让人难以忽视的热量。

宋唯真稍稍偏开脸：“刚才不是好多女生等着给你送，你怎么来超市买水？”

“她们的水，跟我有什么关系。”

结账后，季崇理接过宋唯真递过来的水，嘴角扬起。

季崇理：“谢谢宋老师的水。”

宋唯真：“不客气。”

季崇理：“那宋老师帮我把衣服拿回班里，我还要去把下半场的球打完。”

宋唯真：“好。”

季崇理：“宋老师没事的话，要不要来看球？”

宋唯真：“不了。”

季崇理：“来看球的话，下午自习课教你圆锥曲线第二道大题的另外两种解法。”

宋唯真：“……好。”

夏鸯被池屿叫走了，宋唯真稀里糊涂跟着去了篮球场，她怀里抱着季崇理的衣服和水，坐在场边，在许多探究和嫉妒的眼神中，望向她没见过的季崇理的这一面。

黑色碎发随风晃动，每次进球后，丹凤眼的眼尾都带着点笑。

少年的眼神偶尔掠过她，都像热带雨林袭来的湿热的风。

他或许，是有一点点在意她的吧。

今年的冬天比往年要冷。

宜城的冬季一向是干巴巴的，尤其雪后，不仅空气干得人脸疼，地面上的冰层，也龟裂如垂暮老人的手纹。

如今只是十二月初，宋唯真就穿上了以往在年末才会穿的厚棉服，围巾手套齐上阵，裹得比球还像球。

季崇理倒是不怕冷，冬天的御寒措施，也只是在校服外面套一件黑色棉服，

拉锁的金属头每次都吊儿郎当地挂着，从不拉到顶。

只要宋唯真劝他穿好衣服，季崇理就会撑回来：“热空气上升，冷空气下降，所以我体感温度比你高。”

每每这时，宋唯真就会小气地在心里，给他的好感度扣一分。

嘁，要风度不要温度，迟早会感冒。

入冬，代表着期末考试就要到了。

各科老师又开始督促大家为接下来的期末考试做准备。每天发的卷子越来越多，学生们怨声载道，老师们疲惫不堪。

毕竟现在停了晚自习，再不用题海战术，高考时可就要心比雪还凉。

“今天徐老师发了五张英语报纸和两套英语卷子。”张白望着房顶，哀叹道，“我放弃过周末行不行，这么多猴年马月做得完？”

侯鸿飞拍了拍他的肩膀：“兄弟，你还没有算欧阳老师的物理作业和江海老师的数学作业。”

很少说话的许昊然抬起头：“别的科目还没过来留作业。”

张白瘫倒在桌子上：“没法过了。”

“你们怎么都这么无所谓，还是我季哥能理解我的心情，毕竟他也不爱写作业。”张白看着季崇理空落落的桌子，“我太难了，孤立无援。”

“你和季哥还是不一样的，他不学也考第一。”侯鸿飞用手指在宋唯真眼前晃了晃，“喂，真姐，季哥下周一能来上课吧？”

宋唯真静默半晌，点点头：“应该吧。”

季崇理得了重感冒，这几天请假没来上学。老师们对他比较宽容，只告诉他回家好好休息，不用太急着学习。

宋唯真怀疑是自己的乌鸦嘴让季崇理真的感冒了。从他感冒后，他们的学习小组全面停摆，她已经好几天没见到季崇理。

她想给他发消息，光标在对话框里删删减减，最后还是一句话都没发出去。他们平时打打闹闹的相处模式已经很习惯了，突然关心他，宋唯真感觉很尴尬。

宋唯真心里焦急，表面风平浪静。

也……

没有去见他的理由。

宋唯真整节自习课都走神了，到晚上放学时，连收拾书包都心不在焉。

直到池屿火急火燎地把送作业的任务交给了宋唯真。

“真哥，靠你了，我今晚有集训，你把作业给老季送过去哈。”

宋唯真严肃而开心地整理好季崇理桌上的卷子，塞进书包，然后给梅清打电话。

“妈妈，我今晚要晚点回去。”尽管顶着官方的名义，宋唯真手心还是沁出汗意，“季崇理生病了，池屿今天集训，老师让我把作业和笔记给季崇理送过去。”

梅清电话那头的声音急促：“好，妈妈知道了，你有没有带家里的钥匙？”

宋唯真：“带了。”

梅清：“今天妈妈要出差去省行，你爸爸老家那边有点事情，我们都要周一下午才能回来。桌上给你留好了钱，冰箱里有水果和牛奶。一切照旧，懂吗？”

宋唯真很擅长处理一个人在家的情况。从小到大，她常一个人在家。宋新文需要出去开会，梅清的业务也经常需要东奔西跑。她还小，什么都做不了，唯一能做的就是不让爸爸妈妈担心。

宋唯真熟练地背诵：“懂。早点睡觉才算乖，别人敲门我不开，好好学习多刷题，垃圾食品是大忌。”

梅清匆匆挂了电话。

宋唯真蹬着单车到梧桐院门口，敲了许久，住在隔壁的池爷爷，才晃晃悠悠地出来给她开门。

“我记得你，小真是吧。”池爷爷关门，小步挪着往屋里走，“这两天老季身体不太好，他孙子好像也感冒了，你去看看吧。我这个腰还是不行，还得回屋躺着。”

宋唯真道了谢，小跑进屋里。

冬季天黑得早，现在屋里已经一片漆黑，只有厨房那里亮着灯。

季崇理围着条灰色围裙，修长手指按着土豆片，右手下刀飞快，切出匀称窄瘦的土豆丝。

锅里“咕嘟咕嘟”炖着汤，蒸汽氤氲在玻璃上一片朦胧。宋唯真只看见他略微发红的脸，和在模糊不清的玻璃窗外，依然浓黑英气的眉眼。

由于感冒，季崇理比平时反应慢很多，看见她时目光停顿了许久，才哑着嗓子说：“进来。”

宋唯真把书包和外衣放在外屋，挽着袖子进了厨房。

她洗干净手，在季崇理身后探头探脑：“我来帮你吧。”

“不用。”季崇理鼻音很重，声音低哑，“你去外面等着吃饭。”

“你不问我是来干什么的？”

季崇理垂着眼皮：“池屿集训，你来送作业。”

宋唯真：“嗯，季爷爷怎么样？”

季崇理：“老毛病，这几天气温变化大，血压又高了。”

“那你呢？”

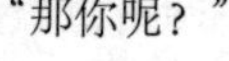

季崇理切菜的手微顿："我没事。"

宋唯真狐疑地盯着他红得不正常的脸，踮起脚，手轻轻探上他的额头。

烫得惊人。

"你发烧了。"宋唯真按住他的手。

"小感冒，没关系的。"季崇理把菜刀放到离她手指稍远些的位置，"你乖一点，一会儿吃饭。"

"季崇理，你看着我。"

男生听话地转过头，黑漆漆的眼睛微垂，十分疲惫。

"你乖一点，现在去休息，我来做饭。"宋唯真握住他的手，发现他的掌心也是一片滚烫，又重复道，"去量体温，我来做饭，我在家经常做的。"

"你要快点好起来，季爷爷需要你。"

季崇理迟疑片刻，温顺地点头，去外屋的沙发椅上靠着休息。

"需要帮忙就叫我。"他声音嘶哑。

宋唯真找出体温计，用力甩甩："夹好，五分钟之后我来看。"

五分钟后，宋唯真把炒锅调了小火，出来看他的体温计。

宋唯真一手拿着锅铲，身上围着围裙，说："39.3℃。"

"有那么高吗？"季崇理靠在沙发上，眼神怔忪，"我以为是低烧而已。"

"你吃药了吗？"

"……没。"季崇理心虚地摸摸鼻尖。

宋唯真没说话，拎着锅铲走进厨房，乒乓一阵，又走出来，给他倒了杯温水。

"喝水，嘴唇都干了。"

季崇理下意识地舔舔唇瓣："谢谢。"

"季爷爷还在睡觉？"

"嗯。"

"饭好了叫你。"宋唯真把旁边的毯子打开，盖在他身上，"吃了饭再吃药。"

厨房里的暖黄灯光，在一片温暖蒸汽中氤氲出女生小小的影子。

季崇理望了好一会儿，才慢慢闭上眼睛。

宋唯真炒了土豆丝，又做了道炒青菜，砂锅里炖的汤也好了。她摘下围裙，发现季崇理已经在沙发上睡着了。

他睡觉的姿势很僵硬，宋唯真记得书上说，心理上缺乏安全感，对外界防备心极重的人，才会以这样的姿势睡觉。

……可季崇理是那样嚣张跋扈的人。

宋唯真偷偷去看了眼季爷爷，他也还在睡着。

她穿上外套，围好围巾，快步冲出了梧桐院。

等她买好药回来时，季崇理已经醒了。菜已经盛上桌，季爷爷也坐在饭桌前，看起来比之前精神差了不少，脸色很倦怠。

“你去哪儿了？”

小姑娘身上带着屋外的寒气，从不离身的围巾和手套都没戴，指尖冻得通红。

眼睛倒还是亮晶晶的。

“去给你买药。我不知道你家的药箱在哪儿，又觉得你可能不会准备应急的药，临时出去一趟。”

宋唯真压低声音：“这些都是我感冒常吃的中成药，不容易过敏。先吃饭，别让季爷爷担心。”

季崇理垂眸静了一瞬，开口道：“好。”

季英河本来没什么胃口，高血压让他头昏脑涨，虽然吃了降压药，但还是不舒服。结果他孙子喜欢的小姑娘来了，笑得甜甜蜜蜜，给他夹菜，他被哄着吃了不少，最后还喝了碗汤。

宋唯真送吃完饭的季爷爷回去休息，又转过身来督促季崇理吃饭。

“你话很多。”季崇理抿着薄唇，皱着眉头喝下半碗热汤，“谁要是以后娶了你……”

“娶了我，当然是上辈子修来的福气。”宋唯真仰着头，眉眼弯弯，“梅清同志说我懂事听话、性格开朗，出得厅堂下得厨房，谁家的男孩子以后娶了我，都是他们的福气呢。”

“嗯。”季崇理附和，“荣幸之至。”

“……”

宋唯真忽然红了脸，生硬地转移话题：“菜的味道怎么样？”

“好吃。”季崇理放下碗，看向她。

宋唯真的脸更红了，她翻出买的药，按照说明书的用量，放到他手心中。

“你吃过药就早点睡，我把碗洗干净，然后就回家。”宋唯真拿起围裙，“对了，池爷爷那边我送过饭了。池屿没回家，我看他做饭困难，就在你睡着的时候去了一趟。”

“谢谢。”

“你今天怎么总跟我道谢……”

“我来刷碗。”季崇理眼神惫懒，“不然我不吃药了。”

宋唯真不得不接受他的要求，她把围裙递过去时，季崇理又懒懒开口：“帮我围上。”

“你不会？”

“我没手。”季崇理向她展示了手中一堆花花绿绿的药片。

……行吧。

宋唯真用手臂环住季崇理的腰身，为他把围裙系好。

男生的后背僵硬滚烫，她疑惑地抬头："刚才量体温是三十七度多，怎么身上还这么烫？"

季崇理身形微顿，将一把药片扔进嘴里。

"是病毒太狡猾。"

他低声说。

Chapter 08

·难得双全法·

宋唯真特意起了个大早写作业。

饶是她做题速度再快，面对小山一样的卷子，心里还是发憷。

季崇理感冒好得很快，不过一天的时间，又出去和池屿打球了。

宋唯真无语地看着池屿新发的空间动态，照片上的男生戴着黑色运动发带，正仰头喝水，对自己入镜毫不知情。

喝水的侧脸，也比旁人好看。

【一只可爱真：小破岛，他昨天高烧，今天你就叫他出去打球。】

【一只可爱真：灵魂发问，你们作业都写完了？】

篮球场上，池屿放下手机，扭头狐疑地看向季崇理。

“老季，你昨天发烧了？”

“唔。”季崇理放下水瓶，随手擦擦嘴角，“小感冒，已经好了。”

“那真哥怎么知道你高烧？”池屿追问。

季崇理没答话，从背包里翻出两盒药，按照说明书上的剂量，仰头咽下去。

“你现在怎么娘儿们的，感冒还要吃药。还是两种！”池屿瞄着他手中的药盒，“不对啊，你们家老爷子平时吃的感冒药不是这个。”

季崇理把药盒放进包里，语气淡淡：“你瞎看什么。”

“谁爱看你破药盒似的。”池屿撇撇嘴。

张白和侯鸿飞跟场上的人打声招呼，朝他们跑过来。

“季哥，屿哥，期末考完了咱们出去撮一顿吧。”张白用衣服下摆擦擦头上的汗，“除了咱们宿舍，也可以叫几个女生，梁晴她们宿舍人就都挺好。”

“行啊，吃啥，火锅还是烤肉？宜城南街那边也有家新开的自助餐，不知道味道好不好。”侯鸿飞说。

与此同时，池屿抬起头，目光幽幽地看向季崇理，把手机屏幕对准了他。

QQ 聊天界面，是他非常熟悉的头像。

【一只可爱真：小破岛，你问问季崇理今天吃药了没有。别说是我问的。】

【一只可爱真：我这周比较自由，爸妈没在家。梧桐院要是没有蔬菜水果，我可以买了送去。我昨天做的菜没剩什么，不能让季爷爷吃剩菜。】

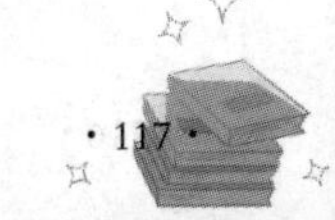

【一只可爱真：嗯，季崇理最好也别吃。】

……

侯鸿飞和张白好奇地去看手机屏幕，被季崇理不动声色地侧身挡住。

侯鸿飞挠挠头："那期末考试之后去吃啥？"

池屿："就烤肉吧，听说宋唯真厨艺不错，她烤肉应该也很好。"

张白："啊？真的吗，你听谁说的？"

池屿把手机扣着放进兜里："是呢，我听谁说的呢。反正我认识真哥这么多年，没吃过她做的菜。"

季崇理面不改色："那你吃过夏鸯做的？"

池屿蔫了。

几个男生勾肩搭背出去吃午饭，季崇理落在后面，点开空间，看到池屿几小时前发的动态以及小姑娘阴阳怪气的回复。

他弯弯唇，点开和飞天小女警的对话框。

【JCL.：宋老师作业都写完了？】

【JCL.：借我抄抄。】

那边很快回复。

【飞天小女警：你好几天没上课，还不自己做题。】

【飞天小女警：抄作业是不对的，望你知。】

【飞天小女警：有时间出去打球，没时间做作业？我不信。明天我要在你的课桌上刻一个"早"字，督促你勤奋学习。】

季崇理正打字回复，那边又发过来一条。

【飞天小女警：如果你给我讲物理第二套卷子后三道题的解题思路，我可以考虑。】

小机灵鬼。

他继续打字。

【JCL.：不能太勤奋。】

【JCL.：我已经够聪明了。】

【JCL.：下午给你发解题思路。】

【飞天小女警：下午给你发语文和英语答案。】

【JCL.：[拜拜]】

【飞天小女警：[不愿再见]】

季崇理关了对话框，良久后又点进去，给小姑娘换了个新备注：糖。

紧接着他皱皱眉，纯黑色的头像和宋唯真的粉色卡通兔子，怎么看都别扭。

于是他在网上搜了张图片，换了新头像上去。

池屿走在张白和侯鸿飞中间，胳膊搂着两人的肩膀，偏头和张白讨论刚才隔壁班约球的人，打球时有很多小动作。

“屿哥，老白，我有点瘆得慌。”侯鸿飞第三次望向身后，咽了下口水，“季哥慢悠悠地跟在我们后面，还总对着手机屏幕莫名其妙地笑，我鸡皮疙瘩都起来了。”

“季哥平时很少笑。”张白偏过头去看，“今天，有点春风又绿江南岸的意思。”

“不会用古诗就别瞎用。”池屿心里还在愤愤不平，一扭头正好和季崇理的眼神对上，更是气不打一处来。

这家伙满脸都写着“春风得意”“老子有生之年居然有人给做饭哈哈哈哈哈”“她做的饭可真好吃我一点都没剩”“池屿你敢说出去我让你再也走不出梧桐院”。

他也想吃夏奁做的饭！！！

让他给奁奁做饭也行啊！！！

“屿哥，季哥这么笑我真害怕。咱们确定是出去吃饭，不是到了饭店季哥在我和老白之间选一个下锅炖了吧？”侯鸿飞说。

“滚！炖你也不能炖我，你细皮嫩肉的瞧着就嫩。”张白笑骂道。

侯鸿飞追着张白往前跑，池屿正要跟上，手机“嗡嗡”响了两声。

【JCL.：。】

【你的岛屿：？你离我这么近还发消息？】

【JCL.：哦，没事，看看新头像能不能显示。】

池屿这才发现季崇理换了新头像，是只狼的动漫 Q 版。

经过刚才的锤炼，他退出聊天框，看了眼宋唯真的粉兔子头像。

大灰狼和小白兔。

季崇理你是真“狗”。

宋唯真在家里闷了两天，终于在周日晚上前，把所有科目的卷子都做完，还预习了明天上课的内容。

她从抽屉深处翻出一个蓝色皮质的方格本，里面是她写了很久的小说。

上面的字迹清秀工整，人物细节、主角小传、故事大纲……都写得清清楚楚。

小说正文也写到了第一个小高潮，男主角遭受同门欺凌跌入山谷，意外获得一本门失传多年的功法，并发现自己修炼多年进展缓慢的原因。

厚厚的方格本写了小半本，宋唯真怜惜地翻了几页，又把本子合上。

她打算暂时不写了。

要把这个故事存起来，等她考上大学，认真打磨下剧情走向，要给“季崇理”一个很好的结局。

宋唯真从书架上拿了黄色便利贴，准备写上“暂封”两个字。

外面的门忽然响了，是钥匙拧动锁眼的声音。

宋唯真惊喜地放下笔跑去客厅，看见梅清推着箱子，手里还拎着一个浅蓝色纸袋。

“省行培训结束得早，妈妈提前回来了。”梅清笑眯眯地说，“因为给我们小真买了礼物，要早点回来送给你。妈妈好想你。”

“我也很想妈妈。”宋唯真扑过去抱住梅清。

“小嘴挺甜，哪里想我，明明是想我做的饭吧。”梅清脱下外衣，换了鞋，拎着纸袋向她卧室走去，“快来看看，妈妈给你买了什么礼物？”

“放在床头，还可以抱着睡觉的毛绒泰迪熊，喜不喜欢……”

梅清的声音倏地停了。

宋唯真随后进了门，眼见梅清放下纸袋，一步步走向她的书桌。

桌上蓝色封皮的厚格子本摊开，风从窗缝里闯进来，吹得书页颤动着，格外吸引人的目光。

宋唯真心中一紧。

她着急地解释：“妈妈，我没有……”

“小真，妈妈有眼睛，看得清这是什么。”梅清的声音听不出情绪。

“为什么你不听妈妈的话？我说过，写小说只会浪费你的时间，消耗你的精力。它根本无法带来任何实质性的好处。”

梅清拿着蓝色本子在床边坐下，轻轻翻动：“你的爱好没办法成为职业，而且你现在怎么会有时间写小说？还写了这么多字？”

梅清翻开后面一页，垂眸念道：“季崇理坠入号称‘无尽’的仓怀山深渊，领头的门人怕了，带着一众师弟回到宗门。只要他们不开口提及，怕是连掌门师叔也不记得有这样一个废柴弟子，随他们一道下山历练。

“告诉妈妈，为什么要用季崇理的名字？”

“刚开始我和季崇理关系不好，就把男主角的名字换成他的，让他在书里经历些教训。”宋唯真手背在身后，手指紧紧绞在一起，“只是开玩笑的，妈妈。”

梅清的表情过于平和，宋唯真深谙她的性格，愈加觉得是暴风雨前的宁静。

“你还记得我之前跟你说的话吗？”梅清疲惫地揉揉眉心，把本子合上，“我说过，当小说家和喜欢上季崇理这两件事，都是完全不可能的。”

“我记得。”

“那你为什么不听话？我姑且算你对季崇理没有好感，但这些乱七八糟的东西，你是什么时候写的？有这种时间去做什么不好，多做点练习题，提高理综的成绩，哪一个不是当务之急？”

梅清越说越激动，眼睛里充满红血丝，声音也提高了一个度：“我和你爸爸辛辛苦苦，给你营造最好的学习条件，不是让你偷偷摸摸写这些垃圾！”

宋唯真眼眶通红：“妈妈，你别生气，我会努力的。

“……但我写的东西，不是垃圾。”

梅清气得跌坐在床边，脸色苍白。宋唯真见状赶紧跑到客厅里，翻出几块巧克力，喂给她吃。

梅清身上出了许多冷汗，半靠着宋唯真，手指颤抖不停，缓了许久才能继续说话。

“我以后不会写了。”宋唯真哽咽着，“妈妈，你好些了吗？”

梅清单手撑着，脸色仍是十分难看：“小真，妈妈没办法相信你了。”

她抬手，撕下本子上的第一页。

“刺啦！”

第二页。

第三页。

……

宋唯真眼前一阵发黑，耳朵嗡鸣，滑坐在地。

她看着妈妈的嘴唇张张合合，却听不清妈妈在说什么。

……原来，真的是，难得双全法。

梅清的唇色苍白，几乎没有一丝血色。

她缓慢地俯身捡起那几页纸，在宋唯真哀求的眼神中，把写着清秀字迹的手稿撕成一张张碎片。

然后，梅清用浸透骨子的银行基本功，数清楚所有碎纸的张数。

“一共九十八张。”她面无表情，“小真。现在，妈妈还可以再信任你吗？”

宋唯真木然地点头。

梅清极轻地勾了下唇，抬手之间，碎纸片像雪花一样在宋唯真眼前飘落。

“咔哒”一声，卧室的门从外面关上。

门锁了。

宋唯真眼眶里转着泪花，克制许久的眼泪，缓缓落下。

她缩在角落，把梅清送给她的泰迪熊扔得远远的。

那根本不是妈妈的礼物，那是她的监视器，她在入侵自己为数不多的隐私，然后把这份私密之物抛光在她的视线下。

妈妈想控制她的人生。

而且她，别无他法。

宋唯真抹掉眼泪，一点一点地把碎纸片收集起来。

那些纸片被梅清扬得到处都是。床底下，书桌和衣柜的夹缝里，垃圾桶的后面……

似乎每一个不容易被发现的角落，才是她笔下的故事，最好的去处。

宋唯真把所有地方搜索一遍，清点碎纸片的数量，确认是九十八张后，悬着的心才终于放下。

她很难过，很失落，却不恨梅清。

妈妈每天只睡五六个小时，早起给她做早饭。她爱吃包子，梅清就变着花样地和馅料。一日三餐，只要宋唯真在家里的时候，都是最营养、最丰富的搭配。

妈妈给她买喜欢的书，带她吃好吃的，家庭的大半收入，都是花在她的身上。妈妈身体不好，却从来不让她担心，从来不会当着她的面说一句不舒服。和爸爸有分歧时，也不会让她知道。

除了在学习上格外严苛外，梅清是最好的妈妈。

正因为宋唯真见证了梅清太多真挚的爱，所以永远不会恨。

在宋唯真很小时，梅清就告诉她，要么不做，要做就做到最好。

只要成绩好，妈妈答应什么都可以。

……但好像，宋唯真最喜欢的两个东西，都是例外。

宋唯真本就不稳定的情绪，在第二天下午，全面崩盘。

下午，她偷偷翘掉自习课，揣着那堆碎纸片，去了那条英语组附近、没人的荒废走廊。

她坐在一堆老旧课桌中间，拿着一卷透明胶带，想把那些纸片粘好。

故事在她心里，随时都可以再写。这份手稿是宋唯真用很长时间才写出来的，是她第一个故事，也是她学习疲乏时的伙伴。

她不能抛下它不管。

宋唯真又数了一遍那些纸片。

九十七张。

她愣住，颤抖着手，又数了一遍。

还是九十七张。

丢了一张。

宋唯真慌乱地把碎纸片拼好，果然缺少了最中间的一块。

那块缺口像怪物张开的深渊巨口，桀桀怪笑她的痴心妄想。用透明胶带粘起来的梦想，就能恢复如初吗？

它本就支离破碎了。

季崇理到时，就看到宋唯真趴在一堆落了不知多少灰的桌椅里，哭得稀里哗啦。

平时羽绒服捂得严丝合缝的人，现在只在校服里面穿了件淡蓝色毛衣，连头顶的丸子头都在破旧窗户涌进的寒风里瑟瑟发抖。

“怎么了？”他眉头紧锁。

昨晚宋唯真没有崩溃，今早甚至神色如常地和梅清笑着道别。直到她见到季崇理，心中的委屈和不解，如同泄洪的水流，一股脑地涌了出来。

“季崇理，我好难过。”她望向他。

“我好喜欢写小说，喜欢创造属于我的世界，我没有耽误学习，只是在休息的时候偷偷写一点，为什么妈妈不能理解我？

“我只是喜欢，真的喜欢。”

宋唯真眼圈很红，鼻尖也红，唇瓣随着哭腔而颤抖着，话说得上气不接下气。

“我知道，知道她很爱我，为我付出了很多，为这个家付出了很多。我也经常设身处地地为妈妈思考，担忧她的身体，不要她担心，只要我力所能及的事情都会自己处理。可是妈妈为什么不能理解一下我的梦想？

“我好累，季崇理，我每天都好累。每天都要学到凌晨，可我还是赶不上你。”

宋唯真语无伦次，抽噎着指给他看：“她把我的手稿全都撕碎了，我好不容易才把被撕碎的碎片收齐，今天却发现丢了一张。

“我是个不配有梦想的人，我保护不了它。”

男生在她面前沉默良久。

宋唯真的泪水“啪嗒啪嗒”地落着，她想看清对面人的脸，眼前却像蒙着水雾般，迷迷蒙蒙，什么都看不清。

她破碎的梦想，和偷偷喜欢的人，在她触手可及的地方，却又离她很远。

修长微凉的指腹，贴在她脸颊上。

“脸上沾了很多灰。”季崇理说。

他从裤兜里掏出一张纸片，递到宋唯真眼前，语气故作轻松：“在桌下捡到的，上面写着‘季崇理饿得面黄肌瘦’，我看着太惨了些，得找原作者讨个说法。

“用我的名字写小说就罢了，怎么还对我这样差？”

宋唯真接过那张纸片，填补进缺失的那一块，正好。

她一时不知该哭还是该笑，语言系统陷入无序、紊乱的状态，更无从解释男主角姓名的缘由。

季崇理的大手在她头顶用力揉了一把，然后找了把旧椅子，随意坐下。

他平时很爱干净，宋唯真知道。

季崇理喜欢穿白色鞋子。从初见到现在，他的每一双鞋子都是一样的雪白。

“我挺羡慕你的。”他毫不在乎椅背上的灰尘，懒散地倚着，“知道自己想做的事，知道自己喜欢做什么，虽然受到了阻力，但最起码你很了解自己。”

“我就不一样了。”季崇理耸耸肩，“我是个没有梦想的人。没人对我有要求，我也不知道自己想要什么。刚开学时在班级后墙上的志愿，我是抄你的。”

宋唯真怔怔地看向他。

阳光从玻璃墙反射到少年的侧脸上，在线条流畅的下颌处投下一道温柔的阴影。他闲闲地靠在那儿，眼神漫无目的地游走在窗外的天空中。

“我不知道什么选择是对的，但每天看你都很有干劲地设定目标，我下意识觉得，你的方向是正确的。”

他弯唇：“反正我没有方向，所以只要往前走，任意一个方向，都有可能是正确的。”

“宋唯真，这就是我的想法。”季崇理转过头，定定地看着她。

“梅阿姨不支持你的梦想，让你很难过。但梦想之所以称为梦想，本身就有一定难度。别人放弃你，不承认你，都没有关系。但是你不能放弃你自己。”季崇理拿过她手中的透明胶带，“这句话也是别人告诉我的。”

“谁告诉你的？”宋唯真吸吸鼻子。

季崇理沉默一瞬，眉眼柔和：“我奶奶。”

宋唯真没再追问。

“总之，以后会有机会证明给你妈妈看，让她知道你的坚持是正确的。”季崇理看了眼手表，“但现在，我们得回去，下节课有随堂测验。”

“你的这些碎纸片，交给男主角来保存，好不好？”

宋唯真脸一红，小鸡啄米似的点头。

“季崇理，那我们现在算得上是朋友了吗？”她小声问道。

“当然。”

他收纸片的动作微微顿了一下：“我们是好朋友。”

修长干净的手指掠过碳素笔的字迹，指腹沾染上许多字迹上面的尘土。

他不在意。

不在意这些肮脏的尘土,不在意被人征用的姓名,不在意她的方向是否正确，就选择了和她一样的路。

只要往前走，任何一个方向，都可能是正确的。

要往前走，永远往前走。

宋唯真的心里酸酸胀胀，像在梧桐院的那棵山楂树下，吃了好几颗又酸又甜的红果子。

她借着擦眼泪的空当，眼神偷偷描摹着季崇理的神色。

阳光给她的少年，画了一道金边。

毛茸茸的，真好看。

下午最后一堂自习课，欧阳燕占了时间做物理测验。

她新染的棕色卷发，在脑后盘成一个低低的髻，鲜活的小卷随着她说话的声音一抖一抖。

“只有四十分钟，到点后许昊然你赶紧组织收卷！”

“做不完？”欧阳燕白了眼哀号的张白，“我再给你们一小时也做不完。这张测试卷是我挑的邻市名校联考难题，挑会做的做，就当开阔思路了。”

“池屿你把手给我放下！今天不做完卷子，不许去训练！”

“还有梁晴和宋唯真，不会的题使劲给我想。今天的题是没有超纲的，谁再给我往卷子上堆公式，我就罚谁默写一百遍！”

欧阳燕踩着坡跟小羊皮皮鞋，风风火火地走了。

这套题确实很有难度，宋唯真大概浏览一遍，意外地发现好几道题她都有思路。

按照季崇理教她的方法训练，而不是一味的题海战术，很有效果。

宋唯真揉揉眼睛，旁边的季崇理已经开始做题了。

他还是如往常一样，半倚椅背，长腿撑在课桌外，连张草稿纸都不用。简单的黑色水笔在题干上圈圈画画，试卷空白处写几个公式，然后选项后面的括号里，就被填上一个张狂的英文字母。

宋唯真抿抿唇，低头看着自己手里外形可爱的浅蓝色中性笔，默默地想，明天要去买几支纯黑色的用。

半小时过得很快，许昊然起身收卷子的时候，班上一阵鸡飞狗跳。

“什么！已经要交卷了？”

“老许，你等会儿再收，我再看看蒙的答案对不对。”

“你都蒙了，还检查个屁。”

宋唯真对自己做的题比较满意，在卷子的空白处端端正正地写上自己的名字。

“季崇理，有人找。”周寰宇在门口喊。

宋唯真顺着声音望去，看见门口的陶桃正挥手和她打招呼。

季崇理脸上没什么表情，拎起外套走了出去。

教室里响起男生们起哄的嘘声。

“老白，你没戏了。”侯鸿飞跑过来，在季崇理的课桌前站定，“咱们级花明显喜欢季哥，之前‘百团大战’时，我看她手里传单一张没发，就季哥和真姐过去的时候，她才发了一张。”

张白仰天长叹，眼神一直往门外瞟：“滚滚滚，我早知道自己没戏。我也没多喜欢她，就是单纯地欣赏美女。

“高中三年，有季哥在旁边衬托着，我是没机会早恋了。”

侯鸿飞赞同地点点头：“我要是女生也喜欢季哥。学习又好，长得又高又帅，家里有钱，还会装……咳咳，还很高冷！”

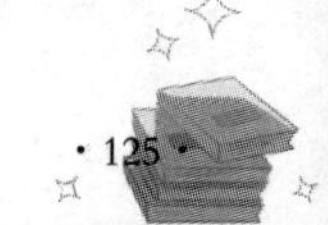

许昊然走过来，接过宋唯真手中的两张物理试卷。

宋唯真的目光黏在门口。

许昊然顺着她的视线望过去，季崇理正低着头听一个极漂亮的女生说话。

季崇理的表情一如既往的淡漠，那个女生笑得很甜，看他的眼神专注热烈，眼睛里像燃着火。

许昊然毫不吝惜地收回目光，推了下镜框，轻咳一声："宋唯真，你周末有空吗？"

宋唯真愣愣地收回视线。

张白和侯鸿飞也跟着咳嗽几声，许昊然的眼神扫过去，他们又蔫蔫地假装埋头讨论刚才的物理答案。

"期末考试快到了。"许昊然继续说，"我英语不太好，想买本练习册冲刺一下。你能帮我挑吗？"

"我先谢谢小真了。"许昊然颇为腼腆地笑笑。

"什么练习册，需要周末去书店才能买？"季崇理步子迈得又稳又快，顺手把外套扔在桌上，"我也是英语课代表，怎么不来问我？"

张白抬起头，弱弱地开口："那个……季哥，你那个英语成绩，推荐的练习册我们也不太敢做。"

季崇理："……"

他侧过脸，看向宋唯真："你说呢？"

周边围了一圈男生，张白和侯鸿飞偷偷观察这边的情况，许昊然微笑着站在桌边等她的回答，季崇理半靠课桌，眼神胶着在她身上。

宋唯真下意识地吞了下口水。

她应该拒绝许昊然。

两个人虽是儿时的玩伴，但已经分别多年没有联系，现在也不是关系非常好的朋友。她课桌上就放着几本练习册，可以直接推荐给他。

完形填空、阅读理解、单项选择，他要哪一种专项练习都没问题。

宋唯真想起门口陶桃娇俏的笑脸。

陶桃长得很好看，眼神里有对季崇理天然的崇拜感。而且，他没有像对其他女生那样不耐烦。

他在门口站了很久，微微垂着头，仔细认真地听陶桃讲话。

宋唯真心里凭空生出很多郁闷来，于是她看向许昊然，眸子微微一弯："可以啊。"

许昊然也笑了，跟她约定好时间和地点，去物理组给欧阳老师送卷子了。

季崇理脸上的表情没什么变化，他把外套披在椅背上，指尖旋转着黑色的碳素笔。过了半晌，他轻笑一声，拿起书包招呼池屿，一起走了。

没再看她。

宋唯真到书店门口时，比约定的时间迟了些。

许昊然穿着深蓝色羽绒服，手指乖顺地贴着裤线，笔直挺拔地站在台阶下，不知道等了多久。

宋唯真小跑过去：“不好意思，公交车晚了一班。”

“没关系，我也刚到。”许昊然笑容温和，递了一小瓶果汁给她，“喝点饮料。”

因着她的迟到，橙汁也跟着在外面冻了许久，握在手里一片冰凉。

宋唯真忍着渴意，把果汁塞进书包：“我们先去买练习册。”

现在的出版商为了吸引学生们的眼球，把每一本练习册的封面排版都做得无比漂亮，就连名字都是非常吸睛的。

她在一大面书墙前站着挑选，许昊然不催促，亦步亦趋地跟在她身后。

“这本比较全面，对每个知识点都有讲解，你可以试试看。”宋唯真递给他。

“小真的眼光当然是最好的。”许昊然接过习题册，随意翻了几下，“我送你回家。”

“不用。”宋唯真摆摆手，摇摇手机，“我再逛一会儿，我爸爸会来接我去外公家吃饭。”

“好。那复习加油？”许昊然弯弯唇。

“嗯，加油。”宋唯真目送着他在收银台结账，离开书店。

她长吁一口气，又走回书架旁边。

宋新文才没时间过来接她，宜城大学现在正在迎接科研和教学双检查，每天忙得不见人影。

只是和许昊然在一起，实在是太尴尬了。

“真巧。”季崇理忽然出现在书架旁，“你也来买书？”

“我也？”宋唯真无语地看他，“你又不是不知道我今天会来。”

“我可不是特意过来打扰你们约会的。”季崇理随手从另一边的书架中抽出一本书，“我就是过来看书。”

“《恶魔同桌爱上我》。”宋唯真轻声读出那本书的名字，“青春伤痛文学力荐……”

季崇理一愣，慌忙把书塞了回去。

宋唯真看向他耳根处的红：“没想到啊……”

季崇理脸上恢复了平静：“买给池屿的。”说完感觉不太对，又补了句，“还有张白，他比较喜欢。”

他看向笑得眼睛弯成月牙的宋唯真，眯起眸子：“你怎么买两本一样的练习册？”

“许昊然刚才不是已经付钱走了，你怎么还要买两本？”

“给你的。”宋唯真转过脸，面对着书架，“快期末考了，怕你给徐慧老师丢人。”

季崇理挑挑眉，不置可否地跟在她身后。

两人离开书店，宋唯真连忙把帽子、围巾和手套统统戴好，只露出两只小鹿似的眼睛。

寒风裹着雪粒，扑面而来。

“给你。”季崇理从羽绒服里掏出一杯奶茶，“红豆奶茶，热的。”

宋唯真愣愣地看着他递过来的奶茶，微微咖色的奶液里浮动着颗粒饱满的红豆。纸杯捧在手里，还是滚烫的。

凛冽的冬风，吹红了少年的鼻尖和眼尾。

吹得宋唯真心软得一塌糊涂。

她是不是也可以觉得，季崇理对她有一点点，朋友之外的喜欢？

“季崇理？宋唯真？”

宋唯真听见熟悉的声音，僵硬地抬起头，冲着许昊然摆摆手。

许昊然拎着个黑色的袋子：“刚才我妈给我打电话，让我帮忙带点东西回家。你们这是？”

宋唯真尴尬得恨不得原地打转。

果然不能撒谎！

撒了一个谎，就要用成百上千个谎言去圆第一个谎！

“我来买书，碰巧见到的。”季崇理侧身挡在宋唯真面前。

宋唯真：“我爸爸打电话给我，他单位有点事情，要我自己坐公交车回家。”

许昊然点点头：“小真，我送你回家吧。你家还住在宜城南街吗？我记得小时候你家那边有家很好吃的赤豆元宵，不知道现在还开不开门。

“你记得吗？小真，就是我们常去吃的那家。”

不，我不记得。宋唯真脸上还是笑得柔软灿烂，心里想尽办法拒绝许昊然送她的要求。

“那一起吧。”季崇理忽然弯起嘴角，“正好，我也挺喜欢那边的一家甜水铺。”

他转过头，眼瞳漆黑：“那家的山楂果茶我很喜欢喝的，你应该记得吧？

“小、真。”

这两个字的尾音被季崇理咬得又重又狠，宋唯真忍不住缩了缩脖子。

他像要吃了我。

今天的928路公交车不算拥挤。

车上没有空位，但站着的人也不多，和往常的周末不太一样。

许多乘客，尤其是年轻女生的目光，都被并肩站着的三个高中生吸引。

穿黑色羽绒服的男生皮肤冷白，个子很高，半张脸埋在衣领里，眼神有时落在窗外，更多的时候落在身边的女生身上。

穿深蓝色羽绒服的男生戴着金边眼镜,比另一个男生稍矮了些,脸上挂着笑，时不时偏头跟身边的女生说话。

站在中间的女生长相甜美，围巾绕了好几圈，只露出一双清凌凌的眼睛。

三个人站在那里，漂亮得像是偶像剧海报。

当事人宋唯真却不这么觉得。

她左手边的季崇理气压很低，右手边的许昊然总是拉着她回忆童年，她站在中间就像热锅上的煎饼果子，被人翻了一面又一面。

公交车猛地刹车，伴随着刺耳的轮胎摩擦声，宋唯真整个人被荡了出去。

漆成黄色的铁质把手就在眼前，宋唯真却完全控制不了自己的身体，只能认命地闭上眼睛。

“小心！”她听见许昊然喊道。

下一秒，她撞在了柔软温热的掌心上。

“不够高就别逞强。”季崇理拎着她的围巾，带她走到车厢角落处。

“扶着栏杆。”

还没等许昊然过来，下一站上了好多乘客，把他们隔开了。

季崇理沉默地站着,挡住了后来的乘客们,把宋唯真圈在一方小小的空间里。

她盯着他垂着的手出神。

他的手心，还有没褪去的撞击后的红。

公交车走走停停，车上的人越来越多，季崇理能给她营造的空间越来越小，两个人的距离越来越近。

直到他的脚尖，顶着她的脚尖。

随着车的摇晃，宋唯真有好几次差点撞进季崇理怀里。

“你和许昊然很熟？”

宋唯真摇头：“没有。如果他不主动说起，我已经认不出他来了。现在也没什么交流。”

她说完又补了一句：“他的 QQ 号我都是在班级群里加的。”

“嗯。”季崇理呼出的热气，纷纷落在她发顶上，那气息又顺着头发弥漫到耳尖。

宋唯真慌忙低下头，掩盖自己隐隐发烫的脸。

“以后离他远点，”季崇理声音淡淡，“怎么看都不像好人。”

“无事献殷勤，非奸即盗。”

宋唯真鹌鹑似的点点头。

季崇理低头，轻笑一声：“今天宋老师怎么这么乖？”

下一秒，宋唯真猛地抬头，后脑勺直直撞在季崇理的下巴上。

两人均是倒吸一口凉气。

宋唯真疼得眼泪汪汪

季崇理捂着下巴，气笑了：“撞我，你哭？”

“为什么突然抬头？”

宋唯真的大眼睛中难掩激动：“你刚刚说了句谚语！虽然很难用在作文里，但你终于迈出了素材积累的第一步！”

季崇理：“……”

宋唯真最后也没见到许昊然。

928 路缓慢地走走停停，像个装不满的集装箱，密密匝匝把人塞满。宋唯真和季崇理两人之间距离近得她几乎要埋进他怀里。

季崇理的脸色不太好看。

快到宜城南街时，季崇理半拥着她下了车。

宋唯真：“应该再过两站才下车。”

“我知道。”季崇理拍拍宋唯真的头顶，调整好她被挤歪了的毛绒帽子，“多走走，可以长个儿。”

两人慢悠悠地走着，一直走到一家甜水铺门口，宋唯真停下了脚步。

“喏，甜水铺。你买果茶，我回家了。”

“哦，”季崇理抬眼看了看小黑板上的今日招牌，兴致缺缺，“又不想喝了。”

“……”你长得帅说什么都对。

“期末考后，张白想一起吃顿饭，来不来？”季崇理半张脸埋在衣领里，只露出一双眼睛，“他们让我问问你的意思。”

“看时间吧。”宋唯真脱下右手的浅紫色连指手套，盘算着，“这个寒假我好不容易跟我妈争取了每天三小时的兼职机会，还是冒充学校寒假实践的名义呢。”

“你缺钱？”季崇理盯着在寒风里颤抖着的细白手指，声音闷闷的。

“是我有个远房堂哥，嗯……家庭环境比较复杂，现在一个人在 B 市，过得很难。我小时候他经常带我玩，我挺喜欢他的，想帮帮他。我妈因为这件事没少和我爸吵架，所以我也不想跟我妈说实话……就找了个离家近的咖啡店，一小时十五块。”

宋唯真慢吞吞地叹了口气：“一分钱难倒美少女啊。”

季崇理默默地跟在她身边，手心在口袋里出汗了，他终究也没有掏出不属于他的银行卡。

呼出的二氧化碳，缭绕成冬日里飘散的白烟。

“加油。”他轻声说。

季崇理目送宋唯真进了小区。

宜城的冬天一向干冷，不到农历新年前后，是不会落雪的。每年的初雪总是来得晚且急，厚厚的白雪像是给整个宜城穿上了件白色冬衣。每年初雪的这天，宜城的习俗是全家聚在一起，热热闹闹地吃顿团圆饭，希望瑞雪兆丰年。

季英河每年冬天初雪时，都要热壶烧酒，炸锅肉丸子，再听上一段京剧。这些都是慧兰在时的标配。

季崇理揉揉冻红的鼻尖，准备去给老爷子买瓶白酒备着。今年冷得早，初雪没准儿也会比往年早些。

他把手伸进口袋，碰到那张常用的信用卡。

是季决明给他的副卡。

季崇理头一次生出了许多无力感。

以前觉得不论花多少钱，自己总会还给他，什么时候还，通过什么方式还，都不用思考。

只不过是时间问题。

但小姑娘想通过打工自己赚钱帮堂哥时，那张冷冰冰的卡片让季崇理无地自容。

她是那样好的人，努力、阳光、生机勃勃。

而他……

季崇理下意识地收紧五指，烦躁地抬起眼皮，恰好看见街对面站着一个人。

他手里拎着本练习册，戴着让人讨厌的金边眼镜。

“季崇理。”许昊然摘下眼镜，走过来，眼尾被风吹红，“你喜欢宋唯真？”

风冷冷地刮过，像一柄柄风刃，能割下每个人脸上最深的伪装。

季崇理倏地半勾嘴角，反问道：“你呢？”

“我当然喜欢。而且我和小真是青梅竹马。”许昊然掏出一块镜布，慢条斯理地擦着镜片上的雾气，“你懂我意思吧？”

“不懂。”季崇理语气冷淡，“她开学没认出你。”

许昊然戴上眼镜，一双桃花眼笑得很温柔：“但我们有感情基础，要是我好好追她，她一定会跟我在一起的。”

季崇理声音又降了一度，眼神冰冷：“她还没成年。”

“成不成年不重要，我现在喜欢她就要追她。”

许昊然从口袋里掏出一根烟，用打火机点上，深深吸了一口：“谁说在一起就要一辈子？图个乐子罢了。”

说完，他冲着季崇理吹出个烟圈，眼神戏谑，与平时埋头学习的书呆子判若两人：“季神，你总不见得是真心的。”

季崇理猛地抬手，揪起许昊然的衣领，把人狠狠抵在冰凉的青石砖墙上，发出一声钝钝的闷响。

“我警告你,离她远点。”季崇理眼神狠厉,修长手指几近捏上许昊然的喉管。

“今天不打你，是不想脏了她楼下这块地。”季崇理声音低沉，嘴角抿成冷冰冰的线条，眼神凛冽如风。

渐暗的天色里，许昊然叼着的那根烟如一点猩红的小灯，忽明忽暗，让人看不清他的神情。

季崇理的手指关节冻得隐隐发红，许昊然的衣领被他揪成皱巴巴一团。

两人僵持不下。

忽地，楼上某间窗户里亮起暖融融的灯光，季崇理慢慢松开了手。

“滚！”他面无表情地开口。

“以后不许叫她‘小真’！”

Chapter 09

·你是上天送我的礼物·

期末考呼啸而过。

临近年末，银行的年终决算让梅清焦头烂额，因而宋唯真的成绩单没占用她太多精力。她只是粗略地看了和第一名差多少分，然后做出一份曲线图，让宋唯真自己分析。

宋唯真认认真真地根据这份曲线图做了份报告，连同自己的寒假计划，一同用邮箱发给梅清。

——最近梅清同志忙得昏天黑地，两个人在家里基本见不到面。

宋唯真在家里等了半个小时，得到梅清“已阅”的回复，这才长出一口气。

她的计划被批准了。

宋唯真兴奋地在屋里转了两个圈，拿起手机在空间里发了条动态：

【Yeah！ 如愿以偿 >///<】

这条动态发出去不过几秒钟，她的手机就响了。

“宋老师，今天心情不错。”季崇理低低的声音从听筒里传出来。

“嗯，妈妈同意我的假期计划啦！”

“那今天有没有时间出来吃？张白和猴子刚给池屿打电话了。”

宋唯真有点踌躇，她非常想和季崇理一起吃饭，毕竟放假后就不能像平时一样去梧桐院学习，他们已经很久没见了。

但她今早才答应妈妈，中午会把她留的饭吃了。

“来不来,宋老师？”季崇理的声音有股难以言说的愉悦和放低身段的宠溺，听得宋唯真红了耳朵。

“来。”她咽了下口水，“一定来。”

季崇理很轻地笑了声：“好，我在你家楼下。”

宋唯真看见眼前的酒店傻了眼。

她原以为张白只是随便找家大排档，或是街边小餐厅，几个人聚着吃顿饭罢了，没想到居然是这么豪华的一家酒店。

“听池屿说，张白他爸是做生意的，张白也是个地道的富二代，请我们来

这儿吃饭不奇怪。”季崇理解释完，带着她走进订好的包厢。

张白刚点完菜，见宋唯真和季崇理来了，连忙站起身：“季哥和小真真来啦，快坐，今天咱们两个宿舍聚餐，联络联络感情。”

侯鸿飞一口茶水差点喷出来：“你好好说话，那是真姐。”

池屿睨他一眼：“小真真也是你能叫的？”

圆桌边还空着两个位置，一个挨着夏鸯，一个挨着池屿，很明显是给她和季崇理留的位置。

池屿和夏鸯之间，隔了两个座位。

宋唯真拉拉季崇理的袖子，小声说：“我们要不要重新换下位置？你看小破岛那一脸怨念……”

季崇理重重拍了下池屿的肩膀：“你挨着我坐，不高兴？”

“……高兴！怎么不高兴。”池屿僵硬地勾起嘴角，“高兴极了，哈哈哈哈哈！”

季崇理扭过脸来，微微扬起嘴角：“坐吧，他很满意。”

池屿：“……”

这家酒店的菜色很不错，张白是个会吃的主儿，点的每道菜都备受欢迎。一顿饭吃得差不多，吴欣怡举起手中的果汁：“我敬大家一杯。”

“听说高一下学期会统计文理分科的意向，高二开学会正式分文理科。”吴欣怡一脸惆怅，“我肯定学文的，现在欧阳师太上课讲的力场，已经超出我能理解的范畴。”

吴欣怡看向三个女生：“除了我，你们应该都会学理科吧？”

梁晴：“我妈让我学理……”

宋唯真：“我妈也让我学理……”

夏鸯：“……我，我觉得学理挺好的。”

“行吧。”吴欣怡喝了口果汁，面容悲壮，“江湖路远，各自珍重。”

梁晴安慰道：“没关系，我们还在同一个宿舍，以后中午午休的时候还可以一起吃饭嘛。”

吴欣怡接着叹道：“听说每年分过文理班之后，学校就会组织高二年级去素质教育基地拓展训练，我好想和你们一起去啊！”

梁晴点头：“这个我听说是教育局要求的。一是为了让学生的素质教育达标，二是学校也想借这个机会加强新班级的凝聚力，让大家更团结。我舅妈说的。”

张白立刻被“拓展训练”这四个字吸引，吵着让梁晴多说点内幕。侯鸿飞和池屿也是一脸兴致盎然，包厢里喧闹成一片。

宋唯真的目光完全凝在窗外。

细小的雪粒自由而散漫地缓缓落下，有的被风裹挟着胡乱打转，有的默默降落在窗户的边沿上。

她喜欢下雪天。

一到落雪的时候，梅清总会变得很温柔，做许多好吃的菜，回忆和爸爸刚结婚时候的日子。

还会给她放假，少做一些题，让她出去堆雪人。

所以，宋唯真看到雪后，自然而然地想把这份欣喜，第一个和季崇理分享。

把她的欢喜和期盼，全都告诉他。

宋唯真雀跃地转过头："季崇理！"

他刚刚停下转桌，修长五指握着白瓷汤匙，另一只手端着她的碗，正往里面盛张白极力推荐的冬菇螺肉汤。

听见她的喊声，季崇理微微倾身，低下靠近宋唯真那侧的肩膀。

他白净柔软的耳郭，几乎贴到宋唯真唇边。

"怎么了？"

宋唯真的脸腾地红了，她身子下意识地后仰，讷讷道："下雪了。"

季崇理依言望向窗外，眼眸懒散而澄亮。

"嗯，喝汤。"

宋唯真红着脸，小鹌鹑一样抱着碗，吸溜吸溜地喝汤。

周围几个人聊得热火朝天，没有注意到他们这边的动静。

"喜欢下雪？"

宋唯真点点头。

季崇理叩了叩玻璃桌面，看向池屿："外面下雪了。"

池屿一愣，随即招呼大家看窗外。雪粒比刚才更大些，外面一片白茫茫。

"朋友们，还记得老江放假前嘱咐我们的话吗？"池屿说。

侯鸿飞激动道："以雪为令！只要下雪了，就要回学校扫雪！"

少男少女们一阵欢呼，张白催酒店的厨房上了最后两道菜，大家埋头吃饭，准备饭后直接去学校扫雪。

季崇理还是慢条斯理地咀嚼着，一点都不着急。

池屿他们也不敢催促脾气不好的季大佬，老老实实地在旁边候着。所幸季崇理吃得不多，宋唯真刚放下筷子，他抽了张纸巾擦嘴："走吧。"

张白早早结好账，就等季哥这一声令下，撒欢似的往外跑，拽着侯鸿飞边跑边喊："两人一组，我们看谁先到学校！"

池屿拉着夏鸯走了，吴欣怡和梁晴早就不见踪影。

宋唯真急了："快走啊，要不然我们是最后一名！"

"怎么会。"季崇理勾起钥匙环，"我和宋老师必须是第一。"

"雪天出租车很少，都是坐地起价。他们不见得比我们快。"季崇理拉好

羽绒服拉链，“只有我和池屿骑车来的，但池屿的车技……恐怕夏鸯以后再也不会坐他的后座了。”

他笑笑，冷淡平直的嘴角弯起抹弧度，抬手在宋唯真头顶上揉了一把：“走吧，宋老师，带你后来居上。”

宋唯真和季崇理在校门口等了好久，才看见一辆红色轿车慢悠悠停下。

红色夏利里下来四个人。

吴欣怡怒气冲冲地关上车门，啐了一声：“这也太黑了！不就是下点雪，原来五块钱的车程，居然三十块起跳！”

梁晴被颠簸得有点晕车，虚弱地靠着吴欣怡，右手捂住腹部：“要是光心黑就罢了，司机大叔技术也不过关，我现在五脏六腑都被颠得移位了，晕死！”

侯鸿飞：“打车过来，花了老白两百块。”

张白一脸震惊：“什么叫花了我两百块？不是说好女生不掏钱，咱俩一人一半？”

侯鸿飞娇俏地翘起兰花指：“我是女生——漂亮的女生——”

张白咬着后槽牙，追在侯鸿飞后面给了他两拳。

“都是你拦的这辆黑车！”张白喘着粗气道。

“行了，咱们四个是最后到的，赶紧进去吧。”侯鸿飞龇牙咧嘴地揉着后背，“再打几分钟，雪都让池屿推平了。”

“张白，你还能再打他几分钟。”宋唯真把小脸埋进围巾里，眨巴着眼睛，“小破岛和夏夏还没到。”

“谁说我们没到！”

几人回过头去，看见池屿一瘸一拐地推着那辆通体奶油蓝、后座艳粉色的山地车艰难地走来。

夏鸯跟在他旁边，捂嘴浅浅笑着。

“不许笑！”池屿眼睛一横，“今天都……”

“咳。”夏鸯轻咳一声。

池屿立即乖乖改口：“都怪下雪路太滑，我和夏鸯才最后一个到，不然以我的车技，我们是第一名！”

宋唯真狐疑地看向他们身上洇着雪水的衣服：“小破岛，你摔得不轻啊，是不是把脑子摔坏了，不会好好说话？”

池屿轻哼：“粗俗。”

季崇理：“哦？”

池屿停好单车，搂着季崇理的脖子咬牙切齿道：“……我！我粗俗！老季你没人性！为了不摔着鸯鸯，我都卡着蛋了！他姥姥的疼死大爷了！”

跟在他们身后的张白和侯鸿飞，憋笑憋得脸大了一圈。

校门口的门卫大爷披着军大衣，打开门卫室的小窗，冲他们喊道：“那几个小子给我站住！周末学校不让进！”

张白理直气壮：“大爷，我们来扫雪！我们班主任说了，让我们以雪为令，只要下雪了就过来扫雪！”

门卫大爷：“雪还没停呢，你们扫什么雪！”

众人：“……”好像是这么个道理。

张白求救似的看向季崇理：“季哥，确实……应该雪停了再来。”

侯鸿飞扒着校门往里看，尴尬道：“好像真的没人过来扫雪。”

周末的校园里空无一人，住校生都窝在宿舍里做作业，暗青色的路面堆积起一层厚厚的雪。

池屿望了会儿学校门口的孔子雕像，向门卫大爷求情：“您就让我们进去吧，我们真是来扫雪的。要是不进去，我不是白挨摔了？”

季崇理看了眼腕表，随后抬手弹了下宋唯真毛绒帽子上的淡粉色小毛球。

一小堆积雪扑簌簌落下来。

“再等二十分钟。”季崇理语气笃定，“二十分钟后，我们就能进去扫雪了。”

二十分钟后。

门卫大爷一脸狐疑地，接过为首那个冷淡高挑的男高中生的手机：“哎，您好，您好江书记。”

“对对对，孩子们热情，老早就到校门口等着啦。嗨呀，都是您这班主任带得好，都是一群小雷锋。”

“您别客气啦，嗯嗯，我知道，好，我让他们进去，一会儿高一（17）班的学生都直接进去，不用批条。”

“哎，好嘞好嘞，您在火车上信号不好吧。好嘞，我知道，好，再见。”

门卫大爷把手机还给季崇理。

“去教学楼一楼领扫雪工具，把你们班的都拿过去，一会儿再来人直接干活就行。”

门卫大爷捧起大茶缸喝了一口：“好好干，不用多扫，估计高一其他班的学生也会来，就扫你们值日区的地就行。”

到了教学楼，男女生分开去取扫雪工具，张白才一脸兴奋地凑到季崇理跟前：“我去，神了季哥！从今天开始你就是我季神！你怎么知道二十分钟之后雪就能停？”

季崇理挑了几把密实的竹制笤帚递给池屿和侯鸿飞：“天气预报说的。”

侯鸿飞“啊”了声：“那要是天气预报不准怎么办啊？”

“那就去学校对面买两杯热奶茶。”季崇理淡淡道，“焐焐手，然后回家。”

侯鸿飞和张白：“……”

池屿拎着笤帚走在他旁边，十分感动：“老季还是够哥们儿，知道我受伤了还给我买热奶茶。”

等与张白和侯鸿飞的距离拉开了些，季崇理淡淡开口：“两杯奶茶一杯给我，一杯是宋老师的。”

池屿：“……”

池屿：“老季你跟我交个底，你是不是喜欢宋唯真？”

季崇理：“那你是喜不喜欢夏鸯？”

池屿：“……那能一样吗！我和夏夏是纯纯的革命友谊！”

季崇理弯唇：“巧了，我也是。”

池屿：“鸯鸯和我，我们俩扛过枪，挨过伤，还被班主任找过家长！”

季崇理：“我和宋老师没有你们深刻，只是一块待过光荣榜。”

池屿：“……”

池屿垮下嘴角，嘟嘟囔囔道：“行行行，我说。夏鸯……谁不喜欢啊？”

“傻子。”季崇理眼角微弯，照着池屿肩膀打了一拳，“等高考后，一起表白？”

池屿：“谁不表白谁孙子！”

季崇理：“谁追不到谁孙子。”

十分钟前，周寰宇就在班群里发了消息，让大家雪停后到校扫雪。现在雪停了，住宿生先到了，陆陆续续，班级里的同学也来了七八成，个别有事情的同学，也在班群里请了假。

学校的扫雪笤帚立起来没比季崇理矮多少。黑皮竹扫把很重，女生基本没有力气扫得动。班里的男生把竹扫把、铲雪铁锹瓜分，笑嘻嘻地给女生留下一些小扫帚和运雪桶。

吴欣怡看向干得热火朝天的男生们，感叹道：“没想到啊没想到，咱们班男生还挺有风度。”

梁晴撇撇嘴：“他们只是想玩雪罢了，忘了军训时候那个游戏？池屿差点把我累死。”

宋唯真依言看过去，正好看见张白扬起一铁锹雪，倒在侯鸿飞的后背上。

幼稚，太幼稚了。

等她回过神，女生们已经分完了剩余的扫雪工具。她和梁晴面前，只剩下两个运雪桶。

一个是拖拉式的，下面有四个轱辘。

一个是自助式的，连个提着的把手都没有。

宋唯真看了眼梁晴的小细胳膊，大义凛然地挥挥手：“你把那个拖走吧，这个残次品交给我。”

“还是我们真真心疼我！”梁晴给了宋唯真一个大大的拥抱，拉着运雪桶“哒哒哒”跑开了。

一高扫雪一向有固定的流程，先把压实的雪用铁锹铲松，接着用竹扫把将雪汇成雪堆，最后用运雪桶，一点点运到操场另一头的绿地里。

运雪是个非常消耗体力的活儿。

拖拉式的运雪桶比较省力，只有满载时费力些，返回时里面是空的，根本不用什么力气，运雪桶自己就能“咕噜噜”往回滚。

这也是男生把这个活儿留给女生的原因。

“猴子，没看出来你还挺怜香惜玉。”张白拿着铁锹稍一用力，就把底下结冰的雪块戳碎了，“小姑娘们确实没劲儿，这铁锹她们拿不动。”

侯鸿飞冲着操场中间努努嘴：“和真姐比起来，我还是不够怜香惜玉。运雪桶里就那么一个坏的，就让她拿走了。我看她‘吭哧吭哧’抱着那个大红桶，来回跑了好几趟。”

“小真真就是善良。”张白比比画画，“你看她穿天蓝色羽绒服，围着白围巾，头上和手上都戴着粉色的帽子和手套，再加上怀里的大红桶。像不像个吉祥物？”

“季哥，你看宋唯真，像不像……欸？”张白杵着铁锹，揉了揉冻红的耳朵，“季哥呢？”

侯鸿飞摇摇头：“不知道，刚才还在呢。”

操场中间，宋唯真第三次停下来休息。

没有轱辘助力的运雪桶使用起来太费力，宋唯真累得走不动了，只得原地蹲下休息。她热得把围巾扯松些，结果寒风顺着缝隙钻进来，冰凉冰凉的，她只得又把围巾扎紧。

宋唯真抬手把快坠到眼睛上的毛线帽子往上拉拉，重新抱起运雪桶。

革命尚未成功，同志仍需努力！

“喂，宋老师。”季崇理拉着个小推车，慢悠悠地走过来，“搭个顺风车？”

小推车下面平实有力的四个轱辘，是如此和蔼可亲。

季崇理挑眉的样子，是如此帅气逼人。

“感恩！季老师前方带路！”宋唯真抱着大红桶，盘腿坐上小推车，见季崇理没动，体贴地脱下左手的毛线手套，示意他戴上。

“铁横杆，很凉。”

季崇理愣了片刻，接过她的手套，堪堪塞下大半只手。

小推车在雪地里缓慢地行进着。

宋唯真感叹道："好像圣诞节的狗拉雪橇。"

"对了，你从哪里借到的小推车？隔壁班的班长刚刚也想借。"

季崇理回头，嘴角弯起一抹极小的弧度，声音拉得很长："哦——厕所。"

宋唯真不可置信："厕所？！"

"……旁边的体育馆。"季崇理摸了摸鼻尖，补充道。

池屿拖着两把竹笤帚，满脸怨念地走过来："老季你快过来，这笤帚太沉了，我坚实的臂膀都被压垮了。"

"你俩可真行。"池屿气愤地看向面色无辜的两人，"我让你去找小推车把雪块拉走，结果你把宋唯真拉回来了？"

"你这是公车私用！"

宋唯真脸一红，抱着运雪桶从小推车上下来。

"你把桶拉回来也行啊，把人拉回来算怎么回事！"池屿勾住季崇理的脖子，紧咬着后槽牙，压低了声音，"这么多人看着呢，算怎么回事？"

季崇理挣脱池屿的胳膊，好整以暇地看向宋唯真："我本来是准备把桶拉回来的。"

宋唯真：？？？

怪不得她坐上去时，季崇理愣在原地不动。

他原本就没想载她！

宋唯真怀里抱着桶，直直越过池屿和季崇理。

尴尬得连个眼神都没分给他们。

毛线帽子上的粉色绒球，忽然轻轻被人扯住。

"回来坐好，我送佛送到西。"季崇理的清冷声音，在寒风飘雪中，有了些不同的温度。

手上的连指手套在她手足无措时，越发不灵活。宋唯真用力扒拉两下帽子，才把通红的耳朵盖住，然后转身，几乎把头埋进运雪桶里，蔫答答地走回去，重新坐上小推车。

季崇理和池屿闲聊时，她悄悄抬眸。少年唇色很淡，眼眸里清浅的黑色比覆盖整个校园的初雪更纯净。

季崇理似有所觉，垂下眼皮看她，宋唯真佯作镇定地转开视线。

"别担心，小吉祥物。"他平直的唇线轻轻扬起，"你又不重。"

池屿哼哼唧唧地跟在季崇理旁边："老季，那这两个笤帚怎么办？我坚实有力的肱二头肌已经……"

季崇理："夏鸢？"

"……已经蓄势待发！"池屿调整好表情，抬头却没看见自家的小天鹅。

季崇理：“很好，保持状态，马上就能向她展示你虚弱无力的肱二头肌了。”

宋唯真端坐在小推车上：“喂，小破岛，你不是体育生吗？感觉力气还没他大。”

池屿：“我是练田径的！不是我吹牛，就哥这个腿，一脚能把你……”

季崇理：“咳咳！”

池屿：“一脚能把老季……”

季崇理：“哦？

池屿：“……一脚能把张白踢死！”

不远处，张白正和一群男生围在一起，听到池屿叫他名字，嘴角闪过一抹冷笑：“兄弟们，都准备好了吗？”

“好了！”

张白又看向侯鸿飞：“猴子，确定是屿哥过来了？”

侯鸿飞：“确定！”

“好，那就上吧，兄弟们！”张白嘿嘿一笑，迅速转身蹲下，“宇宙无敌冲击波！”

一大桶雪扑面而来，季崇理下意识地想躲开，忽然想起身后还坐着个小吉祥物，转了半边的身子硬生生停下，挨下扑面而来的暴击。

“哈哈哈哈哈，屿哥，让你往我脖颈里灌雪！爽不爽！”张白捂着肚子笑个不停，边抹眼泪边说，“你们怎么不笑啊，屿哥是不是让我们给整不会了。”

侯鸿飞咽了口唾沫，声音干涩：“不是屿哥。”

张白愣了：“啊？”

池屿手里握着两把笤帚，目瞪口呆：“你行，老白，我确实不会了。

“但你季哥应该是会。”

众人：“……”

一时间，十七班扫雪区内安静得仿佛没有人。

冷风吹散死一般的寂静，男生们纷纷怪叫着逃跑，独留张白被池屿和侯鸿飞眼疾手快地扣在原地。

“季哥，有人要逃跑，被我当场拿下！”侯鸿飞狗腿地递过去一个雪球，殷勤笑道，“使劲砸他！我这算不算是立功表现……”

季崇理脸上没什么表情，转过身，紧挨着帽子顶端那个粉色绒球，放下手中的雪球。

宋唯真只感觉毛线帽子倏地一沉。

“宋老师，喜欢打雪仗吗？”季崇理拉紧羽绒服拉链，露出小半张脸。

宋唯真刚要点头，忽地想起头上还顶着个雪球，连忙乖乖坐好，“嗯”了一声。

季崇理把手套摘下来，帮她戴好，然后拿下她帽子里的雪球，递到她手中，

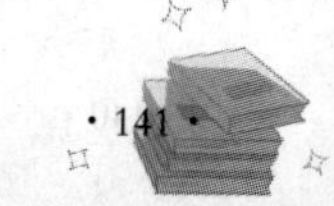

扬眉道：“来吧，小吉祥物。”

“从老白开始。”

这场雪仗从宋唯真近距离暴击张白开始，紧接着季崇理把俘虏张白纳入他们的队伍，宋唯真又陆续叫上夏鸯、梁晴和吴欣怡，半路还吸收了几个女生，慢慢演变成一场声势浩大的追击战。

再后来，其他几个班级的人也加入混战，整个扫雪场地变成户外冰雪乐园。

漫天都是飞扬的细雪，宋唯真周围起了好几场混战，笑声、尖叫声、嬉闹声不绝于耳，大家都不在最初的队伍里面。

只有她，视线一直跟随着季崇理，他们几次变换路径，宋唯真依然是跟在他身后的小尾巴。

季崇理是不爱笑的。

平时张白和池屿围在课桌附近讲笑话，哪怕宋唯真笑得前仰后合，他也只是闲闲地靠着椅背，手指灵活地转着碳素笔，随手在试卷上写个答案。

更别提不熟的同学，他们根本就没见过冷淡的季神，笑起来是什么样子。

有一次大课间，张白憋足劲儿，给季崇理讲了三十分钟笑话，季崇理也只在宋唯真的暗示下，牵强敷衍地扯扯唇瓣。

而他今天一直在笑，被人用雪球砸中也不生气，甚至偶尔还会扬起眼尾，笑着骂一句脏话。

这种笑和宋唯真在山楂树下见到的不一样，更自由、更肆意，像是把他身上冷漠稳重的外壳击碎，露出属于少年的稚气与洒脱。

季崇理像是真正融入了生活。

轻小的雪粒落在他的黑色发旋上，在他密实纤长的睫毛上化成晶亮圆润的水珠，在他宽大的黑色羽绒服上留下并不明显的水迹。

在宋唯真心中，氤氲出她喜欢的少年的清朗眉目，和无边无际的无尽欢喜。

这场多达十几个班级联合的大型打雪仗活动，最直接的后果，就是在保卫科和后勤部的强烈要求下，各班的卫生包干区重扫一遍。

对别人来说是小菜一碟，但对宋唯真久久不动的胳膊腿来说，是飞来横祸。

搬运雪桶、跟在季崇理身后跑一下午，这两件事已经充分消耗了她的体力。现在告诉她要从头来过，无异于满分 300 分的理综，她只考了 100 分不到。

而那个不费吹灰之力就能考 299 分的人，单手杵着笤帚，不满地看向她因为被雪水湿透而逐渐变成深粉红色的毛线手套，口气生硬地叫她回家休息。

宋唯真……当然没同意啦。

一个班的同学嘛，应该共进退！

晚上回家后，手指头冻得红肿，隐隐发痒，宋唯真哭丧着脸发了空间动态，迅速得到了第一条评论——

来自季崇理冷嘲热讽：

【今晚老爷子下酒缺道菜，我看你这几根胡萝卜凉拌挺合适。】

宋唯真郁悒地跑去找梅清，在“唠叨＋热敷”的母爱套餐下，她的手指很快恢复原状。

翌日，宋唯真感冒了。

先是浑身酸痛、咳嗽流鼻涕，紧接着发了三天高烧，在梅清急得团团转，差点去求神拜佛的前一天，她的体温逐渐回落，恢复正常。

宜城冬天太冷，每年宋新文都要带母女俩回B市过年。今年银行的事情格外多，再加上宋唯真感冒一直没好全，年后，梅清把宋唯真安排在外婆家休息，要开学再接她回宜城。

一起被带走的还有她的手机。

梅清临走时，给她买了好几套最新款练习册作为迟到的新年礼物，要宋唯真在开学前最少做完八成。

当然，是在完成寒假作业的前提下。

如果做完百分之八十，将会获得提前回家的车票一张。

宋唯真惦记去咖啡店打工，惦记和夏鸯出去玩，惦记看贺岁档电影，惦记能偶尔和季崇理聊聊天。

她想知道季崇理寒假在做什么。

他肯定不会老老实实地写完寒假作业，那些卷子也会像以前所有的练习题一样，只有难度足够高的题目，才配得上季神屈尊降贵的一瞥。

或许他会窝在梧桐院里，陪季爷爷一起看雪喝酒；或许他会被池屿一大早叫醒，顶着起床气去打篮球；或许他会骑着山地车来宜城南街的甜水铺，喝一杯山楂果茶。

……

最终，宋唯真还是没做完八成。

熬到寒假结束的前一天，梅清和宋新文才来接她回家。

刚进家门，宋唯真火急火燎地略过桌上准备好的甜点奶茶，直奔卧室。

白色的iPhone手机屏幕黝黑，电量早已耗尽。

充电的过程漫长，她疲倦地趴在床头，眼皮打架，强撑着最后一丝精神，点开开机界面。

许多条消息和通知跳出来，宋唯真点开未接电话列表，没有收到来自季崇理的电话。

QQ列表里置顶的特别关注，还停留在上学期的聊天内容。

他没有找她。

新学期的第一天，宋唯真早早来到教室。

早上她没有联系到夏鸯，一个人来了学校。

张白无精打采地趴在课桌上，侯鸿飞看起来神情也很恍惚。

池屿坐在季崇理的位置上，不住地向门口张望，直到见到宋唯真进来。

“你不用这么热情地看着我，夏夏今天没和我一起来学校。”宋唯真用指节叩了叩桌面，状似无意地说，“你还敢坐季神的位置，他有洁癖的……”

池屿抬头，眼眶发红，眼里密布着血丝。

宋唯真的心跳没来由地空了一拍。

“宋唯真。”池屿声音哽咽，“季崇理这几天都不能来了。

“季爷爷走了。”

“走了？”

宋唯真愣愣地看着池屿，仿佛一时间不能理解他的话。

走了？

梧桐院是季爷爷的家，他能去哪里？

以往聪慧敏捷的大脑此刻迟钝地运转，宋唯真望向张白和侯鸿飞。

两个人的脸色很难看。

池屿的眼泪落在深蓝色校裤上，宛若泥牛入海，不见踪迹。

“那季崇理呢？”宋唯真听见自己带着哭腔的声音，“他现在在哪里？”

池屿声音嘶哑：“在梧桐院。”

宋唯真做了她十几年的人生中，最叛逆、最自我、最勇敢的决定。

她让池屿帮忙请假，趁江海还没到，去梧桐院找季崇理。

宜城一高对学生管理很严，非放学时间段，没有班主任的假条，学校一律只进不出。

宋唯真背着包，偷偷绕到之前和季崇理去教务处取卷子时一起发现的荒废校门。

这是一高的老校门，早已荒废。平时学校里有很多关于老校门的恐怖传说，学生和老师都不会来这里。

铁制校门的栏杆根根塑成尖矛状，周边光秃秃的，只有一棵歪脖子老树，粗壮的枝丫伸向院墙之外。

宋唯真回忆着那天季崇理爬上山楂树的敏捷动作，紧了紧书包带，爬上树干。

粗糙坚硬的树皮磨得手心发红，宋唯真不得要领，一次次从树身上滑下来，又咬着牙一次次爬上去。她吸了吸鼻子，眼眶里泛着泪花，嘴唇抿成一条紧绷的线。

她不能让她喜欢的人，孤身一人面对这样的时刻。

手心被锋利枝条划伤，伤口里渗出血珠。宋唯真忍着痛，终于颤颤巍巍地爬上了歪脖子树。

跳下去，比爬上来需要更多的勇敢。

那只流血的手被宋唯真紧紧攥着，她怕晕血，始终没敢看手心的伤势。

——“季爷爷走了。”

——“他这几天都不会来了。”

——“他一个人在梧桐院。”

想起这些，宋唯真咬住下唇，闭眼跳下去。

校裤上沾了许多灰尘，所幸没有崴脚。她飞快起身，跑去停车棚找自己的小轮车。

耳边还是池屿叫她到门外时，说的话：

“一个星期前，季爷爷突发脑溢血去世。葬礼办得很匆忙，我爷爷按照季爷爷的遗愿，一切从简，除了几个还在世的老战友，谁也没有通知。包括老季的爸爸季决明。

“老季不让我告诉你，但我和夏耷给你打了很多电话，都是关机。

“季爷爷临走前还在找你，说有话想跟你说。老季给他准备了玉兰花，和季爷爷的骨灰烧在一起，与慧兰奶奶合葬了。”

池屿说这些话时，声音哽咽，撑在窗台的手指用力到发青：“老季他爸是个有钱的浑蛋，身边的女人来来去去不重样。可能坏事做多了，相好的没一个给他生儿子，他又回来找老季……老季他妈是个搞艺术的，年轻时觉得他是累赘，再婚后像得了被害妄想症，生怕老季把她小儿子害死。

“他们离婚时老季才五岁。那两个烂人拍拍屁股各过各的，把一个小孩关在别墅半个月，后来还是老爷子去把他接回去养着，他才能活下来。”

“宋唯真，”池屿的手指颤抖得几近痉挛，声音艰涩，“老季他不信任所有人。但如果他对这个世界还有一丁点信任和眷恋，那一定是因为你。

“因为你是他……最重要的，朋友。”

宋唯真用力踩着小轮车的踏板，耳边刮过凛冽的风，眼角淌下的泪在寒风中留下一道淡淡冰凌。

她第一次后悔没有听梅清的建议。

如果当初买一辆山地车，她现在一定，“唰”一下就能到季崇理身边。

梧桐院的铁门开着一道窄细的缝，平时挂在里面的门锁，孤零零地悬在一边的门板上。

宋唯真推开门，轻轻喊：“季崇理。”

院内没有应声。

山楂树和杏树的树根处有几簇洁白的积雪，季英河常坐的竹藤摇椅，还在积雪不远处放着。风吹过来时，还能听见“吱呀”响声。

通往老屋的路上有几道杂乱的脚印，轻薄蓬松的细雪，踩实成肮脏乌黑的雪泥。

宋唯真走进门，心中泛起难以言喻的震惊和酸涩——

客厅沙发前的茶几上，季爷爷最喜欢的景德镇老茶具碎得不成样子，紫砂壶的壶嘴和壶身分崩离析；一向亮如镜片的瓷砖地面，满是灰尘和干涸的鞋印；季爷爷用来藏点心的立柜，如今柜门大敞，每个抽屉都被拉开，衣服、书本、旧钱币……被翻得乱七八糟，到处都是。

厨房里也是一片狼藉。

宋唯真推开次卧的门，还没开口，眼泪无声地顺着眼尾落下。

次卧里光线昏暗，湖蓝色厚布窗帘把阳光阻挡在外，只有一线阳光从窗帘中缝处落在棕红色实木衣柜上。

季崇理穿着黑色卫衣，神色怔忪地靠坐在床边，额前柔软的发垂落下来，黑色瞳孔了无神采，目光空洞地落在微黄的房顶上，丝毫没注意门口进来了人。

他的左脸颊，印着五个红肿指印。

宋唯真的心一抽一抽地疼。

季崇理本是那样耀眼的人。

他应该被家人疼爱呵护，被所有人喜欢，拥有很多朋友，蓝底一寸照贴在学校光荣榜最上方，在理科竞赛拔得头筹，发表感言时，可能会张狂不羁地敲敲麦克风，轻笑一声道：“随便考考。”

纵使养成不可一世的性子，也比现在这样清冷孤单地缩在一角，拒绝所有人要好。

除了这张毫无隐藏之处的单人床外，十几平方米的卧室，所有能开的柜子、抽屉，甚至是个微不足道的鞋盒，都被粗暴地打开。

她弯腰捡起地上散落的校服，靠近他。

“季崇理。”宋唯真一开口，便是酸涩的哭腔，“你怎么了？”

少年应声抬头，看向宋唯真的眼神依旧空落，像透过她望向一片未知虚空。

“季决明来了。”

季崇理静静地望了她几秒，垂下眼：“他过来找我爷爷的遗嘱和股权书。找不到，以为是我藏起来了。

“爷爷把所有财产都捐给了慈善基金会。临走前，说他儿子做了太多缺德事，他把钱都捐了是给我积德，保佑我以后顺顺利利，平平安安。”

他嘴唇干裂，脸色惨白，嘴角极轻地勾了一下。

季崇理的手指有些抖，指着红肿的侧脸："这是季决明打的。

"没人期待我长大，季决明和夏瑟如都希望我死在那栋别墅里。可我活下来，抽烟、打群架，和他们眼中不三不四的人混在一起，现在他们又都怕我。

"一定是我错了。我不该来到这个世界，不该活下来，更不应该渴求拥有普通人的家庭和生活……"

他的眼珠宛若无机质的黑曜石，泠泠颤动。

"所以连爷爷也不要我了。"

"季崇理，你看着我。"宋唯真抹了把脸，眼神坚定，"你很重要，你是我最重要的朋友，是池屿、张白、侯鸿飞、夏奢，还有好多人，他们非常重要的朋友。"

"你并非一无所有，你有我们，有大好未来……"

"我没有！没有人要我！"季崇理甩开她的手，把头埋进膝盖，声音嘶哑，"从来没人对我有过期待……"

宋唯真起身，走到窗户旁边，一把拉开厚布窗帘。阳光瞬间倾泻而入，照亮昏暗的卧室，驱散满屋阴霾。

"不要把上一辈的错误归结在自己身上。你没有错！在我们眼中，你是很好的人，很温柔，是我们最最好的伙伴。"

宋唯真满脸泪痕，嘴角却扬起一个大大的笑容："季爷爷和慧兰奶奶一定都很喜欢你，所以你要好好生活，不要让他们在天上担心。"

她的像被人一根根折断傲骨的少年蜷缩在阳光里。

"季崇理，你是上天送给我的礼物。"

风吹了好久。

季崇理恍惚而缓慢地，把头从臂弯里抬起。

小姑娘逆光站着，脸蛋脏兮兮的，裸露在外的皮肤蹭了泥土，身上的校服也破了几道口子，手心里还有血痕。

她的小腿轻轻抖着，眼眶红得像两颗熟烂的水蜜桃。

这才是，上天送给他的礼物。

季崇理怔忪地望着她，半晌后才缓缓开口："宋老师，你怎么来了？"

那双漂亮的丹凤眼，渐渐恢复了些神采。

宋唯真小腿一软，哭着扑进他的怀里。

"你，你醒了吗？季崇理，你现在知道，知道我，是谁，谁了吗？"宋唯真环住他的脖颈，抽噎着，肩膀轻轻抖动。

"嗯，我没事。"季崇理轻抚她的后背。

"那你……"她的声音中还带着点鼻音，像无依无靠，被人抛弃的奶猫，"把

兜里的水果刀拿出来，好不好？”

季崇理身形一顿。

他缓缓地从兜里掏出黑塑料壳的水果刀。

“只是用来自卫。”

“我知道。”宋唯真握住他的手，“给我好不好，我来保护你。”

季崇理垂下眼，把人用力地按进怀里。

“好。”

手机屏幕适时亮了。

宋唯真红着脸从季崇理的怀里挣脱出来，盯着少年蹙起来的眉心，担心地问：“怎么了？”

“没事。季决明叫我回去住。”他放下手机，“我看看你的手。”

宋唯真磨磨蹭蹭地把手递过去，另一只手从书包里掏出一只粉色保温杯。

热水从杯口缓缓流出，袅袅蒸汽四散开来，显得她的眉眼乖顺恬静。

“喝点水吧。”宋唯真蹲在他面前，“你喉咙哑了，嘴唇也干得很。”

季崇理刚一皱眉，宋唯真“嗖”地把手抽出来。

“你不喝水，我不会让你帮我包扎。”

季崇理挑眉，脸上露出每次抬杠时欠揍的神情：“哦，本来也不用包扎。

“再过两分钟，就愈合了。”

“……”

季崇理见小姑娘要发作，安抚似的在她头上拍了拍，接过她递来的热水。

他喝了口后，又倒了些在手心，用指腹力道轻柔地抹去她脸上的污渍。

“怎么跑出来的？”

“还能怎么出来？穿林海，跨雪原，骑着小轮车到你面前。”宋唯真乖乖把手掌递过去，偏头避过掌心的血色，“咱们学校只进不出嘛，多亏了老校门和那棵歪脖子树。

“从明天开始，我要每周都去探望它，每次进贡一瓶农夫山泉，让它造福更多学子。”

季崇理浅浅的勾起嘴角，无奈地把本就轻柔的手法，放得更轻：“你啊。”

宋唯真见到他露出的笑容，紧紧悬着的心才从半空中落下来。

“不怕老江罚你？”少年低垂脖颈，手里碘酒棉签的力道轻缓柔和，眼下的皮肤透着很重的青色。

“今天是返校日，不去也没关系的。”宋唯真沉默几秒，“季爷爷……什么时候走的？”

“一周前。”

“我应该去看看他……”宋唯真的话被季崇理打断。

“过段时间吧。”他把另一侧的厚布窗帘彻底拉开，让更多阳光洒进来，“日子还得过。”

宋唯真看着他的脸色，点点头。

Chapter 010

·我就是，荡漾·

宋唯真和季崇理收拾了一上午，才把被翻得一片狼藉的老屋收拾干净。

季爷爷喜欢的东西，包括碎成几片的紫砂壶，都被季崇理放进一个大的整理箱，放在高高的红色立柜上。

午饭是两个人一起做的。

冰箱里没有太多食材，只放着几个鸡蛋和两袋过期很久的面包。

宋唯真从保鲜层里翻出两把尚且鲜绿的葱，切成小段，扔进锅里热油爆香，想做点葱油。

葱油面，再炒两个蛋，应该够最近没好好吃饭的某人吃饱。

老屋的厨房小，两个人同时站在里面更显空间逼仄。

季崇理负责煮面。他边烧水，边倚着碗橱，望着切菜的宋唯真。

小姑娘个子不高，更是不适应家里这个原来由两个男人用的厨房。

切菜要站在小木墩上，身上的围裙格外宽大，手里握着的菜刀是她手的两倍大，每每下刀，让人看着揪心。

但好在她的刀功干净利落，熟练至极。

鸡蛋液搅得晶莹剔透。

季崇理觉得，她对厨房有种不符合年纪的熟悉。

宋唯真边做饭边留心着身后的水声，适时提醒：“水开了。”

“哦。”

季崇理的声音晚了几秒，然后是他撕包装袋的声音，紧接着两小捆挂面下了锅，在热水里翻腾成软绵的白花。

宋唯真这头葱油刚做好，刚想招呼季崇理递来一个干净的碗，就听他慢悠悠地说：“没想到，你还挺早熟。”

宋唯真：？？？

她两手端着锅柄，难以置信地看了他一眼，又不可思议地看了自己一眼。

“你认真的？”

季崇理轻轻咳了一声，指尖点点太阳穴：“我是说，思想。

“身体还是年轻的。”

“……”葱油“刺啦”一声被倒进碗里。

“季老师麻烦你好好学语文，早熟和懂事是不一样的。初中时做心理测试，我比同龄人的心理年龄要大十几岁。

“小时候我爸妈经常不在家，会给我留下很多钱吃饭用。”

宋唯真没好气地说：“但我这个人从小就是个胆小鬼，怕高怕黑怕被坏人跟踪，尽量都提前囤好食材，自己做饭吃。

“书读百遍，其义自见。我就是因为书读得多。

“才会，这么，早熟。”

季崇理背对着她，用筷子搅拌着锅里的面条，轻轻笑出了声。

“怕高，那还爬树？”

金黄色的鸡蛋液被倒进锅里，几秒钟后变成一张薄薄的蛋饼。

宋唯真的声音在热油的“刺啦”声和水开的“咕嘟”声间含混不清。

“因为你在这里。”

“什么？”季崇理问。

“我说！”宋唯真舀了一小勺盐，脸颊被热气熏得发红。

“……面不要煮太软！”

宋唯真不饿，只吃了一小碗面，剩下的大部分都进了季崇理的肚子。

热腾腾的葱油面下肚，他的脸上才终于泛起点红润血色。

饭后，季崇理主动把碗筷端进洗碗池。

宋唯真倚着厨房的小窗户，心不在焉地用手绞着校服下摆，说：“要不你还是回去住吧，在这里会触景生情。”

“梧桐院离学校蛮远的，上学不方便。”

“要不你申请住校？就说方便学习，你爸肯定会答应。每次我用‘为了学习’这个借口，我妈妈就什么都答应。”

他捏着白瓷碗的手指紧了紧。

“再说吧。”

宋唯真没再多说。

季崇理的手机忽地在茶几上振动起来，“嗡嗡”的声音让人头皮发麻。

他眉目间闪过一抹戾气，把碗中的水分沥干，用旁边的手巾擦擦手，走过去看了眼备注，愣了下，慢了两秒才接起电话。

“喂，池屿。”

“老季，宋唯真在你旁边吗？”池屿的声音有些急，“今天一天夏鸯都没来学校。电话不接，短信不回。你问问她能不能联系上鸯鸯。”

季崇理开了免提。

宋唯真听后连着给夏鸯打了两个电话，只有一阵阵的忙音。

短信和 QQ 都没人回。

“小破岛你别着急，夏夏可能是身体不舒服。我一会儿给夏夏的妈妈打电话问一下，应该没事的。”

“我知道。”池屿的声音像飘在空中，“可我心里就是不安生。”

宋唯真向季崇理打了个手势，去里屋给夏鸯的妈妈打电话。

季崇理关了免提，问池屿：“怎么回事？”

“老季，最近我看新闻，宜城来了个流窜犯，在 B 市强奸了五个小姑娘。夏鸯她性子软，人长得又好看，平时我告诉她少搭理路上那些搭讪问路和乞讨要钱的，她都说这世界上谁活着都不容易。

“她太单纯了。

“她那么瘦，体育也不好，我之前让她跟我一起锻炼，她坚持不下来。要是遇到坏人，她能跑得过吗？”

池屿慌乱无措道：“万一，万一她碰上了这个坏人可怎么办？我又不在她身边。”

“池屿，你冷静点。”季崇理声音微冷，“她不会有事的，也许现在就在家里休息。

“等一等，宋唯真现在正给她家里打电话。如果有问题，我马上告诉你。

“你深呼吸。”

听筒里传出池屿深深的呼吸声。

季崇理也没说话，空气十分安静，能听见小姑娘细声细气的说话声。

又过了几分钟，宋唯真从次卧里走出来。

“夏夏今天不太舒服，跟江老师请假了。你放心啦，我刚刚给她妈妈打了电话。”

池屿的声音还是紧绷着，道了声谢，匆匆挂断。

“我送你回家吧。”

天边的阳光赤红如血，是黄昏渐渐坠入黑夜的征兆。

宋唯真下意识地拒绝：“不用啊，天还很亮，我骑车十几分钟就到了。”

季崇理径直拎起她的书包，把围巾一圈圈地绕在她脖子上。

“听话。”

季崇理倚着单车，在心中默默数了三百个数字，宋唯真卧室的灯光准时亮起。

他掏出一包烟，抽出一根，点上火，然后把那包烟和打火机都扔进垃圾桶。

烟头的点点火星在夜里分明。

冬天已经到了末尾，天却总不见长。

宜城南街的小摊贩都没出摊，连那家甜水铺关门的时间都提前了。

街道两旁存着些积雪。

季崇理慢慢地踩着脚踏板，车轮时不时地压在积雪上，发出“咯吱咯吱”的响声。

他慢吞吞地回家，把老屋里季英河的东西打包放好，然后把放在立柜顶上的黑色行李箱拿下来，装了几件衣服和学习资料。

又在黑暗里坐了一会儿。

“喂，小陈叔，你告诉季决明，一会儿派车过来接我。老屋里我打包封好的东西都不许动，不然他知道后果。”

尼古丁熏染后的喉咙还有点哑，季崇理喝了口冰水，咳了几声。

“老屋里他爱怎么翻随他，但不能影响池爷爷和池屿的生活。”

他清瘦白皙的手指握成拳，关节冻得微微发红。

“他知道我不会跟他回那栋别墅住，让季决明在宜城南街附近给我租间房，算我欠他的，高考之后我就还给他。”

小陈助理愣了一下，连忙道：“崇理，你还是回来住，不然……”

季崇理嗤笑：“你把电话给季决明。”

那边传来一阵窸窣声，然后是骤而安静的沉默。

“小理……”

“我不是在恳求你。”季崇理拉开厚布窗帘，望着浅淡月色，缓缓开口，“也不是在威胁你。

“你的儿子，早在五岁那年，就被你锁在别墅里饿死了。那时候你在哪里？在生意场上觥筹交错，还是游走在不同的女人间？

“我们的父子关系薄如蝉翼，大概你也不会担心我重蹈覆辙。”

“……”

“我知道，你已经不能再有孩子了。”

那边的呼吸声一滞，季决明气急败坏道：“……你，逆子！”

季崇理反而声音轻松：“我劝你还是少生气，守着你的金山多活几年。”

他的手指在玻璃上，对着月亮画了个圆圈。

“记得租好房再让小陈叔来接我。你不必过来，谁让我们相看两厌。

“……当然，基于你还想有个逆子的情况下。”

手机里传来急促的“嘟嘟”声。

季崇理站在窗边，静静地望着那轮月亮。

他的手指渐渐收紧，按压在手机侧面的关机键上，屏幕骤而长亮后，陷入沉寂。

如果前方有路，那他就冲破那层迷雾，去看看清楚。

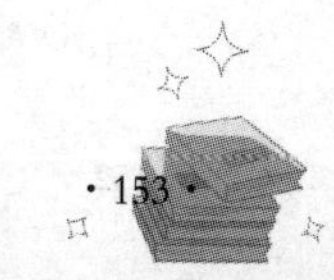

迷雾的那头，是他的礼物。

宋唯真是第二天早上到教室时，才知道季崇理搬家了。

“同一个小区？”宋唯真震惊道，“你爸给你租了盛世嘉园的房子？”

季崇理“嗯”了声。

宋唯真心中特别高兴，又不好表现出来，更没敢张口提出“我们一起回家or上学”的要求。

仅仅是想到她和季崇理的直线距离缩短这件事，足以让宋唯真开心很久。

而此时，季神倦怠的低气压，已经席卷了整个教室。

头一次，被教导主任投诉了无数次过分吵闹的英文早读课，安静得出奇。

他半合着眼，用《英语必修三》遮挡大半张脸，闲下来的手轻飘飘地转着笔。

宋唯真手里拿着被梅清裹了好几层保鲜袋，到现在还温热着的包子，不知道该不该叫他。

昨天她回家后，一身狼狈模样被梅清抓了个现行。

宋唯真不会撒谎，只能原原本本把事情讲给梅清听。

……只是略去了她逃学跳树这件事。

梅清听完一阵唏嘘。

她没想到季崇理还有那样跌宕起伏的身世，更没想到年前还和她谈笑风生的季老爷子已撒手人寰。

她最最没想到的是，季崇理居然是好闺密夏瑟如的儿子。

梅清心中顿时对季崇理生出无限怜爱，从昨晚到今早，一直在问要不要帮季崇理找个住处。

临出门前，梅清甚至打包好三个热气腾腾的包子，让宋唯真带给季崇理，还说以后的早饭，全由她来带。

但是送早饭这种事，总觉得有点，不能心安理得……

转笔的手逐渐慢下来，他似乎要睡着了。

要不就算了，没准儿他已经吃过早饭。

小区里有很多早餐店，学校门口也有粥铺，还有宜城南街的早餐小摊，开得都很早。

手心里的包子有些烫，宋唯真轻轻“嘶”了一声，再抬头时，对上季崇理惺忪冷淡的眼神，带着无声的询问。

“我妈给我带的早饭！带多了，给你吃！”宋唯真把包子往他桌肚一塞，随手翻出本练习册埋头苦做，声音闷闷的，“不吃也行。”

“哦……”季崇理懒洋洋地坐直身子，欠欠地把尾调拉得很长，“替我谢谢阿姨。”

季崇理打开保鲜袋，咬了一口：“什么馅儿的？”

宋唯真瞬间抬起头，眼睛亮了一个度，如数家珍：“我妈特制的馅料，有胡萝卜、木耳、鸡蛋、猪肉、粉丝……好吃吧，我超喜欢吃！”

季崇理不置可否：“营养均衡。”

“不是吧，老季。”池屿拎着书包走进教室，“你没吃……”

话没说完，池屿被季崇理拎着后衣领，走到教室外。

“……饱吗？”

季崇理慢条斯理地咬着手中的包子，包子吃下去半个，转而睨他一眼。

池屿忽视掉季崇理的眼神，凑过去看，惊奇道：“胡萝卜和粉丝不是完美戳中你的雷区吗，你怎么还吃得这么香？”

“今早在学校门口的粥铺，因为咸菜里有胡萝卜丁，你愣是单独叫了碟醋酿花生米……”

“能一样吗？”季崇理深深地望向池屿，“这是她给我带的。从今天起，我喜欢吃胡萝卜了。”

池屿骂了声：“你看你现在这表情，谁再叫你‘高岭之花’我跟他没完。就是一朵摇来摇去的狗尾巴花。”

季崇理难得温和地笑笑：“对啊。

“我就是，荡漾。如何？”

“……”

池屿骂骂咧咧地回教室抄作业去了。

午饭是 503 宿舍和 512 宿舍一起吃的。

八个人私下关系很好，虽然季崇理跟大多数人不咸不淡，但他们愿意对季神多包容。

——长得好看，还能教你做题，有点性格怎么啦。

加上那次雪天聚会时，吴欣怡说自己会转去文科班，大家商量后决定，以后的每餐午饭都一起吃。

哪怕以后渐行渐远，现在也要多留下一些美好回忆。

——张白如是说。

于是今天中午，池屿破天荒地见证了季崇理真的开始吃胡萝卜——他的筷子毫不避讳胡萝卜沾染过的其他蔬菜，甚至还要带着那几根佐菜的橘红色丝状物，一起吃掉。

池屿难以言喻地转过眼神，望向坐在他对面的夏鸯。

鸯鸯……

吃得好多。

夏鸯从小学习芭蕾舞，舞蹈老师对身材管理有着很苛刻的要求。她也养成了每餐饭吃七分饱，饿了再吃点水果和坚果做间餐的饮食方式。

但她销假回来后，似乎有哪里怪怪的。

不仅是他，宋唯真也发现了不对劲。

宋唯真和夏鸯是多年朋友，从小一起长大，最清楚夏鸯吃饭是什么样子。

每样都只吃一点点，但会近乎虔诚，抱着非常愉悦的心情去吃饭。哪怕一碗白饭她只能吃一半，也会温温柔柔，眉眼含笑地吃完。

绝不是现在这样——

分餐制的铁盘里堆着四两多米饭，看起来像一坨小山。上面浇灌了红烧肉的肉汤，旁边的餐格里放了三样菜。

而夏鸯，用几近痛苦的表情，大口地吃着那些饭菜。

她甚至是吞下去的。

几个人一对眼神，纷纷觉出不对味。

“夏夏，你今天很饿吗？”宋唯真试探问道。

夏鸯垂着头，轻轻点了点。

池屿长出一口气，大大咧咧地笑了：“饿就多吃点嘛，鸯鸯太瘦，吃胖点更好看。

“瘦得呀，我一只胳膊就能把她举起来。”

他话音刚落，夏鸯吃饭的动作慢下来，嘴里的咀嚼渐渐停了。

她抬头，漂亮昳丽的眼睛看向池屿。池屿呼吸一滞，忽地泛上股说不清道不明的难过。

只一瞬间，夏鸯又低下头，继续吃饭。

宋唯真在一旁看得心焦，刚想说句什么，脚尖被季崇理轻轻撞了两下。

她低头扒了两口饭，没胃口再吃。

每个人都有不想说出口的秘密，夏鸯也一样。

就像她喜欢季崇理，却只能若无其事地按照原来的方式相处下去。

否则，可能连好朋友的位置也失去。

入春后，原定的月考被推迟了。

今年突如其来的教改，让整个年级组的教学进度和节奏被打乱重排。

就像这个挪到高一下学期进行的文理科选择，虽然不是明面上的分班，但其实在暗地里告诉学生要有所侧重。

比如十七班，选理科的学生在政史地的课上会刷理综，选文科的学生在物化生的课上背历史。

这导致像季崇理和池屿这种上课睡觉、溜号，后者还总往后排传字条的学生，有了很多借口。

“文科课就跟理科老师说志向学理，理科课跟老师讲你们反悔了，还是文科更有趣。”江海把他们两个单独叫出来，温和的脸上恨铁不成钢，“今天你们两个跟我说说，到底学什么！”

“人生就是要在选择之间反复横跳。”池屿撞了下季崇理的肩膀，“你说是不是老季？”

季崇理站姿挺拔，微垂的头抬起来，直视江海的眼睛。

一贯少言淡漠的少年，轻轻开口：“对不起江老师，我前段时间搬了新家，状态不好，我会努力调整。”

江海联想到季崇理复杂的家庭背景，温和地点点头。

“好，老师相信你。”

池屿：？？？

江海转向池屿：“你说。”

池屿有样学样，饱含深情：“江老师，我最近备战国家二级运动员加试，状态不好，请你相信我。”

江海：“你什么状态我不清楚？好，你把这周错的二十道错位相减法例题每道做十遍，得出的答案一样，我就相信你。”

池屿：“……”

江海又嘱咐几句，才放两个人回班。

他走上讲台，清清喉咙：“虽然月考时间延迟到运动会之后，你们也不能放松警惕。马上都是成年人了，要为自己的未来负责，你们的每一份努力都会客观真实地反映在卷面上。”

江海顿了顿：“月考成绩见。好了，现在让体委跟大家讲一下运动会的事。”

池屿蔫答答的头扬了起来。

“……长跑、短跑、接力、跳高，反正有兴趣的同学都来我这里报名，下周一之前要交。”池屿转过头，“江老师，要是报名人数不够怎么办？”

“多参加体育活动是好事，都积极报名。”江海翻了翻手机，“运动会安排在五一劳动节放假前的周末，谁不能参赛跟我说一声。”

几十双眼睛默契地垂下去。

只要不和老江对上眼，就还有“生还”希望。

宋唯真举起手：“江老师，我是校广播社的，运动会要在广播台那里通知运动员检录，还要朗读各班级交上来的征文。”

宋唯真没撒谎。

英语广播社是校广播社团的一个分社。每当校庆、运动会、毕业典礼等等大型活动举办时，广播社总要承担一部分主持和朗诵的任务。

而且还能躲开运动会的项目，何乐而不为？

江海点点头，示意宋唯真把手放下。

“那确实没有时间。嗯，你好好朗诵，多读点咱们班交上去的征文，也算是我走后门了。”

班里笑声一片。

“梁晴，你组织几个文笔好的同学，多写一些征文，征文采用数量最后会折合分数，算总成绩的。”

宋唯真放心地长舒一口气。

江海看完手机相册的最后一页，才捏了捏镜腿：“池屿，运动会后还有趣味项目比赛。这个是单独的，也需要派几个同学参加。

“人数要求不多，五六个人左右，这个折算成绩很高。”

江海笑道：“既然搞素质教育，就要德智体美劳全面发展，我们小宋同学军训时就说过，要么不做，要做就做到最好，所以运动会我们十七班也要勇夺第一，大家有没有信心？”

“有！”

“好，得了第一名我请大家吃雪糕！”

雪糕！

希望老江能买草莓味的！全班一起吃草莓味雪糕，宋唯真想想就很高兴。

“宋唯真，你笑得挺开心啊。”江海放下手机，看她一眼，“趣味项目你上吧，和广播社不冲突。”

“……啊？”

江海又问：“我们班还有没有不能参加体育项目的社团？这样凑一凑，趣味项目人数就够了。”

伏案良久的季崇理放下笔，在卷子上飞快地写下一道物理公式，慢悠悠地举起手。

“有啊，老师。”季崇理转着笔，“我也是广播社的。”

“……”

运动会的趣味项目最终有六个人参加。

除了宋唯真和季崇理，还有张白、周寰宇、吴欣怡和许昊然。

宋唯真本来想把夏鸯拉来，但她最近状态不佳，除了对吃饭稍有热情外，对别的东西都提不起兴趣，整个人也胖了一圈。

夏鸯的异常让宋唯真担忧，与此同时，江海对于运动会的热情更让宋唯真害怕。

不仅不让其他老师占用体育课，江海还格外叮嘱体育老师，让运动会报项目的同学在课上多练练，每个人还可以选一个同学做陪练。

江海，一个将一对一帮扶小组烙在 DNA 里的男人。

梁晴她们都知道宋唯真的体能差，刻意绕过她，选了隔壁宿舍的女生作为陪跑搭档。

倒是季崇理，在人群里看了一圈，眼神悠悠地落在她身上："我选宋唯真。"

宋唯真：？？？

"男子 2000 米长跑是小破岛给你报的名，你应该找他。"

宋唯真跑得脸色涨红，满头是汗："而且你跟我练速度只能当最后一名，我最多只能跑三圈，这种练习完全没有意义嘛！"

"他是田径队的，从 50 米短跑到 4×100 接力跑，都报了。"季崇理脚步轻松，脸上连滴汗也没有，"谁说没意义？我心情愉悦。"

运动会当天。

操场绿地被各种项目占满，每个班级前面都有早就准备好的印满口号的红色条幅。

因着广播社社员的身份，宋唯真和季崇理不用参加班级方阵，可以躲在主席台后面准备各班交上来的稿件。

当然，认真准备的只有宋唯真，季崇理闲闲地在一边倚着，眼神有一搭无一搭地落在走过来的方阵上。

"放马金鞍，唯我十班！"

"十一十一，永争第一！"

"一十三班，誓夺桂冠！"

"日出东方，唯我不败！一十七班，千秋万代！"

"……"季崇理的淡漠神情，在听到这句恨不得震碎主席台的喊声后，终于产生了微妙的变化。

尤其站在第一排的池屿，喊得那么自然，雄姿英发。

季崇理："这就是你和梁晴她们商量了五天，想出来的口号？"

"对啊。之前在班级里征求过大家的意见，一致同意要搞个霸气、空前绝后，让人看了就拍案叫绝的口号。"宋唯真把手里的稿件排好顺序，不以为意，"还有比'东方不败'更霸气，更空前绝后，拍案叫绝的人吗？"

"确实。"季崇理梗住，"绝后没人比得上他。"

"……"宋唯真蹲在栏杆前，探头向外看，看到梁晴举着十七班的班牌从主席台前走过。

"要不是夏夏不想来，我还是想推选她去举牌子。"

宋唯真一脸向往："夏夏是我从小到大见过的最好看的女孩子，初中时每

年运动会，她都是我们班举班牌的女生。

“初中只有举班牌的人可以不穿校服，夏夏的妈妈会给她穿白裙子，上面还有小蝴蝶，特别好看，当时我们班好多男生都暗恋夏夏。”

宋唯真撇撇嘴:“谁像一高啊,连领队也要穿校服,这谁看得清楚漂亮妹妹。”

“那你呢，运动会你做什么？”季崇理问。

宋唯真捋了捋额前碎发，认真想了会儿，笃定地说：“我负责吃东西。

“每次开运动会,我都‘绑架’梅女士去超市买一大堆零食,然后拎着小椅子,带着小花遮阳伞，坐到边边角角吃一天。

“哎，现在上高中没以前自由了，运动会也不让带零食吃。”

宋唯真仰起头四处看看，见不远处的领导和学长学姐们都在关注主席台下的方阵，才掏出兜里的私货。

两根不同口味的棒棒糖。

一根草莓牛奶味，一根巧克力牛奶味。

宋唯真把那根草莓味的递给季崇理，见他眼神若有所思，直接把糖塞进他兜里。

虽然她也很想吃草莓味的……

谁让他是季崇理呢。

男子 2000 米开始检录了。

今天早上，宋唯真想买巧克力和能量饮料给季崇理。因为他上午有一场 2000 米长跑，宋唯真怕他跑完后虚脱，想给他补充能量。

平时她不爱动,下课基本都在教室里坐着,也总能看见季崇理趴在桌上睡觉。

他可是军训晒晒太阳就能晕倒的一朵娇花，万一这次又昏过去怎么办？

宋唯真挤进超市，最后只买到两根棒棒糖。

超市老板还笑她：“小姑娘早点来嘛。今天运动会，昨天我这儿差不多就被搬空了，今早连矿泉水都卖完了。补货要下午才能到。”

宋唯真站在终点线前，想了八百种抢救晕厥的季崇理的方法。

往他脸上泼水。

心肺复苏术。

用指甲掐他的人中穴。

……人、工、呼、吸。

起跑的枪声骤然响起，宋唯真猛地抬头，目光紧紧锁定在季崇理身上。

他脱了校服，穿着白色短袖，上面还用曲别针别着一张歪歪扭扭的号码牌。

那是临上场时，季崇理说自己的号码牌丢了，宋唯真用借来的红色记号笔，在白纸上写下来的号码。

现在那张纸逆风贴在少年胸前,宋唯真觉得自己的心也贴在那里,被风吹动,慌乱而焦灼地跳动着。

一圈，两圈。

季崇理的脸色没什么变化，只是额角出了些汗。

“姐姐，你很热吗？手心里有好多水呀。”

宋唯真闻声低头，摸了摸小男孩柔顺的黑发：“没有呀，谢谢生生关心我。”

生生腼腆地笑笑，露出两颗小虎牙。

生生是语文老师何瑜川的儿子，她和季崇理在主席台后面躲懒时，正好遇到四处找人帮忙的何瑜川。

“我们班有个男生跑步受伤，我去校医室看看，你们帮我看着点他，让他别到处乱跑。”

何瑜川又蹲下，捏了捏儿子的小耳朵：“生生，你是小男子汉，要听姐姐和哥哥的话，不要让大人担心，知道吗？”

生生用力点了点头，然后再也没有松开宋唯真的手。

他当然不敢牵季崇理，那个哥哥虽然长得好看，但是太凶了。

而且他很喜欢这个姐姐！姐姐的眼睛又大又圆，好看得像他喜欢吃的紫葡萄。

生生从兜里掏出妈妈准备的小手绢，认认真真擦干净宋唯真湿热的手心，又小心翼翼地“呼呼”了两口热气。

“姐姐，现在手心里没有水水啦。”

宋唯真重新拉紧生生的手，笑容灿烂：“那我谢谢生生啦。”

“啪啪——”

最后一圈的发令枪打响。

季崇理改变了不紧不慢的匀速跑法，不再跟在第一名身后，而是在最后两百米时骤然冲刺。

后面的人早已耗光体力，第一名也已是强弩之末。

季崇理毫无悬念地成了冠军。

终点处被围观季神的女生堵得水泄不通，她们手里拿着水和毛巾，连带着羞涩的好感，一起递了出去。

周围的喧闹声过于震耳，季崇理有些烦躁，接了池屿递来的水。

然后就看见,小姑娘脸色微红,左手牵着个熊孩子,右手紧紧握着他上场前,让她代为保管的棒棒糖。

“宋老师，陪我拉伸一下？”

“……好。”

生生很喜欢春天。

因为春风很温柔，吹在脸上像妈妈的吻。路边还有颜色漂亮的小花，可以摘下来送给他的同桌茜茜。

漂亮女生就要有漂亮花花相配嘛。

生生紧紧牵着宋唯真的手，从学校的小花坛边摘了一朵浅紫色的小花，费力地递给她："送给姐姐！"

宋唯真接过花，听到旁边传来一阵咳嗽声。

"你少喝一点水。"宋唯真轻轻拍着季崇理的后背。

"我刚刚跑得快不快？"

"……快。"宋唯真把纸巾递给他，"像流星一样快。"

两人靠得极近，季崇理身上的热量把她团团围住，让她恍然想起终点线前看到的季崇理。

少年像流星般冲过终点线，被人围住，宋唯真只能在人群外望着他。

没有水，没有毛巾，没有他现在需要的一切。

宋唯真两手空空。

只有一份在心中滋生，不见天日的喜欢。

然而季崇理很快抬起头，眉梢带着股不耐烦的凛冽，迅速找到她的位置。

骤而冰雪消融。

宋唯真的衣角忽地被人轻轻拉住，思绪也随之打断。

"我喜欢姐姐，才会送姐姐花花哦。"

一对圆眼笑成两弯月牙，宋唯真把巧克力牛奶味道的棒棒糖，放进生生胸前背带裤的小口袋。

"姐姐也喜欢生生，所以送给生生糖糖哦。"

一大一小相处愉快，季崇理面色不显，心中却不愉快。

"宋老师，我渴了。"

宋唯真看了眼他手中的水："这不是小破岛刚给你的？"

季崇理动作自然地把矿泉水放在小花坛边，一脸无辜："我要喝电解质水。"

他顿了顿："我让池屿送来了，你去接他一下，他还要去检录。"

"我好累。"他清冷的声音微微放软，带着点撒娇的意味。

宋唯真眼见着刚刚跑得风驰电掣的人，倚在花坛边，柔弱得像是这花坛里最让人怜爱的小白花。

"那你照顾好生生。"

生生极不情愿地松开了姐姐的手。

下一秒，他的头被一只大手轻轻按住。

"小鬼。"季崇理眯起眸子，声音微哑。

“我还没拉过她的手。”

生生挥舞着小短胳膊，怎么努力都够不到那个跩得不行的冰块脸。

他瘪嘴要哭，那人蹲下，漆黑的眼睛望着他，语气轻蔑：“不许哭。”

“说不过别人就哭，算什么男子汉。”

生生撇撇嘴，奶声奶气地反驳他：“那你欺负小孩，你也不是男子汉。

“姐姐是喜欢我，才拉我的手。”

季崇理挑眉，站起身，把生生抱到小花坛上，轻轻弹了下他脑门。

“你这小矮个，站在花坛上才到我下巴，她才不会喜欢你。”

生生瞪了他一眼，喊道：“不可能！我喜欢姐姐，姐姐也喜欢我！回去我就跟爸爸说，以后我要娶姐姐当老婆。

“长大后我会变高的，会跟你一样高！”

季崇理粗暴地揉了揉生生柔软的头发。

“她手里有两根棒棒糖，为什么给你巧克力味？是因为她喜欢草莓味。但她愿意把草莓味留给我。嗯，留给我三次，却一次都没有给你，理解了？”

生生的眼神渐渐迷茫。

季崇理继续尝试跟他讲道理：“举个例子，在幼儿园里，你会把自己最喜欢吃的零食分给好看的小女孩……”

生生点点头：“我每天都给茜茜带零食，还会送她小花！”

“娶老婆之后，就只能给她一个人送花送零食。你娶了姐姐，从此之后就不能再给茜茜送。”

季崇理循循善诱：“那茜茜和姐姐只能娶一个当老婆，你娶谁？”

生生垂下小脑袋，苦恼地皱眉：“那姐姐怎么办？”

季崇理轻笑一声：“哥哥帮你。”

……

宋唯真拿着电解质水回来，看见一大一小两个男生坐在花坛边，季崇理正十分耐心地帮生生撕开棒棒糖的外包装纸。

“给你水。”

季崇理接过，放到一边，把棒棒糖递给生生。

“谢谢哥哥。”

宋唯真笑着捋了捋生生额前的刘海：“怎么现在和哥哥感情这么好了？刚才还一直不理他。”

生生嘴里含着糖，说：“因为锅锅缩（哥哥说）要帮窝（我）……”

“咳。”季崇理把生生从花坛边抱下来，“吃东西时不要讲话。”

生生听话地点点头。

宋唯真正觉得好笑，然后看见季崇理从口袋里掏出那根草莓味的棒棒糖，慢条斯理地撕开包装纸。

晶莹透亮的糖球，举在她眼前。

他的眼里泛出点笑。

“张嘴。”

“……”宋唯真下意识地顺从。

下一秒，口腔里泛起草莓和牛奶的甜丝丝的味。

甜得她发晕，连心跳也乱了方寸。

宋唯真的目光无处安放，四处躲闪时，正好对上生生的眼睛，忽地想起自己刚才跟他说的话。

“姐姐也喜欢生生，所以给生生送糖糖哦。”

热气湿漉漉地袭来，宋唯真感觉脖颈都是热的。

“哥哥，我学会了！”

生生清脆的喊声恰到好处地打破了尴尬的气氛。

“他教你学什么啦？生生。”宋唯真问。

季崇理缓缓站直，眉眼间还有股野生侵略的热气，状似无意地在生生头上捋了两把。

“教他，投喂小动物。”

“……”

在前往趣味运动项目比赛的路上,宋唯真还在反复追问季崇理同样的话题。

“你到底给生生灌了什么迷魂汤，他走之前都不黏我了。

“明明他很喜欢我的，还采了小花送我。

“他还说长大了以后会娶我。看他那乌溜溜的大眼睛，以后一定是个阳光帅哥！”

季崇理的脚步倏地停下来。

宋唯真也随之停下。

两人离前面的四个人已经有些距离，许昊然被张白搂着回不了头，吴欣怡和周寰宇并肩走着讨论分文理班的事情，都没有发现他们的驻足。

“宋老师。”季崇理的声音透着股惫懒劲儿，“我劝你，还是不要把希望寄托在还没有花坛高的小豆芽菜身上。

“要做新时代女性，不要总想些情啊爱的，好好学习才是正道。

“月考能考过我吗？”

“……”

因为刚刚没能吵过季崇理，宋唯真决定一会儿比赛的时候离他远点。

反正她可以和吴欣怡搭档，没必要非得在他身边。

宋唯真站在队伍最右边，望了眼站在最左边的季崇理。

清俊挺拔，“高岭之花”。

苍天啊，她喜欢的人，可不可以变成一个哑巴？

趣味运动项目分为“百发百中”“横行天下”“仙人指路”和“袋鼠赛跑”四项。

宋唯真皱着眉，跟在吴欣怡旁边。

躲得过初一，躲不过十五。

躲得过上午，躲不过下午。

不过，还好她和吴欣怡只需要参加团体项目。投掷飞镖的“百发百中”，以及套着麻袋一直跳到终点的“袋鼠赛跑”这两组个人项目，被另外四个男生承包了。

准确地说，是季崇理承包了第一项，另外三个人承包“袋鼠赛跑”。

许昊然听到分配时有些不服，他摘下金边眼镜，讥讽道：“凭什么季崇理不用参加这个？就因为他要面子，他学习好就要搞特殊化？”

张白摇摇头：“不，是因为他帅。”

许昊然：“……”

“不服？”季崇理弯弯唇，眼神戏谑，“你要是可以镖镖必中九环以内，我也可以把这个项目让出来。”

“毕竟这个我要扔三轮，挺累的。”

周寰宇一脸严肃：“许同学，我们要有集体荣誉感。之前我们训练时已经得出趣味项目积分最高的搭配，那就是让季同学在“百发百中”这个项目中拿第一。我们不能因为个人想法，就把集体利益置于不顾……”

许昊然面无表情地套上麻袋，示意他们赶紧比赛。

吴欣怡戳戳宋唯真：“许昊然脾气挺大呀，平时觉得他不是个爱说话爱计较的人，怎么和季神分这么清楚？”

宋唯真摇头：“不知道。我和许昊然小时候认识，但现在不熟，接触得也不多。至于季崇理，哼，他说话太冲，得罪人了呗。”

吴欣怡惊讶：“什么，季神还会和除了你之外的人说话？”

宋唯真：？？？

两边比赛同时进行，这边季崇理已经扔了三个十环，另一边张白出师不利，刚跳了三步就摔了个狗吃屎。

吴欣怡欢呼一声：“季神加油！”

季崇理听见喊声，矜持地冲她点点头。

“看见没有，这才是正常待遇。”吴欣怡掰着手指头算，“我和季神一年

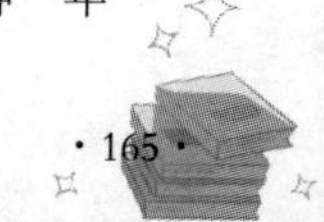

说的话，不超过二十句。”

“他对你，多少有点与众不同。”

宋唯真那股气还没消，没好气地说：“可能只有我一个人，被他撑了一年都没哭过。”

吴欣怡：“……”

第三个项目是“横行天下”，简而言之就是两人三足的变体，变成了六人五足。游戏规定，六个人中最少有两个是女生。

为了保持平衡和步速，宋唯真和吴欣怡的位置安排非常重要。两个人要在相对对称平衡的位置，而不能安排在一起。

宋唯真和吴欣怡按照计划，要站在队伍的两端，这样才能保证加速时万一出现意外，有内侧男生保护，仍旧可以正常完成比赛。

比赛前，张白和周寰宇窃窃私语。

张白：“老班，这个人员安排有点难啊。”

周寰宇一推眼镜：“你说说看。”

“你看啊，宋唯真和吴欣怡要在队伍两侧，季哥不愿意和老许挨着，咱们俩倒是都行，”张白看了眼季崇理的脸色，“但我估计季哥又不想让真姐和老许离得太近……”

周寰宇一板一眼道：“排列组合，插空法，可以算一下有多少种可能性。”

张白：？

“大局为重。”周寰宇清清喉咙，“大家听我安排，宋唯真和吴欣怡站两边，张白和季崇理差不多高，你们在外面挨着两个女生，我和许昊然站中间。”

“都听我的，时间不多了，就按这个队形站！一会儿走的时候都听口号，外面女生走不动了说一声，张白和季崇理帮着点。”

张白连忙道：“来来来，小吴咱俩一组。”

宋唯真没说话，走过去站到季崇理外侧。

季崇理拒绝了志愿者帮忙绑腿，接过绑带，将他和宋唯真的小腿绑在一起。

“还在生气。”是肯定句。

宋唯真摇头。

少年的手臂缓缓落在她肩膀上，手心滚烫的温度透过薄薄的衣料传过来。

因为小腿被绑在一起，季崇理又高，宋唯真整个人几乎是窝在他臂弯里。

哨声一吹响，六个人步伐飞快地走了出去。

渐渐地，宋唯真开始跟不上季崇理的步子，脚步开始凌乱。

季崇理手臂收紧，单手把她抱在怀里，声线冷静：“不想摔倒就抱紧我。”

宋唯真：“我凭什么听你的，就不抱！”

季崇理：“好啊，那你别抱。”

宋唯真："……"

最后，宋唯真像条八爪鱼一样，认命地把自己当成季神大腿上的挂件，一路挂到了终点。

他们是第二名。

季崇理松开腿上的绑带，宋唯真累得坐在草坪上喘气。

"还生气吗？"

宋唯真把头偏到一边。

季崇理低头看了眼手表，停下上面的计时器。

"十分钟了。"季崇理在她面前蹲下，笑着把她额前的碎发掖在耳后。

少年逆着光，好看的眼睛里带着点宠溺的味道。

"宋老师，理理我？"

要不是许昊然忽然过来叫他们去参加下个项目，宋唯真就得被季崇理撩得原地爆炸。

这人……撩人不自知！

谁能抵挡得住那么深邃又潋滟的眼神！

宋唯真脸颊绯红，抿着唇快步去下个项目"仙人指路"的场地。

不知道是谁起了这样一个云里雾里的名字，但其实规则很简单，现场有很多障碍物，参赛者的眼睛被眼罩蒙住，根据队友的指示绕开障碍物，到达终点用时最短的获胜。

每班最多六个人参加，分成三组，会以用时最短的一组记为最好成绩。

六个人，再次遇到分组难题。

不过好在周寰宇再次一展班长风采，当机立断，直接按照上一轮项目分组搭档。

许昊然脸色不佳，往宋唯真的方向看了几次，都没对上女生的眼神。他没说什么，跟着周寰宇第一组上了。

然后，周寰宇戴着眼罩，很快在许昊然的指挥下，摔了个"面朝大海春暖花开"。

第二组是张白和吴欣怡，两个人商量好由张白来指挥，吴欣怡去绕过障碍。

张白觉得自己的想法非常合理，女孩子骨架小，很多障碍物对她们无效，而且他性格大大咧咧，一不小心可能就输了。

可他没想到的是，吴欣怡居然这么谨慎。

同组比赛的其他班级已经到终点了，吴欣怡刚离开起点不到十米。

他们自然没有赢的可能。

于是，全队的希望都寄托在季崇理和宋唯真身上。

最后一组准备时，张白小跑过去："季哥，真姐，你们听我的，女生真的更有优势。你们要是输了，咱这项目就凉凉了。

"趣味项目拿不下来，总分就比十班低了，那咱们班运动会第一就没戏了。"

"说得好，但我不听。"宋唯真拿过眼罩，递给季崇理。

季崇理抬起手在她头顶揉揉："听宋老师的。"

他忽地俯身到她耳边："要是得了第一名，宋老师就别生我气了。"

张白没头没脑地听了前半句："不是吧季哥，你也太自信了。你看我们和老班那组，都输得很惨。"

季崇理："我和宋老师，能第二名？"

张白："……"

季崇理戴上眼罩，站在出发线时，宋唯真内心还是很紧张。她不在乎能不能得第一名，就是怕万一指挥不好，让季崇理受伤。

她本来是想做戴眼罩的那个。

可宋唯真在前两组比赛时偷偷试了下，蒙上眼睛，在一片黑暗中听季崇理的声音，按照他的指引走路，对她来说太困难。

黑暗中听觉的感知力被迅速放大，她整个脑海中都只剩下季崇理的声音。

清朗的，好听的，他的声音。

宋唯真没办法思考。

"哔——"

一声哨响过后，宋唯真拿起小型扩音喇叭正要说话，看见季崇理忽然把手从裤兜里拿出来，背在腰后。

他手中的玻璃糖纸一闪一闪地反射着太阳光。

颇有一番姜太公钓鱼，愿者上钩的意味。

"向前走三步！然后左转，绕开指压板！"

季崇理步伐迈得稳而快，没有一点犹豫迟疑。

"你慢点走，别着急！拐弯之后，向前走几步，然后从棉线网下面爬过去，大概要爬五米左右！"

在别的组还试探着，小心翼翼地前进时，季崇理已经到了障碍赛的中间位置。

张白："不愧是我季哥，一步步稳准狠，半分都不带差的。"

吴欣怡："哎，你不懂，这是季神对真真的绝对信任。"

张白恍然大悟："你不相信我，所以才走得那么慢？"

吴欣怡扶额："……算了，你个直男。"

宋唯真没有心思听他们的讨论，她现在满心满眼都是蒙着眼的季崇理。

此时此刻，她就是他的眼睛。

宋唯真百般小心，越到障碍物变密集的后期，她越是谨慎。

反观季崇理，只要听到宋唯真的指令，就迅速行动，分毫不考虑后果。

她说要上独木桥，他就上。

她说要匍匐，他就匍匐。

从头到尾，连一步试探的动作都没做过。

最后，他们如愿拿到第一名，也拿到趣味项目的冠军。

所有人都拥向领奖台，去看趣味项目的奖品是什么，只有季崇理逆着人群向她的方向而来。

少年一向干净整洁的校服，现在蹭上了地上的泥土，小腿处还有几个不明显的划痕。

手心也脏了。

脏了的手心上，躺着一颗糖。和宋唯真在校医室里送的那颗一样，是她最喜欢的糖。

“现在可以理我了吗？”

宋唯真接过糖，别别扭扭地说：“你是不是胆子太大了，蒙上眼睛也敢走那么快？明明我们分组练习时说好了，求稳不求快……”

“因为是宋老师。”季崇理眼眸微弯，“我相信你。”

气氛逐渐旖旎起来。

宋唯真剥开糖纸，把糖块扔进嘴里。

她有点不敢看季崇理的眼睛，总觉得那双眼睛里闪烁着让她误解的光。

就像夏鸯说，她看见季崇理时，眼神里藏不住的喜悦一样。

一样的光。

她可不可以大胆地想一想，季崇理也……

“喂。”许昊然走过来，冲季崇理说，“那边需要你去检录处签字。”

季崇理略一点头，又回头看宋唯真一眼才离开。

许昊然在宋唯真身边站了很久。

宋唯真嘴里含着化了一半的糖，正想捡起校服去找吴欣怡时，听到身旁突然响起一道声音。

“小真，我觉得你该离季崇理远一点。”许昊然表情严肃，金边眼镜下的眼神真挚诚恳。

“我听说，季崇理有喜欢的人。

“这个人你也认识，是广播社的陶桃。”

Chapter 011

·去听季崇理的心·

运动会之后，月考接踵而至。

班级里轻松的氛围一下变得凝重了，只有黑板旁边陈列柜里的冠军奖杯，提醒着大家还有过运动会这回事儿。

宋唯真将全部精力都放在学习上，除去正常的讨论问题以及梅清隔三岔五就让她给季崇理带早饭外，她很少和季崇理说话。

她一时不知道该怎么和他相处。

季崇理看起来不像个会早恋的人，但如果对方是陶桃，结果也不是很让人意外。

陶桃漂亮、明媚，热烈得像一朵玫瑰。宋唯真看得出季崇理对陶桃的格外关照，再加上陶桃毫不掩饰的喜欢，没人能拒绝得了。

更何况，许昊然没必要骗她。

宋唯真心里难过，面上丝毫不显。

如果季崇理真的和陶桃在一起了，那他们肯定很喜欢彼此。

两情相悦是最该得到祝福的。

那她是陶桃的朋友，应该和季崇理保持距离。

季崇理最近也不知道在忙什么，每天都懒散地趴在课桌上补觉，眼底也总是泛着青。宋唯真几次想开口问他，最后还是忍住了。

而这些最直接的结果就是，宋唯真在月考中超过了季崇理。

登顶光荣榜的那天，季崇理和她并肩站着，闲闲地抬起手搭在她肩上：“只此一次，宋老师。”

宋唯真慌忙躲开了。

季崇理的手在空气里顿了一瞬，随即若无其事地揣进裤兜。

宋唯真心里很乱，即使得了第一名，也没有想象中高兴。倒是梅清很满意，不仅给她发了双倍零花钱，还让她周末休息一天和夏鸯出去玩。

周末，宋唯真和夏鸯坐在已经开冷气的甜水铺，相对无言。

宋唯真有一肚子苦水想说，但看见夏鸯的状态，喉咙里像卡了一根鱼刺，无论如何也开不了口。

夏鸯胖了很多。

在宋唯真从小到大的印象中，夏鸯又瘦又高又漂亮，像只真正的小天鹅。半年前的冬天，每个人身上都穿着圆滚滚的羽绒服，只也有夏鸯把臃肿厚实的冬衣，穿出了股与众不同的美感。

陶桃单纯长得好看，而夏鸯有股子让人艳羡的出尘气质。

但现在，夏鸯纤细的手指变粗了，常年练舞的腰身不见柔韧细腻，那张白净素淡的小脸，也黯淡无光。

只有池屿，仍旧傻乎乎地看不出夏鸯的变化，日日往超市和食堂跑，只要夏鸯有想吃的东西，他都会搞到手。

宋唯真知道，夏鸯一定经历了什么事，但她不愿意说。

这件事对她来说，一定很痛苦，很难以启齿，以至于她除了不停地吃东西，没有任何宣泄渠道。

宋唯真搅了搅杯子里的冰块，气泡“咕噜噜”地往上冒。

“夏夏……”

夏鸯温和地打断了她的话：“真真，最近你和季崇理之间好像有些不对劲。

“你总躲着他，虽然你不说，但我看出来了。我想他也看得出来，但他没说什么，只是一如既往地对待你。”

冰凉的气泡水后知后觉地作用在牙龈上，冒出点点刺痛。宋唯真倒吸一口凉气，没头没脑地说：“他有喜欢的人了。我不该再喜欢他。”

夏鸯：“是季崇理面对面亲自告诉你，宋唯真，我有喜欢的人了，你离我远一点？”

宋唯真愣了下，摇头。

“真真，并不是因为季崇理跟我有那么点亲戚关系，我才为他说话。”

夏鸯把吸管戳进奶茶杯。

“季崇理并不是会随随便便和别人在一起的人。你应该听池屿说过季崇理之前的事，但只不过是很小很小的部分。这些都是我妈妈告诉我的。

“你应该体会过他对外界陌生事物的抗拒感以及极度的不安全感。”

夏鸯看着宋唯真的眼睛。

“如果他喜欢一个人，一定会尽力把她推开。

“即使推不开，他也不会因为自己的情绪，去挽留任何人。”

宋唯真恍惚想起季崇理曾经说过的话。

——“这种‘千万不要忘记我’‘保持联系’的承诺和愿望，都是假的。许愿的人会忘记自己的愿望，转而投向新生活。被寄托了愿望的人，也不会一直在那里等着，都是相交线罢了。”

——“两条直线相交，有且永远只有一个交点。”

——“宋唯真，不要勉强自己。”

——“太酸就不要咽下去，也不要再吃下一颗。”

……

宋唯真静静地坐在甜水铺的软皮沙发里，手指毫无知觉似的，握着挂满冰凉水珠的玻璃杯。

她听夏鸯说了很多关于季崇理家庭的事情。

季崇理的妈妈是夏鸯的小姨，夏瑟如。

夏瑟如年轻时就爱玩爱闹，是耐不住寂寞的性格，阳光明媚，热烈得像一朵向日葵。她身边有很多人喜欢她，她也喜欢过很多人。

她最喜欢的人，是学油画时的代课教师——一个清瘦英俊的男大学生，带着点病态的忧郁。

后来这个大学生因为家庭问题远走他乡，不告而别，像一尾进入了大海里的鱼，自此销声匿迹，没有给夏瑟如留下一丁点儿消息，也没再联系过她。

直到夏瑟如成为小有名气的美女画家，仍然和很多人交往，精神、外表、物质，只要有一方面分数奇高，夏瑟如都愿意和他们试试看。

但因为长相清纯稚气的脸，没人说过她什么。夏鸯的妈妈苦口婆心地劝夏瑟如安定下来，夏瑟如勉强同意，嫁给了相亲认识的季决明。

商业奇才和美女画家，本该是一段为人称道的佳话。

夏瑟如也确实想安定下来，去过姐姐和妈妈口中说的女人该过的安稳日子。刚结婚时，她画了许多颜色温暖的油画，有蓝天下的油菜花田、白雾缭绕的青山、久经风雨的迎客松，还有骄阳下毫无畏惧的向日葵。

直到后来，她第一次发现季决明出轨。

夏瑟如在家里的沙发空隙中，发现了不属于她的红棕长发；大扫除时，在卧室床下，扫出她根本不会穿的丝袜。

她痉挛着双手去质问季决明，只得到他一句轻飘飘的回答：“对，我出轨了。你找我结婚，不就为了各玩各的？”

夏瑟如有自己的骄傲，她想离婚时，却发现自己怀孕了。

在家里人的劝说下，她勉强同意把孩子生下来。可季决明对她本就没有几分喜欢，自然也不会因为她生下孩子，就对她倍感怜惜。

夏瑟如还没出月子，季决明就开始带着不同的女人回家鬼混。她再次痛苦地想要离开这段婚姻，可家里人告诉她，为了孩子，多忍耐一些。

做母亲的，要给孩子一个完整的家庭。

夏瑟如得了产后抑郁症。

她没办法和季决明躺在同一张床上，听不得刚出生的季崇理哭，甚至几次想抱着婴儿跳楼。

她开始画色彩诡异的油画，色彩和构图都荒诞恐怖。

等季崇理长大些，每当季决明夜不归宿或者带着陌生女人回家，她就强迫季崇理站在她身边，看她笔下噩梦连连的世界。

季崇理，是她惩罚季决明的替身。

所以无论个子小小的男孩怎样哭闹，夏瑟如都视而不见。季崇理尝试逃跑，夏瑟如抓他回来，把他绑在凳子上，不让他吃饭。

再后来，季崇理再站在那些油画面前时，不会再哭了。

他开始在逃避中习惯，习惯妈妈无休止的咒骂和神经质；习惯爸爸经常不在家，在家的时候身边也总是有其他女人出现。

那些瑰丽鲜艳的色彩和女人们的各色的纷飞裙摆，成了季崇理挥之不去的梦魇。

季决明受不了家里别墅的阴森气氛，以及那个和结婚时判若两人的夏瑟如，提出离婚。从民政局办了离婚手续后，两人分道扬镳。夏瑟如拎着行李箱去外地散心；季决明和新情人度假出游半个月，才想起来大门紧锁的别墅里，还有他的儿子。

最终，是季英河接到季决明语焉不详的电话，急匆匆砸烂别墅的门锁，在厨房的垃圾堆里找到了不过五岁的季崇理。

小小的男孩缩在一堆垃圾中间，已经饿得不省人事，额头上还有块不知道怎么留下的伤疤，刚刚结了新痂。

他一个人，在没有多少食物，挂满阴森油画的别墅里，生活了半个月。

季英河心疼地抱着孙子去医院，从此和季决明划清界限，季崇理从此和季决明不再往来。

……

良久，夏鸯长出一口气，看向宋唯真："真真，这就是全部的季崇理。或者说，这是更全面的季崇理。"

宋唯真安静地盯着杯里渐渐融化的冰块，指腹和掌心都被冰得发红。

她的心比这杯气泡水更冷。

她没想过那个骄傲散漫、宛若烈阳的人，是会这样长大的。

所以季崇理总穿黑色衣服。

他对瑟如阿姨的态度才那样差。

他才会要离她远些，还跟她说，我们不会是朋友。

他尝试无数次，将身边的人推开。

他在高烧中难以安眠时，仍是防御力极强的低安全感的姿态。

他孤独冷漠地生活在自己的世界里，不试图去拥有任何一份额外的爱。

因为他想，所有都会失去。

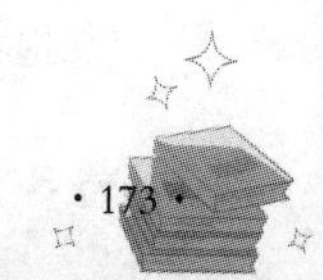

那就不要拥有。

宋唯真眼睛酸胀，强忍着没有哭。

她看着夏鸯，缓缓开口：“夏夏，我不配喜欢他。

“我不了解他，还站在自己的角度指责他。

“他可以不喜欢我，也可以喜欢任何人，这都是他的自由。无论他和谁在一起，我都应该祝福他，希望他可以过得好。

“我想他能够自由快乐地活着。”

宋唯真抬起头，嘴角勾起个勉强的笑：“他是个很好的人，应该得到最好的。”

最好的爱。

最好的家庭。

最好的一切。

应该属于本应炙热肆意的少年。

夏鸯笑笑，那双昳丽的眼睛在微微圆润的脸上依旧美得惊人。

“真真，我今天跟你说这些是想告诉你，季崇理看起来是个天之骄子，可他本质上是非常自卑、拒绝别人靠近的人，所以他不会轻易地把别人划进自己的生活圈。

“就像警惕性极高的野狼，宁愿独自舔血，也不会成群结队。

“季崇理也是如此。”

夏鸯微微坐直，语气正式：“如果你有怀疑，你有其他想法，就去问他。

“真真，不要听任何人的，包括我。听你自己的心，去听季崇理的心。”

宋唯真默然半晌，重重点头。

“谢谢夏夏，我知道该怎么做了！”

宋唯真故作轻松地转移话题：“你今天怎么这么深邃，还跟我聊如此之多的……经验之谈呀。”

夏鸯勉强笑笑：“哪有什么经验。要是真说不配，我才是不配喜欢池屿的那个人。

“真真，我要转学了。”

“什么？”宋唯真瞬间坐直，目光焦急，“你转去哪里？为什么要转学？”

“……嗯，有些不能说的理由。所以我要转学去青榆，以后的路还没想好。也许考大学会回宜城，或者在青榆市本地，去国外读书也说不定。”

夏鸯的眼神很空，透着股说不清的迷茫。

“真真，你是我最好的朋友，我不希望你有错过或遗憾。因为我已经有遗憾了。”

宋唯真沉默半晌，垂眸看着气泡水里飘着的薄荷叶：“池屿知道吗？”

“别告诉他。”夏鸯握住她的掌心，两人手腕相触，皆是一片冰凉。

“替我保守这个秘密，真真，我求求你。”

自从那天之后，宋唯真心里蒙上了新的愁云，也暂时把季崇理的事忘在脑后。

她不知道夏鸯什么时候离开，也不能告诉池屿这个消息。

而关于夏鸯离开的原因，无论宋唯真如何旁敲侧击，都没能得到答案。

宋唯真日日担忧着，平日里吃饭最积极的她，如今一到吃饭时，就满脸郁悒。

“喂，宋老师。”季崇理用筷子另一端敲她的饭盘，“虽说快要体检了，你也不用节食减肥。”

他扫了她一眼，把自己盘子里的红烧鸡翅夹过去：“来不及了。”

宋唯真：“……你懂什么！临阵磨枪，不快也光！”

季崇理：“那体检之后还要体测，女子 800 米跑四分半之内才算及格。哦，有些人还晕血，现在节食减肥，不怕体测当天闹笑话？”

“闹笑话”这三个字简直精准戳到她的敏感点。

宋唯真狠狠地咬了口鸡翅膀。

输人不输阵！体测 800 米要是因为没吃饱而虚脱晕倒，可真是丢死人了。

池屿把餐盘往旁边挪挪，啧啧感叹。

没眼看，没眼看。

他刚想低头吃饭，就听不远处传来一阵高过一阵的“哎哟”声。

张白端着餐盘，趔趔趄趄地往这边走。

“就离谱！”张白缓慢坐下，把餐盘“砰”的一声放在桌上，“我就没听说过，咱们班有什么‘卡大树’的传统！”

“每个男生都卡一遍，不卡不是十七班的人！”张白的大嗓门引起周围人的目光，他涨红着脸低声道，“猴子，你有没有被卡过？”

侯鸿飞夹菜的手一僵，良久后点了点头。

“但我卡的不是大树，是咱班门框，还是上面那根。”

池屿的筷子“啪”的一声掉进餐盘，一脸震惊。

宋唯真好奇地问：“什么叫卡大树？”

池屿刚要开口，忽然像想起什么似的，谨慎地拉了拉季崇理的袖子：“老季，我能说吗？”

季崇理轻咳：“尽量委婉。”

池屿点头：“那你放心，毕竟鸯鸯也在呢。”

得到许可后，池屿清清喉咙，给对面的四个女生解释道：“‘卡大树’是一种流行于男生之间，为了增进友情和趣味性，同时彰显和切磋男生荷尔蒙的竞技类游戏。

“‘卡大树’只是一个代称，具体形式包括但不限于卡门框、卡旗杆、卡

篮球架……当然，这些都是在安全的范围内进行的。因为大部分同学在初次体验时会出现大范围的追逐、逃跑、多人围攻等形式，所以我们会注意……点到为止。

“毕竟小卡怡情，大卡伤身，我们都懂的。”

宋唯真追问：“那这游戏具体怎么玩？”

吴欣怡见池屿一脸为难，连忙摆摆手：“我听明白了，真真，我给你做个动作，你就懂了。”

桌上所有人的目光都集中在吴欣怡身上。

她缓缓地举起左手，比了个“V”字，接着伸出右手的食指，卡在“V”字之间，用力撞击两下。

池屿点评：“简洁明了。”

侯鸿飞：“……非常形象。”

张白：“小吴同学，你现在把手指头放下，我们还能当朋友。”

宋唯真难以言喻地收回目光，又在季崇理身上犹疑不定地看了几眼。

“你们这游戏，还真挺刺激的。”

季崇理眉梢一挑：“你看我干什么。我又没参加过。”

宋唯真：“张白不是说十七班的男生都要参加，不参加不是十七班的人？”

季崇理眼睛轻弯，没答话，心情颇好地低头吃饭。

张白屈辱地对上宋唯真的目光。

“他们这帮孬种说季神不算！因为季神不是人，是神！”

“噗哈哈哈……”女生们笑倒一片，连最近很少笑的夏鸯都弯了弯唇。

侯鸿飞瞥他一眼：“那你敢卡季哥？打也打不过，跑也跑不过，长得没人家高……最重要的是，以后还问不问数学物理化学题？”

宋唯真笑得流眼泪：“那小破岛怎么也难逃一劫吧？”

池屿讳莫如深地摇摇头，学着季崇理的样子勾唇笑笑，笑出三分凉薄四分漫不经心，顺带着还有几分深藏功与名的架势。

侯鸿飞塞了一大口米饭，脸颊鼓得像一只仓鼠，半晌才闷闷答道：“屿哥也没被卡过。

“因为，屿哥是这项男生情感交流活动的创始人。”

“……”

自从那天中午季崇理说过体测和体检这两件事之后，宋唯真心中又多了个让她坐立难安的负担。

毕竟她晕血，跑得又慢。

这两件事一起来，简直比梅清突击检查她的理综知识点还让人害怕。

但该来的还是会来。

体检早上要空腹，因为不让家长陪同，梅清特意给她准备好巧克力，在包里还放了一大瓶能量饮料。

梅清反复叮嘱：“体检结束后先吃两块巧克力，然后赶紧找地方吃早饭。抽血的时候千万不要看；脑子里不去想抽血这件事。最好跟医生说躺着抽血，你大舅也晕血，但是躺着抽就不晕了，知道吗？”

躺是不可能的，大家都坐着抽血，个个活蹦乱跳的，怎么她就得躺着？

宋唯真胡乱应下，背上书包匆忙出门，在楼下遇到了季崇理。

提前一天，江海已经跟大家说好，体检不用来学校，各自从家里出发，直接在市医院门口集合。

宋唯真也起得比平时晚了些，没想到能在楼下碰见惯于早起的季崇理。

但她现在焦虑又紧张，已经完全没办法思考季崇理出现在眼前的合理性，任由季崇理拉着她一起坐上出租车。

季崇理看着小姑娘惨白的脸色，打趣道：“怎么，还有让宋老师害怕的东西？”

宋唯真眼神惶惶：“你根本体会不到晕血的恐怖。”

“不痛不痒，没有预兆，但渐渐听不到周围人说话的声音，眼前的东西就像长了腿一样，不停地转圈儿。然后眼前一黑，再醒过来时浑身冷汗，根本不知道过去了多长时间，也不知道这段时间发生了什么。这才是最恐怖的地方。”

季崇理正欲点头附和，忽然宋唯真又补了句：“你应该能体会。”

“毕竟你体质差，军训的时候还晒晕了，应该是差不多的感觉吧。”

季崇理左手握成拳，在她眼前晃了晃：“看见了吗？

“猴子那样的，我能打十个。”

“……”懒得搭理他。

宋唯真的晕血症，江海是知道的，梅清又特意打过电话，所以江海和医院说好，她的抽血安排在所有项目之后。

但宋唯真不太需要这样的特殊待遇。

最后一项抽血的话，意味着班里的同学都做完体检回家吃饭了啊！

那她抽血的时候，岂不是一个人都没有！

空无一人的医院。

抽血。

冷冰冰的针管。

突袭的眩晕。

光是想想这些关键词，宋唯真就开始腿软。但江海和蔼地拍着她的肩，鼓

励道："大姑娘了，勇敢点，没事儿的！

宋唯真含泪点头。

高中生的体检项目很简单，年轻孩子除了熬夜和近视眼之外，身上没什么大毛病。班上的同学也只当体检是次集体出游，嘻嘻哈哈地挤在一起，只有在量身高体重的时候，才微微紧张和严肃起来。

男孩子的身高，女孩子的体重，都是涉及少男少女们尊严的事情。

个子高的没什么怕的，甚至站上身高体重秤时，还有几分扬扬得意；个子矮的就要费尽心机在三四厘米的运动鞋里，再垫上双增高鞋垫。

太瘦的想办法增重，往衣服兜里揣满瓶矿泉水；太重的想数字好看点儿，上秤时衣服能脱几件是几件。

但他们没想到，市医院新到的身高体重秤，不仅要脱掉外衣和鞋，还是个会语音播报的智能系统。

张白脱了鞋站上去，电子女声残酷地响起："身高175——公分。"

后面排队的男生一阵嘘声。

"老白你这也谎报太多了！天天跟我们说自己一米八三！"

"我就说老白和季神差得不是一星半点儿。"

"猴子也比他高吧。"

张白脸色涨红，强词夺理道："那不是还得穿鞋吗？穿鞋我就一米八三！"

他后面的季崇理上了秤，电子女声响起，甚至有点温柔炫耀的意味。

"身高184——公分。"

季崇理还没来得及穿鞋，刚一低头，就见张白看他的眼神狰狞、怯懦又绝望。

季崇理："怎么？"

张白："……没事。"

张白憋屈地对后面嬉笑的男生吼道："我穿鞋没有一米八三，但肯定有一米八！"

季崇理身后的池屿正好上了秤，电子女声一响起，激得张白瞬间头皮发麻。

"身高180——公分。"

池屿赤脚站在他旁边，一脸无辜。

"……"

"哈哈哈哈……"

一阵爆笑后，张白灰溜溜地去做心电图了。

另一边排队的女生倒是气氛和谐，都默契地不去看体重秤上的数字，甚至有微微胖点的女生去量体重时，大家会大声讨论点什么，把电子女声掩盖住。

宋唯真在一派祥和中踩上了身高体重秤。

电子屏幕上显示出“45kg，161.5cm”的数字。

“宋老师，你身高欺诈。”季崇理不知为何没跟着男生的队列走，站在她旁边幽幽道，“不是对外声称有一米六三？”

宋唯真梗着脖子，拿过医生手中的体检单转身就走，说：“四舍五入再取个近似值，不就一米六三？

“而且我穿鞋还比一六三高呢！谁像张白虚报那么多。”

“噢——”季崇理拖长了声音，“强词夺理。”

说完，他凑近看宋唯真的体检单，左手在她后颈上捏了捏，像提起一只张牙舞爪的小猫。

“你怎么就这么点重？”

周围男生暧昧的起哄声，被池屿和侯鸿飞的捂嘴小分队扼杀在摇篮里。

宋唯真身子一僵。

季崇理眯起眼睛，眼神难以置信：“九十斤都不到？”

“平时你吃得也不少。”

宋唯真咬着后槽牙：“季、崇、理！”然后恶狠狠地踩了他一脚。

他的白球鞋上瞬间多了一个小黑鞋印。

宋唯真蒙了：“你怎么不躲啊？”

平时她总和季崇理打嘴仗，每次吵不过他，她就会踩他的鞋。季崇理反应快，她屡战屡败，屡败屡战，从来没有成功过。

现在，宋唯真现在看着对面那人一身干净整洁，唯独鞋尖上有个鞋印，心中生出一点点愧疚和负罪感。

季崇理好整以暇地看她：“现在还紧张吗？”

宋唯真一愣，摇摇头。

“那就赶紧去体检，完事儿吃饭去。”季崇理回头，冲着池屿和侯鸿飞道，“谢了。”

宋唯真：“你谢什么？”

季崇理：“池屿说要帮我刷鞋，我谢谢他。”

池屿：“……”

宋唯真狠狠咽了口唾沫，走进采血室。

她果然被安排到最后一个。

飘满消毒水味道的采血室，除了笑得温柔的护士长，只剩她这个瑟瑟发抖的小弱鸡。

她勉强而虚弱地勾起嘴角，朝护士长笑笑：“谢谢姐姐啦。”

护士长掏出一根棕黄色的医用橡皮筋，温柔地安慰她道：“听你们老师说

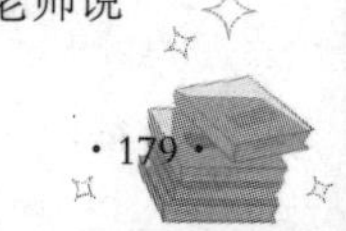

你晕血,其实这只是一种心理障碍。你不看血,不去想抽血这件事,就会没事的。”

“要不你躺在床上抽?”

宋唯真的“不”字还没说出来,门口响起了两下敲门声。

“我过来抽血。”

护士长推了下眼镜,一脸疑惑:“你们老师说只有一个学生晕血啊,怎么还有个男生过来。你也晕血吗?”

“没。”季崇理神色淡漠,“我刚忘抽了。”

护士长问:“你们两个谁先来?”

季崇理:“我。”

宋唯真:“他先来!”

“行,还挺有默契。”护士长朝季崇理招招手,“那就小伙子先来,给小姑娘打个样。”

季崇理解了两颗衬衫扣子,看向宋唯真:“你怎么还在这儿?”

宋唯真:“我应该在哪儿?”

季崇理朝蓝色的隔离帘努嘴:“去那后边等着。”

“我呢,身上的肉只能给医生和媳妇看。”季崇理拉起衣角,“你还是回避一下比较好。”

“我还不乐意看呢!”

宋唯真“噔噔噔”跑到隔离帘后面,坐在床上生闷气。

他有什么好看的!

整天在教室坐着,难不成还有腹肌吗?

我堂哥在娱乐公司当练习生,现在有六块腹肌了,谁看他的呀……

宋唯真脑海中忽然闪过,黑衣少年从山楂树下一跃而下的影子。

她好像看到过季崇理的腰。

肤色冷白,瘦而有力,腰腹在跳跃时绷起紧实的线条……

“喂。”季崇理右手按着棉球,眉梢微动,“想什么呢,宋老师,脸这么红?”

“你管我!”宋唯真准备起身,“我去外面抽血。”

“就在这儿。”季崇理左手手臂弯折,夹住止血棉,右手食指指腹抵住她的额头,“躺下,就在这儿抽血。”

宋唯真还想反抗,就见他脸色淡淡:“你要是出去抽,我就把你晕倒的样子拍下来。

“没有刘海的那种。”

宋唯真:!!!

好狠毒的人。

最毒不过男人心。

护士长拿着三个存血液的小试管走进来，季崇理让开床边的位置，站在宋唯真头顶那侧。

宋唯真使劲瞪他。

“行了，宋老师。”季崇理弹了下她的脑门，“再瞪就翻白眼了。”

“还有，这次期末考试我不会让你了。”

让我？

他说让我？

月考第一明明是我兢兢业业、披星戴月地学习换来的！

宋唯真气笑了：“我不用你让！我考赢你轻轻松松！”

“就……就比如前天让背的《岳阳楼记》！我保证期末考试就会考到，你肯定现在还没背下来！”

季崇理挑眉：“那我背出来，宋老师请我吃早饭？”

宋唯真：“行！”

那天何瑜川留背诵作业时，宋唯真分明看见他睡着了。他连背诵的事儿都不知道，怎么可能背得下来嘛。

“至若春和景明，波澜不惊，上下天光，一碧万顷。”

季崇理双臂撑在枕头两侧，垂眸看着她的眼睛。

“沙鸥翔集，锦鳞游泳，岸芷汀兰，郁郁青青。”

他们的距离不过两拳而已。

“而或长烟一空，皓月千里，浮光跃金，静影沉璧，渔歌互答，此乐何极！”

少年的声音清清淡淡，压得很低，带着点蛊惑意味，宋唯真的耳根不知不觉就红了。

怎么会有人，把《岳阳楼记》背得这么……

缠绵悱恻。

宋唯真脑子“嗡”的一声响，全程盯着他浅薄的淡色唇瓣，满脑子一片空白。

“走吧，请我吃早饭。”

“我还没抽血……”宋唯真回过神来，发现护士长正好把按压着的棉球扔进垃圾桶。

棉球上有一点点红色血迹。

“抽完啦。”护士长笑呵呵地把体检单递给她，“出去交到一楼小窗户那儿就行。”

宋唯真拿着体检单下楼时，还宛若梦游一般。

躺着抽真的不晕血？

而且和季崇理吵着吵着，她都不知道什么时候抽血结束了。

直到和季崇理面对面坐在早餐店里，宋唯真还在思考这件事。

“吃不吃包子？”

宋唯真点头。

“喝不喝粥？”

宋唯真点头。

“这里虾饺也不错。”

宋唯真点头。

……

等宋唯真缓过神来时，看着一大桌子的早餐傻眼了。

酱肉包、虾饺、生滚鸡丝粥、牛肉馅饼，还有三四碟小菜……

甚至还有一盘口水鸡。

虽然看上去都很好吃，宋唯真还是义正词严地拒绝：“你点太多了，我们吃不完。”

“可以打包。”

哦吼。

宋唯真沉默了下，说：“好的。”

季崇理用开水烫餐具，挑眉看她：“是你点头的。我每念一道菜名，你就点头，难道不是想吃？”

“倒也没那么想……”不过季崇理说了可以打包之后，宋唯真放下心来，跟他闲聊，“躺着抽血真神奇，居然真的不晕血了，我从小到大第一次抽血没晕，值得纪念！”

季崇理让服务员把猪肝粥放在她面前：“多喝点，补血。”

“还有，你不晕血，有没有可能是因为——”因为，有位帅哥在你面前背诗词，转移了注意力？

宋唯真眨巴眨巴眼睛，恍然大悟：“一定是因为护士长的技术水平超级高！我都没感觉到有针扎进去！”

季崇理自暴自弃地喝了一大口粥。

“对了，你最近是不是休息不太好啊？”宋唯真喝了口猪肝粥，顿时被香醇口感迷住，眼睛一亮，又喝了几口，问他，“你最近黑眼圈很重。”

季崇理：“在学编程。”

宋唯真：“你学编程干吗？”

季崇理：“挺简单的，学来玩玩。”

宋唯真：“……”

闲聊时间结束，宋唯真步入正题。

“关于一对一帮扶小组这件事，我觉得应该变换一下方式。嗯，最重要的是变换一下场地。”宋唯真说。

这件事还是梅清提出来的。

自从季爷爷去世，季崇理搬家，夏鸯状态不好，池屿忙着准备国家二级运动员的加试，他们的学习小组全面停摆了。

但他们的晚自习要高二下学期，甚至高三才能照常进行。

梅清只要一想到宋唯真有可能落后在起跑线上，就浑身不得劲。

再加上季崇理现在也搬到盛世嘉园住。

那不如干脆，让他来家里和宋唯真一起学习，她还可以做做饭，也帮夏瑟如照看下儿子。

宋唯真把梅清的想法一五一十地说清楚，然后等着季崇理拒绝她。

她还没有问过他和陶桃的事，可无风不起浪的道理她懂。他们之前还是有很多宋唯真不知道的渊源。

而且之前那段时间，她的冷淡溢于言表，连夏夏都看得出来，季崇理不可能没感觉到。

对面的人继续喝着粥，没有任何反应。

没有生气，没有质问，没有变得冷淡，没有那次让她“离他远点儿”的行为。

没有情绪。

宋唯真心里拿不准他的想法，用筷子有一下没一下地戳着粥里的猪肝。

想他答应，又怕他答应，最终还是不会答应。

“好啊。”季崇理用纸巾擦擦嘴，表情微妙，“不过梅阿姨挺放心我啊。

“真不怕你早恋？”

宋唯真一愣，下意识回答：“我妈之前撕我的小说时看了几眼，后来还问我，是不是因为争第一和你关系不好。我说我们是好朋友，她还不相信。

“她总觉得，我想把你搞死。”

季崇理嘴角忽地勾起个玩味的笑，两手交叉：“那要是宋老师想恋爱，会选什么样的呢？”

宋唯真那口伶牙俐齿到了这种关键时刻，完全起不上作用。

“当然是……”

“欸，宋唯真，你也刚体检完呀？”宋唯真吞吞吐吐说不出答案，刚好听到陶桃辨识度极高的声音。

陶桃笑得天真灿烂，跑到他们这边的餐桌打招呼，直接在宋唯真旁边坐下。

“我们班也刚体检完，我就来这家粥铺吃早餐啦。”她看了眼桌上的各式早餐，“哇，都是我喜欢吃的！”

宋唯真霎时看向季崇理，他正低头打字，看不清神情。

陶桃笑得很甜，摇着宋唯真的手臂央求：“真真我太饿啦，能不能给我吃个虾饺？我同学他们刚去点单，还要好一会儿呢。”

宋唯真点点头，把那笼虾饺放在她面前："你快点吃，抽血之后还是要多吃点补补。"

季崇理表情不太好。

宋唯真尴尬地喝了两口粥。

"真真，我今年过生日会办生日会，到时候你一定要来哦！你不来我可是会很伤心的！"

宋唯真"嗯"了声。

"还有你。"陶桃把目光转向季崇理，声音一如既往的甜蜜柔软，"要记得过来，你可早就答应过我了，这可是我的心愿呢。"

"心愿"两个字被陶桃咬得很重，宋唯真那种多余的无力感又冒了出来。

不出意外，季崇理还会像上次在明理路一样，答应她。

宋唯真在心中默数着。

三，二，一。

季崇理："嗯。"

陶桃又跟她说了几句话，才离开。

桌上一时安静下来。

季崇理尝试继续刚才的话题："我们刚刚说到哪里了？"

宋唯真面无表情地看他一眼，飞快地打开手机，翻出相册里面的照片。

季崇理的表情凝固，一张张划拉着照片。

"我要是恋爱也找像我宋祁堂哥这样的！"

宋唯真眼神笃定："又高又帅男团练习生！马上就要出道了！业务能力超强，还有六块腹肌！天使嗓音天赐歌姬自带声卡！我就喜欢他这样的！"

季崇理："……"

Chapter 012

·宋唯真的标准就是宋唯真·

“你说谁？她堂哥宋祁？”

池屿刚跑完体测的一公里，就被季崇理冷着脸拉到篮球架边上，一脸蒙：“我不认识啊。宋唯真也没说过有什么明星堂哥……”

“你仔细想想。”季崇理面无表情地点开手机，划拉了几张照片给他看。

“Crossroads，新组合。”

“有印象吗？”

池屿眯眼看了会儿，恍然大悟道：“我好像记起来了。宋唯真她家确实有个又穷又帅的亲戚，她上高中前还帮人写过寒暑假作业，就为了给她亲戚攒点钱。

“应该就是这个，宋祁？”

池屿用衣服下摆擦了擦汗，“咕咚咕咚”灌下大半瓶矿泉水：“没想到他出道了。哈哈哈，宋唯真肯定会疯狂追星的，她小学的时候喜欢一个男明星，每天喊着以后要嫁给他……”

季崇理把手机拿回来，目光幽深：“那你有没有觉得，我和她堂哥有点像？”

池屿否认“三连”：“不可能不是你别瞎说。哪里像？不就是都有点惨，都挺高挺帅的，都性格冷冰冰的……”

季崇理眉梢骤然跳了一下。

池屿无语道：“老季，我说你别乱吃飞醋行不行？人家是堂哥，有亲属关系的！”

季崇理缓缓抬头，吐出两个字：“替身。

“我是替身。”

周寰宇正好体测完，来篮球架这边取保温杯，正好听到季崇理说的话。

他推了推眼镜，清清喉咙：“我不知道你们两个在聊什么，但说到‘替身’这个词，我颇为了解。在最近看到的课外读物中，了解到了一系列替身文学。

“因为某些原因，你喜欢的、爱慕的、眷恋的、依赖的那个人无法出现在身边，我们称为A。恰巧出现了一个各方面和那个人很像的人，我们称为B。此时当事人就会把B当成A的替身，也就是一个替代品。这种事情包括但不限于出现在爱情、友情、亲情之中……”

“行了行了，班长，你不说话我也知道你看书多。”池屿手忙脚乱地把周寰宇糊弄走，回身看到季崇理越发难看的脸色，和周身嗖嗖冒着的冷气，打了个哆嗦。

池屿憋了好半天，讪讪道：“老季，原来你是个 B。”

季崇理抬眼冷冷看他。

池屿连忙解释：“我 B 都不是！

“而且你别想太多了，宋唯真的单纯劲儿和夏鸯差不多，傻不愣登，根本整不出老班说的那一大堆什么替身。”

梁晴从远处跑过来。

她停在他们面前时，喘得上气不接下气：“池屿，季神，不好了！夏鸯体测跑 800 米的时候昏过去了，真真正背着她往校医室走！”

池屿脸色一沉，捞起校服就往校医室跑。

季崇理一愣，也追了上去。

她这人，真是不知该说什么好。

宋唯真也没有完全靠蛮力背着夏鸯。

体测时她们几个女生是最后一组，其他人体测完都各玩各的去了，夏鸯晕倒时周围根本喊不来人。

体育老师正好临时有事，她们这组的计时员还是梁晴顶替的。

夏鸯晕倒前，宋唯真已经跑完体测的 800 米，不仅过了及格线，甚至过优秀线都绰绰有余。

或许是季崇理拎着她一起训练之后的结果吧。

她想着。

宋唯真嘴角弯弯地拧开瓶盖，见夏鸯摇摇晃晃地跑过来，脸色很差，“扑通”一声倒在她面前。

她来不及思考更多，招呼附近几个女生过来，然后让她们扶着夏鸯的后腰，她自己则拼尽全力把夏鸯托在背上。

太阳很大。

往校医室跑的时候，宋唯真鼻尖有点发酸。

她和夏鸯一直是无话不谈的好友，有共同的爱好，共同的追求，在学习上也是一样努力认真。

最近夏夏有了变化，宋唯真是知道的。

她应该再用心一点，再多问几次，夏夏或许就会告诉她。

而不是让夏鸯一个人承担秘密的煎熬与痛苦。

她吃力地小跑着，还一边大声喊着夏鸯的名字：“夏夏！你醒醒！

“听到我说话了吗，夏夏！

“不要睡，夏夏！我们马上就到了！”

夏鸯脸色惨白，头部随着她的奔跑晃动着，毫无知觉……

池屿和季崇理到的时候，宋唯真正守在病床边，眼睛一眨不眨地盯着在输液管里缓慢流动的药液。

“她怎么会晕倒？”池屿脸色阴沉得吓人，声音冰冷，和平时判若两人。

“池屿，你冷静点。”季崇理皱眉道。

池屿看了他一眼，深吸一口气，平复下焦躁的心情：“真姐，到底怎么回事？”

“我不知道。”宋唯真眼神落在夏鸯的脸上，慢慢开口，“夏夏今天和平时没什么区别，但刚才校医姐姐说，她有点低烧，再加上剧烈运动，体质虚，就晕倒了。”

她的声音渐渐小了：“我不知道她在发烧。”

“你不是她好朋友吗？鸯鸯和你几乎形影不离，跟我在一起时，也都是在说你的事情。你呢？宋唯真，你怎么连她今天发烧都不知道！”

池屿脖子上暴出青筋。

“你根本不关心她！”

季崇理寒着脸，揪起池屿的衣领，几步把人扔出校医室，倚在门旁边的白墙上。

“现在最重要的是照顾好夏鸯。她最近的反常大家都看在眼里，你别跟我讲你不知道！宋唯真跟我说过好几次，而且今天是她把夏鸯背过来的。

“这事儿归根究底不赖她。

“你说话太过了。池屿，没本事的人才迁怒旁人，别让我看不起。”

池屿口中溢出一丝痛苦的呻吟，倚着墙壁慢慢滑坐在地上，像一只穷途末路的野兽在哀鸣。

季崇理走进校医室，轻声对宋唯真说：“我们走吧，让夏鸯好好休息，池屿在这里就行。”

宋唯真点头，乖顺地任由他拉着，走出校医室。

一直走到操场的小花坛旁，季崇理才停了下来。

今天阳光很好，风也带着点初夏的热意，吹得人脸颊飘着两团微醺的热浪。

宋唯真低着头，翻来覆去地想，还是觉得季崇理会骂她。

她和夏鸯是好朋友，却没有发现夏鸯身体不适。如果换作是池屿和季崇理，一定会发现彼此出现什么问题。

她还自作主张地把夏鸯背来校医室，如果她半路腿软摔倒，后果不堪设想。

明明急救课老师教过，有人昏倒时，应该就地让人平躺，再大声呼救的。

无论从哪方面考虑，她今天做得都不够好。

季崇理牵着她，在小花坛前面的椅子上坐下。

“宋老师。”

他的声音很淡，听不出情绪。

紧接着，一只大手轻轻按在她头顶，重重揉了两下。

“做得好。”

宋唯真惊讶地抬头，对上季崇理略微扬起的嘴角。

“我知道你听话懂事又独立，老江也不止一次在班级里表扬你情商高。”

季崇理捏捏她微微颤抖的小腿：“但有些时候，你也可以不那么独立。可以学着，去依靠别人。”

季崇理仰头笑笑，抹去她眼角晶亮的泪花。

“比如我。”

可以示弱，可以不独立，可以依靠别人。

这是宋唯真头一次听到这样的话。

梅清是个典型的事业型女强人，性格强势到在任何方面都想做好。就像“出得厅堂下得厨房”这样的话，只是她对自己最基本的要求。

同理，梅清也希望自己的女儿可以成为同样独立的事业型女性，不然也不会从小教育她——

要么不做，要做就做到最好。

宋唯真也一直谨记在心，无论有什么问题，她都努力自己找办法解决。

记不住，就死记硬背。一遍背不下来，就多背几遍。

别人会做的题，她也一定要会做。

作业太多写不完，熬到半夜她也会做完。

尽管，她不是这样的性格。

她也有胆小怯懦的时候，有想逃避、想休息、想不被人那么放心的时候。但身体里的勇敢坚强已经形成惯性，在她身体外罩了一层坚硬的壳，她根本出不去。

就像从小到大教她的老师都说，宋唯真这孩子最让人放心了。你说一件事，她能自己做五件事，而且听话懂事，从来不给大人惹麻烦。

于是，慢慢地，她和“理所应当”这个词画上了等号。

宋唯真一定会做。

宋唯真不用别人担心。

宋唯真的名字，像是所有家长老师的定心丸。她自己也渐渐觉得，理所应当要做到最好，不要给别人添麻烦。

她是最厉害的，不示弱，不依靠别人。无论多复杂的事，她自己一个人都能完成。

如果做不好，别人因此埋怨她，也没有不合理的地方。

宋唯真也习惯凡事先反思自己的不对。

季崇理双手撑在脑后，望着蓝天："你看天上的云彩多自由，想什么形状，就什么形状。还有那些鸟，想飞就飞，想停就停。"

宋唯真依言望过去。

"因为它们，只为自己着想，从来不给自己设限。"季崇理轻笑了声，声音温和，"当然，我不是在让你从此自私自利。我只是想说，很多时候可以为自己想想。"

他撑着太阳穴，思索道："之前你写小说时跟我说过一句话是什么来着，唔，一千个读者眼中有一千个哈姆雷特？

"那我觉得一千个人眼中，也应该有一千个宋唯真。而不是每个人眼中的宋唯真，都贴着一模一样的刻板标签。

"没有人做到让所有人满意，也没有人永远能把所有事情都做到最好。"

"宋老师，别给自己设定那么高的标准。"

季崇理眉目舒展，懒散地伸了个懒腰。

回眸看她时，淡漠眸子里的光笃定且潋滟。

"宋唯真的标准，就是宋唯真。"

体测之后，夏鸯请了长假。

宋唯真在社交平台联系不上夏鸯，给她妈妈打电话，只得到夏鸯最近身体不太好，在调养休整的答复。

池屿最近变化也很大。

除了变得偶尔沉默外，他开始努力学习了。

张白第三次叫池屿打篮球被拒绝后，惊恐地说："屿哥是咋了？怎么这么发愤图强啊？"

侯鸿飞放下手里的练习册，盘算道："现在各科老师都开始赶进度，估计分完文理班强度会更大。没准儿屿哥在未雨绸缪吧，毕竟他之后的训练强度会更大。"侯鸿飞低下头，继续看着验算结果，"倒是你，再不学习，就要成为我们小团体里的倒数第一了。"

张白："……"

期末考试很快结束了。

宋唯真这次依旧稳定发挥，虽然没能压过季崇理成为班级第一，但依旧达到了梅清的目标之一——

她考了年级组的第二名，和季崇理的理综分数也在逐步缩小差距。

梅清把它归功于让季崇理来家里学习的英明决定。

从体检之后，季崇理每晚都跟着宋唯真一块儿回家，梅清给他们做好饭，吃过后一起去宋新文的书房学习。

老宋同志不止一次地提出抗议："他们两个也可以去小真的房里学习嘛，现在我每天看论文的地方都没有了。"

梅清摇头："不行，书房角度最好，我能从玻璃门外看清楚他们的动向。"

宋新文："你不是挺相信小真的吗，怎么还搞这一套？"

梅清："我之前也不知道小季长什么样啊。"

梅清以前听过季崇理是校草，但丝毫没放在心里。

——现在这些小孩子说话没个准头，就是喜欢夸大其词。一个十七八岁的男孩能有多帅？五官还没长开呢。

直到宋唯真把他带回家，站在门口的少年高高瘦瘦，清冷矜贵，微微颔首向她问好时，梅清才第一次产生了女儿会早恋的危机感。

但好在，在她将近一个月的监督之下，两个人确实没有超过友情界限的意思。

每天做题时都打嘴仗，这样还能谈恋爱，梅清不相信。

由于这次宋唯真的成绩非常理想，梅清特别批准她可以去那家咖啡店每天勤工俭学三小时。

宋唯真兴高采烈地准备去跟咖啡店老板商量时，接到了她堂哥宋祁的电话。

"小真，我在B市一切都好，上个月你给我打的钱我已经收到了。"男生语气温柔，"但以后就不用打钱给哥哥，现在最重要的是好好学习，考个好大学。我听舅舅说你学习很好，千万不要因为我的事再去打工。我们组合马上就要出道了，以后哥哥的日子会越来越好的。"

打钱？

她每个月根本没有零花钱剩下。

宋唯真："堂哥，你怎么知道是我呀？"

"我还能不知道？"宋祁笑了声，"'要做就做到最好'可是你从小到大的口头禅，每次你汇款的时候都留这么一句，我当然知道。"

宋唯真一愣。

……是妈妈。

宋唯真不禁弯唇笑笑，梅女士这个人啊，就是刀子嘴豆腐心，嘴上说嫌弃堂哥累赘，却还背地里帮他鼓励他。

两人沉默许久，宋祁突然问："小真，你有没有喜欢的人？"

宋唯真一愣："啊？"

宋祁："我不是故意打探你的感情，只是我最近对一个女生很有好感，但我不知道是因为平时太孤单产生的依赖感，还是真的喜欢。”

宋唯真静默好久，才开口：“喜欢一个人，应该很容易分辨。会在人群中听出他的脚步声，会在开心大笑时第一个看向他，会在无数与他无关的事情中，链接出千丝万缕的他。”

会让你想要努力地，变成更好的自己。

想离他更近一点。

想成为一缕，从他身边吹过，温柔凉爽的夏日风。

宜城南街的咖啡店里。

季崇理把手边的生椰拿铁推得更远些，垂眸看了眼手表：“你们有事快说，我还要回去学习。”

夏瑟如嘴角勾起个勉强的笑容：“小理，我和你爸今天过来，没有别的事，主要是想看你过得好不好，看你适不适应这边的生活。”

季崇理：“那你们看完了，我走了。”

他起身欲走，被季决明一把握住手腕。

“这么多年，我缺你吃，还是缺你穿？”季决明语气冷厉。

“小理，爸爸妈妈这么多年确实有错误，但你自己就没有一丁点问题？十多年来你有主动给我们打过一个电话？逢年过节你有来跟我们一起庆祝？还有你奶奶，要不是你早些年不学好，她何苦……”

“你没资格说我奶奶。”

季崇理甩开他的手，重新坐回沙发里。

“我本来想让我们都体面些。”

“我小时候过年，她的电话就没打通过。”季崇理看向夏瑟如，“艺术家四海漂泊，可你再婚定居宜城，从来没来梧桐院找过我。”

“你呢？小陈叔说你不是在开会，就是在去开会的路上。但其实你在哪里、在干什么，我们三个人都心知肚明，没什么好说的。”

季崇理眸光凛冽地看向夏瑟如，讥讽道：“你的小儿子，应该长得和当年那个画家很像吧？”

夏瑟如一愣，涂抹着鲜艳丹蔻的指甲陷进皮肉里。

季决明面色十分难看。

“还有你说的那些钱。”季崇理垂着头，摆弄着手里的餐巾纸，叠成了一只小小的纸船。

“我做了几个小程序，网上有公司联系我收购。高考之后，那些钱我就全数还你。

“我并不是要仰仗你们施舍，才能活下去。”

季崇理笑笑：“这还是我从别人身上学到的。”

夏瑟如急忙道：“小理，妈妈只是想，现在你爷爷去世了，你一个人在这边住不方便。要不你还是去你爸爸那里住，也好有人照顾你。”

荒谬。

太荒谬了。

季崇理看着表情殷切的女人，冷冰冰地扬起嘴角：“那你怎么不接我去你家住？”

夏瑟如动了动唇，没说话。

季决明松松领带，从公文包里甩出一沓文件，懒得废话般抬眼：“那我们就公事公办。”

“我公司里有她一部分股份，只要你回家住，你妈就愿意把这份股权无偿转让给我。”季决明口吻生硬，没有继续装成慈父模样，“这并不是用你做交易，最近公司董事会出了点问题，这是没有办法的办法。”

在这场交谈里，季崇理淡漠的脸上第一次出现了裂痕。

他怒极反笑：“我说过，夏瑟如，我对你儿子没兴趣，也不会对他怎么样。你现在又是想干什么，把我重新关进别墅里？”

夏瑟如脸上露出痛苦的表情，颇为神经质地绞着手指：“小理，爸爸不会关着你，只是找人照顾你。你去好不好，你去了妈妈就安心了。”

“你不是我妈。”季崇理起身离开，眸色暗沉，“我情愿你没有生过我。”

宋唯真给宋祁堂哥打过电话后，准备去宜城南街那家咖啡店。

这家店老板人很好，之前就说好她什么时候来这里打工都可以，时间也好商量。既然她不来兼职，也要通知人家一声。

她揣上自己的小零钱包，风风火火地往楼下跑。

还没出小区大门，她就被人叫住了。

“宋老师，这么着急去哪里？”季崇理坐在小区楼下的仿木椅子上，眯着眼晒太阳。

“我去咖啡店一趟，这个暑假不做兼职啦，要跟老板说一声。”

“唔……”季崇理伸了个懒腰，“我跟你一起去。”

宋唯真自然是高兴的，笑容也灿烂起来，拉住他的袖子：“走吧。”

咖啡店老板还是一如既往的好说话，他不仅不计较宋唯真的毁诺，还说要请她和季崇理喝咖啡。

宋唯真连连摆手：“不用啦老板，我反反复复折腾您，您还大人不记小人过，应该是我请您喝咖啡才对嘛！”

老板不好意思地笑笑：“还是谢谢你妈妈吧。她来找过我好几次，还要给我塞红包，让我给你社会实践的机会。但我想咱们也响应号召支持素质教育嘛，怎么能收礼呢。”

……

宋唯真最后还是买了四杯咖啡，她和季崇理一人一杯，一杯给老板，还有一杯留给妈妈。

点单时，宋唯真看着一排名字，随便选了个拿铁。

她看向季崇理，那人酷酷地站在一边，手插在裤兜里：“随便。”几秒钟后，补了句，“不要拿铁。”

宋唯真在美式和焦糖咖啡之间选了后者。

出了咖啡店，宋唯真兴奋地拉着季崇理跑了几十米，手里的咖啡差点洒了。

“梅女士是世界上最好的妈妈！不接受反驳！”

季崇理眸子黯了一瞬，转而若无其事地附和：“确实。”

“不过，”他喝了口小姑娘选的焦糖咖啡，眉头紧皱，“你还是应该选冰美式给我。这个太甜了。”

宋唯真眼眸弯弯：“每天做题够苦了，要喝点甜的嘛。”

“今年暑假怎么不做兼职？”季崇理试探地问，“不是还要给你堂哥寄钱？”

“他快出道了，现在公司会管他的衣食住行，生活不需要补贴啦。今天我才知道，梅女士一直偷偷以我的名义给堂哥打钱。我就说嘛，妈妈心肠最软了。”

“而且现在堂哥也有喜欢的女生，终于有人陪他了，不然他孤孤单单的一个人，我真的有点担心。”宋唯真心满意足地喝了一大口咖啡，“大家都越来越好了，真好啊。”

季崇理敏锐地抓住了关键词：“喜欢的人？”

宋唯真点头：“对啊。刚才我们两个还讨论，喜欢一个人是什么感觉呢。”

季崇理：“那你觉得是什么感觉？”

宋唯真笑眯眯地望着天空：“就像咖啡一样呗，苦中带甜。”

“哦——”季崇理拉长尾音，凑近了问道，“那宋老师的堂哥快谈恋爱了，你喜欢的人又是什么样子呢？”

少女淡蓝色的裙摆被风扬起了一点涟漪。

宋唯真捋捋额角的碎发，看向季崇理的眸光天真又潋滟。

“我喜欢的人，就是他自己的样子。”

她一手叉腰，一手高高举起手里的纸杯，笑容灿烂：“因为宋唯真的标准，就是宋唯真！”

季崇理愣了片刻，无奈而又宠溺地举起手中的纸杯，在空中和她的轻轻碰了一下。

“为了今天第二个好消息，干杯。”

宋唯真："那第一个好消息是什么？"

季崇理轻笑一声，俯身在她耳边说："第一个好消息，是我们的堂哥红鸾星动了。"

这是宋唯真过得最快乐的一个暑假。

原因无他，不过是整个暑假，季崇理都背着书包来她家打卡学习。

他甚至一改往日的懒散习惯，将那些拗口的古诗词和英语单词表都好好地背了下来。

梅清对他们两个越来越放心，瞅着两个孩子一起闷头学习的样子，心中越发怜爱，跟宋唯真的七大姑八大姨学了好几道新菜，变着花样地给他们做饭吃。

加上之前夏瑟如为了季崇理的事，专门跟她谈过，梅清对这小伙子的看法越发不同了。

是个好小伙儿。

要是小真和他都考去清大，以后两个人看对眼了，培养培养感情也是好事。

毕竟知根知底嘛。

白天，两个人在空调房里学习。梅清不在家时，宋唯真会偷偷跑去冰箱里拿两根雪糕吃。学累了，季崇理就会边吃雪糕，边听宋唯真讲她心中还没写出来的故事。

晚上，梅清会回家给他们做饭。如果她有事回不来，宋新文就带两个孩子出去吃。

最重要的是，宋唯真发现季崇理学习时从来没有看过手机，也没有和别人联系过。

她喜滋滋地想，这总是个好兆头。

而她这份持续了一个假期的喜悦，在高二开学那天，消失殆尽。

分班表早早地在各班墙上贴好。宋唯真本来不关心，毕竟她熟悉的朋友都选择留在十七班。

上学期班上统计的时候，也没有几个人愿意离开。江海是饱受赞誉的老师，班里各科老师也很负责，换了班级又要重新适应，如果不是理科真的学不下去，换去文科班简直是得不偿失。

宋唯真草草扫了一眼，一只脚堪堪踏进教室时，发现有些不对。

分班表按照学号排，学号又是根据高一入学时的成绩设置，比如季崇理的是 20121701，宋唯真的是 20121702。

表头的第一个学号，20121708，是夏奄的学号。

宋唯真退回几步，盯着分班表看了好一会儿，确认在"转出名单"那栏下面，第一个名字就是夏奄的。

夏鸯去学文科了。

宋唯真不知道这算不算是一个好消息。

她知道夏鸯和她一样，是喜欢文科的。但夏鸯之前也确实跟她说过，会选理科。夏鸯的家长都非常开明，任何决定都由夏鸯自己做出。

夏鸯之前留在理科班，是为了池屿。

所以这次，夏鸯决定转去文科班，又是为了什么？

宋唯真粗略看了眼夏鸯调整后的班级，直接跑了过去。

夏鸯请假后，就没有怎么跟她联系。社交平台的对话框里，大段大段都是宋唯真一个人的话，夏鸯只会偶尔回上几个字。

她什么都没讲过。

宋唯真跑到二十班门口，很快在第一排的位置看到了夏鸯。

她埋着头，安安静静地翻着历史书，和周围喧闹的场面格格不入。

宋唯真拜托了一个男生进去叫夏鸯。等了一会儿，那个男生又跑出来，递给她一张字条。

【真真，我很喜欢现在的生活。之前一段时间我过得不太好。如果以后我可以对别人讲出那些事来，我一定第一个告诉你。勿念。】

笔迹柔婉清秀，和夏鸯本人一样温柔。

宋唯真在二十班门口沉默了好一会儿才离开。

走廊尽头的楼梯传来一阵奔跑声，几秒钟后，池屿跑了上来。

他根本没看见宋唯真，红着眼眶往她来时的方向跑去。

宋唯真捏紧了手中的字条。

夏鸯她，没办法用一张字条，和池屿解释清楚一切。

宋唯真回到教室时，许昊然正在门口看分班表。

明明也是长得不错的男生，但不知怎的，宋唯真现在一见他心里就有点堵，还有一阵没来由的慌张。

就好像下一秒，他又要说出些让她不高兴的话。

许昊然隔得很远就看见她，笑着和她打招呼。宋唯真见躲不过，只得硬着头皮“嗨”了一声。

“小真，你看分班表了吗？”许昊然问。

宋唯真心不在焉：“嗯，刚看过了。”

“那你有没有发现我们班转来不少新同学？”许昊然似乎意有所指，推了推镜腿，“分班表的最后一个，好像是陶桃。”

他抱歉地笑了声：“当然，也有可能是我看错了。”

“不，你没看错。”

宋唯真看向她和季崇理的座位前面，巧笑倩兮的女孩，眼神微怔。

“是陶桃。”

季崇理倦怠地趴在臂弯里，陶桃悄悄转过身，试图摸一摸他头顶翘起的呆毛。

看着分外和谐。

陶桃抬头，看见门口的宋唯真，兴奋地招招手：“真真！这里！以后我们就是一个班的同学啦！”

季崇理适时抬头，面色不善地朝门口看了一眼，看见宋唯真旁边笑得温和有礼的许昊然后，眼神肉眼可见地冷下来。

宋唯真走到位子上坐下，陶桃扬起手中的学生卡，惊讶道：“我和季崇理真的好有缘分，你看我的学号是 20121071，正好是他的倒过来。”

20121701，20121071。

“呵。”季崇理随手扯了本练习册扔在桌面，“没见过考倒数第一还这么骄傲的。”

陶桃吐下舌头，转了过去。

空气顿时安静下来。

“我跟她不熟。”季崇理右脸上压出几道不规则的红痕，给满是低气压起床气的某人增添了几分呆萌。

他挠了挠头，眼皮困得耷拉下来，嘴里喃喃：“真的，不熟。”

又睡了过去。

宋唯真深吸一口气，从桌肚里掏出本物理练习册，翻了几道竞赛拔高题来做。

“开学第一天，都精神点儿啊！”

江海走进教室，用大三角尺敲了敲黑板：“现在分完文理科了，咱们就要开始正经八百地赶进度。我们老师做的规划是高二下学期开始一轮复习，高三上学期完成第二轮和第三轮复习，高三下学期就日常刷题，查缺补漏，有问题没有？”

大家齐声道：“没有。”

“还有，”江海喝了口茶水，“因为我们班转走的人较少，各科的课代表和班干部只有很小的变化，空缺职位已经让周寰宇统计出来了，有意愿的同学课下来找我。接下来的时间主要是学习，除了下学期的素拓训练，基本上没有其他活动。”

“挺好，那先说一下学科竞赛的事情。”江海把一沓资料递给池屿。池屿沉默地站起身，把资料分给每排第一名同学，依次向后传阅。

“接下省里会举办各学科竞赛，主要有数学、物理和英语这三科。获得省级一等奖在高考中可以加 10 分，每个省的第一名还会代表本省去参加全国高中生学科竞赛，获得国家一等奖的同学，可以在高考中加 20 分。”

班里一片哗然。

老师们经常说超越1分，压倒万人。20分，就是你还没参加考试，就比别人多了20分的基础分。

江海示意大家安静："今年教改的新政，取消了自主招生，所以这个加分就显得尤为重要。大家一定要上心，有学科优势的一定要报名，搏一搏，单车变摩托嘛。"

宋唯真心动了。

如果有10分的加分，她对清大的把握就更大了些。

考理科她可能没机会获得加分，但是如果有英语竞赛的话，说不准她真能小轮车变大吉普。

"年级组前十名，学校是强制报名的，谁也别想逃。"江海说完这话，被一个电话叫走。

季崇理懒洋洋地拿起资料，随便翻了翻。

"你准备报什么，数学还是物理？"宋唯真想了想，认真建议道，"我觉得数学更好些，因为毕竟你这几次的成绩中，数学成绩是最稳定的，没有下过145分。"

"不呢。"

季崇理看了眼满脸写着志得意满的许昊然，嗤了一声："当然是报物理了。"

季崇理转过头，抬起只手懒散地挡住阳光，说："要是我和许同学都报了物理竞赛，你希望谁是第一名？"

宋唯真愣了半晌。

许昊然和他怎么有可比性呢。

宋唯真忽地想起刚加上许昊然的QQ号时，他的个性签名上写着：以后要见识天体的浪漫。

许昊然应该是很喜欢物理，以后也想做物理研究的一个人。

"嗯？宋老师？"他黑亮得迫人的眸子，仍然寸步不让地盯着她。

宋唯真下意识地吞了下口水："我跟他不熟，真的。"

季崇理半眯着眸子看了她几秒，然后"唔"了声，脸朝着她的方向重新趴了下来。

随着他放下手，阳光重新落在他的脸上。

密密匝匝的睫毛在阳光下根根分明，那双压迫感十足的眼睛闭上后，季崇理整个人反而显得毛茸茸的可爱。

少年的皮肤很白，在光照下眼下的青色尤为明显。

他似乎总在熬夜。

宋唯真抿了抿嘴角，抽出一本辅导书，对着阳光几次调整角度，终于挡住了落在他脸上的光。

她今天带的练习册都很薄，像没骨头的软体动物，稍一松手马上就会摔在桌子上。

宋唯真用左手扶着那本一考通，确保不会影响季崇理睡觉后，重新翻看起手中的竞赛资料，在英语竞赛的栏目下，用记号笔画了几个圈。

季崇理掀起眼皮飞快地看了她一眼，又心安理得地合上眼睛。

然后，很轻地笑了下。

他的小姑娘，很会心疼人啊。

周一最后一节自习课，距离放学还有十分钟左右。

张白从外面冲进来，又探出门口四处看了看，才兴奋地宣布："各位父老乡亲！我在体育组替池屿开会的时候，听到最新的内幕消息！原本安排在下学期的素拓训练，可能要调到上学期来了！"

班上顿时嘈杂起来。

"不会吧，之前老江还说要下学期。"

"老白你可别以讹传讹啊。"

"不对吧，素拓不是一直在高二下吗？"

"不信谣不传谣。"

张白示意大家安静，鸡贼地瞄着外面走廊："小点声，这可是第一手资料！我觉得咱们应该趁老江出去开会的机会，把班歌选出来！"

按照以往的惯例，各班为了和其他班 PK 时不拉胯，会在去素拓基地前一个星期开始组织练班歌。班歌多半是在当下的流行歌曲中选首澎湃又励志的，等到了素拓基地，当到了需要大家团结努力的时候，整个班级就会齐声唱起班歌。

跑不跑调不重要，重要的是声音一定要比其他班级大。

张白一提出选班歌这件事，班里顿时热闹起来。梁晴跟周寰宇商量了一下，让有想法的同学举手，最后在黑板上唱票。

"《死了都要爱》！"

"周董的任何一首歌我都支持！"

"我投 SHE 一票！"

宋唯真在一片乱糟糟的喊声中，朝梁晴招了招手。

"你帮我把五月天的《倔强》写到黑板上，我觉得这首歌很励志，适合大家一起唱。"

这首歌宋唯真只听过几次，记不全完整的歌词和调子，但这首歌的第一句歌词就非常戳中她。

当我和世界不一样，那就让我不一样，坚持对我来说就是以刚克刚。

陶桃也拉住梁晴：“你帮我也写一首吧，就写陈奕迅的《十年》，好好听的，我想大家都会唱呢。”

宋唯真当时就觉得不合适。

这首歌她听过，很好听也很上口，但更多的是感慨和缅怀爱情中的遗憾，并不适合作为鼓舞士气的集体合唱。

万一进行接力项目，张白一个狗吃屎摔在地上，周围的同学齐声高唱：“如果你的双腿没有颤抖，你不会，发现我难受……”

估计张白再也站不起来了。

梁晴也迟疑了下，但本着对新同学友好的态度，还是抄在了本子上。

最后黑板上写下了七八个歌名，经过全班投票之后，得票最多的两首歌是陶桃推荐的《十年》和宋唯真推荐的《倔强》。

张白起哄道：“那就让她们都唱一小段，给没听过的同学展示展示，最后咱们再做选择？”

大家纷纷拍桌子表示赞同。

陶桃笑笑，大方地站起来：“没问题，我先唱。”

陶桃的声音清甜动听，人又长得明媚，班上有的男生甚至开始吹口哨。

一首本来充满遗憾感的歌曲，也被她唱得多了几分可爱和暧昧。

她清唱了一小段，然后笑着说：“好啦，就唱这么多，希望大家可以选择这首歌曲。”

一阵敲桌子拍手后，张白冲宋唯真挤了挤眼睛：“真姐，该你啦。”

宋唯真下意识地看向身旁空着的座位。

季崇理没在。

今天池屿状态不好，季崇理就跟他去训练场聊几句。

她尴尬地笑笑：“我不会唱这首歌。”

宋唯真不仅不会唱这首歌，她是不会唱歌。

梅清和宋新文都有副好嗓子，粤语的情歌对唱手到擒来，偏偏生的女儿，哪里都好，就是天生的五音不全。

小时候梅清送宋唯真去学唱歌，被老师委婉地劝退了。

上小学时，宋唯真喜欢合唱团里小女孩们穿的红裙子，也报名参加合唱团。结果一场合唱比赛前，声乐老师发现三十个孩子里总有一个不和谐的声音，但总找不到。

因为宋唯真为了留在合唱团里，偷偷放低了声音。

后来，有一次声乐老师来给宋唯真的班级上音乐课。因为她是合唱团的队员，就叫她起来领唱新学的《南泥湾》。

宋唯真别别扭扭地站起来，只唱了两句，班里就哄堂大笑。宋唯真边哭边唱，

声乐老师温柔地让她坐下，也没让她退出合唱团，还是宋唯真自己不好意思，主动退了团。

还因为这件事，宋唯真头一次因为把小男生打哭，被叫了家长。

从此，她再也没在人面前唱过歌。

……

周围的人还在起哄。

陶桃笑意盈盈地看着宋唯真。

梁晴试图让大家安静下来，却没有作用。

宋唯真手心里起了汗，她脸上挂着笑，机械地重复着同样的话。

“我唱不了，真唱不了。

“我不会唱这首歌。”

有个面生的男生怪叫一声：“那你不会唱还推荐什么班歌，我们当然不选你了。”

周围马上有人附和：“对，选陶桃吧！”

宋唯真眼前渐渐蒙上一层水雾。

不会唱歌就不能推荐了，这是什么道理？

按照她以往的性子，肯定会像支冒蓝火的机关枪，和那几个人撕起来。

但现在不行。

陶桃还在，她不想在陶桃面前出丑。

然后，让她不怎么好的形象，传到季崇理耳朵里。

宋唯真委屈地抿了抿唇，试图再解释一次，控制几近失控且令人窘迫的场面。

后门“砰”的一声被推开。

季崇理脸色淡淡地走进来，眉头微皱：“吵什么。”

教室里声音瞬间小了。

“教务主任在后面。”

教室瞬间一片安宁，张白跳到讲台上把黑板上横七竖八的歌名擦掉。没过一分钟，教室里重新响起了“哗啦啦”的翻书声。

季崇理施施然走回座位，见了宋唯真的表情动作一顿，然后加快了收拾东西的速度。

“快点，宋老师。”

宋唯真一脸蒙：“啊？”

“今天不是轮到我们两个去广播社朗诵？”季崇理看了眼表，轻声倒数，“三，二，一。”

悦耳的放学铃声响起。

两个人走在去广播室的路上。

虽然被季崇理及时解了围，但宋唯真心情仍然算不上好。

她不能理解，为什么在选择一件东西时，不是考虑它合不合适，而是要根据提出这个建议的人，再做决定。

就像一个人要买去参加葬礼穿的礼服，一个导购小姐推荐了朴素的黑色套装，另一个导购小姐推荐了印着大朵国色天香的牡丹花连衣裙。

只因为另一个导购小姐人美声甜，就选择购买鲜艳衣裙参加葬礼吗？

在她看来是极度不合理，且不讲道理的事情。

在重组班级后，宋唯真第一次体会到了一种孤立无援的感觉。

虽然班里出去的人不多，转进来的人却不少。大家彼此不了解，于是没办法做到坦诚地交流。

她低着头跟在季崇理身后，上了台阶，看着他把钥匙捅进锁眼。

宋唯真把书包放在椅子上，动作缓慢地从里面翻找今天的英文稿。

她完全没有兴致在现在这个情绪里，读一首关于春天的轻松诗歌。

眼眶有点热，宋唯真吸吸鼻子，把透明文件夹里的英文稿拿出来，忽然听到季崇理调试设备的刺耳回响。

紧接着，那人懒洋洋地拍了拍话筒。

“今天播报员休息，给大家放首英文歌听。”

宋唯真：？

我怎么不知道我休息？

季崇理打开手机，在列表里随便点了首英文歌，连接到麦克风的音响上。

悠扬舒缓的田园蓝调从音响缓缓流动出去。

“说吧，这位哭泣的小女士。”季崇理用指腹在她脸颊上轻轻弹了下，贴近她耳边，“又有谁欺负你？”

宋唯真耳热一片，慌张地向后挪了挪。

“你别动啊。”季崇理又欺身上来，“不离近点，咱俩的说话声可全都广播出去了。”

广播设备上的小红灯闪了闪，示意着“正在工作中”。

宋唯真只得往他身边靠了靠，压低声音说：“其实就是……”

“我听不到。”季崇理的表情严肃又正经，一副真的听不到她说话的样子，“你靠近点说。”

要是其他人这么说，宋唯真肯定一巴掌拍过去。

但季崇理怎么会撒谎呢。

她又往他身边蹭了蹭，两人膝盖相触，她抬头靠近他耳边时，几乎能看清他脸上每一根微小的绒毛。

宋唯真强自镇定地说完了所有的事情。

“我只是不服气，他们做选择是没有依据的。”她抿了抿唇，看向季崇理，“因为陶桃是级花，他们喜欢她，于是就不经思考，草草决定了班歌，让我很不舒服。”

宋唯真强调道：“这不是一件小事，到时候真的在素拓基地碰上，我们唱起那首毫无斗志的歌，就是在示弱。太丢人了。”

“哦，就是《十年》和《倔强》啊。”季崇理附在她耳边，几乎是用气声说话，“张白给我发短信说过了，让我投票。”

“你选了什么？”宋唯真一阵紧张。

季崇理没回答，反问道：“为什么没唱歌给自己拉票？”

宋唯真：“我不记得歌词。”

季崇理：“真的？”

那对漆瞳带着点笑，坦诚到毫无保留，让宋唯真难以继续撒谎。

她垂下头，委屈得像只小鹌鹑：“我五音不全。小时候就被人嘲笑，不想再让人笑话我了。”

季崇理伸过手，把她额角掉落的碎发重新掖回耳后：“我不信呢。

“除非，宋老师唱给我听听。”

宋唯真望着距离自己不到十厘米的季崇理，侧过耳朵，闭上眼睛，一副倾听天籁的模样。

她硬着头皮，小声唱了两句，脸红了一大片。

本来就跑调，现在这样在季崇理面前唱歌，调已经跑到宇宙外面去了。

是外星人听到也不敢侵略地球的程度。

“唱得蛮不错。”

宋唯真把头埋进臂弯里，带着没脸见人的视死如归，闷声问道：“所以你到底选了哪首歌？”

到底选了陶桃，还是选了我？

“我这种人，当然是不经思考，草草决定——”季崇理贴近她耳边，清淡好闻的气息把宋唯真丝丝缕缕地包裹起来。

“选择《倔强》了。”

Chapter 013

·不能不喜欢我·

选歌这件事不知怎么飘到了江海耳朵里。

他那天开会后被校领导要求紧急出差，再回来时的第一件事，就是把张白拎到门外，让张白撅着腚趴在窗台上写了两千字的检讨。

毕竟宣传谣言，还差点引起班级内部矛盾——才罚了两千字，同学们一致觉得不冤。

陶桃转班的事情并没有给宋唯真带来太多的影响。

陶桃是艺术生，隔三岔五就不在班里，江海对她似乎也有特赦令。

所以她不是总出现在宋唯真眼前。

也就少了很多矛盾。

而且，只要不涉及跟季崇理有关的问题时，宋唯真挺喜欢她的。

骄傲、勇敢、长得好看，喜欢一个人就勇往直前，让宋唯真可以包容陶桃偶尔的“茶里茶气”。

高二的课程进度拉得飞快，让刚分完文理班的大家都不适应。

同时不适应的还有老师们，点灯熬夜，连老教师韩凌都开始加班了。

年纪大的人总是不擅长熬夜的，韩凌的化学课教得好，一高的化学老师青黄不接，老教师一把年纪了还被学校返聘回教学一线，又恰逢教育改革，让韩凌在许多方面都不能适应。

比如快了近两倍的教学节奏。

比如和十年前个性迥然不同的新一代学生。

比如层出不穷的其他高考大省的难题，有时让她琢磨好几天，讲给学生时，那帮孩子又跟她大眼瞪小眼，满脸写着“我听不懂”四个字。

又恰逢省里举办学科竞赛，韩凌得分出一半心力给尖子生辅导。毕竟他们之中，就有能考上清北的种子，是宜城一高的希望。

于是，在夜以继日的操劳中，韩凌终于在某一天早上——

因为没睡醒，脑子不清楚，左脚绊了右脚，从楼梯上滚了下去。

所幸，只摔了三个台阶。

所幸，她摔下去时迎面撞上了风风火火的物理老师欧阳燕，幸免于难。

可欧阳老师就没了韩老师这份好运气。

她当时正拿着十七班学生的卷子，小高跟踩得虎虎生风，准备把这次狗屎一样的成绩摔在讲桌上，再对着他们破口大骂半小时。

欧阳燕看见精神恍惚的韩老师，下意识想提醒她一句。结果韩凌一脸迷茫地一脚踩空，直接从楼梯上摔下来。

当时力学定理、重力势能转化成机械能、摩擦力与变加速运动在欧阳燕脑子里过了个遍，种种计算结果都告诉她应该躲开。

欧阳燕在几秒钟的时间里，望着韩凌老师鬓角的白发心头一软，伸手张开怀抱，想把人接住。

Girls help girls（女孩帮助女孩）！

欧阳燕眼睁睁看着韩凌老师左腿绊住右腿，摔倒时还客气地摆摆手，示意她“我不用帮忙”。

下一秒，重力势能降低到最小，惯性带来的动能增加到最大，直接把她撞下楼梯。

……

十七班的班干部代表全班同学来看望欧阳燕，她的右腿悬空，小腿打着很厚的石膏板，喝着过意不去的韩老师送来的老鸭汤，绘声绘色地讲述自己英勇救人的过程。

她痛定思痛道：“所以，同学们，学好物理多重要啊，在关键时候可以规避风险！”

张白挠挠头：“欧阳老师，你说这话可没啥说服力。你看你这腿，包得像个粽子。”

欧阳燕火气腾地蹿上来：“我没说服力？我连韩老师的重力加速度和惯性影响都考虑到了，要不是怕她年纪大摔坏了，我能当肉盾？但凡是你站在那儿，我都不能接。”

宋唯真坐在病床旁，用水果刀小心翼翼地削了个苹果，递给欧阳燕：“老师别生气啦，吃个苹果吧。”

欧阳燕接过苹果，脸色稍霁，边吃边问：“你们几个瓜蛋子都来了，夏鸯怎么没来，没时间？”

池屿脸色一黯，借故走出病房。

周寰宇：“欧阳老师，夏鸯同学已经在分班时转去文科班了。”

“噢噢，对，看我这记性。”欧阳燕咬了口苹果，“夏鸯那小姑娘确实是很有文科天赋的，适合学文。”

欧阳燕话锋一转，看向宋唯真：“其实她也挺适合学文的，比夏鸯合适。

“上次月考语文考的作文题，宋唯真写的是妈妈。她那篇作文写得特别好，何瑜川打印出来给我们看，各班语文老师还把作文印给同学们看。我们几个当妈的人，当时眼泪就流下来了。”

欧阳燕回忆道：“她写的是，‘母亲肚皮上的缝合线像一道生命的天堑’。”

“真的很有文采。”欧阳燕往日里泼辣张扬的眉目微微蹙起，“我跟你们保证，宋唯真绝对是学文科的天才，这点我们各科老师都达成一致了。”

“如果她学文，过两年高考的省文科状元非她莫属。”

这是一句很大的表扬，饶是在场的几个人关系都不错，还是忍不住看了眼宋唯真。

欧阳燕不是个擅长表扬的老师。

十七班的物理成绩一直很不稳定，这在她十几年的教学生涯中是没有的事，而这其中最不稳定的就是宋唯真。

理综三科中，她的物理最差，生物倒数第二。

在欧阳燕和孙青松当班搭子之后，还是头一回有优等生的成绩是这样的。

于是她对宋唯真就格外关注，关注程度和严厉程度同比例增加。

但无论欧阳燕说的话多难听，对宋唯真要求多高，宋唯真都咬牙挺下来了。虽然现在宋唯真的物理成绩不算拔尖，但在优等生里也堪堪够用。

所以欧阳燕第一次公开夸奖宋唯真这件事，实属罕见。

连宋唯真也很惊讶。

欧阳老师居然夸她？

居然不是讽刺？

欧阳燕把苹果放在一边，叹了口气：“但你的空间想象力还是不够，不是说没有，只是你构建的时候比旁人慢很多。比如池屿，他最近进步的速度就非常快，下课之后还找我问问题。

“宋唯真，我知道你非常努力，老师都看在眼里的。但是你选的这条路对你来说，实现梦想非常艰难，你必须忍受很多痛苦才行，知道吗？”

“我知道，欧阳老师。”宋唯真的眼睛微微弯折，轻声道，“只要足够努力，我相信会殊途同归。”

从医院离开时，已经晚上七点多了。

几个男生瞧着夜色，商量着一对一地把女生安全送回家。

宜城虽说治安好，但也不是完全安全的。

毕竟前段时间还出了个流窜的强奸犯。

季崇理和宋唯真自然是一起回去的。

两个人骑着车，慢悠悠地往回走。

宜城南街只剩几家快收摊的摊贩，宋唯真有些饿，停车买了几串关东煮，临时充饥。

季崇理也随之停下来。

现在天还不冷，两人把单车放在街边，准备在路边坐一会儿。

宜城是个不算大的城市，夜晚生活自然也不繁华。尤其是宜城南街这种非闹市区、非繁华地段，天一黑，个体户和小摊贩们陆续准备关门。

宋唯真捧着关东煮，刚要坐下，就被季崇理拉住。

他手里拿着后座上的黑色皮垫子。

“坐这个，地上凉。”

宋唯真感叹：“没想到，居然还是可拆卸的。”

季崇理笑笑，满不在乎地在她旁边的台阶上坐下。

他似乎不饿，或者说不喜欢吃这种非健康食品。刚刚买的时候，宋唯真的询问就被他无声拒绝了。

他坐在她身边，小口地喝着矿泉水。

遛小哈巴狗的年轻女人任由它撒欢，轻声细语地正打着电话。老大爷们摇着蒲扇边散步边听收音机，边和老伙计侃大山。有几对夫妇，带着年纪尚小的孩子，一边走路，一边语气温柔地询问“今天在幼儿园老师对你好不好”……

最后一点盛夏的风，赶在夏末秋初的交集，把翠绿的树叶吹得“哗啦啦”响。

宋唯真拨弄着纸盒里的竹签，发愁先吃哪一串。

鱼丸她最喜欢吃了。

但这个海带也很久没尝过。

这家的鱼豆腐味道一绝。

“喂。”季崇理拧上瓶盖，把玩着空矿泉水瓶，“今天欧阳燕的话，你别往心里去。”

“哦。”宋唯真头都没抬，继续艰难地选择串儿，“没关系的，欧阳老师也是好意，是对我文学天赋的肯定嘛。”

“我想通了，文理科的选择不会一锤定音般决定人的一生，未来的路怎么走，还要靠我自己去争。”

宋唯真眨了眨眼睛，露出一个甜甜的笑：“我在网上搜过，上大学之后还可以转专业。到时候没准儿梅女士就想通很多事，不会逼着我去走她的老路啦。

“人，就是要向前看嘛。”

季崇理沉默着。

宋唯真最终决定先吃海带串。

鱼丸是她的挚爱不假，但……但季崇理不能什么都不吃吧，会把胃饿坏的。

“其实我在说，”季崇理眼里透出点笑，“她说你能成为文科状元这件事，别太放在心上。”

宋唯真：“……”

季崇理：“你也没有，那么厉害。”

宋唯真气得拿出那串鱼丸，恶狠狠地咬下来一个。

做人不能太善良!

她对着季崇理翻了个白眼，气鼓鼓地说：“饿了就吃，爱吃不吃。”

季崇理嘴角忽然扬起个堪称肆意妄为的笑。

他的眼神落在她鼓囊囊的腮上，又转向她手上那个孤零零的鱼丸。

紧接着，所有画面在宋唯真眼中像放慢了好几倍的慢动作镜头。

季崇理凑近了，慢条斯理地学着她的样子。

咬下了最后一个鱼丸。

周末上午，宋唯真收到了陶桃的短信。

【真真,别忘了今天晚上来参加我的生日会！地址一会儿发你！爱你哟！】

陶桃的生日聚会，办在宜城最大的一家 KTV，班上同学和她分班前的旧友，甚至广播社的一些人都会去。

宋唯真一向不喜欢人太多的地方，尤其在大部分人都不熟悉的情况下。

但这次她要去。

一是因为陶桃对她一直都很不错。

二是季崇理说他会去。

宋唯真翻出她挑选的生日礼物，是陶桃最喜欢的动漫手办。

蓝色包装纸外面用心地系上蝴蝶结，蝴蝶结下方的飘带，被一根根卡成弯曲的拉花。

宋唯真想了想,又从抽屉里挑出一张浅粉色的卡纸,做了张漂亮的生日贺卡。

这些准备妥当后，她打开了自己的衣柜。

平常那些宋唯真喜欢穿的卫衣和牛仔裤，现在看起来都不够好看。

粉色的像在装嫩，蓝色的泯然众人，黑白两色像是去给别人吊唁，鹅黄色会显皮肤黑……

宋唯真没有想在别人的生日宴上争奇斗艳，而且她又争不过陶桃。

她只是不想在真正的小天鹅面前，显得像一只灰扑扑的小鸭子。

尤其，季崇理会看到。

宋唯真的手指掠过夏天新买的豆绿色裙子，迟迟没有决定。

初秋的天气，似乎也不适合再穿裙子了。

还会显得很刻意。

宋唯真坐在床头，对着衣柜思索半天，手指还是伸向了那抹豆绿色。

今天家里没人，宋新文的恩师到访，梅清陪着他和老师一起吃饭，顺便逛一逛宜城大学。

客厅很安静，只有冰箱偶尔传来一阵发动机轻微的嗡鸣。

宋唯真小心翼翼地推开主卧的门，坐在梅清的梳妆台前。

梅清的化妆品不算多，但基本的都有。宋唯真观察过妈妈化妆，半个小时左右，就能化得非常漂亮。

她今天也想像妈妈那样好看。

她拿起一根细细的眉笔，对着镜子迷茫。

好像不用描眉毛。

宋唯真的眉形很好看，小时候合唱团比赛，请了位化妆老师给每个学生化妆，轮到宋唯真时，那老师随便描了几下，笑了：“这小丫头不用描眉，本身的就够好看了。”

宋唯真迟疑地放下眉笔，万一化成蜡笔小新那种粗粗的眉毛，就成了世纪大灾难。

涂眼影的话，也显得过分隆重。

最后，她在梳妆台上挑挑拣拣，只涂了层浅浅的口红。

宋唯真差点迟到。

起因是她洗头发后临时起意，想用梅清的卷发棒把过于平直的头发卷几个弯出来。

她以为这东西很好上手，随便卷卷就能变成七八十年代的港台女星。

结果，宋唯真对着镜子傻了眼。

镜子里这个头发像被人用二踢脚炸了的人是谁？

这也……太惨不忍睹了！

最后宋唯真没办法，还是选择了保险的丸子头，只剩下额角几缕烫弯的刘海，证明她真的用过卷发棒。

宋唯真拿出手机，用前置摄像头充当镜子，看了看自己的脸。

除了嘴唇稍微有点红之外，别的都很自然。

她左思右想，还是没有擦掉。

小说里经常说女主角“嫣红唇瓣像含苞待放的花骨朵”，应该就是这种红吧。

包厢里的人，比宋唯真想象中的还要多。

宋唯真第一次来 KTV 豪华包厢，才发现原来点歌台和沙发另一端的距离，远得可以停下一辆 928 路公交车。

季崇理坐在点歌台旁，歪头听池屿说话，沉着眸子，没注意她进门。

倒是门口的陶桃先发现了她，挽着她的手臂坐在门口的黑色皮质沙发上，兴奋地给了她一个大大的拥抱。

“爱你真真！你终于来啦！”陶桃眼睛闪亮亮地看向她，“今天我正需要你给我勇气！”

陶桃美丽的脸上带着稚气的天真。

“星座运势说我会有好运，我今天就要再次向季崇理表白！”

宋唯真耳边“嗡”的一声响，周围的声音似乎都离她远去。恍惚间，她听见自己的心跳空了好多拍。

季崇理没有跟陶桃在一起。

陶桃今晚要向季崇理表白。

等宋唯真回过神来时，包厢里已经变得安静，陶桃像个真正的公主，站在包厢中央的小舞台上。

她穿着粉色针织裙，黑发卷成漂亮的波浪披在肩上，脸上的妆容精致又得体，恰好放大了她明艳的眉目。

宋唯真鼻尖还残留着陶桃身上的香水味，是黑莓和月桂花的味道。

没有人能拒绝她。

她那么勇敢。

宋唯真心中有无数个声音在嘶吼着，叫她快逃，离开这里，不要他们拥抱在一起时，还充当大方鼓掌祝福的好朋友。

陶桃开口说了几句话。

宋唯真耳边“嗡嗡”作响，甚至听不清陶桃说了什么。

众人开始起哄，让季崇理上台。

宋唯真坐在沙发的边角，身体绷紧，随时都准备拉开门离开。

窝在沙发那头的少年喝了口矿泉水，几步走过去，站在舞台上。

暧昧的紫色灯光打在两人身上，宋唯真听到好几个女生的窃窃私语。

“好般配啊。”

“果然季神就要配级花，呜呜呜，陶桃太好看了。”

“季神快收了陶桃，省得我担心喜欢的男生对陶桃念念不忘。”

宋唯真的手机“嘀嘀”响了两声。

是因为包厢里信号不好，延迟收到的短信。

【季崇理：到哪儿了？】

宋唯真看了眼台上的两人，轻轻按了锁屏键。

她把礼物递给旁边的人，轻声说：“帮我转交给陶桃，我有事先走。祝她生日快乐。”

拉开包厢的门之前，宋唯真看见陶桃伸出柔软细白的胳膊，就要环上季崇理……

季崇理猛地往后退了一步，眼神里带着警告。

“别以为你过生日，我就会给你面子！”

陶桃瘪了瘪嘴，对着他做了个鬼脸：“我都要走了，你还不给我面子！而且到现在为止，我的愿望你还没实现呢！”

季崇理捂住话筒，眯起眸子，呛声道：“愿望和白日梦是不一样的，望你知。”

他刚下台，就被池屿一把拉住：“老季，宋唯真刚才走了，就在陶桃搂你的时候！她肯定误会了，你快出去解释一下！”

季崇理看向陶桃。她缩了缩脖子：“只是一个小考验嘛。”

季崇理冷着脸抄起衣服，大步流星地往外走。

包厢的门“砰”的一声被关上。

一屋少年少女面面相觑，丝毫不能理解现在这个剧情走向。

喝饮料的尴尬地咬着吸管，嗑瓜子的改成用手指甲轻轻剥皮，唱歌的迅速切掉自己的歌曲，切着切着点歌单全切干净了。

陶桃骂了几句，又重新洋溢起笑脸。

“大家好好玩，一会儿还要切蛋糕呢！我和季崇理是多年的朋友，开玩笑习惯啦，大家不用太在意呀。”

气氛慢慢重新活跃起来。

与此同时，季崇理眉毛紧皱，焦急地在路上奔跑。

小姑娘不回他的消息，也不接他的电话，一副从此与他再不联系的决绝姿态。

季崇理想了会儿，沿着宜城南街跑过去，在离卖关东煮很近的居民花园里找到了她。

宋唯真穿着豆绿色连衣裙，两截白生生的小腿在仿木质的公共座椅下来回晃荡。

她坐的地方很隐蔽，没什么人来这里散步，周围只有大簇大簇的波斯菊和秋海棠。

她背对着季崇理坐，他走近些，隐隐能听见小姑娘倔强又委屈的哭腔。

“有什么了不起的，不就是个男人！

“宋唯真你给我支棱起来，我早就说过，练习册比男人靠谱多了！”

宋唯真拿起一串鱼丸，恶狠狠地把两个丸子一起塞进嘴里，脸颊鼓得像屯粮的小仓鼠。

她手里捏着竹签，红红的眼眶里又泛起泪花。

“呜呜呜，宋唯真你应该祝福他们，情投意合是很幸福的事！

“谁会不喜欢陶桃呢，连我也很喜欢她……”

小姑娘声音哽咽，嘴里嚼着的鱼丸让她说话的声音越发含混不清。

“呜呜，夏夏，窝（我）再也不要稀饭（喜欢）季崇理了……”

宋唯真垂下头，柔白脖颈也随之垂下，几缕弯曲的卷发散落着。

她心中难过，哭得越发大声，眼泪噼里啪啦地落进关东煮的纸盒。

“我还没告诉他我喜欢他，他怎么就要和别人在一起了呢。

“我再也不跟他一起学习了！

“我也不跟他学物理了！

“我再也不要喜欢他了！”

宋唯真哭累了，抬手擦擦脸，忽然听到身后细碎的脚步声。

她瞬间警惕，脑海中跳出无数个梅清曾经嘱咐她的安全常识，以及面对坏人该怎么应对。

她轻轻把关东煮放在长椅另一边，手里紧紧握住竹签子。

天下武功，唯快不破！

只要速度够快，竹签子也是防身利器。

宋唯真骤然起身，瓮声瓮气地大声喊道：“我告诉你，老子不怕你！你再过来一步我就喊人了！我手机可以一键报警！

“而且我手里有武器，小心我把你扎死！”

粉红色的秋海棠花丛后，传来一阵窸窸窣窣的声音。

还有一声很轻的笑。

“宋老师好狠的心。”季崇理双臂撑着长椅，丹凤眼里划过一丝戏谑，“刚刚还说喜欢我，怎么转眼就要把我扎死？”

宋唯真手里的竹签掉进草地中，人也下意识地退了两步。

“还有，”季崇理步步紧逼，声音散漫又无理，“要是把我扎死了，你又要怎么办呢？”

宋唯真的大脑由于信息过载而宕机了。

季崇理怎么知道她在这儿？

他现在不是应该刚接受了陶桃的表白，正和陶桃庆祝生日吗？

而且，他居然听见刚才她乱七八糟说的一大堆话了！

宋唯真跌坐在长椅上，怔怔地看向季崇理。

“嗯？”他微微低头，骤然拉近两人之间的距离，“宋老师还没回答我的话。要是把我扎死了，你该怎么办？”

“我……”宋唯真下意识地答道，“我去自首。”

季崇理一挑眉。

宋唯真咽了下口水，继续说：“因为我刚满十七周岁，所以不会被判死刑。而且我是自首，可能会酌情减刑，最后被判个十几年，出狱之后我就天天给你

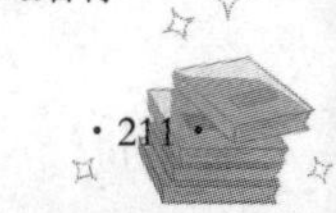

烧纸，让你在阎王爷那也能用 iPhone。”

季崇理：“……”

“行，你还挺有法律意识。”季崇理气笑了，“那你懂这么多，怎么还这么晚一个人跑出来？不接我电话？”

他温热的大手握住她的小臂比画了一下：“就你这小胳膊小腿的，人家歹徒轻轻一掰，就给你拧折了。”

宋唯真红着眼睛，嘟着嘴巴不说话。

他凑近她，语气带着点威胁：“我让你回答我上个问题——为什么不接我电话？”

宋唯真眼圈又红起来。

她吸吸鼻子：“我看见陶桃跟你表白了……”

不想打扰你们。

不想亲眼看见接下来发生的一切。

少年轻笑了一声。

“所以呢，我连个解释的机会都没有？”季崇理用卫衣袖口轻柔地沾掉她眼角的泪水，“犯罪嫌疑人还有机会为自己辩白呢，怎么到了我这儿，宋老师就直接给我判死刑？”

宋唯真一愣。

“我呢，也跟你说过。”季崇理捏了捏她的丸子头，“我这身体除了医生和未来的媳妇儿，别人都碰不得。

“自然也不会让她碰。”

“宋唯真，”季崇理忽地靠近她耳边，轻声说，“我不喜欢她。我有其他喜欢的人。”

身后的花丛里蝉鸣窸窣，夜风把树叶吹得“哗啦啦”响，少年宠溺炽热的眼神毫无掩饰，烫得惊人。

他什么都没说，又好像什么都说了。

宋唯真的脸腾地烧起来。

“不过有些话，我想等到高考之后再说。”

季崇理懒洋洋地勾起嘴角，把宋唯真额前碎发掖到耳后。

“行吗？宋老师。”

宋唯真现在除了点头，根本不知道该做什么。

季崇理捏了捏小姑娘白皙的后颈，慢条斯理地点开通讯软件，跟她商量：“那咱再说个事儿。”

“以后能不能别总换头像。”季崇理挑了挑眉，“我跟你一起换，挺累的。”

宋唯真缓慢地眨了眨眼。

她之前的头像是粉红色卡通兔子，然后季崇理的一团黑换成了一只灰色的动漫狼。

后来她换成一朵粉色云彩，季崇理不久后换成一片蓝色天空。

现在她的头像是一只糯叽叽的折耳猫，季崇理的就换成拎着逗猫棒的阿拉斯加犬。

宋唯真一阵眼热。

他原来，一直都跟随着她。

一步不落。

在季崇理手中的屏幕尚未变黑时，宋唯真看见自己头像的对话框被置顶、特别关心以及改了一个甜腻的备注：糖。

“你你你你你，怎么给人这么个备注啊？”

季崇理扫了眼，毫无顾忌地靠着长椅：“说你甜呢。”

季崇理看她绞着手指不说话，又低下身来：“现在说说别的事儿。你这衣服怎么回事？”

宋唯真闻声看了看：“怎么了？”

季崇理：“现在是几月？”

宋唯真：“九月。”

季崇理：“什么季节？”

宋唯真：“刚过立秋。”

“行，脑子蛮清楚的。”季崇理扯扯她豆绿色的裙摆，瞧着坐下来还盖不住膝盖的裙子，眼神微暗，“那你穿这么一块布，不冷？”

宋唯真梗着脖子：“不冷！”

季崇理眯起眼睛：“那你抖什么？”

宋唯真：“……气的。”

季崇理二话没说，脱下外套，盖在她腿上。

宋唯真冰凉的膝盖感受到一阵暖意，她偏头看向穿着白色短袖的少年，手臂帅气地搭在她身后的长椅上。

“你不冷？”宋唯真问。

季崇理摇头，冷然道：“男生火力旺，不冷。”

宋唯真乖乖点头，装作没看见他白净手臂上的鸡皮疙瘩。

别扭怪。

“我的意思你明白了，现在重点还是要好好学习，考上清大再说。”季崇理揉了揉宋唯真的头发，“我这个人，不喜欢异地。”

宋唯真刚要点头，忽然反应过来。

他这个不咸不淡的挑衅语气，说谁考不上清大？

她闭着眼睛踩一脚答题卡，都比他成绩高！

宋唯真的倔劲儿刚涌上来，又被季崇理几句话浇灭了。

“所以，你不能不学物理。”

他撑着下颌，嘴角弯起一抹漂亮惑人的笑：“也不能，不喜欢我。”

那天之后，宋唯真和季崇理又恢复了以往的相处模式。

早恋是不可能的，这辈子都不可能。

那晚季崇理宠溺惑人的话，确实让宋唯真心跳害羞一个晚上。

但第二天她就恢复正常了。

这人说她不好好学习就考不上清大呢。

明明是他偏科偏得厉害，怎么成了她成绩不稳？

于是，两个人的窗户纸捅了又像没捅，都揣着明白装糊涂，倒是宋唯真越来越恃宠而骄。

反正到最后，他都会纵容嘛。

一周后，班上去参加省里竞赛的名单出来了。

参加数学竞赛的有周寰宇、梁晴、侯鸿飞，参加物理竞赛的有季崇理、张白和许昊然。

参加英语竞赛的是宋唯真、陶桃和……池屿。

侯鸿飞看着名单一脸惊讶：“不是吧，老白，你居然报名物理竞赛了？”

张白一挑眉：“咋，我这些科目里就物理好点。这不是听老江的话嘛，搏一搏单车变摩托。”

“而且，你与其关心我报物理，不如问问屿哥为什么报英语。”张白咋舌，“虽然他这段时间进步神速，但参加竞赛的水准还是远远不够的。”

宋唯真当然知道池屿为什么报名。

因为夏鸯一定报名了。

宋唯真在讲台前看了几眼名单，走回自己的位子，陷入思考。

她刚问过，英语竞赛的时间和物理竞赛不是同一天，她和季崇理不能一起去考试。

这次省级竞赛的地点在省会青榆市，路程不算远。按照以往的惯例，要集体乘坐大巴车过去，住一晚，考完试再回来。

一个班的同性往往分在一个房间。

那她肯定要和陶桃一起住。

前面座位上还空着，只有桌肚里随意扔了几本崭新教材，看起来还没翻过几页。

还有几封没拆开的信，应该是别班男生塞过来的情书。

唔，还有一只浅黄色的小鸭子，偶尔陶桃在的时候，总见她上课偷偷玩来着。

宋唯真嘴角泛起一个浅浅的笑，无论怎么想，她都觉得陶桃很对她的胃口。

她唯一的担忧，就是怕两个人见面会尴尬。

那天，季崇理从陶桃的生日会上跑出来，怎么说都非常让人丢面子。

偏偏还是为了找她。

宋唯真换位思考，如果是她被季崇理当着许多人的面拒绝，还堂而皇之地去找别人……

她甚至不敢往下想。

之前宋唯真在网上看新闻，见到类似于“两姐妹因喜欢上同一人而大打出手”“两兄弟爱上同一女子反目成仇”这种标题时，还觉得只是媒体惯用的吸睛噱头。

但现在想想，没什么不正常的地方。

最要紧的是，那天之后宋唯真还没见过陶桃，也不知道她现在的想法。

直到周末集合，一起去青榆时，宋唯真也没见到陶桃。

听带队老师说，陶桃因为艺术生培训展演临时走不开，会单独过去。

宋唯真上了车，冲车下送别的梅清和宋新文摆摆手。

车子缓缓发动。

“喂。”宋唯真接起电话。

“怎么这么早就走了？我才刚起。”季崇理的声调懒洋洋的，有股睡醒的餍足感，“都来不及送你。”

“领队老师说要带我们去看展览，然后再安排住宿，所以出发得早了点。”宋唯真看了眼表，“你既然起得早，就赶紧吃早饭，把这周学的古文背一背，等我回来抽查。”

季崇理极为无奈地叹气：“知道了，宋老师。”

宋唯真：“英文报纸也得做，我给你总结的固定搭配和重点语法记得看。”

季崇理：“……好。”

宋唯真还想嘱咐他几句，就听季崇理轻轻咳了声：“宋老师，你什么星座的？”

宋唯真：“摩羯座。”

季崇理：“怪不得。”

宋唯真：“你还对星座有研究？”

季崇理：“那倒没有。张白研究得比较深，我只是听他说过几句。”

宋唯真好奇：“那你说来听听。”

季崇理沉默了好一会儿，才紧绷着声音开口：“你猜猜我是什么星座？”

宋唯真顺从地问：“你是什么星座？”

“我是你的量身定做。”

“……”大巴车前排的人在睡觉，宋唯真不敢笑得太大声，憋得眼角泛起眼泪。

她忍不住道：“我觉得这个不太适合你。”

季崇理默然：“我觉得也是。”

两人又聊了几句，宋唯真随着车身摇晃，渐渐睡着了。

季崇理听这边没了声响，无奈地笑了声。

“一路平安，宋老师。

“一定要考第一。”

领队老师带他们看完展览后，组织大家吃饭。到酒店一套烦琐流程走完，宋唯真拿到自己房间门卡的时候，已经过去半个小时。

她略微疲惫地到了房间门口。

芯片卡在门锁上“嘀嗒”一声，闪过一抹蓝色的微光，门开了。

宋唯真放好背包，仔细检查了房间。

这还是季崇理告诉她的。

看看镜子是单面镜还是双面镜，用手机摄像头照照屋里有没有针孔摄像头，以及房间内要是有损毁的地方，要第一时间告诉酒店前台，让他们迅速处理，不要耽误她休息，也以防后续出现纠纷。

宋唯真检查完，累得瘫在床上，黑色的马尾辫散开，像一把黑色羽扇。

她侧过脸，旁边是另外一张空床。

陶桃……应该要晚点过来吧。

“咚咚——”

门口传来两声轻轻的敲门声。

紧接着，是陶桃清甜的声音：“真真，是我来啦！”

宋唯真连忙小跑过去开了门。

陶桃推着个白色行李箱，长发在脑后绾成一个髻，上面还斜斜地插了一根造型古朴的发簪。

她脸上的妆容精致典雅，看起来像个从民国时期穿越过来的大家闺秀。

陶桃把行李箱放在地上打开，随意翻出卸妆水和洗面奶，去卫生间卸妆。

洗手池那里传来一阵水声。

“真真，你帮我把包里的水乳拿过来好不好？”

宋唯真应了声，在她一堆东西里找到了润肤水和乳液，送了过去。

陶桃甜甜地笑了下，把水和乳液按压在掌心，唏哩呼噜混在一起，尽数涂在脸上。

手法还挺狂野的。

宋唯真摸了摸鼻尖，尴尬地起了个话题：“陶桃你也报了英语竞赛，那徐慧老师的辅导题有没有做？我都带过来了，上面也画好了重点，你可以直接看我的。”

陶桃擦完了脸，又把头发拆开，说：“没做，我不看啦。英语题我一向都是靠语感，做题对我来说用处不大。”

宋唯真“噢”了声，屋子里又重归安静。

她实在是个不擅长找话题的人。

陶桃的生活跟她差距很大，她也不知道该和陶桃聊些什么缓解尴尬。

聊学习吧，陶桃学习不好，搞得好像是她在炫耀一样。

聊艺术吧，她本来就五音不全，对音乐美术之类的关注都很少。

陶桃把头发散开，重新梳了个低马尾，转身正好看见宋唯真垂着头，表情凝重。

她“扑哧”一声笑了：“真真，你今天怎么奇奇怪怪的？”

宋唯真：“啊，有吗？”

陶桃拉着她一直走到床边，“嘻嘻”一笑，拉着她摔在床上。

柔软的白色床褥上，宋唯真和陶桃面对面躺着。

陶桃狡黠地眨眨眼，指尖探到宋唯真的腰腹，挠痒挠得她笑个不停。

宋唯真笑出眼泪，气氛也渐渐松弛下来。

“对嘛，这才是平时我笑容甜甜的真真！”陶桃用手指点了点宋唯真的鼻尖，“今天进门就一脸严肃相，太不像你。”

宋唯真撩起自己倒在一边的刘海，动了动唇。

“别说，我知道你想说什么。”陶桃翻了个身，仰面朝天，伸了个大大的懒腰，“不就是因为季崇理嘛，一个男人而已，姐姐我还没有那么小心眼。”

宋唯真踌躇：“我觉得你还挺喜欢他的。”

“或许是吧。”陶桃柔软的黑发弯成波浪状，“我也觉得，我应该很喜欢他。”

“你应该知道季崇理欠我一个愿望吧？”陶桃问。

宋唯真：“他没说过，但我记得你说过许愿的事情。”

陶桃望着刷成米色的天花板，轻轻抿起嘴角。

Chapter 014

·“恶女”宋唯真·

那是一年盛夏。

那时候陶桃还是个上幼儿园的小女孩，和爷爷奶奶住在梧桐街。

梧桐街上有一座梧桐院，里面住着陶桃非常喜欢的一个人。

她叫慧兰。

陶桃是听她丈夫这么叫她，于是也跟着叫她“慧兰奶奶”。

慧兰奶奶说话语气温柔，心灵手巧，会用槐树叶和槐花做饺子，会用竹藤编出好看的小马和小兔子。

陶桃喜欢往梧桐院跑，每次都收获满满。

慧兰奶奶也不会像自己的爷爷奶奶那样要求严格，每次陶桃瘪着嘴跟她讲自己的小红花数量又是班里倒数第一，她都会慈爱地摸摸陶桃的头顶，说：“下次努力就好啦。”

她是陶桃的第一个朋友。

没过多久，梧桐院里来了个小男孩，听说是慧兰奶奶的小孙子。

男孩长得清秀好看，没什么不好的地方，就是性子孤僻，总是冷着脸，不爱跟人说话。每次陶桃去梧桐院，围着他上蹿下跳说话逗趣，他也不搭理。

她只听慧兰奶奶叫他“小理”。

后来陶桃到了上小学的年纪，就被父母接走了。上学和放学都有人接送，其余时间都被各种各样的培训班填满，陶桃没时间去梧桐院。

但她一直有听说慧兰奶奶孙子的消息。

他长大后性格越发冷傲孤僻，很少和梧桐街上的小伙伴来往，后来还跟一群不三不四的人混在一起，抽烟、打架学了个遍。

也听说慧兰奶奶为了这个孙子，操碎了一颗心，还不被人领情。

直到初中，陶桃的父母才渐渐放松对她的管制，她才有了自己的业余时间。

陶桃至今都记得那个周末。

那一天，所有的东西都在回忆里变得非常漫长。

钢琴班下课后，陶桃在梧桐街糕饼店买了杏仁酥和鲜花饼，去梧桐院看望慧兰奶奶。

沿街的路上落了很多银杏叶，她挑形状漂亮的踩，踩了二十五片后，到了梧桐院的正门。

白天梧桐院的大门从来不关，陶桃按了门铃，飞快地往里面跑，像只快乐的小燕子。

“慧兰奶奶！我来看你啦！”陶桃一口气跑进里屋，没看见慧兰奶奶。

厨房玻璃上弥漫着水蒸气。

她走过去，笑着喊了声。

陶桃至今都忘不掉那个画面。

打着火的灶台上“咕嘟嘟”地炖着猪骨，慧兰奶奶围着围裙，靛蓝底色的花袄蹭了地上的灰泥，那抹土色正好落在盛放的牡丹花瓣上，掉在她手边的汤勺里挂着点清亮的油花。

“砰”的一声。

杏仁酥和鲜花饼撒了一地，摔得四分五裂，落下许多酥脆的渣。

坐在急诊室外面时，陶桃还是恍惚的。

慧兰奶奶怎么会有突发病症呢，她是个非常注意保养的人。

她应该一直开心健康，长命百岁。

急诊室的护士过来联系家属，陶桃不知道他们的联系方式，只报了自己父母的电话，又通过爷爷奶奶，联系到了季英河和季崇理。

父母把陶桃接走时，陶桃只来得及和那个长大的男孩匆匆一瞥。

他还是一样的孤僻冷傲，穿着一身黑色的衣服，发尾染了一撮不易发现的蓝，清秀眉目紧皱在一起，眼尾红得要命。

陶桃参加了慧兰奶奶的葬礼。

在葬礼上，她才得知慧兰奶奶的心脏一直不太好，去年查出脑子里有肿瘤，那天是心脏病突然发作，摔倒时头部磕到后面的碗橱，刺激到了肿瘤。

多症并发，不治身亡。

季英河沉默着接待前来吊唁的宾客，那个叫作季崇理的少年，死死盯着慧兰奶奶的遗像，任凭谁说都不动。

葬礼结束后，陶桃走到他身边。

听说，慧兰奶奶非常疼爱他。

她拍了拍少年的肩。

“季崇理，那天在救护车上，慧兰奶奶跟我说了一句话。”

少年发尾那撮蓝色已经不见了。

他微微转动僵硬的脖子，红肿的眼在黑色额发下看不清神色。

“你说。”季崇理嗓音嘶哑。

陶桃鼓足勇气：“她说，希望小理能过得好，成为一个很好很好的人。”

少年一怔，点点头，泪水又涌出来，砸在遗像前白色的花瓣上。

他攥紧了手，又松开，声音没有情绪：“谢谢你告诉我，但我没什么能回报你的……我什么都没有。

陶桃摇摇头：“那你就答应我一个愿望吧。”

“如你所见，这就是我们之间那个愿望的由来。”陶桃起身喝了口水，“从那之后季崇理就把之前的恶习全都改了，开始好好学习，成了现在的季神。”

陶桃悠悠叹了声：“这么说来，我可真是功不可没啊。”

宋唯真听完，疑惑道：“你刚刚说慧兰奶奶在救护车上全程昏迷，那你跟季崇理说的那些话……”

“当然是我编的啦。”陶桃微微一笑，“但我想这也是慧兰奶奶想说的话。”

“我和慧兰奶奶之间的感情，掺杂亲情和友情，我是把她当成我最亲密的朋友的。嗯，应该算是忘年交吧。所以我想，季崇理一定要成为非常优秀的人，慧兰奶奶才会放心。

“为了他能好好学习，不因为一张帅脸而步入歧途，我早早放出狠话，说季崇理是我的人，大家都不敢跟我争。他也懒得搭理我，甚至越来越讨厌我，大概是因为我成了像他过去一样的那种人吧。”

陶桃掰着手指总结：“不学无术，成绩吊车尾，像小混混一样拉帮结派，反正不像个学生的样子。”

陶桃沉默半晌，笑了声：“久而久之，我关照他久了，也觉得我们两个挺合适的。”

“就以后，一直这样也不错。我可以替慧兰奶奶一直关照他，我家里有钱，也不怕季决明的威胁。”陶桃无奈地耸耸肩，“小说和电视剧里不都是这么安排？校霸和学霸，学渣和学神什么的。

“你对一个人关注久了，就会产生喜欢的错觉。我也一直以为我是喜欢季崇理的，毕竟他长得又高又帅，没有几个女生不喜欢。所以我一直追在他身后，叫他实现我的愿望——成为他的女朋友。

“但这是一种虚假的喜欢。”陶桃严肃地皱着脸，手臂在胸前比了个叉。

“从初中到现在，我被他拒绝过无数次，但我从来不难过。”陶桃看着宋唯真难以置信的眼神，“扑哧”一声笑了，继续解释，“真的，我没骗你。过生日时他听说你走了，跟着追出去时，我还挺高兴的呢。”

“有一种自家养的猪，终于会拱白菜的感觉。”陶桃笑弯了腰，眼神坦率而明媚，“真真，我要出国啦。以后季崇理，就拜托你了。”

“出国？”宋唯真震惊道，“你不是刚转到十七班来，怎么就要走？”

陶桃无奈地耸耸肩：“没办法啊，我成绩太差了，只有英语这项天赋技能。

现在出国读高中，然后在那边读完大学再回来，可能是个不错的选择。不然按照千军万马过独木桥的架势，我考个二本都很难。”

陶桃继续说：“要是这次英语竞赛能有个名次什么的，出国就能选个好点的学校。”

她狡黠一笑，说：“以后我在国外学艺术，等我回来时没准儿就成了大师级的人物，真真见我就要预约啦！”

宋唯真“啊”了声，艰难地消化她说的这么多内容。

陶桃不是情敌。

她是慧兰奶奶的好朋友。

那我该叫她什么？

……混乱。

“真真，我是真的觉得你很好，想真心实意跟你交朋友。”陶桃拉起宋唯真的手，“虽然你不觉得，但我们身边的人都有体会。你像一轮小太阳，总给我们无限的力量和温暖。

“大家都说，这世界上如果存在一个人，是连宋唯真都没办法跟他好好相处的，那说明这个人已经无药可救了。”

陶桃弯了弯唇：“喜欢季崇理的人很多，但大部分都是喜欢他长得好看、成绩优秀。她们喜欢的是某一种特质的人，而不是季崇理本身。

“她们不喜欢没了光鲜外表的季崇理，但我觉得你不一样，所以我想把他托付给你。

“这种心情，怎么说呢？有点像托付自己半个儿子的感觉。”陶桃“嘻嘻”一笑，“我不是故意占你们便宜哦，如果按照我和慧兰奶奶的友情来算，那还应该是半个孙子呢。”

“我不是在给自己洗白。”陶桃叹了口气，“也不期望有人能理解我和慧兰奶奶之间的情谊。因为各种原因，我生命中第一个好朋友，就是慧兰奶奶。”

柔软的白色床单上，女孩漂亮的侧颜线条优美，像一弧溜进人世的月光。

那抹月光里，隐隐掉出水来。

宋唯真挣开陶桃温热的手心，反握回去。

“我没有忘年交的朋友，但有特别亲密的朋友。她最近不太好，所以我大致能理解你的感受。”宋唯真笃定地说，“慧兰奶奶一定是非常好的人。”

才会让所有和她接触过的人，都这么想念她。

宋唯真抬手抹去陶桃眼角的泪。

“还有关于季崇理的事。”宋唯真的眸子圆润澄亮，“你是不是真的喜欢他，那是你的权利。”

宋唯真扬起一抹笑容：“陶桃，我是真的很想和你当朋友。”

“你不用这么严肃啦。”陶桃笑着捏了捏宋唯真的脸，“其实我也是最近才发现，我真的不喜欢季崇理。”

陶桃眼睛闪亮亮地眨着：“真真，我遇到让我心跳不停的人了。”

第二天英语竞赛结束后，陶桃没有跟随大部队坐大巴车回校，而是留在了青榆。

“没办法，虽说我英语还不错，但要申请好学校的话，口语还是差了点。”陶桃扶着白色行李箱，在酒店门口和宋唯真分别，“我就在青榆学雅思啦，估计要过年才回宜城，到时候见呀，真真！”

宋唯真抱了她一下，“噔噔噔”跑回大巴车。

她隔着车窗玻璃，向陶桃做了个鬼脸。

靠在白色行李箱上的人和她招手，渐渐变成了一个小小的点。

宋唯真回过头来。

说完全不介意是骗人的。

她也不相信，陶桃昨天说的完全是真话。

最起码，会掺杂一点点无伤大雅的水分。

——关于陶桃完全没喜欢过季崇理这回事。

也许是这后面混杂着千百种原因，但宋唯真能感觉得到，陶桃没有恶意。

宋唯真也相信，陶桃如今喜欢上别人这件事，是真的。

因为这样澄澈真挚的眼神，她曾经见过。

就像大家都说，喜欢上一个人，是没办法隐藏的。

闭上嘴巴，也会从眼睛里冒出来。

大巴车过了收费站，驶上高速公路，车上的说话声渐渐小了。大家上午考试的兴奋劲头已经消失殆尽，只剩下浑身阵阵的疲惫，现在都在闭眼补觉。

宋唯真一个人坐在后排，看着外面飞驰而过，却又仿若纹丝不动的脉脉青山。

车窗玻璃前的帘子都拉得很紧密，尽可能多地阻挡了穿越而来的光线。只有坐在后座的宋唯真这里，留出一线缝隙，透出一点外面的光。

她像一个在相对运动与绝对静止中穿行的人。

宋唯真慢慢合上眼睛。

季崇理过去的十几年，每一天都在体会这种格格不入的孤独吧。

宋唯真第二天上学的时候没能见到季崇理。

陶桃请长假后，换到她前面的张白和许昊然也连带着不见了。

她这才想起来，物理竞赛挪到了周一。

宋唯真认认真真上课，还在英语和语文课上做了笔记，准备等季崇理回来给他看。

课间休息时，徐慧叫她去问了英语竞赛的事。

徐慧：“宋唯真，你跟老师交个底，这次拿省里一等奖，有几成把握？”

宋唯真眨眨眼：“实话实说？”

徐慧笑着拍了下她的手：“实话实说！”

宋唯真：“八九成。这次的题做起来比较顺手，题型不难，我觉得一等奖问题不大。我和陶桃交流过，她觉得难度也不是很大。”

徐慧舒了口气：“你心里有数就行。今年这个英语竞赛对咱们一高挺重要的，我们已经好几届出不来个一等奖了，老师和学校这边都很着急。再加上今年取消自主招生，对你们这种好学生不利好。所以还得加把劲儿。

“既然你觉得有把握，过几天我再找几套题给你做，是前几年全国英语竞赛的原题和模拟题，可能比省考的难度大，你有个心理准备。”

宋唯真点点头。

徐慧把一周小测的卷子递给她，嘱咐道：“下午我们班订的英语练习册到了，你记得去校门口拿。”

宋唯真应了声“好”，拿着卷子回了教室。

她照例把卷子递给坐在讲台旁边的池屿：“小破岛，找人把卷子给发了。”

池屿正低头算题，“嗯”了声，表示知道了。

宋唯真有心问问他和夏奔的情况，但看见池屿紧绷的表情，所有想法都偃旗息鼓。

哪怕不问，也能知道小破岛这些日子过得不好，更何况和夏奔的关系。

宋唯真有些忧虑，她真怕这么下去，池屿早晚变成以前的季崇理。

冷漠、疏离的季崇理。

她叹了口气，回到自己的座位，随便抽一本数学题做。

宋唯真最近在专攻物理，给数学的时间变少了。

江老师最近出的圆锥曲线题比较难，做起来很不顺手，宋唯真决定自己练十道圆锥曲线大题，找找感觉。

现在是下午的大课间，高二不用出操，班里的人不多。宋唯真把平时做题习惯塞着的耳塞放在一边，全神贯注地看题。

她咬着笔帽，在椭圆内套着的圆形和三角形相交及相切的四个点中徘徊。

到底从哪里拉一条辅助线最合适呢？

或者应该同时拉两条？

她心下有了决定，在草稿纸上粗略写了几个公式，从笔袋里拿出根自动铅笔，虔诚地准备画辅助线。

笔尖刚刚触到纸，正准备沿着切点画一道利落的切线时，陡变突生。

后三排还在位子上的男生，腾地从座位上站起来，桌椅板凳“哗啦啦”响了一片，一个个面色不善地盯着后门。

像平静中拔地而起的一阵惊雷。

江海一向是按照成绩排座位，成绩好的往后坐，成绩差些的坐在前面。后来因为一些男生个子高，班级里后排的近视女生都申请调了座位。

到了高二，又在文理分班时转了不少男生进来，现在后三排的女生，屈指可数。

宋唯真一直不换位置的原因，除了季崇理外，就是张白上课总爱趴着，根本不会阻碍她的视线，以及她从小在被窝里偷偷看小说，至今却仍然保持5.0的视力。

后门门口，站着个一脸蒙的男生。

男生个子不高，在后三排人高马大的男生的映衬下，更显弱小。

侯鸿飞清喉咙，面色不善道：“你刚说你来找谁？”

男生：“宋、宋唯真……同、同学。”

侯鸿飞向后使了个眼色，两个男生自然而然地靠在一起，挡住了宋唯真的视线。

宋唯真：？？？

侯鸿飞不咸不淡地答道：“宋同学不在，有什么我帮你转达。”

人均一米八的身高，再加上压迫感极强的面容，吓得门口的男生脸色刷白。

“我在，在陶桃的生日会上，坐，坐她旁边。她让我帮忙，给陶桃送生日礼物来着。”

男生声音有些抖，但还是大着胆子递过来一个浅绿色信封：“那，那你帮我把这封信，给宋同学，谢谢。”

说完，他把信塞给侯鸿飞，捂着发红的耳朵转身跑了。

侯鸿飞拍拍身边的同学：“去看看他是哪个班的，回来跟季哥说。”

然后他把信折了折，随手塞进校服兜里：“行了哥几个，危机解除。还是季哥深谋远虑，不然嫂……”

侯鸿飞对上宋唯真的眼神，嘴巴硬生生地拐了个弯。

“……扫除就要彻底，要不检查卫生给咱班扣分！周一全校例会还得通报批评！”侯鸿飞顶着张无公害的天真脸，“真姐，刚才是检查卫生的人过来。”

宋唯真撑着下巴，似笑非笑地用手指在桌面上叩了叩。

放着耳塞的透明盒子就在碳素笔旁边，里面装着两只浅黄色的耳塞。

“猴子，你可真是龙王爷搬家，离海（厉害）啊！”

侯鸿飞尴尬地摸摸鼻尖：“真姐，我也是第一回干。”

“我看你挺熟练的。”宋唯真白他一眼。

侯鸿飞躲避着宋唯真犀利的眼神，讪笑道：“不熟练，照着老白差远了，以前这事儿都是他干的。这不是他去参加物理竞赛嘛，季哥不在，我这才被临危受命。”

宋唯真幽幽道：“哦，还真不止一回。”

侯鸿飞：“……”

侯鸿飞继续挣扎：“我们挡男不挡女，拦私不拦公。而且，季哥让我们把这些人扼杀在摇篮里，也是怕耽误真姐学习……

“清大！清大才是真姐的至高追求！”

宋唯真：“所以收获如何？”

侯鸿飞见她脸上没什么不满神色，笑嘻嘻道：“自打季哥跟我们说过后，也就拦过两三个不怀好意的男生。放心吧，真姐，你没那么好的市场。”

宋唯真：“……”

没、那、么、好、的、市、场。

因为这句话，侯鸿飞被宋唯真薅着袖子，拉去校门口搬了三个班的英语练习册。

宋唯真站在校门口，冲着门卫大爷甜甜一笑：“谢谢您帮我们看着，我们这就把练习册搬走啦，辛苦您。”

门卫大爷挠挠头，爽朗一笑：“嗨呀，小姑娘别客气！这三大包书不止你们一个班的，我看你们两个人搬不动，还是再找点其他同学过来帮忙吧。”

宋唯真摆摆手：“不用啦，您不知道，我这位同学可有劲儿啦，一个人扛两箱矿泉水上五楼不喘气儿！他最乐于助人了，这些交给他没问题的。”

“是不是？”

侯鸿飞抹了把汗，之前他还觉得宋唯真是朵可可爱爱小白花，现在看来还真是豺狼配虎豹……

啊呸！郎才配女貌！

侯鸿飞委委屈屈冲门卫大爷鞠躬，扛起一包书，脸憋得通红，转头就往教室跑。

等到他跑到第三趟时，再看见宋唯真那张巧笑倩兮的脸，腿肚子直哆嗦。

侯鸿飞把最后一大包练习册扛走后，宋唯真准备去校内新开的书店买本英语竞赛题做。

徐慧老师过两天会给她印题，但学习归根结底是自己的事情，还是不能全仰仗老师。

嗯，要有主观能动性。

正好这几天做数学题累了，可以做竞赛题换换脑子，当作休息嘛。

宋唯真路过小花坛，刚拐过操场里面的弯，身后突然传来一道非常熟悉的

声音。

“喂，宋老师。”

少年斜挎着书包，刚刚奔跑后的胸膛还有点不平的起伏，校服半拉着，黑发被风吹得有点凌乱，而那副冷淡的眉目，忽然变得张扬又和煦。

这副原本矛盾的美感，在他身上似乎很和谐。

……好像哪里变了，又好像哪里没变。

季崇理走过来，理了理额前揉乱的黑发，挑眉道：“防范意识有待提高，我跟你身后走好久了。”

宋唯真：“怎么现在就回学校了？”

按理说，上午物理竞赛结束，最早也要午饭后启程。大巴车从青榆开到宜城，怎么也要两个多钟头。

宋唯真回来那天，到宜城时天都黑了。

他怎么会这么快就回来了？

“我跟领队老师打了招呼，自己先坐车回来。”季崇理慢悠悠地跟在她身边，“老白估计要晚上才回。”

宋唯真：“考得怎么样？”

季崇理撩起头发，非常臭屁地勾勾嘴角：“还行，随便考考呗。”

宋唯真：“行，那下一轮我们不打无准备之仗，现在一起去买竞赛题。”

季崇理：“……”

世界上居然有人真的这么爱学习！

他垂眸看了看女生弯弯的眉眼，左右也没看出除了学习之外的东西来。

小没良心的。

小姑娘加快脚步，声音雀跃：“晚到书店的人，要给对方付钱，还要默写三遍《赤壁赋》和《蜀道难》！”

季崇理无奈地笑笑，跟在后面加快了脚步。

他们买完练习册回到教室时，下午第三节自习课已经过半。

宋唯真心疼浪费的半小时，坐下后就埋头苦学，再也没抬头。

季崇理疲倦地揉揉鼻梁，强挺着打起点精神。今天上午一直在考试，中午饭也没吃就往回赶，结果就陪人家小姑娘在书店买了练习册。

他倚着靠背，眯眼看向讲台旁边。

池屿脸色很差，坐在那儿不知想些什么。

季崇理看了眼表，确定现在是池屿往常的训练时间。

他没去。

长时间的空腹让胃部有些抽痛，季崇理不动声色地换了个姿势，让自己的腹部更舒服些。

衣袖被人牵动了一下。

他低头，看见伸过来的白嫩掌心里托着一个热饭团和一盒牛奶。

“快接过去，很烫。”宋唯真小声催促。

教室里很安静，只有“唰唰”的写字声。两人尽管坐在最后一排，仍然尽量压低说话的声音。

“什么时候买的？”季崇理低下头问。

宋唯真也有模有样地学他，低下头：“在你给练习册付钱的时候啊，我跑去超市买的。”

“校服衣兜又大又宽，装两瓶矿泉水你都看不见。”宋唯真刻意用气声说话，一股股暖热的气流落在季崇理贴过去的耳郭上。

季崇理的喉咙一阵阵发紧。他坐直身子，黑眸哀怨：“那怎么不早点给我啊，宋老师。”

这人在撒娇？

宋唯真难得见到表情如此生动的季崇理，愣了一秒，板着脸说：“让你长长记性。

“人是铁，饭是钢，一顿不吃饿得慌。”

侯鸿飞转过来，咽了下口水：“季哥，真姐说得对啊，人就得多吃饭。”

“真姐，我下午帮你搬那么多练习册，有没有给我带点吃的？”侯鸿飞可怜巴巴地望着季崇理手中的饭团，“我今天中午饭卡没钱了，少打一两米饭，现在已经饿得前胸贴后背。”

宋唯真微微一笑：“猴子，你那是做好事不留名，怎么能叫帮我呢。”

“……”侯鸿飞又看向季崇理。

季崇理慢条斯理地取下饭团外面的纸袋，保鲜膜里的米粒颗颗饱满，看着就让人食指大动。

侯鸿飞感动得热泪盈眶：“季哥太够意思了！从今天起你就是我亲哥！”

“倒也不必。”

季崇理把纸袋递给他，拿着饭团和牛奶朝池屿使了个眼色，往后门走。

“饿了就先闻闻味。”

“……”侯鸿飞扔下纸袋，低声骂了句脏话。

然后他看见宋唯真在桌角的便利贴上写下一横，正好组成一个“正”字。

侯鸿飞：“真姐，你这记什么呢？”

侯鸿飞眼睛一亮：“不会是你新想出来的背单词的方法吧！快教教我！”

“不是哦。”宋唯真弯唇一笑。

侯鸿飞心里“咯噔”一声。

又来了！

又是真姐光明正大害人时的笑容！

“恶女”宋唯真出现了！

宋唯真笑意盈盈，慢条斯理地转着手中毫无修饰的碳素笔：“是你在你季神考试期间，骂他的次数。”

“……不可能！”侯鸿飞大脑飞快运转，“我最多骂了三次！”

“哦吼，诈出来了。”

侯鸿飞眼睁睁地看着宋唯真重新拿出一张便利贴，写了个数字“3”。

“……”

等老白回来一定要跟他吐槽！

真姐这近墨者黑也太明显了！

呜呜，快把高一刚开学时那个软萌的小真真还回来！

宋唯真莞尔一笑，随即略带担忧地看向后门。

池屿跟着季崇理一路走到篮球场旁。

他忍不住开口：“老季，没事我先回了，我那数学题还没算完。”

季崇理倚着篮球场外面的铁丝网，囫囵吃了大半个饭团，胃里的不适感才渐渐减弱。

“你急着回去干什么？学习？你多久没训练了？”季崇理脸色有点冷，“池屿，你还记得你一直以来的愿望吗？”

池屿咬了咬牙，摇头：“我不记得。”

“好，你不记得。就算你聪明，你没日没夜地学习，你就能赶上我？赶上宋唯真？还是赶上夏鸯？”季崇理压着怒气，“别人一步一个脚印走到今天，一块一块砖垒起来的高楼大厦，就能被你突击超过？你是运动员，比我了解日积月累的重要性。再这么下去，只能把你的身体搞垮！”

池屿沉默半晌，缓缓开口：“我没有选择。老季，夏鸯就要转学了。可能是今天，可能是明天，可能下一秒钟，她就要从我的世界消失。”池屿喉咙干涩，“我只有努力学习文化课，才能有机会去青榆。”

“我知道我没有你和宋唯真那么聪明，但我求得不多，只要够用就行。”池屿眼神灼灼，“够去她身边就行。”

“你怎么去？夏鸯转学你也转学？要是她不去青榆，去B市呢？要是夏鸯出国了，你怎么办？”

季崇理厉声道：“你有没有想过你爷爷？这么多年你连个爹妈都没有，没有池老爷子，你现在还能当运动员吗？”

池屿像只囚在笼子里的困兽，爪牙尖利，却无处发泄。

他揪住季崇理的衣领，狠狠把人摔向铁丝网，发出巨大的响声，引得里面上体育课的男生纷纷往这边张望。

池屿眼眶充血，眼下青黑一片，深棕色眸子暗得几近泛黑。

“那你说，要是换作是你，你怎么做？”

季崇理脊背疼得厉害，面上却未显：“池屿，我们现在都不够好。是各种意义上的不够好。

“现在的追逐，就像飞蛾扑火，既没有意义，也没办法把她留在身边。”

季崇理顺着铁丝网滑坐下来。

“池屿，别做无谓的牺牲。我们都只有一次机会。”

池屿沉默半晌，点点头。

“好。”

省里竞赛的结果很快出来了。

这次宜城一高战绩不错，不仅每科都有人获得奖项，物理和英语这两科的第一名，还都是出自高二（17）班。

校领导顿觉扬眉吐气，从省教育厅开会回来后，直接做了个大红条幅，挂在教学楼中间。

热烈庆祝我校高二（17）班宋唯真、季崇理分别获得省级英语竞赛一等奖、省级物理竞赛一等奖！

条幅用的红底金字，非常显眼，就飘在十七班对面。

这也成了各班老师的谈资：“你们好好努力，争取咱班也有人把名字挂在上面！”

在外面挂了将近半个月的荣誉倒是其次，最让人羡慕的还是一等奖的高考10分加分。

两位当事人倒是都没当回事。

宋唯真刷完徐慧给的几套题，觉得有了新思路，又拿出自己买的竞赛题集锦，挑了两个大长篇英语阅读做。

季崇理难得神色认真，桌面上摊着和宋唯真一起买的物理竞赛习题册。上面有几道题被欧阳燕用红色水笔画了星号，让一向脑算的季神也从语文书夹层里，摸出两张草稿纸。

江海刚跟校领导开完会，拿着竞赛成绩单走进教室。

“这次竞赛咱们班成绩还是不错的。”他笑眯眯地拿出成绩单，“除了咱们班双冠王之外，数学竞赛周寰宇获得三等奖，物理竞赛许昊然获得三等奖，其他参赛同学的名次也都在前一百名之内。”

“宋唯真和季崇理要继续为全国竞赛做准备，争取给咱们班再带回来两个冠军！”

教室里响起一阵善意的起哄声。

江海扶了扶眼镜：“当然，其他同学也要继续努力。学习是持之以恒的事情，不能半途而废。”

江海又嘱咐了几句下个月期末考试的事情，然后把宋唯真和季崇理叫出去。

“你们俩表现得都非常不错，欧阳燕和徐慧两位老师都来找过我，说给你们下一步冲击全国竞赛安排了学习计划。备考期间一旦发现任何问题，就来找老师聊，我们是你们的坚强后盾，懂吗？”

宋唯真乖巧地点头。

季崇理也配合地“嗯”了一声。

江海欣慰地点点头：“行，你们回去好好做题，发挥自己的特长，再拿回来个国奖没问题。”

“老师，我们会好好努力……”

宋唯真话说了一半，就听季崇理冷淡的声音肯定道：“嗯，差不多。”

宋唯真：？？？

江海听见季崇理打包票倒是高兴，临走前拍拍他的肩膀：“年轻人就得有冲劲儿。”

宋唯真：“……”

“你也别太自信了，全世界又不是只有你理科最好。”宋唯真双手抱臂，目送江海离去的背影，“天外有天，人外有人。季神，谦虚点。”

“哦？”季崇理挑眉，“你对全国竞赛没信心？”

“我当然有了。”宋唯真骄傲地一仰头，“我可是文科之神宋唯真啊！”

全国学科竞赛的举办时间是统一的。

这次，宋唯真可以和季崇理一起坐上那辆前往青榆的车。

全国性质的赛事对时间要求严格。青榆作为分考场，也按照统一的要求，对时间进行了格外严谨的规定。

领队老师没有再安排去看展览这种额外的活动，直接带他们去了官方指定酒店。这次相当于半封闭式管理，午饭都是酒店方直接派送。

说是为了防止比赛期间，选手们因为不洁净的饮食而耽误考试。

宋唯真和季崇理的房间不在同一楼层。

她在五层，季崇理在七层。

宋唯真拿到分发的套餐后，有点想去找季崇理一起吃饭。

这种迫切的愿望让她突然发觉，原来从开学的军训之后，他们一直都是一起吃饭的。

每一天、每一餐，她的座位对面，都是季崇理。

他会把餐盘中好吃的肉分给她，还会把每周限量供应的红烧鸡翅，一脸嫌弃地让给她吃。

宋唯真心里热热的。

她现在很想见他，想把全天下的好吃的食物，都给季崇理吃。

门口忽地传来一阵敲门声。

紧接着是宋唯真熟悉到不能再熟悉的声音。

“喂，宋老师，是我。”

门外，少年清俊疏冷的眉眼放松下来，像只惫懒的猫。

他懒洋洋地望着她：“一起吃饭。”

宋唯真顿了下，嘴角扬起个漂亮的笑容：“好。”

酒店里大床房的桌子很小，小桌旁也只有一个沙发椅。

宋唯真把两人的餐盒放在桌上，几乎就占满了整个桌子的空间。

她为难地打量一圈，没有找到另一个合适吃饭的地方。

“要不你还是回去吃吧。”宋唯真艰难地开口，“这里的空间实在太小。”

“我千里迢迢从楼上下来，走了几十级台阶，宋老师这就赶我走？”季崇理歪歪头，“我可是会伤心呢。”

他穿着蓝白相间的校服，乖乖地站在对面，脸上戏谑的表情中和了身上过于冷淡的温度。

尤其是眼神，可怜巴巴，让人难以招架。

宋唯真硬着头皮地端起餐盒：“你在桌子上吃，我去旁边蹲着。”

季崇理无奈地叹了口气：“宋老师，你怎么除了学习，其他的时候脑袋总不够灵光呢。”

他抬手把人按进沙发椅里：“你坐好。”

季崇理盘腿在地毯上坐下，随手把餐盒上的塑料盖掀开，掰开一次性筷子，把上边的木刺清理干净，递给宋唯真。

“吃吧。”

宋唯真难以言喻地看向大大咧咧吃饭的季崇理，总觉得这人从那天之后，简直变了个模样。

像莫名其妙地被打开了什么神奇的开关。

整个人变得幼稚又霸道。

“你最近变化挺大的。”宋唯真说。

“哪里？”季崇理看了眼菜色，把餐盒里的红烧肉夹出来，分好肥瘦，把瘦肉全都夹进宋唯真的餐盒里。

“就，挺放肆的。”

宋唯真对着餐盒里空降的“礼物”，觉得自己也得回赠点什么。

餐盒里除了红烧肉之外，还有胡萝卜丝炒肉、清炒芥蓝以及经典家常菜番茄炒蛋。

她记得季崇理好像挺喜欢吃胡萝卜的。之前在食堂吃饭的时候，他就总吃胡萝卜丝来着。

宋唯真把自己餐盒里的胡萝卜丝全挑出来，夹进季崇理的餐盒。

宋唯真：“吃吧，不用谢。”

“你不喜欢吃？”季崇理问。

宋唯真：“没有呀，不是你喜欢吃？我让给你。”

季崇理瞧着餐盒里盘结在一起的橘色丝状物，又看了眼小姑娘期待感满满的明亮圆眼，莫名有点想笑。

“行，宋老师我不客气了。”

两人这顿饭吃得很和谐。

季崇理不是话多的性格，宋唯真又从小被梅清教育“食不言，寝不语”，吃饭时也不怎么说话。

吃过饭后，领队老师给每个人发短信，通知下午去看考场。

全国学科竞赛青榆分考场只有一处，就在青榆大学。

一等奖名额有限，宋唯真和季崇理到青榆大学看考场时，并没有遇见多少竞争对手。

他们的考场离得很近，这让宋唯真心里很踏实。

晚上两个人照例是一起吃饭，饭后季崇理把垃圾收拾好，嘱咐她开窗通风，施施然道了晚安，才回自己的房间。

宋唯真躺在床上时，觉得自己被季崇理影响甚大，尤其是心态，非常放松，和她每次考试前的突击夜战的紧张心态截然不同。

睡着前，她还在想，她变得越来越好了。

也希望上天保佑，让季崇理以后越来越好。

翌日，他们走进青榆大学，临到考场时，季崇理接到一个电话。

他“嗯”了几声，挂断后，拍拍宋唯真的后背：“你先进去。”

季崇理神色没变，连语气和眼神都像平常一样吊儿郎当的，但宋唯真总觉得哪里不对。

宋唯真：“为什么不和我一起进去？”

“领队老师找我有点事情，我晚点进去。”季崇理语气轻松，“你先去呗，我随后就到。”

“这么一会儿不见我都不行啊？”季崇理痞里痞气地笑笑，“嗯？宋老师。”

“季崇理。”宋唯真的声音稍稍严肃了些，“我在跟你说正经的。”她看了眼手表，“现在距离考试还有半小时，我就站在这里陪你等领队老师。”

季崇理的神色略微变了变，口吻也正经了很多。

“现在是有一些事情发生，但都是很小的事情。”季崇理说，“我都可以解决得很好。但前提是，你不能在这里。”

宋唯真：“为什么？”

季崇理扶额，叹了口气，无奈道：“你在这里，我会分心。”

宋唯真：“……”

小姑娘怒气冲冲地红着张脸，终于进了英语考场。

季崇理敛了神色，刚才舒展的眉目又重新拧成冷淡刚硬的铁。

领队老师和负责全国赛事的组委会成员、监考组成员代表，步履匆匆地朝他走来。

“各位，所以刚才在电话里说的，是怎么回事儿？”少年眉目疏淡，平直的嘴角勾起一个小而嘲讽的弧度。

那副神情仿佛听见这天下最令人不可思议的笑话。

“有人打电话举报，说我作弊？”

领队老师早就被江海关照过，这个学生性子冷，不好沟通。

他生怕季崇理说出什么“行，我不考了”这种类似的话，连忙挡在季崇理前面，向大赛组委会和监考组成员解释：“两位可能不了解我们的情况。这个学生一直是宜城一高的全校第一，理科成绩非常好，理综每次都在285分以上，平时表现出色，根本不会有在重大赛事中作弊的可能。”

两位工作人员对视一眼，面露难色：“这件事情我们也不好评判。这是全国学科竞赛，必须谨慎才行。”

其中一位对季崇理说：“这位同学，在调查清楚上轮考试情况前，你可能不被允许参加考试。”

领队老师气得眼眶通红，要不是怕他们给季崇理穿小鞋，他现在简直要破口大骂。

什么狗屁匿名举报。

因为一个来源不明、没有证据的举报电话，就禁止一个学生参赛？

更何况，作弊这种事，是对学生的莫大侮辱。

他深吸一口气，右手仍旧挡在季崇理身前，强颜欢笑：“两位，这样处理不太妥当吧？现在离正式开考只剩下二十分钟，你们能在考试开始前查清这件事的来龙去脉？”

他的声音拔高了一个调：“如果不能，那我的学生怎么办，不考了？”

两位代表火气也很大，压着性子道：“我们也不想处理这种事情。但很明显，

季同学不能参加接下来的考试。”

其中一位代表扶了下眼镜，表情难看：“这位老师，你要知道，无风不起浪，苍蝇不叮无缝的蛋。这两句俗语，老祖宗从来没说错过。”

“你！”

季崇理伸出手，把领队老师拉向身后。

“两位老师好，我是被举报的考生季崇理。在被匿名举报且缺乏举证的情况下，我想我的嫌疑最起码是一半对一半。”

少年不卑不亢，挺拔身姿宛如一棵青松。

“如果因为一通电话，就让我失去参赛资格，我想我也可以善用举报这项技能。”季崇理微微一笑，“去 B 市，和你们的上级机关谈谈。

“当然，我愿意配合你们的工作。

“我就在这里考。”季崇理定定地望着他们，黑眸凛冽如刀，挑衅而张狂。

“为了确认我没有作弊，我可以在三位老师的眼皮底下考试。

“300 分的卷子，如果我的成绩低于 270 分，不需要举证，我自愿认作弊。”

季崇理上前一步，眸若寒星：“但如果我考到更高的分数，我想我有资格拥有一个道歉以及匿名举报人的相关信息。”

他轻笑了声：“无论在哪里考，该是第一的人，还会是第一。”

组委会和监考组的两位代表，都被这个少年极具压迫性的气场骇住。

他们从事教育工作多年，也不止一次在这种赛事中遇到类似的情况，但从没有一个考生，敢于如此狂妄地提出诉求。

是的，他们心中出现的第一个词，就是“狂妄”。

狂妄地说能在全国最顶尖的一批人中，考到第一名。

狂妄地说能在最难的物理卷子中，考到 270 以上的高分。

更加狂妄的是，他说要在另外三个人的监视下，考完一场对优秀学生来说，也是非常艰难的考试。

他们给其他成员打电话商议十分钟，季崇理就在一旁静静等着。

领队老师急得团团转：“要不给江老师打个电话，让他跟学校领导说一下，再把你每次考试的成绩单传过来，证明你不会作弊，怎么样？”

季崇理依旧气定神闲：“老师，您别着急。”

“我怎么能不着急！这种全国性竞赛怎么能当成儿戏！要是他们最后不通过，不让你考试怎么办？那高考加分也没有了！”

少年的表情依然沉静：“没有就没有吧。”

他在旁边静静站着，舒朗眉目里的轻蔑一闪而过：“我不屑于跟那样的人争。该是我的还会是我的。没有额外加分，我一样可以考清大。”

他话音刚落，那边的讨论就结束了。

“这位同学，你可以暂时参加考试。但前提是，你在一间空教室独立考试，由我们三个人担任你的监考老师，你同意吗？”

季崇理颔首：“没问题。”

坐在空荡荡的考场里等待时，季崇理的情绪非常稳定。

他甚至尝试用眼神安慰还在愤愤不平的领队老师。

没有关系的。

如果是以前的季崇理，很可能会冷脸扬长而去，甚至会由于这场凭空捏造的诬蔑，对几位老师大打出手。

他的未来本就是混沌一片，无论这场考试参加与否，能否拿到所谓的加分，甚至是他一直不错的形象，对他来说都无所谓。

因为无论他向哪个方向去，都不会有人对他有所期待。

他的人生本身，就如同掷入死水的船锚。

抑或死水本身。

考试前五分钟，开始宣读考场规则。

考试前两分钟，开始分发试卷。

考试前一分钟，监考官检查考生答题卡姓名区域是否填涂完整。

本来由同一人进行的程序，在他一个人的考场里，由三个人完成。

考场气氛相当凝重。

没有关系的。

季崇理提起黑色碳素笔，把宋唯真买的带着小紫花的橡皮放在桌前，在试卷上飞快地写下答案。

他现在愿意给事情找到更好的解决办法。

他愿意心平气和地，解决自己蒙受的不白之冤。

这艘没有航向的船，已经找到船锚了。

他的死水，已经变成活水。

笔尖在试卷子上走走停停，比往常多了几分审视和思考。

他想和宋唯真一起，熠熠生辉。

Chapter 015

·全国竞赛，不过如此·

宋唯真在回去的路上才知道这件事。

上车后不久，领队老师过来安慰季崇理，说了一大堆似是而非的话，宋唯真听得云里雾里。

于是，季崇理就把事情原原本本说了一遍。

“你为什么不让我跟你一起？”

季崇理看着小姑娘愤怒的模样，忍不住笑出声。

“你笑什么笑，这件事情真的很严肃！”宋唯真板着脸。

“是，严肃严肃。”季崇理轻轻咳了声，“我只是没想到，你的第一反应是说这个。”

“我以为你会吵着下车，回去找那两个中年男人打一架。或者质问我竟然胆大包天，敢许下考 270 分的承诺。”季崇理想了想，“最少，小哭包女士又要梨花带雨，比被诬陷的当事人还要可怜。”

“……”

季崇理摸摸她的头：“不错，我的宋老师成长了。”

“你别又插科打诨地把话题岔开。”宋唯真认真道，“现在事情过了那么久，你也把问题都处理好了，就是等个结果。现在追究那些事情都没有意义，但非常有意义的一件事，是你怎么能不让我跟你一起。”

季崇理一怔。

“你不能只跟我分享你的好事，你的困难、难过、愤怒和不高兴，都要跟我说。”

宋唯真侧坐着，头顶上的几根头发，调皮地随着车身颠簸而晃动。

“季崇理，我不是只能当你分享喜悦的小喇叭。”

她紧紧攥着拳头。

可以当他难过时的垃圾桶。

当他烈日下的遮阳伞。

当他夏日里一杯酸甜的山楂果茶。

她不想被他护在身后，她想和他并肩一起，做支撑彼此的桥。

这些话过于拗口和小女儿心思，宋唯真思来想去半天，没能转换成更为合适的表达，最后讷讷地憋出一句：“……俗话说得好，做兄弟的，就得有福同享，有难同当。”

“……”季崇理本来又想笑的，他的小姑娘就是有这种魔力，让本来不爱笑的他，总想扬起嘴角。

但见着她那副强自隐忍的神情，他又有点舍不得。

总归不过是说一句的事儿。

季崇理正想点头，然后安抚安抚小姑娘糟糕低落的情绪。

前方路段好像在修路，一路上坑坑洼洼，大巴车行驶得速度很快，瞬间陷入颠簸状态。

宋唯真本就侧身坐着和季崇理讲道理，腰上的安全带缠得很松。

他们坐在后排，比起前排的同学感觉更为明显。

车子颠簸最严重时，仿佛坐在过山车最高的拐点，下一秒就是疯狂的急速下坠和扑面而来的失重感。

宋唯真就是如此，她天生平衡感就差，再加上毫无减缓的颠簸态势，她从内侧的座位直直往外摔。

季崇理对突如其来的颠簸没有防备，以至于颠簸后的一秒钟，小姑娘整个上半身几乎是挂在他的腿上。

季崇理深吸一口气。

几秒钟后，小姑娘还趴在他腿上没动。

倒不是宋唯真不想动，而是她的手机刚刚也掉下去，她一直在地上摸索，还没找到。

宋唯真几次摸不到手机，刚想换个方向，抬头时正好对上季崇理黑沉的眼神，幽幽如一汪深不见底的潭水。

“倒也不用这么急。”

“什么？”宋唯真下意识地问道。

季崇理低头，声音有点微微的哑意，在她耳边轻声说。

“投怀送抱。”

宋唯真：“！！！”

他在说什么鬼话！

什么投怀送抱，她只是在捡手机而已！

宋唯真涨红着脸，终于在地上摸到手机边框，撑着季崇理的膝盖坐直。

在季崇理幽深的目光中，宋唯真后知后觉地发现，刚才的姿势确实有些亲密。

才没有“投怀送抱”呢！

但怎么解释也说不清楚。

宋唯真索性不理他，头偏向窗外，闭眼假寐。

然后，她的小指被人轻轻碰了一下。

季崇理靠近了，声音在她耳边响起："宋老师，我知道错啦。"

宋唯真瞬间僵住。

"我们拉钩，以后再有这样的事，我一定告诉你，让你陪着我，好不好？"季崇理的尾音拖得有点长，"好不好啊？宋老师。"

宋唯真转过头来，对上季崇理的眼睛。

那张向来冷冷淡淡的脸上，现在换上了一副任谁看都经受不住的撒娇表情。

谁能想到平时寡言少语、"高岭之花"一样的人，背地里是个撒娇精呢？

季崇理见她没回答，又拉拉她。

"盖章。"宋唯真认真地说，"拉钩上吊，一百年不许变。盖章之后就生效了，谁都不能违反。"

她钩着季崇理的手指，把两个人的拇指按在一起。

他们回去后不久，这件事就在宜城一高传开了。

"作弊"这两个字能和季崇理联系在一起，是所有人都没想到的。

"我去！明显是有人想搞季哥！"张白气得直拍桌子，"我们季哥怎么可能作弊！他之前英语周测考那么低，也没有作弊过！"

侯鸿飞瞧了眼季崇理的脸色："老白，你长这么大没被人打过吗？"

"打我？他们谁能跑得过老子！我小学一直是短跑冠军！"

几个人看着张白扬扬得意的样子，都觉得他没救了。

不超过十秒，他就要被季哥揍成渣。

十秒钟后。

季崇理掀起眼皮看了张白一眼，继续摆弄手上的钥匙圈。

半分钟不到，卡在钥匙圈里的小熊就被他拯救出来。

他把钥匙递给宋唯真："修好了，宋老师。"

周围的人感觉到一阵甜蜜暴击。

"虽然他们什么也没做，只是递个钥匙圈，可我心里不知道为什么，觉得自己特别多余。"侯鸿飞小声道。

池屿嗤了一声："我们都是酸菜鱼，又酸、又菜、又多余。"

许昊然从外面走进来。

张白上去一把搂住他的同桌，绘声绘色地把季崇理的事迹，从头到尾讲了一遍，末了还拍拍许昊然的肩："你说我季哥是不是特牛？那三个人都'兵临城下'了，他还优哉游哉地在人家眼皮子底下考试。还说能考 270 分以上。我这辈子理综都不敢想能考那么多分。"

许昊然没说话，把张白的手从肩膀上拿下来，眼神环顾一周，只有看向宋唯真时，脸上露出点笑意。

“勇气可嘉。”许昊然推推镜腿，“不过还是有些冒险，万一考不到，连本来的加分都没有了。”

周围的声音一下安静下来。

张白看向许昊然的眼神甚至有些愤怒和不可思议。

池屿甚至往季崇理身边靠近一步，生怕他忍不住脾气和许昊然打架。

气氛冷凝成一团冰。

季崇理被一群人围在中间，修长手指安安静静地翻了页习题，半晌抬起头来。

他嘴角挂着一丝若有似无的笑，眼睛里却是无尽延伸的凉意。

“这点事就不用你担心了。”季崇理的眼神从习题册上慢慢移向许昊然，“许同学还是想想自己，以后怎么见证宇宙的浪漫吧。

“宇宙，恐怕不会欢迎你这样的人。”

许昊然动作微微一顿，面无表情地拿了几本书，转身走出教室。

张白瞠目结舌，缓缓地转向侯鸿飞：“猴子，他们之间怎么有这么大的火药味啊？”

“谢天谢地。”侯鸿飞长舒一口气，“你终于看出不对劲了。”

“……”

这件事不仅在学生中间引发很大争议，在老师和校领导之间也引起了异常强烈的不满。

物理老师欧阳燕首当其冲。

她平时就是火暴脾气，和江海一起听领队老师讲完这件事后，当时就杵着拐，一瘸一拐地奔向校长室，进屋就把教案摔在桌上。

“老吴，你说，季崇理这事你想怎么处理。”

吴校长也刚刚跟省教育局的领导通过电话，简单汇报了季崇理的事情。

“欧阳老师，你先坐，喝口茶。这件事情我们正在处理中……”

欧阳燕摆摆手：“老吴，这些官话你留着跟领导们说，我就想听听你的实话，想怎么办。”

吴校长刚要开口，欧阳燕睨他一眼：“我在咱们学校干了快二十年，季崇理是第一个有可能在全国物理学科竞赛中获得一等奖的人。你知道这是什么概念吗？这是给咱们学校物理这科打了一剂强心针！”

“平时季崇理的成绩我们都知道，你也看在眼里，他怎么会作弊？一道物理题他能想出三四种不同解法，他作弊抄谁的？”欧阳燕没好气地说。

“是是是，我也是这么跟省领导说的，还把季崇理平时的成绩单发过去了，他们说会优先批改季崇理的卷子，当时有三个老师给他监考，他完全没有作弊的可能。”吴校长抹了把额头上的汗，“这次的成绩一定会作数。”

欧阳燕脸色稍霁。

江海沉着脸推门进来：“吴校长，刚刚你的话我在门外都听到了。”

江海表情严肃：“季崇理不仅需要公正的分数，他也需要一个道歉。这在我校教学史上是一项恶性事件，让他被冤枉，很可能对他的心理健康以及未来的发展造成非常不利的影响。”

吴校长思虑一阵，尴尬地笑笑：“我知道。但这件事没有那么严重嘛！只要给他应有的分数和名次，再私下里和他谈谈心，学生也不会有什么怨言。”

吴校长压低了声音，朝江海和欧阳燕招招手，示意他们走近点儿：“我记得季崇理这孩子家庭情况比较特殊，只要让学生没意见，家里人应该也不会来学校找说法，所以吧……”

就得过且过，差不多得了。

一个学生而已。

学习再好，也只是个学生。绝不能因为他一个人，跟上面的领导搞僵。

后面的话吴校长没再说，他觉得两位资深教师都能懂他的意思。

“抱歉，吴校长。我的学生就是我的孩子，你的说法我不能同意。如果有不公平的地方，我会替他争取。”江海微微欠身，走出校长办公室。

欧阳燕抄起她的教案，哼了声：“老吴，我原来觉得你是个能担事儿的，现在看看，也不过如此。这件事我会给季崇理一个交代，你就好好和你的稀泥。”

门“砰”的一声关上，徒留吴校长一个人在屋里目瞪口呆。

周一早上升旗前，江海告诉季崇理，今天校长要在升旗时和全校解释之前物理竞赛中的作弊事件。

站排时，宋唯真偷偷跟其他女生交换位置，换到季崇理旁边。

“宋老师怎么今天换到前排来了？”季崇理弯弯唇角，“前面可是高个子区域。”

“今天矮个子打头排！怎么了？”宋唯真白他一眼，“你倒是不着急，还不知道校长要在台上说什么。”

“说什么都无所谓，我又没作弊。”

宋唯真恶狠狠地盯着吴校长：“一会儿他要是不给你沉冤昭雪，我就给他套上麻袋，把他头上那仅剩的几根毛都拔光！”

主席台上的音响传来一声刺耳嗡鸣。

吴校长拍拍话筒，朗声道：“今天升旗前，我要说一件事情。

“前些日子举办的全国物理学科竞赛中，我校季崇理同学代表宜城一高参加复赛，在考试前被人匿名举报初赛作弊。但季崇理同学凭借着迅速的反应能力、优秀的心理素质以及杰出的成绩，成功在复赛中证明了自己的清白！

“省教育局领导对此非常重视，对考场监控、季崇理同学的初赛成绩和复赛成绩进行了复查，确认季同学在考试中并没有作弊行为。对此，教育局领导特别提出，要对匿名举报者追根溯源，坚决不让匿名举报这个沟通手段，成为嫉妒者的保护伞……”

吴校长在台上唾沫横飞说了一大推相关举措，然后翻了一页演讲稿：“现在我们请季同学上台，领取省负责人员、监考组成员代表的道歉信以及全国物理学科竞赛一等奖的奖状和奖杯！”

主席台下掌声雷动，甚至还有男生吹了几声口哨。

季崇理走上主席台，从吴校长手中接过奖状和奖杯。

他拍了拍话筒，台下顿时安静下来。

“道歉信我就不要了，他们也是秉公办事。”

他穿着蓝白相间的校服，校服上衣的拉链松松垮垮地卡在中间，给清俊挺拔的少年徒增几分慵懒自得。

“我希望举报我的人能明白，嫉妒没办法让你进步。

“它只会让你，永远见不得天光。”

少年的声音清朗，额角的发被初晨阳光照射出浅浅的金色。

像个真正的王子。

“获奖感言嘛，倒是有几句。”季崇理微微低头，靠近了麦克风的位置，寒星一样的眸子里，散发着少年不羁的意气风发。

“全国竞赛，不过如此。”

……

“季哥牛！！！”

“超棒！！！”

“喔！！！”

台下的呐喊声和口哨声潮水般涌来，学生们骚动得像炸了锅一样。

人人都看向主席台。传说中不近人情的季神站在那儿，少年张扬轻狂的黑眸里，写着和所有同学一样的，独属于青春期的叛逆和骄傲。

吴校长在旁边一时失语，笑容在脸上僵硬成一块铁板。

他没想到现场会失控成这样，也没想到，传说中的顶尖学霸，居然痞得像个刺儿头。

他努力控场半天无果，又向台下的老师使眼色，结果那些老教师都聚在队伍后面聊天，没人理会他的窘迫。

那谈笑风生的样子，仿佛看不见乱成一团粥的现场。

最后，还是季崇理离场前，敲了敲麦克风：“吴校长，该继续升旗了，不然会误了第一节早课。”

说完，他扫了眼台下，掀起眼皮淡淡道：“可以了。”

台下笑了一阵，渐渐安静下来。

吴校长硬着头皮笑笑，迅速推进升旗流程。

物理竞赛的奖项颁发后不久，其他学科的竞赛结果也出了。

宋唯真在英语学科竞赛中，获得全国一等奖。

十七班对面那栋教学楼上挂的大红条幅，被撤下来，换成一个大了两圈的红底金字条幅。

宋唯真和季崇理的照片，被贴在学校宣传栏旁的光荣榜上。

大红色底布，两人穿着相同的蓝色校服，两寸红底照片只隔了几指距离。

张白跟着他们去围观，感叹道：“咱学校挺有创意，一文一理问鼎光荣榜，整挺好。”

侯鸿飞瞥他一眼，循循善诱道：“老白，你觉不觉得，如果这两张照片再近一点，像一种其他类型的照片？”

张白恍然大悟：“噢，像我爸妈在民政局拍的结婚照！”

周围人都满意地点点头，孺子可教也。

季崇理没理会他们，走到宋唯真身边，扬起眉：“宋老师，下次上光荣榜，可能就是高考了。”

宋唯真眨眨眼：“季同学别想太多，还是把下个月的期末考先考好吧。”

这次的期末考对于每个同学都非常重要。

这是文理分班之后进行的第一次考试，对于分到新班级的同学，十分重要。

宋唯真也同样紧张。

她紧张的表现，就是会把自己休息时间降到最低，像个机器人一样，二十四小时连轴运转。

季崇理偏偏和她对着干。

宋唯真看题目时喜欢聚精会神，眼睛就会慢慢离卷子越来越近。每当这时，季崇理就会叼着笔帽，目不斜视地把手伸过去，轻轻在她额头上拍两下，以示警告。

顺便还能在纸上写下两步数学题的运算过程。

宋唯真做题时间久了，他就会强行拉着她去英语组拿作业、拿卷子，甚至是帮徐慧老师把下下节课要用的东西提前准备好。

次数频率多到徐慧也忍不住笑了：“两位课代表，有什么事可以一次性办完，来来回回跑那么多趟老师很心疼的。”

宋唯真依言看向季崇理，两只手背在身后，等他给个合理的解释。

“徐老师。”季崇理不紧不慢道，“确实是我们俩的问题。学习学久了，除了书本上那点东西，别的什么都记不住。您一定能理解吧。”

宋唯真看着季崇理脸上堪称无公害的笑容，嘴角微微抽动几下。

回去的路上，宋唯真把一大摞卷子都放进季崇理怀里，圆溜溜的眼睛不满地瞪他：“喂，季同学，我们两个应该谈谈。

“马上就要期末考试了，你知道这次考试对我很重要，所以我必须……”

季崇理看她一眼：“劳逸结合。”

“可我根本不累！”宋唯真踮着脚，踩着走廊里大理石瓷砖的方格线，“班里来了很多厉害的同学，我危机感很强。”

宋唯真沮丧道：“万一我考不了第二怎么办！梅女士要搞我的！”

季崇理挑眉，“哦”了一声：“原来，宋老师只可以被我超过吗？”

“……”

“不！我要成为连你也无法征服的高山！”宋唯真说。

“行，小山女士。现在的问题不是我能不能征服你，而是最近你绷得太紧了。”季崇理叹口气，“老江搞的那个加强班已经很累人，你不要再给自己增添压力。”

分班之后，江海在班级里组织了一个周末自愿参加的加强补习班，班级里前二十名的同学可以自愿参加，进行难题训练，冲刺更好的成绩和排名。

排名靠前的同学全都参加了，分班后进来的同学在觉得自己可以跟上的情况下，也有很多选择了加强补习班。几周过去后，江海觉得效果不错，又组织了一个提升补习班，主要让成绩较差，但想夯实基础的同学参加。

梅清知道后，恨不得给江海送两面锦旗。毕竟这年头为学生尽心尽力，还愿意在家里腾出空间，免费给学生补课的老师是凤毛麟角。

加强补习班强度和它的名字非常匹配，做的题都是各省市高考的高精尖、偏难怪，各科题目的难度就是季崇理做也要皱上几次眉头。

宋唯真本就是个好强性格，上了加强班之后，整个人肉眼可见地瘦了一大圈。

季崇理看着小姑娘尖尖的下巴，捏捏她的肩：“我给你养了那么长时间，吃了那么多红烧鸡翅，又都瘦回去了。”

怪不得她前段时间胖了那么多！

都怪他！

宋唯真瞪圆眼睛，刚要说话，嘴里就被人塞了块糖。

她作势要吐出来。

“学校超市新到的进口水果软糖。”

宋唯真动作顿了下。

季崇理慢条斯理道：“草莓味的。”

宋唯真缓慢地眨眨眼。

“一颗五块钱。”

“？！”

宋唯真迅速地把糖咽下去：“这么贵？”

季崇理歪歪头：“当然是骗你啦。”

“……”

期末考后就是寒假。

宋唯真平时的用功没有白费，加上深厚的学习功底，期末成绩依然遥遥领先，甚至理综分数和季崇理的差距也逐渐缩小。

梅清很高兴。

她把这归功于自己的英明指导以及江海和季崇理的倾情奉献。

于是寒假第一天，她把宋唯真从懒觉中拖起来，忧心忡忡地问：“小真，小季过年去哪儿？”

宋唯真一下从睡梦中清醒过来。

以前季崇理过年是在梧桐院和季爷爷一起的，但现在他一个人住在盛世嘉园，根本不可能在过年的时候去找季决明或者夏瑟如。

梅清看着宋唯真一片空白的懵懂表情，又问道：“你们今年那个加强班，江老师有没有说什么时候开始上课？”

宋唯真点点头：“初四。”

梅清思忖一阵：“那今年我们不去外婆家，就在宜城过年。你把小季叫来，咱们一起过年。”

宋唯真：！！！

梅女士实在是太好了！

宋唯真面上不显，轻咳一声，佯装皱眉道：“妈妈，把他叫来过年合适吗？人家和咱们也不熟，来家里过年怪别扭的。”

梅清拍了下她的后脑勺：“不熟？你这孩子怎么这么没良心呢。小季天天辅导你理综都忘了？今年暑假人家还来家里跟你一块儿学习，这都属于浪费别人的宝贵时间，知道吗？”

宋唯真嘟嘟囔囔：“我还教他英语呢。”

梅清睨她一眼：“凭小季的智商，真要学英语还用你教？”

她把宋唯真的手机从充电器上拔下来，扔过去：“现在就打电话，让小季来家里过年。”

宋唯真睡眼惺忪地叹气：“好吧。”

“喂，季崇理。”宋唯真拨通电话，“我妈妈有事跟你说。”

不等那边回应，宋唯真把手机递给梅清，一脸困倦地看着她。

梅清接过电话，声音热情：“欸，小季，对，是阿姨有事找你。”

“这不还有不到半个月就过年吗，阿姨想着让你来家里过年。嗯，没事，不麻烦。”梅清瞥了眼还在赖床的宋唯真，“这么早就起来了？嗯，好孩子，别回去做饭了，直接来阿姨家里吃。别客气！这就开饭了，快来！”

梅清挂了电话，把手机放在桌边，感慨道：“你还赖床，小季都去给季老爷子上坟回来了。哎，这孩子真坚强，还要回家自己做饭，我直接叫他过来吃早饭了。”

宋唯真揉揉头发，靠着床头的毛绒玩具：“他会做饭，在梧桐院的时候都是他给季爷爷做饭。”

见梅清眉头微皱，她继续循循善诱道：“你管他一顿饭，他还不是要再回家自己做？要我说干脆一顿都别管，吃惯了梅女士这么好的厨艺，季崇理回去后自己做的饭菜都咽不下去了。”

说完，宋唯真在心中默念。

一，二，三。

“凑合吃怎么行！放假没食堂，等小季过来，就让他搬到咱家客房住，开学再回去！”梅清认真道，“就这么定，我现在去收拾客房！”

卧室的门“砰”的一声关上。

宋唯真静静听了几秒，确认梅清踩着拖鞋去客房收拾后，她拿起手机，重新给季崇理打了电话。

“喂，宋老师。”季崇理声音里带着点笑，“大清早阿姨给我这么大的惊喜，我有点受宠若惊。”

“一会儿还有更大的惊喜等你呢。”宋唯真躲在被窝里，“我妈妈心肠软，当然不放心你一个人。”

“哦——”季崇理拖长了声音，“原来是阿姨心地善良，我还以为是宋老师心疼我呢。”

“……”

宋唯真红着耳朵挂了电话。

这人最近属实是有点骚话连篇。

她磨磨蹭蹭地起床，洗漱完毕后，季崇理刚好按响外面的门铃。

“小真，去给小季开门！”梅清还在客房铺床。

宋唯真应了声，踢踢踏踏地跑去开门。

少年穿着黑色羽绒服，身上落了雪，睫毛上挂着雪化后的晶莹水珠。

宋唯真抬手把他身上还没化的雪拍掉，随口问道：“外面的雪还没停？”

今年冬天宜城的暖气烧得很足，屋里热得像夏天一样。

宋唯真在家里只能穿单薄的睡衣睡裤。

睡衣上衣是无袖款式，是她特意挑选的，她总觉得袖子越长越束缚人。

如今，纤瘦白皙的手臂尚未碰到季崇理的羽绒服，就被外面浸着的寒意激起一层鸡皮疙瘩。

季崇理轻握住她的手腕，靠近她耳边低声说："宋老师，我自己来。"

"你最好换件衣服再出来。"季崇理松开她的手腕，羽绒服袖子蹭到她的小臂内侧，有点湿湿的凉。

"我是个正人君子。"季崇理的黑眸里泛着点意味不明的笑，"但可不是坐怀不乱的柳下惠。"

说完，他直起身点点宋唯真的睡衣带子："去换了。"

宋唯真揉揉脸，一路跑回卧室。

穿衣镜前，女生的小脸白里透粉，似是如常，但通红的耳垂已经暴露了她羞恼的心情。

这件衣服又有什么！

一件普普通通，镶着小花边的吊带睡衣罢了！

卧室门外响起一阵说话声，是梅清和宋新文同季崇理在寒暄。

宋唯真从衣柜里翻出一件短袖长T恤，脱了睡衣正要换上。

等等。

她突然发现了问题。

床上的圆领短袖和吊带睡衣比起来，衣领高了不是一星半点。

她迅速把吊带往身上套，再站在镜子前仔细观察，发现这件睡衣领子开得非常低。

尽管有两根细细的带子固定着，可连接处的布料还是少得可怜。

另一个更重要的问题！

她根本就没穿内衣！

宋唯真沉默地看着床上的长T恤，穿上内衣，换上短袖，沉默地在梅清的催促声中，木着脸走向餐桌。

季崇理正和宋新文聊天。

宋唯真拉开季崇理旁边的椅子，感觉他的目光扫过来。

"你看我干什么！"宋唯真"噌"地从椅子上站起来。

屋里瞬间安静。

梅清端过一盘包子，宋新文放下手中的豆浆，季崇理的手交叉在餐桌上。

三个人的目光齐齐看向她。

看向这只奓毛的小刺猬。

梅清抬手把宋唯真按住，冲季崇理笑道："小季你别害怕。她早上起来脑子不清楚，不是精神有问题。"

宋唯真气呼呼地坐下，夹了根油条往嘴里塞。

“好吃吧？”宋新文笑呵呵地说，“小季早上刚买的，热乎着呢。”

“……”宋唯真顿时觉得嘴里的油条不香了。

恰好季崇理转过头来，笑得清风朗月：“宋同学，油条好吃吗？”

宋新文很喜欢季崇理，拍拍他的肩：“别客气，以后就把这当成自己家，管她叫‘小真’就行，总叫‘宋同学’多见外。”

梅清跟着点头，说：“老宋说得对，小季，我们都没跟你见外，你也别跟我们客气。”

季崇理笑得温柔：“好。”

“今年咱们在宜城过年，也得有点年味儿。你吃过饭后和小季一起去超市，置办点年货，把家里也装扮装扮。这几天就算休息了，过完年再学习。”梅清叮嘱道，“我和你爸得走了，你们吃完把碗放在水槽，等我回来洗就行。”

“阿姨，你和叔叔放心去上班，这些我都会收拾好。”季崇理礼貌地站起身。

宋唯真埋头吃饭，朝他们挥挥手。

过了几分钟，防盗门落了锁。

“我爸妈走了，你不用装了。”宋唯真又夹根油条，“笑得我浑身发毛。”

季崇理重新坐下，慢条斯理地喝口豆浆，挑眉道：“宋老师又冤枉我。我不是每天都对你笑？”

确实是。

但宋唯真知道，每当季崇理笑的时候，总是会说出些她答不上的话。

笑无好笑。

季崇理没再逗她，两个人相对平和地吃了饭，季崇理又刷了碗，宋唯真换好衣服，两人直奔超市。

距离过年只有十天左右，宜城的大街小巷已经颇有年味。沿路的树和路灯上挂满彩色串灯，街边除了卖吃吃喝喝的外，也多了些卖福字、对联和烟花的小摊。

宋唯真手里拿着梅清列好的年货清单，边走边说：“今天我们只能买一部分，买太多拎不动。”

季崇理习惯地抬手，把她脖子上的围巾松了松，“嗯”了声。

超市里放着轻松喜庆的音乐，中间的促销货架上摆满各种大红色的新年挂饰。

因是工作日，超市里的人不多，宋唯真和季崇理顺利拿到空购物车。

“宋老师，要不要进来坐？”季崇理朝宋唯真示意，“我在电视上看到，女孩子都喜欢坐在车里，被人推着。”

被喜欢的人推着，想想就很梦幻。

宋唯真蠢蠢欲动的心思，被周围买菜的大爷大妈奇怪的目光压了下来。

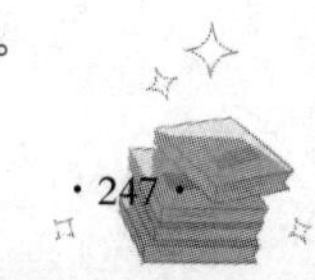

“先买东西。”

季崇理毫无异议，推着车跟在她身后。

说是两个人一起来超市采买，但实际上所有决定都由宋唯真一个人来做。

挂饰小彩灯是纯红色还是彩色。

贴在门上的福字是草书还是楷书。

对联最后一句是“财源广进”还是“家宅平安”。

宋唯真面临选择时，所有求助都收不到回应。

季崇理只跟在她身后，安安静静地做个推车的保镖，防止周围有人过来撞到她，以及对她所做出的每个选择表示赞同。

在宋唯真第五次拿起两个红色的布偶小马，对着金色和金红色交替的马毛无法决断时，季崇理再一次给出了“都可以，都不错，你喜欢都好”这样的答案。

“你会不会太敷衍了？”宋唯真眯起眼睛，“你不想来买年货，只是迫于梅女士的压力，不得不过来。是不是？”

“你怎么会这么想？”季崇理怔住，半晌后无奈地低下头，“宋老师，我不是故意的。”

周边路过的人穿得都很喜庆，大红色、浅粉色、鹅黄色、水绿色，唯独面前的少年，黑衣灰裤，脸很白，鼻尖冻得通红。

瞧着可可怜怜的。

“我只是不知道怎么选择。”季崇理抿抿唇，“我以前过年，没有这么隆重。”

在他的记忆里，梧桐院的年味儿并没有很重。

尤其是奶奶过世以后，老屋里就剩下他和季英河两个人。

季英河原来不会做饭。季崇理至今还记得，有一次奶奶去串亲戚，让季英河给他做顿午饭。

那天中午，季英河拎了两块豆腐和四个馒头回来。

一块小葱拌豆腐，一块酱油拌豆腐。

两个男子汉就对着这两道豆腐，吃完了所有的馒头。

后来季英河为了给孙子好好补身体，才学会做饭，也有了几道拿手好菜。但他喜欢跟战友出去喝酒、旅游，隔三岔五就见不到人。以至于季崇理不到十岁，已经能做出很好吃的饭菜。

季英河也索性把厨房大权移交给孙子，自己等着吃现成的。

年夜饭对爷孙俩没什么不同。

对千家万户来说都是万家灯火的团圆日子，可在梧桐院的老屋里，只有他们两个人。

他们的除夕夜，最多是包饺子，烫一壶白酒。

季英河喝上几盅酒，往往等不到春晚结束就会睡着。

而季崇理就会一个人在电视机前，等着春晚主持人的零点倒数，听梧桐院附近人家的鞭炮声，然后默默地说一句，不知道说给谁听的新年快乐。

这就是他意识范围内全部的新年。

宋唯真手里那一列长长的过年清单，让季崇理无所适从。

那些颜色绚丽的彩灯挂饰、贴在玻璃上不同形状的窗花、不同春联代表的不同寓意，甚至梅清在清单最后所列的年夜饭食材，都是他所触及不到的领域。

他并不清楚，怎样选择是正确的。

也没有按照自己的喜好，挑选过这些东西。

“选择其实并不难嘛。”宋唯真语气轻松，推着他往干果区域走。

“焦糖瓜子和五香瓜子我和梅女士都很喜欢，你想买哪种？”宋唯真见季崇理又要摇头，追问道，“喜欢甜的还是喜欢咸的？”

季崇理：“咸的。”

宋唯真：“好，那我们就买五香瓜子。

“碧根果和脆皮核桃想吃哪种？”

季崇理被小姑娘认真的样子逗笑，顺着她的意思问道：“有没有推荐？”

“这次没有。”宋唯真狡黠一笑，“要自己做决定哦。”

……

结账后，季崇理掂掂两个购物袋的重量，趁宋唯真不注意，从一个里面拿出两盒比较重的干果，然后把变轻的购物袋递给她。

宋唯真很高兴地接下。

这才是同甘苦，共患难的态度嘛。

回家路上，他们遇见了个卖冰糖葫芦的老大爷。

插在草靶子上的冰糖葫芦鲜艳欲滴，宋唯真看见闪着糖晶的山楂后，又想起梧桐院里那棵结满红果的山楂树。

她买了一串，轻轻咬下一小块红果顶上的糖风，连带着外面那层薄薄的糯米纸，一起咽下去。

季崇理在旁边看她。

“你要不要也买一串？”宋唯真问。

“不需要额外破费。”

挂满新年装饰的树下，少年拎着两个装满的购物袋，低下头，微微张开了嘴。

“我想让宋老师，喂我吃一颗糖葫芦。”

那串一共六颗的冰糖葫芦，四颗都进了季崇理的肚子。

他吃每一颗时，都有各种各样的借口要宋唯真喂他。

“宋老师，我拎着东西倒不开手。”

“我的手好酸抬不起来。”

“果然，小真手里的糖葫芦比较甜。”

宋唯真当然知道这些都是季崇理故意的，她心里一边觉得好笑，一边忍不住满足他小小的要求。

她希望，季崇理能好好过一次年。

晚上宋新文和梅清回来后，宋唯真趁着宋新文拉着季崇理聊天的工夫，把季崇理那点关于过年的心酸往事，添油加醋地说了一遍。

彻底勾起梅清柔软得不行的心肠。

第二天是休息日，宋新文和梅清都休息。

吃过早饭后，梅清按住准备去刷碗的季崇理，笑眯眯地说：“小季别忙了，这些我们回来再刷。现在去换衣服，我们一起出门买新衣服。”

季崇理讶然，随即摆手拒绝：“阿姨，你们一家人去吧，我去不合适。”

宋新文换好衣服，从卧室里走出来，笑得温和：“小季，在这儿过年就听我和你梅阿姨的。”

宋新文捋捋头发：“我可是把你当儿子呢，怎么不是一家人。”

“……”当儿子也挺好。

但好像和他努力的方向不太一样。

季崇理弯弯唇，他们一家人，真的都很好。

宋唯真上小学后，她就给家里添了一条新规定。

过年的新衣服，一定要买三件红色的，而且一定要一模一样。

这才是“一家三口乐丑丑”嘛！

按照惯例，宋新文、梅清和宋唯真一进商场，就开始到处寻找红色毛衫，或者红色卫衣。

他们在同一层逛到第三圈的时候，季崇理忍不住小声问了句：“宋老师，你们都要买红衣服？我记得爷爷说，只有本命年才穿红色。”

“没有哦。我们家每个人过年时都要穿红色，讨个红红火火的好彩头！”宋唯真嘻嘻一笑，落后一步，在他耳边轻轻说，“季神，我觉得今年你可能也会收获一件‘一家四口’套装。

“会拥有你人生中第一件，新年红色战衣哦！”

少女微微挑起眉梢，晶亮的眼里泛着笑，说话时小股小股的气流喷洒在季崇理耳边，酥酥麻麻地传到他身上。

很让人愉悦。

梅清最后选中一件红色毛衣，上面用白色棉线绣了一只做鬼脸的小恐龙。

“这件衣服很可爱，来，你们两个进去试试。”

季崇理接过衣服，身体又僵硬了几分。

尽管他做好心理建设，却万万没想到，宋老师家的新年战衣，会是这么可爱的风格。

梅清看他站在原地没动，走过去问：“小季，不喜欢？”

“没有，阿姨。”季崇理局促地笑了下，“我只是没有穿过……这么好看的衣服。”

梅清怜爱地摸摸他的头：“年轻人就该多穿点亮色衣服，有朝气。快去换吧。”

宋唯真抱着衣服，站在梅清身后简直要笑死了。

她没见过季崇理这么一副乖巧吃瘪的模样。

哼，大魔头一会儿要穿红毛衣，她一定要第一时间拍下来，留着以后嘲讽他。

宋唯真边换衣服边想，只要他以后再把她噎得说不出话，她就把他穿红毛衣的照片发进班群里，给大家传阅——转发这个季神，保证理科成绩红红火火。

她走出试衣间，看向镜子，再一次忍不住赞美梅女士的好眼光。

这件毛衣真的好可爱！显得人气色很好，皮肤很白！

“我就说嘛，年轻人穿红色就是好看，有朝气！”梅清说完转过身，瞧着宋唯真笑了，“老宋你快来，小真和小季穿都好看。”

男生背对着她站着，修长手指犹疑地在白皙后颈来回摩挲。

他听见梅清的说话声，缓缓转了过来。

少年的表情依旧寡淡，近乎冷白的皮肤在红色的衬托下更显得剔透，他的手心还停留在后颈，耳尖冒出点淡淡的粉。

季崇理这副冷淡神情，和衣服上张牙舞爪的搞怪小恐龙相比……

实在是太可爱了！

宋新文和梅清也进试衣间换衣服。

季崇理难得不自然地搓搓耳垂，走近问她：“好看？”

“当然好看！”宋唯真竖起大拇指，“很帅！”

她冲着旁边的售货员甜甜一笑：“姐姐，可以帮我们拍张合影吗？”

售货员接过她的手机：“那我数三二一，你们两个要笑一下哈，笑起来拍照好看。”

“三，二，一。”

定格的照片中，女生的眼睛笑成两个弯弯的月牙，左手挽着男生的胳膊，右手在旁边比了一个“Yeah”。

男生似乎不太喜欢笑，一手插在裤兜里，另一手无所适从地任由她挽着，眼神落在女生的头顶。

季崇理让宋唯真把这张照片发给他，然后他把这张照片发到了他刚刚加入的新群。

这个群是张白建的，里面都是他在班里感情比较好的哥们儿。

【张白：？？？你俩怎么穿的一样的衣服啊？】

【侯鸿飞：不是吧，季哥你这是官宣了？】

【池屿：。】

【池屿：我去。】

【周寰宇：你们在学校注意点儿，最近教导主任对男女生接触过密抓得很严。】

【张白：这何止接触过密啊。你看季哥都没看镜头，就低头看真姐了。】

【侯鸿飞：我觉得你们的重点歪了。重点难道不是季哥居然穿了件大红色的衣服吗？！】

……

不到五分钟，聊天群里的消息就刷到“99+”。

季崇理称赞完梅清的好气色和宋新文的挺拔身姿后，慢悠悠地掏出手机，回了消息。

【季崇理：哦，是她妈妈带我们两个出来买衣服。非要买红色的，我盛情难却。】

【池屿：……】

【池屿：滚。】

接下来是一排整齐划一的“滚”。

季崇理满意地关上手机，看见宋新文正在付钱。

“叔叔，我来付款就好。”季崇理刚说了一句，就被梅清拦下来。

她安慰道：“新年衣服哪有自己付款的道理？当然是长辈花钱才能把新一年的福气送给你们。”

“小季，叔叔不是跟你说了，不要跟我们客气。”宋新文收起钱夹，“有什么困难都可以跟我和你阿姨说。”

宋唯真凑过来，低声说：“你是不是傻，攒点钱多不容易，能不掏钱就不掏钱，知道吗？”

季崇理微微低下头。

他做的几个小软件，卖了不少钱。

该怎么告诉宋唯真和叔叔阿姨，他其实不缺钱。

季崇理陷入了沉思。

Chapter 016

·新年快乐·

“春节联欢晚会，现在开始！”

电视机里主持人穿着红色礼服，喜气洋洋地做了春晚的开场。

宋唯真抱着袋原味薯片，靠坐着沙发，津津有味地看出场的歌舞表演。

梅清和宋新文在厨房里忙着包饺子，准备年夜饭食材。

“小季，你出去看节目，别在厨房忙。”梅清扎着围裙，把季崇理往厨房外面赶，“厨房油烟大，熏到你们小孩。”

“阿姨，我可以帮忙，以前我和爷爷的年夜饭都是我来做。”季崇理执拗地想去帮忙做点什么。

宋唯真家的新年气氛太浓厚，和他印象中每次的新年都不一样。

家里的玻璃上贴着窗花，每个卧室门口贴好了宋唯真从网上买的可爱风格的对联。

她的门口是“天天开心”，他的门口是“平安喜乐”。

家里所有的床单被罩、沙发坐垫、窗帘，甚至是盖着微波炉的防尘布，都已被梅清掀下来洗得干净。

客厅和卧室里的边边角角，都在宋唯真的创意下，做了很多颇具年味的新年改造。

整个家里，焕然一新。

幸福、喜悦、美满。

这些词是季崇理在宋唯真家住了半个月后，体会到的关键词。

让他憧憬、盼望，又近之情怯的家，触手可及。

因为太过真实，季崇理心里反而生出一股不真实的破碎感。

是不是，他再努力一点，多做一点，就可以把这份他短暂地置身其中的美好，多留存几个瞬间。

他慢慢走到沙发边，在宋唯真身旁坐下。

旁边迅速递过来一个打开的薯片袋。

“很好吃哦！”宋唯真笑嘻嘻的，“这是我最喜欢的原味薯片！宋唯真的新年必备！”

季崇理很少吃膨化食品。

小时候没人买给他吃，后来去了梧桐院，季英河一向不让他吃乱七八糟的零食，慢慢长大后，他也不再想吃这些东西。

吃了这些，也不会让他的日子更好过。

宋唯真探头看了眼厨房，凑到他耳边小声说："我喂你吃！

"啊——"

小姑娘眼神里泛着期待的水光，清凌凌的圆眸勇敢又羞怯，耳垂上已经染上点红色。

季崇理扬起嘴角，顺从地张开嘴。

"吃了我的新年必备款薯片。"宋唯真狡黠一笑，"以后就成为宋唯真的新年必备。"

季崇理慢条斯理地嚼着薯片，抬起手，食指指节在她鼻尖上刮了下。

"好。"他笑了，"听宋老师的。"

好帅。

宋唯真红着脸往嘴里塞了几片薯片。

"小真！"梅清从厨房里探出头，手里抄着锅铲，"我和你爸买了烟花，你带小季下楼放烟花去！"

宜城这几年治理环境污染，逢年过节都不允许居民自行燃放鞭炮，只能由各区域的行政管理人员统一燃放。

但是放一点冷焰火还是没问题的。

宋唯真换了新买的红色毛衣，从小纸箱里掏出梅清买的烟花。

宋唯真动作缓慢地举起一根仙女棒："我没想到梅女士买的是这种烟花。我还以为是那种'砰砰砰'飞到天上，蹿得特别高的那种。"

宋唯真嫌弃地撇撇嘴："好幼稚哦。"

说完，她悄悄看了眼季崇理。

其实宋唯真一点都不觉得幼稚。

仙女棒是她最喜欢的冷焰火，可以拿在手里玩，闪闪亮亮，有各种漂亮的形状。

她只不过觉得季崇理会不喜欢，先下手为强罢了。

"幼稚吗？"季崇理走过来，接过她手中的仙女棒，在手中转了几圈。

"我没玩过。"他把仙女棒举在宋唯真眼前，轻轻晃晃，"宋老师教我。"

宋唯真一脸勉为其难，紧了紧羽绒服领子："好吧。"

季崇理手里握着个星星形状的仙女棒，又从里面拿出一根弯弯月亮形状的递给宋唯真。

"其实很简单，用打火机烧一下就行啦。"

“啪”的一声，打火机上亮起一簇微蓝的火苗。

宋唯真小心翼翼地把“弯月亮”递过去，“月亮”的顶端瞬间爆出一小团耀眼的光。

“看，很简单吧。”

季崇理望着女生眼里藏不住的欢喜，把手上的“星星”轻轻靠了上去。

两根冷焰火仙女棒，星星和月亮，在夜里闪出最好看的形状。

宜城南街外面响起噼里啪啦的鞭炮声。

宋唯真举着两根仙女棒，大声冲着季崇理喊道：“新年快乐，季崇理！”

冬日的风吹乱她额角的刘海，也把她小巧的鼻尖吹得通红。

季崇理走近，把她衣服后面的帽子盖在头顶。

帽子周围那圈雪白的毛，衬得小姑娘越发娇俏可爱。

“谢谢。”

谢谢你让我有机会体验幸福的家庭。

给我真真正正过一次年。

分享给我你生命中那么多美好的时刻。

谢谢你，让我进入你的世界。

寒风冽凛中，季崇理心底滚烫一片。

他微微低头，动作轻缓地靠近宋唯真的头顶，在她白色羽绒服的帽子上，落下一个极轻的吻。

鞭炮声依旧在响。

宋唯真似乎什么都没听见，转过头来冲他耳边大声说：“我在跟你说新年快乐！”

季崇理摇摇手中即将燃尽的仙女棒，眼底一片濡湿的笑意：“新年快乐，宋老师。”

刚开始，宋唯真玩仙女棒还是非常兴奋的，毕竟一年只有这一次光明正大放烟花的机会。

十分钟后，她开始对着箱子里剩下的仙女棒发愁。

宜城南街的鞭炮早就放完了，夜里忽然起了风，小区飘荡着一阵阵鞭炮燃放后的硝石味道。

宋唯真蹲在单元楼门口，皱着小脸，把仙女棒插在只剩下泥土的小区花坛里。

各种形状的仙女棒站成两排，像整装待发的列兵。

她吸吸鼻子，颤声道：“就这么放吧，放完赶紧回家。”

外面降温了。

宋唯真没想放烟花还要穿多少衣服，尽管外面套着羽绒服，但雪地靴里面

是赤着的脚，也只在睡裤外面套了条很薄的牛仔裤。

冷风一来，把她整个人都打透了。

季崇理眉头皱起来，作势要把羽绒服脱掉。

宋唯真一把按住他的手：“你干什么？”

“你很冷。”季崇理解释道，“我不冷。”

“不行，会冻感冒的！”

两个人僵持不下。

在宋唯真打了两个喷嚏还不妥协的情况下，季崇理只得采取折中手段。

他把宋唯真推进单元楼里，把仙女棒全都点燃了，才又把人叫出来。

“好壮观！”宋唯真惊叹道，“我要拍两张照片！”

她打开摄像头，对准了绚丽绽放的一排冷焰火，然后，悄悄移动手机，把旁边的男生一点点放进摄像框里。

少年穿着黑色羽绒服，手插在兜里，另一只手正拨弄着被风吹乱的黑发。

干净利落的下颌线隐没在羽绒服的毛领里，眼睛里反射着仙女棒闪耀的光。

宋唯真放大了画面，看见季崇理嘴角干净青涩的笑意。

她放下手机，对着漂亮夺目的焰火许愿。

季崇理，新年快乐！

要永远快乐！

宋唯真和季崇理回家时，梅清的年夜饭已经做得差不多了，招呼他们洗手吃饭。

电视机里的春晚节目还在继续，正好演到一个语言类节目。

宋唯真饶有兴味地坐下。

季崇理挂好两个人的外衣，听到宋新文喊他：“小季，来书房一下。”

他依言走了进去。

书桌上用镇纸压着张红纸，宋新文手里拿着支狼毫笔，在砚上蘸了点墨汁。

他把毛笔递给季崇理：“会不会用毛笔？”

季崇理两手接过，颔首道：“嗯，我爷爷书法写得很好，教过我一点。”

“每年过春节，我们家客厅里都要贴一副新对联。”宋新文笑着推推眼镜，“小真小时候刚学会说话，就从嘴里蹦出这么一句话，把我和你阿姨高兴坏了。”

“从那以后，‘一家三口乐丑丑’就成了我家雷打不动的新年贺词。这对我们家来说，是非常重要的一句话，它相当于我们永远幸福美满的标志词。我们每年都会把这句话作为新对联的横批。”

宋新文别有深意地看他一眼：“小季，我叫你过来，是想让你填个字。”

“你觉得，这个‘三’，以后能变成‘四’吗？”宋新文顿了顿，“能的话，你就把这个字填上。”

季崇理的手抖了一下，墨汁滴入红纸下方的毛毡垫，洇出一大团墨迹。

季崇理声音低而干涩：“我可以吗？”

宋新文静静地看向他，无框眼镜后的眼睛里，笑意一闪而过。

“小季，你梅阿姨看着精明，实际上善良又天真。小真跟她一样，傻里傻气的。

“所以我才来问你。我欣赏你，你跟小真相处时的神态我看在眼里，骗得过你梅阿姨，骗不过我。”

宋新文笑了：“和我年轻时一样。”

“如果你真的喜欢小真，我愿意做你梅阿姨的工作。叔叔也很希望，你能成为我们家的第四个人。”

“但是，”宋新文的神情倏而严肃，“你如果没想好，就不要轻易落下这一笔。小真是我们两个人最重要的宝贝，我不允许任何人欺负她。”

季崇理握着狼毫，一笔一画地写下一个“四”。

“叔叔，我……”季崇理剩下的话被宋新文拦了回去。

“小季字不错，写得颇有一番古韵。”

宋新文话音刚落，梅清推开书房的门。她边解围裙边催促：“写完赶紧贴上，咱们这就吃饭。”

“对了！”梅清去而复返，“别忘了换上新衣服，我们要合影的！”

季崇理把毛笔还给宋新文，回房间换了毛衣出来。

宋唯真一家像 WiFi 的信号格一样，由高到矮依次站好，正在想今年的拍照动作。

“还有拍照环节？”季崇理问。

“当然啦。我们每年都会拍一张新年全家福，洗出来放在相册里。现在已经有十六七张了。”宋唯真兴奋地拉他过来看照片，“今年相册里也会有你的照片啦。”

沙发上摊开了一本相册，季崇理从头开始翻看，看过了年轻时的宋新文和梅清，看过了抱在怀里的宋唯真、扎着羊角辫的宋唯真、穿着大人做的手工厚棉裤的宋唯真、头发梳成年画娃娃的宋唯真。

随着宋唯真长大，越往后的照片中，她的动作越搞怪。不论多奇怪的动作，宋新文和梅清都跟着宋唯真一起做。

季崇理觉得这本相册沉甸甸的。

他从不曾拥有这么多的爱。

但是，从今往后，他可能会拥有一个美满的家庭。

“季崇理，快过来！”

他只翻看了几分钟相册，宋唯真就已经安排好拍照姿势。

为了呼应马年的新年生肖，宋唯真决定四个人拼接一匹马。

她是马头，妈妈是马尾，爸爸和季崇理两个高个子就当马肚子和长长的马腿。

数码相机摆在不远处的鞋柜上，调整后角度，设置好时间，宋唯真“噔噔噔”跑了回来。

“咔嚓”一声，相机的取景框里，留下四张灿烂的笑脸。

梅清和宋新文喝了点酒，尤其是梅清，脸被红毛衣衬得更红了。

“你们俩过来。”

宋唯真和季崇理听话地走过去。

“来，一人一个红包，睡觉时记得压在枕头底下。祝你们两个新的一年成绩进步，平平安安。”

季崇理踌躇一瞬。

梅清借着酒劲，对季崇理说：“给我收着！大过年的，别让阿姨生气！”

季崇理笑着点头，给梅清和宋新文鞠躬拜年。

“好，你们先把压岁钱放回屋里，我和老宋去看看饺子。”

每年过年时，出锅的第一个饺子都由宋唯真尝。

饺子皮是软还是硬，是马上出锅还是多煮几十秒，都由宋唯真决定。

宋唯真的外婆管她叫“饺子小先锋”。

季崇理放完红包从卧室出来时，经过宋小先锋钦定的除夕饺子刚好出锅。

梅清从厨房端出最后一盘饺子，招呼道：“快点吃，除夕饺子我包了带钢镚儿的，吃的时候注意点，不要硌到牙。”

“宋老师。”季崇理倾身向宋唯真旁边，低声问道，“梅阿姨为什么往饺子里放硬币？”

挺不干净的。

那么多细菌，高温也不一定能完全消灭。

“新年讨个好彩头！”宋唯真笑眯眯地咬着筷子，眼睛弯成两个愉悦的圆弧，“能吃到硬币的人，会在新的一年获得好运气！”

宋唯真在几个盘子里看了会儿，夹了个饺子放进季崇理碗里。

她一脸笃定地打包票：“你快吃，一定能吃到妈妈包的幸运钢镚儿！”

季崇理仔细看了眼碗里的饺子，又白又胖的饺子肚上有一道浅浅的指甲痕。

他心下了然，神色如常地把饺子整个放进嘴里。

宋唯真果然急了：“你吃那么大一口干吗？不烫吗？刚出锅的饺子要半个半个地吃！”

梅清又好气又好笑：“你这年轻人怎么婆婆妈妈的，好像个老妈子。人家小季还不会吃饭吗？”

季崇理拉拉宋唯真的袖子，牙齿间咬着枚一元硬币。

“哇！妈妈爸爸你们快看！”宋唯真夸张地惊叹道，“季崇理居然第一个饺子就吃到了钢镚儿！他今年一定会超级幸运！”

宋新文给自己闺女夹了个饺子：“快吃吧，多吃点就能吃到好运硬币。”

季崇理瞥了眼努力吃饺子的小姑娘，低头笑笑。

他哪里还会更幸运呢。

能遇到她，遇到她的家人，已经耗尽他全部的运气了。

饭后，梅清和宋新文收拾好桌子，酒意上头困倦得不行，都回屋休息了。

守岁的任务自然而然地落在宋唯真和季崇理身上。

临近零点，小区外又响起一阵鞭炮声，几乎掩盖住电视里主持人的声音。

噼里啪啦一阵响声，让宋唯真的瞌睡都清醒了很多。

她从茶几上拿了杯水喝。

季崇理看她一眼，没说话，转过头安安静静地看春晚。

宋唯真也想认真地看春晚，但一旁的季崇理有着超高的存在感。

他刚洗过澡，穿着一身干净的棉质睡衣，清清淡淡的柠檬薄荷味从旁边飘过来。

和她身上的味道差不多。

他们用的是同一款沐浴露，但不知道为何在季崇理的身上，这种味道徒增了不少好闻的清冷感。

她不禁深深嗅了几口。

陡然察觉自己如痴汉一般做了什么事情的宋唯真脸颊涨红得像一个熟透的西红柿。

季崇理察觉到她的异常，往她这边偏下身子。

刚做了坏事的宋唯真倏地拿起抱枕，站了起来，想离他远点。

“你你你你……”

“我什么我？”季崇理好笑地看着她，拉着她坐下。

他低下头，越来越靠近她。

宋唯真几乎可以看清他脸上纤细的绒毛。

电视机里春晚主持人正式开始倒数。

“三，二，一——”

“过年啦！”

“祝大家新春快乐！马年大吉！”

宋唯真瞬间又站起，边喊着“新年快乐”边跑回房间。

季崇理若无其事地起身，拿起刚才宋唯真喝水的墨蓝色马克杯，喝了口水。

小姑娘慌慌张张，根本没看清喝水的水杯是谁的。

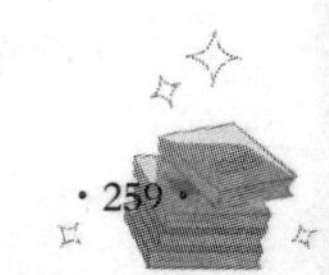

他重新坐下，拿起茶几上的手机。在半个多小时前，宋唯真发的一条新年动态下面点了个赞。

小姑娘还是一如既往地写了一大堆新年感言，还在下面放了一张撑脸大头自拍照，隐约能看见身上红色毛衣的衣领。

季崇理逐字逐句看完，又点开照片看了会儿，保存到专属相册里，回来给她点了个赞，然后在排成队形的长长一列“真姐新年快乐”的评论里，回了一条:

【晚安。】

五分钟后，宋唯真还没有回复。

季崇理点开自己荒芜一片的 QQ 空间，破天荒地发了条新年动态。

【过年。】

文字下面放了几张照片，每一张照片都能代表他从未公开展示过的愉悦心情。

放着四副碗筷的丰盛年夜饭的照片。

大红色中国结上方露出一半的“一家四口乐丑丑”的对联横批的照片。

他吃到的，宋唯真送给他的幸运硬币的照片。

还有一张，是梅清阿姨用他的手机拍下的，他试穿红色毛衣时的腼腆笑容的照片。

动态发出去的瞬间，他的空间就仿佛炸开了锅。

【我去！红色毛衣！季神穿了黑白灰以外的第四色！还是大红色！】

【新年快乐季哥！马上转发给猴子，他在老家放挂鞭，肯定来不及抢占前排！】

【老白的重点永远在跑偏……】

【画重点！四副碗筷！一家四口！红色战衣！幸运钢镚儿！】

【我总觉得季神在秀……】

【楼上的你没说错。老季这狗就是在秀。】

……

季崇理关了电视，回到自己的房间。

没过多久，手机里响起宋唯真的专属提示音。

【晚！安！】

他勾了勾唇，望着窗帘里隐隐透出来的月光。

晚安，我未来的女朋友。

年后不久，江海的加强班开始补课了。

宋唯真有幸在江海家里见到了他刚上幼儿园大班的女儿。

他们人不多，江海把家里的客厅腾出来，放了几张桌子和一块白板，给他们计时做题。

宋唯真和季崇理坐在第一排。

江海的女儿叫丫丫，长得胖胖的，十分可爱，扎着两个冲天羊角辫，非常喜欢凑热闹。

宋唯真做了五道选择题的工夫，她就跑过来偷偷拉了七八次宋唯真的衣角。

后来看哥哥姐姐们都低头学习不理她，丫丫跑去找江海，抱住他的大腿，仰着头，奶声奶气地说："爸爸，丫丫也想来这里和哥哥姐姐一起学习。"

江海正在看手里的数学题，他把眼镜往下拉拉，对上丫丫迫切的小眼神。

"行，去把你的学习桌搬来。"

他们好奇地看向跑远的丫丫。

幼儿园的小孩子，现在有学习桌？

过了几分钟，丫丫搬着个比她矮不了多少的塑料折叠桌，"吭哧吭哧"地往这边走。

宋唯真起身想去帮个忙，被江海叫住："你别动，让她自己来。"

丫丫抿抿唇，红着小脸，继续"吭哧吭哧"地往宋唯真这边缓慢移动。

"唰唰"演算的笔都停住，一群人看着小女孩坚强努力地朝江海走。

一分钟后，丫丫终于把小桌子搬到宋唯真旁边。

她仰着头，又跑过去抱住江海的小腿："爸爸，你帮丫丫打开。"

江海随手把数学题放在季崇理手边，摘下眼镜，蹲下，视线与丫丫齐平。

"丫丫，爸爸教你，你自己来好不好？"

丫丫噘起嘴巴，有点不愿意。

半晌后，她还是在江海慈爱的目光中妥协，小步小步地蹭到塑料桌旁边："好，丫丫自己来。"

江海双手抱臂，笑容和煦："第一步，把桌面抬起来。"

丫丫乖乖照做。

"第二步，抻对角线。"

丫丫愣住。

宋唯真也愣了。

幼儿园的小朋友，知道什么叫对角线？

江海皱皱眉，又轻声说一遍："丫丫，抻对角线。"

季崇理抿唇笑了。

宋唯真身后也传来一阵竭力压抑的笑声。

丫丫还是没懂，大眼睛眨巴眨巴，委屈地看向江海。

江海缓缓蹲下，点着桌子的两角处，扶着丫丫的小手，完成了幼儿园小奶娃的数学启蒙。

在加强班里时间过得飞快,高二生的寒假几经压缩,转眼就到了开学的时间。

而开学，就意味着大家期待一年多的素拓训练要来了。

宜城一高的素拓训练,往往安排在高二下学期开学半个月后,这次也不例外。

江海早早统计好学生们的参加意愿，除了还在青榆学雅思的陶桃外，十七班全员参加。

素质拓展训练基地在宜城市郊区，整个训练期为七天，时间不短也不长，但也足够一群十六七岁的少男少女玩得收不住心。

所以每个班的老师都要求学生们带着作业和练习册去，有的班主任甚至已经联系基地负责人，提前订好空活动室作为晚自习的地方。

江海也接到了家长的电话。

几经思考后，他还是在班会时宣布：“咱们班去基地素拓时，就不强制要求统一学习了。有需要的同学可以自备练习册，晚上没有活动的时候做十几分钟，保持感觉。”

江海笑笑：“玩就好好玩，学就好好学。我给你们放松的时间，但回来都得给我收心，不然我可要挨个跟你们谈话。”

班上一阵欢呼，还有几个胆子大的男生，趁乱喊了几声“老江万岁”。

出发前的周末，梅清和宋新文带着宋唯真去超市，买了些必需品带着。

“我问过江老师，基地翻修后条件比较好，现在也不冷，但以防万一可以带件薄针织衫。”梅清挽着宋唯真的手，“洗漱用品、换洗衣物、带几本练习册……别的就没什么了，少带些东西，我听说基地虽然封闭，但里面有小超市，基本要求都可以满足。”

宋新文推着购物车附和道：“缺什么就买，不要心疼钱。”

宋唯真点头。

开学后季崇理就搬回去住，但梅清心里总惦记着，于是给宋唯真买的东西，也都给季崇理准备了一份。

一高要求学生在学校操场集合，按照班级序列乘坐对应编号大巴车，统一去素拓基地。

张白一上车就兴奋地向大家科普：“我打听过，素拓基地每年玩的项目都不一样，多数是锻炼集体凝聚力的游戏项目，行动类的比较多，最后一天一般是汇报演出，每个班都要出节目。”

他神神秘秘地低头，朝周围几个人摆摆手：“听说今年的宿舍楼是新装修的，男女混住哦。”

周围几个男生兴奋地怪叫几声。

“‘男女混住’的大概意思是，女生住在六七八层，男生住在一二三层。”

宋唯真从迷你版《知识点大全》中抬起眼睛，“老白，你不要想得太多了。”

“最重要的是，不要想得太美了。”

侯鸿飞憨笑着勾过张白的脖子：“哥几个，我带游戏机过来了，咱们这回通宵打个痛快！”

张白眼睛又亮起来：“我咨询我爸之后，他给我装了几副扑克！斗地主你们会不会，立棍儿也行！”

周围的同学开始热闹地讨论起美好的素拓生活。

大巴车的前门打开，教导主任拿着大喇叭走上来：“十七班的都到齐了吗？”

“齐了！”

“好，齐了司机师傅就开车。你们班主任在后面跟副校长的车走，路上都消停点啊，别给江老师‘上眼药’。”教导主任说。

“好！”

大巴车悠悠开上主路，梁晴在前面站起来，细声细气道：“我们练一下之前定的班歌吧，五月天的《倔强》，大家回去都练了吗？”

“练了！”

“好，我起个头，大家一起唱一遍！”

刚开始几句唱得还不错，越往后唱，有的男生故意唱得荒腔走板，难听得要命。

车厢里除了断断续续的齐唱外，有的撕开薯片袋子，有的拿出藏在书包里的游戏机，有的半跪在座位上用相机拍照，还有的提前吃了晕车药，早早闭眼，耳朵里塞着耳机入眠。

一片其乐融融。

宋唯真手里的小册子被一双手抽走。

她朝着身边的人摊开手：“我还有两页就看完了，正看到孟德尔遗传定律‘9∶3∶3∶1’的比例是怎么来的。”

“不行。”季崇理挑下眉梢，“在车上看书对眼睛不好。”

“而且，你在我眼前看这种小册子，是对我本人的侮辱。”季崇理一本正经地看她，“你想知道什么可以问我，这上面的我都会。”

他挑眉：“当然，不在这上面的我也会。”

周围的人都以为班上的两尊大佛开始进行学术交流，纷纷避开他们，找各自的小伙伴玩耍。

连最没眼力见儿的张白都没来跟他们说话。

身边的人存在感太强了，宋唯真看了眼四周以分散自己的注意力，张白在和侯鸿飞打游戏，池屿在看漫画书，周寰宇和梁晴都坐在最前面，稍微近些的许昊然塞着耳机，已经睡着了。

还有些同学在小声说话，根本没在意他们这边的动静。

宋唯真吞了下口水，忍不住侧头看向他。

顿时，两人四目相对。

旁边的人一直一眨不眨地盯着她，好似就等她转头看过来似的。

她又赶忙偏头看向窗外。

耳边传来季崇理颇为愉悦的笑声。

闻声，宋唯真捂住嘴角的笑意，看着路边飞驰而过的一排排树和路灯。

宋唯真不知道看了多久，久到她被车颠得昏昏欲睡。

季崇理看着困得一直点头的小姑娘，扶着她的头轻轻放在自己肩膀上。

张白刚刚打赢侯鸿飞的虚拟小人，兴奋地转过来向他敬爱的季哥炫耀。

结果看见他季哥正半合眼睛闭目养神，真姐靠在他肩膀处睡得很沉，身上还披着季哥的校服。

听见张白的声音，季崇理缓慢地掀起眼皮。

“敢多说一个字。”他没出声，口型清晰到足以让张白看清楚，“你废了。”

“……”

宋唯真睡得很香。

刚开始车上的空调还有点冷，后来唯一的冷意也没了，车子颠颠簸簸像小时候梅清哄她睡觉的摇篮。

快到基地时，宋唯真才被叫醒。

“宋老师，醒醒。”季崇理的声音很轻，“还有十分钟就要到了，小心感冒哦。”

宋唯真迷茫地睁开眼，周围的同学重新活跃起来。

大巴车停在素拓基地外不远处。

前面的车门打开，教导主任又拎着大喇叭出现在前面：“十七班的动作快点，赶紧下车！东西别落下，进去之后先去操场集合！”

车上此起彼伏地应了声“好”。

季崇理站起身，拿下行李架上两个人的背包，顺手背在身上。

张白疑惑：“季哥，真姐身体不舒服吗，要你帮她背包？”

季崇理睨他一眼。

侯鸿飞捂住张白的嘴：“老白，不会说话你就少说点。”

宋唯真不自在地朝季崇理伸手：“我自己背。”

“行，下车给你。”

一直走到操场，宋唯真都没能拿到自己的背包。

“到门口给你。”

“到前面雕塑那里给你。”

“到旗杆那里给你。”

“你追上我，我就给你。”

“……”

宋唯真第N次没追到季崇理，赌气地放慢脚步，拧着张小脸：“我不要了！”

“这就生气了？”季崇理站在队伍后，把包递给她，“站好了，这次宋老师自己拎。”

教导主任和副校长分配了各班级的住宿楼层，安排人给大家讲解了素拓基地的生活指南。

宋唯真和梁晴领到512室的钥匙，季崇理、池屿、张白和侯鸿飞四个人还住在一起，被分在503室。

“季哥！你看！我就说是男女混住！”张白压低声音，兴奋道，“基地宿舍楼就那一栋，不可能有别的五层！我们和真姐、晴姐她们离得很近。”

池屿嗤了声：“想多了。”

侯鸿飞：“别做美梦了。走吧，去晚了就领不到好的盆盆罐罐了。”

季崇理不置可否地挑下眉。

所有男女生都往楼上走的时候，张白还嚷嚷少数人坚持的才是真理。

等到了五楼，他们跟在宋唯真和梁晴后面，路过楼层中间那道铁门时，被旁边的老师拦下来：“那边是女生宿舍，男生不能进。”

季崇理抬手跟宋唯真挥挥，转身往回走。

张白不死心地问：“老师，这几天铁门一直都锁着吗？”

“嗯。”

侯鸿飞薅着他的后衣领，把人拖回宿舍，调侃道：“老白，你平时是不是喜欢看奇奇怪怪少女漫画，怎么现在一副被人摧毁梦想的样子？”

宿舍里已经被人收拾过，看上去很干净，床板上铺着统一的蓝格子床垫。

张白和侯鸿飞在靠门的下铺扭作一团时，季崇理先出了门。

池屿拿了把桌上的钥匙，出门前提醒道：“再不去领水壶和脸盆，你们就等着喝自来水吧。”

张白和侯鸿飞动作利索地松开对方，跟了上去。

季崇理他们是最早一批到的，脸盆和暖水瓶仍有挑选余地。

每个宿舍可以拿四个脸盆和两个暖水壶。

张白和侯鸿飞当仁不让选了蓝色脸盆和灰色暖水壶，转过身时，看见季崇理的目光正在一堆“粉唧唧黄噗噗”的暖水壶中睃着。

“季哥，我们选好了，咱们去领被褥吧。”

季崇理挑了两个淡粉色的暖水壶和四个粉绿黄蓝颜色具备的脸盆，站在一边。

“你们先去。”他守着那堆东西，存在感极强地宣示主权，“我等人。”

张白又想说些什么，被侯鸿飞及时拦住："季哥你慢慢等，我帮你把被褥抱回去！"

池屿暗骂了句，正想跟着他们离开，季崇理老神在在地掀起眼皮，看了他一眼，说："你等下。一会儿一起走。"

"你是女生吗，上厕所也要找个人一起？"池屿翻个白眼，还是在旁边站定，"等下宋唯真过来时，我就跟你手拉手，要是她误会了可不关我的事。"

季崇理挑起眉梢，神秘莫测地勾起嘴角："好啊。"

两个长相帅气的高个子男生，一个面目清冷不好接近，一个洋溢着太阳般的少年感，即使穿着一样的校服，面前放着一堆色彩斑斓的生活用具，也非常引人注目。

每次有女生过来害羞地表示"是不是在这里领用具"时，季崇理都会酷着张脸说："问他。"

然后池屿就会春风和煦地解释，他们是在等人。

十分钟左右，宋唯真才和舍友嬉闹着过来。

季崇理拉住池屿的手。

"？？？"池屿甩下手，没能挣脱，"你是有什么毛病？"

旁边刚刚过来搭讪过的女生一脸失望，对同伴说："我就说不要过去啦，你看他们两个……"

池屿："……"

"哦。"季崇理朝宋唯真招招手，眼神瞥向池屿，"不是你说她来了，就要牵手的？"

池屿烦躁地揉揉头发，自暴自弃地往宋唯真那边看去。

高考怎么还不结束，这两人赶紧在一起吧。

省得老季成天在他眼前晃悠。

池屿抬眼的瞬间，眼神堪堪定在宋唯真旁边的女生身上，连和季崇理拉着的手都忘了松开。

是他很久很久，都没见的夏鸯。

季崇理看了眼愣住的池屿，嫌弃地甩开他的手，一脸委屈地看向宋唯真："真不知道他什么时候添了这么个毛病，领水壶还要拉我的手。"

池屿难以置信地看过去："……"

宋唯真对季崇理使坏时的神态掌握得十分"精准"，她毫无留恋地看了眼他的表情，而后在他伸过来的手上，重重拍了下。

宋唯真："你的手脏了。"

季崇理："？"

宋唯真："别人用过的东西，我不想用了。"

季崇理：“……”

宋唯真：“这对‘爪子’留着有何用？趁早剁了吧。”

季崇理的脸色异彩纷呈，池屿忍不住给宋唯真暗暗竖了个大拇指。

把他想说的话都给说了。

还得是宋唯真。

梁晴笑着适时解围：“很巧吧？我和真真入住时发现，和我们拼住的二十班女生，居然就是夏鸯和她同桌。”

“季神，你这堆脸盆和暖水瓶是刚领的？”梁晴问。

季崇理“嗯”了声，看着宋唯真，咬牙道：“给你们宿舍领的。来得早颜色多些，要是有不喜欢的，可以现在去换。”

梁晴拉着夏鸯的同学，去看领取处还剩什么颜色的脸盆和暖水瓶。

“你怎么不去？”季崇理和宋唯真稍微走远了些，给夏鸯和池屿留下充分的空间。

“没有我不喜欢的啊。”宋唯真笑眯眯地看着季崇理的臭脸，“喜欢的颜色和喜欢的人都在这里了，我还过去干吗？”

季崇理的脸色缓和许多。

宋唯真紧接着重重叹口气，一脸悲悯：“无论他如何水性杨花，我都会全盘接受。毕竟，糟糠之妻不下堂嘛。”

季崇理：“……”

Chapter 017

·叫我的名字，宋老师·

在基地的第一天上午，就在整理内务、遇见新的小伙伴，以及兵荒马乱中过去了。

食堂的饭菜味道一般，张白尝了一口，给出准确的评价：“这么一比，一高的饭菜够得上三四星级酒店的水准了。”

基地小超市开在离食堂几步远的地方，明码标价，童叟无欺，就是品类比较少，价格高得离谱。

侯鸿飞买了瓶四块钱的矿泉水后，感叹道：“原来这就是传说中的坐地起价。”

季崇理跟他们在超市逛了一圈，斥巨资买了两条水果糖，在众人崇拜的眼神中不紧不慢地离开了。

“季神就是季神，根本不考虑能不能吃饱饭的问题。”

“郊区小超市这么闭塞，我估计过几天，泡面都得卖空了。”

“不懂就问，季神常买的水果糖好吃吗？吃了就能跟他一样聪明？”

“……”

张白在一众讨论声中精准地抓住重点，光速包场了货架上所有口味的泡面。

侯鸿飞紧随其后，买了两大袋榨菜和火腿肠。

两人拎着几大袋食物走出小超市时，十分默契地对视一眼。

“坐地起价。”

“实现垄断。”

两人咧嘴一笑：“好兄弟！”

季崇理揣着水果糖，一路走到宿舍楼下。

等了大概十分钟，就看见他的小姑娘拎着两个粉色暖水瓶下楼打水。

基地的打水处并不在各个楼层，而是独立在外面的水房里。打水需要排队，如果赶到排队高峰期，等几十分钟也很正常。

宋唯真惊讶道：“你怎么在这里？”

“等着给你打水啊。”季崇理接过她手中的暖水壶。

“可是你怎么知道是我来，不是夏鸯或者梁晴？”宋唯真问。

“按照宋老师的性格，只会主动帮助别人，不习惯接受被人帮助。”季崇理想了想，“搬作业是，扫雪是，做题的时候更是。”

季崇理：“强者是多么寂寞。”

“才不是。”宋唯真别过脸，“我这叫姜太公钓鱼，愿者上钩。”

“行，你说得对。”季崇理递过去一条草莓糖，笑容宠溺。

“鱼这不就来了。”

现在水房的人不多，他们两个不用排队。

季崇理把宋唯真拉到一边，把热水管口对准暖水壶瓶口，拧开水龙头的阀门。

开水从水龙头口喷溅出来。

宋唯真嘴里含着草莓糖，冲着季崇理比了个大拇指，道：“厉害呀季神，提前避险。”

季崇理揉揉她的头发，笑道：“怎么总是傻里傻气的。”

宋唯真吐了下舌头，看在草莓糖的面子上，没跟他抬杠。

短暂的午休结束后，下午就开始了基地的拓展培训活动。

每个班级要做的课程都是一样的，只是顺序不同，因此各个班级也不会碰上。

十七班的代班培训老师姓林，把一大队人马带到了操场上。

“大家好，在接下来的一个礼拜中，我将陪伴大家完成一系列拓展训练活动，提高大家的凝聚力、集中力等多种能力。希望我们彼此配合，珍惜这段缘分！”

林老师吹了声口哨：“全体都有，男女生原地分开，站成两列！”

操场中央，有一个用白色实线画成的巨大长方形。林老师站在场地中间，把男女生分别带到长方形底端的两个顶点处。

“等下以我的哨声为准，听见哨声响起后，男生女生两排的第一人沿着长方形的边长同时起跑。相遇时用小时候我们经常玩的石头剪刀布决一胜负，获胜者继续向前，输的一方第二人从出发点开始出发，直到一方到达另一方的出发点，即为胜利。”

林老师拿着大喇叭：“为保证公平，输的人不可以重新加入队伍。现在，是向对方放狠话的时间。”

张白按捺已久，冲着对面喊：“一会儿你们输了可别哭啊！”

梁晴叉着腰：“张白！等你输了跪着叫爸爸！”

两边响起一阵嘘声。

“好，各自准备！”

一声急促清越的哨声后，比赛开始了。

梁晴和张白作为各自队伍的首发选手，第一时间从起始点出发。

张白反应时间比梁晴久一点，梁晴已经跑出去好几步，他才从起点跑出去。

侯鸿飞摇摇头，叹了口气："老白这辈子，就得败在女人手上。"

张白虽然慢了几拍，但速度非常快，几秒后，他和梁晴在中点处相遇。

张白气焰嚣张地撸起袖子："来，一决雌雄！"

梁晴哼了声："决不决我都是雌！"

"石头剪刀布！"张白输给了梁晴。

梁晴继续往前跑，很快遇到第二位出发的男生。

……

几分钟后，轮到宋唯真。

她攥紧掌心，紧紧盯着在不远处正在对决的两人。

女生伸出剪刀后，宋唯真作为女生阵营的最后一名选手，像颗小炮弹一样冲了出去。

周围落败的女生一起给她加油："冲啊，宋唯真！女生队必胜！"

宋唯真闷头往前跑，一路过五关斩六将，连胜了六七个男生。

男生只剩下两个人。

池屿站在季崇理前面，回头道："我去了，老季。"

张白立刻把池屿推出去，喊道："快上屿哥！真姐快到了！"

"后面的男生都过来，等下如果屿哥输了，咱们立刻把季哥推出去！"张白招呼周围的男生站在季崇理身后，"不要给真姐冲线的机会！不然咱们就要输给女生了！"

"好！"周围的男生立即簇拥过去，站在季崇理身后。

季崇理一时不习惯身边出现这么多人。

他往前走了一步，想跟身后的人隔开些距离，衣袖瞬间被人拉住。

季崇理回头，对上一群热血的少年。

"季神，放心往前冲，我们都在身后呢！"

"屿哥要是输了，我们马上把你推出去！"

"一定不让真姐冲过来，男生必胜！"

身后的声音颇为嘈杂，七嘴八舌地让季崇理听不太清他们的声音。

宋唯真已经跑到距离他们很近的地方。

池屿捏捏手腕，拦在她面前："宋唯真，好久没有正面对决了。"

"哼，小破岛。"宋唯真也活动了一番手指关节，"凭你还想拦住我。"

"石头剪子布！"

池屿遗憾收手，给一往无前的宋唯真让出路来。

下一秒,季崇理被身后的一众男生推出来,两个人在男生起点前撞了个满怀。

气氛很热烈，居然没人起哄两人意外的拥抱。

宋唯真的鼻梁磕到季崇理胸口，涌上一阵酸意。

酸得她两眼直冒眼泪。

“宋老师，”季崇理一直被身后的男生推着，无奈地摊开手，“真的不怪我。”

“哼。”宋唯真揉着鼻梁，“快来！”

男生女生围成一圈，把他们围在圈内。

季崇理勾勾唇，十分放松地说：“你出什么？石头、剪刀，还是布？”

宋唯真：“我出剪刀！”

季崇理：“好，我出布。”

张白站在旁边倒数：“三，二，一！”

短短的三秒钟时间里，宋唯真想了很多。

他真的会出布吗？

会不会是诓她，然后出石头？

这么多人在，季崇理应该不会给她放水。

但如果，他真的会出布呢……

思绪乱成一团，几秒钟时间一闪即逝，宋唯真没有过多思考，下意识选择相信季崇理。

周围的呼吸均是一滞。

“季神你放水！”

“这哪是放水啊，季哥给真姐放海了！”

相较于男生的摇头叹气和惋惜，女生们快乐地拥抱宋唯真悄悄地互撞肩膀，传递眼神——看，季神笑起来真的很帅。而且季神只对宋唯真笑。

他们也太甜了吧！

宋唯真被一群女生推着过了男生的出发点，在林老师的哨声中获得胜利。

她没想到季崇理真的会乖乖出布。

宋唯真回过头，看见季崇理还在向周围人解释。

“没有放水，只是反套路失败了。”

他边说边看向她，还勾起嘴角，轻轻眨了下左眼。

林老师很快把失控的秩序重新组织好。

“短暂的热身游戏结束了，今天是我们大家第一天彼此磨合，之后我会带着十七班的同学们做更多锻炼团体意识的游戏。”

林老师看了眼手表，继续说：“我们现在去基地后面的空地，专业的培训人员正等待给大家上紧急救援的培训课程。”

大约是时间来不及，林老师带他们抄近路绕到基地后面。

基地楼后面的空地处，已经有几位穿着白色急救服的医护老师准备就绪。

地上放着两个硅胶假人，应该是给他们准备的教学用具。离老师们不远处，摆着一堆放好的小马扎。

急救老师招呼大家坐下："同学们，今天我们教大家学习急救知识。

"首先给大家介绍海姆立克急救法。当身边有人因异物导致呼吸道堵塞无法呼吸时，我们可以通过海姆立克腹部冲击法，防止患者因为窒息缺氧而意外死亡。现在，我给大家示范具体手法，大家仔细观察，一会儿找同学上来体验。"

宋唯真好奇地坐直身体。

急救老师弓起腿部，后腿蹬地，站稳后抱起地上的硅胶假人，让它坐在他的大腿上。他双臂环抱住假人后，将左手握拳贴在假人的腹部中央，反复收紧双臂，假人的腹部迅速出现一块肉眼可见的下陷。

"好厉害啊。"宋唯真喃喃道。

她看了眼坐在旁边的季崇理："我想上去试试。"

季崇理惫懒地撑着下巴，掀起眼皮懒懒地看了眼前面反复做示范手法的急救老师："恐怕不行。"

宋唯真疑惑地看他一眼。

"你怎么知道他是让你体验当患者，还是施救者。"季崇理拍拍她的膝盖，"两个老师都是男的，应该不会叫女生上去，不合适。"

急救老师示范之后，把假人放到一旁："好，现在我们找同学上来试一下。哪位同学自告奋勇？"

"我来！"张白"噌"地站起来，"老师我想试试！"

张白冲侯鸿飞眨眨眼，低声说："让假人大兄弟尝尝我沙包大的拳头。"

然后，大家就看着张白被急救老师像个小鸡仔似的拎起来，成功代替了假人的位置。

示范两轮后，急救老师才把脸红脖子粗的张白放下来。

在一阵哄笑声中，张白把头埋膝盖里，脖子根都红得像煮熟的虾。

"下面我们来学人工呼吸法。这个比较简单，我做下示范，然后你们上来做动作，我根据你们的手法和姿势做出纠正，更便于你们记忆。"

急救老师笑笑："我用第一具假人，你们用第二具，省得你们这帮小孩有心理负担。当然，一会儿我要找两位同学上来体验，有心理负担的同学不建议来哦。"

心理负担？

季崇理看出宋唯真脸上的疑惑，解释道："大家对给假人做人工呼吸没什么负担，但是第二个上去的人，就要去亲第一个人亲过的假人。"

"间接接吻，可不就是心理负担。"他将屈在小马扎旁边的长腿伸了伸，"不知道宋老师，有没有这种心理负担。"

"当然没有！"宋唯真第一个举起手，"老师，我想体验！"

急救老师点点头："好，就这位女同学来。再找一位同学上来，还有哪位同学想体验？”

季崇理举起手，缓缓站起身，言笑晏晏地看了过去。

余光里，不远处的许昊然也站起来。

他轻蔑笑笑。

班里的男生登时开始起哄。

女生们笑成一团。

急救老师也笑了：“现在有两位帅哥想作为第二位体验，那就让小姑娘自己来选。”

季崇理、许昊然、急救老师以及其他所有人的目光，都看向宋唯真。

就像在问宋唯真。

宋唯真皱了皱眉头。

她不是第一次面对这种万众瞩目的情况。

但这次他们投过来的眼神，过于兴奋露骨。

两个站着的男生，互不相让，仿佛从林里捕猎的两匹独狼。

而她就是被争夺的那块肉。

这种感觉……还挺奇妙的。

对于宋唯真来说，面前虽有两个选择，但实际上只有一个选项可以选。

紧急急救面前，没有性别和顾忌可言。

……但季崇理一定不是这么想的。

他会想很多有的没的，然后重新回到极度缺乏安全感的状态。

所以，她当然不会选择许昊然啦。

她也不想选他。

宋唯真清清喉咙：“老师，我选那位个子高一点的男生。”

周围人一阵哄笑，把季崇理推出来。

许昊然面目从容地朝她笑了下，重新坐下，看起来没什么难堪情绪。

还挺好的。

宋唯真想，过几天要找个机会跟许昊然好好谈谈，说清楚她不喜欢他，如果非要考虑到小时候的情谊，他们还可以从普通朋友做起。

林老师的话打断了宋唯真的思绪。

“好，现在人选已经定好了，我们现在开始人工呼吸的训练。”他走到宋唯真和季崇理旁边，“你们商量好谁先来了吗？”

宋唯真愣了一瞬。

还要商量？

刚才不是说她第一个，季崇理第二个？

宋唯真回忆了下刚才林老师的话，突然发现，他确实没有强调顺序。

只是让第一个同学上来，第二个同学上来。

季崇理微微靠近宋唯真一小步，低声说：“宋老师，你第一个，还是第二个？”

又来了。

季崇理的眼神和林老师的眼神，又是那种在询问她的感觉。

……刚刚她还大义凛然地跟季崇理说，她才没有那种心理负担。

紧急施救时的人工呼吸，是不该考虑任何因素的。

但要换成季崇理，好像并不是那么无所谓。

宋唯真想了会儿，慢吞吞道：“第一个吧。”

“好，那我先跟宋同学学习一下，怎么给假人做人工呼吸。”

宋唯真耳根突然有点热，脑子也有点不清楚。

她迷迷糊糊地根据林老师的指示，抬起假人的下颌，捏住鼻孔，用力吹气，直到把假人的胸壁吹得鼓起才停止。

反复几次后，林老师表扬她做得很好。

宋唯真却没心思理会林老师的表扬，因为接下来，季崇理就要跟她使用同一个假人了。

宋唯真想回到座位上，又被林老师拦住。

“一会儿两个同学要接受大家的评价，然后才能一起归队哦。”林老师笑眯眯地说。

“……”行。

宋唯真只得跟季崇理交换了位置。

她站在斜后方的位置，能把季崇理的每一个微小的动作都看得很清楚。

他听了林老师的指导。

他缓缓蹲下，捏住假人的口鼻。

他根本没顾忌那是她嘴唇刚刚碰过的地方。

他没有擦拭，没有犹豫，淡色唇瓣微微张开。

触碰到了假人的嘴唇。

宋唯真看了会儿，忽地低下头。

不知是她的原因，还是季崇理的原因。

季崇理的每个动作，在她眼中都有几分暧昧缱绻的意味——

几分钟后，季崇理也得到了林老师的表扬。

“好，这两位同学现在都完成了人工呼吸的体验，来给大家说一说感想。”林老师看向宋唯真，“这位女同学先来。”

宋唯真脑子还在发木，十分官方地开口：“从急救培训中我学到很多，尤其人工呼吸法，在很多时候可以挽救生命，我们每个人都应该熟练地掌握人工呼吸的步骤和正确方法。”

轮到季崇理说感想。

“刚才宋同学已经说得很好了。”季崇理站在离她很近的位置，身姿挺拔，“非要我说点什么的话，那就是……感觉还不错。”

宋唯真：？

林老师追问：“什么样的感觉不错呢？”

季崇理挑下眉梢，慢条斯理地开口：“假人质量不错，触感很好。”

他的眼神从宋唯真身上轻飘飘地扫过，落在万众期待的目光里，补了一句：“体验感极佳。”

但很显然，“触感很好”这四个字，点燃了十七班少年们躁动的心。

怪叫声和起哄声此起彼伏。

林老师费了很大劲儿才让他们重新安静下来。

“一会儿我们会进行晚饭前的最后一个游戏项目，现在我们前往活动室。”林老师把人聚齐，带进了基地大楼。

同学们的注意力被下一个项目转移了。

但宋唯真没有。

她还在因为“触感很好”四个字，心神不宁。

季崇理说的应该是假人的触感吧。

假人的嘴唇软软弹弹，有让人安心的消毒水味道，确实非常不错。

可宋唯真总觉得，他瞟过来的眼神意味深长，有几分秘不可宣的愉悦。

她想得太过专注，以至于林老师把一个眼罩交到她手里时，她后知后觉地发现已经进入下一个游戏。

十七班被分成几个小组，每个小组单独在一个活动室里进行“黑暗游戏”。

“黑暗游戏”，顾名思义是在黑暗中进行的游戏。更形象地说，是闭眼版的捉迷藏。寻人者要戴上眼罩，在屋子里寻找躲藏起来的人。一旦抓到一个躲藏者，躲藏者不可以出声，而寻人者则需要根据抚摸辨别身体特征，喊出躲藏者的名字，视为胜利。

被抓到的躲藏者，也将成为新的寻人者。

只剩最后一人时，会进行限时抓人，在最后的躲藏者和寻人者中决出最后一名。

“输的人要表演节目，明白了吗宋老师？”

宋唯真眼前站着一排人。

张白、侯鸿飞、梁晴、许昊然、周寰宇、池屿、分班后转过来的可爱女生谢园以及正把林老师送出门外的季崇理。

季崇理体贴地帮林老师关上门：“刚才石头剪刀布你赢了，所以你当第一

个寻人者。”

宋唯真大概看了下周围环境，懵懵懂懂地戴上眼罩。

视线范围里瞬间变成漆黑，眼罩下方透出一点点光线，也随着季崇理关灯的动作结束后全都消失了。

宋唯真心里最后一点侥幸的心思，也落了空。

她都戴眼罩了，为什么还要关灯！

不仅连光线，周围的声音也淹没在黑暗里。

季崇理似乎听见了她的心声："宋老师，这个游戏就是这样玩的。"

宋唯真咬住下唇，居然连季崇理的声音，都离她很远。

她尝试迈出几步，手臂向前伸开，左右摸索着。

什么都摸不到。

他们也不出声音，似乎从这个屋里消失了似的。

宋唯真又往前走了几步。

“啪”的一声，有东西落在她脚下。

“嘻嘻，真姐来抓我啊。”

宋唯真听见张白挑衅的声音，反应迅速地朝身后捞了一把，连一片衣角都没摸到。

她还没回过神，头顶又被人揉了两下。

这回是梁晴。

接下来的两分钟内，她不仅一个人都没抓到，反而被几个人戏耍得够呛。

宋唯真的火气腾地冒起来。

“行啊，你们几个在这儿逗猫呢！”宋唯真撸起袖子，叉着腰，“你们小心点，现在开始我要认真了！”

周围的嬉笑声渐渐小了，屋里重归安谧。

宋唯真小心谨慎地踮起脚尖，尽量在每一个动作中，都规避掉所有发出声音的可能性。

她沿着墙壁，像个小推土机一样，无差别地摸路过的东西。

一个球，一个茶几。

活动室里小凳子。

宋唯真从一个墙角挪到另一个墙角。

她照例向前踢了下。

这次没有踢到墙壁后硬邦邦的脆响，而是一声踢到小腿后的闷响。

宋唯真眼疾手快地抓住那人的衣袖。

哼，看你这次怎么跑！

黑暗的房间里，没人看见这个墙角发生什么，所有人都在屏息等待寻人者的到来。

宋唯真捏捏那人的手腕。

嗯，是个男生。

她在心里的名单上划掉了梁晴和谢园的名字。

他身上的衣服是统一制式的校服，摸不出什么差别。

至于手腕上的表，宋唯真记得所有男生都戴手表。

她顺着衣袖摸上去，摸到了他的头发。

他的额前有刘海，可以排除留着寸头的周寰宇。

身高也很高，可以排除张白。

侯鸿飞、池屿、许昊然和季崇理，她还需要再分辨一下。

宋唯真想去摸摸他的脸。

她摸到了眉毛，笔直又锋利。

像轻舟侧畔连绵不断的山。

此人微微低下头，十分配合的姿态，让宋唯真心中闪过一丝猜想。

她像在极力印证什么似的，指腹按上他的喉结，果然感到一阵滚动。

对方倏地抓住她的手。

“宋老师，”季崇理的声音很哑，“没有你这样占便宜的人。”

黑暗中，宋唯真的脸隐隐烧起来。

她不是故意占季崇理的便宜。

尽管在摸到眉毛时，她心里就有点确定是他的感觉。

但……但……

宋唯真给自己找了无数个理由，最终都没好意思说出口。

大概是以为宋唯真还在寻找,屋子里的其他人,一直保持着极大程度的缄默。

安静到只剩他们彼此的呼吸声。

还有宋唯真倏而乱了的心跳声。

“宋老师，”崇理微微低头，在她耳边状似无意地说道，“就算你没想占我便宜好了。”

他湿热的呼吸在她脖颈间缭绕。

“那现在能松开我？”季崇理的声音中仿佛透着笑意，“我们这样，用前两天你教我的词叫什么来着？”

“嗯，有碍观瞻。”季崇理的声音放得很低，带着点干涩的哑意，在她耳边形成一圈圈徘徊不定的气流。

宋唯真戴着眼罩，眼前仍是一片漆黑，而触觉和听觉都因为眼前的黑暗被无限放大。

感受着身边人的气息，宋唯真的心差点跳到嗓子眼。

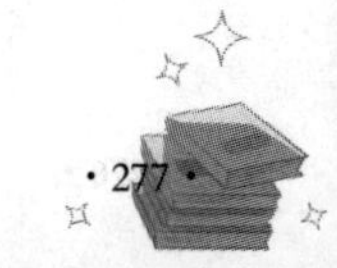

季崇理重重地揉了揉她的头发，抬手勾下宋唯真的眼罩：“叫我的名字啊，宋老师。”

宋唯真愣愣地问：“……为什么？”

不知为何，尽管摘下眼罩后目之所及仍是一片黑暗，但宋唯真就是可以看到季崇理泠泠颤动的黑瞳，带着点狡黠的亮意和心满意足的喟叹。

“当然是，成为第一轮的获胜者啊。”季崇理轻笑，把热气尽数喷洒在她的耳尖，“难不成，宋老师过来，只是——”

他把尾音拖得轻而长，引人遐想。

“想摸摸我？”

宋唯真炸了。

“季崇理！”宋唯真后退一步，扯下眼罩，“我抓到了，季崇理！”

有人开了灯。

张白抱怨道：“真姐，你动作也太慢了，要抓这么久，我都要躲睡着了……欸，你的脸怎么这么红啊？”

季崇理闻言望去，小姑娘脸色涨红，伶俐明亮的眼睛泛着点湿，眼尾一抹潋滟的红像打翻一池春水。

“捂的！眼罩太闷把我憋热了！”宋唯真扭头冲张白喊道，“怎么，不行啊！”

宋唯真式凶巴巴总是别有奇效。

张白不敢惹这尊大佛，默默地退出宋唯真的视线，做了个给嘴巴拉上拉链的动作。

说完，她把眼罩扔给季崇理，气呼呼地去一边坐着：“你快点抓！”

季崇理勾起眼罩，冲她轻眨左眼：“收到。”

人群重新四散开。

灭灯前，池屿经过他身旁时，斜眼看他：“别人不知道你，我还不知道。”

“老季你能不能克制点，别太过分了。”池屿咬牙切齿道，“你忘了，我从小视力就好，就是黑得伸手不见五指的地下室，我也能看见个大概。做人别太嘚瑟。”

屋里黑下来的一瞬间，季崇理戴好眼罩。

他轻轻活动下手腕。

嘁，池屿这傻子站着说话不腰疼。

他往前走几步。

小姑娘蒙着眼，把他推到墙角，软乎乎的小手就这么肆意地往他身上招呼。

躲开了才不是人。

他身边气流有一阵轻微的流动。

季崇理猛地向后一抓，揪住一个人的衣领。

半分钟后，他懒洋洋的声音从屋里响起：“侯鸿飞。”

“……”

开灯后，侯鸿飞一脸无辜地站在中间，受众人唾弃。

“这么快就被抓住了，你真是太让组织失望了！”

“毫无游戏体验！”

“我尽力了……”侯鸿飞接过季崇理扔来的眼罩，“你们怎么不说季哥！让他慢点抓！”

张白哼了声：“好啊，你去说。”

侯鸿飞咽了口唾沫：“来来来，下一轮。”

屋子里很快重归黑暗。

作为前两局的胜利者，宋唯真和季崇理都坐在活动室角落处的椅子上。

前面一排箱子作为游戏边界示警。

宋唯真下意识地向墙壁那侧靠靠。

黑暗中的季崇理，就像被打开了奇怪的开关。

变得格外危险。

季崇理也感觉到小姑娘刻意疏远的行为，面不改色地往她那边移了两寸。

侯鸿飞采取的策略较为激进，几个人在有限的范围内连跑带叫，硬生生玩出几十个人的气势。

宋唯真有点累了，在鸡飞狗跳中合上眼。

“宋老师。”

听到季崇理的声音，宋唯真全身的雷达系统瞬间响应，半个身子靠在墙上，警惕道：“干吗！我跟你讲，现在我们还是学生，不要……”

不要总是撩拨我。

“我只是想问问你，”季崇理的声音愉悦，“晚上的值日活动要不要组队。”

素拓基地期间，几乎所有活动都由学生参加，包括食堂的餐厨垃圾处理以及刷碗、回收餐盘这种平时由食堂职工来干的活儿，全都由学生来做。

今晚轮到十七班去食堂帮忙。

“这个活动后该去食堂吃饭了。按照猴子他们这样快乐的玩法，”季崇理顿了顿，“大概我们只能被分配去回收餐盘和处理垃圾。别的组的人现在已经解散了，不信你听。”

宋唯真把耳朵贴在墙上，确实听到说话声和脚步声。

“但林老师说过，最后一个输的人要表演节目。”宋唯真说。

“讲笑话也算表演节目吧。大概只用两分钟？”季崇理叹了声，“你应该还记得，我们班同学对于吃饭的执念。”

上午最后一节课，只要不是江海的数学课，必定提前十五分钟准备冲刺食堂。

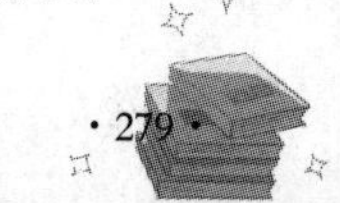

体育课的自由活动时间，能在学校超市遇到大半个十七班。

最先跑到食堂排队的，前十名中十七班可以占八个。

……

宋唯真狠狠咽了口唾沫。

吃饭不重要。

重要的是他们吃完了，就可以率先挑选是在后厨帮工，还是到前面回收餐盘和处理垃圾。

季崇理施施然开口：“就是想到餐厨垃圾实在是难搞，那些男生运动完身上都是臭汗，想着宋老师一个人搞不定，我才想跟你组队的。”

他挑眉看她，目光戏谑：“你脑子里尽想些啥。”

季崇理抬手，食指指腹在宋唯真额头上轻轻点了下。

“……”

他们又玩了大概二十分钟才结束游戏。

最后一名是张白，他非要大家在霹雳街舞和一展天使歌喉之间选择一个。

宋唯真他们把选择权留给了新同学谢园。

谢园在宋唯真再三暗示吃饭来不及的情况下，选择了三十秒即兴歌曲展示。

直到他们跑向食堂的路上，谢园还一直道歉。

“我真没想到张白同学唱歌能唱得……这么不拘一格。如果影响到大家的食欲，我很抱歉。”

张白怒道：“哪有那么差！”

宋唯真：“你唱那段 RAP 时，我以为门外在杀鸡。”

侯鸿飞：“老白，退出华语乐坛吧，给人民群众一条生路，还世界一个清静！”

周寰宇：“张白同学，你如果能把这份精神用在学习上，一定能超越季崇理。”

池屿：“唱得很好，下次不许唱了。”

张白悲愤道：“同桌，你说！我唱得怎么样？”

许昊然默然半晌：“你唱完一个八拍时，我就堵上耳朵了。哦，你知道什么叫一个八拍吗？”

张白：“……”

梁晴弯弯眼睛：“其实也没有那么差。不过是一段跑调的数来宝嘛！”

“季哥！季神！你来评评理！”张白哀号，“我哪有那么差！我唱歌根本不跑调！”

季崇理：“你知道什么是，调？”

张白：“！！！”

张白悲愤地跑到食堂，难过地吃了四个馒头，然后选择去做不需要同伴的餐厨垃圾运输帮工。

用张白的原话说就是，泔水也比他们有人性！

宋唯真自然和季崇理组队。

他们两个被食堂阿姨带到回收餐盘处。

大约是看宋唯真面善，阿姨拿出个大碗，放在餐盘车的旁边。

“小姑娘，帮阿姨个忙中不中？”

“基地有几只野猫没人喂，我每次都是把学生餐盘里的剩菜剩饭捡给它们吃。”食堂阿姨为难地抿抿嘴，“今天下午肩周炎犯了，胳膊根本抬不起来。你们能不能用筷子把剩肉和菜夹到这个碗里，晚点我去喂。”

“没问题阿姨，你去休息吧。”宋唯真说。

季崇理接着道：“一会儿我们去帮你喂猫。”

食堂阿姨非常高兴，走之前答应明天中午给他们两个单独留两份糖醋肉。

“今天季神怎么这么平易近人？”

季崇理睨她一眼，把食堂统一派发的围裙递过去：“我不说，你也会说。”

他朝宋唯真歪歪头：“近朱者赤，这次我也想当个好人。”

宋唯真冲他做了个鬼脸：“你才是猪！”

季崇理无奈地揉揉她的头，勾起唇角：“你啊。”

张白推着拉餐厨垃圾的小推车，来回跑了四五趟时，看见厨房里，侯鸿飞坐在小板凳上刷餐盘，还优哉游哉地哼着歌。

他跑过去，摘掉手套叹道：“我错了猴子，你们还是比泔水有人情味。”

“那当然。”侯鸿飞斜了张白一眼，“泔水只有馊味儿。”

他边说着，手上的动作不落，又刷好一个餐盘。

“你怎么刷这么快！我听中午轮班的人说，刷盘子是最脏最累的活儿了。”张白狐疑道，“怎么到你这里就轻松加愉快，是不是没刷干净？”

“涉及我们一千多人的食品安全，你居然敢马虎大意……”

侯鸿飞脱下手套，摘下耳机，指着餐盘说：“你自己看看，难刷吗？”

旁边摞着高高的餐盘，确实没有张白听说的那样难以清理。

周寰宇用身子顶开门帘，又搬进一摞餐盘。

同样不怎么脏。

“你打听的确实不错，之前刷餐盘是最苦最累最脏的活儿。”侯鸿飞重新戴上手套，意有所指，“但你看看今天在那儿回收餐盘、处理厨余垃圾的是谁。”

张白撩开门帘，看见不远处的厨余车前，站着冷若冰霜的季崇理和笑容甜甜的宋唯真。

以往骚乱拥挤的队伍，现在井然有序，安静如鸡。

他看见一个膀大腰圆的男生，端着餐盘过来，对季崇理腼腆地笑了下：“季哥。”

“剩这么多。”季崇理眉心微皱，口气淡淡，“把剩菜夹这个碗里。”

男生照做后，得到宋唯真一声甜甜的感谢。

男生转身后没有离开食堂，而是快步走回原来的位置，嗓门大到周边的人，乃至张白都可以听得清清楚楚。

“今天是季哥值日,都吃干净点儿！盘子脏了会被季哥点名！吓死老子了。”

还在排队买饭的人绷紧后背上的肌肉,纷纷点了清淡不易留下痕迹的饭菜。有想吃的肉都直接将菜盖在饭上，以免显得餐盘太脏。

张白回过神来，看到一个男生接收到真姐的甜蜜笑容后，羞涩地笑了下，结果被季哥冷凝的视线盯着，吓得直接从食堂跑了。

张白喃喃道：“不愧是咱班的镇班之宝啊。”

两位镇班之宝一直做到很晚才收工。

宋唯真向食堂阿姨问过那几只野猫常出现的地方，端着碗和季崇理走去。

喂猫的地方不远，就在食堂对面的超市后面。那里有一条小小的通道，食堂阿姨说它们经常在那儿出现。

只要把食物放在那儿，不用等太久，小猫们就会自己过来吃。

宋唯真依言把碗放在墙角。

果然没过多久，黑暗里跑来几只花色斑驳的小猫，“喵喵”叫几声后，“咕叽咕叽”地开吃。

其中有一只黄色小猫吃得最少。它只吃几口，就跑过来“喵呜喵呜”地蹭着季崇理的裤腿，竟是不怕他。

宋唯真皱皱眉，推着季崇理往后走了几步。

他这人可是有洁癖的。

“乖，快去吃东西吧。”宋唯真认真地对小黄猫摇摇头，“你们人猫两隔，没办法修成正果。”

“我还以为你会把它抱起来。”季崇理饶有兴致地看向她，“或者觉得它可怜，再去超市买根火腿肠给它吃。周寰宇说，他的课外读物里女生都这样做。”

“……”宋唯真踮脚拍拍他的肩，“让他少看。”

“野猫身上有很多病菌，传染给人怎么办？你这条校裤，今晚回去要好好洗。”宋唯真顿了顿，“买火腿肠更是不必，我只在基地待七天，喂了火腿肠，七天之后谁来喂它？”

“猫各有命，富贵在天。”宋唯真看他一眼，“难不成你想抱回去养？那要准备好怎么跟教导主任解释，还要给它检查身体、打疫苗、买猫粮猫砂这种东西，都是一笔不菲的费用。”

“而且——”宋唯真严肃道，“不会因为你养了只野猫，就变得更帅。”

“……”季崇理抬手，弹了下她的额头。

“没想收养它。”他的眼睛在月光辉映中闪烁，“毕竟家庭不富裕，只能养一只小母猫。”

“再养别人，她会生气。”季崇理朝她勾了勾手指，“会咬人呢，是不是？”

宋唯真盯着他的指尖，忽然想起很久前，在梧桐院的老屋里，她以为季崇理要偷袭她，咬过他的手指。

宋唯真有四颗虎牙，咬人格外疼。

季崇理手上的齿痕过了很久才消。

她缓缓抚上他的手指。

季崇理心下一阵宽慰，他家的小猫终于被动变主动了。

下一秒，宋唯真狠狠地咬上他的手指，再一次迅速逃走。

“……”季崇理无奈地甩甩手，跟还在他面前蹲着舔爪子的小黄猫对视。

“喂，还不快去吃饭。”他蹲下，和小黄猫隔着段距离平视，“再不去吃，饭都被别的猫吃完了。”

小黄猫“喵喵”叫了两声，试探着朝他伸爪子。

“保持距离。”季崇理向它展示手指上清晰的齿痕，颇为得意地炫耀，“没看见我家的小母猫生气了？”

小黄猫：“……喵。”

Chapter 018

·教你牵手·

基地的生活并没有很愉快。

素质拓展训练基地，最重要的就是加强素质训练。

其中最为关键的，就是身体素质。

于是每天早上，他们要在六点半钟准时出现在操场，跟着热血澎湃的军歌，绕整个基地跑操，整整两大圈。

高处的音响里喊着“一！二！三！四”，他们就得跟着喊“一！二！三！四”。

宋唯真体质一般，跑步时再喊上几句口号，很快岔了气。

嗓子里灌了不少凉风，跑操后的早饭也没胃口吃。

基地食堂的早饭比较简单，只有煮鸡蛋、咸菜、馒头或包子这几种选择。排队排得靠后，连包子都吃不到。

吃到包子的同学，也不会很高兴。

因为那个味道，实在是……非常一般。

但季崇理每天早上，都能给宋唯真带不一样的早餐，不同口味的面包牛奶、糖和小零食，有时还会给她塞几桶泡面。

这些在基地超市都是非常昂贵且珍惜的物资。

宋唯真很好奇，不止一次问过季崇理这些东西哪里来的，毕竟现在超市都不能随时买到。

季崇理神秘一笑。

当然是因为——

这时张白和侯鸿飞已经成为基地里最大的垄断商人。

超市开放时间有限，补货速度慢，完全满足不了学生的食欲。女生胃口小，父母都给带了零食，日子倒还好过些。

苦就苦了这帮半大小伙子，人人都是长身体的时候，饭量大得很，每顿都吃不饱，尤其一到晚上就饿得不行。于是他们就都在查房老师走后，去张白的宿舍买吃的。

张白有钱，在小超市囤了很多货，跟超市老板讲了便宜些的批发价，再用原价卖出去，里外里还赚了不少。

早上吃过早饭后，季崇理站在队尾，小声跟宋唯真讲了张白这位商业大鳄的发家史。

宋唯真啧啧称奇。

她还托季崇理给张白带话，下次少囤点咖啡味夹心面包，味道实在很奇怪。

他们聊着天，一路走到昨天林老师说的集合处。

面前是一座巨大的，约有三米多高的木板。

林老师照例举着他的扩音喇叭：“今天我们的任务，是十七班所有人，徒手翻越胜利墙！”

全班哗然。

这是不可能完成的任务。

班里同学高矮胖瘦各不一致，这墙有三米高，他们怎么能翻过去？

林老师示意大家安静，继续说：“翻越胜利墙有时间限制，超时视为全员失败！有一位同学没有翻越视为全员失败！有人放弃也视为全员失败！”

连着三句“全员失败”，掷地有声地砸在每个人的心上。

“从现在起，我们会对所有班级的各项目用时及完成项目程度进行评估，在最后一天的文艺会演结束时，颁布本届素拓培训‘最强军团’奖杯及奖状。”林老师神色一凛，声音严肃，“从现在起，你们十七班正式更名十七军团！”

“所有人都是彼此的战友！只要没有翻越胜利墙，视为战友身亡，全员失败！十七军团不能抛弃任何一位战友，听清楚了吗！”

“听清楚了！”男生们顿时热血沸腾。

“没吃饭吗，大声点儿！”林老师喊道。

“听清楚了！！！”这次女生们也激动起来。

“很好！现在给你们五分钟战术讨论时间，五分钟后，十七军团全员开始翻越胜利墙！”

林老师话音刚落，所有人迅速围成圈。

周寰宇看了一圈，谨慎道：“我们需要身高力壮的男生当基底，最好是没人让他们踩着，他们自己也能上去。然后让女生在中间，踩着他们爬上去。”

池屿附和道：“确实。顺序就是先送上去几个灵活有力气的男生，然后把全部女生送上去，最后当底座的男生再上去。”

气氛冷了一瞬。

谁愿意当底座呢。

全班，都要踩着他们的肩，踏着他们的腿，爬上胜利墙。

抛去极大的负重以及被人踩踏的疼痛不谈，要是有人爬的时候慌不择路，踩到“底座”的头怎么办？

这些顾虑，对于他们这个重新组成的班级，是非常大的问题。

他们这个所谓的军团，还不够信任彼此。

池屿笑了："底座而已，我小时候经常玩这种游戏，很有经验。就是不知道我的老搭档敢不敢来。"

众人面面相觑，唯独宋唯真紧张地看了眼季崇理。

少年站在人群中，悄悄捏了下她的手以示安慰。

"敢。"季崇理隔空和池屿击掌，"怎么不敢。"

季崇理走过去，和池屿撞了下肩。

年级组里没人不知季神的威名。

——是块长得好、学习牛、难以接近的寒冰。

如今这块冰，甘愿成为他们爬上胜利墙的踏板。也许传言中不近人情的季神都是假的？

无论如何，季崇理的出现推进了战术讨论的进程。

季神都甘愿做底座了，他们有什么好推辞？

谁能放弃和季神同甘苦、共患难的机会！

三分钟后，确认好了底座人选及第一批上的男生。

四分钟后，季崇理和池屿走到胜利墙下，反复尝试确定了底座姿势。

四分半钟，季崇理又增加了一批后上的保护人员。

最后几秒钟时，他走到宋唯真身边。

"别怕，宋老师。"季崇理认真地看着她的眼睛，"晚点再上去，多看看别人是怎么爬的，不要受伤。"

"别担心我，我壮着呢。"

宋唯真还想提醒他注意安全，林老师准时吹响口哨。

"现在，十七军团翻越胜利墙，十分钟倒计时，开始！"

人群迅速而有秩序地分开，向季崇理和池屿的方向靠拢。

宋唯真记得季崇理的话，在不远处站着。

他和池屿肩对着肩，组成了一道便于攀爬的人梯。他们两边各有两个男生支撑他们的腰部和腿部。

池屿面朝胜利墙，季崇理面朝外面的人群。

第一个上去的男生没有经验，踩着季崇理时，鞋尖刮到他的耳朵。

第二个上去的男生又高又壮，踩到季崇理和池屿的大腿上时，两个人都肉眼可见地抖了一下。

第三个是许昊然，他身手很好，只借了下池屿的力，上面的人一拉，他就自己翻了上去。

但后面的人，并不像他这样矫健。

……

宋唯真看不下去了。

她没学到什么技巧，只看到季崇理额头上渗出来的汗珠。

池屿被踩疼了还知道喊两声，季崇理却只会冷静地叫下一个人。

他的校裤被踩上好多鞋印，刘海也沾了灰。

林老师的音响里放着战场上曲调悲凉的音乐，许多女生眼眶已经红了。

刚被五个人拎着大腿才拉上去的张白，从上面爬起来，朝下面吼道："季哥！屿哥！坚持住！时间快到了，一会儿我们拉你们上来！"

上面几个高高壮壮的男生，手腕和手心都因拉拽一片涨红。他们没顾及手腕和小臂的疼痛，朝下面喊道："季神，屿哥，坚持一下！这就拉你们上来！"

池屿灿烂一笑："没事儿哥几个，我和老季还挺得住。"

季崇理没说话，用闲下来的手，朝上比了个大拇指。

女生们大多数体重轻，掌握不好用力方法，基本上是被男生们拎麻袋一样拎上去的。

比如梁晴。

她踩着季崇理的大腿和池屿的肩膀，抓住上面不知道谁的手。那人把她用力一提，紧接着几只手拉扯着她的校服把她拽上去。

一阵天旋地转，她被男生们放在了地上。

梁晴还没反应过来，那群男生又喘着粗气，继续去拉下一个人。

谢园见梁晴还愣愣地坐在原地，连忙把梁晴拉到后面："那里一会儿还要过来一个人，咱们往后走走，别砸到你。"

刚上来的几个女生靠在后面，小声商量着去买几瓶水慰问功臣。

"梁晴，感觉怎么样？"

"我感觉自己像一只麻袋。"梁晴抿唇，"还是个没什么用的麻袋。"

女生们笑了，末了感叹道："没想到咱班男生还挺爷们儿的。"

谢园也抱着肩膀，跟着点头："嗯，哥几个都不错，能处。"

"欸，对了，你是谁拉上来的呀？"

"我是许昊然。"

"我居然是张白！没想到他还挺有劲儿的……"

相较于上面一派祥和的聊天场面，胜利墙下的场面非常焦灼。

刚刚一个有点胖的女生踩季崇理肩膀时，习惯性用鞋尖踱了下，正好踩在季崇理的麻筋上。他没站稳，身形一晃险些摔倒。

幸好池屿托住那个女生。

女生哭着，想放弃又不敢放弃，延误半分钟，才在池屿的安慰下被众人拉上去。

离十分钟的时限还有一分半钟。

墙下除了作为底座的季崇理和池屿，还有旁边作为保护的两个男生，女生只剩下宋唯真。

季崇理额头上的汗顺着脸颊流下来，脸色有点发白，蓝色校服的白边被踩得不成样子。

“过来，宋老师。”季崇理冷静地看向她，“时间不够了。”

宋唯真快步走过去，压抑着心里的涩意，低声说道：“你坚持一下，我马上就好。”

她一脚踩上季崇理的腿。

“没事儿。”季崇理故作轻松，“一点都不沉。”

宋唯真急于快点结束，刚上去就去够上面人的手，结果脚下没踩稳，整个人直直往下摔。

被池屿推了一下后，宋唯真跌坐在季崇理的大腿上。

两个人面对面，相距不过两厘米。

宋唯真清楚地听见了季崇理忍耐的闷哼声。

她眼里的泪花收不住，扑簌簌落下来：“季崇理，我不敢……”

林老师适时提醒：“倒计时一分钟。”

“你下来。”季崇理看了眼旁边两个人，“你们先上，时间来不及了。”

两人对视一眼，没有迟疑，飞快地踩着他们被人拉了上去。

五十秒。

池屿活动活动肩膀，踩着季崇理攀上胜利墙。

四十五秒。

胜利墙下只剩下宋唯真和季崇理。

“过来，宋老师。”季崇理擦擦汗，眼珠黑而明亮，“别怕，踩着我上去。刚刚一点都不疼。”

他笑着把宋唯真额角凌乱的发掖到耳后。

“我的女孩，从天而降，一下就撞进我心里了。”

在季崇理轻哄的安慰声中，宋唯真再次踩着他的大腿，被季崇理托着腰和小腿，攀上胜利墙。

二十五秒。

墙下只剩季崇理一人。

宋唯真慌张地站起来往下望。

他没有任何工具可以借助。

他身边没有任何人。

而他，刚刚让五十多个人，踩着肩膀，攀上这座墙。

墙上伸出无数只手，男生们的眼眶隐隐发红。

"季哥，快上来！"

池屿吼道："你们几个压住我的腰，我探出上身，能把老季拉上来！快！"

十五秒。

季崇理面前的胜利墙缩短了一点距离。

宋唯真还是很想哭。

她帮不上他的忙。

不仅没帮上忙，还差点成为压垮他的最后一个人。

十秒。

季崇理揉揉肩颈，活动了下手腕。

五秒。

他撩起额前濡湿的黑发，朝池屿做了个手势，然后原地起跳。

季崇理的动作在宋唯真眼里放慢了。

少年明亮而璀璨的黑眸，混杂着孤注一掷的果敢，让人移不开眼。

蓝色校服被路过的风吹得鼓起来。

他下蹲，起跳。

他跳得很高，像一只真正的鸟。

季崇理伸出的手，被许多只手握住。

他们拉住他的小臂、他的手腕，硬生生把人从下面提上来。

他们没让季崇理再自己发力，所有人都知道，他身上已经没那么多的力量了。

"哔哔——"

哨响过后，林老师在胜利墙下举着大喇叭宣布："十七军团完成挑战！"

众人欢欣鼓舞地拥下胜利墙，没等季崇理和池屿落地，几个男生就把他们两个托起来。

"季哥牛！屿哥牛！"

"喔！！！"

他们心中对于季崇理所谓的敬而远之，烟消云散。

两人被全班抛向空中，池屿笑骂着让他们轻点儿，季崇理明显没经历过这种场面，耳根泛起赧然的红。

宋唯真站在一旁激动地鼓掌。

为十七班最终的胜利鼓掌，为没有人牺牲鼓掌，为季崇理最后的纵身一跃鼓掌。

他终于不再孤身一人了。

以后的路上，会有她，有池屿，有更多的同学和朋友。

他们在庆祝休息时，宋唯真偷偷回了宿舍，在梅清给她准备的医疗包里翻找出跌打损伤的药水，还有几贴膏药。

她匆匆跑回操场，看见很多女生去超市买了水和饮料，分给最累的几个男生，还有人准备了补充能量的巧克力和纸巾。

宋唯真忽然觉得手里的膏药，不太够分量。

她抿抿唇，走了过去。

“以后谁再说季哥是不近人情的‘高岭之花’，我上去就给他一拳。就咱季哥这奉献精神，谁有啊？”

“我宣布，以后季哥就是咱十七班的老大了！”

“同意，同意！”

几个人凑在季崇理和池屿旁边，笑嘻嘻地说着话。

有女生拎着饮料和水朝他们走过去，宋唯真别过脸，走到另外两个辅助底座的男生面前。

“这个药水是治跌打损伤的，给你。”宋唯真声音很大，几乎是用喊的，“用的时候要揉搓，把药水揉进去才管用，知道吗？”

两个男生蒙蒙地对视一眼。

“谢谢真姐。可是……我俩没受伤啊。”

“我听力挺好的，你小点声，我们听得到。”

宋唯真语塞：“你们……”

“知道了，宋老师。”季崇理把药水抽出来，扔给池屿，拉着人走到稍微远点的地方。

身后起了一阵善意的嘘声。

张白和侯鸿飞的捂嘴小分队再次上线。

“为什么不直接拿给我？”季崇理问。

“你那边有很多人送水，我觉得你现在更需要喝水。”宋唯真一本正经地讲了句废话。

“可我好疼啊，宋老师。”季崇理压低声音，听起来有几分委屈，“这药水他们拿去舒筋活血了，那我怎么办？”

宋唯真撇撇嘴，多喝饮料呗。

水喝多了代谢变快，自己就好了。

季崇理凑过去，恍然大悟道：“宋老师肯定给我准备了别的止痛方法。”他唇角弯弯。

宋唯真拿出膏药盒，面无表情地递过去：“来，送你。”

季崇理顺从地接过，感叹道：“我就说嘛，宋老师疼我。”

宋唯真吸了口气：“我发现你最近很喜欢说骚话。”

“嗯，有吗？”季崇理伸出根手指，绕上宋唯真后面的马尾，“那也怪不得我。”

宋唯真：？

季崇理慢条斯理地，用那根缠着黑发的手指，轻轻戳了戳宋唯真的脸。

“就拿刚才举例子。”季崇理站好，高大身影把她遮得严严实实的。

“刚刚有个小天使从天而降，扑进我怀里，离我大概，嗯，两三厘米？”他压低声音，蛊惑又暧昧，“直接坐到人家大腿上了，宋老师。”

他闲闲地掀起眼皮：“你说这位天使，是不是有点儿别的意思。”

“少！说！骚！话！”宋唯真踮起脚，涨红着脸去捂他的嘴，顺便捶了下他的肩膀。

“嘶——”季崇理表情痛苦，“我这刚被人践踏过的肩膀，你怎么忍心啊！”

说完，季崇理转身跑走，笑道：“喂，宋老师，去下个任务点啦！”

少年冷清的眉目鲜活生动，校服被他拎在手里，被风鼓成一只小小的风帆。

宋唯真佯装恼怒追了上去，嘴角却悄悄弯了起来。

她的少年，要永远自由，迎风寻光。

林老师带他们去了素拓基地的室内体育馆。

“接下来的项目，需要男女混合搭配完成。大家站好排，自动和旁边的同学组成一队。”

宋唯真抿起唇。

这项肯定不能和季崇理一起做了。他们两个人的身高差距太大，一个在头一个在尾，无论如何都成不了搭档。

有点遗憾。

然后她就看见，季崇理迈着稳健的步子，朝她这边走过来。

宋唯真瞪大眼睛：“你过来干吗？”

季崇理无辜道：“跟你组队啊。”

她赶紧把人往回推：“林老师刚刚说了，要按排队顺序……”

“宋老师，我们是理科班，男女比例高度失衡，这时候谁还站排？”

宋唯真动作一顿，依言望去，果真大部分人都开始主动寻找自己的搭档。

张白在梁晴那里碰壁后，灰头土脸地去找谢园，结果谢园已经邀请了侯鸿飞。

最后，张白被池屿拎走了。

……

经过刚才爬胜利墙的磨砺，大家都感觉林老师每一句话别有深意。所以男女分组一定是有道理的。

如果被迫和男生一队，遇到的困难肯定要更多。

吵吵嚷嚷地分完组后，林老师给每组发了一个眼罩。

“啊？怎么又是眼罩啊。”

“不会又要玩黑暗游戏吧，林老师我们昨天玩过啦。”

林老师神秘地笑了笑：“大家对体育馆外面的地形熟悉吗？”

一些男生七嘴八舌地抢答。

“当然不熟悉，没来过这边。”

“对啊，平时这儿也不对我们开放啊，篮球都白带了。”

“嗐，外面的球场根本抢不到。”

林老师轻咳一声：“过几天的篮球赛你们就有机会用了。当然，这都是后话，现在最重要的是要开始下一个非对抗项目——

“漫漫人生路。”

林老师用大段修辞和煽情的话来描述这个计时项目，简单来说，就是分别挽着自己的搭档，陪伴对方走过一段路。

按照林老师规定路线行走的过程中，其中有一个人的眼睛是被蒙上的。因此他的行动，完全凭借另一人的牵引和指导，才能顺利地走过这条路。

到达一个中转打卡点后，两人交换位置，互换角色，重新走回体育馆，视为完成任务。

完全未知的地形，非常考验彼此的信任感。

“我再重申一遍规则！”林老师高举着大喇叭，“每个人都要为自己的战友负责！现在你们是彼此最后的依靠，是对方的眼睛！战友不分性别！不要扭扭捏捏的浪费时间！

“我们最后以军团最后一对搭档回来的时间为准！为了获胜你们都要保持较快的速度！

“同时，为了保障彼此的安全，两个人必须手牵手，中途如果有人松开手，视为违规！偷偷摘下眼罩，视为违规！我会全程监督大家，每出现一次违规情况，就会在最后的时间的基础上，增加三十秒作为惩罚！”

大家一脸震惊。

这就是基地的尺度吗？

公然牵手！

宋唯真扫了一圈，已经有男生开始偷偷检查自己的手干不干净，还有女生小声抱怨今天忘了擦护手霜。

当然，有人听说要牵手，悄悄地换了位置。

宋唯真突然想起了什么，转头看向后面，好几排组队搭档的男生脸色已经隐隐发绿。

林老师非常认真，挨个组问：“你们谁先戴？手为什么还没拉好？”

还没走到她和季崇理跟前，季崇理就已经戴好眼罩，牵起宋唯真的手。

“你们看看，都应该向这两位同学学习，早早准备好，不要浪费时间。”

大家一阵憋笑。

林老师走到后面，皱着眉头看向池屿和张白那组：“你们两个怎么还不拉手？现在你们是一个军团的战友，除了战友之外没有性别之分！两个大男生扭捏什么，还不拉上！”

张白委委屈屈地开口：“老师，是屿哥不跟我拉。”

好，现在林老师的压力给到池屿这边。

池屿烦躁地揉揉头发，动作生硬地戴上眼罩，在一片笑声中，被林老师按头和张白牵了手。

游戏开始了。

这个游戏和趣味运动会的“仙人指路”不一样。那个项目虽然也要蒙眼睛，但参赛者在蒙眼之前可以看清现场地形和障碍物所在地点，相对来说更为简单。

而“漫漫人生路”，则是搭档两人都要遇上完全未知的地形和路段。

谁也不知道体育馆后面的路是怎样的。

这也增加了几分人对黑暗和危险的恐惧，更能考验搭档之间彼此的信任感以及整个班级的凝聚力。

宋唯真牵着季崇理的手，语气轻缓地安慰：“我会在障碍物前提醒你的，不要担心。”

季崇理倒是不在乎：“我知道，宋老师怎么舍得我受伤。”

周围的同学开始缓慢地向体育馆外走去。

尽管被人拉着，戴眼罩的人行走还是十分缓慢，有的女生甚至在原地踌躇好久，不敢迈出一步。

季崇理很乖地牵着她的手，站在旁边，等待她的指令。

“抬脚，这里有门槛。”

“马上就要向右拐了，前面有块石头，我们要绕开。”

季崇理走得不快，步子却迈得很稳。

后面一对蒙着眼罩的人，走错方向撞了宋唯真一下。

他们的手也被冲散了。

宋唯真看见季崇理上扬的嘴角慢慢落了下来，乖乖站在原地没动。

不像其他人，被搭档恶作剧一样短暂地松开手后，都会慌张地叫人赶紧回来，自己还要向周围摸索，试探性地走上几步。

而他像个可怜巴巴地等人领回家的小孩子。

“你怎么不来找我？”宋唯真问。

季崇理听见她的声音，嘴角重新勾起来：“我才不动。宋老师一定会主动来找我的。”

“撞到了她又要心疼。”他把手伸到宋唯真面前，“牵手。”

宋唯真咬住下唇，把季崇理揽进怀里。

这样，一定不会再分开。

季崇理的身子僵了一瞬，任由宋唯真挽着他继续往前走。

过了一会儿，季崇理说："我们能换个姿势吗？"

宋唯真："我怕再被人撞开……那倒是其次，你现在蒙着眼睛看不见，万一摔倒怎么办？是不是这样不舒服？"

少年抿抿唇，喉结清晰而缓慢地滚动一下，摇了摇头。

"就不换了，过会儿就到中转站了。"

季崇理的左臂没动，僵硬地一直走到打卡点。

宋唯真和季崇理是第二对到达中转点的。

第一对是池屿和张白。他们到时，正好看到张白对着池屿无能怒吼："屿哥，你这不是和战友走一遍人生路，也不是给战友充分的信任，让他做你的眼睛。"

"你是在恐吓！是侮辱！"张白见到季崇理和宋唯真到了站点，委屈地扑过来，"季哥，真姐，你们给我评评理。哪有蒙着眼的人一路催我'快点走''没吃饭吗''撒把米鸡走得都比你快'……"

宋唯真点头："确实。"

张白转过头："你看！真姐也同意，鸡怎么走得能比我快！"

宋唯真："……"

池屿把眼罩扔给他："现在咱俩是第一，走不走？"

张白一愣，迅速戴上眼罩："走！"

宋唯真转过头，接过季崇理递过来的眼罩，啧啧称奇："张白还真是个不计前嫌的好人，心大真好啊。"

季崇理笑着揉揉她的头发："快走吧，一会儿要被后面的人追上了。"

宋唯真依言戴上眼罩。

"等一下。"季崇理用食指轻挑起眼罩的边缘，微微低下头。

"宋老师，以后不许这样和别人拉手，女生也不行。"他顿了顿，"还有，也不能这样诱惑我。我这个人定力很差，你知道的。"

"你说什么乱七八糟的。"宋唯真瞄了眼季崇理手腕上的表，催促道，"快点啦。"

季崇理头低得更低些，让她能在眼罩露出的缝隙里，看清他的眼睛。

黑而清透的丹凤眼，糅杂着迫人的蛊惑与亮光。

宋唯真的心轻轻一颤。

"宋老师，这一路，我的胳膊，都感觉很软。"

下一秒，季崇理松手，眼罩重新扣在宋唯真眼前。

一片黑暗中，她后知后觉地明白了他口中的"很软"是什么意思。

怪不得走了这么远，他一下都没动过。

中转打卡点还没人过来，宋唯真就这么站在这儿。

她不敢掀开眼罩跟季崇理对峙，她现在眼眶发热，眼角肯定是绯红一片。

脸也会红，毕竟连鼻尖上都冒出汗意。

她垂着的手被人缓缓拉起。

“宋老师，我教你一种牵手的方法，保证不会被人群冲散。”季崇理说。

她的手被人缓缓牵起，湿热的掌心触到季崇理干燥的手掌。

下一刻，他的手指强势侵入了她的指缝。

严丝合缝的十指紧扣。

“走吧，宋老师。”

宋唯真的心脏从戴上眼罩开始，就没有好好工作过。

时快时慢，跳出了一首圆舞曲。

季崇理牵着她在路上慢慢走，完全不着急，像在散步一样。

“这边的栏杆漆成白色，很好看。脚下有台阶，小心。”

“前面有一座凉亭，虽然古风建筑和基地的现代化设施不太搭配，但看起来很不错。

“有没有闻到桂花香？我左手边不远处有几棵桂花树，有几枝花苞开了。”

宋唯真嗅了几下，闻到一阵很淡的桂花香气。

“再不快点，我们就要成最后一名了。”宋唯真噘了下嘴，“我要当第一。”

“没关系，后面的人离我们还很远。”季崇理捏捏她的手，“现在我是宋老师的眼睛。所以要跟你共享我眼中的世界。”

宋唯真没想到，两个人晃晃悠悠走回体育馆，居然还能在前三名。

第一名是稳中求快的谢园和侯鸿飞，第二名是坐在地板上喘粗气的张白和池屿，第三名就是他们了。

张白愤恨地把眼罩摔在地上，又在林老师的眼神中默默捡起来：“你们根本不知道屿哥多没人性！”

宋唯真借机松开季崇理的手，好奇地问：“他又说你没有鸡走得快了？”

“何止！”张白看向宋唯真，“真姐，你刚戴了眼罩，应该懂吧？我们戴上这个，就是盲人啊！屿哥刚出中转点，还没走几步，就带我开始跑！我，一个盲人，一路跑回来的，你敢信！”

宋唯真回味了蒙眼走路的感受，开始同情张白了。

她转过头看向池屿：“小破岛，你过分了啊。你看看张白身上摔的，蒙着眼睛还跑，摔傻了怎么办？”

“他不能更傻了。”池屿冷笑一声，拍拍校裤上的土，居高临下地望着张白，“别装可怜，你跟他们说，咱俩怎么摔个狗吃屎的。”

谢园和侯鸿飞也围了过来。

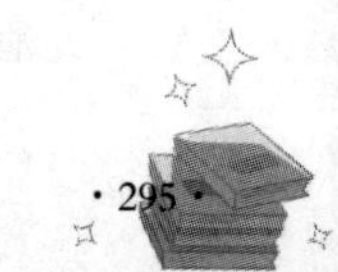

张白吞吞吐吐道："就是……屿哥说跟着他跑很安全，我半信半疑嘛，跑到半路听到有猫叫，还以为踩到了猫尾巴……吓得我脚趾抽筋，就摔倒了。"

池屿揉着肩膀："你摔倒了没什么，当不了第一我也不怪你。你摔倒了倒是松手啊！！！"

"摔倒还带着我干什么！"池屿倒吸一口凉气，"我这肩膀被踩得正疼呢，让你猛拽一下，再加上摔了个狗吃屎，再过半个月也好不了。"

"……"

谢园："咎由自取。"

侯鸿飞："罪有应得。"

宋唯真："自作自受。"

他们三个看向季崇理。

宋唯真启发他："再说个跟'活该'有关的四字词语或成语，都行。"

季崇理想了会儿："死有余辜？"

池屿皱眉："你们说谁呢。"

他们四个沉默了会儿，异口同声道："你们俩。"

"今天一天简直要累死了！"张白边擦头发边说，"上午这两个项目差点给我送走了。还好下午都是啥烤饼干、看电影的文艺活动。"

张白问："不过下午电影看的啥啊？我太困睡着了，就看见个片头片尾。"

池屿扣上药水瓶盖，扔还给季崇理："看个片头片尾差不多了。一部励志青春片，全程都在学习，结尾都考上大学了。老季，跌打损伤的还你，我涂完了。"

季崇理倚在床头翻练习册，漫不经心地掀起眼皮看了眼，说："你留着吧，我不用。"

张白啧啧称奇："屿哥，这瓶跌打损伤不是真姐送的？我记得季哥之前可不这样，跟真姐有关的东西，都不给别人碰。"

池屿哼了声："我是别人？"

张白："……"

季崇理放下看了一半的语文阅读理解，发现自己真的很难理解出题人。

不知道鲁迅写下这篇文章时，有没有参考答案那么多的想法。

他把练习册随手扔在一边，状似无意地看了眼池屿和张白："宋老师给我准备了别的。"

"只给我一个人准备的，跌打损伤膏药。"季崇理把领口拉低一点，"看，我已经贴上了。"

张白："……如果我没理解错，季哥是在炫耀。"

池屿凉凉道："你理解错了，他是在发骚。"

宿舍的门“砰”的一声被人推开。

侯鸿飞手里拎着一大袋水果，胳膊下面还夹着两本书，一脸惊悚道：“太可怕了！我刚刚去跟老班借本他的小说看，结果回来时走错楼层，直接走到老江宿舍去了。”

“我手里拿的可是周寰宇的青春伤痛小说！给我吓得出了一身汗。”侯鸿飞把水果放下，“还好，他习惯给课外书包书皮，我跟老江说我去找班长问问题了，他夸我好学，还给我提了袋水果，让我回来给大家分。”

张白去扒拉塑料袋看：“真不容易，这几天我连个苹果皮都没见到。基地也太简朴了，连家水果店都没有。”

“可不是吗？我去的时候老江正和何老师就着两碟小菜划拳喝酒呢。”侯鸿飞啃了口苹果，“能想象吗？那么温文尔雅的两个人。”

“别就留着自己吃，给其他宿舍也送点过去。”季崇理拿起侯鸿飞放在一旁的书，随便翻起来。

池屿：“你不给宋唯真送点过去？”

“不去。”季崇理没动，“她刚发消息告诉我，让我少活动，早点休息。”

季崇理叹了口气：“没办法，要是不听她的，肯定要哭鼻子。”

张白往池屿旁边凑了凑：“屿哥，季哥和真姐是不是在一起了？”

“他倒是想。”池屿翻了个白眼，“要是在一起了，他还能这么矜持？”

张白一瞬间觉得，自己对“矜持”的理解有所偏差。

侯鸿飞举起手：“插个题外话，过几天的篮球赛怎么办？我们班篮球可拼不过四班和十班。那两个班的男的，打起球来跟驴似的，贼生猛。”

“对啊，还有篮球赛呢。”张白看向池屿，“屿哥，你是咱班体委，这事儿咱们得早点练起来，事关最后的积分排名，可马虎不得！我愿意贡献一部分囤货作为训练物资，让咱班男生在篮球场上扬眉吐气！”

池屿在上铺翻了个身：“你 问季哥，要是他上场，我俩双剑合璧，没准儿能有希望。”

张白迅速跑走。

池屿盯着还停留在半年前的对话框，谨慎地打下一行字：

【吃水果吗？我给你送过去。】

半晌，那个淡蓝色的天空头像动了一下。

【不用，谢谢。】

池屿抿着唇，翻了翻以往的聊天记录，把被子拉到头顶，隔绝开外面的声音。

“夏鸯！小破岛问你吃不吃水果！”宋唯真说。

夏鸯愣了下：“你帮我拒绝吧，咱们的柚子还吃不完呢。”

梁晴从家里带红柚过来，她妈妈说柚子不容易坏，这么大的够她们好多人吃。

宋唯真拍拍红柚淡黄色的皮，歪头问："阿姨说得对，但，梁晴同学，你有没有带刀呢？"

"当然没带，基地禁止携带管制刀具，被发现了会被记大过。"梁晴说。

"很好。所以现在，"宋唯真的手指在柚子上打了个圈儿，"我们怎么剥开它？"

"晴姐，它比你的头还大。"

夏鸯问："基地超市有没有卖刀的？或者明天拿去食堂，问问食堂阿姨可不可以帮我们切开。"

宋唯真小手一挥，说："没事！办法总比困难多！我去别的宿舍看看，有没有利器，借来一试。"

宋唯真出去转悠一大圈，除了黑色小铁发夹、硬纸壳板、带尖儿的钥匙和指甲刀之外，还带回来一个谢园。

每个工具轮番上阵，统统无效之后，梁晴忍不住问："园园，你不会是有徒手剥柚子的秘诀吧？"

"啊，我没有。"谢园从兜里掏出一把梳子，"从超市刚买的梳子，挺尖的，我觉得可以试试。"

用梳子剥柚子。

谁也没见过这种神奇的手法。梁晴还叫了其他宿舍的女生过来，她们把谢园围在中间，眼见着她把柚子抱在怀里，用黑色水笔在红柚皮上描了一圈线，然后按照线路，用梳子的梳齿缓缓地扎了进去。

宋唯真直呼神奇。

她回过头，想拿手机把这一幕拍下给季崇理看。

正好看见夏鸯握着手机，愣怔地看着人群，怅然若失。

那个样子，像是被迫与这个世界隔绝一般。

让人心酸。

宋唯真走过去，轻声问："夏夏，在想什么？"

夏鸯回过神来，低头绞着手指："真真，这学期结束，我就要出国了。"

"出国？"宋唯真一时没反应过来，"不是转学去青榆吗？怎么现在要出国了？"

夏鸯眼眶微微泛起红色，拉着她走进了洗手间。

"真真，我试过了，试过无数次。可我还是办不到。"夏鸯握着她的手，手劲大得惊人，像溺水的人抓到了一株救命稻草，再也不敢松开。

"我站不起来，我只想逃得远远的。真真，或许换个地方，换个国家，我可以慢慢治愈自己。

“如果我把自己治好了，我还会回来。”

宋唯真默然，半晌后说：“那你妈妈知道，你是为什么变成这样的吗？”

“不知道。但她同意送我出国。”夏鸯语气哽咽。

“池屿知道吗？”宋唯真问出这句话时，心里其实已经有了答案。但她还是不顾一切地，想做那个撕开夏鸯心里伤疤的那个人，把夏鸯一直回避不谈的问题放在台面上。

“夏夏，你可以不告诉我们你的痛苦因何而来。你也可以去国外疗愈自己。”宋唯真蹲下，强迫夏鸯直视她的眼睛，“但你不可以，就这么一走了之。

“不可以什么都不跟池屿说，让他像座海洋上的孤岛似的，漫无目的地找你。

“这对他不公平。”

夏鸯咬着袖口，哭得上气不接下气。

宋唯真退出洗手间，给夏鸯充足的独立空间想清楚。

“真真，你快过来！”梁晴朝她招手，“你看谢园好厉害，柚子真的能用梳子扒开欸！”

女生们围在桌前，用手机拍照发了空间动态，人手一瓣红柚，叽叽喳喳，像一群快乐的小麻雀。

宋唯真心不在焉地靠在铁架床边，有一搭无一搭地往嘴里塞柚子肉。

夏鸯的手机屏幕亮了，熟悉的企鹅头像在屏幕上跳动着。

宋唯真把夏鸯从洗手间叫了出来。

除了眼尾有点红外，夏鸯神色如常。

也神色如常地拒绝了池屿。

Chapter 019

·02，她的学号·

“什么？！”

张白“噌”地从小礼堂的橘色椅子上站起来，一脸难以置信：“篮球赛居然是男女混合赛制？”

不仅张白震惊，其余的男生也在惊讶之余面露难色。

十七班的篮球本来就比四班和十班弱，之前在学校的篮球赛里，他们从来没赢过这两个班。

如今再加上根本不会打篮球的女生，他们的篮球赛必输无疑。

仍有几个不死心的男生四处打听：“欸，咱班有没有会打篮球的女生？”

“但其实也不一定会输，我们班的女生不会打，别的班的女生也不会打。”侯鸿飞挠了挠头，“咱们多花点时间试试，没准儿能大力出奇迹呢。”

“行了。”林老师吹了声哨子，“先跟你们说一下这个事儿，回去体委赶紧带人练练，过两天就比赛了，时间挺紧的。

“好，现在我们进行今天的最后一个项目，信任背摔。”

林老师站上礼堂高台，从箱子里拎出一堆有调节扣的尼龙绳。

“一会儿，我们就要请每个同学都上来体验。”

信任背摔，也是一个基于信任所设置的游戏项目。

台上的人会按照林老师的指令向后躺倒。以防倒下去时由于自身对危险的感知而挣扎，伤害到旁边的同学，每一个上台的人手脚都是被绑好的。两米多高的台下，同学们将会彼此手臂交叉组成一张网，接住倒下来的同学。

这就需要台上的人要充分相信自己会被同学们接住，台下的人则要分担压力和责任，确保彼此的安全。

一开始没人敢上去，还是林老师从底下把张白叫上来的。

“说你呢，别低头了。刚才说篮球赛的时候不是挺兴奋的吗？体验一下这个，更兴奋。”

哄笑声中，林老师指导张白双腿并拢，双臂握拳在胸前交叉，边给他打绑带边说：“一会儿向后躺的时候身子一定要打直，不要用力往下坐，会对他们的胳膊造成伤害，你也有可能会摔到地上，知道吗？”

张白紧张地点点头。

“好，我再强调一次！台下的同学交错着站，手臂交叉握住！台上的同学往后躺的时候不要松手，否则会给其他人带来危险！你们是战友，相信彼此，听懂了吗？”

“听懂了！”

林老师吹了下哨子，示意张白可以开始。

张白在台上站得笔直，刚想回头看一眼，就被林老师喝了声，连忙转回来。

张白怒吼：“兄弟们！一会儿要接住我！我家三辈单传就我一个苗，一定给我留口气儿！”

台下的男生们一阵起哄。

“快下来！哥几个准备好了！”

“摔不着你！放心吧老白！”

张白深吸一口气：“爷来了！！！”

张白笔直地躺了下去，笔直地躺在一堆大老爷们中间。

他睁眼望望，发现自己周围都是黑黢黢的脑袋，红口白牙地冲着他嘻嘻笑。

“哥几个先把我放下来呗。”张白双手在胸前的校服上抹了两把汗，嘴角扯出个难看的笑来，“你们这么看着我，就跟我躺在棺材里似的。我胆儿小，晚上睡觉得做噩梦了。”

有了张白的舍身示范，接下来的进程就快了很多。

底下的人也有了经验，甚至还能跟台上的人说几句玩笑话。但多数也是对男生，轮到女生站在那儿时，男生们还是很有耐心的，连哄带骗地就把人骗下来了。

气氛一派和谐。

只有梁晴下来的时候表情不太好。

宋唯真走过去帮她解开束腿的绑带，边解边问：“怎么了晴姐，刚刚受伤了？”

“没有。”梁晴看了眼四周，吞吞吐吐道，“我也不确定我的感觉对不对。真真，我下来的时候，好像被人捏了下小腿。”

像生怕宋唯真感觉她想多了似的，梁晴靠近她耳边，轻声说，“不是那种为了接住我的正常接触，就是那种，那种你马上就能感觉出来的触碰。我现在鸡皮疙瘩还没下去呢。”

宋唯真眉头微动，嘱咐梁晴不要声张，晚点去找江海老师说。

下一个是谢园。

宋唯真把解下来的绑带放到原处，换了个位置看谢园，果然在她躺下来之后，脸上倏地冒出几分不自然来。

宋唯真神色如常地过去帮谢园解绑带，得到了和梁晴一样的回答。

“真姐，我觉得有人摸了我的腰。”

宋唯真泛起一阵恶心。

她盯着在下面的男生仔细看了会儿，忽然在一片混乱的喧闹声中，发现几张陌生的面孔。

不是十七班的学生。

她眯眼看了一阵，觉得有几分眼熟。有长得漂亮些的女生站在台上，他们就凑过来。要是男生上去，他们就在混乱中下来，站在一旁跟许昊然勾肩搭背地说着话，看起来关系很好。

今天在小礼堂同时活动的有几个班级，离他们最近的就是四班和十九班。

宋唯真是徐慧的课代表，有时会帮徐慧去她的班级拿些东西，所以和十九班的人很熟。宋唯真悄悄走过去，询问了十九班正在休息的男生。

“他们啊，不是我班的人，是四班的。几个不学好的小流氓，学校里名声臭得很，宋唯真你离他们远点儿，小心被人盯上。”

宋唯真道了谢，站在一旁看了几轮，暗暗记住他们的位置。

季崇理早就看见宋唯真在一旁来回跑，他找了个男生把自己换下来，走过来问：“偷偷摸摸的，在干吗？”

宋唯真很想把这件事告诉季崇理，但梁晴、谢园，和其他女生，可能不想这件事被人知道。

她抿了抿唇，一脸不好惹的模样：“怎么啦，我在助人为乐好吧。”

“行，宋老师说得都对。”季崇理笑笑，“下一个就到你了，准备上去吧。别担心，我在下面接着你。”

宋唯真“嗯”了声，往前走了几步，又“噔噔噔”跑回来：“季崇理，你一定要在下面接住我噢。”

“好。一定。”

季崇理摇头弯弯嘴角，小姑娘今天还学会黏人了。

宋唯真站在台上，林老师正给她系绑带，又重复了一遍注意事项。

少女认真地点头，小步小步地挪了几下，对准下面用手臂张开的网，颤声问道：“我可以下来吗？”

“可以！”

“真姐快来！”

季崇理换到了中间位置，方便接她下来。

他的眼神从对面一扫而过，忽然发现几分不对。

那个人，他不认识。

季崇理下意识地站近了些，宋唯真躺下来后，他用最快速度揽住了她的肩膀。

下一秒，他的手背被一只略微粗糙的掌心，轻轻磨了两下。

季崇理瞬间抬眸，带着满眼的戾气毫不掩饰地直视对面的人。

那人感觉到了不对劲，看了眼季崇理，嬉皮笑脸地朝他咧嘴笑笑，转身走了。

宋唯真的表情并不好。

周围人感觉到了季神的低气压，都默默噤声远离。

季崇理把宋唯真身上的绑带解下扔在一边，拉着她走到礼堂角落。

“有没有什么不舒服的地方？”季崇理问。

“……没，没有。”宋唯真看向季崇理难看的脸色，稍微靠近了些，“你怎么又生气了？我跟你讲过，年轻人不要总生气。”

“宋唯真，不要害怕，不要说谎。”季崇理声音很轻，摸了摸她的头，语气中带着温和可靠的力量，“告诉我，刚刚有没有人故意碰你。”

少年幽深的眸色里，有股风雨欲来的波涛汹涌。

宋唯真抿了抿唇，拉住季崇理的衣角。

小礼堂干净明亮的玻璃门上，映出少女因委屈而泠泠颤动的眼神。

“刚刚，有人摸了我的小腿。”

宋唯真话音刚落，季崇理眉眼间的戾气几乎压制不住。

平时在宋唯真面前，季崇理总是很喜欢欠欠儿地笑，冷清眉目也会变得柔和很多。更多时候，他也是冷淡疏离的，现在虽然和同学们熟了些，仍旧保持着季神万年不倒的清冷人设。

宋唯真没见过季崇理生气成这个样子。

——黝黑瞳仁里泛着没有光泽的黑潮，几乎能把所有的光都湮没。嘴唇绷成一片凌厉的刃。

宋唯真忽地想起陶桃跟她讲过的，更小一点的季崇理——靠近脖颈的发尾染了一撮蓝，凭着季英河从小开始的军队式的训练，下手稳准狠，自初中时就打遍整条梧桐街。

不能让他再去打架。

宋唯真攥紧了他的衣角，眼神坚定：“这件事交给我，我可以解决得很好。不光是我，还有其他女生，都应该得到一个道歉。”

季崇理深吸一口气，半晌才低声说：“抓得这么紧，我又不会跑。”

宋唯真小声嘟囔道：“谁知道你会不会跑。”

“你说什么？”季崇理抬起手腕，捏了捏她的脸，“小脸都皱成一团了。”

宋唯真：“我说，你不要和别人打架！会记大过的！”

季崇理：“好，不会。”

宋唯真踮起脚，伸手去摸季崇理的头。

他乖乖地低头配合。

“那说好了，你不许打架。”宋唯真望了眼那边的人群，“我要再去问问有没有其他女生被骚扰，下午一起去找江老师说。”

“好，你去。”季崇理说。

宋唯真一步三回头，看着玻璃门旁的少年仍旧听话地站在原地，这才放下心来。

四班的三个小流氓从小礼堂侧门溜了。

“丁哥，王哥，别说，许昊然这小子还真没骗咱们。十七班的女生别看数量不多，但平均质量可真不错，嘿嘿。”贾浩鑫点头哈腰地递了两根烟过去。

王拉吉接过来，笑着点着火：“确实，小丫头的腰贼软。”

丁怀仁也津津有味地抽了口，似乎在回味般：“嗯，他们班女生是不错。”

贾浩鑫凑到丁怀仁旁边，挠了挠头：“丁哥，我刚才摸一个女生肩膀的时候，好像被他们班的一个男生发现了。他看我的眼神贼凶，不能出事儿吧，丁哥？”

丁怀仁睨了他一眼，摇摇头没说话，继续哼着小曲吞云吐雾。

王拉吉一把将人拉过来，手臂环着贾浩鑫的脖子，咬着烟嘴说：“我知道他，不就是学习特好的一小白脸嘛。别看他个子挺高的，真动起手来，我一脚就能把他踹翻天。他也就敢瞪你一眼。”

贾浩鑫这才把心放进肚子里。

三人去超市买了几罐啤酒，迎面遇上了王拉吉口中的小白脸。

贾浩鑫缩了下脖子：“王哥，你看他那样儿，怎么看都像是来找碴儿的……”

“怕什么。”丁怀仁翻了个白眼，阴恻恻地笑了声，“超市后面那巷子没监控。咱们往那边走，他敢跟过来，就把他摁死。像以前一样拍点视频，他就不敢出去乱说了。”

贾浩鑫连连点头，应了声好。

丁怀仁把烟头随手扔在地上，用脚踢灭了，转身带着他们往超市后的巷子走。

那小白脸果然跟了上来。

哼，不自量力！

超市后的小巷光线昏暗，只有小巷两头才能冒出点光来。屋顶上趴着几只野猫，也不怕人，好奇地摇着尾巴，“喵呜喵呜”地叫着。

“喂，找我们有事？”王拉吉朝着巷口吐了口白烟，“好学生，别管不该管的事儿。你学的那些生物化学，可救不了你的命。”

贾浩鑫从腰间抽出一把瑞士军刀，软趴趴地耍了两下，强作镇定道：“你别蹬鼻子上脸，给脸不要脸！”

巷子里倏地吹过一阵风。

一只小黄猫“噌”地从房顶蹿下来，跑到巷口少年的脚下。

“喂，说过了，要保持距离。”少年退后一步，表情严肃，“今天的事儿不许告诉她，一会儿我就奖励你一根火腿肠。”

小黄猫跑到他身后，“嗷呜嗷呜”地叫了两声，仿佛在回应他。

少年身上穿着整洁的蓝白校服，修长手指把袖口往上挽了挽，露出骨节漂亮的手腕。

“如今是什么臭鱼烂虾都敢学人打群架了。”他自言自语地往前走了两步，看向面前的三人，“都上还是分开来？”

等人走近了，丁怀仁忽然感觉有些不对。

这人怎么看起来这么眼熟？

丁怀仁看向王拉吉，用眼神询问。

王拉吉微微后仰：“丁哥，这个就是年级组第一，听说理科特别好，姓季，原来是一中的学生，住在梧桐街。”

姓季，一中，梧桐街。

丁怀仁忽地想起什么，猛地抬头，恰好对上少年冷冽眼神。

“没人回答？很好。”

季崇理抬脚踢飞了贾浩鑫手中的瑞士军刀，没人看清他的动作，只是一个呼吸间，白皙五指就贴上贾浩鑫的手腕，缓缓用力收紧。贾浩鑫疼得连连告饶，哭得涕泗横流，一个劲儿地道歉。

“哥，我错了！我再也不敢了！”

丁怀仁拉住目露凶光的王拉吉，干巴巴地笑了声：“季蓝哥？”

“哦，原来还认得。”季崇理松开贾浩鑫的手腕，嫌恶地甩甩手，“我还以为离了梧桐街，你们就装瞎子呢。”

丁怀仁心里“咯噔”一声。

谁能不认识这位。

在一中的时候，里里外外就那么几个小帮派，不知道什么时候小帮派的头头儿们都被一个发尾有撮蓝的小子给收拾得服服帖帖，不管人家答不答应，他们都把这个蓝毛奉为新老大。

新老大没有道上的诨名，大家只知道他姓季，从以前的军区大院出来的，发尾有撮蓝毛，大家不管年纪大小，都敬他，叫上一声“季蓝哥”。

他们心中不服的人，有幸看过一次季蓝哥打架。对面的人三个打一个，还带了两根铁棒球棍，却连他的边儿都没摸着，就被打得满地找牙。

季蓝哥打完架，只冷冰冰地扫了他们一眼，让他们各自散了，以后不要违法乱纪、聚众斗殴。

那一眼，丁怀仁记到现在。

没人打得过季蓝哥。

从骨子里的恐惧一路袭上来，丁怀仁咽了口唾沫，赔笑道：“季蓝哥，您看今天这事儿，我们也真不知道那女生跟您有关系……”

季崇理掀起眼皮，淡淡道：“我在梧桐街的时候，没人敢做这种事儿。”

“是是是，您说得对。您是我们道德标兵嘛。我们也是头一回，以后再也不敢了。”丁怀仁按着王拉吉的头朝他道歉，见他没反驳刚才的话，又补了一句，“以后我们肯定离同学们都远远儿的。”

季崇理看似愉悦地勾了勾唇：“家教严，家里人不让我打架。”

丁怀仁长出一口气。

“但是呢，这事儿让我遇着，也不能就这么平了。”季崇理慢条斯理地掏出纸巾擦了擦手，“你们互相解决一下？免得我动手。”

丁怀仁一愣：“怎么……解决？”

季崇理眼神泛着彻骨的凉意，从他们三个人的身上缓缓划过。

“都用哪只手碰的姑娘，就处理哪只手。”他看了眼还在地上的贾浩鑫，嘴角扬起个冰冷的弧度，“你的手，我帮你。”

贾浩鑫瘫在地上两股战战，说不出话。

王拉吉挣脱开丁怀仁的拉扯，冲上去骂道：“真把自己当个人物了，牛什么牛啊！”

丁怀仁并没用力拉王拉吉。他也想看看，季蓝哥当了这么久的好学生，还能不能跟他们真刀真枪地比画比画。

贾浩鑫这个废物不必提，要是他打不过王拉吉，那可就……

“砰”的一声巨响，把丁怀仁从幻想中拉回现实。

王拉吉连季崇理的衣角都没碰到，就直接被一脚踹飞，现在整个人正趴在贾浩鑫旁边，咬牙挺着疼呢。

“我不是没给你机会。”季崇理活动了下腕部关节，面无表情地朝他们走过来，“但现在恐怕不行了。”

“季蓝哥！您家里人说了不让您打架，您忘了？”丁怀仁腿软得站不起来，一边用屁股往后蹭，一边急中生智道。

“哦，你不说我还忘了。”季崇理歪歪头，露出个漂亮却毫无温度的笑来，“但我们这样应该不算打架吧。只能算，单方面殴打。”

“别！季蓝哥！您不用上，我们自己来！”丁怀仁拎起王拉吉的后领，把人抱摔到墙上，听到他兄弟一声痛苦的闷哼，他于心不忍地小声在王拉吉耳边说，“老二，忍一忍，不让姓季的消了这股气儿，咱们谁都走不了。他下手咱们今天回去就得躺个两个月！”

王拉吉垂着头，咬牙“嗯”了声。

“好,你们先打着,我去超市买根火腿肠。”季崇理看了眼扭打在一起的两人,“别停下来。小黄监视你们,要是我听见它叫出声就说明你们停了,那就等我回来亲自收拾你们。”

小黄猫默契地“喵”了声。

丁怀仁和王拉吉都不敢停下来,根本没考虑在地上瘫着的贾浩鑫在干吗。

两个人火气越打越大,动作也越来越生猛。

过了一会儿,巷口重新响起由远及近的脚步声。

丁怀仁刚被王拉吉打了下太阳穴,现在头昏脑涨,视野有点模糊。

他恍惚间看见巷口站着两个人。

季崇理手里拿着根火腿肠,身姿笔直地向教导主任报告:“王老师,我刚路过就看见他们在这里打架,地上还躺着一个。我没敢上去,就直接给您发消息了。”

丁怀仁:“……”

王拉吉:“……”

身边的女生没有宋唯真想象中的配合。

在梁晴之前就已经有人感觉到了异样,但没有一个主动说出来。哪怕宋唯真问的时候那些女生表示确实如此,但一提到要去找江老师和教导主任要个说法,她们就摇摇头说算了。

“这事儿说出去多难为情啊。”

“我要是说了,以后身边的人都该怎么看我……”

“……算了,我也没多大损失,以后见着他们绕道走就行了。真真你也别去找老师,万一被那几个人知道,以后要找你麻烦的。”

宋唯真又气又无力,却也没有立场劝说她们站出来。宋唯真想起了何瑜川上课时举的例子,是鲁迅评价孔乙己时,用的一句话:

哀其不幸,怒其不争。

宋唯真问了一圈,只有梁晴和谢园同样义愤填膺地要去找江老师。她静了一瞬,拉起她们两个人的手说:“你们不怕吗?”

她说:“她们都在害怕,所以不想跟我一起去。晴姐,园园,你们……不要因为跟我关系好,就硬着头皮去做出头鸟。我可以自己去的。”

梁晴举起自己的小细胳膊,说:“我怕什么呀,真真,我们就是要跟他们抗争到底。”

谢园眨眨眼:“对啊,错的不是我们。”

对啊,错的根本不是她们。

她们什么都没做。

她们只穿着统一、宽大的蓝白校服，和别人一样做老师安排的活动，就遇到了这样的事。

丑恶卑鄙的人才怕见天光，她们要勇敢地站在外面看太阳。

宋唯真和梁晴、谢园在活动结束后，马上跟林老师请假去了基地的教务处。

教导主任老王不在，江海正坐在他的办公桌后，在审阅文件。

三个女生站在办公桌前，小脸绷得很紧。

“江老师，我们有事情想跟您说。”

……

江海听完她们的讲述，气得眉毛都在抖。

他家也有个还在上幼儿园的小丫头。如果她遇到了这种事，他可能会冲上去把那人的腿打折。

吴校长推门进来，看着怒气冲冲的江海，问道：“怎么了，江老师？”

江海耐着性子，又把这件事讲了一遍，并且强调了事情的严重性：“吴校长，这件事必须从严从重处理！现在这些学生才多大，就能做出这样龌龊的事情来！”

吴校长“嗯”了声，看了她们三个一眼：“你们说做活动的时候，被别的班级的男生欺负了？”

宋唯真：“是的。”

吴校长：“那你们有证据吗？”

谢园向前走了一步，语气有点冲：“吴校长，我们怎么会拿这种事情开玩笑？您把他们找来，我们可以当面对质！”

“年轻人不要太冲动嘛，我也没说不给你们解决问题是不是？但这件事情也不好处理，基地里乱哄哄的，哪里有证据？有没有可能是你们感觉错了呢？”

吴校长转过头，春风和煦地看向江海，试图大事化小，小事化了：“老江，要我说都是一群小孩子，哪有那么多弯弯绕绕。一高是所风气很正的学校，我当了这么多年校长，从来也没听说过有这样的事情发生，没准就是误会。”

“凡事都没有绝对的定论，我也不好拍桌子一言堂。”吴校长说，“不然这样吧，这件事到我这儿就结束了，要是真有什么事，说出去对你们几个小姑娘没什么好处。”

梁晴气得脸颊通红，宋唯真冷静地拦在她和谢园的前面。

江海重重地合上手上的文件：“吴校长，话不能这样讲。”

“您要是不想管，我会给我的学生讨个公道。”

江海轻声安抚了几句，带着三个女生就要离开时，教务处的门“吱呀”一声被人打开了。

王主任夹着蓝色文件夹走进来，稀奇道：“嘿，今天我这儿可真热闹啊。”

他身后，亦步亦趋地跟进来四个男生。

头三个蔫答答的，身上有肉眼可见的伤，一看就是刚打过架。

最后进来的男生仪态整洁，礼貌地关上了门，比起前三个学生堪称风光霁月。

“季崇理，你们四个又怎么了？”吴校长语气不大好。

上次因为这个好学生，就差点让他在全校师生面前下不来台。偏偏季崇理又是全校第一，他只能把这口气咽回肚子里。

“这次可跟我没关系。”季崇理看了眼宋唯真，又看向江海，抿起嘴角，“江老师，我这次是一名正义的举报人。”

丁怀仁和王拉吉看了季崇理一眼，没敢说话。

王主任把文件夹放在办公桌上，喝了一大口茶水：“我正去给老江取材料，半路收到条匿名短信，说基地超市后巷子里有人聚众斗殴，我马上赶过去了。当场就把这三个浑球儿给抓住了。”

王主任指着垂着脑袋的贾浩鑫：“你们看这孩子让人给打的，都蒙了。”

吴校长坐在一边的办公椅上，看了眼这几个出了名的刺头儿，颇为头痛：“你们三个为什么打架？”

王拉吉抢先抬起头：“是这个姓季的打的我们！”

他话音刚落，除了王主任和江海，就连吴校长也眼神奇怪地看着他：“他？打你们？”

王拉吉连连点头。

季崇理站在一边，蓝白校服干净板正，挺拔得像棵小白杨，丝毫没有因为王拉吉的话受到影响。众人看过来时，他那张一向清冷疏离的脸上，甚至泛上点不自在的赧意。

“你们三个虎背熊腰的，打他一个，然后季哥身上一点伤都没有。”谢园抢白道，“我们季哥是又聪明学习又好，但可不是武林高手。嘁，连撒谎都不会！”

江海向王主任和吴校长保证：“季崇理是个品学兼优的好学生，在班级里非常受同学们欢迎，从来没有跟谁有过争执，更别提打架了。”

王主任摆摆手：“你们不用多说，我最清楚了。当时就是小季带着我过去的，人家是去超市后面喂流浪猫，献爱心去了。谁像你们，还专门找没摄像头的地方打架。”

王拉吉暴躁地抓抓头发，回头朝着丁怀仁说：“你来说，你跟他熟，能说得清楚。”

“你说，到底是怎么回事？”吴校长有些不耐烦。

丁怀仁向后看了眼，眼神对上王拉吉时，还能感觉到额角在隐隐作痛。

至于季蓝哥，或者说季崇理，他根本没敢多看。

“……对不起，老师。”丁怀仁声音很低，丝毫没有刺儿头的气势，“我

们确实是在打架。”

“我们打架是因为，”丁怀仁咽了口唾沫，慢吞吞地说，“是因为在小礼堂做游戏时，我看到王拉吉好几次去摸女生的腰和腿。他是我兄弟，我觉得他这样做不对，就把他叫来超市后面说这事儿。”

王拉吉脸色由青转白，愤怒地扑上去要打丁怀仁，直接被江海和王主任拦住。

丁怀仁瑟缩了下身子，继续说：“我和贾浩鑫都在劝他，让他以后别这么干了，但他非但不听，还骂我们是㞞瓜。然后我们就打了起来。”

丁怀仁转过头来，定定地看着贾浩鑫：“是不是，贾浩鑫？”

贾浩鑫没抬头。

整个屋子的目光都聚集在一直低着头的小胖子身上。

“你说啊！平时在我身边叭叭的不是挺能说的吗！”尽管贾浩鑫看不见，王拉吉还是死死地瞪着他，“说实话！别跟丁怀仁似的在那儿瞎放屁！”

“他说得……对。”贾浩鑫懦懦地说。

王拉吉笑了声：“我就说……”

贾浩鑫仍旧低着头，又小声说了一遍：“丁怀仁，说得对。”

王拉吉愣了一会儿，扑向贾浩鑫：“我去你大爷！！！”

吴校长听得一阵心烦。他为了走到今天这个高度，为了不惹事不碍人，也听过见过不少讽刺挖苦，但都没有这样直接的骂娘。

况且，他刚刚还在跟江海说学校风气正，现在就来了个句句离不开“你大爷”的学生。

“一个学生，当着我们老师的面儿就敢这么说话！真是反了你了！”吴校长气得一拍桌子，头顶勉强遮盖地中海的两根长毛跟着抖了抖，“让你们班主任过来跟我谈！人家受害人还在那儿站着呢，做出这么龌龊的事儿还当自己是荣耀分子啊！你犯错了还有道理了！是打架对，还是欺负女同学对？”

“跟基地老师说，明天早上跑操暂停，让这三个人在全校师生面前做检讨！王主任，给他们家长打电话，明天上午就来把他们带回家！那两个都记大过！”吴校长指着王拉吉，“这个直接留校察看！”

全场一片安静，连王拉吉也只惨白着一张脸，没再出声。

这个惩罚，不可谓不重。

整个教务处都一直淹没在沉默里。

王主任低声给四班老师打了电话。很快，一个年轻的女教师打开门，给宋唯真她们三个人道了歉，又跟吴校长说了几句软话，得到了句“等家长来了再说”，才把人带走。

“校长，主任，我有个建议。”江海皱着眉说，“明天他们的检讨中，不要出现任何一个女生的名字，也不要出现她们的班级，这样才能最大限度地保护女生，以免给她们的学习和生活带来影响。”

王主任马上接了话茬：“那当然了，我们的学生还是小花骨朵呢，都得保护好了。这事儿我来办，江老师你就放心吧。”

吴校长吼累了，身心俱疲地坐在转椅里，朝他们摆摆手：“同学们今天都辛苦了，回去好好休息，这些事交给老师们处理就好。”

他拿起茶杯，掩饰地轻咳了下：“刚刚是我没调查清楚，说的话没分寸也没水平，小姑娘们对不起了。”

江海让季崇理先把三个女生送回宿舍。

他在办公室里，重新和王主任交接了文件，大约半小时后才离开办公室。

临离开前，江海朝着吴校长点了点头。

“吴校长，今天我差点儿就想说，咱们学校的风气，都是因为有你这样的校长才不好的。”

江海顿了顿：“但是我想收回这句话。经过今天的事，宜城一高，一定会因为吴校长，变得越来越好。”

吴校长捋了捋那两根在地中海挣扎的毛，不自在地看向窗外：“……咳，共勉。”

回宿舍的路上，宋唯真追着季崇理反复问了好几遍。

“你真的没打架？只是碰巧遇到他们了？”

“怎么会突然想去看小黄猫？”

“你不要骗人。”

季崇理拉着宋唯真，落后了谢园和梁晴几步，抬手捏了捏她盘起来的丸子头。

“宋老师，以后有什么事情都要告诉我。我说过了，你不需要完全依靠自己去做这些事情，我也可以成为你的依靠。”

宋唯真眨了眨眼：“真的吗？”

季崇理：“当然。”

“那可太好啦！”宋唯真飞快地掏出手机，在屏幕上点了几下，狡黠地朝他笑了笑，“我堂哥出道后有个网络人气投票，全靠我们光辉伟大的季神帮忙宣传一下投票啦！”

“……”

于是当天，久久不发一条动态的季神，居然在空间里分享了一条投票链接。

【帮忙给新生代组合 Crossroads 投下票哦亲亲 ~（只是举例，语气软糯点，括号里内容不要复制）】

【池屿：？】

【侯鸿飞：？？】

【张白：？？？】

……

评论区里清一色的问号队形中，宋唯真的回复内容过于显而易见。

【我不是告诉你括号里的内容不要复制吗！！！】

张白刚被季崇理按着给男团偶像投了票，跳转页面回到空间里，看到宋唯真的留言笑得够呛。

“季哥，你这故意得也太明显了。真姐回头就把你……”

“？”侯鸿飞马上从游戏机里抬起头，一脸警告，“我劝你不要危险发言。”

“不是！”张白手忙脚乱地放下手机，悲愤地抬起头，“你们看林老师刚刚发的通知！”

信任背摔的游戏结束后，林老师带他们去了下一个活动场地。但游戏还没开始，林老师就接到了电话通知，临时将游戏项目取消，各自回宿舍待命。

季崇理回来后，寥寥数语，让整个宿舍都知道了四班那几个垃圾做的龌龊事。

池屿草草看了眼手机，语气平淡：“出了这样的事儿，后两天的游戏项目取消不奇怪。老师们得求稳，保证每个学生的安全。而且，这不是让咱们有时间练篮球嘛。”

张白垂头丧气道：“确实是有时间了，但男女混合的篮球赛制也取消了，重新变成正规的篮球赛。那我们就没有钻空子赢四班的机会了。天要亡我十七班！！！”

“那可不一定。”池屿朝季崇理努努嘴，“老季这次估计也看四班不顺眼，准备开揍了。”

侯鸿飞哀号一声：“不是吧，梁晴刚刚给我发消息，让我们宿舍还得参加最后的文艺会演！那我这两天假期不是没了吗？我还想把游戏打通关呢。”

张白登时来了兴趣：“晴姐说咱班文艺会演准备上什么节目啊？”

“好像是想演个狗血版的舞台剧？咱班长亲自改的，说保证符合大众口味，一定在文艺会演上一举夺魁。”侯鸿飞说。

张白赞同地点点头：“嗯，周寰宇看了那么多课外读物，一定没问题。”

侯鸿飞：“那也不一定欸，今年因为准备的时间多，所以文艺会演要求每个班都是出个全员参与的大节目，别的班没准儿也是狗血剧呢。”

“等等，他们把角色发给我了！”张白喊道。

“你演什么？”侯鸿飞问。

季崇理和池屿也看向他。

张白似乎很难以启齿，憋了半天，才从牙缝里挤出几个字：“身负血海深仇，卧薪尝胆，苦熬多年准备与恶势力一较高下，报仇雪恨的——

“一棵大树。”

“哈哈哈哈哈哈！”

翌日早上，基地的跑操停了，变成了通告四班三个学生的处罚结果。

吴校长站在台上，严肃地谴责了他们的行为，并说明会把他们三个人的道歉信，拿回学校张贴在布告栏上。

出于对女生的保护，吴校长并没有说出涉及的当事人的相关信息，并且这三个男生一大早就被家长领回了家，停课一周。

宋唯真在台下长出一口气。

只要保护好了女孩子们的信息，取消了几个游戏项目倒也没什么。

各班在操场解散后，纷纷开启了自由活动模式。

其实说是自由活动并不严格，因为每个班的活动模式都是固定的，去食堂排队吃早饭，一批男生去练篮球，剩下的人准备最后的文艺会演。

“一会儿你要去练篮球？”宋唯真问。

季崇理把食堂里放得已经有点凉了的一个水煮蛋剥好温在粥里，递给宋唯真：“嗯，篮球赛缺人。”

张白朝侯鸿飞一伸手，嗲里嗲气地说：“人家也要你剥蛋壳嘛！”

侯鸿飞斜他一眼：“没问题，那你帮我参加篮球赛？”

张白哽住，把鸡蛋重新放到自己面前：“不了不了，我打篮球太菜，还是适合当小型物资冠名商。”

吃过饭后，他们各自分开去不同的场地训练。

梁晴和周寰宇作为舞台剧的总指挥，差不多给班级每个同学都安排了角色。

“我们的剧本昨晚已经发给大家看了，大概就是一个反套路的狗血恶龙与公主的故事。”周寰宇把打印出来的 A4 纸卷成圆筒，朝周围的同学喊道，“现在我们来大概对一遍台词，等他们篮球赛那边训练完，我们再一起走场。”

宋唯真的角色是一个白切黑小精灵。大概就是她一直在公主身边扮演甜美可爱又贴心的小伙伴，但其实她才是一步步把公主推入恶龙怀抱的幕后黑手。

宋唯真看了半天，没忍住去找周寰宇谈：“班长，我觉得我这个角色有点问题。小精灵为什么会恨公主呢？整个剧本都没交代过她恨的原因嘛。”

周寰宇认真道：“有，她其实才是真公主，公主是顶替她身份的假公主。”

宋唯真：“……国王和皇后都是人，真公主为什么是只小精灵？”

周寰宇推推眼镜：“因为真公主被害死之后重生到小精灵身上，所以她想把害死她的假公主送给恶龙。”

宋唯真：“那剧本里为什么没有这些？”

周寰宇：“时间不太够，这些就都删除了。”

宋唯真正准备好好跟这位删减大师商量一下剧本，谢园从外面慌慌张张地跑进来。

她压低了声音，在宋唯真耳边小声说："真真，你快去篮球场那边看看，季崇理要和许昊然打起来了，他们都拉不住季神，就让我赶快来找你。"

宋唯真到篮球场时，季崇理和许昊然已经被人拉开，剑拔弩张地坐在篮球场两边的篮球架下。

两人虎视眈眈地看着对方，都没说话。张白站在他们中间，时刻防止他们俩重燃战火。

气氛压抑得很。

宋唯真一声不响地走向许昊然。

季崇理倏地站起身，冲破池屿和侯鸿飞的桎梏，一步步走到宋唯真跟前，拉住她的手。

"我不是故意打架的。"季崇理表情冷淡执拗，语气却带着点不易察觉的惶恐，"真的不是。"

少年站在她面前，衣衫单薄，黑发凌乱濡湿，嘴角有一道血口。

"宋唯真，如果你看向我，就不要转头，不要看向别人。"

季崇理声音嘶哑，眼尾泛上点红。

"要一直看向我。"

宋唯真笑得很甜，纤细五指轻轻抚摸过季崇理红肿的手背。

"我从来没有看向别人。"宋唯真声音清亮婉转，"自始至终都只看向光芒万丈的季崇理。"

"我不让你打架，不仅担心你会受到学校的处分，还想你再也不要回到过去的那种生活。"她顿了顿，"最重要的是，我不想你受伤。"

宋唯真踮起脚，抬手在他的黑发上揉了一把，明媚的双眼弯成两道弯弯的弧，笑眯眯地说："但这次做得好，我的季神。"

安抚好自家安全感极差的大型犬，宋唯真缓缓走到许昊然面前站定。

以往古灵精怪，脸上总是挂着笑容的少女，此刻小脸透着紧绷的冷意。

"我过来时，谢园把你们打架的原因都跟我讲了。"

她环顾了下四周，声音冷然："我想周围的同学们，也把你跟季崇理打架之前，忍无可忍喊出的那些话，都听清楚了。"

许昊然身形微微一顿，他仰起头，脸上的伤比季崇理严重很多。他摆正了眼镜的位置，试图向宋唯真解释："小真，你听我说，事情不是你听到的那样。"

宋唯真："我只问你，有没有跟那几个流氓说，我们班的女生好看性子软，被欺负了也不敢说？"

许昊然："……有。"

宋唯真："那你有没有跟你的好哥们儿，用三个月的饭卡钱打赌，说我看起来很好追，随随便便就能搞到手？"

许昊然："我是说了，但是小真，这是有原因的……"

宋唯真："没什么好说的了。许昊然，我没想过因为在幼儿园时你被欺负，我帮了你几次，就让你对我感恩戴德。但你现在做的这些，和当初欺负你的人又有什么两样？"

"你不真心待人，永远也得不到别人的真心。"宋唯真丢下这句话，冷冷地看了他一眼，转身要走。

许昊然脸色发白，嗫嚅了半天，最终没说出一个字。

"对了。"宋唯真走了半路，又走回来，眼神绕着人群睃了一周，"还差我一笔账没算清楚。"

宋唯真高高地抬起手，抡圆了手臂，狠狠地打了许昊然一耳光。

声音响到，足以让整个篮球场的人都听清楚。

"我妈从小就教育我，没事不惹事，有事别怕事。要是有人跟教导主任说我们打群架，麻烦算上我的名字。"

她看着许昊然："现在起，咱们两清了。"

宋唯真甩甩被打麻的手："以后麻烦许同学跟我保持距离，跟我同桌也保持距离。"她站直了身体，环顾四周，嗓音清脆，"季崇理是我罩着的，有事儿都冲我来！"

宋唯真拉着季崇理，去基地的医务室上药。

为了避免其他老师发现季崇理打架，宋唯真在医务老师面前，编造了一个精彩绝伦的摔跤过程。

"他在打篮球的时候先是被人撞了，紧接着那人手里的篮球意外脱手砸在他脸上，嘴角蹭了一块这么大的血口。然后……"

宋唯真连说带比画，绘声绘色地向医务老师展示季崇理的惨状。当事人沉默地听了半分钟，忍不住拉了拉她的袖子："我没撞到头。"

医务老师没忍住笑了声，转身去隔离帘后找碘酒。

宋唯真贴近他耳边，咬牙切齿道："哼，我还没跟你算账呢。你没撞到头还跟他打架？那更应该送你去医院做个脑部 CT 了。"

季崇理："可你刚刚还夸我打得好。"

宋唯真："那是为了给你面子，权宜之计懂不懂！"

过了会儿，医务老师匆匆忙忙走出来，把碘酒、红花油和创可贴放在柜子上，对着他们抱歉道："两位同学，实在抱歉，我现在有急事要出去一趟，我看他的伤也不是很重，小姑娘你就帮他处理一下吧。"

宋唯真点点头，露出招牌甜笑："好的老师，路上慢行，注意安全。"

医务室的门“砰”的一声关上。

季崇理伸过手来，说：“现在没人了，宋老师想怎么跟我算账都可以。”

宋唯真面无表情地拍掉他的手：“把你的爪子拿开。”

季崇理默了半晌，然后听话地把手移开，冷清眉目柔和舒展开，黑亮的眼睛一瞬不眨地盯着她看。

宋唯真抽了根棉签，蘸了点碘酒，尽量轻地去擦拭他唇边的伤口。

季崇理还是疼得倒吸了一口冷气。

“早知今日，何必当初。”宋唯真冷冷地看他。

尽管很疼，季崇理仍然梗着脖子没敢动，看向她的眼神湿漉漉的，像做错事的大型犬，在等待主人的原谅。

宋唯真的心也软了下来。

她凑近了些，手法越发轻柔：“你别动，我尽量轻点。”

季崇理：“要不你给我吹吹？我听张白他们说，小时候摔倒了，只要妈妈上药时在伤口上吹吹，就不疼了……当然，我是没有过这种待遇啦。”

少年神色落寞寂寥，眉眼拧在一处，十分惹人怜爱。

宋唯真抿了抿唇，靠近些，试探地问道：“那……是不是这样？”

她低头，唇瓣微张，对着他的伤口轻吹几下。

紧接着，季崇理倏地仰头向她的方向靠近，吓得宋唯真一时没站稳，一步扑进他的怀里。

宋唯真硬撑着床板站起来，瞪着他：“季崇理！你故意的是不是？”

表情寡淡的少年静静地看着她，动作迟缓地指向他自己的脸颊。

“噗！”季崇理笑得眼睛弯弯，指腹贴向她的脸，用力蹭了蹭，“怎么办，好像擦不掉欸。”

宋唯真回过头，看向身后医务室的镜子。

少女额角的碎发有些乱，白净脸颊因为愤怒而涌上两团红晕，更显眼的是，嘴角旁边赫然印着小小一团红棕色痕迹。因为被人揉过，那团红棕色周围泛着点红，旁边因为在没完全干的时候擦拭，洇出一道长长的尾巴。

宋唯真不死心地对着镜子搓了两下，不仅没搓掉，反而显得颜色更深了。

“季！崇！理！”宋唯真“噔噔噔”地跑到他面前，罪恶的小手抓住他柔软黑顺的头发，反复揉弄着，“我跟你拼了！咱俩谁都别想好看！”

“行。”季崇理扶着宋唯真的腰肢，以防她摔倒，纵容宠溺地仰起头，半合着眼睛，把头递到她眼前。

“都听你的。咱俩丑也要丑成一对儿。”

接下来的两天，宋唯真都忙着排练舞台剧，没时间搭理季崇理。

当然也不是完全没时间，只是她不想罢了。

谁让季崇理那天把他们两个丑陋的自拍照，设置成桌面壁纸了！

一个顶着乱到不能再乱的鸡窝头，另一个皱着脸做了个奇丑无比的鬼脸不算，脸上还多了个指甲盖那么大的长尾巴的痣，这样的照片能好看吗！

当然，季崇理鸡窝头也是堕落派帅哥。

可她不是美女，呜呜呜。

所以宋唯真决心晾着他。

季崇理也不是毫无歉意。尽管他白天也在为篮球赛训练，但每次一起吃饭时，季崇理都会送她一个画着表情的水煮蛋。

有哇哇大哭的，有做鬼脸的，甚至还有会 wink 的鸡蛋。惟妙惟肖，十分鲜活，每个都让宋唯真忍俊不禁。

她都没舍得吃，放在宿舍柜子里，现在里面已经储存六个水煮蛋了。

第二天中午，季崇理又送出一个蛋。

张白可怜巴巴地望着宋唯真："真姐，你俩还没和好吗？"

侯鸿飞咽了口唾沫："不论为啥，你都原谅季哥吧，他肯定不是有意的。"

就连池屿也难得分给他们一个眼神，眼神冷飕飕的，像一把刀子："你再不原谅他，我们宿舍都没有鸡蛋吃了。"

张白猛地点点头："真姐我还小，还要补充蛋白质，还要长高高。"

宋唯真沉默了几秒，把手里的鸡蛋递给了张白。

张白又在他季哥刀子一样的眼神中，怯懦地把鸡蛋还了回来。

池屿没好气地看了季崇理一眼，把鸡蛋从宋唯真手里拿走，直接在桌子上敲开。

水煮蛋的外壳上，小人的小脸裂开两道深深的纹路。

"来，你俩一人一半。"池屿把剥好的蛋递给张白。

张白又十分公允地留下蛋白，把蛋黄分给侯鸿飞。

季崇理凉飕飕地看了眼池屿。

"老季，你再看我就把你的事儿都说出来。"池屿挑了下眉。

"你说。"季崇理眼皮都没抬。

"行。宋唯真，你知道那几个鸡蛋他画了多长时间吗？"池屿喝了口水，"除了在球场和排练的大部分时间，他都在宿舍里练习画这种简笔画表情。"

"就这么简单的表情，两笔就能画完的，我们老季都能画成四不像。"池屿笑了声。

张白和侯鸿飞同时点头做证。

谢园憋笑憋呛了，咳嗽个不停，梁晴连忙带她去窗口处多拿碗今天的免费例汤。

季崇理脸色没变，耳根泛起点红色，继续埋头吃饭。

宋唯真回忆了一下收在柜子里的几个鸡蛋，确实“画相”……差了些。

季崇理感觉到对面的人打量的目光，手里的筷子顿了下：“宋老师，我画画的技能点可能没办法点满。画画这件事，实在有些难。”

宋唯真笑了声，道：“人生不如意，十之八九。画画不好看没关系，脸蛋好看就行。”

当天，十七班的班群里有人匿名爆料：季神一直靠脸吃饭。

因着排练舞台剧，宋唯真错过了篮球赛的前两轮。

宋唯真的角色小精灵在全剧中有非常重要的作用，几乎每一幕，每一场重要的戏里，都有她的身影。

她要背的台词就特别多，更需要全程跟着舞台剧的排练。

同样错过篮球赛的还有自命名“物资冠名商”的张白。周寰宇为了反差强烈，把公主这一角色安排给了侯鸿飞。但因为篮球赛的原因，侯鸿飞威逼利诱张白跟他换了角色。

从此，张白从一棵身负血海深仇的大树，成了冒名顶替的男公主。

篮球赛决赛和文艺会演安排在同一天。

上午，梁晴和周寰宇给大家集体放假，一起去给十七班加油助阵。

看过球赛的人表示，原来他们没想到十七班能在篮球赛上走这么远，大概率是没有加入季神这个不确定因素。

十七班的决赛对手，正巧是四班。

明里暗里大家都不对付，所以这场决赛不仅是球员，连观众的热情都空前高涨。

他们没有特定的队服，两个班决赛前约定好，十七班穿白色短袖，四班穿黑色短袖。两个班的球员站在一起，像楚河汉界一样泾渭分明。

一声哨响后，比赛正式开始。

林老师将球抛向空中，季崇理高高跃起，率先抢到了球权。

宋唯真和谢园坐在一起，听着她吵吵嚷嚷着跟周寰宇的对话。

谢园：“传球啊！周欢为什么不传球？”

周寰宇：“他身后有人贴上来了，原本周欢是准备传给……”

谢园：“啊！侯鸿飞给我冲！抱着球不要撒手，跑！使劲跑！”

周寰宇：“那样算作带球走步，是犯规的……”

谢园：“吹哨！吹哨啊！四班那个人撞到侯鸿飞了！！！”

周寰宇：“你别急，看，吹哨了，马上就要罚球了……”

谢园：“啊啊啊啊！！！侯鸿飞牛！罚球中了！”

相较谢园的激动，宋唯真反而更沉静，大部分的时间，她的眼神都只跟随着那个人。

他跑得很快，总是能拿到球，侯鸿飞和周欢拿到球多半都会传给他。季崇理有时会投篮，有时会传给池屿让他去抢篮板。

汗水把季崇理的黑发濡湿，顺着脖颈流淌下来。中场休息时，季崇理第一次像普通的，如骄阳般热烈的少年一般，掀起身上的白T恤胡乱擦了两把汗，露出腹部初具规模的肌肉线条。

脸上明晃晃的笑意，臭屁得很。

休息结束前的最后一秒，季崇理倏地抬起头，朝着观众席的方向，比了一个yeah的手势。

张白和梁晴都在旁边笑，前面也有一些四班的女生窃窃私语。

“季神挺可爱的啊，谁说是冷冰冰的‘高岭之花’啊，人家明明只是丹凤眼稍微凶了些而已。”

宋唯真笑笑，朝他挥了挥手。

她看见了。

不是yeah，是二。

在季崇理奔跑着，背朝着观众席时，白色短袖上面用不羁而熟悉的笔迹写下的两个数字。

02，她的学号。

他想说，不论何时何地，她都与他同在。

篮球赛并没有宋唯真想象中的胶着难分。

侯鸿飞获得了两次罚球机会，下半场中季崇理进了两个漂亮的三分球，引起全场的欢呼。周欢抢到两次篮板。最后几秒钟，池屿用一记扣篮锁定了整场比赛的胜局。

张白边欢呼边朝宋唯真和梁晴挤眼睛：“你们看，我说的没错吧。四班其实就是打球手脏，真实技术水平贼拉胯。你看前两天他们班里出了那样的人，他们今天打球手就很干净了。不然整个班的名声，都要跟着臭死。”

场下一片欢腾，就连闻声而来的江海和何瑜川，都高兴地在场边鼓掌叫好。毕竟这是两年的时间里，十七班第一次打赢了四班，获得了篮球赛冠军。

上场的几个人抱在一起，周欢甚至激动地红了眼圈：“老子终于不用输球被那帮孙子嘲讽了！爽！”

观众席上十七班的同学都拥进场地，连带着江海和何瑜川，都过来和大家拥抱。

谢园扑过去抱住了侯鸿飞。

池屿蹭掉头上的汗，敷衍地跟张白抱了一下。

周寰宇和梁晴被簇拥到两位老师面前，然后被更多人拥抱着。

季崇理悄悄从中心圈退了出来，在人群之外，找到手足无措的宋唯真。

“像宋老师这样古灵精怪的人，居然不擅长应对这种场合呢。”季崇理趁机也抱了下宋唯真，调笑道。

少年身上扑面而来的热意混着汗湿的潮气，完完全全把宋唯真包裹住。

哪怕他搬回自己家，仍然没有换过的沐浴露的柠檬薄荷味。

他身上潮热的白色短袖，散发着清淡好闻的皂角香。

尽管不是很舒服的体验，宋唯真仍旧没有从他怀中挣脱开。

这是他们最合时宜，最光明正大的一次拥抱。

“才不是。”宋唯真仰起头，一对眼睛灿若星辰，“我知道你会来找我。我在等你。”

篮球赛的胜利并没有让他们庆祝太久。

毕竟他们晚上还有一个重头戏——文艺会演。

下午的彩排是第一次，也是唯一一次全员到齐的彩排。宋唯真也是到这时才知道，扮演恶龙的是季崇理。但想来也对，他是篮球赛主力，训练要占用了大部分时间，而恶龙是贯穿整个舞台剧，却又只在最后一幕出现的角色。

出场少，格调高，对手戏极少，季崇理只要记得自己的台词就行。

至于文艺会演的服装问题，张白早就去别的班打探过，大家都是穿各自的衣服，或者在基地超市买了几大包彩色卡纸，拼拼剪剪就差不多了。

宋唯真虽然觉得有点遗憾，但确实没有必要为了只穿一次的衣服，就集体花钱购买。

季崇理下午彩排时皱了皱眉头：“我们上台就穿校服？”

周寰宇：“不止，梁晴还和隔壁文科班的女生们借到了一支唇彩。”

“……”寒酸。

池屿心中一动，趴在季崇理耳边说：“我记得梧桐街那儿有家婚纱摄影，可以租赁衣服，也有很多头饰和化妆品可以租，交点押金就成。”

季崇理：“三小时内能送到？”

池屿：“我打个电话问问。”

宋唯真见池屿走到一边，拉了拉季崇理的袖子：“你们在干吗？”

季崇理：“租衣服。”

宋唯真说：“其实我们穿校服也可以的。租衣服花钱，并不一定所有同学都愿意。”

季崇理：“我掏钱就行。”

还没等宋唯真说话，池屿就朝季崇理比了个“OK”的手势，接收到他的信号后，池屿组织大家过来申报必要的衣服饰品。

“你掏钱，你哪里有钱呀？”宋唯真有些着急，压低了声音，“就算你爸每个月都给你生活费，但你也不能乱花钱，多喝两盒牛奶多好呀。”

“我不要他的钱。”季崇理低头看她，“这些钱都是我自己赚的。”

宋唯真立刻在脑海里脑补了一出大戏：纯洁如同白莲花一般的天之骄子，每天在街边苍蝇小馆的油腻后厨里，没日没夜地刷摞得高高的碗；或者是周末在暴晒的烈日下，发上百张被人拒绝的传单。

活脱脱的美强惨小可怜。

“蓝蓝，你不能这样。赚钱多不容易？你没日没夜工作赚的钱，就该好好攒起来，然后给自己补充营养，或者留作备用金。”宋唯真表情严肃，“就算你有存款，那又能存多少？”

“二十五万。”季崇理轻描淡写地答道。

“？”宋唯真愣愣地看着他，怀疑自己耳朵出问题了。

二十五万？他干什么赚了那么多钱？

季崇理解释道：“之前学做编程，做了几个小软件放到了网上。有个科技公司看中了，想要买断。于是我就先卖了个小的试试水，这是定金。”

“……”

宋唯真抿抿唇瓣，转身就走：“告辞。”

她的校服后领被人勾住。

“不着急走。”季崇理从后面靠近了些，语气危险，“谁说我叫蓝蓝的？”

“没谁！就是那天我在教导处听见四班那个人，喊你季蓝哥。”宋唯真表情僵硬地勾起唇角，“联想到你之前还染过小蓝毛，觉得挺可爱的，就想这么叫了。”

季崇理还是没放手。

宋唯真费劲地勾住他的手，缓慢地转过半个身子，继续苦口婆心道：“虽然你现在很有钱了，但还是不该随便花钱……”

“没有随便花。”季崇理慢条斯理地把人摆正，捏了捏她的脸，“是因为想看宋老师穿小精灵的衣服，才花钱的。他们都是沾你的光。”

宋唯真眨了眨眼。

“那我得去把把关，让他们少花点钱。”宋唯真红着脸，迅速跑远了。

没过多久，池屿捂着手机跑过来，低声在他耳边说：“老季，你管管宋唯真行不行，你看她那个小气吧啦的样儿，把之前我们想用的道具都给划掉了。”

“你正常定就行。”季崇理难得语气温和，“她也是想给我省钱，这种心情你能理解吧？”

池屿翻了个白眼，重新走了回去。

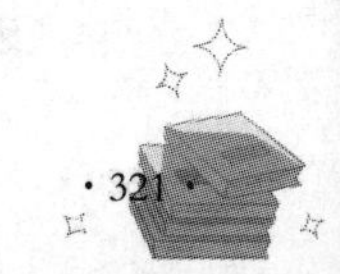

不，他不能理解。

池屿没好气地跟电话那头说：“嗯，您刚才说租得多有折扣？对对对，我们不要折扣。您没听错，不要折扣，就按原价来……对，我们老板有点傻，就喜欢贵的。”

租的衣服果然很快送到了。

周寰宇带着张白和侯鸿飞去基地门口把衣服抱回来，一路上收获了不少学生的羡慕目光。

“哇，你看他们班的裙子好好看啊，一看就是公主裙，也太漂亮了吧。”

“不知道谁打扮成公主啊，好幸福！”

当事公主张白并不觉得幸福，甚至觉得臂弯里的衣服越来越沉。

像捧着自己的尊严一样。

他们把衣服一路抱回活动室，给大家试穿打扮，以及商量有些花草装饰该怎么在舞台上布置。

最重要的就是给公主穿衣服。

梁晴和谢园一起给张白打包票：“你放心吧，我们仔细研究过了，一定把你变成全场最靓的公主。”

古典欧式宫廷风格的裙摆层层叠叠，梁晴负责帮张白穿衣服，谢园负责按照图上的样子搭配好穿的顺序。

张白自己也没闲着，一边配合她们的动作，一边还要听周寰宇和宋唯真给他讲戏。

没错，从那次宋唯真和周寰宇深入探讨过剧本后，周寰宇对宋唯真的才华惊为天人，直接把她放到了与自己齐平的编剧位置，两个人一起梳理了剧本，重新安排了台词。

“老白，你要记住。最后一幕的时候，听到恶龙，也就是季崇理说完最后一句台词，你就要赶紧从幕后走出来，边哭边说自己的委屈，让恶龙心软。”

张白示意自己饿了，宋唯真连忙从他带来的储备物资中抽出一袋面包，继续说：“你边哭边走，走到灌木丛旁边时，我，也就是小精灵，会从天而降，拆穿你伪善的假面。”

“对。这时你们两个开始对峙，恶龙会因为自己被你欺骗而愤怒，想杀了你。”周寰宇看着剧本，认真地说，“小精灵动了恻隐之心，让你许诺代替她回去好好照顾国王和王后，她就帮你解决掉恶龙。”

张白边吃边点头：“这些我都知道，后来的结局你们改成啥了？”

周寰宇：“你们三个打成一团，谁也不让谁，恶龙因为欺骗而杀了你，小精灵因为答应你而杀了恶龙，你因为爱上了恶龙而杀了小精灵。”

张白目瞪口呆：“一个活口都没有？这也太虐了……别的班应该都搞大团圆结局，咱们这样是不是赢不了啊。”

宋唯真：“不！这是信任与欺骗、亲情和爱情的纠葛！BE美学永远无敌！”

周寰宇：“确实，在课外读物中，让我印象最深刻的也都是虐文。”

张白终于无奈地发现，他现在除了身体任人摆布，连大脑也在任人摆布，索性边吃小面包边记台词。

“哇！”活动室另一头发出惊叹声，“太帅了！”

季崇理穿了一身漆黑的欧式军队训练服，脚上的皮靴严丝合缝地包裹着小腿，腰间暗棕色的腰带与深褐色披风显得他整个人肩宽腿长，非常好看。

宋唯真看得移不开眼睛。

周欢忍不住说：“上台时给季哥做个发型，头发都往后面一梳，简直是军装大佬啊，谁看腿不软。”

季崇理踩着皮靴走过来，在宋唯真面前站定。

“宋老师，腿软不软？”他倾身在她耳边说。

“……软不软不重要。”宋唯真仍旧定定地看着他，“我的龙呢？”

宋唯真气得不轻：“我剧本上那么大一条龙呢！！！”

季崇理万万没想到他还比不上一条臭龙。

气得他站在一旁，冷着张脸擦拭自己的道具宝剑，再没理宋唯真。

池屿摸摸鼻尖，解释道：“这不怪老季哈，那家店里没有龙的玩偶服，也没有关于龙的挂饰。唯一跟龙有关系的，是他们龙年过年时剩下的窗花。真的，连对龙角都没有。”

“是。”季崇理忍不住开口，语气不佳，“只有这件，宋导看我要不要光着上？”

谢园过来打圆场：“真真你放心，我化妆技术一绝，保证给季神化得符合你心中恶龙的要求。”

宋唯真知道自己刚才脾气有点差，略尿地看了眼季崇理，点点头表示没问题。

确认完两位主角的衣物装饰后，宋唯真又去和其他人确认了一遍上台流程，再加上和周寰宇、梁晴一起安置舞台道具，时间转眼就到了晚上。

他们表演的位置比较靠后。

不用上台的同学去食堂打包了盒饭回来，让大家边准备边吃。

主角和负责化妆的谢园是第一批吃饭的。

只有张白拒绝了晚饭。他摆摆手，僵硬又端庄地坐在花瓣一样的裙摆里：“我不吃了。刚才背台词的时候吃了很多小面包，现在吃不下去。”

“不吃也没关系。”宋唯真半开玩笑半是威胁他，“那我们美丽的公主，到了舞台上可不能出问题。”

如果宋唯真知道什么叫“一语成谶”，她就绝对不会说出那句话。

文艺会演时一切都进行得刚刚好，第一幕、第二幕、第三幕……展现出的都是他们预想中的效果。

妆容精致细腻，道具五彩缤纷，前几个班级没人比得上。上台的人也没有一个忘了自己的台词和走位。

堪称完美。

唯独到了最后一幕时，宋唯真扮演的小精灵已经蹲在了灌木丛后，季崇理的恶龙王子也开始念他的独白，只等让大家欢笑无数次的白白公主上场时——

张白在幕后脸色涨红，揪着侯鸿飞的手："猴子，我实在是憋不住了。要不衣服脱给你，你替我上吧。他大爷的，那小面包估计是过期了。"

周寰宇迅速翻看剧本："来不及，季崇理马上就要念完独白了。"

侯鸿飞问："那怎么办？要不，老白你再憋一会儿。五分钟，五分钟就能下台了。"

张白表情痛苦，边脱裙子边说："真不行。五分钟足够我给大家在台上表演个活体化粪池。"

张白脱掉裙子飞快奔向厕所。与此同时，季崇理在台上刚刚念完最后一句台词。

"如果善良的公主愿意永远陪着我，国王和王后的城池、土地和臣民，我都可以还给他们，包括他们的贪婪与丑恶，也将永远得到龙神的宽恕。"

恶龙王子声音微顿，身体转向台口："我仿佛听到了灵巧的脚步声，是公主听见我的呼唤了？"

宋唯真蹲在灌木丛中，听到季崇理说完最后一句台词，也跟着看向台口。

面对两个人的，只有白白公主散落一地的裙子，面色尴尬的侯鸿飞和周寰宇，以及他们身后面容焦急的同学们。

他们不知从哪里找了一张巨大的白纸板，周寰宇用黑色白板笔飞快地写下几个大字：

张白 go to WC。

"……"宋唯真耳边一阵嗡鸣，头上也冒出了冷汗。

灌木丛的缝隙间，台下的校领导和各班学生都在等待着，甚至已经有人发出了质疑声。

季崇理仍旧站在那儿，看到白纸板上的字时，表情明显愣了一下。

这样奇葩的突发状况，完全没在宋唯真的应急预案内。

她蹲着，小步地向灌木丛外面挪，给侯鸿飞打手势，让他把大树的裤子脱了，快点穿上公主裙应急。

侯鸿飞一咬牙，正准备换裙子时，季崇理动了。

他久而未动的身躯缓缓转向观众，讥讽地抬起嘴角："现在还没到，想必那位冒牌货已经魂归西天。

“那么真正的公主，我将以龙神的名义再次呼唤你，呼唤你与我相见于阳光之下。”

宋唯真眼前的灌木丛忽然被人移开。

季崇理朝她伸出手，微微一笑：“公主殿下，恭候多时。”

台下一片哗然。

“哇！还有隐藏剧情！真假千金吗这不是！”

“从童话复仇线变成唯美爱情线了。”

“前面的头低点！挡我拍季神了。”

台上，宋唯真很快反应过来，眼神哀伤：“我不配成为臣民的公主，至今假公主仍骄奢淫逸、作威作福，而我重生在精灵身上，能量魔法一直被封印住，也成了假公主身边的走狗。”

她看向季崇理，整个人都顿在原地。

这一下午忙得她晕头转向，直到现在，她才真正地看见恶龙王子。

衣服仍旧是那身欧式军服，脸上的妆容却完全变了。

五官更加深邃立体，飞眉入鬓，那人戴了金色美瞳，眼下画着神秘的七芒星图，黑发全都拢在脑后，张狂至极。

“我刚才引诱假公主说的话，依然有效。”恶龙王子舔了舔齿尖，手中镶满宝石的剑在地上转了个圈，“只要你愿意永远陪着我，你的臣民，你的父母，你的国度，都将得到龙神的庇佑。

“哦，对了，那位鸠占鹊巢的假公主，已经命丧黄泉。

“龙神不会宽恕她。”

小精灵眼里迸发出希望，转瞬又熄灭了。

“你不是龙神，你是罪大恶极的恶龙，你所有的话都是欺瞒与诓骗！”

恶龙极轻地笑了一声，绅士般地弯下腰：“公主，看向我的眼睛，你将了解所有的过去。”

周寰宇接收到了季崇理的信号，福至心灵地翻出恶龙王子的人物小传，把恶龙如何长大，如何与公主相识以及如何在广为传播的谣言中被塑造成了一个伤天害理的恶人。

台下又是一阵感叹。

“太牛了，居然还有重生，还有互相救赎。”

“龙神和真公主这对 CP 我先嗑为敬！”

“季神也太帅了！！！”

“宋唯真也好可爱啊！她穿的那个嫩绿色很挑人，但是就很配她啊！精灵本灵啊！”

宋唯真和季崇理在台上一动不动，一直保持着对视的状态。

直到周寰宇念完最后一句旁白，季崇理站直身子，才把宋唯真的魂儿勾回来。

太帅了！

简直像从漫画里走出来的人一样。

“公主，现在是你选择的时候。”

宋唯真心中谨记着“BE 美学宇宙无敌”这一要义，绞尽脑汁地憋出一个借口：“不行，我仍在封印中，我仍不是我。”

她满意极了。

哲学家都解释不了“我是谁”这样的命题，想必季崇理也只能按照原结局走，两个人兵刃相向，两败俱伤。

完美。

开战吧我的恶龙！

恶龙王子眼睛微眯，金色瞳孔注视着她，顿了半晌，说道：“那要如何解这个封印呢？”

宋唯真：？？？怎么还有人把问题抛回来的？

她哪能知道怎么解封印啊，剧本上又没有写。

小精灵一脸震惊，想了半天吞吞吐吐道：“想解封印的话，就要……”

恶龙王子若有所思：“不必多言，我已知晓。”

看着小精灵迷茫的神情，恶龙王子宽慰道：“龙神知晓这世间万物，自然也知晓你心中所想。”

说完，他倏地扬起斗篷，把小精灵整个人挡在斗篷后。

“封印解除。”

他低下头，遮住了两个人的脸。

在台下的一片尖叫声中，梁晴组织人赶紧拉大幕，周寰宇念完最后一句旁白：“解除封印后，小精灵和恶龙王子幸福地生活在一起。”

宋唯真和季崇理刚到后台，就看见张白向这边跑过来，还没到跟前，就听到他的喊声：“怎么样？舞台剧怎么样了？”

“你还知道回来！”梁晴气得跑过去踢了他一脚，“要不是季神和真真反应快，咱们就出演出事故了，永远在别的班面前抬不起头来！”

“晴姐踢得好，踢得妙，踢得呱呱叫。”张白赔笑道，“那最后我这个角色上场没？你们临时把结局改成啥样了？”

“大圆满结局，唯一的反派你死掉了。”侯鸿飞边给舞台道具归类边说。

张白疑惑道：“不对啊。我不是公主吗？最后是因为爱情友情还是亲情啥的，我们三个才打成一团的，怎么我是唯一的反派呢？”

侯鸿飞睨了他一眼：“也是，就你这脑子，自己囤的小面包都不看保质期，基本就告别反派这个角色了。”

“……”

“季哥，真姐，你们先去把衣服换下来，我们统计好明天好送回去，给季哥退押金。”周欢说。

宋唯真和季崇理走到舞台后方的等候室里。

下一个班级已经前往准备了，这里面只有他们两个人。

季崇理下了台，脸上就没有恶龙王子那副悲悯清高，又混杂着恶劣自恋的神情了，完全恢复了平时的懒散模样。

他脱下斗篷，倚着小沙发，左腿还大大咧咧地跷着二郎腿，撑着下巴看宋唯真。

尽管两个人里面都穿着自己的衣服，但就这么在别人面前脱衣服，还是感觉怪怪的。

宋唯真忍不住道：“能不能别看我？”

“哦,不能呢。”季崇理闲闲地挑起眼皮,“我的公主这么好看,为什么不看？”

“不会是有人害羞了？”他站起身，皮靴在地板上叩出清脆的响声，“那行，我先换。”

他修长手指抚上衣领上的扣子，轻轻解开了一颗，两颗。

率先露出的少年滚动的喉结，紧接着白皙脖颈，还有那两段形状漂亮的锁骨……

季崇理看着眼前目不转睛的小姑娘，抬手在宋唯真额头弹了下：“还看，小流氓。”

“！！！”

宋唯真抬脚就要踩他的鞋：“你才是流氓！”

忽而想到这皮靴是花钱租的，坏了还要赔钱，宋唯真的脚硬生生拐了个弯，踩在季崇理脚边的地板上。

“我去别的地方换！”

小姑娘“噔噔噔”地跑远了。

季崇理笑了下，微微颔首，慢条斯理地解着扣子。

半晌后，他又无奈地叹了口气。

到底还有多久高考啊？

Chapter 020

·与你·

回去的大巴车上，张白捧着奖状和奖杯唏嘘不停。

“积分赛我们班居然第一欸！太牛了，你们都没看见四班那帮人的脸色，调色盘打翻了都没这么精彩。”

“这是我这辈子获得的第一个奖杯！”张白兴奋地扯扯侯鸿飞的袖子，“一会儿到学校了，我要在学校大门前和它合影。”

侯鸿飞拍了他后脑一下，朝着后排使了个眼色：“你小点声，季哥和真姐睡着了。”

张白跪趴着，只在座椅靠背的掩护下露出一双眼睛，小心翼翼地瞄了眼后排。

真姐的头埋在季哥的颈窝，季哥的头也靠着真姐的。

张白嘿嘿一笑，摸出手机，打开了摄像头。

“咔嚓！”

张白摸摸头，傻愣愣地说：“我忘关声音了。”

“你何止忘了关声音。”被闪光灯晃醒的池屿，颇为不满地瞪了张白一眼，“你还没关闪光灯。”

季崇理悠悠地睁开眼睛，幽幽对上张白惶恐尴尬的眼神。

“季哥，我，我不是，故意的。”张白结结巴巴地说。

在十七班，没人不知道季哥有起床气，各科的课代表收作业时，都会绕过睡觉的季崇理，等他醒了再交，或者直接拜托宋唯真帮忙。

也就只有宋唯真不怕季崇理的起床气，能大大咧咧地叫他起来，并且季神也不会生气，只是顶着惺忪睡眼，哑着嗓子问是哪一科，交完再昏睡过去。

张白欲哭无泪，今天是等不到真姐帮他了。

季崇理声音很轻：“你在拍照。”

张白点头。

季崇理又问：“拍我们。”

张白继续点头。

“记得发我。”说完，季崇理轻手轻脚地给宋唯真调整了个舒服的姿势，又闭上眼睛睡觉。

“……”

张白和周围几人面面相觑，试探着问：“你们觉得，季哥的意思是不是我还可以继续拍？”

“拍，给他拍丑点。”池屿把帽子盖在脸上，声音闷闷，“记得把闪光灯关掉。”

张白努力一路，也没有达成屿哥的拍丑要求。

他对着手机相册里一百多张照片感叹：“不愧是三百六十度无死角的校草啊，这些照片要是卖出去，得赚不少钱。别说小姑娘了，谁看谁不迷糊啊。”

侯鸿飞闭着眼，老神在在道：“第一，这是和真姐的合照。第二，季哥醒了，正在后面看你呢。”

“……”

基地素拓训练结束后，高二生彻底失去了最后一个可以玩耍的机会。

各科老师纷纷搞起车轮战，为了追赶进度，每一门课的进程飞快，连宋唯真这样以前所有作业都做完的乖乖学生，也开始在众多卷子中优先挑选适合自己的做。

宋唯真本就是拼命三娘似的学习方法，学校的进程一加紧，她的身体和学习状态都迅速地吃不消了。

而季崇理的游刃有余，更显出她的劣势来。

他拥有的是理科思维，一通百通，掌握方法就可以以不变应万变，也就有更多的时间，去应对文科猛涨上来的知识点。

宋唯真只有一颗头，却又不具备季崇理恐怖的理科天赋，每天都过得分外疲惫。

像数理化这种在基础上不断叠加知识的科目还好，有了基础学起来也更快些。尤其在物理上，宋唯真学了季崇理的思维方式，还应付得来。

但轮到大家都称为“理科中的文科”的生物时，宋唯真的脑子就像生锈了一样，无论如何都不来电。那些生物学知识，她背了忘，忘了背，却终不得要领。

高二学期期末考试后，宋唯真还是班级的第二名，年级组的排名却从前三掉到了第十五名。

而其中最拉胯的，就是理综中的生物。

江海找她谈话，梅清在家里训斥她，每到生物课时，孙青松就板着脸在她身边踱步。他们让宋唯真更紧张了。

因为赶进度，宜城一高的暑假只放了五天，就又通知上课。

教室里电风扇运转的嗡嗡声，窗外永不休止的蝉鸣，季崇理打球回来的热汗，同学们结伴去小超市批发回来成箱的奶油冰棍儿，边舔着甜丝丝的凉意时仍没停下来做生物习题册——

构成了宋唯真的整个暑假补课月。

弦绷得太紧总是会断的。于是，高三刚开学不久，宋唯真就得了场重感冒。

这场感冒来得毫无缘由又气势汹汹，班级里除了她没有一个人感冒，又是在感冒病毒不活跃的热气腾腾的夏季，她最近也没有贪凉吹风，偏偏病生得很重。

具体的症状，就是不声不响、持续不断地发烧。

最先发现的是季崇理。

那天他体育课打球回来，毫不意外地宋唯真又借着每月一次的亲戚成功留在教室里，面前摊着厚厚的一本习题册。

几个月前脸上还有点肉的小姑娘，现在怎么喂都长不胖了。

季崇理有点心疼，伸手过去拍拍她的头，想叫她休息一会儿。结果发现宋唯真的额头滚烫一片，小姑娘唇色苍白，连眼睛都烧得发红，手心却是冰凉的。

“你发烧了，我带你去校医室开假条。”季崇理拉着人往外走。

宋唯真想要挣脱开却没有力气，只是反复喃喃着：“我没事，只是有点冷。”

那天江海很快联系了梅清和宋新文，他们把宋唯真直接送去医院检查，医生只说是免疫力太差引起的感冒发高烧，问题不大，年轻人养养身体，很快就会恢复。

当天宋唯真输了液，休息一晚，第二天又正常去学校上课。结果下午，宋唯真又烧了起来。

这次她有了经验，没有告诉季崇理，直接去找江海开假条，去医院打针。

第三天，宋唯真的脑子昏昏沉沉，仍然打起精神把孙青松上课讲的知识点全都记了下来。

生物课之后是大课间操，除了值日生和请病假的宋唯真，大家都出去做操。

孙青松拿着他黑魆魆的戒尺走过来，在宋唯真桌前敲了敲：“起来，提问知识点。”

戒尺在桌上发出几声厚重的闷响。

宋唯真安安静静地站起来，她以前也经常被孙青松关照，那把戒尺也从来没有打到过自己手上。她深深吸了口气。

孙青松杵着戒尺，闭着眼睛，开口问道：“血红蛋白中的代表元素？”

宋唯真：“铁。”

孙青松：“细胞膜的组成。”

宋唯真：“主要是磷脂双分子层和蛋白质，还有少量的糖。”

孙青松：“检测脂肪和蛋白质分别用什么试剂？”

宋唯真：“苏丹三和双缩脲，一个变成橘红色，另一个变成……”

她想了半天，脑子里混乱成一团糨糊，低下头小声道：“老师我忘了。”

孙青松哼了声："伸手！"

宋唯真紧张地伸出手，孙青松毫不客气地重重打了下来。戒尺落在皮肤上发出"啪"的一声脆响，惊得在擦黑板的周欢掉了手里的抹布。

她的手也肉眼可见地红了起来。

宋唯真长这么大，从没有被梅清和宋新文打过。

"线粒体和叶绿体的共同点？"

"啪——"

"物质出入细胞的方式？"

"啪——"

"有氧呼吸的反应场所？"

"啪——"

……

宋唯真的脑子完全乱了。

她看见孙青松的嘴巴一张一合，却完全理解不了他在说什么。她手心传来一阵阵不停歇的钝痛，应和着每一个问题的停歇。

孙青松老早就看宋唯真不痛快，毕竟她一个好学生，却把自己这么简单的生物学得那样差，很难想象不是故意的。

如今自己来例行提问，这丫头又紧闭着嘴不出声，就这么愣愣地低着头，明显是在跟他作对。

孙青松的火气直冲后脑勺，宋唯真不答他就继续打，连着打了十几下后，孙青松才甩下一句"明天继续提问你"，匆匆地去准备下一节课。

大课间马上结束了，周欢打扫好卫生，目露不忍："真姐，你去校医室吧，老孙今天下手太狠了，你这手一会儿肯定疼得不行。"

门口有人敲了敲门："喂，叫你们班英语课代表去英语组搬卷子。"

宋唯真回过神来，应了声"好"。

周欢还在极力劝说她："真姐，我替你去吧，你这手……"

十七班的队伍回来了，季崇理站在第一个。

周欢眼睛一亮，喊道："季哥，带真姐去英语组搬卷子！"边说着，边挤眉弄眼地示意宋唯真出了状况。

季崇理把宋唯真拉到门外时，她还是呆愣愣的，大眼睛里丝毫不见平时古灵精怪的神采。

"怎么了？"季崇理触了下她的额头，又开始发烫，忍不住皱眉，声音也重了些，"说话，宋唯真。"

宋唯真抿着唇，眼神迷茫："没什么，就是刚才孙老师过来提问我，我没答上来，挨了几下手板。很正常的事，你不是也被打过吗？"

她白皙的手心已经开始红肿。

季崇理眸色幽深，抓着她的手腕，逆着人流往外走。

“英语组不是那个方向。”

“我知道。”季崇理声音很闷，“你现在又在发烧，需要出去打针。那些卷子不要你担心，我一个人就能搬回来。你回去好好休息，用冰块敷敷手，不要藏着掖着，把这些事都跟阿姨和叔叔说清楚，让他们来找江海。”

季崇理心疼地朝她掌心轻轻吹了两下：“学校这边，我来想办法，不会让你白挨打的。”

宋唯真急得眼睛发红：“孙老师没错，他是为了我能记住。”

季崇理声音温柔：“宋老师，体罚除了让一个学生畏惧学习，不会有更好的作用。

“你没错，你已经做得很好了。

“孙老师的方法落伍了，我们要帮他，懂吗？”

宋唯真硬生生被季崇理塞进出租车。

宋新文这周又被系里派出去开会，宋唯真只好拨通梅清的电话：“妈妈，我又发烧了，一会儿我是回家还是去医院？”

梅清那边声音很嘈杂，有很多人在说话，听起来是在饭局上。

“妈妈这边有事，中午没办法回家。”梅清捂着手机，声音通过电波传过来时有些变质，“小真，医生说你只是正常的感冒发烧，不要太娇气。你去医院打完针直接回学校上自习，昨天不是说下午有理综考试吗？妈妈很忙，不要让我担心，好吗？”

梅清又说了几句，匆匆挂断电话。

“师傅，不去盛世嘉园了。”宋唯真静静地望着窗外，双眼里宛若布满黯淡的灰质，“直接去市医院。”

打针的护士第三次巡视时，再次把目光落在角落里输液的小姑娘。

小姑娘穿着宜城一高的校服，脸色很差，眼底泛着青，神情也懵懵懂懂，眼神只是一味地在腕上的手表和输液瓶之间来回转换，像是急着去做什么事。

她心中越发不忍，走过去轻声问道：“你家人什么时候过来陪护？这个点滴还有两瓶要打，可能要错过午饭时间了，要不要姐姐帮忙打电话，让家里人顺便把午饭送过来？”

宋唯真缓慢地眨眨眼，勉强地勾起唇：“护士姐姐，能不能帮我把这个点滴的速度调快一点？我一会儿还要回学校去考试，去晚了就赶不上了。”宋唯真顿了顿，语气平静，“我家人现在都在忙，我回学校买点东西吃就行。”

护士看了眼滴管，温声说：“小妹妹，现在这个滴速已经很快了。如果再快的话，你的身体很可能会受不了。”

宋唯真执拗地看着护士：“我可以，麻烦姐姐把它调快一点，我的考试真的来不及了。”

宋唯真固执地拉着护士的衣服，一再要求调快速度，护士为难地点点头，只稍稍调快了一点，认真嘱咐道：“现在已经是最快的速度，绝对不可以再增加了，否则对你的身体不好。如果不舒服，要跟我们讲。”

消炎针剂随着输液管流进手背上的血管，宋唯真红得不正常的脸色已经慢慢恢复，逐渐泛起疲惫和憔悴的苍白。

她乖乖点头，向护士道了谢。

打完点滴已经过了午饭时间，宋唯真步伐不稳地走出医院，拦了辆出租车，很快回到了宜城一高。

午休时间结束，校园里回荡着刚刚响起的预备铃。

人群在宋唯真眼中像水流中的鱼，都涌向同一个地方。她站在原地没动，深深吸了一口气。

出租车司机一路被她催着将车开得飞快，宋唯真现在有点晕车。

胃里难受得像燃着一团火，眼前的世界也晃晃悠悠，而她输液滴速过快的左臂，开始泛起一阵阵的疼。宋唯真用了点力，忽然发现那只手臂仿佛没有知觉一般，不受她的控制。

她大脑迟钝地运转着，甚至不知道什么叫害怕。

宋唯真低着头，慢吞吞地向教学楼门口挪动步子。

她还记得，要去考试，去考理综，去背生物。

扑面而来一阵风，转而宋唯真撞进一个不算温暖的怀抱。

如今天气已经入秋，季崇理穿着薄薄的校服，不知道在风中等了多久，以至于怀抱中的皂角香，都是一片冰凉。

他拥着宋唯真，在她后背安抚似的拍着：“阿姨给我发短信，说你中午会回来，我就一直在这边等你。”

宋唯真感觉到那人微凉的手指，渐渐上移，轻柔地捏了捏她的后颈。

“怎么了，宋老师？”

声音温柔得像宋唯真小时候最喜欢吃，却只能在考满分后向梅清央求到的棉花糖。

宋唯真鼻子有点酸，她从少年好闻的怀抱中抬起头，看清他眼神中的担忧与珍视，终于忍不住哭了。

周围都是在赶预备铃的学生，熙熙攘攘地逆流而上，路过时都惊讶地看向

站在原地不动，哭得梨花带雨的女生。

“季崇理，我，我好疼。”

宋唯真哽咽着，上气不接下气，红着鼻尖语无伦次：“我胳膊好痛抬不起来，晕车，晕车想吐，要回来考试点滴打得好快，我的胳膊好凉。”

季崇理轻轻擦掉她脸上的泪：“辛苦了宋老师，我们先去吃饭好不好？”

宋唯真哭得更委屈：“饭，饭也没吃上，呜呜呜呜，现在，食堂都，都没有吃的了。”

“怎么会？”季崇理俯身，朝她眨了下眼，眸光温柔，“我们宋老师想吃，就能吃。”

季崇理拉着她去了废弃的老校门。

他冲着街对面的一家小餐馆喊了声：“李哥！麻烦您过来一下！”

红底招牌上写着“吉祥小碗菜”的餐馆外坐着个男人，他朝季崇理比了个手势，去屋里拿着菜单跑了出来。

“小季，想吃点啥？”李哥问。

季崇理把菜单递给宋唯真，对李哥说：“今天小宋说了算。”

“这家餐馆我和池屿常来吃，味道不错，想吃什么就点什么。”季崇理揉了揉她的头。

李哥调侃道：“哟，小季，几天不见身边还有人了。小姑娘，想吃啥就点，今儿李哥免费送你，不收你钱。”

宋唯真恨不得把脸埋进菜单里。

宋唯真最后点了一份盖浇饭，又在李哥的热情之中，被迫选了道炒菜。

季崇理把宋唯真送到食堂，跟食堂阿姨打了声招呼，又去老校门那边等着李哥的饭。

“小姑娘，你哥对你真好。”食堂阿姨打扫好卫生，坐在旁边跟她闲聊，“中午时就过来，说他妹妹中午回来没地方吃饭，问我们能不能带饭到这里来吃，问完就急匆匆地走了，我们收拾垃圾了都没见他回来过，估计你哥现在也没吃饭呢。”

他没吃饭？

宋唯真看了眼手表，现在已经快两点半了。

季崇理掀开门帘进来，食堂阿姨朝他摆摆手：“你们俩慢慢吃，我去后厨。”

红烧鸡块盖饭，香菇菜心，还有两道清淡的小咸菜。

“李哥要送的那道菜油太大，我觉得你现在没什么胃口，就换了清淡的。”季崇理把方便筷上的木刺磨干净，递给她，“吃吧。”

季崇理笑容很浅，面对着这些热气腾腾的饭菜，神情丝毫没有变化。

宋唯真拿起筷子，边吃边想哭，但一想到季崇理等了她这么久，她就把眼泪都压回去，努力吃了好几口饭。

过了会儿，她放下筷子，看向季崇理：“我吃不下了。”

桌面上饭菜都只动了一半，另一半连碰都没碰过。

宋唯真眼神看向别处，别扭地说：“剩下的你吃吧，要不然很浪费。”

不等季崇理开口，她又说：“当然，你要是嫌弃我可以不吃，我们俩就一起做浪费分子。”

季崇理轻挑下眉，没说什么，拿起另一双筷子，大口地吃起来。

他快吃完时，宋唯真忍不住问：“你中午为什么不吃饭？要是我不回来怎么办？”

季崇理的动作慢下来。

“我饿一顿也没什么。超市不是开着嘛，去买个面包就行。”季崇理咽下最后一口饭，眸光清亮，“不知道你什么时候回来，所以我得早早去等着。我们小哭包看不见我，可怎么办。”

“你等了多久？”宋唯真问。

季崇理：“唔，我没算，手机没电了，中午下课我就过去了。”

他们上午最后一节课的下课时间是十二点，而她回学校时接近下午两点钟。

也就是说，整整两个小时，季崇理都衣衫单薄地站在教学楼门口，饿着肚子，一直在等她回来。

不知道时间，不知道她会不会真的回来，他还是要等。

只是怕她回来没人接。

只是怕她委屈的时候没人倾诉。

只是担心。

他就一直，什么都没做，只是等着她。

宋唯真忍住鼻腔的酸意：“下午不是还有考试吗……”

！！！

她想起来了！

下午还有考试！

她就是为了考试才催命鬼一样打完了点滴，还晕了车。

宋唯真着急道：“快，我们收拾一下，赶紧回教室考试。”

“哦，不用。下午的理综考试取消了。”季崇理从对面走到她旁边坐下，手法轻柔地给她的胳膊按摩，“打点滴时不要太急，药液本身就很凉，滴速太快你肯定很难受。”

宋唯真愣愣地看向他：“理综考试为什么取消了？”

“哦，也不是什么大事。”季崇理没抬头，像在阐述一件与自己无关的事情，“孙青松今天可能气儿不顺，打完你又去他教的另外两个班，打了十来个学生。”

“其中有几个受不了这个委屈，就想联合三个班的学生，一起抵制孙青松，要求换生物老师。”季崇理焐着她的手，漫不经心道，“我也只是随口说了几句，没有说孙青松不好的话。”

宋唯真怔怔地看他：“你说什么了？”

“哦——”季崇理顿了顿，仿佛在回忆般，“我说：‘孙老师年纪大了，在教学一线不容易，气儿不顺了拿学生发发脾气也是常见的。别说你们几个学习不好老孙看着不顺眼，就是我们班学习标兵宋唯真，今天也挨了几十下手板，上午就请假去医院了。’

“不止我，周欢也证实了，说真姐的手被打得红肿不堪，她的今天就是他们的明天。

“……”

所以下午的理综考试取消，是因为学生反了天了。

什么叫“她的今天就是他们的明天”，这不是赤裸裸的威胁吗？

“然后他们就写了联名状，还打电话给自己父母让他们联系学校。”季崇理一脸无辜，“当然，有年级第一作保，他们的联名状看起来就分外真实了。”

季崇理总结道：“所以江海老师被叫去参加紧急会议，下午的理综取消改自习，孙青松也大概率不会再教生物了。”

宋唯真怔怔地看着自己红肿的左手。

掌心已经不像在医院时那么肿胀了，但被戒尺打过的地方还是很疼，掌心里能够很清楚地看见戒尺一端的长方形的形状。

她心中有委屈，有不解，也有对孙老师被人群起攻之的同情。

孙青松严格到不近人情，讲课方式也是古老的照本宣科，甚至在现在这个时代，还在用戒尺去体罚学生。

但他并不是个坏老师。

他很想，很努力地想把手下的班级都带好。

季崇理轻柔地按摩着宋唯真的手，低声安慰道：“我博学的宋老师，有没有听过一句话，叫‘可怜之人必有可恨之处’。”

宋唯真点头。

“时代变了。我们现在用的教材、接受的教育，和孙青松过去所习惯的并不同。韩凌老师也是被返聘回来的老教师，年龄资历比他都高，但是在她教的班级中，并没有同学们的异样反响。相反，她非常受欢迎。”

季崇理看了她一眼，语气稍稍正式：“他们是同一时代的人，韩凌老师愿意为了学生去适应去改变，但孙青松不愿意。他要学生适应他。如果适应不了，就用戒尺把人打服。这不是一位好老师的做法。”

他顿了下，继续说道：“我们用宋老师本身举例子，或许你觉得生物入门很难，但有没有想过，你连最弱的物理都学得好，现在为什么学不好生物。而且，老江不止一次说过，我们班生物的平均分是这几科中最低的。别的班我不知道，但大概也是如此。”

宋唯真知道季崇理说的是对的。

她不止一次听到有人说过，孙老师每年都不备课，拿着往年的生物课本直接上台就讲。别的班为了让学生便于理解，所有的多媒体设备齐上阵，但孙青松手里，永远只有一把惩罚用途的戒尺。

班上的同学也不太敢问他问题，因为每次问问题的人都会被顺便提问，或多或少都会挨上几下。

他们回班后，就听张白和梁晴说了最终的处理结果。

孙青松暂时被调离教学一线。

这三个班的课也会有其他生物老师兼任，一直到毕业。

这个处理结果，已经是这么短时间内最好的了。

宋唯真心中复杂，她抿抿唇，低下头重新看题，手腕倏地被人拉住。

“收拾书包。”季崇理挑眉看她，吊儿郎当地扬起嘴角，“哥哥送你。”

“啊，怎么又要我走？”宋唯真捏紧了手中的笔，慢吞吞道，“现在时间很紧张，我不能浪费。”

“这位同学，学习讲的是有效学习时间，而不是你坐在桌子前面多久。”季崇理摸摸她的头，像哄小孩似的，“等你病好了，我陪你学个三天三夜，一口气都学回来。”

宋唯真仍在挣扎：“没有江老师批准，我们出不了校门。”

季崇理从裤兜摸出张纸：“巧了，上午送你走时，我特意让老江签了两张。”

宋唯真：“……”

她看了眼表，折腾到现在，总归剩下的时间也只有一个小时，她便顺了季崇理的心，让他把自己送回家休息。

季崇理骑单车把宋唯真送回家。

“我现在到家了，你也回去吧。”宋唯真刚要关上家门，门缝边就卡进一只白色球鞋。

“不着急。”季崇理笑眯眯地说，“过两个小时就要吃饭了，要是梅阿姨不回来，我们就搭伙吃个饭？”

季崇理是为了自己翘课，否则还能留在学校上晚自习，那么晚饭肯定也跟池屿他们一起解决了，何必自己回家冷锅冷灶地考虑晚饭怎么吃。

想到这些，宋唯真应了声好。

晚上六点，宋唯真接到梅清的电话，今晚要晚点回来，让她自己吃饭。

宋唯真还在感冒中，精神不济，扬着手机朝冰箱走过去，瓮声瓮气地说：“让你猜中了，梅女士今晚不回来。咱俩随便吃点凑合凑合吧。”

冰箱里有些今早的剩菜，宋唯真想来想去，觉得让季崇理吃剩菜也不合适，毕竟他中午就吃了自己的剩饭。

她的目光落在旁边的鸡蛋挂面上。

“吃面可以吗？”宋唯真问。

“可以。”季崇理取下厨房里挂着的围裙，“不过我来做。”

季崇理说：“不许拒绝我。上次我发烧的时候，你可是张牙舞爪地跑到梧桐院，我一句话都没敢说。”

宋唯真惫懒地看向冰箱旁边，从上面的零食柜里翻出一排AD钙奶，问：“喝不喝？”

“不喝。”季崇理边放水洗上海青，边逗她，“要不你叫声哥哥听，我就考虑喝一口。”

宋唯真翻了个大大的白眼。

想得美。

白皙修长的手指穿过水流，将鲜嫩翠绿的上海青摘成一片一片的洗净，沥水后放在旁边备用。西红柿洗净后切成小块，收在一旁的白瓷碗里。

煤气灶上的锅里，热水开得“咕嘟咕嘟”地冒起泡泡，季崇理下了一把挂面，放了些调味品调味，面煮到八分熟时，又下了上海青和西红柿，临出锅时，还不忘加了两只荷包蛋。

果然，看帅哥做饭都是一种视觉享受。

宋唯真很给面子地吃了一大碗面。

等她想把人送走时，季崇理面色悲凉：“宋老师，你这人好实际哦！怎么用完就扔？我是你的工具人吗？”

于是宋唯真不得不把人留下一起做了作业。

季崇理边算题，边注意着身边人的动静。小姑娘今天折腾了一天，再加上她一向起早贪黑的不良作息，身体早就疲惫不堪了。

果然没多久，宋唯真抵不住愈来愈沉重的眼皮，趴在桌上睡着了。

季崇理轻手轻脚地把人抱起来，放在床上，给她安排了舒适妥帖的姿势后，他收拾好自己的东西，坐在了客厅的沙发上。

八点半。

九点半。

十点半。

客厅挂在“一家四口乐丑丑”旁边的钟表，分针刚刚划过“7”时，大门口传来钥匙窸窸窣窣开门的声音。

梅清走进客厅，看见季崇理坐在这儿，吓了一跳，转而露出个抱歉的笑容："小季，是你把小真送回来的吧？小真这孩子又给你添麻烦了，你看下了晚自习这么晚，你还在这儿守着，真是不好意思。要不今晚别走了，就在客房住，你的那些东西都还在呢。"

"不用了阿姨，宋唯真请假了，我带她不到五点钟就回来了。"季崇理站起身。

梅清一愣，明显有些生气："这孩子真是越来越不听话了，怎么还让人送回来呢？多耽误别人的学习时间！我现在就去批评她！"

"她睡了。"

季崇理静静地站在沙发前，没有要留宿，也没有要走的意思。

两人相对僵持着，梅清一时不知该作何反应。

白炽灯下，少年的皮肤更显白皙，手指紧攥成拳，隐约可见上面青紫色的血管。

"阿姨，宋唯真是太听话了。"

季崇理看向梅清，眼神清亮迫人："她怕您担心，所以不告诉您在学校被老师打了手板。她怕您着急，生物必修的几本书都快被她翻烂了。她知道您想让她早点回去参加理综考试，所以拜托护士姐姐加快滴点滴的速度，到学校时整条手臂冷得像冰块一样。"

季崇理黑色的眼睛里泛着难过："谁都能说宋唯真不听话，但是您不能说。因为宋唯真最听您的话了。

"她最爱您。"

梅清默然，坐在沙发上。

"阿姨，您知道我家的情况，您和我的生母也是关系非常好的朋友，所以才会在过年时留我在您家住，让我体验家的温暖。我很羡慕宋唯真，她有一个非常温暖、积极、向上的家。她也总是跟我们说，她有世界上最好的爸爸妈妈，她的妈妈全天下第一好。"

季崇理眸光坦诚，清冷眉眼里凝着忧虑。

"她从来不让你们担心，不让你们失望，哪怕自己再委屈，也会先给爸爸妈妈道歉，因为宋唯真知道你们在这个城市打拼不容易。但她费了多长时间，用了多少精力，从来不会跟你们讲。"

梅清沉默地看着眼前的地板，什么都没说，眼圈却渐渐红了。

季崇理拎起书包，走到门口时，又忍不住开口："阿姨，其实这些话我不该说。我是小辈，也没有跟父母接触的经验，所以我的话并不一定有道理。

"但宋唯真是爱您的，她用心地把您说过的每句话都记住，做好。如果您没有时间和精力平等地去给予相同的关注度，也应该给她点机会，让她做自己喜欢做的事情。

“没准儿宋唯真的梦想，并没有您想的那么一无是处。

“时代变了，阿姨。或许她想做的事情不能像您的安排一样，旱涝保收，收支平稳。但您的安排是您的理想，不是她的。您一直希望自己的女儿要平安幸福、健康快乐，想给她安排最好的生活。但有没有想过，其实宋唯真喜欢的，就是最好的。

“您应该多给她点信任。她从来都不会辜负您的期待。”

季崇理道过再见后，关上门，想着梅清陷在沙发里的背影，缓缓叹了口气。

哪怕在亲情中，也是同样的。

孩子不会永远看向妈妈。

妈妈也要倾听她。

宋唯真的感冒恢复后，她就马不停蹄地重新投入学习的怀抱。

高三真的太苦了，所有科目的学习强度都翻了一倍，发下来的卷子堆成一座雪山，足以把人埋在下面憋死。

张白青着眼圈，不止一次地在班里哀号：“学生崩溃时，没有一张卷子是无辜的！”

学校赶完进度后的半个月，马上举行了第一次模拟考试。也因为这次考试，宋唯真没能去送陶桃和夏鸯离开宜城。

陶桃提前就预告了她已经考过雅思，年末之前就要出国的消息。临到时间时，却撞上了宜城一高的一模考试。

而夏鸯，根本没有说过自己什么时候走，只在飞机起飞前，给宋唯真发了条消息，做了个不算正式的告别。

【真真，勿念。】

宋唯真看到这条消息时，是在一模的理综结束之后。

她愣愣地站在熙攘的走廊里，直到季崇理出了考场，拍拍她的头，才回过神来。

“这次理综不难，应该考得不错吧？”季崇理嘴角微扬，“自从新生物老师来了，我们小宋老师的生物成绩突飞猛进，现在理综应该比我差不了多少。”

“嗯，嗯。”宋唯真漫不经心地点点头。

季崇理看出她的心不在焉，温声问道：“怎么，考得不好？”

“没有。”宋唯真喉咙里像梗着一根鱼刺，咽不下也吐不出，半晌才继续说道，“夏夏走了。”

他们身后，传来了池屿的声音。

“她，走了……”

少年脸上还带着点考完试的喜气，似乎想来跟他们炫耀这次考得不错。结果那点欢喜也随着宋唯真落下的话音，逐渐消失，变成他极力隐藏却仍藏不住的自嘲和落寞。

那天之后，池屿就像变了个人一样。

他仍然努力学习，去校队训练，偶尔听着张白和侯鸿飞插科打诨时，也会露出点笑容来。

但不再是冒着傻气，热烈炽热的阳光少年。

不再是那个会站在宜城南街，喊“鸯鸯快下来”的男孩了。

转眼间，宜城又入了冬。

入冬后，很快就到了宋唯真的生日。

“小真快过生日了，十二月最后一天。今年可是我们小真十八岁的生日。”宋新文笑眯眯地说。

宋唯真夹菜的手顿了一下，看向旁边吃饭的梅清。

妈妈最近有些不一样的变化，好像对自己的事情冷淡了不少，脸上也总是漫着忧虑，像有不少的事情在烦心。

没等梅清开口，宋唯真连忙朝他们两个摇头：“不用了，今年不过生日。元旦之后就离过年不远了，紧接着就是二模考试，时间挺紧的。快高考了，还是好好学习吧，过了十八岁就是成年人，成年人还过什么生日嘛，是吧？”

“不行。”梅清用筷子敲了下碗边，“十八岁的生日对每个人都意义非凡，今年生日必须要过。”

宋新文点头：“你妈说得对，今年生日正好赶上周末，再加上元旦假期，我和你妈妈都有时间。嗯，我们应该吃顿好的，还要举行个仪式，我们小真要有成人礼！”

看梅清没意见，宋唯真也佯装为难地同意了。

过生日可以收礼物！吃蛋糕！可以不学习！

又是十八岁生日！

谁会真的拒绝呢？

妈妈也高兴当然是最好的啦！

宋新文和梅清对这次的成人礼非常重视。起初想订一家酒店，给宋唯真打扮成漂漂亮亮的小公主，再请些亲朋好友来见证他们宝贝的成人礼。

宋唯真听到这个提议，立马严肃地拒绝了。

她只想一家人在一起好好吃一顿饭，那些不常来往的亲戚，就算是来了，又有几个满怀真心祝福她呢？

后来宋新文也觉得不妥当，又和梅清商量了新的安排。这次他们把成人礼的事情捂得严丝合缝，连当事人都不知道具体会发生什么。

倒是她已经登上舞台，备受欢迎的堂哥宋祁，知道她很喜欢他们的组合之后，

在宋唯真生日前就寄来了 Crossroads 的限量版专辑，里面还有组合四人的亲签小卡。

“哇！太牛了真真！这个专辑官网只上了一千份，根本抢不到，秒空的！”

“快给我看看我家宋宋，太帅了，真的太帅了，呜呜，人真的可以长成这个样子吗？”

“我要看洲洲！我的小金毛犬洲洲呢！”

宋唯真开心地把专辑分享给大家看，偷偷收起了堂哥写给她的亲笔信。

要是让这些疯狂粉丝知道，她的堂哥就是她们的“爱豆”，她还不得被扯成碎片。

季崇理表情复杂地站在她旁边。

他该不会又吃醋了？

宋唯真想着，从校服袖子里露出一小截浅绿色信封，嘻嘻一笑：“这是我堂哥给我写的信哦，提前祝我生日快乐呢。”

季崇理眼神不自在地从信封上掠过，欲言又止。

在被谢园和梁晴叫走前，宋唯真还是哄了哄一直沉默的季崇理：“放心，在我眼中你最帅，比他们四个加起来还帅！”

“……”季崇理望着走远的人影，默默叹了口气。

张白和侯鸿飞从外面买水回来，凑到女生边上看了眼，过来小声说：“季哥，你怎么这么早就把礼物送出去了。”

“真姐不是 12 月 31 日生日吗？这还有好几天，这么早送出去多没惊喜啊。”

“就是。”张白嘟囔道，“就这几个男人的限量版专辑，咱哥几个熬了好几天大夜才搞到手，季哥你都忘了？”

“……不是。”季崇理脸色堪称精彩，“这不是我送的。她堂哥，宋祁，Crossroads 主唱，亲自送的。”

每一个字都像从牙缝里硬挤出来的一样。

张白脸色一变，又凑过去仔细看了看。

季崇理：“比我们的多了亲签。还多了她哥的手写信。”

侯鸿飞捂住张白的嘴，拍拍季崇理的肩膀：“季哥，我觉得现在唯一能胜过真姐她哥的方法，只有一个——

“把你自己送给她。”

宋唯真过生日当天，被要求晚上七点半才可以进家门。

难得一个没有晚自习的周五，现在却被通知要流浪街头两个小时，宋唯真很是心理不平衡。

于是她也阻止了季崇理回家的步伐，硬生生地拉着他在小区楼下的小花园里转了好几圈。

手表的秒针终于走到了七点半钟，宋唯真欢欢喜喜地跟季崇理告别，准备回家迎接自己的生日惊喜，没想到他只淡淡地看了她一眼，跟在她身后也上了楼。

“我知道你心里因为送了重复的生日礼物的事情而不高兴。”宋唯真气喘吁吁地把人拦在门外，“但我还是很开心收到你的礼物。”

她尽量压低声音：“今天我妈要给我搞个成人礼，要是你突然进门，我怕解释不清楚，她不高兴。”

宋唯真抿抿唇，低下头，没敢看季崇理的眼睛。

其实更重要的一点是，季崇理和她是同一年出生的，按理说今年也该有成人礼才是。

可她……不知道他的生日，现在也不想让他来参与别人的成人礼，去羡慕别人幸福的家庭和人生。

回家之后，又是满室的冰冷孤寂，太难熬了。

宋唯真去过两次季崇理在盛世嘉园租的房子，和她家的户型差不多，却格外空旷。

因为是租的，没有额外装修，也没有几件可以用的家具。客厅里只有一张沙发和没交闭路费的电视，三间卧室里只有一间摆着张单人床，剩下两间空空如也。

他的卧室也仍和梧桐院里的陈设一样，只是床头柜上除了他和季英河的合照外，多了一张他们四个人去年过年时合成“马”字的搞怪照片。

唯一算得上有点人味的是厨房，有三种不同用途的锅，调料盒里只有最简单的盐和糖，碗橱里放着两副碗筷和两个碟子，旁边的酱油、陈醋和辣椒酱，还是宋唯真上次来执意买的。

冰箱里的东西种类更是少得可怜，除了鸡蛋储藏比较丰富外，只屯着大量的牛奶和冰水，还有冷冻层里从不缺少的速冻饺子。

一个冰冰冷冷，没有人气儿，不能称之为家的家。

宋唯真攥紧手心，拦在门前。

屋里温馨的家庭，对季崇理来说，是一种无形的残忍。

季崇理看着面容决绝的小姑娘，似乎明白了什么，挑眉笑笑：“我可是作为观礼嘉宾来的。”

宋唯真：？

季崇理慢条斯理地扯扯袖子：“是宋叔叔和梅阿姨邀请我来的。怎么说我都是本场成人礼的见证人和观礼嘉宾，怎么如今还被拒之门外呢？”

宋唯真心里头一次对父母有些不满，他们让季崇理来见证别人的十八岁，

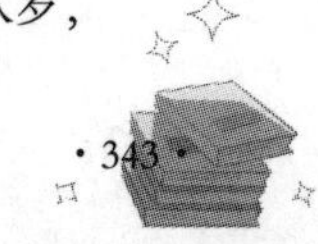

真的很不妥当。

她宁愿穿上乱七八糟的公主蓬蓬裙，被一群不熟悉的亲戚当猴耍，也不想季崇理不开心。

小姑娘的失落和不满统统写在脸上。

季崇理叹了口气，重重揉了两下她的头发。

“是不是在想，季崇理这个人今年也十八岁了，都没有成人礼，来参加我的成人礼算怎么回事儿？”他单肩背着书包，微微弯腰和她平视，“季决明和夏瑟如都单独找过我，不过被我拒绝了。一个想把我推出去当猴耍，一个送些假惺惺的母爱，我都不需要。”

他轻声说：“其实宋老师那天也有送我礼物的。”

楼道里的声控灯灭了，周围顿时陷入一阵黑暗。

季崇理声音轻得不足以让声控灯重新亮起。

“那天，我饥寒交迫时吃到了宋老师故意留给我的半盘红烧鸡块饭和香菇菜心，满意得很。”

季崇理重重地跺了下脚，让周围重新亮起来。

他的眸光温柔而潋滟，里面泛着久久不息的波澜。

“能参加你的成人礼，就是我收到的最好的十八岁礼物。”

最终，宋唯真拗不过季崇理，还是让他进了门。

屋内，餐桌和椅子都被抬到一边，门厅前面拉着一条横幅：宋唯真小朋友十八周岁成人礼。

俨然不是个吃饭的地方，倒像是缩小版的会场。

“现在有请宋唯真和见证人季崇理入座。”宋新文不知道从哪里搞来两个话筒，和梅清并排站着，表情严肃，“我宣布，宋唯真小朋友十八周岁成人礼现在开始！”

梅清按下音乐播放键，然后在复古金曲中，拉响了两根彩带拉花。

“……”

宋唯真嘴角微微抽搐，望着穿着正装，胸口还别着两朵花的宋新文和梅清，干巴巴地向季崇理解释道：“他们平时都挺正常的，你知道的。”

季崇理拿掉宋唯真头上的彩带，笑着点头。

成人礼有条不紊地进行着。

先是宋新文献了首原创诗歌，紧接着梅清给女儿拉了一曲手风琴。

宋唯真惊讶地看着梅清，她早知道妈妈多才多艺，却从没听过家中的手风琴响过一次。如今的妈妈，似乎是与原来不太相同了。

梅清一首曲子完毕，一家三口又起哄季崇理也表演个才艺才行。

季崇理接过话筒，表情微赧，仍是认真地唱完了 Crossroads 的主打同名歌。

宋唯真知道他不喜欢英语，平时除了做题从来不会听英文歌，更不会听她堂哥组合的歌。

她很感动。

而季崇理唱完后没能再下台，他被宋新文直接按在原地，宣读了准备好的见证人誓词。

“……在你今后的人生路上，我们依旧是你最坚实的依靠，无论你会去往何方，无论你遇到了怎么样的艰难险阻，都要记得回头看看，我们永远与你同在！”季崇理顿了顿，面不改色地加了一句，“我们永远爱你！小真，十八岁生日快乐！”

宋新文看了他一眼，没说什么。

见证词宣读完毕后，宋新文和梅清分别从身后拿出一个蓝色丝绒盒子。

“我的女儿终于长大了。”宋新文喟叹一声，打开盒子，里面是一只很小的钻石戒指，“爸爸妈妈没有太多钱，送给你的戒指也只有零点零几克拉，但是爸爸要做第一个送你戒指的人。从今往后，要努力而快乐地生活，自尊自立，自爱自强，我相信女儿终有一天能实现自己的梦想。”

宋唯真有点鼻酸：“谢谢爸爸。”

“咳咳！”梅清也把丝绒盒子打开，里面是一条没有挂饰的白金项链，“有了戒指也要有项链，这才是般配呢。你爸爸刚才说的话都很对，女孩子要把命运掌握在自己手里，靠别人是行不通的。”

“我相信我们小真，一定可以做到。”梅清不自在地停顿了下，眼神偏向一旁的季崇理，“……妈妈，也祝愿你，可以早日实现自己的梦想。”

“妈妈！”宋唯真扑过去，紧紧地把梅清搂在怀里，眼角泛起泪花来。

梅清笑着捋了捋她的头发：“老宋，你快把戒指串到项链里，给咱闺女戴上，这样她上学的时候也能戴。”

说完，梅清顿了下，目光转向宋唯真：“妈妈刚才又自作主张了，小真觉得呢，这样可以吗？”

宋唯真笑得开心：“可以！”

宋新文把项链和戒指串好，戴在宋唯真的脖颈上，弄了半天都没弄好，叹了口气，朝季崇理使了个眼色：“小季你来，我这老眼昏花又笨手笨脚的，怎么都戴不上。”

“好。”

季崇理的手指修长灵巧，很快把项链给宋唯真戴好。

梅清的眼神从宋唯真身上，慢慢转向季崇理。

“既然来我们家给小真做见证，叔叔阿姨也有一份礼物要送给你。”梅清

笑了下，朝里屋喊了声，“老宋！”

“微臣到！”

宋新文从书房走出来，手里捧着一个红绸盒子。

“小季，这是我和你阿姨一点心意。不知道你哪天生日，但同样祝你十八岁生日快乐！”

红绸盒子被人轻轻打开，露出一件白玉镇纸，上面雕着大片竹林，精致又漂亮。

“竹是君子的象征，古人曰竹有七德，宁折不弯，是为正直……”

宋新文抱着镇纸滔滔不绝，眼看就要拉着季崇理去书房看看他的一堆收藏，梅清连忙咳了两声：“可以了，孩子们还没吃饭呢。”

“是，我这一谈古文人就话多了。”宋新文微微一笑，拍了拍季崇理的肩，“不要拒绝这份礼物，这也不是品质上乘的白玉，没有多少钱。我和你阿姨都希望你能成为一个竹一般的君子，超然质朴，顶天立地。”

宋新文不给季崇理拒绝的机会，把红绸盒子塞进他怀里，就跟着梅清去厨房了。

季崇理怔怔地抱着盒子，不知所措。

他从小到大很少收到礼物，也没人知道他的生日。季英河年纪大了记性不好，除了慧兰奶奶的事情，很多事情都记不住，他索性就不过生日了。

而少数收到的来自季决明的礼物，却没有一件是在生日那天送出的。

季决明什么时候觉得心中有愧，想补偿自己的儿子，季崇理便是什么时候的生日。

季决明送的东西也都是当下流行的东西，球鞋、潮牌衣服、手表……除了这些不再有其他。从来没有一件礼物，是像宋新文这样的千挑万选，满载着长辈对晚辈的爱与期待。

季崇理眼前仿佛蒙上了一层雾。

“好漂亮啊！”宋唯真凑过去看。

季崇理马上合上了盖子。

“想看？用你的礼物来换。”季崇理身子往后躲了下，借机擦掉眼角的湿意，“叔叔阿姨都送给我礼物了，你怎么不给我礼物？”

宋唯真目瞪口呆：“刚刚在门口你不是说……”

季崇理挑眉：“哦，所以你真想用剩饭剩菜忽悠我？”

宋唯真像只蹦蹦跳跳的兔子，肉眼可见地沮丧下来，耳朵也耷拉着：“我没有，只是最近学习太忙，忘记了，所以没有准备你的生日礼物。”

“唔，那现在准备也来得及。”季崇理慢慢扬起嘴角，“我要的生日礼物很简单——抱我一下就行。”

眼前是抱着红绸盒子，眼尾泛红的诱人少年。

身后是门板半掩，响声一刻不停，随时会走出人的厨房。

宋唯真飞速思考，最后决定——

死就死吧！高岭花下死，做鬼也风流！

今天她就是被梅女士打死，也得满足季崇理的愿望！

她抬起手臂，向季崇理的方向走了几步，轻轻踮起脚尖，准备给他一个温馨而充满力量的拥抱。

“第一道菜来喽！我们小真最爱吃的红焖大虾！”宋新文推开了厨房门，然后看到宋唯真抡起手臂，照着小季的肩膀重重地捶了一下。

季崇理：“……”

宋唯真：“……”

宋新文：“……”

“过生日跟人家闹着玩儿也得有个限度，你瞅瞅给小季疼的，脸都憋红了。”宋新文瞪了眼宋唯真。

“没有，我们这是切磋经验呢。”宋唯真急中生智道，“一会儿不是要吃蛋糕吗？我和他商量着反正明天是周末，我们四个人直接玩个蛋糕大战，谁脸上的奶油多，谁负责洗碗，怎么样？”

梅清端着菜走出来，皱了皱眉：“浪费食物可不行。”

宋新文打哈哈道：“哎呀，今天孩子们高兴嘛。只此一次，下不为例。”

四个人很快吃完了饭，把生日蛋糕端上桌子。

摇曳的暖色烛光，在黑夜里散发着温暖人心的热量。

此刻，她最喜欢的少年，最在意的家人，都站在自己身边，宋唯真觉得自己是全宇宙最幸福的人。

宋唯真闭着眼，在齐唱的生日歌中，默默许了三个愿望：

“愿他们三个人都健康平安，天天开心。

“愿爸爸妈妈事业蒸蒸日上，少加班，多点时间陪我。

“愿季崇理自此，人生顺遂，每一天身边都有宋唯真。”

不知道是谁率先开始的蛋糕大战。

“分组了！你们是高中组，我们是中年组！哪个组输了，哪个组就去刷碗！”宋新文在混乱中喊道。

高中组的两个小年轻也没想到，一个是中文系教授，一个是银行经理，抹起奶油却比他们的战斗力强多了。

夫妻二人生活多年的默契，联起手来堪称是一场单方面的奶油屠杀。

不过十分钟，宋唯真就率先举手投降。

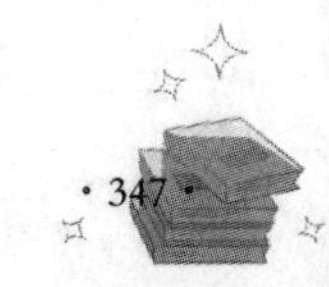

四个人挤在卫生间的镜子前，宋唯真面容最为惨烈，几乎被奶油糊住。季崇理紧随其后，虽然仗着身高优势脸上没有多少，身上的校服却成功殉难。

而两位中年胜利者的脸上只沾上了一点儿，毕竟他们集火攻击宋唯真，打得自家女儿毫无招架之力，等季崇理上来帮忙时，宋新文马上就朝他眨眨眼，搞得季崇理也只能叛逃到敌方阵营。

未来媳妇和未来岳父岳母之间，还是要做出选择的。

他们洗掉脸上的奶油，愿赌服输地去厨房刷碗。

“老婆，你老公是不是宝刀未老！”宋新文笑眯眯地说。

“还说呢，多亏我后方保障做得好，不然你哪有机会？”梅清笑得温柔，“还是两个孩子让着咱们。”

“你们俩一会儿把衣服脱下来，放洗衣机里洗洗！小季，今晚在客房住，别走了！”梅清喊道。

“好的，谢谢阿姨！”

季崇理答了话，继续低头刷碗。

宋唯真恨恨地在旁边嘀咕：“你这个人真是靠不住，联盟刚刚建立，你就叛变了！你们这是三打一，是群殴！不公平！”

“他们平时压力大，这是个放松的好机会。你看，今天叔叔阿姨玩得挺开心的。”季崇理说。

“没错，我很少看到他们这么和谐开心的时候。”宋唯真若有所思，望着手里的泡沫疑惑，“而且，我怎么感觉我爸妈对你越来越好，像亲儿子似的。”

“有没有可能，是另一种身份？”季崇理边把盘子放进消毒柜，边提醒道，“比如，是未来女婿。”

“……”

宋唯真红着脸，直到两人收拾好厨房，又按照梅清的指示，把衣服扔进洗衣机时，她都没跟季崇理说话。

季崇理不气不恼，反而温柔地和宋唯真道了晚安。

月光透过干净的玻璃，洒在客卧的床上。

上次看到这样的月光，还是在失眠惊醒的夜晚。

那时季英河还没去世，他收到宋唯真好心发来的安眠诗集，却满脑子想着怎么阻止这个小姑娘进入自己的世界。

她横冲直撞，破坏了所有的运转轨迹，堪堪停在他身边。

季崇理慢慢闭上眼睛。还好她停下来了。

感谢你走近我，我的小月亮。

十八岁生日的短暂快乐，以及短到几乎忽略不计的元旦假期之后，就是扑面而来的第二次模拟考试。

所有人又都进入了被高考倒计时折磨的状态中。

这一年的新年假期也格外短暂，作为高三生，宋唯真大年初三就回到学校上自习。

宜城一高一直有个惯例，每年高三最后一学期的新年假期结束后，学生们都要对教学楼进行一次彻彻底底的大扫除。

吐故纳新，新的一年要打扫得干干净净，给接下来的高考讨个好彩头。

于是在返校的第一天，迎接十七班同学的除了自己班级的卫生外，还有高三楼四到六层的卫生。

张白杵在课桌上悲愤道："今年我爸大发慈悲给保姆放了年假，我家三层楼都是我一个人打扫的！怎么回了学校还要打扫卫生！"

侯鸿飞瞥他一眼，搬起课桌："我觉得你是在'凡尔赛'。"

桌肚里塞满了课本和练习册，侯鸿飞和张白"吭哧吭哧"地搬了半天，中途休息时，看见季崇理轻松地搬起自己的课桌，放到门外。

张白疑惑："季哥力气这么大吗？"

侯鸿飞叹了口气："不，我觉得是他桌肚里，根本没有几本书。"

张白："……"

今天不是宋唯真这组值日，于是他们被分配到了楼上去打扫教师楼层。

周寰宇给他们每人分了一张砂纸。

"就用这个，把白墙上面的灰和脏鞋印都蹭干净。"周寰宇表情严肃，示范着手法，"谁没蹭干净，谁三模考试少考一百分。"

宋唯真接过砂纸，吐槽道："班长，你也太毒了吧。"

秉承着男女搭配，干活不累的优良传统，以及高矮各自独有的身高优势，周寰宇和梁晴负责四层，谢园和侯鸿飞负责五层，宋唯真和季崇理负责六层。

两个人一直走到六层楼梯拐角处。

"原来不仔细看没觉得哪里脏，现在看来确实需要好好蹭一下。"宋唯真指着墙上的黑鞋印，"大部分肯定都是你们男生的，你看这个码数就不对嘛，起码有四十二码。"

季崇理好奇："你怎么知道这个鞋印有多大？"

宋唯真："跟你的差不多呀，你不就是四十二码？"

"哦——"季崇理抱着双臂，拖长了声音，"那宋老师又是怎么知道我的鞋码呢？"

宋唯真硬着头皮干笑两声："就是过年放假前，你上课被何瑜川老师点名，差点出糗的那次。"

自从过完生日后，宋唯真就一直想送季崇理一份生日礼物。

集结了多方意见后，她在网上看中了一双球鞋，四位数。

贵是贵了点，但这几年攒下来的零花钱和压岁钱加起来也够，而且白蓝配色清清爽爽，很适合干净的少年人。

但很关键的一个问题是，她不知道季崇理的鞋码。

宋唯真本来想去问池屿，但小破岛自从夏鸯走了就消沉得很，除了学习之外，对其他事情都爱搭不理的。她也不想这个时候去刺激他。

张白作为提供了球鞋的创意缪斯，听了她的想法后，自告奋勇去帮宋唯真问。

于是，某天的篮球场边，张白狗腿地跑过去给季崇理送水："不愧是我英明神武的季哥，打篮球流的汗都比别人香。"

池屿一脸嫌弃地往边上靠了靠。

侯鸿飞直接喷出一口水："老白你少恶心人。"

"季哥，你这鞋挺好看啊，多大码的？"张白没理他们，乘胜追击道。

"我的鞋码？"季崇理放下手中的矿泉水，似笑非笑地看了他一眼，"我踹你一脚，你就知道我脚多大了。"

"……"

张白丧气地回了教室。

宋唯真急切地跑过来，小声问："问到了吗？"

张白把整个过程复述了一遍，眼带委屈地看着宋唯真。

宋唯真绕着他转了三圈，抬头迷茫道："鞋印呢？你擦了？"

张白没好气地说："没有，季哥说我的脸有多大，他的鞋就有多大。"

宋唯真恍然大悟："真的吗？那我直接带着你去商场，把鞋和你的脸比一比不就行了。"

张白往后退了两步，宛若一朵受尽欺凌的娇花："真姐，你饶了我吧。我要是敢跟你一起去商场，我敢保证，我这张脸得被季哥扯得比鞋大多了。"

张白说："要不你直接问吧。"

宋唯真为了保持神秘感，决定另寻他法。

语文课安排在下午第一节，正是同学们最困乏的时候。要么没睡午觉，要么吃得太饱，在阳光底下晒上十分钟，再加上何瑜川催眠一样的古文解析，瞌睡虫立马让人神志不清。

季崇理也不例外。

少年桌上没有遮盖，趴在桌上脸上印出几道红痕，一看就睡得很香。宋唯真坐在旁边转笔，盯着季崇理看了会儿，决定趁着现在他睡着的时候，亲自去看看。

鞋码一般印在鞋里或者鞋底，只要能看见季崇理的鞋底，就能知道他的鞋号了。

宋唯真假装不小心把涂改液撞掉在地上，弯腰去捡。

……怎么会有人上课睡觉，还把腿伸得那么远啊！！！

宋唯真整个腰身都半折在桌下，脸色被地心引力坠得涨红。她望着季崇理的长腿，心里顿生了许多无力感。

算了，等他睡醒好了。

这个想法在宋唯真心中一闪而过时，那个在张白凳子底下，离她一米多远的脚，缓缓动了，然后慢慢移回了他的课桌下。

宋唯真心下一喜，激动地抬起了头，然后撞到了课桌铁皮桌肚的一角。

“哐”的一声巨响，在此刻昏昏欲睡的教室里，顿时像扔进平静湖面的一块石头，激起了层层涟漪。

何瑜川讲课的声音停下来，皱眉问道：“怎么回事？”

宋唯真从桌子底下探出头来，不好意思地说：“老师，我涂改液掉了，还没找到。”

何瑜川点点头，示意她尽快找到，好好听课。

季崇理动了动手指，但还没醒。

宋唯真忍着痛，重新低下头，准备寻找一个合适的契机，趁着季崇理抬脚的工夫，窥见他的鞋码。

紧接着，她听到何瑜川清朗的声音响起：“季崇理，你站起来回答一下这个问题。”

机会来了！

宋唯真欣喜地等着，等季崇理把脚从课桌下的横杆上撤下来，只要几秒钟，她就能看清他的鞋底！

下一秒，宋唯真却发觉事情没有她想的那么简单。

她貌似蹲错了方向，不仅看不到季崇理的鞋底，还极有可能被他狠狠地踢一脚。

宋唯真情急之下，按照同样的轨迹向上躲了一下，后脑再次撞到了铁皮桌肚的一角，甚至比上次撞得还要狠。

这一声巨响把季崇理震醒了。几秒钟之内，他需要避开宋唯真的头，同时又要完成站起来回答问题，以及把卡在狭小空间里的长腿成功解救的三重任务。

在他的一番努力下，呈现在何瑜川眼中的效果是——

季崇理上课睡觉不满被打扰，磕了同桌的头，还直接在老师面前掀了课桌。

不仅掀桌子，还把桌子砸到了前面认真学习的张白同学身上！

一向文质彬彬的何老师被气得够呛，直接让季崇理出去罚站两节课。

……

“那你后来看到了吗？”季崇理问。

宋唯真垂头丧气地捏着砂纸："没有，你的鞋底居然没有鞋码。后来我实在没办法了，去问池屿，小破岛居然说我买多大的鞋，你就是多大的脚！这人！"

"再后来，我不是认命了吗，就死乞白赖求的小破岛喽。"宋唯真摆摆手，急于略过这个话题，"我们赶紧开始吧，楼下他们肯定快搞完了。"

干起活来时，宋唯真才觉得周寰宇的分配还真挺有道理的。

白墙高处的黑灰她够不到，下面的墙上的鞋印，季崇理弯腰久了又很累。两个人两头分工，交叉工作，效率还是蛮高的。

唯一的问题出现在清理中间这面墙的时候。

宋唯真和季崇理的工作区域开始出现大范围的重叠，也就导致了很多不可避免的肢体接触。

他的下颌路过她的头顶，他的手臂覆着她的手腕，他倾身时贴向她的腰腹温热而坚实。

宋唯真尚未来得及脸红，下一秒就被上方落下来的白色粉末糊了一脸。

"……"你不仁，休怪我不义。

很快，在宋唯真的努力下，两个人的黑发，校服上大片的蓝色区域以及手上脚上，都是白色的墙体粉末。

"别闹了。"季崇理把她手里的砂纸拿到一边，蹲下握住她的脚踝，"鞋带开了，容易摔倒。"

他半跪着，在她鞋面系了漂亮的蝴蝶结。

"咳，打扰了。"张白把周寰宇让送上来的湿抹布搭在扶手上，扭头就跑。

"……"

"满身是灰，我给你拍拍。"季崇理声音宠溺，抬手握住宋唯真的手，像拉着个洋娃娃一样，转着圈轻轻拍打。

他手心温热轻柔，拍掉她手臂和背部以及腿上的白灰。

"等等！"宋唯真的脸倏而涨红，结结巴巴道，"你怎么还拍人家屁股啊！"

"啊？"季崇理一脸正直，"真的不是故意的，毕竟你那里平直得很，我还以为是腿呢。"

宋唯真立刻奓毛："你说我不翘？！"

"翘翘翘，宋老师全天下最翘。"季崇理摸摸她的头发，笑道，"……头发最翘。"

"好啦，刘海上有灰，你闭眼。"

宋唯真赌气地想，等下她睁开眼，一定要好好收拾季崇理。

他的手指温柔地抚过她的额角。

宋唯真睁开眼，凶巴巴地对上少年缱绻温柔的眼神。

他的头顶也落了很多白灰。

“宋老师，你说这样算不算我们白头偕老？”季崇理问。

宋唯真别过脸，回避了少年温柔热烈的眼神，伸手拍掉他头上的灰，不自在地说：“这个问题，我要八十岁再来回答你。”

乖乖弯腰的少年在她耳边笑了。

在宋唯真和季崇理的努力下，六楼的白墙又恢复如初。

准备离开时，季崇理朝宋唯真勾了勾手指。

“我刚刚突然想起个事儿来。”季崇理慢条斯理地挑起她的马尾，“有人曾经说，练习册才是永不背叛的真爱。”

他屈着长腿，闲闲地挡住宋唯真的路：“嗯？”

小姑娘的耳朵肉眼可见地红了，憋了半天，抬起眼睛清凌凌地看向他。

“一些垃圾出版社为了圈钱搞的练习册怎么跟你比！”

宋唯真举手发誓：“……你是我最厉害的练习册！”

季崇理揉了揉她发红的耳尖，指着自己的脸颊，低笑道：“给你的练习册签个名吧。”

说完，他闭上了眼睛。

宋唯真看见他轻轻颤动的睫毛，还有冷清好看的脸上泛起的点点笑意。

她忍不住又靠近了些，伸出手指……

张白刚走上六层的楼梯，就看见这么一幕。

“……”

张白大着胆子走了几步，拿过扶手上脏了的抹布，准备好撤退姿势后，喊了声：“季哥真姐，江老师让楼下集合了！”

宋唯真被张白的喊声惊醒，脸“唰”地红了。

季崇理慢悠悠地直起身子，朝早没了张白人影，空荡荡的楼梯睨了一眼，面无表情地开口：“我最近脾气还是太好了。”

大扫除结束后，江海检查了大家过年期间“知识点上墙”的成果。

知识点上墙，是江海继帮扶小组之后想出来的新点子。他让大家把重要的知识点都贴在墙上，不论是早起还是睡觉，可以在无形中强化记忆。

其实宋唯真觉得挺没用的，或许对别人来说是非常有效的方法，可对于她这种死记硬背型选手，这些知识点早就烂熟于心。

但江老师说了，还是要给个面子做一下的。

于是放假期间，她去买了两张巨大的紫色卡纸，贴满了卧室的一面墙。然后在上面，用小而娟秀的字把各科知识都默写了一遍。

唯一的问题出在江海检查时。因为其他同学都只用了普通的笔记本或A4纸，字大而清晰，只有宋唯真手机上拍下来的照片，只能看见两张紫色的墙纸，和

一堆黑乎乎的字。

江海看了半天，问道："这字你能看清？"

宋唯真笃定地点头："可以啊。"

江海对着放大的照片，随便指了个区域："那这一片写的是什么？"

"……"宋唯真在家确实能看清，但是记不住某个区域写的知识点也是很正常的。

她冥思苦想之际，旁边的季崇理站起来，看了眼手机屏幕："等比数列。"

宋唯真：？

江海又问："那这边呢？"

季崇理扫了眼："电磁场和力学公式。"

江海："宋唯真的你倒是挺明白，你的'知识点上墙'呢，拿出来给我看看。"

"我没有啊老师。"季崇理歪头笑了下，声音不大不小，刚好够全班同学听到，"我和宋唯真的是在一起的。我现在住在她家。"

江海自然是知道季崇理的特殊情况。现在是高三最后的冲刺阶段，宋新文和梅清怕季崇理一个人住照顾不好自己，干脆把他接到家里来，两个孩子一起学习，你追我赶的，也有个氛围。

梅清怕班主任误会，还特意打电话跟他说了这事儿。江海不以为意地摆摆手："两个人用一份也行，但都得学啊。"

季崇理"嗯"了声。

宋唯真僵硬地点点头。

班上的同学当着江海的面儿不敢造次，但等下了课，八卦的目光几乎要把他们两个人穿透。

"牛啊季哥，这都打进家庭内部了。"张白笑嘻嘻地递了个眼神，"回头你给猴子指点指点，传授点经验啥的。你看他和谢园，抠抠巴巴的，急死我了。"

侯鸿飞脸一红，抬手去掐张白的脖子，飞快地对上谢园的眼神后，两人又都慌张地错开。

梁晴抿起嘴唇摇了摇头，说："哎，眼看就高考了，空气中逐渐漫起恋爱的酸臭味。"

大家说说笑笑都散开后，宋唯真才轻撞了下季崇理："你怎么能当着江老师面说你在我家住啊，会被同学误会的，以为我们是那种关系。"

"哦？"季崇理挑眉，"哪种关系？"

宋唯真叉着腰："蓝蓝你不要装蒜！"

季崇理危险地眯起眸子，朝她近了一步："叫我什么？"

"反正你知道我什么意思！"宋唯真往后退了一步，"就是不纯洁的同学关系！"

“毕竟，我们本来也不是纯洁的同学关系。”季崇理微微叹了声，“他们早晚都要习惯的。”

“习惯什么？”宋唯真赌他不敢大庭广众下乱说。

季崇理靠近了宋唯真耳边。

“习惯，班上的小吉祥物归我所有。”

宜城渐渐热了起来。

春日的温柔风只浅浅呼啸几日，夏天就迫不及待地冒了头，屋外的蝉鸣和反射在玻璃上翠绿树叶的阴影，显得短暂又漫长的夏日燥热难耐。

头顶的八架吊扇“嗡嗡”地转着，桌面上做不完的卷子，让班级里的气氛更加烦闷。

第二节自习课结束，张白忍不住渴意，在班级里招呼：“对面李哥家旁边开了奶茶店，一会儿我去老校门买，有没有人要带？”

“我我我！青柠气泡水！”

“老白给我带个莓果冰沙！”

“要个满杯红柚！”

宋唯真忍不住开口：“我想要一杯柠檬……”

“不，你不想。”季崇理拿过她手中用来扇风的答题卡，帮她扇着凉风，“你这几天不方便。”

宋唯真梗着脖子：“不，我方便！”

张白摆摆手，说：“得了吧真姐，我不方便。开学时候大扫除，我坏了季哥的好事，整整被他冷暴力一周！”

宋唯真被成功地转移了注意力：“他怎么冷暴力你的？”

“中午在宿舍午休时，他给猴子和屿哥讲题，就是不给我讲！”张白伤心地背起空书包，走出教室，“他们还躲着我，伤透了我单纯的少男之心！”

宋唯真疑惑：“真的？”

“怎么会。”季崇理继续给她扇风，解释道，“猴子和池屿现在成绩都不错，就是老白不太稳定，我们三个商量着给他最后冲刺一下。朋友嘛，就要共进退不是？”

晚上放学时，宋唯真喝着季崇理给她买的常温柠檬茶，轻轻叹了口气：“过几天就要高考了，时间过得好快！”

“紧张？”季崇理问。

“不紧张。”宋唯真咬着吸管，圆瞳在月光里泠泠颤动，“该做的都已经做好了，剩下的就交给命运吧。”

“那……”季崇理朝她伸出了小指，“校友预订？”

“预订！”

宋唯真确实一点都不着急，淡定得很。

高考前，学校通知让各班同学把自己的东西清走，他们也在高考前最后一次回了教室。

张白挨个跟他们握手：“我一定要沾沾各位神仙的仙气，保佑我高考能去个差不多的学校！”

他还神神秘秘地从脖子那儿勾出根红绳，向大家“安利”：“我爸特意去青榆的凤凰山庙里求的，据说特别灵。但挂坠不能给你们看，看了就不灵了。”

对面的侯鸿飞、谢园、梁晴、宋唯真和季崇理，动作统一地从衣领里掏出根红绳。

“凤凰山的老祖庙，现在搞批发的吧！”张白气哄哄地走了。

宋唯真和季崇理的红绳，是宋新文和梅清开车去青榆求回来的。

回来的路上，夏瑟如还给梅清打了电话，问季崇理有没有上高三，不停地暗示梅清，让季崇理不要在本地读大学，走得越远越好。

气得梅清当时就挂了电话，直接让宋新文把车开到商场，买了一大堆衣服回去。

回家后，梅清把衣服放在宋唯真和季崇理面前。

“考试第一天，你们穿红色短袖，开门红。”梅清把衣服分别递给他们，“第二天穿下面那件绿色的，代表一路畅通。”

“我和老宋的衣服也准备好了。”梅清拎起另一个袋子，“旗袍是我的，让你俩旗开得胜。那件唐装马褂是你爸的，保证你俩马到成功。”

“我还买了两条紫色内裤，你们考试的那天一定要穿。”宋新文表情严肃，“东北话叫紫腚（指定）能行，一定是有道理的。”

“总之，考试两天我们全天候等在校门外，老宋负责交通，我负责后勤，保证你们俩绝对安全地考完试！不要紧张，听到没有！”梅清说。

宋唯真和季崇理对视一眼。

“妈妈，我们不太紧张。”她看了眼严阵以待的宋新文和梅清，“你们是不是太紧张了？”

梅清：“不能打无准备之仗！高考那天的具体事宜，我和你爸还得回去商量商量。”

事实证明，紧张的确实是梅清和宋新文。

高考第一天，梅清怕两个孩子紧张失眠，坐在客厅等到半夜两点，检查完他们的考场用具才敢回房睡觉，结果自己却失眠了。五点钟她又从床上爬起来做饭，煎鸡蛋的时候居然煳了两个。

而宋新文，车龄十五年的老司机，掌握了八条从盛世嘉园去考场的路线，在自家车库倒车时，就剐蹭了两次。

考场外。

“稳住！正常发挥就行！”梅清站在一众旗袍妈妈中间，并不突兀，“都好好考，别紧张！”

“细心点儿，多检查几遍。”宋新文拍拍两人的肩，“进考场吧。”

六月的太阳格外暴烈。

宋唯真微微眯起眼睛，看向季崇理：“蓝蓝，全市状元一定是我的。”

季崇理扬起嘴角：“宋老师，高考我不会让你的。”

两人相视一笑，异口同声道：“拭目以待。”

高考查成绩当天，梅清紧张地坐在沙发上，眼睛一眨不眨地盯着客厅上方的钟表。

“到点了，可以查了！”梅清喊完，立马冲进书房。

宋新文正在屋里来回踱步，倒是季崇理和宋唯真，两个人一点都不急，开电脑时还朝对方笑了笑。

宋唯真心里挺有把握的。考完后她回来和季崇理对过答案，两个人的重合率非常高。虽然今年的全国卷考了很多原教材上的边角料，给大部分同学造成了难度，但显然，对她没什么影响。

毕竟，宋唯真是钻研教材第一人。

网页正缓慢地加载着让人惊心动魄的结果。

过了半晌，两人缓缓抬起头来，对视一眼，又看向宋新文和梅清。

“说话啊，你们俩考得怎么样？”梅清急了，“是好还是不好啊？”

宋新文按住梅清的肩膀：“别急，没考好也没关系的……”

宋唯真笑得眉眼弯弯：“我们两个都是 711 分。”

季崇理也扬起嘴角：“不出意外，应该是并列第一。”

梅清瞬间眼睛就红了，又哭又笑地冲过去把宋唯真抱在怀里。宋新文也走过来，揽过季崇理，四个人紧紧抱在一起。

梅清哽咽：“中午我们出去吃大餐，好好庆祝一下！”

她话音刚落，宋新文的手机就响了。

“喂，你好。”宋新文眼神微妙地看了眼他们三个，“招生办啊，对，我是季崇理的家长。”

紧接着，梅清的电话也响了。

“你好，我是宋唯真的妈妈。”

出分后，周寰宇和张白组织了一场全班同学的聚会。

宋唯真熟悉的人考得都不错。周寰宇和梁晴一向是稳定发挥型选手，谢园和侯鸿飞的分数也超了一本线一大截，小破岛的成绩加上体育生的身份，也可以进一个很好的学校。

就连最后冲刺时被他们担心很久的张白，最后的分数也稳稳压过一本线，去青榆读个书完全没问题。

皆大欢喜。

宋唯真和季崇理理所应当地成了这场聚会的主角。宜城一高头一年出了两个高考状元，还是在同一个班级，甚至分数都一模一样。不仅仅是学校，整个宜城都轰动了，记者排着队要来采访他们。

谢园："请问宋同学，成为高考状元后生活有什么影响吗？"

"有，太有了。"宋唯真一脸悲痛，"我妈已经好几天没做饭了。手机被各大高校的招生办打爆了不算，她还要向七大姑八大姨炫耀，整天出去跟人家吃饭。而我只能在家馒头蘸凉水，堪称悲惨人生。"

几个女生嘻嘻哈哈笑成一团。

梁晴悄悄靠近，小声说："成绩也出了，梦想也实现了，真真，你不会现在还没和季神确定关系吧？高考都结束这么久了。"

确实没有。

梁晴看着她犹豫的脸色，鼓励道："要把机会掌握在自己手里。我听隔壁班的几个女生说，打算在高考之后跟季神告白呢。"

宋唯真：！！！

谢园递给她杯酒："真真，酒壮尿人胆！千万不能让季神跑了！"

"要先下手为强！"

宋唯真连喝了三四杯酒，被众人推出来走了一圈，都没看到季崇理的人影。

好朋友因为毕业季分离抱头痛哭，考试失利者一个人闷头喝酒，但大多数人的状态都是压力彻底释放后的狂欢嬉闹，包房里吵闹得足足要把天花板掀翻。

酒精带来的醉意逐渐地侵袭了大脑，宋唯真抓住揽着侯鸿飞脖子的张白，问道："季崇理呢？"

"不兹（知）道。"张白喝得有点大舌头，迷迷糊糊道，"粗（出）去了吧。"

季崇理觉得包房里闷热，出来透透气。

到了酒店门口，他才后知后觉地发现，这家酒店就是他和宋唯真第一次遇见的地方。

街边的小摊贩还在吆喝，烧烤摊上依旧香气扑鼻。上次来时，季崇理根本没心思看周围的环境，满眼都是他令人厌恶的母亲以及挡在夏瑟如面前，声色俱厉的宋唯真。

小刺猬一样的女生。

当时的他怎么也想不到，这个有些扎手的可爱女生，会一步步走进他心里。

而他，却还没有一个正式的表白。

季崇理深吸了几口气，拿定主意准备回包房找宋唯真时，忽然听到旁边的小巷里传出了几声很剧烈的撞击声。

幽深的巷口，一副被踩烂了金丝眼镜，反射着月亮的光。

季崇理弯腰捡起眼镜，眼皮也没抬，轻轻开口："滚开。"

王拉吉揪着许昊然的衣领，不耐烦地转过头来嚷道："别多管闲事，老子急眼了连你一起揍！"

下一秒，月光扫过巷口人的脸，清冷淡漠，凉若月霜。

王拉吉下意识地松开手，吞吞吐吐地低下头："季，季蓝哥。"

"今天，真不是我找事儿。"王拉吉指着许昊然，辩驳道，"他跟我和大哥借了五千块，一直拖着不还。要不是我打听到今天十七班聚会，根本堵不到他人。"

季崇理慢悠悠走过来。

"我有事跟他说，你去巷子口等着。他跑不了。"

王拉吉心下一喜，只要季蓝哥没让自己把人放了，这就都好说。

等王拉吉屁颠屁颠地跑远了，季崇理把眼镜扔给许昊然，轻描淡写地开口："连王拉吉都打不过。"

许昊然靠着水泥墙，慢慢站直身子，左手毫不在意地揉了两下肩膀，嗤了声："怎么不把宋唯真叫过来？看我发挥失常考不上个二本，看我被人按在墙上辱骂，对比风光霁月般被清北争抢的季神，不就更显得你像朵'高岭之花'吗？"

他偏过头，眸光垂落在一旁："你假好心的样子真让人恶心。"

季崇理依旧眸光淡漠地看着他："你不配让她看见，我怕脏了她的眼睛。"

许昊然动作微顿，看向季崇理的眼神晦暗不明。

"你家里的情况后来大家都知道了。所以，你也不必极力掩饰。"季崇理顿了顿，"穷不丢人，父亲坐牢也不丢人，这些都跟你没关系。但你……"

"你有什么权利说我！你懂什么！"许昊然失态怒吼，破碎的金丝眼镜被他摔在脚下，"要不是他，我和我妈不会沦落到今天的地步！我也不会因为几个月的饭卡钱，就伤害了小真！你们这种天之骄子，被家里宠大的孩子，根本理解不了别人的痛苦！"

许昊然喘着粗气，目光失神地喃喃道："我真的，很喜欢小真……"

"人不能因为自己的苦难，做出伤害别人的事情。"季崇理身姿挺拔，冷然开口，"你也不必说我假好心，因为我并没有打算帮你。欠债还钱天经地义，

而且，这些都是你应得的报应。”

说完，季崇理走出小巷。

王拉吉点头哈腰地把他送走，又转身回了巷子。

几秒钟后，里面传来了痛苦的闷哼声。

季崇理刚走进酒店，就遇到了跌跌撞撞走过来的宋唯真。

小姑娘看起来喝了不少酒，脸红得要命，看见他之后眼睛亮了亮，直勾勾地往他身上扑。

季崇理抬手接住了她软乎乎的身子。

宋唯真迷迷糊糊地嗅到了些季崇理身上好闻的味道，稍微清醒了些，撑着他的手臂站直了身子。

“季崇理！”她用指腹点着他的左胸口，眼睛里泛着莹润的湿意，“你这个没良心的，我还知道糟糠之妻不下堂呢，你怎么能让别的小姑娘跟你表白！”

季崇理好笑地摸摸她的头：“怎么喝这么多酒？”

“喝酒怎么啦？！我可是考了第一名欸！”宋唯真梗着脖子反驳，然后被眼前少年清浅的笑容晃花了眼。

眉目疏淡，黑曜石般的凤眸里带着点不易察觉的温柔，鼻梁高而挺，下颌棱角更是分明。

还有以往淡色的唇瓣，今天似乎格外红润，像好吃的草莓果冻一样。

他看起来，很可口。

宋唯真满脑子都是谢园的“先下手为强”，也不等季崇理回答，像颗小炮弹似的就撞了过去。

那劲儿又重又快，有股同归于尽的架势。

季崇理偏头闪开，刚想调笑两句，结果小姑娘愣在原地撇了撇嘴，边哭边晃悠悠地往酒店外面走。

“园园和晴姐说得没错，你，你被别人先下手为强了。”宋唯真哽咽着甩开季崇理的手，又似乎不解气般，照着他的白球鞋狠狠踩了一脚。

季崇理恍惚一阵，似乎回到了三年前初遇时。

同样的地点，同样湿热的夏风，同样布满星星的夜晚。

那时候宋唯真也是这样生气地看着他，眼神也在他的鞋上睃了好久，但最终没有付诸行动。如今倒也是遂了她的愿。

季崇理把人拉进怀里，小心翼翼地擦掉她脸上的眼泪，温声哄道：“我们宋老师的眼泪金贵着呢，怎么能随随便便掉下来。”

宋唯真：“呜呜，可你有别人了。”

“哪有别人啊。”季崇理宠溺地笑笑，把人护在怀里，在她耳边低声说，“我心中，自始至终，都只有我们宋老师。”

“那，那我刚才亲你，你为什么要躲开？”

“亲人可不是这样子的。”季崇理低声说，“要不要我教你？”

小姑娘眨巴着眼睛，重重地点了点头。

季崇理把怀中人抱紧了些，循循善诱道：“宋唯真，我是谁？”

宋唯真眯起眼睛：“是季崇理。”

“不是哦，是你的男朋友。”他说。

季崇理把头埋进她的颈窝，轻轻蹭了蹭，登时感觉到宋唯真耳尖灼热的温度。他捏住她的耳垂，指腹反复捻着：“真真，男朋友可以吻你吗？”

宋唯真喉咙发干，身上发软，甚至有点站不住。

她听见自己说：“可以。”

季崇理握住她的后颈，薄薄的唇瓣紧贴着她的，反复摩挲辗转，接了个绵长而深入的吻。

分开时，宋唯真腿一软差点摔倒，被季崇理快速地拦住腰际，箍在他身上。她酒醒了大半，直觉丢脸，于是把脸埋在季崇理胸口，任凭他怎么叫，都不肯抬头。

季崇理用牙齿轻轻磨了磨她的耳尖。

“再不起来，我们继续？”他哑声说。

“不了不了，我们回家吧，回家！”宋唯真连忙抬起头，讷讷道，“不过要休息下，我现在还不太清醒，腿也软。”

季崇理低头，在她唇边轻啄一下：“没关系，男朋友背你回家。”

夜晚的宜城夏风温柔，星月如织，街边的路灯，被他们两个重叠的身影拉得很长。

第二天，宋唯真和季崇理穿着校服，接受市电视台的采访。

女记者温和笑笑：“今天很高兴见到两位高考状元，听说宋同学和季同学不仅是同班，还是同桌，私下里也是关系很好的朋友。”

宋唯真官方微笑：“确实，这也得益于我们班主任江海老师的学习方法，偏科互补，结对学习。效果很不错，我们班有很多同学受益。”

季崇理附和：“宋同学一家对我帮助很大，考前我一直在她家住，同吃同睡同学习……”

手心被宋唯真轻轻挠了下，季崇理瞟了她一眼，乖乖闭嘴。

女记者继续问：“说起偏科这件事，想必这也是很多高中生的困扰。虽然两位同学都是高考状元，但也可以看到分数各有侧重。季同学的理综总分高达298分，全省第一，而宋同学的语文和英语分别是142分和148分，非常突出。

那么两位同学针对偏科有哪些经验，可以跟大家分享一下吗？”

宋唯真说：“我认为还是要找到适合自己的学习方法，自己才是自己最好的老师，一味的题海战术和寄希望于其他人都是不行的。寻找到适合的方法后，再和别人的方法融会贯通，才能达到最佳效果。”

季崇理接过话筒：“我的经验是要有个好同桌。这三年我被逼着背古文，记语法，宋同学还在我的英语词典上画连环画。嘶，可以说，没有宋同学的栽培，就没有我的今天。”

他又被她掐了下。

女记者笑了：“看来两位同学私下是非常好的朋友。那之后的路是怎么打算的呢？家长对你们的选择有什么想法？两位同学以后还会一起努力吗？”

宋唯真这回打定主意不让季崇理说话：“我准备去清大的文学院，他准备去清大的计算机学院，也算是实现了各自的梦想。父母都很支持我们的选择，我想我们以后还是会一起在清大努力学习，将来为社会，为祖国做出自己的贡献。”

她说完，手倏地被人握住。

季崇理朝着摄像机挥挥手：“麻烦摄像大哥拍我，谢谢。”

清俊挺拔的少年第一次对着镜头露出笑容来，他朝着镜头晃了晃两人十指紧扣的手，说道：“该说的我家宋老师已经说完了，她的态度就是我的态度。关于能不能再一起努力这回事儿，显而易见。”

阳光之下，季崇理朝着宋唯真扬起嘴角，宠溺的黑眸认真又温柔。

“我们会在一起，努力一辈子。”

愿我以后的快乐与你，温柔与你，不堪与你，岁岁年年都与你。

愿我的一生。

与你。

Extra 01

·大学联谊会·

大学开学前，宋唯真和季崇理去宜城市郊公墓看望季英河。

那天天气很好，万里无云，碧空如洗，天空湛蓝得像一首散文诗。如果不是那些泛着冷硬色泽的石灰青墓碑，没人会把这美如画卷的地方与死亡联系在一起。

风轻轻吹动了墓前的玉兰花。

“季爷爷，我和季崇理来看您啦。”宋唯真蹲在季英河的墓碑前，用手轻轻擦拭上面的薄灰，声音放得轻而缓，“我们考上了同一所大学，去了各自想去的专业，以后也会继续在一起并肩作战。

“季崇理他也见过我的父母啦，他们很喜欢他，这几年过年我们都是一起过的。这些话季崇理可能已经跟您说过，但我就是想再说一次。爷爷，季崇理他现在过得很好，身边有朋友有家人，还有我。您在天上不要担心，要和慧兰奶奶好好的。”

宋唯真话音哽咽，鼻尖也冒上点酸意，连忙拉了拉季崇理的袖子：“你不要傻站在一边不说话，爷爷在这里等好久了。”

季崇理沉默半晌，顺从地向前走了几步，手指微动，微热掌心轻轻按在宋唯真的头顶。

“不要哭。”季崇理说，“爷爷在看呢。”

他半蹲在宋唯真旁边，把随身带的白酒放在季英河的墓前：“你喜欢的老白干，五十二度的。”

“看看就得了，不准备给你喝。在下面也要遵守我奶奶禁止抽烟喝酒的规定。”季崇理把白酒瓶子拿起来晃了晃，“你走之后这么长时间我才带她过来，你别生气。我们俩之前在准备高考，真的没空儿。你看你孙媳妇，手腕又细了不少。”

季崇理拉着宋唯真站起身：“明天我们就要去京市上学了。今天真真一再要求过来跟你告别。但我知道你这老头脾气不好，最不喜欢黏黏歪歪地说车轱辘话，所以我也没什么要说的。”

“只有一句。”季崇理正色道，“之前叛逆期总是气你，也没能遵照你的

愿望去当兵。这些都是因为我还不知道未来想做什么，但也不想随随便便选择一条让别人顺心的路，顺着走下去。

“这么多年，老季你辛苦了。”

季崇理深深地望着眼前的墓碑,暗红色的朱砂字把两个人的名字连在一起，仿佛他们从来没有分开过。

“我们走了，放假有时间再回来看你们。”季崇理牵起宋唯真的手，故作轻松地扯扯嘴角,“我说老季,这回学着主动点儿。玉兰花我可都给你准备好了,要正式地送给奶奶，别一个人抱着花在被窝里哭。”

坐在离开市郊的车上，季崇理一直望着外面的天空沉默不语。

宋唯真知他心情不好，不声不响地握着他的手，从兜里摸索半天，递过去一颗糖。

季崇理感觉手心里的温热触感忽地抽离，心情顿觉不爽，垂眸时却忽地看见伸过来的白净掌心。

“真真,你哄我未免太不走心。”季崇理眯着眸子看了会儿,嘴角泛起点无奈,“每次哄我都用第一次见面时送的玻璃糖，味道也不会换。又是草莓味？”

宋唯真：“招数不在多，管用就行。”

她把玻璃糖塞进他手心放好，头转向窗外。

过了半晌，她才轻轻开口：“季崇理，我外公去世的时候，妈妈告诉我，这世界上没有谁是可以陪伴一辈子的。

“她和爸爸，也会在未来的某一天，离我而去。”

“相识的人能一起走过一程，已是有幸。”宋唯真转过头看他，眼尾弯弯，“但我不要。”

一直到了盛世嘉园楼下，宋唯真也没继续完成后面的话题。

季崇理在楼下拉住她：“你刚刚话还没说完。”

宋唯真装傻：“什么？”

“山水一程，已是有幸。但你不要。”季崇理微微俯下身，“然后呢？”

“但我不要。”宋唯真踮起脚尖，在他唇角落下个树莓味的吻，“我要陪你走一程又一程，走到我们两个人眼花耳聋牙齿掉光，走到传说中世界末日的尽头。”

我要把前面的路都走尽。

我要把所有的困难都踏平。

我要我侥幸，与你一直同行。

季崇理揽住宋唯真的腰，把所有的话都以吻封缄在她口中。

“树莓味也很甜。”他把头埋进她的颈窝，“下次我们换换。”

宋唯真红着脸，作势要打他，又听颈窝里闷闷地传来季崇理的声音：“真真，我遇见你才是三生有幸。”

京市。

清大校门口，一高一矮两个身影对峙着，男生冷淡清俊，女生可爱俏皮，吸引了无数过路学生的目光。

季崇理用眼神喝退第三波想过来帮宋唯真拎箱子的学长后，冷着脸把人一路领到稍远处的树荫下。

宋唯真狗腿地撕开包纸巾，递了过去：“哎呀，我们季蓝蓝好辛苦，一路拉两个行李箱过来，快擦擦汗。”

“别岔开话题。”季崇理接过她手中的纸巾揣进兜里，脸色不善却仍耐着性子给宋唯真扇风，“你刚才说，暂时不公开关系，是什么意思？”

汗水顺着季崇理棱角分明的下颌角滑落，顺着脖颈，缓缓流进衣领深处。

宋唯真错开眼神，直直地盯着地面上的一小根树枝，埋头说：“就，就是字面意思嘛。”

季崇理冷笑一声：“哦，刚到京市就嫌我上不了台面？”

宋唯真连连摆手：“季蓝蓝你长得太帅了，跟你走在一起肯定变成新生话题人物，然后美女们知道我是你女朋友，肯定就不带我玩啦，这不利于本社交达人开创大学新局面。”

“而且我们只是对外说是高中的同班同学，私底下我们还是最最亲密的男女朋友呀。”宋唯真讨好似的看着他，撒娇地钩着他的手指，“求求你啦，季大帅哥。”

季崇理不为所动：“那你说，我们私底下‘最最亲密’的程度是？”

宋唯真：“嗯，就是可以在一起这样这样那样那样的啦……”

“行。”季崇理沉默半晌，点点头，“那就听你的。”

说完，他把手里的行李箱推到她旁边，眉间凉薄得没有一点笑意：“我没有给普通同学帮忙的习惯，宋同学自己加油。”

宋唯真：“……”

好狠的男人。

事实证明，宋唯真想得没错，季崇理确实狠得下心来。每天在社交软件上问候早午晚安，在学校里遇见从来不说话。

两个人不是明面上的情侣，不能光明正大地牵手拥抱，不能一起逛超市约图书馆，不能像其他小情侣一样晚上在操场溜达……这些宋唯真都还可以忍，毕竟还有可爱的舍友们陪伴，而且她本来就想在大一下学期时，社交圈子固定下来后就公开的。

但最最关键的是，不是情侣的普通男女同学，是不会每天都一起去食堂吃

饭的。

这对宋唯真来说简直是晴天霹雳。

她和季崇理认识了三年多，平均下来几乎每天都有一两顿饭是一起吃的。香菇菜心还是红烧鸡翅，番茄炒蛋还是土豆烧牛肉，季崇理记得她的口味，所以每次跟他吃饭宋唯真都非常舒心。

这也导致她现在每次吃饭时，都会有几分钟心不在焉地怀念季崇理。

“喂，真真，你有没有听到我们的话呀？”坐在对面的舍友用筷子另一头敲了敲她的食盘，“过几天就是文学院和计算机学院的新生联谊会了，你去不去呀？”

坐在旁边的舍长猛吸了口酸梅汤：“去！我们宿舍四个人都去！打扮得漂漂亮亮，去计算机学院每人都找一个男朋友，终结掉全宿舍的母胎单身！”

宋唯真：“我不想……”

舍长：“不，你想。”

舍长长叹一口气：“真真，你是我们班的团支书，她们两个是学委和文委，我是宣传委员，我们宿舍得起带头作用，打响文学院脱单第一枪！”

文委舍友点点头：“确实。真真，我们班三十多个人，只有四个男生，蜘蛛精都不够分的。”

学委舍友鼓励地看着她：“走吧真真，你长得这么好看，只要你勇敢，你和帅哥就会有故事。”

宋唯真盛情难却，晚上趴在被窝里给季崇理发消息。

【一只可爱真：明天晚上我可能要去参加那个联谊会了。】

【JCL.：和我们院？】

【一只可爱真：嗯……没办法，她们说我是团支书，要起带头作用，还要去给文学院撑撑场子。】

季崇理过了好久才回她。

【JCL.：小姑娘，联谊会是找对象的知不知道？你对象还在这儿呢。】

宋唯真盯着“对方正在输入中”这几个字良久，连句晚安也没等来。她自知理亏，讨好地发了几句撒娇的话，握着手机等着季崇理的回复，却在她第二天早上醒来，只看到了一条提示：

【对方撤回了一条消息。】

是故意的吧！

季崇理就是知道她这个好奇心重的性格，才故意在半夜撤回一条消息！

宋唯真本来还在睡梦中迷迷糊糊的思维，因着一条撤回的消息，彻底清醒了。

“真真，别睡啦，我们现在出去买衣服，顺便找个店把妆给化了。”文委舍友在床边喊她。

宋唯真“唰”地拉开床帘：“是不是有点太隆重了？”

床边三个舍友仰着头，像三只嗷嗷待哺的小喜鹊，叽叽喳喳地说个不停。

“我们三个都不会化妆，真真你会吗？你不会。”

“说好的闪亮登场，亮瞎计算机院男生的双眼。难道我们要穿着仙气飘飘的小裙子，然后素面朝天地过去，被漂亮精致的学姐们杀得渣都不剩？”

“买衣服其实不是必须的，我们三个都有很多小裙子。”舍长一脸痛心地拉开宋唯真的衣柜，“真真你自己说，你的衣柜里都是什么衣服。”

宋唯真：“短袖短裤虽然多了点，但我也有裙子呀。”

“没错，你的长裙也很好看，牛仔裙也是青春十足。”学委舍友考究般斟酌用词，“但有点幼稚，不够女人。”

不够女人。

这四个字精准地戳到了宋唯真的痛处。

平时季崇理就总是叫她小姑娘，里里外外都把她当成小孩子一样哄。

电量消耗殆尽后的手机黑屏，似乎也在提醒着她昨夜至今仍然没有收到回复的事实。

宋唯真心一横，爬下床，说：“走，姐妹们！去买新衣服，晚上一起去见帅哥们！”

当晚，宿舍四人花枝招展地来到聚会地点。

“我们是不是太隆重了？”宋唯真不安地扯着贴合身段的连衣裙，辛苦地瞪着眼睛，“我可不可以把假睫毛和双眼皮贴撕下来？”

“不行！”文委舍友拉着她去看外面的玻璃墙，“真真，你看看盛装打扮的自己，不开口时就是一只美丽优雅的小天鹅呀。”

玻璃墙里映照出一个窈窕的身影，饱和度极低的灰粉色包身裙贴合着少女姣好的线条，露出一双细直白嫩的长腿。衣服胸口处还有一个爱心形状的镂空设计，露出一小片肌肤。

“你再靠近点儿看，这张脸也是完美无瑕的呀。”文委舍友痛心疾首地说，“但凡少了假睫毛和双眼皮贴，我们真真就不完美了。”

宋唯真被舍友忽悠得有点飘，在美妆店化妆就用了好几个小时，要是还没进门就毁掉这个妆实在是太浪费。

“那我要是开了口呢？”宋唯真问。

学委舍友拉着她往里面走：“那也是只聒噪美丽的小家雀。”

宋唯真：“……”

宋唯真第一次穿高跟鞋，并不习惯，在舍友的搀扶下还走得磕磕绊绊，一路上的心思全放在走完这条很短却又异常漫长的走廊上，完全没听见舍友们叽叽喳喳的对话。

走进包厢坐下时，宋唯真长出一口气，脸上挂起灿烂的社交笑容，看向一同坐在圆桌上的联谊同学。

然后眼神正正好好对上坐在她对面，似笑非笑的季崇理。

……SOS（救命）！！！

他没说他也会过来！！！

宋唯真如坐针毡，脸上的笑容也有点挂不住，拉过旁边的舍长就问："你们怎么没说计算机院的季崇理也要来。"

舍长："啊，我们不是说了一路吗？人家报到那天就成了学校里的知名帅哥，不来参加才比较奇怪吧？据说他还是单身，社团里很多学姐都摩拳擦掌想把他拿下呢。"

她朝着舍长的眼神望去，果然看到一个身材火辣面容娇艳的学姐，朝季崇理走了过去。

宋唯真低头看看胸前，郁闷地夹起一个南瓜饼，塞进嘴里。

她果然还是，不够女人。

季崇理谢绝了三个来要联系方式的女生后，神色郁悒地喝了口酒。

身旁的舍友故意逗他："这么多美女，季哥没有一个想要发展发展的？还是不喜欢火辣学姐，只喜欢清纯学妹呀。"

季崇理旁边坐着隔壁班的班长，头上喷了不少定型胶，自以为很帅地把衣领竖起来："对面那个新生妹妹就不错，人长得青春可爱，身材也正好。"

"对，就是现在流行的那个，纯欲风。"

季崇理顺着他的目光看过去，正好落在大口吃着南瓜饼的宋唯真身上。

"同志们，我准备冲了。"

班长跃跃欲试，准备去搭讪对面的软妹时，季崇理放下酒杯，施施然开口："你还是算了吧。"

"？"

"她是我的。"

季崇理话音刚落，周围男生就起了一阵善意的嘘声。

宋唯真被几个火辣学姐视觉刺激后，彻底没了攀比心思，像只小鹌鹑一样埋头吃饭。等她注意到周围乱糟糟的声音都静下来，身边的舍友疯狂戳自己大腿时，这才慢吞吞地抬起头。

季崇理不知道什么时候站起来，才在一片安静的注视中缓缓走向她。

宋唯真下意识地吞咽，差点被南瓜饼噎个半死。

季崇理："你好，可以让个位置吗？"

舍长愣了一瞬，疯狂点头，边走边示意宋唯真要抓住机会。

“吃饱了？”季崇理问。

宋唯真点头。

“那学妹有没有时间跟我聊聊。”季崇理顿了下，强调道，“单独聊聊。”

宋唯真还没回答，身旁的舍友已经连连点头：“她有时间，时间非常充裕！”

舍长还在身后添油加醋：“我们真真母胎单身，没有男朋友的！”

宋唯真感觉脖颈后阵阵发凉。

季崇理没说什么，极尽绅士风度地和宋唯真一起走出包厢。

两人走到一个僻静的拐角时，季崇理的脚步倏地停了下来。

宋唯真穿着高跟鞋走得慢，丝毫没注意到前面人的停顿，径直撞到他的后背。

“学妹很会啊，再走慢点直接撞我怀里了。”季崇理半眯着眼看她。以往那张不施粉黛的小脸如今被细细地勾画过，完全遮住了女生脸上的稚气，清纯脸蛋上居然有点妩媚惑人的感觉。

“母胎单身到现在？”季崇理把人逼到墙角，“那我算什么，学妹无聊时的消遣？”

“哪有！”宋唯真撒娇地拉住他的衣角，“你知道我是瞎说的嘛，我们说好的要地下恋情。”

“我不要。”说完，季崇理欺身下来，吻住宋唯真淡粉色的唇。

把人吻得喘不过气时，季崇理才松开她，轻轻摩挲着宋唯真唇上的水色。

“公开吗？”季崇理抵着她的额头。

“不……”

他又亲了下来。

……

这个流程重复三次后，宋唯真早被吻得气喘吁吁，小腿发软。她连忙抵住倾覆下来的季崇理：“你听我把话说完！”

“你说。”季崇理的手仍不老实地在她腰侧摩挲，仿佛在暗示她不让他满意的后果。

宋唯真：“不、不如今天公开？”

季崇理：“不如现在。”

于是当今晚，在大家还在联谊会上玩闹时，计算机学院的新晋帅哥和文学院的清纯妹妹同时发了朋友圈。

两人比心的影子照片下，写着：

【喜欢你是永恒不变的真理。】

Extra 02

·季崇理的暗恋日记·

梅清是整个家里最后一个知道，宋唯真和季崇理在一起的人。

两人在一起之后，季崇理还跟宋新文单独谈了一次，获得了老宋同志的支持。

“叔叔。”季崇理手放在膝盖处，慢慢蜷缩收紧，“我还没有跟阿姨说过，小真也暂时不想告诉阿姨，怕她接受不了。”

宋新文安慰地拍拍他的肩：“没关系，我们慢慢渗透给她。”

于是，季崇理开始在宋新文的授意下，当着梅清的面儿，频繁地出现在宋唯真身边。

吃饭的时候坐在宋唯真旁边，时而根据她的喜好夹菜给她；饭后主动帮梅清洗碗，有时还会拖着宋唯真一起去超市买菜，减轻梅清的负担；毕业后也没有放松自己，通过宋新文的关系借到了计算机学院的专业书，没事就在书房里埋头苦学。

多数时间也会拉上宋唯真，让她在旁边构思小说。

梅清也想通了，既然小真喜欢就让她去试试，能在课余时间里做自己喜欢的事，真的非常不容易。

又是一个梅清加班的晚上，宋新文开车去接她回家。刚一进门，正好看到开着门的书房里，咬着冰棒打字的宋唯真和戴着眼镜翻书的季崇理。

梅清轻手轻脚地从鞋架上拿下拖鞋，感叹了一句：“现在真好啊。”

“既然之前就想让小季这孩子退了房子来家里住，咱俩又都很喜欢他，不如……”梅清看着宋新文鼓励的眼神，继续说道，“不如咱们正式认他做干儿子怎么样？”

宋新文：“……”

梅清是个风风火火的行动派，说完就一路小跑到书房，倚在门边敲了敲：“我刚才和老宋同志做了个决定。”

梅清笑眯眯：“以后小季就是我俩的干儿子了！”

宋唯真、宋新文、季崇理异口同声：“不行！”

梅清端坐在沙发上，眼神扫向对面站成一排的三人：“谁先说。”

她看着这条并不牢靠的联盟线，抿了口红枣茶：“先说的可以争取宽大处理。”

宋新文低声说：“对不起了宝贝闺女，你妈比你更重要。”

随后在宋唯真诧异的眼神中，迅速地举起右手：“老婆，我自首。”

宋新文声情并茂地形容季崇理和宋唯真已经成为情侣的过程中，宋唯真一直在季崇理的阻拦下，朝着宋新文张牙舞爪：“老宋！你居然叛变！”

“行了。”梅清面容沉静，“先说说你们俩的事儿。”

“小季，你是个好孩子，足够聪明，足够优秀，我想许多父母都愿意把自己的女儿交给你。”梅清话锋一转，瞧着季崇理逐渐收紧的手心，“但我的小真也足够优秀。没有你，她也会遇见更好的男孩子。”

宋唯真立马抬头：“不会！他就是最好的！”

季崇理声音渐低：“是的，阿姨。真真会有更好的选择。”

“但，你也不是完全没有机会。”梅清悠悠叹了口气，“如果你能向我证明，你对小真的真心，我就同意你们两个人在一起。”

“至于怎么证明，是你的事。在证明之前，你和小真还是先保持普通的朋友关系。”梅清放下手里的骨瓷杯，发出一声清脆的响声，“就这么定了。”

季崇理默默盯着脚尖看了一会儿，对着梅清和宋新文微微鞠躬，转身离开了。

宋唯真不知说什么是好，重重地跺了下脚，追着季崇理跑了。

宋新文神色复杂：“你……”

“我演得像不像？”梅清脸上冷淡的表情瞬间消失，脸上泛起激动的红晕，“咱家闺女真厉害，居然把季崇理这小子拐到手了！你看小季死心塌地的眼神，比你当初追我时固执多了。”

梅清靠着沙发，长舒一口气：“小真要是真能和他在一起，我也算放心了。”

宋新文揉捏着自家老婆僵硬的斜方肌，又是心疼又是好笑：“那你吓他们两个干什么。你没看小季的脸刷白？”

梅清发出声舒服的喟叹：“当然是让两个小家伙想清楚了。是同情、感动，是因为久居屋檐下一过而至的情愫，还是喜欢，是爱？这些都是不同的。”

“想清楚了，才好长长久久嘛。”梅清温柔地拍拍宋新文的手，“像我们一样。”

宋新文的表情也柔和下来：“嗯，像我们一样。”

宋唯真一路跟着季崇理回了他在盛世嘉园的出租房。

梅清想让季崇理省点钱，把房子退掉搬过去住。但季崇理怎么想都觉得不合适，还是留下了这间出租屋。

因为宋唯真常来，现在里面的陈设和刚租时已经有了很大的变化。

空落落的客厅里，添置了一款木藤吊椅和浅米色落地灯，沙发上摆了三个宋唯真喜欢的毛绒玩偶，空房间里新安置了张很长的电脑桌，足以让他们两人同时工作。

厨房的冰箱里也塞满了酸奶果汁和各种小零食，保鲜层里的水果和蔬菜也是换着花样来。一旦宋唯真不定时抽查发现他的冰箱里没有存货，季崇理就要迎接自家女朋友小刺猬一样的怒火。

季崇理回到家，直接走进他的卧室，蹲在地上从床底抽出一个纸箱。

宋唯真一路跟过来，气喘吁吁："你别把梅女士说的话当真，她就是吓唬吓唬你，肯定会同意我们在一起的。"

季崇理闷头翻找半天，从里面拖出几样东西。

"梅阿姨说得对。"季崇理神色认真，"你是她这辈子最大的宝贝，不应该随随便便交给别人。我也会证明，我是你最好的选择。"

宋唯真一头雾水地，又被他拉回了家里。

梅清和宋新文还坐在沙发上。

"阿姨，这就是我的证明。"季崇理把箱子放在梅清面前，另一只手紧紧拉着宋唯真的手，十指紧扣。

纸箱打开，里面放着很多零零碎碎的东西。

拼贴好的纸片手稿，细碎反光的玻璃糖纸，形状漂亮的兔子帽中性笔，印着宋唯真秀气的"加油"笔迹的英语试卷，不知道从哪里撕下来的宋唯真的大头贴，还有一个深灰色皮面的日记本。

"我现在手里有几个正在谈的软件交易，大概可以入账几十万。等我大学毕业后，会赚更多的钱，不会让真真跟着我受苦。"

季崇理的手越发用力地扣着宋唯真的，声音微顿："阿姨，我没有很好的父母，所以也从没想过和任何一个人组建家庭。能遇到你们，遇到真真，我想我应该花光了所有的运气。"

"我的条件并不够优秀，不是真真最好的选择。"他眸光坚定，"但对我来说，真真不是我做出的选择，她是我的未来。"

"没有真真，季崇理就没有未来。"

附：季崇理的暗恋日记

2012 年 9 月 5 日

今天在校门口遇见个奇怪的女生，帮她解决了点麻烦。没想到晚上去找夏瑟如时，又遇见了她。

什么都不知道却自诩正义，太天真了。

2012 年 9 月 8 日

那个奇怪的女生叫宋唯真。她是我的同桌。班级里还有什么“笃学唯真，明辨崇理”，狗屁！

她是个爱管闲事，又很爱笑的人。她怎么有那么多快乐事，搞不懂。

2012 年 9 月 9 日

拿错手机了。她还挺凶的，变脸速度也很快。

要赔她一双拖鞋，要小碎花的。

她有些不一样。

2012 年 9 月 10 日

早上没吃饭，军训时低血糖晕倒了，还把她砸伤了。

她假装凶巴巴地给了我一块糖，然后就睡着了。

那块糖被太阳晒化了，甜得齁人。

但我好像有点喜欢。

2012 年 9 月 13 日

今天季决明来找我，要送我生日礼物。他根本不记得我的生日，他想要的日子就是我的生日。可笑！我并不需要他的怜悯。

她看到了，却没有像其他人一样安慰我。她等着看好戏的样子很有趣，所以我抢了她一支雪糕，她追着我跑了大半个操场。

有她当同桌，高中生活应该不会孤单了。

2012 年 9 月 25 日

昨天又做噩梦了。睡不着，她分享了我一本诗歌，说可以助眠。

她好像离我的生活越来越近了，我很惶恐。

……算了，反正最后都会走的，都会离开的。

2012 年 9 月 30 日

她哭了。第一次是因为我不想跟她当同桌，第二次是因为文理分科。

我送了颗草莓糖给她，她的眼泪让我很难过。是因为她难过所以我难过吗？我不知道。

她很有文采，作文写得很好，上自习课也在写小说，是个适合学文科的人。但我还是很想她留在理科班。

自私地，想要她在我身边。

2012 年 11 月 2 日

被池屿拉着去焊车座，被小师傅推荐了款皮坐垫。我觉得很好，女孩子不能着凉。

以后她都要来梧桐院学习，真好。

2012 年 11 月 9 日

爷爷把她当成孙媳妇。说了很多让人不好意思的话。

但我其实只把她当成朋友的。像池屿那样的好朋友。可她张开掌心，等在山楂树下的时候，我有点不想让她当我的朋友了。

晚上送她回家时，我再次提醒她要离我远点。尽管心里不想，但我知道我这样薄情不幸的人，应该离得越远越好。

但她说，喜欢山楂的人，是不会觉得它酸的。

2012 年 11 月 15 日

我参加了广播社，挤掉了她原本的搭档。

不知道为什么，别的男生离她很近时，让我觉得非常不爽。

2012 年 11 月 20 日

家长会，夏瑟如来找我了。

我很怕她会像第一次那样，再次放弃我。所以我主动放开了手，不让她为难。

但她这次选择了我。我好开心。

给她打电话时，听见她压抑的哭声，我直接骑车去了她家楼下。骑车时，我的心跳很快，也许是加速运动的结果吧。

一定是。

2012 年 12 月 3 日

今天是爷爷和奶奶的结婚纪念日，我把她接来梧桐院了。

醉酒哭了的爷爷还要揣着玉兰花睡觉，让我不可思议。这是爱吗？爱是生离死别也化不开的吗？那两个我不愿称为父母的人，他们之间的爱该多么稀薄啊。

她今天喝醉了，点着我的眉心叫我别皱眉时，我的心跳再次超速了。

愉悦的心情浓稠极了，我不知道是喜欢还是爱，但肯定是二者之一。（她看到我写的句子应该会夸奖我语文有进步的。）

2012 年 12 月 15 日

前些天重感冒发高烧，又恰逢爷爷高血压，我请了假，她来梧桐院看我。她厨艺很好，站在狭小的厨房里时，小小的影子在黄色的光下很温馨。她还特意给我买了药，我有点舍不得吃。

感冒会好的，她买的药却是限定款。限定款都是很值钱的，宋唯真的限定款全宇宙最值钱。

我偷偷换了她的情侣头像，不知道她有没有发现。

2012 年 12 月 22 日

在课桌下面捡到了一小块纸片，上面写着我的名字。原来她一直用我的名字在写小说，还是男主角。但不知道为什么撕掉了。

我在英语组附近那条废弃的走廊找到了她。她坐在尘埃里，哭得很伤心。

我帮她拼好了纸片，她允诺把这张手稿留在我这里。

她有很多梦想，所以能把这份未来和光也带给别人。她不该坐在尘埃里，我很羡慕她，因为我的人生没有方向和期待。

2013 年 1 月 5 日

我跟着他们去了书店。那个许昊然并不是什么好人，他的目光过于赤裸，我在梧桐街做季蓝时见过太多。

所以我半路截胡，把人送回了家。

什么青梅竹马，他在阴沟里，却妄图染指洁白。

2013 年 2 月 14 日

爷爷走了。我没有告诉她。

我很难过，却怕她与我一起难过。

2013 年 2 月 28 日

季决明是恶魔。他想把我也重新拖回地狱。

我不会屈服的。

我见过光了，我不愿回去。

……

她来了。摔得很狼狈，夺走了我手里的刀。

她说我是上帝送给她的礼物。那我一定会带着爷爷的那一份，很努力很努力地活着。

2013 年 4 月 30 日

运动会上遇到个小鬼头，总是缠着她叫真真姐姐。还拉了她的手。虽然他很小，可我还是很不高兴。我还没拉过她的手。

我很喜欢趣味运动项目，因为我把她抱在了怀里。她又软又香，想一直抱着不松手。

2013 年 5 月 1 日

……我今早起来洗裤子。

2013 年 5 月 30 日

她最近不怎么理我，我不明白。天下太平，我很安分地做完了她规划的所有英语习题，破天荒背了古文，老何都夸我了。可她不理我。

最近熬夜好累，做了几个软件被科技公司看上了，还在洽谈。

希望以后可以赚很多很多钱，把她喜欢的东西通通买给她。

2013 年 6 月 2 日

她还有个明星堂哥。

周寰宇说我可能是个替身。滚！

2013 年 7 月 5 日

整个暑假都可以去她家学习。

她有一个很棒的家庭，让我自惭形秽。

毕竟我一无所有。

2013 年 9 月 7 日

我不爱吃关东煮。

但是她咬过的鱼丸，看起来很好吃。

2013 年 10 月 20 日
陶桃搞了个生日会。我总觉得她会搞幺蛾子。
但她要去，所以我也要去。

2013 年 10 月 22 日
以后不会写日记了。因为我确信，我投诸全部感情的人也在喜欢我。
期盼我们都能考上清大，然后在一起。
在一起好多年。要能走完这辈子那么多年。